Lise Gast

Das Familienkind

Bittersüß wie Schlehenduft

2 Romane

Lise Gast

Das Familienkind

Bittersüß wie Schlehenduft

Gondrom

ISBN 3-8112-1107-2

Lise Gast

Das Familienkind

„... Und da es unter einer Glückshaube zur Welt kam, wurde ihm geweissagt, daß ihm alle Dinge im Leben zum Guten ausschlagen würden."

Gebrüder Grimm,
Der Teufel mit den drei goldenen Haaren

„Natürlich helfen wir dir, Teresa", sagte Birgit. Sie waren am Haus in der Leopoldstraße in München angelangt und standen, sich verabschiedend, voreinander. Hier war kein Parkplatz zu bekommen, und so hatten sie die letzten fünfhundert Meter zu Fuß zurückgelegt, eng untergehakt, einander sehr nahe. „Ich helfe dir, ich nehme Terry erst mal zu uns. Nur behalten kann ich sie nicht, du weißt, warum. Aber alles wird sich finden. Zunächst fährt sie mit mir nach Frankfurt, zur Buchmesse, das macht ihr sicherlich Spaß, und wir wohnen bei Ernst, wie immer. Dort beraten wir und finden bestimmt eine Lösung für länger."

„Gut, danke", sagte Teresa. „Ich komme nicht erst mit zu euch hinauf, Klaus soll nicht gestört werden."

„Und ich muß noch Roses Aufsatz durchsehen, ehe sie ihn ins reine schreibt. Sie meint, als Buchhändlerin sei ich dafür zuständig. Ach ja, solange sie noch mit ihren Sorgen und Schwierigkeiten zu uns kommen, muß man froh sein. Wenn erst die Zeit der Partys kommt ..."

Sie sahen einander an und lachten kläglich. Birgits Tochter war vierzehn, vier Jahre älter als Terry. Heutzutage geht das Erwachsenwerden schnell.

„Dann stehen wir es auch durch", vollendete Birgit tapfer. „Und es braucht ja nicht – ich meine, es gibt doch Familien, in denen es nicht schiefgeht."

Teresa sah die Schwester zärtlich an.

„Bei euch geht es nicht schief. Rose ist so nett, und sie hat wirklich einen verständnisvollen Vater. Mach's gut, Birgit, und tausend Dank. Rose holt Terry also morgen!"

Sie verabschiedeten sich. Teresa wand sich durch den Strom der Fußgänger auf der abendlichen Leopoldstraße hindurch, abwesend, in Gedanken versunken. Sie beachtete nicht, was rings um sie zu sehen war: Straßenmaler und Schmuckhändler, langhaarige und ungewaschene Gestalten beiderlei Geschlechts und dann wieder proper und nett angezogene junge Leute, eng umschlungene Liebespaare, verrückt geschminkte Mädchen und gefährlich ausschauende Männer. Dazwischen Touristen, die hierherkamen, um dies alles zu sehen und Schwabing zu erleben – Teresa sah nichts davon. Sie strebte ihrem Wagen zu, um nach Hause, nach Feldafing, zurückzufahren, und das bedeutete um diese Zeit vollste Konzentration. Gut so, dann konnte sie nicht mehr nachdenken. Es fiel ihr nicht leicht, sich von Terry zu trennen. Sie hatten ein gutes Verhältnis zueinander, ihre zehnjährige Tochter und sie, aber gerade deshalb. Und es war ja auch nicht für ewig. Gerade weil sie Terry ein richtiges Zuhause schaffen wollte, gerade weil ...

Da stand ihr Wagen. Teresa schloß ihn auf, setzte sich, zog die Tür mit einem energischen Ruck zu. ‚Wollen doch mal sehen, daß ich durchkomme, hier durch den Stoßverkehr, und sonst, durch diesen Engpaß. Wollen doch mal sehen, daß ich es schaffe! Sie haben es ja alle geschafft, meine vier Geschwister, oder sind noch dabei, es zu schaffen, Ernst, der sich anfangs so schwer tat in seiner Anwaltspraxis, Birgit mit Mann und Tochter und Halbtagsarbeit im Beruf, Corona – ja, die hat es wohl am schwierigsten zur Zeit, vier Kinder in dieser Enge – und Sybille. Sybille sollte sich endlich entschließen zu heiraten; Beruf allein ist auf die Dauer nicht das Wahre für sie. Ebensowenig wie für mich.‘

Da war sie also wieder beim Thema angelangt. Aber sie drängte die Gedanken entschlossen zurück, jetzt hieß das Thema: auf Ampeln aufpassen, auf die Vorfahrt achten, und das nimmt den ganzen Menschen in Anspruch an einem Abend im Münchner Verkehr.

‚Es ist doch merkwürdig‘, dachte sie, als sie aus der Stadt heraus und im sozusagen gemäßigteren Autoklima angelangt war, ‚überall hört man, daß sich Geschwister nicht vertragen. Daß sie sich in die eigene Familie zurückziehen, nur weg von Schwestern und Brüdern. Wir sind sehr unmodern – oder aber von morgen, denn vielleicht wird es wieder modern, gern Brüder und Schwestern zu haben.‘

Es lag wahrscheinlich mit daran, daß sie, die fünf Geschwister, ein Bruder und vier Schwestern, ihre Eltern recht früh verloren hatten. Den Vater sogar sehr früh, Ernst war elf gewesen damals, und die Mutter auch zu früh, jedenfalls, als sie alle noch in der Ausbildung standen. Darum hatten sie sich wohl so eng aneinandergeschlossen, unwillkürlich, aber auch vorher schon vertrugen sie sich gut.

Ernst hatte, als Mutter starb, ohne ein Wort die Stelle des Vaters übernommen, vielleicht auch, weil er Jurist war und in vielem helfen konnte. Birgit heiratete zeitig, Klaus Andres, den alle sehr gern hatten. Dann Corona, die auch, wie Birgit und Sybille, Buchhändlerin war. Nur Sybille, die Jüngste, war noch ledig. Teresas Ehe, die sehr glücklich gewesen war, leidenschaftlich glücklich, hatte nur zwei Jahre gedauert. Freilich war sie damals sehr jung gewesen, als sie heiratete, achtzehn. Ob es weiterhin gutgegangen wäre mit ihr und ihrem Mann – nun, müßig, darüber zu grübeln. Sie hatte ihn sehr betrauert, als er ihr so plötzlich und auf eine so schreckliche Art genommen wurde, und dann entschlossen einen Beruf ergriffen, den sie auch mit Kind, mit Terry, ausüben konnte: Krankengymnastik. Das lag ihr, sie hatte gute Hände, war gesund und widerstandsfähig, half gern – aber jetzt wollte sie wieder heiraten. Und das, fand sie, konnte ihr kein vernünftiger Mensch verdenken. Teresa

Eckener zweifelte nicht einen Moment daran, daß sie einen Mann finden würde, das war es nicht. Auch ihre zehnjährige Tochter Terry war gewiß kein Hindernis, meinte sie. Sie überschätzte sich nicht, glaubte aber, beurteilen zu können, daß ihre Chancen nicht schlecht waren. Groß, aber nicht zu groß, sehr schön gewachsen – lange Beine hatten sie alle, und dick war keine von ihnen –, wirkte sie von den vier Schwestern auf Männer zweifellos am meisten. Sie besaß eine ausgesprochen glatte Haut, sie bräunte schnell und behielt die Bräune bis tief in den Herbst hinein, diskret nachgeholfen durch Höhensonne, die ja zu ihrem Beruf gehörte. Sie zog sich geschickt an und hatte als einzige der Geschwister, die alle blauäugig und hellhäutig waren, grüne Augen, schilfgrüne. „So was wurde im Mittelalter verbrannt", sagte Ernst manchmal, wenn er Teresa nachdenklich betrachtete. Und sie lächelte und fühlte sich in der Rolle der Beinah-Hexe gar nicht so schlecht. Sie mußte sich darüber klarwerden, wen sie heiratete. Dazu aber brauchte sie Ruhe. Deshalb hatte sie diese Reise gebucht, deshalb gab sie Terry für eine Weile weg. Birgit würde das Kuckucksei schon unterbringen, Birgit war die geborene Mutter, und sie hätte Terry liebend gern selbst behalten, aber das ging nicht, Teresa sah das ein. Birgits Mann, Klaus, arbeitete für die zweite Dienstprüfung, er war Lehrer, und da mußte sogar Rose tagsüber soviel wie möglich aus dem Haus. Es gibt eben Menschen, die vieles stört, was andere überhaupt nicht merken, und auf die muß man zeitweise Rücksicht nehmen.

Ähnliches dachte Birgit, während sie zur gleichen Zeit die Treppe des düsteren Altbaus, in dem sie wohnten, hinauflief, schnell, schnell, sehnsüchtig wie eine Braut, die zu ihrem Liebsten eilt. Sie kam so gern nach Hause, so liebend gern. Immer, jedes einzelne Mal, wenn sie von ihrem an sich sehr gern ausgeübten Halbtagsberuf heimkam zu Mann und Tochter, empfand sie das wie ein Fest. Sie, die am liebsten sechs Kinder gehabt hätte, war mit dem einen und dem Mann ihres Herzens so glücklich, wie manche andere Frau mit tausend erfüllten Wünschen es nicht ist. Atemlos erreichte sie die Etagentür und wollte läuten, Sturm läuten – Rose lauerte ja, das wußte sie –, bremste aber im letzten Augenblick ab. Den Schlüssel heraussuchen, nicht läuten, Klaus nicht stören, in der Einkaufstasche graben, suchen, fischen – da war er – und leise, leise ins Schloß hinein und umdrehen ...

Rose hatte tatsächlich gelauert.

„Grüß' dich, Miem –" Dies war der derzeitige Ausdruck für Mutter, Rose erdachte immer neue. Sie stand, den Wellensittich auf der Schulter, der gerade dabei war, ihr Ohrläppchen zu beknabbern, und streckte der Mutter die Wange hin. Birgit tat nur so, als gebe sie ihr einen Kuß, sie wußte, mit vierzehn läßt man sich nicht mehr so gern von der Mutter zärtlich behandeln. Rose war größer als sie, hellblauäugig zu glattem, halblangem Haar. Sehr hübsch zur Zeit, fast schön, fand Birgit. Sie lachte. Es gab ein Sprichwort: „Mit fünfzehn ist jeder Besen hübsch."

„Vater da? Arbeitet? Komm ..." Sie zog die Tochter in die Küche. „Ich war bei Teresa, du weißt ja. Ach Rose, sei so gut und pack den Kram aus. Wir müssen uns beeilen, heute kommen die Philosophen, und die sind leider immer pünktlich. Kant war so pünktlich, daß die Leute die Uhr nach ihm stellten, nach ihm und seinem täglichen Spaziergang."

„Er hatte immer Pudel, weil er fand, daß das die klügsten Hunde seien. Ach, wenn wir doch einen Hund hätten!" seufzte Rose. „Ja, ich pack' aus, wo ist die Butter? Oder kriegen sie Margarine wie wir?"

„Natürlich Butter, für die Gäste das Beste. Das meiste hab' ich schon heute früh gerichtet, aber einiges eben doch noch nicht ..."

Klaus und Birgit hatten sehr oft Besuch, es war eigentlich der einzige Luxus, den sie sich gönnten. Freunde und Kollegen von Klaus, Kolleginnen von Birgit, die Philosophen, wie sie einen Kreis Freunde nannten, die mit ihnen einmal eine Folge von Vorträgen über Philosophie gehört hatten, ein Professorenehepaar, das im selben Haus wohnte, Boxkameraden von Klaus – Klaus war ein leidenschaftlicher Sportboxer –, Studenten. Heute also Philosophen.

„Sperr den Vogel ein, wir müssen drüben noch mal lüften, Klaus hat bestimmt geraucht", sagte Birgit und wickelte Butter und Käse aus, „morgen holst du Terry aus Feldafing, Teresa ist das auch am liebsten. Terry darf bei uns bleiben und mit nach Frankfurt fahren. Freust du dich? Nur Radau machen dürft ihr nicht."

„Ich weiß, Vater ist geräuschempfindlich ..." Rose stand da, den Vogel auf dem Zeigefinger, den sie einladend vor die offene Käfigtür hielt. „Hopp, mein Kleiner, rin ins Vergnügen!"

Der Wellensittich gehorchte. Rose hatte sehr viel Geschick mit Tieren, hatte dies wohl vom Vater geerbt, der ein großer Tierfreund war.

„Terry darf mit nach Frankfurt? Die hat's gut! Zu Ernst."

Ernst, noch unverheiratet, war der Abgott aller Nichten und Neffen. Er verstand sich ausgezeichnet auf Kinder aller Altersstufen, ein Jammer, daß er keine eigenen hatte. Birgit streifte diesen Gedanken wieder mit zärtlichem Bedauern, versuchte aber sofort, sich zu trösten. ‚Vielleicht heiratet er ja noch.'

„Dich hab' ich früher auch immer mitgenommen. Damals hatte Ernst seine schöne Wohnung noch nicht. Weißt du noch, die kleine unterm Dach? Und wir schliefen alle auf der Erde, alle, weil jeder fand, es wäre gemein, als einziger ein Bett zu haben."

„Ich weiß noch alles.". Rose lachte. „Er konnte so schön einen Affen nachmachen, einen Reiseaffen, sich kratzen und Gesichter schneiden, und dabei trommelte er mit den Fäusten auf die Brust. Ich graulte mich furchtbar und wollte es trotzdem immer wieder sehen."

„Ja. So etwas macht er mit Vorliebe. Was haben wir immer gelacht mit ihm! Und ein Gastgeber, alle Achtung! Kocht selbst, und wie! Ich denke immer, wenn er doch noch heiratet, die Frau hat es mal nicht leicht."

„Ich würde ihn aber trotzdem wollen.“ Rose erwischte eine Rosine aus dem Kuchen, den die Mutter gerade aufschnitt. „Aber er mich nicht. Wieviel ist er älter als ich? Zwanzig Jahre? Solche Ehen gibt es aber.“

„Du und Ernsts Frau! Nun los, wir müssen den Tisch decken. Ja, daß du nicht mitfahren kannst, ist schade! Wäre auch für Terry hübscher, wenn du mitkämst nach Frankfurt. Wenn du besser in Latein wärst, würde ich dich rausbitten aus der Schule. Aber so ...“

„Ach, das blöde Latein!“ Rose schob ihre Unterlippe vor. „Wozu bloß, ich seh' das nicht ein. Studieren kann man doch nicht, überall Numerus clausus, und wer in die Medizin will, eins Komma zwei. Das erreichte ich auch mit der größten Strebsamkeit nicht. Wozu dann überhaupt Abitur!“

„Damit du deinen eigenen Kindern später bei den Schularbeiten helfen kannst“, sagte Birgit und nahm das Tablett. „Mach mir die Tür auf, bitte.“

„Und die dann später wieder ihren eigenen? Hat das Sinn?“ fragte Rose unbeirrt. Die Mutter blieb stehen, sah sie an.

„Du hast eigentlich recht. Es ist beinah wirklich so ...“ Sie lachte und schüttelte den Kopf. „Deshalb wird aber doch übersetzt, da hilft dir kein Gott. Hast du heute schon?“

„Nein, ich war vorhin schwimmen. Aber wenn heute die Philosophen kommen ...“

„Dann, spekulierst du, hilft dir einer dabei? Der Blaschke vielleicht? Und diktiert es dir gleich ins reine?“

„Oder der Müller“, sagte Rose unerschüttert. „Der kann es auch. Wozu sind sie denn alle Humanisten?“

Und nun waren sie also in Frankfurt bei Ernst. Das heißt, sie waren nicht alle da, die fünf Geschwister. Corona, die Vielbeschäftigte, die mit ihrer Familie auf dem Lande wohnte, konnte Mann und vier Kinder nicht allein lassen. Teresa, Terrys Mutter, war verreist. Aber Sybille wurde noch erwartet.

„Aha – es handelt sich um Terry“, sagte Ernst. „Teresa verreist?“ Er stellte die Gläser auf den Tisch. „Und das Kuckucksei hat sie dagelassen, damit wir es in einem unserer Nester unterbringen? Komm, Kuckucksei, für dich hab' ich Orangensaft. Oder trinkst du schon Bier, als Münchner Kindl?“

„Wir wohnen in Feldafing und nicht in München“, korrigierte Terry.

„Entschuldige, du hast recht. Ja, also Teresa ...“, er sah Birgit an, und diese erwiderte seinen Blick. ‚Später‘, verstand er.

Terry setzte ihr Glas ab. „Weil Mami wieder heiraten will“, verkündete sie. Die Erwachsenen mußten lachen. „Na denn – außerdem, warum soll sie nicht?“ fragte Ernst.

„Sie soll ruhig. Ich hab' nichts dagegen. Darf ich den Fernseher anmachen?“ bat Terry.

„Ist heute was Lustiges? Du hast doch bunt?“

„Eigentlich solltest du ja im Bett sein“, mahnte Birgit freundlich. „Wann gehst du denn zu Hause schlafen?“

„Wann ich will. Mami sieht nicht auf die Uhr“ sagte Terry fröhlich.

„Aber wir. Wir sehen wohl auf die Uhr“, grollte Ernst und rollte die Augen, „ich zähle jetzt bis drei. Eins – zwei –“

„Ich kann ja gar nicht. Ich hab' ja keins!“ triumphierte Terry. „Wo ist bitte ein Bett für mich?“ Sie kannte bereits die Wohnung, besaß ein blitzschnelles Orientierungsvermögen.

„Ja, wo?“ Ernsts Junggesellenwohnung bestand aus einem einzigen, langgestreckten Raum, an den sich seitlich die Küche, zwei Badezimmer und ein Schlafgemach anschlossen. Besuch wurde auf Couchen untergebracht oder auf dem sogenannten Schneewittchen-Sarg, einer langen Truhe mit Schaumgummiauflage. Im großen Raum aber hielt man sich auf, jetzt und voraussichtlich noch lange. Wohin also mit Terry?

„Kann sie in dein Bett? Dann schlaf' ich daneben, und für Sybille ist auch noch Platz“, sagte Birgit. „Und du wirst hier in die Sporthalle verstoßen. Geht das?“

„Klar. Gute Nacht, Terry.“ Er winkte. Terry gehorchte wie ein gutdressiertes Hündchen.

Birgit wunderte sich. Ernst hatte wirklich eine erstaunlich geschickte Art mit Kindern.

„Wollen wir auf Sybille warten?“ fragte Birgit. „Sie muß bald dasein. Ach, Ernst, wieder mal Buchmesse! Wunderbar! Ich freue mich jedes Jahr wieder. Erstens sowieso, Fachsimpelei, alte Gesichter, neue Gesichter, lauter Leute, denen das Buch wichtig ist – und dann, weil wir uns da wiedersehen. Zu schade, daß Corona dies Jahr nicht kann. Auf alle Fälle rufen wir sie aber an, ja?“

„Natürlich, sobald Sybille da ist. Übrigens ...“ Da läutete es, und Birgit sprang auf.

„Das ist Klaus! Laß – ich geh' schon ...“

Es kam zu keinem zweiten Läuten, so schnell war sie am Apparat. „Oh, Klaus ...“ Ernst beobachtete, wie ihr Gesicht sich verklärte. So lange schon verheiratet und noch so verliebt! Nachsichtig lächelnd begab er sich in die Küche.

Gleich darauf erschien Sybille, die Jüngste der Geschwister. Sie brachte einen Holländer mit, einen Verleger namens Rinse, und so kam es zu keiner Familienberatung mehr. Ernst tischte ein köstliches Essen auf; er war ein Meisterkoch, nur deshalb hätte er nicht geheiratet, behauptete er. Der Holländer sprach wie die meisten seiner Landsleute gut Deutsch, vielmehr, er hätte gut Deutsch sprechen können, wenn er es nicht aus purer Koketterie vorgezogen hätte, reizend zu radebrechen. Er machte den Damen übertriebene Komplimente, alles per du, und versprach herrliche Tage in Amsterdam, wenn sie ihn einmal besuchen würden, wozu er sie herzlich und ernsthaft einlud.

„Ich zeige euch Holland und noch was dazu“, versprach er, und sie wiederum versprachen, es mit dem Besuch wahrzumachen. Dafür wollte Ernst mit seinen Schwestern ihn ein Stück durch den Odenwald fahren, damit er etwas von Deutschland sehe. „... und noch was dazu!“ wiederholte er des Holländers Redewendung. Der neue Gesprächspartner gefiel ihm.

„Was denn?“ fragte Rinse begierig.

„Den deutschen Wald par excellence“, verhieß Birgit, „den Wald, durch den Siegfried ritt. Kennen Sie die Sage von Siegfried?“

„Nein, aber wir werden übersetzen“, sagte Rinse sofort. „In welchem Verlag reitet dieser Mann?“

Ernst erzählte die Geschichte von jenem Aufsatz, in dem ein Kind geschrieben hatte: „Siegfried hatte eine wunderbare Stelle an seinem Körper, die nur seine Frau kannte.“ Wunderbar statt verwundbar – Rinse verstand genug Deutsch, um das Wortspiel zu begreifen. Sie lachten.

„Wie würde man es auf holländisch nennen?“ fragte Sybille.

„Ein prachtiges Platzje“, antwortete Rinse prompt, und das klang so komisch, daß Birgit und Sybille lachten, als wären sie siebzehn. Kurz, es war wieder einmal ein richtiger Buchmessenabend.

„Terry? Die geht mit mir. Ich nehme sie mit zu den Kinderbüchern“, sagte Birgit am anderen Morgen. Sie war schon fertig zum Ausgehen, nur der Hut fehlte noch. Es war ein kleiner, blauer Lederhut, und da in der Familie sonst kaum Hüte getragen wurden, unterlag er dem mehr oder weniger milden Spott der anderen.

„Ihr braucht gar nicht zu lachen, heute kommt mein Chef, und mit dem ziehe ich über die Messe. Ich esse auch mit ihm, euch kenne ich nicht, verstanden? Abends treffen wir uns wieder. Terry kann inzwischen lesen.“

„Aber keine Kinderbücher“, erklärte Terry. „Ich weiß schon, was da drin ist. Banden oder so was, und sie finden einen Schatz oder decken ein Verbrechen auf, wozu Erwachsene zu dumm sind, und die Polizei erst recht.“

„Dann lies Thomas Mann, wenn du schon so erwachsen bist.“

„Hab' ich schon versucht, das meiste ist aber langweilig“, sagte Terry, „und manchmal ist es auch ulkig.“

„Thomas Mann und ulkig. Nun ja“, sagte Ernst kopfschüttelnd, „ich weiß, du bist mein Patenkind, da muß man Nachsicht haben. In deinem Alter las ich Karl May.“

”Auch immer dasselbe. Immer findet er die richtige Fährte, immer trifft er zwischen zwei Augen, immer ist sein Pferd das schnellste. Da ist bei Asterix mehr los. Der hat wenigstens Einfälle.“

„Findest du?“

Ernst, der ebenfalls eine bisher nie eingestandene Schwäche für Zeichengeschichten hatte und sie sammelte, ohne daß es jemand ahnte, sah Terry nachdenklich an. Sie war groß für ihr Alter, besser ausgedrückt: lang, aber dünn. Ihr Gesicht konnte man nicht eigentlich hübsch nennen, es war hellwach, mit ein wenig hohen Backenknochen, Sommersprossen darauf, und nicht rotem, aber rötlichem Haar. Das war jetzt, da Birgit für sie verantwortlich war, ordentlich zurückgekämmt und im Nacken zusammengebunden, so daß die breite, helle Kinderstirn freilag. Die Augen nicht grün wie die ihrer Mutter Teresa, aber auch nicht blau, eher grau mit braunen und grünen Sprenkeln darin, meist aufgerissen, so daß ihrem Blick nichts entging.

Wie würde sie in sieben, acht Jahren aussehen? Wie würden die Männer, die ihr begegneten, sie finden? Es war etwas Gefährliches um sie, etwas, was an Zündstoff denken ließ, aber doch auch an etwas sehr Reizvolles. ‚Ob die Liebe ein Glück ist, sei dahingestellt, jedenfalls ist sie das charmanteste Unglück, das uns begegnen kann', hatte er einmal bei Curt Goetz gelesen. Jetzt fiel es ihm wieder ein, als er Terry ansah. „Was guckst du denn? Hab' ich was an der Nase?" fragte sie.

„Nein. Aber wenn du jetzt nicht auf der Stelle fertig bist, fahre ich ohne dich", drohte er. „Ich muß aufs Gericht."

Wie der Blitz fuhr Terry in ihren Anorak.

„Verteidigst du da Verbrecher auf dem Gericht? Darf man da mal zuhören?" fragte sie und drängte sich zwischen Sybille und Birgit durch zur Ausgangstür. „Ich möchte mal!"

„Wir auch. Immer möchten wir mal dabeisein, wenn es auch nicht Verbrecher sind, die er verteidigt", sagte Birgit. „Aber er läßt uns nicht. Nie läßt er uns. Mein Hut sitzt heute gar nicht." Sie stand vor dem Spiegel und kontrollierte ihr Aussehen. „Ich weiß nicht, warum. Und ich muß doch heute anständig aussehen. Außerdem finde ich meine Handschuhe nicht."

„Nimm meine." Sybille steckte ihr ein zusammengerolltes Paar zu. „Ich brauch' keine. Himmel, wir müssen uns beeilen, Ernst wartet nicht gern."

Sybille brauchte nie lange Zeit vor dem Spiegel. Sie trug ihr Haar kurz, so kurz, wie es eigentlich nicht mehr oder sogar nie Mode war, wie ein dunkelblondes, kaum gewelltes Fell. Es brauchte eigentlich weder gekämmt noch gebürstet zu werden, so weich lag es um Schläfen, Stirn und Nacken. Die dunkelgerandete Brille sah gut dazu aus, sie gab ihrem Gesicht etwas Eigenständiges, Unverwechselbares.

Birgit stellte das wieder einmal flüchtig verwundert fest, während sie die Schwester im Spiegel betrachtete. „Wirst du aber auch nicht frieren?"

„Aber wo. Zur Buchmesse ist immer schönes Wetter. Hach, ich freu' mich!"

Sie liefen die Treppe hinunter und aus dem Haus. Scharfe, kalte, herrliche Herbstluft, Reif auf der Hecke des Vorgartens, aber Sonne. Ernst fuhr seinen niedrigen Wagen gerade aus dem Hof.

„Nach hinten, Kiekindiewelt, Kinder haben vorne nichts zu suchen", sagte er und wies mit einer Kopfbewegung nach rückwärts. Terry, die sich neben ihn gesetzt hatte, war im Nu auf dem Rücksitz, Sybille schob sich neben sie, Birgit stieg vorn ein.

„Heut bring' ich keinen Rinse mit. Aber amüsant ist er", sagte Sybille. „Er hat in Amsterdam einen großen Verlag. Ob er hält, was er verspricht, weiß ich nicht. Aber durch den Odenwald fahren wir mit ihm, ja, Ernst?"

„Irgendwann ja. Und in den Zoo geh' ich mit Terry, die Zeit muß rausspringen", verhieß Ernst. „Zu den Menschenaffen, die studiere ich doch."

„Ach ja. Du hast noch gar nicht ‚Affe' gemacht. Rose hat davon erzählt", sagte Terry verklärt. „Machst du das, wenn wir zurückkommen?"

„Das mach' ich auf dem Gericht. So, hier müßt ihr aussteigen. Die Linie", er hatte an einer Straßenbahnhaltestelle gestoppt, „fährt direkt hin. Also – bis abends!" – Sie schoben sich aus dem Wagen und winkten ihm nach. Überall sah man die dies Jahr lilafarbigen Schilder: „Zur Buchmesse". Terry hüpfte an Birgits Hand.

„Am liebsten möchte ich auch hüpfen", sagte Birgit ein bißchen verwundert zu Sybille, während sie auf die Straßenbahn warteten. „Immer wieder freu' ich mich auf die Messe. Wie viele Male waren wir schon da, und immer erwartet einen etwas Neues. Neue Gesichter – und alte, die man lange nicht gesehen hat – und Gespräche. Nirgends gibt es so gute Zufallsgespräche wie hier. Manchmal mit wildfremden Leuten."

Sie lösten ihre Dauerkarten und liefen zu der kleinen Bahn, die die Messebesucher von Halle zu Halle fuhr. Terry fand es wunderbar, umsonst fahren zu dürfen.

Birgit brachte sie in Halle fünf.

„Hier kannst du bleiben, am Stand, oder wenigstens in der Nähe, und lesen", sagte sie. „Hier hast du wenigstens die Möglichkeit zu sitzen." Dieses Glück war einem auf der Buchmesse sonst nur dort vergönnt, wo man aß oder Kaffee trank. Dieser Stand eines Jugendbuchverlages aber hatte außer dem eigentlichen noch einen zweiten, der wie ein Eisenbahnabteil eingerichtet war, mit zwei gepolsterten Bänken einander gegenüber und Gepäcknetzen. Dort saß man und verhandelte, oder Besucher ruhten sich kurz aus.

„Du bist ja schmal und brauchst wenig Platz. Hier finden wir dich wieder. Wenn du mal verschwinden mußt: dort drüben, hier hast du Geld. Du kannst ruhig ein bißchen rumlaufen, aber jede volle Stunde bist du hier, gelt? Immer, wenn der große Zeiger auf der Zwölf ist. Damit wir dich sicher treffen, wenn wir dich etwa mal suchen. Sybille holt dich zum Essen." Birgit winkte und lief davon. Sybille stand noch einen Augenblick unentschlossen neben Terry.

„Bist du auch nicht bange?"

„Wovor denn bitte!"

„Hast recht. Also holen tun wir dich bestimmt. Wann, kann ich noch nicht sagen. Zeiger auf der Zwölf, volle Stunde. Viel Spaß!" Sie ging. Terry kuschelte sich in die Ecke des Eisenbahnabteils, ein Buch in der Hand, nicht hinein-, sondern umherguckend. Trubel gefiel ihr, und Trubel herrschte am Stand, wahrhaftig. Das war ein Kommen und Gehen, man hörte neben Deutsch Englisch und Holländisch; einmal entdeckte sie Rinse und winkte ihm zu. Er kam sofort heran, küßte ihr gravitätisch die Hand und verschwand wieder, aber nur, um ihr eine übertrieben große Packung Pralinen zu überreichen, die er an einem fliegenden Stand gekauft hatte. Pralinen – Terry mochte längst keine mehr, Verehrer ihrer Mutter hatten ihr allzu viele geschenkt. Trotzdem nahm sie sie und tat, als sei sie sehr entzückt. Das gehörte zu den Spielregeln, und nach den Spielregeln muß man sich richten, wenn man gewinnen will, soviel hatte sie vom Leben schon begriffen, Terry, die fast nur mit Erwachsenen zusammen lebte. Rinse brachte ihr dann noch ein Eis. Das schleckte sie mit Vergnügen, und mit Vergnügen horchte sie auf die Unterhaltung der Erwachsenen, die am Stand kamen und gingen.

Die meisten nahmen keine Notiz von ihr. Sie machte sich auch so wenig bemerkbar wie möglich. Zuhören ist auch ein Talent, gleichzeitig ein Vergnügen, wenigstens zuweilen, manchmal war es langweilig. Als Einzelkind einer alleinstehenden Mutter hatte sie manches erfaßt, was Geschwister in Familien selten oder nie begreifen, zum Beispiel, sich zu merken, was dieser oder jener Erwachsene erzählte.

So heute. Da saß ihr eine Zeitlang ein junger Mann gegenüber, der sie freundlich ins Gespräch zog. Er wartete auf jemanden, fragte sie, ob ein Herr mit Spitzbart hiergewesen sei und sich nach ihm erkundigt habe. Er beschrieb diesen Herrn näher, und Terry sagte, Bärte hätten ja heute viele, und sie könnte mit Bestimmtheit sagen, daß so einer noch nicht dagewesen sei.

Gerade kam er. „Gott sei Dank, ich habe Sie nicht verpaßt. Man sagte mir soeben, Sie seien schon dagewesen und womöglich wieder gegangen. Ich habe mich verspätet, bitte um Entschuldigung. Wir hatten aber eine reizende Unterhaltung inzwischen, die junge Dame und ich."

„Wie gut. Verspätet bin *ich* ..." Sie kamen ins Gespräch. Dabei erzählte der junge Mann nach einer Weile ein bißchen verlegen, er sei zu Hause heimlich davongefahren, ohne die „Genehmigung" seines Vaters, der, so merkte man, noch ein wenig „von früher", sprich: despotisch sein mußte. „Er wollte mich nicht nach Frankfurt lassen. Und ich komm' so gern auf die Messe ..." Er lachte. Der Ältere lachte auch. „Also wieder mal durchgebrannt? Diesmal nach Frankfurt und nicht nach Paris?"
„Ach, Sie meinen, wie damals? Ja, da waren Sie gerade bei uns, als Vater den ungeratenen Sohn zurückbrachte. Na, das ist eine Weile her, da stand ich gerade vor dem Abitur."

„Oh, ich weiß es noch ganz genau. Ich wartete mit Ihrer Mutter, die aber schon wußte, daß Ihr Vater Sie erwischt hatte. Nun stand ein Familienkrach bevor ... Dann aber war Ihr Vater erstaunlich sanftmütig ..."

„Mit Grund. Das Glück lächelte mir. Wir hatten eine junge Dame mitgenommen, die am Straßenrand winkte, von kurz hinter Paris bis fast nach Stuttgart. Eine entzückende – ich muß komischerweise heute die ganze Zeit an sie denken."

„Richtig, er erzählte davon. Bis Böblingen fuhr sie mit, wenn ich mich recht erinnere, und unterhielt Ihren Vater so gut, daß er darüber das Ausreißen des Sohnes ganz vergaß."

„Die Dame war meine Mutter", sagte Terry in diesem Augenblick. Es klang halblaut, aber klar und hoch in die Gesprächspause hinein. Die beiden starrten sie an.

„Ja. Die Dame, die anhalterte. Wollen wir wetten, daß sie es war? Ich kenne die Geschichte, Mutti hat sie mir ein paarmal erzählt. Sie heißen mit Vornamen Ingo, stimmt's?"

„Stimmt. Ingo heiße ich", sagte der Jüngere verblüfft. „Wahrscheinlich muß ich dauernd an damals denken, weil du deiner Mutter ähnlich siehst."

„Tu' ich das? Mami ist aber viel hübscher", sagte Terry sachlich. Unwillkürlich nickte der junge Mann.

„Aber was nicht ist, kann ja noch werden", sagte er tröstend. Vielleicht war sein Nicken unzart gewesen. Terry brauchte jedoch keinen Trost.

„Das sagen sie alle. Mami fährt aber nicht mehr per Anhalter, schon lange nicht mehr. Sie hat jetzt einen Wagen. Schön ist er nicht, aber sie hat hinten drangeschrieben: ‚Ihr Auto gefällt mir auch nicht.'"

„Das sieht ihr ähnlich. Hör mal, gib mir doch ihre Adresse, tust du das? Ich hab' mich schon immer geärgert, daß ich ihr damals nicht danken konnte. Für die Ablenkung des väterlichen Gewitters, weißt du, sie war sozusagen mein Blitzableiter. Aber ich konnte mich doch nicht im Beisein meines alten Herrn bedanken. Das möchte ich jetzt nachholen. Ich finde, es ist ein Wink des Schicksals, daß ich dich hier traf."

„Gern. Wir wohnen in Feldafing – aber Mutter ist jetzt nicht da, im Augenblick jedenfalls", fügte Terry hinzu. Der junge Mann gefiel ihr. Er hatte so schöne dunkle Augen unter geschwungenen Augenbrauen und eine nette Art, mit ihr zu sprechen. Er sollte Mami ruhig schreiben. Einmal kam sie ja wieder, und dann lag da unter der anderen Post, die sie haßte – Amtliches, Rechnungen, Mahnungen –, doch auch etwas Nettes. „Soll ich mit unterschreiben? Ich weiß eine Karte ..." Sie war vorhin ein wenig umherspaziert und hatte sich umgesehen. „Soll ich sie holen?" Ihre Augen blitzten.

„Ja, fein! – hier hast du Geld." Er gab ihr ein Fünfmarkstück. „Für den Rest kannst du dir Eis kaufen." Terry rannte. Der junge Mann sah ihr lächelnd nach. Dann wandte er sich dem älteren zu.

„So muß ihre Mutter als Kind gewesen sein. Blitzend, keck. Ich habe selten jemanden kennengelernt, der solch eine – wie soll ich sagen? –, solch eine weibliche Ausstrahlung hatte. Da gibt es Gesichter, die sieht man fünfzigmal und kann sie sich nicht merken, und dann eins, das man ein einziges Mal gesehen hat und immer wieder erkennen würde. Aber – ja, Sie sind Faust-Experte. Ich meine jetzt nicht Gretchen, beileibe nicht.

Sondern die schöne Helena. Die soll gar nicht so schön gewesen sein, nur so – so – eben ungeheuer anziehend. Ungeheuer – nun, heute würde man vielleicht sagen: faszinierend. Unvergeßlich. Atemberaubend. Es gibt keinen Ausdruck, der es wirklich trifft."

„Und Sie meinen ..." Da war Terry wieder. Sie hatte eine Postkarte in der Hand, Glanzpapier, bunt, Glitzersteine. Frankfurter Sehenswürdigkeiten. In der Mitte ein Vers: Die beiden letzten Zeilen lauteten:

‚Es will mer halt net inne Kopp herei,
wie kann nor e Mänsch net aus Frankfort sei ...'

„Wunderschön", lobte der Herr mit dem Vornamen Ingo. „Die schreiben wir jetzt gemeinsam, und weil drauf ein schönes Gedicht steht, brauchen wir nicht mal zu dichten. Wir schreiben – wie heißt deine Mutter mit Vornamen? Teresa? Also: Hochverehrte Frau Teresa ..."

Sybille hatte ihre Gründe gehabt, sich für die Buchmesse acht Tage Urlaub zu nehmen. Eine Sortimenterin wird selten vom Chef dorthin beordert, fährt sie, dann meist aus eigenem Interesse und auf eigene Kosten zum Wochenende, obwohl sich dann ganz Frankfurt durch die Hallen schiebt. Anders Angestellte von Verlagen. Die sitzen meist die ganze Woche am Stand und wünschen gegen Ende nur noch, sie würden erlöst, während es für alle Buchinteressenten ein Vergnügen bedeutet, im Strom zu treiben. Wen traf man da nicht alles! Wie viele Verabredungen ergaben sich! Welche Anregungen bot Frankfurt am Abend, von Äppelwoi-Lokalen bis zu guten und schlechten Bühnen! Sybille jedenfalls wußte, warum sie gekommen war, verabschiedete sich eilig von Terry und verschwand im Waschraum, um sich schönzumachen. Sie tat das dezent, aber um so gründlicher. Wimpern getuscht, Gesicht getönt – ihr stand am besten ein ganz zarter, gleichmäßiger bräunlicher Ton –, Lippen ein wenig nachgezogen.

Sybille besaß von Natur aus klar abgesetzte, ein wenig aufgeworfene Lippen, die zu unterstreichen sich immer gelohnt hatte. Keine Lidschatten, Brille auf. Sie betrachtete sich im Spiegel, erst kritisch, dann zufrieden. Die mattblaue, sehr teure Hemdbluse fiel auf, ohne auffallend zu sein, und paßte vorzüglich zu ihrer Augenfarbe. ‚Auf in den Kampf!' pfiff ihre Seele.

Sie gab der freundlichen Beherrscherin dieser Räume ein nobles Trinkgeld; von früheren Buchmessen her wußte sie, wie zuvorkommend hier alle hilfreichen Geister waren, Waschraumdamen, Garderobenfrauen, Angestellte der Gaststätten, Telefonistinnen. Manche erkannten einen sogar von früheren Besuchen.

Einmal hatte sie eine Telefonistin in Halle fünf erfreut begrüßt: „Sind Sie auch wieder hier? Wie schön. Zelle zwei bitte, nur abheben. Und gut sehen Sie aus, wohl frisch aus dem Urlaub?" So etwas gibt einem Auftrieb und Selbstbewußtsein. Heute tat es der Spiegel.

Jede Frau hat manchmal gute und dann wieder weniger gute Tage. Heute brannte alles in ihr einem Ereignis entgegen, auf das sie seit einem halben Jahr zulebte. Würde es eintreffen? Würde sie ihn wiedersehen?

„Er“ war ein Autor, ein Schriftsteller, ein Mann der Feder, jung, noch im Kommen, aber eigentlich schon da. Sie hatte ihn kennengelernt, als er in der Buchhandlung, in der sie arbeitete, Bücher signierte. Er hatte ihr gleich gefallen; man interessiert sich als Buchhändler sowieso für lebende Autoren. Dann aber war etwas eingetreten, was nicht vorauszusehen gewesen war.

Dr. Schwarz – so hieß der Autor in Wirklichkeit, im bürgerlichen, zivilen Leben, seine Bücher erschienen unter einem Pseudonym –, dieser Dr. Schwarz war nicht allein gekommen, sondern hatte einen Hund mitgebracht, von dem er sich, wie er gestand, nur ungern trennte. Dieser Hund gefiel Sybille im Gegensatz zu seinem Herrn nicht auf Anhieb, es mußte einem sozusagen eine fachmännische Erklärung geboten werden, um ihn schön finden zu können. Die wurde ihr geliefert, mit vielen stolzen Worten, und sie gab dann auch nach. Welche verliebte Frau würde nicht nachgeben, wenn ihr das Objekt ihrer Verliebtheit etwas einredet, von ganz andern Dingen als von Hunden zu sprechen. Dies war also ein Rassehund; sie hatte diese Art Hund noch nicht bewußt gesehen und meinte zuerst, es sei ein Bastard, ein merkwürdiges Produkt sehr verschiedener Eltern, wobei sie in der Eile gar nicht einmal hätte sagen können, von was für welchen. Gottlob hatte sie das Wort Bastard nicht über die Lippen gebracht, sonst wäre – aber sie hatte nicht.

„Was für ein merkwürdiges Tier“, hatte sie nur gesagt, und als sie die aufleuchtenden Augen seines Herrn sah, eilig hinzugefügt: „Ich meine, was für ein merkwürdig schönes Tier.“

‚Lobe meinen Hund, und du bist mein Freund‘, heißt ein altes Sprichwort.

„Ist er auch, mein Flaps“, sagte der Besitzer stolz und zufrieden, „ein ganz besonders gut ausgefallenes Exemplar. Und klug! Und zuverlässig! Und ...“ Es folgten noch viele lobenswerte Eigenschaften. Der sonst eher stille und zurückhaltende Autor wurde beredt, ja, entflammt, und das stand ihm gut. Sybille hörte hingerissen zu, und dabei betrachtete sie den Hund. Er war braunweiß gefleckt, niedrig, also mit kurzen Beinen begabt, und besaß einen Riesenschädel mit Schlappohren; sein Hinterteil endete in einem langen Schwanz. Wenn er an einem Menschen hochsprang, erreichte er die Höhe eines etwa zehnjährigen Kindes; das wirkte überraschend, weil er sonst so niedrig war, daß man sich bücken mußte, um ihn zu streicheln. Es war ein Basset, wie sie später erfuhr – sie erkundigte sich nach dieser Rasse, obwohl sie sonst kein Hundefan war. Was aber bewirkt die Liebe nicht alles! Nun, davon später.

Der Hund hatte, als sie von ihrer Mittagspause wieder in die Buchhandlung kam, unter dem Stuhl seines Herrn gelegen, während dieser seinen

Namen in die Bücher schrieb, die ihm der Chef vorlegte. Sie kamen in ein Fachgespräch, wobei sie den Hund vergaß, der sich übrigens vorbildlich ruhig verhielt. Als sein Herr sich dann verabschiedete, stand Sybille noch ein paar Minuten mit ihm in der offenen Tür, weitersprechend. Sie hätte gern gefragt, wie lange er noch in München bliebe, ob er noch einmal vorbeikäme, ob – aber das ging nicht, es ergab sich einfach nicht. Als er sich verabschiedet hatte, schien er etwas verwirrt; jedenfalls fand er sich mit den umliegenden Straßen nicht zurecht.

„Wo habe ich eigentlich meinen Wagen stehen?" fragte er. Sie lachte.

„Der einzige nähere Parkplatz liegt um die Ecke", erklärte sie und ging mit ihm ein paar Schritte.

„Natürlich, da ist er ja" – Er deutete auf ein Auto, das ein fremdes Kennzeichen trug. Davor parkte ein Münchner, das heißt hatte geparkt und wollte soeben losfahren. Es handelte sich um eine viertürige Limousine; der Fahrer saß schon hinter dem Steuer. Hinten stieg eine Dame ein, die hatte einen Pudel an der Leine. Dieser Pudel war eine Pudelin, wie man sogleich feststellen konnte, und befand sich in einem für männliche Hunde interessanten und anziehenden Zustand. Flaps jedenfalls, sie sehend und witternd – letzteres war zweifellos das Ausschlaggebende –, raste mit einem Blitzstart hinter ihr her, nicht nur über den Parkplatz hinweg, sondern mit einer Aalgelenkigkeit, die man seiner beachtlichen Masse eigentlich nicht zugetraut hätte, hinten in den Wagen hinein, dessen Tür, im Begriff, zugeschlagen zu werden, sich auch schloß, hinter ihm. Der Fahrer, nichts ahnend von dem soeben hereingeschossenen blinden Passagier, fuhr im Augenblick los, denn ein anderer Wagen wollte gerade einparken und machte unmißverständliche Zeichen: „Schnell, ich will auf deinen Platz, ehe mir einer den Rang abläuft."

So kam das. Der Wagen entschwand mit Flaps wie in einem Angsttraum, und Dr. Schwarz und Sybille starrten ihm eine Zehntelsekunde lang nach, fassungslos. Dann aber handelte der Mann.

„Kommen Sie, los! Wir müssen hinterher!"

„Wir" hatte er gerufen, unkontrolliert. Sybille empfand das als ein Zeichen starker Zusammengehörigkeit und zögerte nicht einen Wimpernschlag lang. Ehe sie überhaupt zum Nachdenken kam, saßen sie miteinander in Dr. Schwarz' Auto und verfolgten ein anderes mitten im Münchner Verkehr, Sybille ohne Mantel und Handtasche, so, wie sie mit ihm an der Tür der Buchhandlung gestanden hatte. Sie kam sich vor wie in einem Film.

„Ein einziges Glück, daß Sie mit sind", sagte er einmal halblaut, als sie an einer Ampel hielten. Der andere Wagen hielt – gottlob auch.

„Wenn er noch bei Grün durchgekommen wäre, bliebe wenig Aussicht auf Erfolg."

„Ja, merkt denn die Dame, die drinsitzt, nicht ..." fragte Sybille atemlos. Er lachte grimmig.

„Die wird es schon merken. Aber der Fahrer hat es vielleicht noch nicht begriffen, der hat alle Hände voll zu tun, jetzt, in dem Stoßverkehr. Und Halteverbot ist hier auch ..." Er wies mit dem Kinn zu dem blau-roten Schild hinauf.

‚Aber in Notfällen – Notzuchtfällen würde Ernst hier sagen', dachte Sybille und mußte lachen, mitten in der Aufregung und Spannung.

„Was gibt's denn da zu lachen?" fragte er.

„Ach, Entschuldigung. Nein, das kann ich Ihnen nicht sagen ..."

„Grün! Vorwärts – passen Sie lieber auf, statt sich zu amüsieren", knurrte er. „Notieren Sie wenigstens die Autonummer, ehe sie uns durchgeht, damit wir annoncieren können!" Sybille fingerte unwillkürlich nach der nicht vorhandenen Handtasche. Er merkte es und schaltete.

„Da drin! Im Handschuhfach! Himmel, andersherum den Knopf drehen! Da muß Papier drin sein, und einen Stift werden Sie wohl irgendwo haben, als Buchhändlerin ..."

„Zu Hause viele ..." sie zuckte die Achseln. Er suchte die Brusttasche seines Jacketts ab. „Da ..."

Sie griff daneben, bückte sich, erwischte den Kugelschreiber, den er ihr hinhielt. Hob sich auf dem Sitz, sah richtig die Münchner Nummer, murmelte sie, während sie auf den Knien zu schreiben versuchte – bumm, schlug sie mit dem Kopf an die Scheibe. Er hatte gebremst, ziemlich plötzlich. Der von ihnen verfolgte Wagen hatte auch gebremst und stand jetzt, dicht am Bürgersteig, wo er eigentlich nicht halten durfte. Dr. Schwarz stieß die linke Tür auf und rannte nach vorn, an die rechte Tür des anderen Wagens. Die ging auf ...

„Hach!" machte Sybille, die Luft mit einem Fauchen ausstoßend. Es klang nicht sehr weiblich anziehend, aber es hörte ja niemand außer ihr. Dr. Schwarz und sein Flaps befanden sich ein paar Meter vor ihr, wieder vereint, auf dem Bürgersteig neben dem Auto mit der offenen Wagentür, und die Diskussion zwischen den Parteien der Hundebesitzer hätte noch andere Laute als diesen Seufzer übertönt. Sie sprang nun auch aus dem Wagen und lief nach vorn.

Es war kein feindliches, sondern für beide Seiten erfreuliches und erleichterndes Hin und Her. Die Dame mit dem Pudel war froh, Flaps loszuwerden, der auch jetzt noch versuchte, seinen Riesenkopf in den Wagen zu zwängen, und Flaps' Besitzer ebenso glücklich, ihn wiederzuhaben.

„Hat er?" fragte er immerhin noch, die Sorge des Pudelfrauchens verstehend.

„Noch nicht", antwortete die Hundemutter erleichtert, „das wäre eine Kreuzung geworden, o mei!"

„Meiner ist reinrassig, ein V-Hund!" Es klang ausgesprochen nach Vaterstolz. Sie lachte.

„Unserer auch. Trotzdem!"

„Getrennt mir heilig, vereint abscheulich“, sagte Dr. Schwarz, „ein Rätsel von Schleiermacher, soviel ich weiß. Wie die Auflösung heißt, ist mir entfallen; meine Mutter pflegte es auf uns anzuwenden, auf meine Schwester und mich, wenn wir uns zankten.“

„Wie passend!“ sagte Sybille. Sie hatten sich von den Hundeentführern verabschiedet und winkten ihnen nach, Flaps zwischen sich.

„Darauf müssen wir einen trinken“, seufzte Dr. Schwarz abschlie-ßend, „kommen Sie, Sie sind mein Gast.“

„Aber ...“

„Kein Aber! Ihr Laden bricht nicht zusammen, wenn Sie mal eine halbe Stunde später kommen. Aufregungen machen mich immer entsetzlich durstig und in München ganz besonders.“

„Sie dürfen sich doch keine Promille antrinken. Das“, sie lehnte sich genüßlich zurück, „könnte in diesem Fall nur ich, mitgenommen wie ich bin.“

„Mitgenommen in welchem Sinn?“ Er schmunzelte und sah zu ihr hinüber. „Hat die Jagd Sie so mitgenommen?“ Sie steuerten einen Parkplatz an, und das Glück war ihnen hold.

„Wir lassen den Wagen hier stehen und suchen uns ein gemütliches Lokal, dort verpusten wir uns erst mal. Ich kann Sie doch nicht in so mitgenommenem Zustand Ihrem Chef zurückgeben.“

„Nein, das geht wirklich nicht.“

„Wohin?“ fragte er, Flaps an die Leine nehmend. „Du bleibst jetzt gefälligst bei mir und blamierst Herrchen nicht wieder, verstanden? Und ich hatte vorher gesagt, du wärst der treueste, klügste, anhänglichste Hund! Nehmen Sie es ihm nicht übel. Die Macht der Liebe. Jaja. Als ich noch eine Hündin hatte – man sollte eigentlich nur Hündinnen halten, sie sind in der Regel besser zu halten als Hunde, Flaps selbstverständlich ausgenommen“, er sagte das letzte ernsthaft und völlig überzeugt, „da konnte ich mich zweimal im Jahr drei Wochen lang nicht vor dem Ansturm der Kavaliere retten. Einer hat sogar einmal ein Stück Gartenzaun an der Kette hinter sich hergeschleift.“

„Tatsächlich?“

„Ja. Die Liebe, die Liebe – ist eine Himmelsmacht“, sang er. „Mögen Sie Opern?“

„Eigentlich nicht“, sagte Sybille zu ihrem eigenen Erstaunen wahrheitsgemäß. Sonst genierte sie sich immer, das zuzugeben; sie fand sich dann so ungebildet.

„Charmant. Ich ooch nicht“, zitierte er, und jetzt war sie in Form:

„Curt Goetz, Herbst. Zwar in einem andern Zusammenhang, sonst aber wörtlich zitiert.“

„Sie kennen Ihre Klassiker!“

„Na und ob. Wenn wir – ‚wir‘, das sind wir Geschwister, fünf an der Zahl –, wenn wir also ganz vergnügt und ein bißchen beschwipst sind –

Ernst, mein Bruder, sorgt immer für Getränke –, dann lesen wir Curt Goetz mit verteilten Rollen. Obwohl wir alle seine Bühnenstücke schon genau kennen. Aber es macht jedesmal wieder Spaß. Ernst kann sogar noch ein echtes Sächsisch."

„Da möchte ich mal Mäuschen sein dürfen!"

Sie hatten das Café erreicht; er öffnete die Tür. Sybille kam sich in diesem Moment ohne Handtasche doch etwas deplaciert vor, zumal sie – es war ja Frühjahr – im Kleid war. Hosen haben wenigstens Taschen.

„Wenn Sie ein Taschentuch brauchen, hier." Er steckte ihr eins unter dem Tisch zu, an den sie sich gesetzt hatten. Es war kein Tempo aus Papier, sondern ein richtiges, handgenähtes, zusammengefaltetes Herrentuch; sie lächelte ihn dankbar an und benutzte es mit einer raschen, zärtlichen Bewegung. Es roch angenehm, ganz zart.

Sie sprachen weiter von Goetz, von seinen Lustspielen, und von dem schönen Denkmal, das seine Frau ihm im dritten Band seiner Erinnerung setzte, die sie zu Ende schrieb, weil er es nicht mehr konnte. Sie sprachen von seiner Hündin Thea und anderen Hunden, von Büchern – denen, die er geschrieben hatte und, viel wichtiger, die er noch schreiben würde –, vom Schilaufen im Winter, da stellte sich heraus, daß sie denselben Ort im Kleinen Walsertal kannten, von allem möglichen und von der nächsten Buchmesse im Herbst. Als er sie in ihre Buchhandlung zurückbrachte, war sie wie benommen; beinah war sie jetzt diejeinige, die vom Parkplatz aus nicht hinfand. Nur wie im Traum hörte sie ihn mit dem Chef reden und diesem erklären, warum sie so spät kamen. Eins wußte sie genau und hätte es nicht vergessen, was auch um sie her passiert sein würde: daß sie heute abend ins Kleine Theater gehen würden, er und sie, und sich dort die Komödie ansehen, von der ganz München sprach. Und ...

Ja, es waren noch unendliche viele Unds, auf die man zuleben konnte, an diesem märchenhaften Tag im April. Und eines nach dem andern wurde Wahrheit. Sybille hatte das Gefühl, als hätten die Götter die Waage nicht nur für eine zögernde Stunde angehalten, um mit Gottfried Benn zu sprechen, sondern einen ganzen Abend lang. Und das schönste und wichtigste „Und" war zweifellos das, daß er sich drängend immer wieder von ihr versprechen ließ, auch in diesem Herbst zur Buchmesse zu fahren und ihn dort zu treffen, ganz, ganz bestimmt. Sie wäre sowieso hingefahren, aber sie versprach es, als sei es etwas ganz Großes, etwas, das sie sich sehr überlegen müßte, ihm zuliebe, aber vielleicht doch tun würde. So war das gewesen. Und nun war die Buchmesse da. Sybille streifte durch die Hallen, sie hatten sich an keinem bestimmten Platz verabredet, nur „auf der Messe", aber es wäre ja noch schöner, wenn man sich da nicht finden würde! Und warum hatten sie keinen genauen Platz, kein Datum, keine Stunde festgelegt? Sybille wußte es genau. Es war beim Abschied gewesen, als sie sich endlich, endlich trennten, vor ihrer Haustür in Waldtrudering, und sie hatte nicht sprechen, nicht fragen, ja kaum nicken können, denn da lag ein Mund an dem ihren, der diesen nicht freigab, nicht für eine Sekunde ...

Das Taschentuch hatte sie noch. Es steckte in ihrer Handtasche und duftete immer noch ein kleines bißchen nach Leder, nach ihm – sie steckte schnell die Nase hinein und hob das Gesicht wieder. Und als sie es gehoben hatte, stand er direkt vor ihr, ganz nahe. Sie sagten beide kein Wort, sondern sahen einander nur an. Und dann faßte er sie ganz leicht beim Ellenbogen und schob sie neben sich her, an den Ständen vorbei, durch den Trubel, den das Fernsehen an einer Stelle verursachte, wo irgendein neuer Komet am Bücherhimmel aufgetaucht war und sich filmen ließ, in mürrisch arroganter Pose – vorbei an den kaffeetrinkenden Schlachtenbummlern und diskutierenden Verlegern, radebrechenden Ausländern und ernst und wichtigtuerisch daherwandelnden Polizisten, hinaus in die jetzt milde Oktobersonne, zu einer Bank, auf der die „Frankfurter Allgemeine" lag, das Literaturblatt aufgeschlagen ...

Teresa saß in ihrem Horst, dem ausgebauten Dachraum des Hauses in Feldafing, das ihr Mann ihr vererbt hatte. Es lag in einem Garten, der ein wenig zum See hin abfiel, eine dreihundertjährige Eiche und sonst nur Rasen und ein paar Büsche enthielt, und war vermietet, beide Stockwerke, an nette und friedliche Leute. Sie hatte sich nur den Dachboden vorbehalten, der eine einfach traumhafte Aussicht bot. Unterhalb des Gartens der Golfplatz, dann der See und dahinter Gebirge – schöner ging es nicht. Um den Blick bequem genießen zu können, hatte sie sich ihren Schreibtisch auf einen etwa halbmeterhohen Podest gestellt, zu dem drei Stufen hinaufführten, so daß man, dort sitzend, durchs Dachfenster hinaussehen konnte. Alle Wände waren hell getäfelt, auch die beiden tragenden Balken mitten im Raum, die ein mehrstöckiges Bücherbrett verband. In dem einen Winkel – Dachböden sind winkelig, das aber kann auch ihren Charme ausmachen – stand die Eckcouch, Bett für Terry und sie, im andern die Kochnische. Das Ganze elektrisch beheizt. Großartig einfach und einfach großartig. „Ein Raum muß einen in die Arme nehmen", sagte Teresa immer, „man muß ‚ah!' sagen, wenn man hereinkommt." Mit diesem Raum war ihr das gelungen. Vielleicht hätte sie Innenarchitektin werden sollen.

Vielleicht. Nein, darüber wollte sie heute nicht nachdenken. Sie hatte anderes zu bedenken. Sie würde also wieder heiraten, fragte sich nur, wen. Es kamen drei in Frage, und keiner war der ganz Richtige. Aus ihrer ersten, doch sehr kurzen Ehe hatte sie mehr gelernt, als die andern wußten, eins jedenfalls: Es kann ein Mann ein wunderbarer Mann sein und doch kein Vater, auch wenn er es ist. Wieviel schwieriger, wenn er es erst werden soll, Vater eines nun schon zehnjährigen, nicht einfachen Kindes. Terry war nicht einfach, obwohl es so schien. Teresa wußte das sehr genau.

Sie seufzte.

Natürlich hatte sie schon ein bißchen herumgefragt; sie war klug genug, zu wissen, daß man aus einer Antwort nicht ohne weiteres das Richtige heraushören konnte, aber vielleicht etwas herauspicken, das man überlegenswert fand. In ihrem Fall allerdings waren die Antworten nicht sehr ergiebig ausgefallen.

„Gemalt bekommt man keinen Mann. Jeder hat Fehler."

„Andere Frauen müssen auch allein durchkommen, mit Kind, manche sogar mit Kindern. Das hat es zu allen Zeiten gegeben."

„Du hast doch dein Auskommen, durch die Miete und die Halbtagsarbeit. Wozu dann heiraten?"

„Du hättest Terry besser erziehen sollen. Das rächt sich jetzt. Eine Mutter mit einem guterzogenen Kind findet schon einen Mann."

„Willst du es nicht mit einer Annonce versuchen?"

Und so weiter. Danke. Alle, die sie gefragt hatte, waren sozusagen Partei. Die Männer, weil die meisten fanden, sie selbst wären der Richtige gewesen, wenn nicht leider schon vergeben; die Frauen, weil sie meinten, Teresa sei reichlich anspruchsvoll. Wie viele junge Mädchen bekämen gar keinen Mann, das sagten die Ledigen. Und verheiratet sein sei gar nicht so, wie man es sich vorstellte – die Ehefrauen. Und drittens, es müßten ja viele ohne Mann auskommen.

Man müßte jemand Unparteiischen fragen, dachte Teresa. Jemanden, der das Leben kannte und doch nicht mittendrin stand im Strudel, der weise war. Gab es heute noch weise Menschen? Auf einmal wußte sie es: Tahe. Tahe würde ihr raten, richtig raten, so raten, daß man danach handeln konnte.

Tahe – Betonung auf der zweiten Silbe – hieß eigentlich schlicht und beinah allzubürgerlich Tante Hedwig und sah auch so aus. Dick, gemütlich, grauhaarig. Irgeindein Kind hatte einmal daraus „Tahe" gemacht, und der Name war ihr geblieben.

Tante Hedwig hatte ihr Leben lang im Sozialamt gearbeitet und sich dann, sobald sie das Rentenalter erreicht hatte, der Gefangenenbetreuung zugewandt, speziell der Betreuung straffällig gewordener Jugendlicher, die nach ihrer Entlassung so schwierig ins Leben zurückzuführen sind. Sie brachte sie unter oder nahm sie selbst für einige Zeit auf, sooft sie auch gewarnt wurde, und konnte, bei aller Bescheidenheit stolz darauf, auf bereits mehr als zehn „gelungene" Fälle hinweisen. Sie war alt und nicht egozentrisch, allein und nicht verbittert, klug und nicht rechthaberisch – und gütig, ohne daß es einem auf die Nerven fiel. Vor allem aber: Sie verstand zuzuhören. Gab es so etwas? Sicherlich nur selten.

Teresa hatte, kaum daß ihr der Name eingefallen war, mit einem federnden Sprung – sie war ja Krankengymnastin und gut trainiert – ihren Hochsitz verlassen und befand sich gleich darauf, zum Ausgehen bereit, vor dem Spiegel. Die Pelzjacke stand ihr vorzüglich, das Mützchen erst recht, sie winkte ihrem „Horst" ein fröhliches „Bis bald!" zu – Teresa hatte die Gewohnheit, mit den Dingen um sich zu sprechen, wenn es niemand hörte – und entschwand die Treppen hinunter. Ihr häßliches Entlein, das Wackelauto, wie Terry es nannte, stand im Garten. Teresa wußte genau, warum sie sich keinen schicken Wagen hielt. Unnachahmlich, wie sie aus diesem Gefährt auszusteigen fähig war.

Terry fing an, sich zu langweilen. Eine Zeitlang machte es Spaß, Gesprächen zuzuhören, Bücher anzusehen und ein wenig herumzuspazieren, jetzt aber meinte sie, es wäre Zeit, dies zu zweit zu betreiben. Ernst müßte dasein! Der würde die komischen Leute nachmachen und mit denen nette Gespräche anfangen oder sie einfach bei der Hand nehmen und sagen: „Ach was, Terry, jetzt gehen wir in den Zoo“, wenn er genug hatte von der Messe. Aber Ernst war nicht da, der hatte Termine auf dem Gericht, und Sybille, die versprochen hatte, jede volle Stunde hier aufzutauchen, war untergetaucht. Na ja, Erwachsene!

Terry hatte einen Jungen in etwa ihrem eigenen Alter entdeckt, der sich Bildbände am Stand des Verlages ansah; sogleich schlich sie von hinten an ihn heran und hielt ihm die Augen zu. Er drehte sich um, da rannte sie davon, er hinter ihr her. Sie schlug ein paar Haken um nichtsahnende Messebesucher herum, ließ ihn listigerweise näher kommen und stellte ihm, als er meinte, er habe sie, erfolgreich ein Bein. Er flog vornüber, zum Glück in eine Dame hinein, die, umfangreich und gewichtig, den Stoß aushielt, ohne zu wanken.

„Na, hier ist aber kein Spielplatz“, sagte sie, es klang aber nicht unfreundlich. Sie half dem Jungen sogar beim Aufstehen.

„Danke, ich kann schon allein ...“ Seine Augen suchten Terry.

Die stand jetzt harmlos am Büchertisch, als wäre nichts gewesen.

„Wie heißt du?“ fragte er, neben sie tretend.

„Terry. Und du?“

„Peter. Wollen wir was spielen?“

„Ja. Paß auf, wir spielen Beschleichen. Jeder von uns versteckt sich, und wer zuerst wieder hier am Stand ist, hat gewonnen. Du darfst nur hinter Männern herschleichen und ich nur hinter Frauen. Losrennen darf man erst, wenn man den anderen gesehen hat. Kapiert?“

„– 'türlich. Ich bin ja nicht von Dummsdorf. Los.“

Sie liefen davon, jeder in eine andere Richtung. Das Spiel erwies sich als spannend und bewegt, weil es erforderte, daß man sehr gut aufpaßte, vom vorsichtigen Schleichen zum blitzschnellen Rennen wechseln mußte und tunlichst keinen Erwachsenen umrennen durfte. Manchmal gewann Terry, manchmal Peter. Einmal sah Terry Sybille, die am Arm eines Mannes daherkam, nicht sehr schnell. Sie sah Terry nicht, schritt wie im Traum, der Herr hatte sie nicht untergehakt; es sah aber aus, als hätte er. Sie sprachen nicht, aber Sybille lächelte, nicht nur mit Mund und Augen, sondern – nun, ganz und gar. Ihr Gesicht war ein einziges Lächeln, weich und süß, und Terry mußte plötzlich an Mami denken, wenn diese ihr gute Nacht sagte. Mami und Sybille waren einander nicht ähnlich; plötzlich aber merkte man, daß sie Schwestern waren.

„Haha, gewonnen!“ hörte sie Peter halblaut rufen. Sie kam zu sich und machte ihm ein Zeichen: „Gefahr in Verzug“. Er verstand, blieb am Stand stehen und blätterte harmlos in einem Kalender. Terry tauchte unter.

„Nein, sie ist nicht hier. Vielleicht hat Birgit sie aufgegabelt, meine Schwester“, sagte Sybille. „Wir kommen nachher noch mal her. Es ist ja auch nicht die genaue volle Stunde. Jede volle Stunde wollten wir uns hier treffen ...“ Sie gingen weiter. Terry stand wieder neben Peter. „Weiter?“

Später fuhren sie mit dem Bähnle bis zum Eingang und wieder zurück. Dabei entdeckten sie eine Wurstbude. „Ich hab' Hunger“, sagte Peter, und Terry merkte auch, daß Mittag längst vorüber war. Sie kauften sich jeder eine Wurst.

„In welcher Halle waren wir eigentlich? Ich muß zurück“, erinnerte sich Peter plötzlich. Terry wußte es. Sie fand sich überall mühelos zurecht, wo sie ein einziges Mal gewesen war. Am Eingang der Halle stand eine junge Frau, hübsch und schlank, Hosenanzug, das Gesicht in heller Aufregung. Sie stürzte Peter entgegen, kaum daß sie ihn gesehen hatte.

„Nein, Junge, wo treibst du dich herum! Wir haben dir ausdrücklich gesagt ...“ Sie lachte und schluchzte dabei ein bißchen und unterdrückte das Schluchzen, so, wie Erwachsene es zu tun pflegen, wenn sie unbegreiflicherweise aufgeregt sind wegen nichts und wieder nichts, und redete auf ihn ein. Er habe versprochen, sich nicht wegzurühren, und sie suchten stundenlang nach ihm, Vater wäre beinah schon zur Polizei gegangen, und – und – und ...

Peter war wütend.

„Ich bin doch kein kleines Kind. Ich hab' mir nur eine Wurst gekauft, und alleine – ich war gar nicht alleine.“ Er drehte sich nach Terry um, während ihn seine Mutter an der Hand vorwärts zerrte. An der Hand, als wäre er drei Jahre! Terry sah, wie er versuchte, dem Griff der Mutter zu entkommen, aber die war jung und energisch.

„Los, los, vielleicht finden wir Vater, ehe er dich ausrufen läßt!“

Sie drängelte sich durch den Menschenstrom hindurch, Terry folgte in einigem Abstand. Sie wußte, wie es ist, wenn so auf einen heruntergescholten wird – ‚gegoscht‘, dachte sie –, man kommt zu keiner Verteidigung und wird einfach niedergeknüppelt. So sind Mütter nun einmal.

„Na bitte, da ist er ja! Hallo, alter Knabe, auf Entdeckungsreise gewesen?“ Ein großer, breitschultriger, freundlicher Herr stand jetzt vor ihnen, vor Peter und seiner hübschen, zornsprühenden Mutter, und sah amüsiert auf sie herab.

„Ja, Vater. Bloß, weil wir Hunger hatten, ihr wart so ewig weg.“ Peters Stimme klang beleidigt. Sein Vater lachte und schob ihn vor sich her, während er seine Frau unterhakte.

„Na, da wollen wir mal. Hunger habe ich nämlich auch." Sie verschwanden im Gedränge.

Terry war ihnen unwillkürlich ein Stück gefolgt. Zuerst im gleichen Tempo, dann langsamer, bis sie sie aus den Augen verlor. Peter hatte sich nicht noch mal umgedreht. Wie eine Wand waren die beiden hinter ihm gewesen, wie eine Mauer, seine Mutter und sein Vater, vor allem der. Breit, schützend, nicht so hysterisch verrückt wie die Mutter, sondern ruhig, ein bißchen belustigt, warm. „Na, alter Knabe", hatte er gesagt, als spräche er zu einem Gleichaltrigen, auf den er gewartet und der sich ein wenig verspätet hatte.

Terry ging langsamer. Sie hatte das Gefühl, als zöge etwas an ihr, in ihrem Innern, etwas Schweres, wie eine dicke Kugel aus Blei. Nicht im Bauch; es war nicht etwa die Wurst, die ihr nicht bekommen war, die hatte gut geschmeckt, und Terrys Magen vertrug alles. Es war etwas anderes.

„Ja, Vater", hatte Peter sogleich geantwortet, als er dem Mann entgegensah, hatte ihm das Gesicht entgegengehoben und erzählt, was gewesen war. Und der Vater hatte ihn liebevoll und etwas grob – ‚Zärtlichkeit ist etwas Scheußliches', dachte sich Terry und schüttelte sich – vor sich hergeschubst und dabei gelacht, ganz hinten in der Kehle. Und seine Frau untergefaßt und ein bißchen geschüttelt. ‚Nun gib nicht an, er ist ja da', mochte er gesagt haben. Terry hatte das nicht gehört, aber sie wußte es irgendwie.

Langsam ging sie zum Stand zurück. Das Eisenbahnabteil war leer. Sie setzte sich, kreuzte die Arme auf den Knien und sah auf ihre Schuhe hinunter. Die Bleikugel in ihr zog noch immer, schwer, schwer. Jetzt wußte sie auch, wo sie lag.

Es wurde fünf, halb sechs – und nach vielen, vielen Stunden endlich halb sieben. „Um sieben wird zugemacht", hatte Birgit gesagt, „ich hol' dich schon um halb." Und sie war pünktlich da, Birgit, auf sie war Verlaß.

„Puh, das war kein Vergnügen, das war a Strapazn", pustete sie, während sie mit Terry an der Garderobe wartete, „zieh du mal mit deinem Chef einen ganzen Tag herum. Da weiß man, was man getan hat. Obwohl er heute wirklich sonnig war." Sie nahm den Hut ab, um ihn neu aufzusetzen.

„Und Sybille?" fragte Terry. „Sie war ein einziges Mal da, aber nicht zur vollen Stunde."

„Kommt später. Da, hier ist dein Mantel. Ach ja, schön ist die Messe schon, aber der Abend hat auch was für sich. Komm, hier geht's raus."

„Liebes Kind", sagte Tahe – und von ihr konnte man sich wahrhaftig so nennen lassen, ohne eine seelische Gänsehaut zu bekommen, „liebe Teresa, du brauchst eigentlich gar keinen Rat. Du bist gescheit genug, zu wissen, daß du etwas willst, das es nicht gibt. Einen Mann für dich, der gleichzeitig ein reizender Vater für Terry ist – Nonsens, meine Liebe. Es gibt nur das eine oder das andere. Beides zugleich, das kommt nur in Geschichten vor, in sehr törichten, also langweiligen Geschichten. Mit siebzehn würdest du mir das nicht glauben. Aber siebzehn bist du nicht mehr."

„Nein, Tahe, erheblich älter. Du meinst also, heiraten kommt nicht mehr in Frage?"

„Meine ich nicht. Du kannst ruhig wieder heiraten, du möchtest doch. Na also. Und so, wie du aussiehst, wirst du es auch. Nur – ja, beides zusammen, das gibt es nicht. Aber es gibt ein Entweder und ein Oder. Das Entweder wäre der Mann für dich. Da gibt es bestimmt eine ganze Auswahl. Du könntest einen Diplomaten heiraten oder einen Wissenschaftler, einen Künstler oder einen Lehrer. Du bist biegsam genug, dich anzupassen. Das Oder wäre der Vater für Terry. Den findest du auch. Es gibt eine Menge Männer, die gern ein Kind übernehmen, gern, mit den besten Vorsätzen. Die sich – vielleicht – ein wenig scheuen, selbst eins in die Welt zu setzen, weil sie sich selbst gegenüber kritisch sind. Ist aber ein Kind schon da und sucht einen Vater – mit Vergnügen. Nur ob *du* so einen willst, das fragt sich, und mit Recht. Wie alt ist Terry, zehn? Wie lange braucht sie noch einen Vater? Sieben Jahre, rund gerechnet. Dann hat sie vermutlich einen Freund, dessen Ansichten sie übernimmt, dessen Lied sie singt – mit dem sie womöglich bereits zusammenlebt. Sieh dich doch um, so ist es doch. Und wegen sieben Jahren willst du einen Vater für dein Kind heiraten, der dann überflüssig ist, und vielleicht noch fünfzig Jahre mit ihm leben? Teresa!" Sie lachte. Teresa mußte auch lachen.

„Also?"

„Also nimm das Entweder. Den Mann für dich. Da gibt's viele, du brauchst mir gar nichts zu erzählen. Er kann sich ja trotzdem mit Terry anfreunden, das eine schließt das andere nicht aus. Aber heute ist die Lebenserwartung hoch, und du möchtest doch deinem Kind später nicht vorwerfen, auch nicht innerlich, daß du seinetwegen einen Mann genommen hast, mit dem du später nichts Rechtes mehr anfangen kannst. Dich geopfert hast, wegen sieben kurzer Jahre.

Mütter, die sich opfern oder geopfert haben, stehen bei der nächsten Generation nicht mehr sehr hoch im Kurs. Also nimm ruhig deinen Musiker oder den Archäologen."

„Tahe! Woher weißt du!" rief Teresa, nun wirklich verblüfft. „Ich habe doch gar nichts davon gesagt!"

„Und ich weiß gar nichts", lachte Trahe, „du sollst mir auch gar nichts erzählen. Das eine aber hast du kapiert, Entweder – Oder. Wenn du mich fragst – und das hast du getan, vermutlich, um wirklich eine Antwort zu bekommen –, dann Entweder."

„Und du hältst mich nicht für eine Rabenmutter?"

„So, wie ich dich kenne, nein. Jeder Mensch hat ein Recht auf Glück, und deins war kurz. Terry kommt noch. Es kommt, sie ist ja deine Tochter.

Und in ein Waisenhaus wird sie ja nicht gesteckt bis dahin, wie Oliver Twist. Zur Zeit ist sie bei Ernst? Na, da hat sie bestimmt viel Spaß."

„Vorübergehend. Birgit hat sie mitgenommen, sie wollen beraten, und das, finde ich, geht besser ohne mich. Mit Terry habe ich schon gesprochen und ihr gesagt, daß ich eine Zeitlang wegfahre – und warum, das weiß sie auch, so wie ich meine Tochter kenne."

„Und Sybille? Heute abend ausgebucht?" fragte Ernst.

„Genaues weiß ich nicht. Sie winkte mir zu, als wir uns mal trafen", sagte Birgit, „und rief was von später. Wir sind ja lange wach, da kann sie läuten. Gestrahlt hat sie wie ein Christbaum im Mai. Dummer Vergleich, ich weiß aber keinen anderen. Jedenfalls liegt sie in Rosenketten. Und in diesem Zustand wäre sie wohl auch nicht ansprechbar, wenn sie hier wäre."

„Eben. Machen wir es uns also ohne sie gemütlich."

„Bist du nicht müde, Terry?" fragte Birgit. Terry gab einen Laut von sich wie ein Seelöwe, halb bellend, halb hustend. Sie hockte im Schlafanzug, die Beine rechts und links zurückgeschlagen, zwischen den Schienen von Ernsts elektrischer Eisenbahn, eine Hand am Trafo, mit der anderen die kleine Lokomotive auf die Schienen stellend. Ihre Fußsohlen waren grau.

„Achtung, jetzt. Ich lasse beide Züge auf einmal los, den einen so rum, den andern entgegen."

„Aber keinen Zusammenstoß, bitte ich mir aus, auch nicht aus Versehen", sagte Ernst.

„Dazu ist doch hier die Weiche da. Der eine Zug muß abbiegen."

„Warte, die Weiche übernehme ich. Nein, ich! Du bist am Trafo ..." Ernst balancierte über die Schienen und hockte sich dorthin, wo vor dem kleinen Bahnhofsgebäude ein paar Gleise parallel liefen, durch Weichen verbunden.

„Eigentlich brauchten wir ja noch – ja, eine Kletterweiche wäre hier schön. Ein Übergang. Daß die Züge auch übereinander kreuzen könnten. Vielleicht kann ich morgen im Spielzeugladen ..."

„Klar. Wäre prima. Kletterweiche ...", sagte Terry. Birgit saß daneben und strickte an einem Umhang für Terry. ‚Warum wohl Klaus nicht anruft', dachte sie.

Da läutete das Telefon. Es meldete sich aber nicht Klaus, sondern Corona.

Birgit lief zum Apparat, ehe Ernst sich aufgerappelt hatte.

„Ja, gut geht's, sehr gut! Nur du fehlst natürlich. Was, Hans, dein Erstgeborener, geht nach England? Wunderbar! Vier Wochen oder länger? Toll! Dein Filius hat Glück! Was sagt denn Herta dazu? Natürlich ist es besser, er geht allein, sonst würden die beiden ja doch nur deutsch miteinander reden. So etwas wäre auch gut für unsere Rose. Englisch vier, nahe an fünf, wenn sie einem auch immer einreden wollen, wie gut heute eine Vier ist! Du, Corona ..."

Nein, sie konnte nichts vorausnehmen, grüßte also nur von Ernst und Terry und Sybille und versprach, noch einmal anzurufen. „Sybille ist nämlich nicht da. Ich lege jetzt auf. Es wird teuer."

Sie tat es. Gleich darauf läutete es schon wieder, diesmal war es Klaus. „Oh, Klaus, beinahe hätte ich dich verpaßt!"

„Na, nun ist sie selig. Wenn der Teure anruft", sagte Ernst halblaut und wandte sich wieder der Eisenbahn zu. „Jetzt los, Terry! Ich zähle bis drei."

„Wenn ihr mich meint: Ich bleibe einfach hier, bei Ernst", sagte Terry. Die Erwachsenen fuhren herum.

„Ja, schläfst du denn noch nicht?" fragte Birgit.

Sie hatte Terry vor mindestens einer Stunde schlafen geschickt, mit ihr gebetet und ihr noch etwas vorgelesen. Dann war sie zu den andern zurückgekommen. Und da stand nun Terry wieder bei ihnen, barfuß im Schlafanzug.

„Ich konnte nicht einschlafen. Ich muß erst noch ..."

Sie hockte schon wieder zwischen den Schienen. „Hier muß ein Prellbock hin, der Zug fährt sonst darüber hinaus, Ernst. Ich habe es mir genau überlegt, vorhin. Ein Prellbock – wirst du dran denken? Oder soll ich dir's aufschreiben?"

„Nein, hierher gehört er." Ernst sah die Schienenfigur grübelnd an. „Wenn wir ihn hierher setzen, kann auch der größere Zug auf dieses Gleis. Ich besorge morgen einen. Jetzt probieren wir es erst mal mit – mit – wir müssen etwas Schweres hinstellen, damit die Lok es nicht wegpufft." Er stand auf, trat vorsichtig über das Schienengewirr und kam mit einem faustgroßen Lavabrocken wieder. „Aus Island, selber vom Hekla mitgenommen. Ich leg' ihn hierher, versuch mal, ob er genug bremst."

„Diese Kindsköpfe. Sybille, nun sag du mal ..."

Sybille war spät erschienen. Sie saß auf der Couch, lächelte in ihr Glas hinein und hörte weder ein Wort von Birgit noch von Ernst oder Terry – ‚Er liebt mich, er liebt mich, er liebt mich', dachte es unausgesetzt in ihr. ‚Hätte er mich sonst so dringend gebeten, morgen früh, ganz früh, Punkt neun, eher macht die Messe nicht auf, am Eingang auf ihn zu warten? Hätte er – würde er – könnte er sonst ...'

Nein, kein Sonst. Er liebt mich!'

„Aber jetzt in die Koje, verstanden? Mutter nannte uns immer die Wiedergänger, wenn wir noch ein einziges Mal erschienen, nachdem sie uns ins Bett gescheucht hatte."

„Ihr kamt also trotzdem wieder?"

„Wer sagt das?"

„Du! Du hast es gesagt."

„Jetzt verschwinde aber!"

„Ich bin ja schon drüben. Ich meine ..." Terry stand in der Schlafzimmertür, beide Füße hinter der Schwelle, also drüben.

„Ich meine, ich bleib' bei dir, hier in Frankfurt, bis Mami wieder da ist. Darüber wolltet ihr doch sprechen."

„Himmel, ja. Darüber werden wir sprechen. Aber hier bei Ernst kannst du nicht bleiben, Terry."

„Warum nicht? Hier ist doch Platz genug!"

„Jetzt hältst du gefälligst den Mund, Kamerad", sagte Ernst und schloß die Tür. „Nun dürfen die Erwachsenen auch mal ein Wort reden. Also."

Sie sprachen jetzt leiser, jedenfalls anfangs. „Nein, bei mir kann sie nicht bleiben, so gern ich sie behielte", sagte Ernst, als Birgit noch einmal die Lage geschildert hatte, von Teresas Plänen bis zur jetzigen Situation.

„Frauenloser Haushalt, Junggeselle, nein, geht nicht. Und bei dir, Birgit, geht's auch nicht?"

„Ich quartiere sogar Rose tagsüber aus. Klaus ist in der zweiten Dienstprüfung, er muß um jeden Preis Ruhe haben, sonst dreht er mir durch. Ihr wißt, wie gern ich eine zweite Tochter hätte, überhaupt oder auch für eine Weile."

„Wissen wir. Und Sybille?"

„Ich bin den ganzen Tag nicht daheim."

„Das ist natürlich schlecht. Freilich, am Vormittag wäre Terry in der Schule – sie geht schon in die höhere?"

„Erst ein paar Wochen. Sie könnte gut noch mal in die Volksschule zurück, wenn sie nicht in München bleibt. Für ein Jahr. Viele gehen erst mit elf in die höhere. Und in einem Jahr weiß Teresa ja sicher, was sie will und wo sie bleibt."

„Meinst du? Gott geb's. Wer ist denn der Glückliche, oder weiß sie das selbst noch nicht?"

„Ich jedenfalls weiß nur, daß es mehrere sind." Birgit seufzte.

„Ernst, wenn sie nur erst wieder – oder überhaupt erst mal – in den richtigen Händen wäre! Der eine ist, soviel ich weiß, ein großer Name an der Uni, nein, noch nicht Professor, aber kurz davor. Aufgehender Stern. Geologe oder Mineraloge, glaub' ich. Ich könnte mir Teresa sehr gut als Frau Professor vorstellen, im Abendkleid Besuche empfangen, huldvoll – und sich hinterher über die andern amüsieren ..."

„Ich weiß nicht." Ernst war unbehaglich zumute. „Aber bleiben wir beim Thema. Zu euch kann Terry also nicht, schade, wäre auch für Rose hübsch gewesen, die beiden verstehen sich doch gut! Zu Sybille auch nicht. Bleibt Corona."

„Rose freut sich immer riesig, wenn Terry da ist. Sobald Klaus seine Prüfung hinter sich hat, dann ... aber hör zu."

Birgit ließ das Strickzeug sinken, Zeichen ungeheurer Konzentration. Sie strickte sonst sogar beim Fernsehen. „Corona ist zwar überlastet, und eigentlich sollte man ihr jemand zu Hilfe schicken und nicht zum Betreuen. Vielleicht aber ist Terry ihr sogar eine Hilfe, jedenfalls beim Viehzeug. Terry ist sehr tierlieb. Und – ich hab' doch vorhin mit Corona telefoniert; Hansi geht für eine Zeitlang nach England. Dadurch ist sozusagen ein Platz frei. Und auf dem Land ist ja sowieso alles viel leichter ..."

„Und so gute Luft!" ergänzte Ernst und zog die Nase kraus. Corona züchtete – unter anderem – Siamkatzen, das rieche man schon von weit her, behauptete er, sogar durchs Telefon.

„Und sie bekommt einen schönen, fürstlichen Pflegevater!"

Sie lachten alle drei. Damals, als Hans der Große um Corona warb, hatte er einen Nebenbuhler, der war adlig. Dafür nicht sehr dekorativ. Ernst hatte ihn sogar einmal – nicht vor Coronas Ohren – als mickrig bezeichnet, keinesfalls vermochte er sich mit dem großen Hans zu messen.

„Ich bin nicht adlig, aber ich habe ein fürstliches Aussehen", hatte Hans gesagt. Und das stimmte, fanden die Geschwister.

„Corona macht es bestimmt möglich und nimmt Terry", sagte Birgit. Sie war traurig, weil es ihr selbst nicht möglich war. „Sie hat vier, und ich hätte so gern wenigstens zwei. Corona ist ein Glückspilz."

„Gut, fragen wir bei ihr an, oder besser: teilen ihr mit, was der Familienrat beschlossen hat. Ich zahle ihr gern ein nobles Kostgeld, das schadet nie. Wollen wir sie gemeinsam hinbringen und Corona dabei besuchen?"

„Ich will aber ganz bei dir bleiben, Ernst", rief es durch die geschlossene Tür. „Hier ist es so schön. Und Hansi ist ein Ekel, immer stellt er mir das Bein ..."

„Hansi wird gar nicht dasein, sondern in England", rief Birgit zurück. „Hast du's nicht mitgekriegt? Wenn du schon horchst, dann gefälligst richtig. Mit Herta wirst du dich sicher herrlich vertragen, du hättest doch immer gerne eine Schwester gehabt, und nun noch dazu eine im gleichen Alter."

„Stimmt nicht, viel zu jung", kam es prompt von Terry.

Birgit wurde ärgerlich.

„Neun oder zehn – so ein Riesenunterschied! Und dann sind dort noch die beiden Kleinen ..."

„Auf die ich aufpassen soll? Das könnte euch so passen. Ich bin keine Kindsmagd."

„Wer redet denn von Aufpassen. Aber mit ihnen spielen ..."

„Komm rüber, wenn du sowieso nicht schläfst", sagte Ernst und machte die Tür auf. Terry war im Nu da, sie mußte sozusagen im Tiefstart gelauert haben.

„Warum kann ich denn nicht bei dir bleiben, Ernst?", bat sie ernst und eindringlich. Onkel und Tante sagte heutzutage niemand mehr, und es klang irgendwie bewegend, wie die dünne kleine Terry den großen, breitschultrigen Ernst ansprach wie ihresgleichen. „Ich bin auch ganz, ganz vernünftig. Bei Mami war ich auch manchmal ein paar Tage allein. Da hat bloß die Nachbarin manchmal nach mir geschaut. Kochen kann ich auch. Wenn du heimkommst, ist alles fertig. Im Fernsehen kam mal ein Film, da hat ein Schriftsteller zwei Kinder zu sich genommen, in einen Turm, die hatten sogar einen Hund mit. Bello hieß er." Es klang sehnsüchtig – Ernst hörte es genau. Er sah Terry an.

„Den Film hab' ich auch gesehen. Mit Rühmann. Aber da kam auch das Jugendamt und mischte sich ein, besinnst du dich?"

„Ja. Aber wenn ich nur auf Besuch bei dir wäre? Dagegen könnte doch niemand etwas sagen!"

„Terry, du mußt doch in die Schule. Und dazu muß man polizeilich angemeldet sein. Anders geht es nicht", sagte Ernst freundlich. „Ich habe nur Bedenken, ob es Corona nicht doch zuviel wird, obwohl sie bestimmt nicht nein sagen wird. Als ich sie das letztemal sah – in einem Konzert in Kassel, sie hatte sich zum Geburtstag gewünscht, daß ich sie und Hans einlüde und nachher ausführte, es war sehr hübsch, alles miteinander. Nur hinterher kam der Ärger, schrieb sie mir. Die Kinder hatten inzwischen das Haus auf den Kopf gestellt, mit der sogenannten Aufsichtsperson zusammen, die sie engagiert hatte – also fürchterlich. Es habe Tage gedauert, bis der Normalzustand wieder hergestellt war. Ja, und da fand ich, daß sie schlecht aussah, dünn, zum Durchpusten, und nervös war sie auch. Sie tut zuviel."

„Ich fürchte das auch. Und da wollen wir ihr noch was dazu aufhalsen!"

„Sie gibt dem halben Dorf Flötenstunde. Damit will sie die einfachen Gemüter zur Kunst hinführen. Und auf ihrem Esel läßt sie behinderte Kinder reiten."

„Einen Esel hat sie?" fragte Terry aufhorchend.

„Ja, und eine Kuh. Sie meint, weil Hans der Große doch eigentlich Landwirt ist – er ist Regierungsrat in der Abteilung Land- und Forstwirtschaft –, müßte sie Viehzeug halten. Hühner auch, und Enten. Sie tut das alles gern, mit Begeisterung und Geschick, aber –"

„Ich glaube, wenn Hansi jetzt erst einmal nicht da ist, können wir Terry trotz allem hinbringen. Daß Hansi für einige Zeit mal nicht da ist, bedeutet für Corona sicherlich eine Art Lebensrettung. Er muß sich zu einem herzigen Früchtchen ausgewachsen haben, trotz modernster Erziehung."

„Trotz? Vielleicht infolge!"

„Wer weiß das. Die drei andern spuren, hab' ich das Gefühl. Und Terry sagt ja auch, sie könnte im Haushalt allerlei. Du wirst kein Schreckenskind sein, Terry, nein? Denk mal, ein Esel! Und eine Kuh! Vielleicht darfst du sie versorgen!"

„Aber ich bliebe lieber bei Ernst, *noch* lieber als beim Esel!"

„Das ist großartig von dir, Terry, ich werde es dir nie vergessen. Paß auf." Ernst nahm Terry zwischen seine Knie und sah ihr eindringlich ins Gesicht.

„Corona ist die einzige von uns, die auf dem Land wohnt. Alle anderen in der Stadt, in Mietwohnungen, das weißt du ja! Birgit und Sybille in

München und ich hier in Frankfurt. Nur du und deine Mutti, ihr wohnt in eurem eigenen Haus in Feldafing!"

„Ist aber voll von anderen Leuten", warf Terry dazwischen.

„Ja also, Corona ist die einzige von uns, die auf dem Land wohnt. Und da wird's dir gefallen, Terry. Wie wär's, wenn du jetzt ohne Theater dorthin gingst? Erst einmal probeweise, beruhigt dich das? Ja? – also dann schenk' ich dir einen Hund. Einverstanden? Einen jungen, Corona ist sehr tierfreundlich und wird sich rasend freuen. Zufällig hat mir ein Bekannter neulich einen angeboten. Den kriegst du. Willst du?"

„Oh, Ernst, du bist der liebste, beste! Oh, wie sieht er aus? Was ist es für eine Rasse? Wie alt? Krieg' ich ein Lederhalsband für ihn und eine Leine? Und ..."

„Es ist ein Terrier. Paßt das nicht gut zu Terry? Ich mag diese Rasse sehr, es sind kleine, lebhafte, mutige Hunde, ich hab' mir immer einen gewünscht. Aber weißt du, ich hab' von morgens bis abends zu tun, und es wäre sehr egoistisch, wenn ich mir einen hielte. Er wäre dann den ganzen Tag allein in der Wohnung, oder ich müßte ihn mit ins Büro nehmen, da hätte er es auch nicht besser. Wenn ich Frau und Kinder hätte, dann sofort. Die könnten dann mit ihm hinaus, in den Stadtwald, und ihn dort laufen und toben lassen, soviel er wollte. Arme Junggesellen müssen auf vieles verzichten, was sie sich lebenslang gewünscht haben." Er machte ein klägliches Gesicht. Birgit sah kurz zu ihm hinüber, senkte dann die Augen wieder auf ihr Strickzeug. Sagte er das nur, um Terry zu trösten? Oder wünschte er sich sein Leben doch anders?

Heutzutage wollen viele Leute keine Kinder. Sie sehen die Zukunft allzu schwarz. Birgit, die in München in jeden interessanten Vortrag ging, Zeitungen las und mit klugen Männern zusammenkam, die nicht nur das gute Münchener Bier, sondern auch ein gutes Gespräch zu schätzen wußten, war sich darüber klar. Warum sollte Ernst heiraten?

Sie selbst hätte gern sechs Kinder gehabt, da es ihr aber nicht vergönnt war, beschied sie sich glücklich mit dem einen. Wie die Welt allerdings aussehen würde, wenn dieses groß war? Aber vielleicht – auch im Dreißigjährigen Krieg haben welche überlebt, hatte Mutter immer gesagt, als sie für ihre fünf nichts zu brechen und zu beißen hatte.

‚Ach Ernst, ich wünschte dir schon eine Familie', dachte Birgit und strickte und strickte. ‚Das richtige runde Glück ist eben doch das mit Partner. Wenn ich Klaus nicht hätte ...' Ihr Gesicht verklärte sich, während sie an ihn dachte. Ernst sah es und schubste Sybille unauffällig an: ‚Guck mal, wie ein Honigkuchenpferd.' Birgit merkte nichts. Terry knurkste vor unterdrücktem Lachen.

„Gut also, jetzt geh' ich schlafen", sagte sie, gab Ernst einen ganz schnellen, verschämten Kuß, der danebentraf, und war verschwunden. „Ein Hund, ein Hund, ein Hu-hu-hund", hörte man sie noch singen, dann ins Bett fallen, damit war endlich Ruhe.

„Das war das Zauberwort, Ernst“, sagte Birgit und lachte. „Ich glaube, so wie du, so war unser Vater.“

„Fahr’ mit zu Corona, du hast doch noch Zeit“, sagte Ernst. Er bemühte sich, es so zu sagen, als sei es ihm gerade eingefallen und der Gedanke nicht das Produkt einer langen Überlegung, wie man Sybille ein wenig aufmöbeln könne. Sie tat ihm so leid. Da war etwas schiefgelaufen, aber mächtig schief.

„Doch, ich hab’ sie ein paarmal gesehen, aber immer alleine“, hatte Terry berichtet. „Wahrscheinlich hat er sie versetzt, der, mit dem sie neulich rumzog. Sich eine andere gesucht oder so was.“

„Woher willst du das denn wissen, Grünschnabel“, sagte Ernst unbehaglich.

„Hast du ihn mit einer anderen gesehen?“

„Nein, hab’ ich nicht. Überhaupt – erst war er noch da, früh, gleich als wir kamen. Und dann gingen sie mal am Stand vorbei, und da kam ihnen ein Mann entgegen, der furchtbar mit Händen und Füßen redete, aber kein Ausländer, deutsch redete er. Und dann rannte er davon, und Sybilles Scheich zerrte er mit sich.“

„Wohin denn?“ fragte Ernst, wider Willen interessiert.

„Weiß ich nicht! In Halle sechs vielleicht, da filmten sie fürs Fernsehen. Von Fernsehen hatte der aufgeregte Mann auch was gesagt, als er Sybille und ihren Freund überfiel. Er redete und redete und spuckte dabei. Ich stand ziemlich nahe daneben, aber keiner sah mich, aber ich hab’ es gesehen. Ein Lehrer von uns spuckt auch so, wenn er aufgeregt wird, man braucht direkt einen Regenschirm, wenn man vorne sitzt.“

Ja so. So also war das. Erst verliebt bis über die Ohren, und wenn eine Möglichkeit auftaucht, ins Fernsehen zu kommen, alles stehenlassen und nicht wieder erscheinen. Schöner Kavalier! An dem verliert sie nicht viel. Wer aber sieht das ein, während das Gift der Verliebtheit in seinen Adern kreist! Das waren Ernsts Gedanken, während er in seiner Mappe nachsah: Hatte er das – und das – und das? Und wo war der Autoschlüssel? Und ...

„Also, ihr geht heut noch mal? Und du nimmst Terry mit?“

Sybille nickte. Terry war schon im Treppenhaus.

„Aber wenn wir wiederkommen, fährst du mit uns, den Hund holen, Ernst, ja?“ Sie hüpfte wie ein Gummiball auf und nieder. „Und dann machen wir Hundetaufe. Du bist Pate. Ich weiß schon viele Namen, aber welchen ich wählen werde, weiß ich noch nicht. Dazu muß ich den Süßen ja erst sehen.“

„So süß kann er nicht gewesen sein“, murmelte Ernst, der noch an Sybille dachte. „Hoffentlich ist es ihm wenigstens durch die Lappen gegangen, das große Geschäft.“

„Du meinst, stubenrein ist er noch nicht? Den krieg’ ich aber, den krieg’ ich in drei Tagen sauber“, eiferte Terry. Ernst öffnete Sybille die Haustür.

„Komm." Wie ein trauriges Abbild ihrer vorherigen Seligkeit duckte sie sich unter seinem Arm durch, der die Tür aufhielt. ‚Ich heirate nie, nie, nie', nahm er sich wieder einmal grimmig vor. ‚Birgit und ihr Klaus sind eine Ausnahme. Glück ist kurz und gleich vorbei, und was bleibt, ist eine Wunde, die sich nie schließt ...'

„Buchmesse ist Käse", sagte Terry ein paar Stunden später zu Sybille. Sie benutzte zu diesem Satz ein anderes Schlußwort, aber Sybille reagierte nicht einmal darauf. Sie saß schon eine ganze Weile im „Eisenbahnabteil", stumm vor sich hin starrend, ohne sich zu rühren. „Jedenfalls am letzten Tag. Alle räumen schon auf. Komm, los. Wir gehen."

„Wohin denn?" fragte Sybille müde. Ihr war alles gleichgültig.

„Noch mal in den Zoo?" fragte Terry hoffnungsvoll. Sie war am Sonntag mit Ernst dort gewesen, hatte aber noch lange, lange nicht genug davon.

„Ach, ich weiß nicht." Gerade kam jemand. Terry und Sybille sahen auf – nein, nicht der Erwartete oder kaum noch Erwartete. Sybille freilich hatte wohl immer noch oder sofort wieder gehofft, er wäre es. Man merke ihr die Enttäuschung an. Dieses erst jäh aufleuchtende und dann sogleich wieder verlöschende Gesicht ...

„Ich bin es bloß, der unmögliche Ingo", sagte der junge Mann und gab Terry die Hand, „immer, wenn ich es bloß bin, möchte ich mich entschuldigen." Er begrüßte Sybille.

„ ... und Ernst sagt, heute krieg' ich ihn ganz bestimmt. Wir holen ihn nachher, wenn er fertig ist mit seinen Thermen."

„Terminen", verbesserte Sybille und versuchte zu lachen.

„Thermen gibt's aber auch", knurrte Terry und ärgerte sich. Immer lachten die Großen über einen, wenn man sich mal versprach. Versprechen sie sich etwa nie?

„Ja. Thermen gibt's. Thermalbäder", half ihr der junge Mann. „Sogar hier in der Nähe. Wollen wir hinfahren? Ich habe die Messe satt."

„Warempel, ich auch", sagte Terry. „Warempel" heißt auf holländisch „wahrhaftig", das hatte sie bei Rinses Besuch mitgekriegt, und das Wort gefiel ihr. „Und Sybille erst recht." Sie gab ihr einen kleinen Schubs. „Nicht wahr? Du magst auch nicht mehr."

„Nein, danke. Es reicht – los, wir gehen, aber nicht ins Thermalbad. Wie denken Sie sich das denn! Wir haben doch nichts mit, Badezeug und so."

„Gut, dann fahr' ich Sie ein Stück hinaus. Mein Wagen steht auf dem neuen Parkplatz, drüben. Wollen wir?"

Er sah Sybille aufmunternd an. Terry wollte sowieso.

Sie fuhren. Erst durch Frankfurts Gewimmel, das vom Fahrer viel Aufmerksamkeit verlangt, dann durch Kiefernwälder. „So viel Kiefern", sagte Terry.

„Ein bißchen flach“, sagte der junge Mann entschuldigend, als habe er die Landschaft entworfen, „Stuttgart mit seinem Wald ringsum ist schöner. Kennen Sie den Schönbuch? Dort hört man noch Hirsche röhren.“

„Wann?“ fragte Terry brennend interessiert.

„Jetzt, im Herbst. Nachts, möglichst bei Nebel. Es gibt Leute, die können das wunderbar nachmachen, sie röhren in Konservenbüchsen und locken damit die Hirsche an. Ich habe einen Freund, der das kann. Man muß aber sonst ganz, ganz leise sein und viel Geduld haben.“

„Kam einer, als ihr Freund röhrte?“

„Ja, denk' dir, immer näher, ganz nah. So nah schließlich, daß wir uns eigentlich schon fürchteten. Oder sagen wir so: Mir wurde es unheimlich; es klingt zwar großartig, urweltlich, irgendwie gewaltig, verstehst du. Aber wenn man nachts ohne Waffe im Wald ist und hört den Hirsch näher und näher kommen ...“

„Und?“ fragte Terry mit weit aufgerissenen Augen. „Wie er dann da war ...“

„Da war es ein Mann, der auch eine Konservenbüchse hatte und drauf röhren konnte, fast so schön wie mein Freund. Und der sich auch ein bißchen gruselte, als die Antwort näher und näher kam.“

Terry lachte, und auch Sybille lächelte. „Das ist doch nicht wahr. Das ist nett erfunden“, sagte sie. Der junge Mann wurde aufgeregt.

„Es ist erlebt, so wahr ich hier stehe.“ Er saß aber. Als Sybille das sanft feststellte, wurde er noch verwirrter.

„Warum röhren die Hirsche?“ fragte Terry.

„Sie röhren in der Brunftzeit. Weil sie verliebt sind.“

„Sind sie nur im Herbst verliebt?“

„Ja, merkwürdigerweise. Andere Tiere sind es im Frühling.“

„Und Menschen immer“, sagte Terry.

Es klang sachlich feststellend, und sie bekam keine Antwort darauf, weder von Sybille noch von ihrem Fahrer. Sie hatte auch keine erwartet. Sie fuhren weiter. Nach einer Weile nahm Terry das Gespräch wieder auf.

„Und wenn man einen richtigen Hirsch rantutet? Und er sieht, daß es kein Kollege ist, sondern nur ein Mensch?“

„Dann gnade einem Gott. Dann nimmt er einen auf sein Geweih – forkeln nennt man das – und forkelt einen, bis man tot ist.“

„Wirklich?“ fragte Terry schaudernd.

„Wirklich. Bei uns – wir wohnten damals zu der Zeit noch nicht bei Stuttgart – hat sogar ein Rehbock mal einen Menschen umgebracht. Einen Briefträger. Zu Tode geforkelt. Schrecklich, nicht?“

„Ja. Schade, daß es hier keine gibt“, schloß Terry das Thema ab.

Ernst bremste und hielt. Links der großen Straße ging ein Seitenweg ab, leicht bergauf. Dort stand ein Schild: Holdershausen zwei Kilometer. Ernst wandte sich seinen Schwestern zu.

„Wollen wir?“
„Nach Holdershausen? O ja, bitte!“
„Auch dort aussteigen? Oder lieber nicht?“
Sie sahen einander schweigend an, die drei Großen. Terry hingegen wußte, was sie wollte.
„Ich will raus. Laßt mich mal durch. Ich glaube, der Floh muß mal.“
Der Floh war der neue, junge, braunweiß gescheckte, heiß geliebte eigene Hund, Terrys Hund. Ernsts Geschenk. Birgit stieß die Tür auf. Terry und ihr Terrier sprangen hinaus.
Ernst kramte nach der Filmkamera und sah auf den Belichtungsmesser.
„Ich will das Schild als erstes draufhaben, sozusagen als Einleitung oder Titel. Und dann – kannst du dann weiterdrehen, Sybille, wenn ich es dir zeige? Ich denke es mir hübsch, wenn ich langsam fahre, und du filmst aus dem Wagen heraus. Kamera nach Möglichkeit ruhig halten. Die Mauer, den Schafstall, die Schule – dann das Kloster. Willst du es versuchen?“
„Ob es sehr verändert ist?“ fragte Sybille leise, während sie die Kamera in die Hand nahm. „Ich habe gehört, es sei viel gebaut worden.“
„Ja“, sagte Ernst, „soll aber gut geworden sein, geschmackvoll, dem Alten angepaßt. Erinnerst du dich noch?“ Sybille war die Jüngste der Geschwister. Und sie waren vor etwa zwanzig Jahren hier weggezogen.
„Na erlaube mal. An alles!“
„Er hat, er hat! Ja, brav, mein Hund!“ lobte Terry. „Siehst du, er ist schon stubenrein!“
„Autorein vielleicht, ob stuben-“ Ernst wiegte den Kopf. „Komm, steig wieder ein. Also fahren wir, ja? Und steigen auch aus? Na schön. Nur Tränen verboten, hört ihr!“
Sie fuhren langsam die weiche Bodenerhebung hinan. Sybille filmte, sie saß vorne rechts. Die kleine Kamera surrte. Ernst schwieg. Sie sahen alle drei nach rechts, wo die Gebäude gleich auftauchen würden.
Sie gehörten zu einer Generation, die herumgeworfen worden war, wie kaum eine andere, und sie hatten versucht, wieder eine Heimat zu finden, nachdem sie das Land verlassen mußten, in dem sie Kinder waren. Holdershausen hatte ihnen sechs glückliche Jahre beschert, dennoch war es ein seltsames, wehmütiges, ein geborgtes Glück gewesen: Wir müssen ja doch wieder fort. Mutter wußte es, die Kinder ahnten es, und sie hatten richtig gefühlt. Um so inniger hatten sie es geliebt und allesamt ein Stück Herz hiergelassen, auch Mutter, Mutter vielleicht am meisten.
„Sie müßte hier begraben sein“, sagte Ernst, und die andern verstanden genau, an wen er dachte.
Das Kloster mit den Guts- und anderen Gebäuden schmiegte sich in eine liebliche Talmulde; man fuhr erst sanft bergauf und dann hinunter, hinein in einen großangelegten wunderschönen Hof, der so breit war, daß er mittendrin Koppeln enthielt, die sogenannte Schafweide, obwohl keine

Schafe dort weideten, weder damals noch jetzt. Ernst fuhr um das Rondell vor dem Haupthaus, in dem sie unterm Dach gewohnt hatten. Die Mansardenfenster, „ihre" Fenster, gab es nicht mehr. Auch die Rosen auf dem Vorplatz waren nicht mehr da. Aber die Tannen an der rechten Seite standen noch.

Schweigend stiegen sie aus. Beide Portale des Hauses standen unter Denkmalschutz, waren also noch wie einst, unverändert. Die Tannen rauschten. Sybille und Birgit schoben die Schultertaschen zurecht, und Ernst schloß den Wagen ab, nachdem er die Kamera an sich genommen hatte. Es war sonnig, aber kalt, ein scharfer Oktoberwind wehte. Sie gingen am Kloster entlang, Kastanien und goldgelbe Blätter mit den Füßen vor sich herschiebend. Mal sagte der eine von ihnen ein Wort, mal der andere.

„Dort, die alte Mühle. Und hier haben wir das große Osterfeuer gemacht, in das es dann so hineinregnete. Da, die Kapelle. Und dort, der Teich ..."

Lauter Weißt-du-nochs. Unendlich viele. Sechs glückliche Jahre, Jahre, die unvergessen bleiben. Hier waren sie herangewachsen, halb noch Kinder und halb schon Erwachsene, jeder ein bißchen anders. Gemeinsam nur das eine: Wir haben ein Zuhause verloren, wir suchen ein neues. O Holdershausen, lieblich, wehmütig, geliebt. Sie hatten Terry ganz vergessen. Terry trabte so mit, halb neben, halb hinter ihnen – sie schwieg. Merkwürdig eigentlich, daß sie schwieg – sie hätte schreien und lachen und Kastanien aufklauben und damit umherwerfen müssen. Aber sie tat es nicht. Sie fühlte oder ahnte jedenfalls, daß den Großen hier etwas ans Herz ging. Die neue Kirche hinter dem Kloster betraten sie nicht. Von außen war sie schön, gut eingepaßt in den alten Stil, aber hineinzugehen widerstrebte ihnen. Rechts des freien Platzes vor dem Eingang stand ein Grabstein; das Datum lag erst wenige Jahre zurück. Sie lasen die Inschrift.

„Der Kaplan!"

Ernst lachte leise, und die andern mußten auch lachen. Den hatten sie einmal in seinem Auto mit Steinen bombardiert, und hinterher gab es ein großes Strafgericht von Mutter, ein so strenges, daß selbst der Kaplan, dazukommend, Einhalt gebot. Er meinte, es sei genug.

„Und du, Sybille, bekamst es auch mit ab und warst die einzige, die auf Mutters zornige Aufforderung hin endlich sagte: ‚Ich will's nicht wieder tun!', und dabei warst du gar nicht mitschuldig, sondern nachweislich ganz woanders gewesen. Mutter hielt sich meist mit Nachforschungen nicht auf, wenn sie in Rage war. Du hattest ..."

„... inzwischen Äpfel geklaut, im Schweinekamp. Bin aber nicht erwischt worden. Vielleicht dachte ich, es gilt dafür", sagte Sybille. Sie wußten es alle noch so genau von damals, alles von damals.

„Daß Mutter es über sich brachte, hier wegzugehen ..."

Birgit sagte es, als sie durch das große eiserne Tor in den „Froschweg" einbogen, wo die Frösche im Frühjahr immer von der linken Seite zur rechten hüpften, massenweise, große und kleine. Von drüben am Wald grüßte der „Rehwinkel", von Ernst „der blutige Knochen" genannt, einer der beiden Gasthöfe, die der kleine Ort besaß.

„Sie mußte ja", sagte Ernst, noch immer den bitterlichen Schmerz fühlend, der ihm damals das Herz zerreißen wollte, als sie wegzogen. ‚Nie, nie wieder werde ich froh sein können', hatte er gedacht, ‚nie wieder wird die Sonne für mich scheinen.'

„Ich glaube, das war der erste wirkliche Schmerz meines Lebens", sagte Birgit. „Als Vater starb, verstand ich das noch gar nicht. Er war sowieso schon so lange fort. Aber hier ..."

„Ja. Hier wußten wir es."

„Du also auch. Ich dachte immer ..."

„Mir wäre es leicht gefallen? Ach, Birgit. Wie oft kann einem einzigen Menschen eigentlich das Herz brechen?"

Ernst sagte es gewollt obenhin, wie einen kleinen Witz oder ein Zitat. Aber die Traurigkeit dahinter war nicht zu überhören.

„Ja, wie oft", sagte Sybille melancholisch. Nach einer Weile sagte Ernst, und es klang anders als vorhin, sachlicher, dennoch bewegt: „Wahrscheinlich wißt ihr es auch. Sie war meine erste, meine ganz große Liebe. Und sie blieb, wie wahrscheinlich viele erste Lieben, eine unerfüllte. Wie konnte es anders sein! Ich war damals sechzehn."

„Sechzehn. Oh, Ernst, war es schlimm?"

„Ja, sehr. Aber auch schön. Wie Lieben eben sind, die sich nicht erfüllen. Sehr schön, kaum zu ertragen. Was aber hält man nicht alles aus. Besinnst du dich noch auf sie?"

„Klar. Genau. Die Tochter vom Forstmeister. Sie war älter als du."

„Zehn Jahre älter. Schön war sie, braunäugig, dabei blond. Es ist auffallend, daß gerade Forstleute meist besonders schöne Töchter haben, auch wunderschöne Frauen, habt ihr das mal beobachtet? Vielleicht nicht, aber ich hab' drauf geachtet. Das liegt ja nahe. Wenn sie lachte. Sie lachte so gern – und sie hatte nichts zu lachen, wahrhaftig nicht."

„Ach nein ..."

Sie schwiegen. Das Laub vor ihren Füßen raschelte.

Ernst hatte den Kopf gesenkt und schob es vor sich her.

„Damals nahm ich mir vor, eine rasante, eine kometenhafte Karriere zu machen. In der halben Zeit, die andere brauchten, mit dem Studium fertig zu werden. Ich wollte, wollte – ach, was ist man komisch mit sechzehn Jahren."

„Gar nicht komisch", sagten Birgit und Sybille wie aus einem Mund. Es klang entrüstet. Ernst verstand genau, wie sie es meinten.

„Jeder in Holdershausen hat es gewußt, zweifellos, aber ich dachte, ich verschlösse es in meinem Busen. Die Spatzen pfiffen es vermutlich von den Dächern. So ist es überall. Holdershausen war die Welt im kleinen, im guten wie im schlimmen. Da gab es alles, Seitensprünge und Klatsch darüber, Liebe und Haß, Betrügereien, und dann wieder soviel Rührendes. Nachbarliche Hilfe und Füreinandereinstehen – wie die Schornsteinfegersche die beiden Kinder übernahm, die ihrer Schwester lästig waren, für Jahre – oder auch der Kaplan. Ja, der war auch goldrichtig, ein toller Mann, und wir beschmissen ihn mit Steinen. Und sie ..." Er brach ab.

Sie gingen schweigend. Terry hatte sich an seine Hand gehängt. „Und?" fragte sie nach einer Weile und sah zu ihm hinauf, mit großen, sehr ernsten Augen.

„Und? Kleine Terry. Das Leben tut halt weh, früher oder später. Mich hat es damals erwischt und andere eben zu anderen Zeiten. Es bleibt nicht aus. Und sie war nicht glücklich, weißt du. Sie wußte ..."

„Wir wollen doch an ihr Grab gehen, es muß hier sein, glaube ich, auf dem neuen Friedhof, hinter der Martinskapelle. Oder ..."

Sie gingen schneller, es war recht kalt. Der Wind blies bis auf die Knochen.

Vor der neuen kleinen Kirche, deren Bau sie damals noch gerade miterlebten, stand ein alter Mann und fegte die Blätter zusammen, die von den Linden fielen, herabgerissen vom kalten Wind. Er sah auf, sah Ernst an – fragend und so, als wollte er etwas sagen. Sagte dann doch nichts.

Sie fanden das Grab sehr schnell. Es lag in der zweiten Reihe, war ordentlich gehalten. Ernst sah die Daten an. „So jung war sie, obwohl ich fand – aber mich hätten die zehn Jahre nicht gestört, nie. Ich hätte sie ein Leben lang geliebt, das wußte ich ganz sicher. Sie war eine – eine außergewöhnliche Persönlichkeit, bestimmt."

„Sie nahm sich das Leben?" fragte Sybille leise. Sie, als die Jüngste der Geschwister, hatte damals wohl nicht ganz durchgeblickt. Ernst nickte.

„Ja, aber erst später. Als wir schon nicht mehr hier wohnten. Und nicht etwa – also das hatte mit mir überhaupt nichts zu tun. Sie hat vielleicht gar nicht einmal gemerkt, was sie für mich war, so denke ich heute. Daß ich sie so – so gern hatte. Ich war viel in der Forstmeisterei, bei ihrem Vater, habe mich dort nützlich zu machen versucht, nur um dort sein zu können – wie man das so macht. Mehr war es ja nicht, von außen betrachtet."

„Und sie wurde hier beerdigt? In geweihter Erde, oder wie sagt man da?" fragte Birgit scheu.

„Ja. Das hat übrigens der Kaplan durchgesetzt. Ich erfuhr es – ich habe es damals in der Zeitung gefunden und bin daraufhin noch mal hergekommen, es ließ mir keine Ruhe. Und habe gefragt und herumgehorcht. Sie hat es gewußt. Glücklich war sie nie, jedenfalls – sie war krank und wußte es, weißt du, Terry. Manchmal vergaß sie es, für Momente, und dann – sie konnte so spontan lachen, es klang wie ein Quell, hervorsprudelnd, entzückend. Und ihre Augen! Wenn sie manchmal den Kopf drehte, die Schulter halb mit und einen ansah. Vielleicht findet ihr es merkwürdig, daß ich – noch immer ..."

„Finden wir nicht", sagte Birgit rasch und bestimmt.

Ernst wandte sich um dem Ausgang zu. Terry ging noch immer an seiner Hand. Der Floh sprang voraus, aber sie achtete nur mit halber Aufmerksamkeit auf ihn.

„Komm her!" rief sie manchmal, sprang ihm jedoch nicht nach. Sie gingen die Straße hinunter unter den trocken rauschenden Bäumen. Jetzt kam das Haus, zur linken die Forstmeisterei.

Man sah sofort, daß sie leer stand. Breit, schön in den Proportionen, ein Barockbau. Davor vier Putten, steinern, bemoost, die vier Jahreszeiten darstellend. Terry sah sie an, fragte aber nichts. Dabei hätte es hier eine Menge zu fragen gegeben.

Auch die Großen sagten nichts. Hier hatte sie gewohnt, hier war Ernst aus und ein gegangen. Nun waren die Räume leer, die Fenster ungeputzt, die Tür verschlossen. Der Hof still, leer, kein Hund bellte und sprang im Zwinger hoch, wenn jemand kam. Kein Besuch trat die Erde von den rippenbesohlten Schuhen, mit denen er im Wald gewesen war, kein Gewehr wurde abgestellt, kein Jagdhorn neben der Wohnstubentür an den Haken gehängt. Leer, leer und tot, Dach und Mauern unversehrt; damals, als das Haus gebaut wurde, baute man für Jahrhunderte. Gleich an das Haus schloß die Klostermauer an, die noch ringsum fast lückenlos erhalten war. Sie gingen daran entlang, schweigend, bis zum zweiten Gasthof des Ortes, der zugleich den einzigen Laden darstellte. Ernst blieb auf der dreistufigen Eingangstreppe stehen und schwenkte die Kamera langsam vor seinen Augen, von links beginnend, vom Wald her über die davorliegenden Weiden, die sogenannte Fettweide, bei der Forstmeisterei kaum merklich verweilend, bis zum Kloster hinüber, daran vorbei nach rechts. Alles, alles – er wollte alles mitnehmen. Die Landschaft, die ihm das tiefste Erlebnis seines jungen Herzens beschert hatte, jenes Erlebnis, das noch immer richtung-, ton- und farbgebend in seinem Leben war.

„Keine hat mir seitdem gefallen, keine richtig", sagte er. Es klang ein wenig zaghaft und zart verwundert. „Sie war so – so – vielleicht war es gut, daß ich damals so jung war. Es ist so wichtig, an wen man zuerst gerät. Wenn der allererste Mensch, den man richtig liebt, einen enttäuscht ... Sie war so ehrlich. Sie machte sich nichts vor. Nie. Und sie handelte danach. Auch, daß sie – nun, von selbst ging, war Ehrlichkeit. Und Mut. Mir ist damals aufgegangen, wieviel geschwindelt wird in der Welt, na, und in meinem Beruf fand ich das ja auch ganz hübsch bestätigt. Sie war so echt. Sie war ..." Er brach ab, steckte die Kamera umständlich in das lederne Etui. Birgit und Sybille sahen ihn nicht an. Terry stand dicht neben ihm. Sie fror, man sah es ihr an; sie hatte bläuliche Lippen und schnatterte ein wenig mit den Zähnen. Sie drängte sich dicht an ihn.

„Komm, kleine Terry", sagte er und legte den Arm um sie, „komm. Du kriegst jetzt was Warmes zu trinken und dann auch was zu futtern, dich beutelt es ja."

Sie gingen hinein. Es wurde dann sehr lustig. Die Gastwirtin von damals war noch dieselbe, ein wenig kleiner geworden, ein bißchen runder vielleicht. Ihre Tochter und der Schwiegersohn wirtschafteten jetzt hier; sie half nur noch aus. Sie erkannte Ernst gleich, er hatte sich, zumal er keinen Bart trug, wohl am wenigsten verändert. Man hörte aus der Küche, deren Tür nur angelehnt war, eifriges und aufgeregtes Geschnatter.

„Mal gar nichts sagen“, grinste Ernst und vertiefte sich scheinbar in den Sportteil des hier zuständigen Käseblättchens, auch das war noch dasselbe, das sie damals lasen, aus zweiter Hand, am nächsten Tag erst, wenn es im Gutshaus ausgelesen war. Sie waren damals noch sehr arm.

Birgit hatte für alle dasselbe bestellt, ein handfestes Stammgericht. Jetzt erschien die Wirtin, frische Schürze, die Backen rot vor Neugierde und Aufregung, legte die Bestecke hin, guckte nach rechts und links, suchte einen Anfang. Sybille und Birgit verkniffen sich das Lachen.

„Ja, sind Sie nicht – darf man fragen ...“ Jetzt hatte sie es nicht mehr ausgehalten. Die beiden Schwestern guckten hoch, und Ernst legte die Zeitung auf den Tisch. Gleich darauf gab es eine, gab es *die* große Szene.

„Nein, Ernst, du! Oh, Entschuldigung, darf man denn noch so sagen?“

„Ich heiße noch so“, sagte er und legte die Arme um die kleine, runde Frau, nachdem er aufgestanden war, um ihr die Möglichkeit zu geben, ihm um den Hals zu fallen. Sie tat es, und, wie jeder sah, mit Genuß und Stolz.

„Nein, so was! Daß du uns noch kennst! Nein, Elfriede, nun mußt du aber schnell kommen. Das ist Ernst ... weißt du nicht mehr? Nein, damals warst du ja noch zu klein, aber erzählt habe ich dir immer ... von der Frau mit den vielen Kindern ... ja, Ihre Mutter lebt nicht mehr, ich weiß.“ Sie setzte sich mit an den Tisch, seitlich auf einen herangezogenen Stuhl, was ihren Respekt andeutete. Richtig mit Ernst am Tisch zu sitzen, fand sie nicht passend, wo der doch so ein feiner Herr geworden war. Dabei – ach, ganz der alte! Er sah ihr lachend ins erhitzte, strahlende Gesicht und ließ sich erzählen.

Später gingen sie den Gutsherrn besuchen, der sie damals aufgenommen hatte. Er war jetzt achtzig, aber, so fanden alle drei, unverändert und noch heute Kreisjägermeister. Höchst erfreut begrüßte er sie, konzentrierte sich dabei mehr auf die Damen, das war ja verständlich, küßte Birgit und Sybille ausführlich und ohne übertriebene Hast. Sein Spitzname „Küßgen“ – er stammte aus dem Rheinland – paßte also noch immer auf ihn, und Ernst bat, die Szene des Wiedersehens noch einmal zu wiederholen, damit man sie auf dem Film für die Ewigkeit festhalten könne. Küßgen spielte sofort mit, ging noch einmal ins Haus, nachdem man festgelegt hatte, wo die Sache abzulaufen hatte, mit Wald und Kühen als wirkungsvollem Hintergund, kam wieder heraus, betont harmlos um sich sehend, diesmal mit Jägerhütchen auf dem Kopf, erblickte –

„Ich seh' doch wohl nicht recht!“ – in freudigem Erschrecken die Ankommenden und breitete die Arme aus, in die Birgit und Sybille gekonnt hineinflogen. Und nun wurde wieder geküßt, nicht weniger gewissenhaft als vorhin.

„Das muß aber schön gewesen sein in Holdershausen, als ihr noch hier wohntet“, sagte Terry, als sie wieder heimwärts fuhren.

Sie hatte, während die drei Großen bei Küßgen saßen, ein paar Erkundungsausflüge in die nähere und weitere Umgebung unternommen, begleitet vom Floh. „Einfach wunderbar – zu schade, daß ihr nicht mehr hier wohnt.“

„Ja, das war es, kleine Terry“, sagte Ernst und überholte einen Laster, „einfach wunderbar.“ ‚Nie, nie wieder war ich so unglaublich glücklich wie hier‘, setzte er im stillen hinzu. Er sprach es nicht aus. Trotzdem legte Terry, die hinter ihm saß, ihre Wange an seinen Rücken und schloß die Augen. Ihr Gesicht sah in diesem Augenblick sehr erwachsen aus, sehr wissend – und sehr traurig. Birgit sah sie an, ohne daß Terry es merkte, sie hatte ja die Augen geschlossen.

Birgit seufzte.

„Und das Haus könnte man kaufen, die Forstmeisterei“, sagte Ernst nach einer Weile. „Für einen Pappenstiel. Freilich, hineinstecken müßte man einiges, wahrscheinlich das Dreifache vom Kaufpreis.“ Die Gastwirtin hatte ihnen davon erzählt, und Küßgen bestätigte es. „Aber die Räume darin, der Platz – und der Garten hinter der Mauer, ich kenne ihn doch. Und Stall und Scheune – eigentlich Scheune Traum. Nur, wer sollte hier sitzen, ein Anwalt wie ich vielleicht? Es ist ein Jammer.“

„Jemand mit einem freien Beruf. Ein Schriftsteller vielleicht – oder ein Rentner.“

„Die beide so viel verdienen, daß sie es kaufen könnten! Es gibt ein Sprichwort: Wenn wir keine Zähne mehr haben, schickt Gott uns endlich eine gute Nußernte.“

Sie lachten alle drei.

„Aber sonst ist es schön – geblieben oder geworden“, sagte Birgit, „zum Beispiel die Schmiede.“ Sie hatten, auf Küßgens Anregung hin, noch das Kornhaus angesehen, das jetzt umgebaut war, innen; außen war es unverändert in seiner kühnen Steilheit. Dort, wo die Schmiede gewesen war, dreihundert Jahre lang, wo Ernst als Junge den Pferden vom Gut die Hufe hielt, während der kleine und krummbeinige Schmied – warum sind Schmiede so oft krummbeinig? Weil sie es in den Sagen sind? Wieland, der eine Königstochter freite, Hephästus, der Aphrodite raubte, während dieser die Eisen glühend auf das Horn paßte, daß es zischte und jener unvergeßliche Dampf aufstieg, der keinem andern gleicht – dort hatte man einen Riesenkamin gebaut. Das Feuer brannte auf derselben Stelle, auf der damals das Schmiedefeuer flackerte.

„Ja wunderbar. Ich hatte Angst davor, das alles wiederzusehen, aber ich bin froh, daß wir dort waren. Jetzt müßten wir Mutter eine Postkarte schreiben können ...“

Das sagten sie immer, wenn sie etwas erlebt hatten, was auch Mutter nahegegangen wäre. „An unsere Frau Mutter oben im Himmel, Milchstraße elf – dort wohnt sie nämlich, Terry, deine Großmutter, und guckt zu uns herunter.“

„Warum gerade elf?“ fragte Terry.

„Weil elf eine Glückszahl ist. Du wirst ja nun auch bald elf, das erstemal, daß man zwei gleiche Zahlen als Geburtstag hat“, erklärte Ernst. „Jetzt aber wollen wir was singen. Wir singen immer im Auto. Was kannst du, Terry?“

„Hoch auf dem gelben Wagen. Wenn deiner auch rot ist“, kam es prompt von Terry. Und sie ließen den Wagen rollen.

Es wurde eine lustige Fahrt.

„Schade, sind wir schon da?“ fragte Terry, als Ernst hielt. „Hier wohnt sie? Das sieht ja aus wie aus einem Bilderbuch. Ich hatte mal eins, da waren englische Bilder drin, ganz komische. Mami hat mir erklärt, daß man in England solche hat. Da war eins, dazu hieß der Vers:

‚Es war einmal eine Frau,
die wohnte in einem Schuh.
Die hatte siebzehn Kinder,
die ließen ihr keine Ruh' ...‘“

Die andern lachten. „Das kennen wir auch!“

„Da nahm sie ihren Stecken her, da aßen sie alle Teller leer ...“ fiel Ernst ein, und dann vollendeten sie alle miteinander im Chor:

„Da gab sie dem einen zehn,
da wollten die andern alle schön brav
zu Bette gehn.“

„Gottlob hat Corona keine siebzehn“, sagte Ernst und stieß die Wagentür auf, „aber ‚die wohnte in einem Schuh‘, trifft beinah zu. Das reimt sich, also ist es wahr.“

So etwas von einem verwinkelten und verbauten Haus hatte sicher noch keiner von ihnen gesehen. Niedrig, die Haustür überdacht, aber so winzig, daß nicht nur Ernst, sondern auch die Schwestern sich bücken mußten, um hineinzugelangen. Übrigens war die Tür alt, von irgendeinem andern Haus übernommen, das wohl schon vor Jahrzehnten zusammengebrochen war; oben an der Ecke hatte man etwas heraussägen müssen, damit sie paßte, denn dort ging das Dach schräg hinunter. Dann kam man – hier war natürlich nichts verschlossen – einen engen Gang entlang und dann in die Küche, die, selbst gebaut, später erweitert sein mußte, wie man sofort sah; vorher mußte es die reinste U-Boot-Kombüse gewesen sein, denn auch jetzt war sie noch winzig. Ein Fenster über dem Herd, Spüle und Abstelltischchen waren zwar breit, so breit wie die Wand, aber niedrig. Das Fenster reichte bis zum Erdboden, wie man sah; denn draußen waren in Augenhöhe zwei kohlschwarze Zwergziegen zu sehen, beide mit gebogenen Hörnern, beide mit unmäßig dicken Bäuchlein, als seien sie hochtragend, das eine davon war aber ein Bock. Man roch es durchs verschlossene Fenster.

„Corona! Corona! Hallo! Wo steckst du?“ rief Sybille. Keine Antwort. Sie drangen weiter vor. Es war eine Entdeckungsreise.

„Wenn es hier mal brennt, gnade Gott“, murmelte Ernst kopfschüttelnd, „daß die Baupolizei so was duldet! Aber die war vermutlich jahrelang nicht hier. Hans der Große baut, glaube ich, jede Woche ein Stück an, bauen war von jeher sein Hobby.“ Wieder war er irgendwo angestoßen. Er rieb sich den Schädel. „Geh du voran, Terry, und laß alle Türen offen, damit man was sieht. Wo die Knipser sind, ahnt man ja nicht.“

Zwei Stufen hinunter – Terry war nicht gefallen, nur beinah –, wieder um eine Kehre. Rechts und links Regale mit Büchern, ordentlich und gerade ausgerichtet, dann überraschend ein großer, heller Raum. Auch hier in die Erde oder besser in den Hang hineingebaut, denn auch hier lag der Fenstersims in der Höhe der Wiese draußen, die sanft anstieg. Man hatte das Gefühl, als sei sie ins Zimmer hineingefaßt. Ein herrlicher Raum, wunderschön ausgestattet, mit einem breiten, hellen Tisch, bequemen Sesseln, englische Stiche, meist Reiterbilder, an den Holzwänden. Ernst setzte sich, wiederum verblüfft.

„Diese Corona – übrigens, bei Mutter hätte das auch so sein können. Wißt ihr noch, in der Polenkaserne? Mutter machte auch die unmöglichsten Örtlichkeiten wohnlich, nur ...“

„Nur?“ fragte Sybille. „Jetzt bin ich aber gespannt. Denn logischerweise müßte ja nun eine Einschränkung kommen.“

„Kommt auch. Nur in einem komfortablen Prachtbau mit guter Stube und Bügelraum, einem Trakt Fremdenzimmer und vollautomatisierter Küche sowie allem modernen Drum und Dran hätte sie sich nie zurechtgefunden“, sagte Ernst. „Mutter mußte improvisieren. Hierher hätte sie gepaßt.“ Die anderen widersprachen nicht. Genau das, was er sagte, hatten sie erlebt – und oft darüber geseufzt.

„Trotzdem ist Corona nicht ganz die Mutter“, sagte Birgit nachdenklich, „in vielem ist sie anders. In dieser Beziehung aber wirklich – wie sagt man in Schwaben – tupfengleich.“

Sie lächelte. Eine immerzu improvisierende Mutter – leicht war das nicht gewesen. Jetzt erst konnte man darüber sprechen – und lächeln, nachsichtig liebevoll.

„Corona weiß doch, daß wir kommen“, sagte Birgit, „wir haben doch angerufen und uns angesagt!“

„Ich seh' mal, ob ich sie finde“, erbot sich Terry. Sie hatte eine zweite kleine Tür entdeckt, von der sie annahm, daß diese direkt ins Freie führte. Weg war sie, samt Floh.

„Wollen wir sie wirklich hierlassen, Corona aufhängen, die sowieso so viel um die Ohren hat?“ fragte Ernst.

„Zum Leben gehört Raum, meine ich.“

„Und Mutter? Hatte sie je genug Raum für uns? Und war sie nicht eigentlich trotzdem immer vergnügt, auch wenn sie mitunter herzhaft fluchte?“

„Na ja. Das waren andere Zeiten. Da mußte man für ein Dach überm Kopf schon Gott auf den Knien danken.“

„Doch, ich glaube, wir können“, sagte Birgit. Es klang nachdenklich, so, als holte sie etwas aus den Tiefen herauf, zum erstenmal bewußt. „Terry ist ein Kind, das – ich weiß nicht, vielleicht bilde ich mir das nur ein. Aber gerade heute muß ich dauernd daran denken. Terry ist ... In Frankreich gibt es ein Sprichwort, ein schönes Kind sei unter einem Rosenstrauch geboren, ein häßliches unter einem choux, einem Kohlkopf. Terry, so meine ich –“

„Ist?“ fragte Sybille gespannt.

„Weder unter dem einen noch unter dem andern. Sondern unter einer Zipfelmütze. Wie das Glückskind im Märchen vom Teufel mit den drei goldenen Haaren. Da heißt es auch, es wurde unter einer Glückshaube geboren – die stellte ich mir als Kind immer wie eine Zipfelmütze vor, weiß und blau geringelt –, und deshalb würden ihm alle Dinge im Leben zum Glück ausschlagen. Und so kam es auch. Als es sich im Wald verirrte, fand es ein Haus, und als sich herausstellte, daß dies ein Räuberhaus war, wohnten gute Räuber darin. Sie nahmen das Kind auf und ...“

„Und lasen, als es schlief, den Brief, den der böse König geschrieben hatte, und vertauschten ihn“, fiel Ernst lachend ein, „wie oft hat Mutter uns das erzählt! Es war eins meiner Lieblingsmärchen, weil man dabei lachen konnte. Und ich verstehe, was du meinst. Terry wird immer im Leben auf die Butterseite fallen, es gibt solche Menschen.“

Da war sie wieder.

„Ich hab' Corona gefunden! Sie ist draußen auf dem Platz hinterm Haus und führt den Esel, der ist süß! Klein, gerade richtig für mich, ein Zwergesel, sagt sie.“ Schon war sie wieder verschwunden.

„Dann wird sie ja kommen, wenn sie weiß, daß wir eingetrudelt sind“, sagte Ernst, der keine Lust hatte, sich aus dem bequemen Sessel hochzustemmen. „Warte nur, bald ...“

Er hatte recht. Corona kam. Sie kam gewirbelt, wie es so ihre Art war, begrüßte ihre Geschwister und überstrudelte sie sogleich mit den wichtigsten Mitteilungen.

„Grüß euch, verzeiht, daß ich nicht gleich kam. Aber Terry hat mich jetzt abgelöst.“ Sie trug Gummistiefel und verblichene Jeans und dazu einen Pullover, der wohl Hans dem Großen gehörte. Er ging ihr bis zu den Knien. „Ich hatte gerade Reitbesuch, wißt ihr, so ein armes Kerlchen, aber goldig, kann ich euch sagen. Jetzt gibt's Tee, ihr seht schon richtig verschmachtet aus, und wie war die Messe? Wie immer? Na herrlich. Und in Holdershausen wart ihr? Kommt, nein, bleibt sitzen, ich bin sofort zurück.“

Corona war die Kleinste von ihnen, klein, früher dünn, jetzt durch die vier Kinder, die sie geboren hatte, doch in ihrer Mädchenhaftigkeit etwas reduziert. Was ihr übrigens ziemlich gleichgültig zu sein schien, wie überhaupt ihr Äußeres. Ernst fand das schade, mußte aber zugeben, daß eine vierfache Mutter in solch einem Hexenhäuschen nicht pausenlos vorm Spiegel stehen und ihren äußeren Menschen prüfen konnte. Als sie zurückkam, hatte sie immerhin einen andern Pullover an, hellblau, hübsch, zu ihren Augen passend. Und hübsch waren auch die Tassen, die sie auf einem Brett vor sich hin balancierte, das kaum längsseits durch die schmale Tür paßte, gutes, hauchdünnes Porzellan, aus irgendeiner Erbschaft vermutlich, dazu ein Stövchen, auf das die Teekanne kam, und ein Tee, wie sich sogleich herausstellte – einfach wundervoll. Sie und ihr Hans hatten nicht umsonst ein paar Jahre in Friesland gewohnt. Sie ließ Kandiszucker in die Tassen fallen, goß ein – es knisterte – und gab selbst das „Wulkje" Sahne dazu, wie es der Brauch vorschreibt. Nach einer Tasse, die sie mit Genuß getrunken hatte, sprang sie wieder auf.

„Ich muß sehen, ob draußen alles in Ordnung geht."

Draußen, das bedeutete, wie sie, nach einer Weile wiederkommend, erzählte, der Ritt des kleinen blinden Jungen auf dem Esel, den Terry an ihrer Stelle inzwischen geführt hatte. Ein Heim für behinderte Kinder brachte ihr ein paar Tage in der Woche das eine oder andere, damit es reiten konnte, Mongölchen, Blinde, spastisch Gelähmte.

„Sie sind so glücklich, ‚reiten' zu können, das nennen sie so, wenn sie auf dem Esel sitzen und wir sie im Kreis herumführen. Ich hätte so gern ein paar Pferde dazu", erzählte sie, nachdem sie berichtet hatte, der Kleine sei wieder abgeholt worden und jetzt ritte Terry. „Aber der Platz fehlt. Ich bekomme keinen von der Gemeinde,. auch keinen Stall. Der Esel geht in unseren gerade noch hinein, aber jedes Pferd müßte sich bücken."

„Und dazu hältst du dir den Esel?"

„Ja, das heißt, es ergab sich so. Ich hatte mit den Flötenkindern – ich geb' doch Unterricht im Dorf, das heißt, die kommen her, von Haus zu Haus brauch' ich nicht zu laufen, dazu hätte ich die Zeit nicht."

„Das glaub' ich", schaltete sich Ernst trocken ein.

„Ja, mit denen hab' ich letzte Weihnachten ein Krippenspiel eingeübt. Im Freien. Wir hatten dazu einen Stall gebaut, mehr eine Hütte, Bethlehem, wißt ihr. In der Kirche konnten wir es nicht aufführen, weil Ochs und Esel mitwirkten. Als Ochsen hab' ich unsere Kuh genommen, ihr wißt ja, daß wir eine haben, aus Prestigegründen, wegen Hans." Ernst grinste, aber sie übersah es. „Und da wir diese nun hatten, hab' ich den Esel dazugekauft, von einem Schäfer. Es ist ein Zwergesel, und er war sowieso für den Schäfer zu klein, er mußte alles schleppen, Pfosten für den Elektrozaun und die Batterie und das alles. In Italien tragen sie noch ganz andere Lasten, aber er tat mir so leid, und ich konnte ihn gerade so gut gebrauchen. Unsere Kuh ist ja auch klein, die kleinste Rasse, die es gibt, aus dem Allgäu, graubraun, süß, kann ich euch sagen, und dazu nun den Esel! Was glaubt ihr, was das für ein Erfolg war! Kein Mensch merkte, daß die Maria steckenblieb. Und der Josef – ja, ich hatte einen Spastiker dazu genommen, weil er nichts zu sagen brauchte, und er machte es auch gut, wirklich prima. Alle guckten bloß auf Ochs und Esel, vor allem die Kinder. Und meine Blockflöter haben ihre Sache auch hervorragend gemacht, ich hatte sie als Engel verkleidet, das war schwierig, weil wir doch im Freien spielten, und sie mußten unter ihren Engelsgewändern was Warmes anhaben, das man aber nicht sehen durfte."

„Und dann hast du den Esel behalten?"

„Ja, ich konnte ihn doch nicht wieder weggeben. Da hätten die Kinder schön gejammert. Nein, er ist auch sehr geeignet für die Behinderten, bockelt nie und ist nicht störrisch, es ist ja überhaupt ein Aberglaube, daß Esel störrisch seien, unserer ist jedenfalls das bravste und sanfteste Tier der Welt."

„Du willst also Terry behalten?" fragte Birgit nach einer Weile. Corona nickte heftig.

„Sehr gern. Jetzt, wo Hansi nicht da ist – ich kam mir schon ganz merkwürdig vor mit nur drei Kindern."

„Und denen, die jeden Tag zu dir kommen."

„Na ja, die wohnen doch aber nicht hier. Mal das eine oder andere, wenn die Mutter ausfällt – aber nicht oft. Und Terry kann Hansis Bett haben, was glaubst du, wie Herta sich freut! Endlich eine Schwester, sie hat immer nach einer gejammert, mit ihren drei Brüdern. Eine, die mit ihr in die Schule fährt – sie fahren mit den Fahrrädern, Terry kann Hansis bekommen – und mit ihr bastelt und spielt und alles miteinander. Und ihre Bücher liest. Hansi liest eigentlich nur noch Sachbücher, also lauter Sachen, die einen gar nicht interessieren. Aber den beiden Mädchen kann ich doch nun abends vorlesen, was ihnen und mir gefällt, und die beiden kleinen Jungen hören da auch mit zu. Darauf freuen sie sich schon alle, ich hab' es ihnen versprochen."

„Auch noch vorlesen. Wie du das schaffst!" seufzte Birgit. „Ich bin abends erledigt und froh, wenn Rose mal lieber selbst was lesen will. Vor Weihnachten lesen wir natürlich vor, wie bei Mutter früher, das ist klar. Manchmal liest auch Klaus, und ich bügle dabei, das schafft. Stricken kann ich beim Vorlesen, aber bügeln nicht."

„Na ja, du bist ja auch berufstätig, aber ich nicht. Und zum Lesen reicht es immer. Ich lese so gern vor." Coronas Mundwerk ging wie eine Mühle, wie eine Klappermühle. Das war schon so gewesen, als sie noch Kinder waren. Corona hielt den Weltrekord im Schnellsprechen. Ein einziges Glück, daß Hans der Große so ein Schweiger war. „Moltke" wurde er in der Familie genannt. Ernst sagte das in eine Atempause hinein, die sich Corona doch einmal gönnen mußte, zumal sie ja auch Tee trinken wollte.

„Jaja, Gegensätze ziehen sich an!"

Gleich darauf erschien Hans. Er hatte draußen Ernsts Wagen gesehen und erkannt und wußte, was los war.

„Seid gegrüßt. Danke", sagte er und nahm seine Tasse in Empfang.

„Doch, ich meine, es ist zu verantworten, daß wir Terry dortgelassen haben", sagte Ernst auf der Rückfahrt, nachdem sie alle drei lange und nachdenklich geschwiegen hatten. „Eins mehr oder weniger – bei Corona kommt das nicht drauf an. Sie würde vermutlich Kinder von der Straße auflesen, wenn sie ihr nicht von selbst zuliefen."

„Wahrscheinlich. Übrigens – habt ihr was von den Siamesen gesehen? Ich nicht. Nur gerochen."

„Sie sind im Herrenzimmer untergebracht, im sogenannten. Es besteht aus einem Kabäuschen, anderthalb Meter im Geviert ungefähr", Sybille schilderte es, nicht ohne Komik. „Daß Hans sich das gefallen läßt!"

„Er ist viel unterwegs. Mittags kommt er nie heim, erst zur Teestunde. Die ist beiden heilig, da darf keines der Kinder herein, und sie sitzen in dem doch wunderschönen Raum am Hang. Und Coronas Tee – also ich habe noch nie gewußt, daß Tee so etwas Köstliches sein kann."

Hans war eigentlich Landwirt, hatte den Dipl.-Ldw. gemacht und promoviert, eine Zeitlang eine landwirtschaftliche Schule geleitet und arbeitete jetzt als Regierungsrat, Fach Land- und Forstwirtschaft. Dabei mußte er viel unterwegs sein. Vielleicht lag es mit daran, daß er dies merkwürdige Knusperhäuschen, in dem Corona ganz zufrieden schien, als Heim akzeptierte. Dabei pflegten die beiden viel Geselligkeit, luden ein und wurden eingeladen, musizierten – es war kaum zu glauben, daß dies alles unter einen Hut zu bringen war.

„Corona ist ein Phänomen", sagte Ernst bewundernd, „dabei überhaupt nicht eingebildet. Aber eine Hilfe sollte sie haben."

„Ja, jemanden, der ihr wenigstens die Küche aufräumt."

Birgit seufzte, sie hatte noch rasch mit der Schwester zusammen abgewaschen, während die anderen mit Hans schwatzten.

„Wenigstens eine Spülmaschine."

„Wo willst du die denn hinstellen? In den Eselstall?" fragte Sybille. „Dort ginge sie noch am ehesten hin. Spülmaschine ist bei Corona das Gebot der Stunde, finde ich auch."

„Und ich würde ihr eine spendieren, nicht erst zu Weihnachten, sondern gleich", sagte Ernst sofort. „Wenn man ihr damit helfen könnte. Überlegt doch mal, ob man nicht doch einen Platz dafür findet. – Bleibt ihr heute abend noch bei mir? Da rufen wir Corona gleich an."

Dazu kam es nicht. Als sie bei Ernst die Treppe hinaufliefen, saß jemand auf der obersten Stufe – Klaus. Er hatte sich einen Wagen geliehen und wollte Birgit abholen, mit Sybille zusammen, die ja auch in München wohnte. „Da lohnt sich die Fahrt, und ihr gebt eure Fahrkarten zurück. Man bekommt einen Teil der Kosten erstattet, ich hab' mich erkundigt.

Da fahren wir quasi umsonst. Und ich mußte mal raus, mir stand die Büffelei bis hier."

„Herrlich, Klausemann, herrlich! Aber erst morgen!" bettelte Birgit. Klaus hatte es auch so geplant.

„Rose läßt grüßen, sie ist sehr glücklich bei ihrer Bärbel und hat in Latein eine Fünf geschrieben, Bärbel, ihr wißt, die Tochter von dem Professor, der über uns wohnt, eine Sechs."

„Eine Fünf? Das ist ja ..." Birgit sah Klaus entsetzt an.

„Eine Fünf plus. Das ist nicht ganz so schlimm", tröstete er. „Außerdem ist es noch lange hin bis zu den nächsten Zeugnissen, und der Professor hat versprochen, mit den beiden Herzchen jetzt Latein zu büffeln und ihnen vor der nächsten Klassenarbeit einen tollen Spickzettel zu machen."

„Ich war in Latein auch keine große Leuchte, es muß in der Familie liegen", sagte Ernst, die Tür hinter seinen Gästen zuziehend. „Einmal war mein Zeugnis so schlecht, daß ich es Mutter nicht zeigen mochte. Da habe ich ..."

„Die Unterschrift gefälscht?" fragte Sybille gespannt.

„Nein, das nicht. Sondern folgendes: das Zeugnis auf den Tisch gelegt, alle Vorhänge zugezogen, alles auf dem Zeugnis abgedeckt bis auf die Stelle, wo die Unterschrift des Erziehungsberechtigten hinkommt, und dann zwei Kerzen angezündet. Es sah überaus feierlich aus. Dann habe ich Mutter hereingeführt und sie gebeten zu unterschreiben. Sie lachte und tat es, mit Schwung."

„Und hat nie erfahren, was draufstand?"

„Nie. Auch nie gefragt. Unsere Mutter kümmerte sich doch nie um Schule und Schulsorgen. ‚Bleibt gefälligst nicht sitzen', sagte sie manchmal, hielt es aber im Grunde für gar nicht möglich, daß das geschehen könnte. Sie selbst war ja auch nur mit Ach und Krach bis zur mittleren Reife gekommen, Abitur – kein Gedanke! Deshalb bewunderte sie uns ja so."

„Das waren noch Zeiten", seufzte Birgit. „Heute – nun ja, es gibt Ausnahmen, Überflieger, Hochbegabte. Sonst aber – fragt mal rum! In jeder Familie bleibt mal eins sitzen, und was an Nachhilfestunden gezahlt wird, das ist im Jahr mit keiner dreistelligen Zahl zu machen. Auch dort, wo die Eltern mitarbeiten, wo sie selbst Nachhilfeunterricht nehmen in Volkshochschulen und so etwas – bei uns geht's ja, Klaus kann Latein. Trotzdem drückt sich Rose immer sehr in den unteren Regionen herum, ausgenommen in Deutsch, weil sie eine Leseratte ist, aber viel hilft das auch nicht."

„Ein einziges Glück, daß Terry noch nicht soweit ist", sagte Sybille, „auch noch Schularbeiten machen, das schafft selbst Corona nicht."

„Ja, ein Glück. Außerdem kommt sie dann ein Jahr später aufs Gymnasium, das schadet nie. Ich habe auch erst mit zwanzig Abitur gemacht", sagte Ernst. „Nun aber – was wollen die Herrschaften speisen?“ Er öffnete den überdimensionalen Kühlschrank. Die Schwestern kamen herzu.

„Alle Hochachtung, der ist gut bestückt!“ sagte Sybille bewundernd. Ernst lachte.

„Im Augenblick ja, ich wußte ja, daß ihr kommt. Manchmal ist der Kühlschrank aber auch so leer, daß mir die Mäuse mit rotgeweinten Augen entgegenlaufen.“

„Das weißt du noch?“ fragte Birgit leise und sah ihn an. „Mutter las uns das immer vor, in der Adventszeit. Und wir dachten, du magst das Buch nicht, weil doch Jungen, wie auch Corona sagt, ganz andere Sachen lesen.“

„Natürlich weiß ich das noch. ‚Und auf die Mäuse werde ich achten, daß sie ihr anständiges Futter bekommen‘“, zitierte Ernst. „Kinder, hatten wir es schön. Und dabei war es eine so bescheidene Zeit damals“, er lachte.

„Hier Michaelis, guten Tag“, sagte Sybille – das Telefon hatte geläutet, und sie hatte, gerade danebenstehend, sozusagen aus Versehen abgehoben. „Ich meine: hier bei Ernst Michaelis, Rechtsanwalt – wie? Sie wollen mich sprechen? Wer ist denn dort? Ein junger Mann namens Ingo – natürlich kenn' ich Sie jetzt. Aber daß Sie mich hier anrufen. – Sie wußten, daß wir bei meinem Bruder wohnen? – Terry hat Ihnen das gesagt, aha. – Nein, leider nicht. – Ich fahre mit meinem Schwager zurück, er holt seine Frau und mich ab. Schade, ja, sehr. Ich wäre gern mit Ihnen bis Stuttgart gefahren. Nein, Terry ist nicht mehr bei uns. Sogar bis München? Wirklich schade!

Aber vielleicht besuchen Sie uns mal dort? Nach München kommt man ja immer wieder, wenn auch das Oktoberfest, das bekanntlich im September stattfindet, vorbei ist.“

„Was hast du denn da für eine Eroberung gemacht?“ fragte Birgit etwas später möglichst nebenbei. Sie hatten alle so taktvoll wie möglich weggehört, aber wenn man überhaupt nicht fragt, wirkt das erst recht taktlos. Sybille winkte ab.

„Ein Ableger von Teresa. Stuttgarter. Ich lernte ihn durch Terry kennen.“

Corona und Hans pflegten sonntags zur Kirche zu gehen, im besten Staat, alle Kinder mit, seit diese nicht mehr so klein waren, daß sie störend wirkten. Corona genoß es, sich neben ihrem großen und schönen Mann zu zeigen; alle sangen gern und konnten alle Choräle. Überhaupt wurde ja Musik in dieser Familie großgeschrieben. Nach dem Kirchgang folgte dann ein so reichhaltiges und schmackhaftes Frühstück, daß sich das Mittagessen erübrigte. Dadurch wurde der Sonntag lang und ein richtiger Feiertag. Besuch ging mit zur Kirche, wenn er nicht verschlief. Auch Terry hatte nichts dagegen mitzugehen, obwohl sie den Floh dann einsperren mußte, aber sie besaß kein Sonntagskleid, wie sich herausstellte, und von Herta konnte sie sich keins borgen, da diese kleiner war. Dies verursachte zunächst eine kleine Störung, die Corona aber schnell behob. Sie bastelte aus einem ihrer eigenen, vor längerer Zeit abgelegten Kleider eins zusammen, und so zog die Familie diesmal mit zwei großen Töchtern und zwei kleinen Söhnen los. Es war eine Pracht.

Terry, die selten in der Kirche gewesen war in ihrem bisher recht unregelmäßig verlaufenen Leben, fand alles wunderbar. Die Kirche war auch schön, klein, alt, eine ehemalige Wehrkirche, mit aufrecht stehenden, steinernen Grabmälern an den Wänden und rechts und links geschnitztem Gestühl. Kaum hatte sie sich, nach kurzem, stillem Gebet im Stehen, gesetzt, als ein alter Mann leise zu ihnen trat und mit Corona flüsterte. Worauf sie ein paar Worte mit ihrem Mann wechselte und wegging. Terry sah ihr erstaunt nach.

„Wohin?"

„Sie muß orgeln. Wahrscheinlich ist Herr Sommer krank", flüsterte Herta. Terrys Augen wurden groß.

„Deine Mutter kann orgeln?"

„Klar! Und wie! Wirst gleich sehen." Terry sah es nicht, aber sie hörte es. Corona präludierte, sie spielte sehr schön Orgel.

Als der Gottesdienst vorbei war und die ersten Kirchenbesucher gingen, zog Herta Terry mit sich durch die Kirche, die kleine gewundene Treppe hinauf, dorthin, wo Corona auf dem Orgelbänkchen saß und „Gott mit Händen und Füßen lobte", wie Hans es auszudrücken pflegte. Terry verfolgte staunend, wie Coronas Füße über die Pedale liefen, kleine, zierliche Füße in nicht ganz neuen, schon ein wenig abgetretenen Sonntagsschuhen, die immerhin, weil man Corona sonst nur in Gummistiefeln kannte, gewissermaßen elegant wirkten.

„Wie du das kannst", staunte Terry, als die Kirche leer war und Corona den letzten Ton aussummen ließ.

„Ist keine Hexerei, wenn man Klavierspielen kann", lachte Corona, „das sind die Orgelpfeifen, es sind wirkliche, sonst werden sie immer nur als Vergleich gebraucht. ‚Kinder wie die Orgelpfeifen' zum Beispiel."

„Und die machen die Töne?" fragte Terry, die immer alles genau wissen wollte.

„Ja. Die dort machen die hohen und die tiefen. Und hier zieht man die Register ..." Sie erklärte, was man hier erklären konnte, und stand dann auf.

„Kommt, Vater wartet."

Sie liefen die Treppe hinunter und dann ins Freie. Hans stand, den kleinen Hubertus an der Hand, und wartete auf sie. Gemeinsam marschierten sie heim.

„Das war schön. Ich möchte auch orgeln können", sagte Terry aus Herzensgrund.

„Ich nehm' dich mal mit, wenn ich üben geh'." Corona lachte. „Früher mußte man immer jemand mitnehmen, der die Bälge trat, damit die

Orgelpfeifen Luft bekommen. Das geht jetzt elektrisch. Aber ich hab' es noch erlebt, das Bälgetreten."

Als sie heimkamen, war Besuch da.

Soviel hatte Terry schon gemerkt: Besuch kam viel in dieses Haus. Heute ein Ehepaar aus einem vielleicht achtzig Kilometer entfernten Ort, mit dem sie einmal gemeinsam einen Tanzkursus besucht hatten. Die beiden jungen Leute strahlten, als sie Corona und Hans kommen sahen – „Wir fürchteten schon, ihr ..." Sie hatten sich angesagt gehabt, aber Corona hatte es vergessen. Das – so sollte Terry erleben – passierte immer einmal, was die Gastlichkeit aber nicht schmälerte.

„Entschuldigt, wir waren in der Kirche und hielten uns dann noch etwas auf. Nun kommt schon herein. Herrlich, daß ihr da seid. ... Herta! Terry!"

Herta hatte sich im Augenblick, da sie den Besuch sah, unsichtbar gemacht und antwortete nicht. Sie wußte, was auf sie zukommen würde. Corona rief nicht lange, sie hatte ja Terry. Terry war nicht geistesgegenwärtig genug gewesen, wie sollte sie auch.

„Nun aber fix, deck den Tisch für zwei Personen mehr, mit dem guten Prozellan. Ehe wir drinnen sind, muß alles dastehen, als hätten wir mit ihnen gerechnet. Du weißt, aus dem braunen Schrank ..."

Terry lief. Corona fütterte im Vorbeigehen Esel und Kuh – sie hatte natürlich schon morgens gefüttert, aber dadurch gewann man ein paar Minuten, die Terry ausnützen konnte. Alle Besuchenden fanden die kleine Kuh und das Zwergeselchen entzückend und blieben gern bei ihnen stehen. Auf diese Weise ging alles glatt.

Terry ließ zuerst den Floh aus dem Zimmer heraus, in das sie ihn gesperrt hatte; er sprang an ihr hoch und kläffte und bellte. Dann wurde gefrühstückt; die beiden kleinen Jungen verdrückten sich, sobald sie satt waren, nur Terry fand den Absprung nicht. Sie war es gewöhnt, mit Erwachsenen zusammenzusein, und gehorchte gern Coronas Winken, die von kleinen Anweisungen wie „Noch ein paar Spiegeleier! Hol Schinken! Schneid noch etwas Wurst auf!" begleitet waren. Alles klappte, nur sah hinterher die Küche aus, als sei eine D-Zug-Lokomotive hindurchgerast. Corona nahm das nicht tragisch.

„Aufräumen können wir, wenn der Besuch fort ist."

Terry ahnte nicht, daß dieser erste Sonntag, den sie hier erlebte, keine Ausnahme, sondern die Regel war. Nach dem zweiten und dritten verstand sie, daß Herta sich sofort nach dem Kirchgang auf irgendeine Weise davonmachte. Früher war sie diejenige gewesen, die heranmußte, einzige Tochter, die sie war. Jetzt, da Terry da war, nützte sie das sofort aus. Corona, mit dem Besuch beschäftigt, merkte das nicht. Terry war wütend.

Einmal blieb sie einfach in der Kirche. Die andern gingen, sie blieb an der Biegung der Treppe zurück und wartete, bis die Familie außer Sicht war. Als sie dann vorsichtig an das Eingangsportal schlich, sah sie dort einen Jungen stehen, den sie vom Sehen kannte. Sie besuchte ja hier die

Schule. Er war etwas größer als sie. „Was machst du denn noch hier?" fragte sie.

„Gesangbücher einsammeln." Er ging durch die Reihen der Bänke und stapelte die dort liegengebliebenen Bücher aufeinander, trug sie zum Eingang, wo sie neben den Opferstock kamen. Terry half ihm dabei. Sie kamen ins Gespräch. Er war ein hübscher Junge mit blanken, gescheiten Augen unter ganz kurz geschnittenem Haar, Sohn des Pfarrers, wie sich herausstellte.

„Wie heißt du?" fragte Terry, als sie fertig waren.

„Markus. Und du?"

„Terry. Markus heißen jetzt viele. Und Stefan."

„Haben wir auch. Lauter Apostel." Er schnitt eine Fratze. „Meine Eltern finden das schön. Ph!"

„Welche Apostel?" fragte Terry.

„Na, Stefan war doch einer und Andreas."

„Da gibt's jetzt auch viele."

„Und Johannes. Wir nennen ihn zum Glück nur Hannes."

„Vier seid ihr? Wir auch."

„Du gehörst aber nicht richtig zu Herta, oder?"

„Nein – aber jetzt doch. Nicht nur für Besuch." Terry hatte es gerade schön gefunden, endlich mal sagen zu können: „Wir sind vier". Sie ärgerte sich. „Aber ich hab' einen Hund – einen eigenen. Einen Terrier, weil ich Terry heiße."

„Wir haben keinen", sagte Markus. Es klang sehnsüchtig. Terry bekam wieder Oberwasser.

„Und einen Esel haben wir auch und eine kleine Kuh."

„Ich weiß. Du, deine Tante kann doch orgeln. Kannst du das auch?" fragte er.

„Nein. Du?"

„Ja, ich ja. Komm!" Er lief die runde Treppe hinauf. Und dann setzte er sich auf das Bänkchen und fing an zu spielen. Terry horchte entzückt.

„Was war das?"

„Der Anfang von einer Fuge."

„Jetzt mal was Richtiges. Was man kennt."

„Was denn?"

„Na, vielleicht – mich brennt's in meinen Reiseschuhn ..."

„Kann ich. Fort – mit der Zeit zu schreiten ..."

Er spielte es. Terry sang mit, sie mochte das Lied gern; Mami sang es oft, obwohl es einen so völlig unverständlichen Text hat. „Es hebt das Dach sich von dem Haus, und die Kulissen rühren ..."

„Verstehst du das eigentlich?" fragte sie hinterher. Er lachte.

„Nee. Aber trotzdem ist es gut."

„Laß mich mal!" Sie rückte neben ihn auf das Orgelbänkchen und probierte. „Hänschen klein", „Alle meine Entchen" und den Flohwalzer.

„Mein Hund heißt nämlich Floh."

„Das sind die Orgelpfeifen, hat Corona gesagt" – Terry deutete in die Höhe. „Die großen machen die tiefen Töne und die dünnen die hohen. Stimmt's?"

„Ja. Sie sind nicht festgeschraubt, man kann sie herausheben. Neulich war einer da, der hat die Orgel saubergemacht und repariert. Da hab' ich zugesehen, und er hat mich auch helfen lassen. Den ganzen Nachmittag lang. Das war wunderbar."

„Ich muß bei meiner Tante auch immer helfen. So wunderbar finde ich das nicht." Terry zog eine Grimasse.

„Zu Hause? Ich auch nicht. Wer hilft da schon gern! Aber hier! Weißt du, am liebsten würde ich Orgelbauer."

„Gibt's denn das?" fragte Terry.

„Natürlich. Es werden doch immer wieder welche gebraucht, für neue Kirchen. Die bauen doch jetzt überall moderne Kirchen, wo der Turm abseits steht – oder mit gar keinem. Aber die Orgeln müssen immer drin sein. Das ist aber ein Beruf für Männer. Orgelbauerinnen, davon habe ich noch nie was gehört."

„Das wäre mir auch zu tüftelig. Spielen können aber auch Frauen. Meine Tante kann." Terry fand Markus allmählich ziemlich unverschämt in seiner Überheblichkeit. „Die spielt gut, sicher besser als manche Männer. So wie es auch Frauen gibt, die besser Auto fahren können. Nicht sehr viele ..." Sie dachte an Ernst. Der fuhr natürlich besser als alle Frauen. „Ich möchte auch orgeln können."

„Da muß man erst Klavier spielen, jedenfalls ist es dann leichter. Kannst du Klavier?"

„Nein. Wir haben keins." Terry fühlte sich mehr und mehr ins Hintertreffen kommen. „Wenn wir eins hätten, würde Corona – das ist meine Tante – mir bestimmt Stunden geben. Sie kann alles. Aber wir haben keinen Platz für ein Klavier."

„Dann könnten sie doch vielleicht ein Cembalo kaufen. Oder ein Spinett. Spinetts sind noch kleiner. Und die haben auch kleinere Tasten, niedliche. Da sind die, die auf dem Klavier weiß sind, schwarz, und umgekehrt. Richtig hübsch."

„Habt ihr eins?"

„Nein, nur einen Flügel. Ich hab' mal eins gesehen, bei Bekannten. Da spielte einer mit ganz groben, dicken Fingern auf den kleinen Tasten – also unwahrscheinlich. Und es klingt ganz komisch, so zwitscherig. Anders als Klavier, und natürlich auch nicht wie Orgel." Er spielte wieder. Terry hörte zu. „Weißt du, was mein alter Herr mal gemacht hat, als er so alt war wie ich?" fragte Markus, als er gerade die Noten weggeräumt hatte und sie miteinander die Treppe hinuntergingen. „Sein Vater war auch Pfarrer, das ist bei uns Tradition. Also er hat die Orgelpfeifen herausgenommen und verkehrt wieder reingesteckt."

„Umgekehrt?“ fragte Terry.

„Unfug, das geht doch nicht. Nein, vertauscht. Die einen mehr nach rechts und die andern mehr nach links. Jedenfalls die in der hinteren Reihe, damit man es nicht sah. Und als dann der Organist loslegte vor dem Gottesdienst, gab es ein Gequietsche und eine Katzenmusik, also fürchterlich.“

„So was!“ Terry konnte sich das gut vorstellen. „Und was hat sein Vater dazu gesagt?“

„Stell dir vor, der hat ihn nicht verhauen. Damals wurde doch noch gehauen, da meinten die Eltern, das sei nötig. In der Bibel steht ja auch: Wer sein Kind liebt, der züchtigt es. Aber mein Großvater muß schon sehr modern gedacht haben. Er sagte nach der Kirche zu meinem Vater nur: ‚Du, ich vermute, dieses Konzert verdanken wir dir, mein Lieber. Jetzt werden die Pfeifen aber wieder in Ordnung gebracht, verstanden?‘ Prima? Nicht?“

„Ja, so ein Vater! Und deiner gibt dir Orgelstunden?“

„Ja, uns allen. Und Blockflöte und Fagott. Spielst du auch ein Instrument?“

„Nein, noch nicht.“

„Nächstens fange ich mit Geige an.“

„Freust du dich darauf?“

„Na ja, schon. Aber üben muß man, das ist auch wieder nicht so erfreulich, wenn man lieber rausginge oder sonst was anderes vorhat. Üben ist manchmal elend langweilig. Wir spielen alle, und Mutter paßt verdammt auf, daß wir üben.“

Terry trottete mit bis zum Pfarrhaus. Dort drehte sie um. ‚Es muß schön sein, so einen Vater zu haben, der einem alles beibringt, auch wenn man üben muß‘, dachte sie. ‚Üben ist halt so wie Schularbeiten machen, dafür kann man dann aber auch was, das Spaß macht. Orgelspielen muß schon Spaß machen ...‘

Sie pirschte sich vorsichtig an das Hexenhäuschen heran. Das lag in einem merkwürdigen Sonntagsfrieden vor ihr, ganz anders als sonst; es war heute ausnahmsweise kein Besuch gekommen. Pech – oder Glück, wie man wollte. Jedenfalls hatte niemand sie vermißt. Corona und Hans saßen zwei Stunden am Frühstückstisch und hörten sich eine neue Platte an, Bach, Variationen, Cembalo und Querflöte. Ausgerechnet Cembalo – Terry hörte vom Flur her, daß es das sein mußte, und stand eine kleine Weile lauschend. Sie hörte auch noch, wie Hans sagte, als er die Platte abnahm: „Wir müssen uns mal eins kaufen. Wenn wir mehr Platz haben.“

Sehr viele Wünsche wurden vertagt mit diesem Schlußsatz, Terry kannte das schon. Deshalb aber waren Corona und Hans nicht traurig. Sie hörten es sich eben auf Platte an. Terry schlich sich wieder hinaus.

Hubertus und der kleinste Bruder, Thilo, kamen gerade mit dem Esel an; sie wollten einen Spazierritt machen. Terry holte sich den Floh und lief mit ihm ein Stück, bis sie beide trotz der Herbstkühle heiß und müde waren, aber glücklich müde. Toben macht glücklich. Terry holte sich von Herta ein Buch, das sie noch nicht kannte, und verzog sich damit auf den Heuboden über dem Stall. Herta gesellte sich zu ihr; sie hatte die Tasche voller Kaugummi. Im Haus durften sie nicht kauen. Aber hier. Kurzum, Friede auf Erden.

„Sonntag ist schön, wenn kein Besuch kommt", sagte Terry einmal aus Herzensgrund. Herta murmelte:

„Stimmt. Aber meist kommt welcher. Beschrei es nur nicht." Und dann lasen sie wieder, ohne ein Wort zu wechseln, und kauten und kauten.

„Die Anschrift meiner Schwester Sybille? Natürlich, die kann ich Ihnen geben, auch die Telefonnummer." Ernst schlug sein Notizbuch auf und diktierte beides, langsam und deutlich. „Tagsüber arbeitet sie in der Buchhandlung am Rathaus; die Nummer habe ich auch. Ja. Ja. Gern geschehen. Wiederhören."

Ernst legte auf. Er war müde, hatte die Angestellten seines Büros gehen lassen und wollte nun noch einiges aufarbeiten, vorher aber nochmals duschen. Das tat er meist, um munter zu werden. So knotete er den Schlips auf, warf ihn beiseite, ebenso Jackett und Hemd. Als er gerade dabei war, aus der Hose zu steigen, hörte er jemanden husten.

Himmel, da saß ja noch jemand im Wartezimmer! Um ein Haar wäre er jetzt, sorglos pfeifend, mit nichts auf dem Leibe, durch diesen Raum hindurchmarschiert, der Stätte der Reinigung und Erfrischung zu. Ein einziges Glück, daß es Husten gab! Eilig zog er sich wieder an und ließ den Mandanten ein.

Es war ein junger Mann, der ihn an jemanden erinnerte.

Helle Haut, Sommersprossen. Als er gegangen war, wußte Ernst, an wen: an Terry. Ach ja, Terry. Der mußte er diese Geschichte erzählen, natürlich so, als sei er nicht nur beinah, sondern wirklich als Adam ins Wartezimmer spaziert, und dort habe nicht ein Herr, sondern ein junge Dame gesessen, die entsetzt aufschrie. Ernst konnte kleine Begebenheiten gut pointieren und zu richtigen Anekdoten ausbauen, auch wirklich witzig erzählen. Er setzte sich an den Schreibtisch und nahm den Telefonhörer, wählte. Tatsächlich, nicht Corona oder Hans meldeten sich, sondern Terry. „Hier bei Schönfeld, Terry Eckener, guten Tag." Exakt, deutlich, vorschriftsmäßig.

„Und hier spricht der Klapperstorch vom Dienst. Wieviel Kinder soll ich heute abend noch bringen?"

„Haha, Ernst! Wunderbar, daß du anrufst. Ich dachte gerade an dich. Kommst du mal? Der Floh kann schon schönmachen und bitte, bitte und sich totstellen –"

„Na, großartig. Ja, ich komme, sobald ich einmal einen Sonntag heraussparen kann. Sag das Corona. Jeden Sonntag ist Besuch da? Dann ekelt ihn gefälligst raus, wenn ich komme. Du, hör mal, was mir eben passiert ist ..."

Terrys Lachen blieb noch im Ohr, als er schon eine ganze Weile aufgelegt hatte, ganz gegen seine Gewohnheit vor der Arbeit eine Zigarette rauchend. Sonst rauchte er meist erst, wenn er fertig war. Terry, kleine Terry. Er merkte, daß er nicht mehr lachte, auch nicht innerlich. Sie hatte so gern bei ihm bleiben wollen, und er stellte sich vor, wie es wäre, wenn sie jetzt bei ihm zu Hause mit dem Floh auf ihn lauern und ihn begrüßen würde, wenn er heimkam. Mit zerstrubbeltem Haar und schwarzen Fingernägeln und den blitzenden Augen, die er so gern mochte. Und ihm alles durcheinander erzählen würde, was sie unterdessen erlebt hatte. Terry erlebte immer etwas.

Das Telefon. Er hob ab. Eine Frauenstimme. Ach, Evelyn, die gab es ja auch noch.

„Heute abend? Ins Theater?" Das hatte er glatt vergessen ... „Ach, du kannst nicht? Deine Mutter ist überraschend gekommen? Na, da muß ich eben verzichten, Mutter geht vor. Die Karten kannst du an der Abendkasse zurückgeben, natürlich, die werden bestimmt noch genommen. Ja, ein andermal. Habt es schön miteinander – danke. Ja, ich seh' mal zu. Ich ruf' dich an."

Er legte auf. Himmel, konnte sie gemerkt haben, daß er mit keinem Gedanken an diese Verabredung gedacht hatte? Gesagt hatte er hoffentlich nichts dergleichen. Ach was, wenn sie übelnehmen wollte, sollte sie doch. Überhaupt ...

Hoffentlich kamen nicht noch mehr solche Störungen; er wollte arbeiten. Die Arbeit war ihm wichtig; er arbeitete ausgesprochen gern. So begann er, auf Band zu diktieren, langsam, ruhig, wie gewohnt. Die Heizung summte. ‚Das ist deine Welt, das heißt deine Welt.' Woraus war das? Sicherlich Faust. Die guten Sachen waren immer aus Faust, oder von Shakespeare. Früher hatten sie mit Vorliebe Zitatenraten gespielt, seine Buchhändlerschwestern und er, aber auch Teresa. Die hatte ein Gedächtnis! Terry würde so etwas auch bald spielen können; er sollte ihr doch ein Zitatenquartett besorgen, so eins, wie sie es früher hatten, als sie Kinder waren. In dem großen Spielzeugladen gab es sicher welche, dort wo er neulich die Kletterweiche und den Prellbock für die Eisenbahn gekauft hatte. Da gab es überhaupt herrliche Dinge.

Wenn Terry zu Hause auf ihn warten würde! Er würde ihr vermutlich jeden Abend etwas mitbringen und sie dadurch maßlos verwöhnen. Verwöhnen ist schön ... Sie wartete aber nicht. Also konnte er ruhig hierbleiben und weiter arbeiten. Es zog ihn heute nicht nach Hause. Nur heute? Er ärgerte sich über sich selbst und fuhr im Diktieren fort. Zu tun hatte er genug, warum sollte er dann nicht die halbe Nacht im Büro sitzen bleiben, wenn doch niemand auf ihn wartete?

„Komm doch mit, Bärbel! Wir rennen durch den Englischen Garten, mich juckt es richtig, mich zu rühren. Es ist doch blöd, immer im Zimmer zu hocken. Komm, los! Mathe machen wir nachher. Es wird eh bald dunkel."

„Ich darf doch nicht. Ich muß auf Tanja achtgeben."

„Die nehmen wir mit. Der tut die Luft auch gut. Tanja, wollen wir draußen Fangemanndel spielen? Oder Enten füttern am Kleinhesseloher See? Oder –"

„I mag net."

Rose seufzte. Es war so langweilig, bei Professors zu sitzen und auf Bärbels kleine quenglige Schwester aufzupassen, die alles, was man vorschlug, fad fand. Mit Bärbel war heute auch nichts anzufangen; sie lümmelte die ganze Zeit auf der Couch und las in einem Heftchen. Allein loszurennen machte auch keinen Spaß.

„Dann mach' wenigstens Mathe mit mir! Es ist aber sauschwer heute. Vielleicht kriegen wir es zusammen hin. Zu Klaus kann ich damit nicht gehen, er hat den Kopf voll. Kann deine Mutter nicht Mathe?"

„Die kommt vor Abend nicht wieder." Bärbel angelte ächzend nach ihrem Schulranzen, der auf der Erde lag. Sofort packte Tanja den Riemen und hielt ihn damit zurück. Bärbel riß daran, da setzte sich Tanja auf den Ranzen, grinsend.

„Du Ekel!" schrie Bärbel.

„Selber Etel!" Tanja konnte noch kein K sprechen, aber die andern schikanieren, das konnte sie. Bärbel stieß sie weg, Tanja brüllte. Sie hatte sich gar nicht weh getan, sie tat nur so.

Es gibt süße und abscheuliche kleine Kinder. Tanja gehörte zu den abscheulichen, jedenfalls heute. Rose bückte sich, hob sie unter den Schultern an und versuchte, sie auf die Beine zu stellen. Tanja ließ sie unter sich wegsacken und brüllte weiter. Sie wußte genau, daß kein Erwachsener in der Nähe war, und genoß es, die beiden größeren Mädchen zu ärgern. Schließlich ließ Rose sie los.

„Dann bleib liegen. Los, Bärbel, wenigstens die erste Aufgabe müssen wir rauskriegen. Vielleicht kommt deine Mutter doch früher und macht uns die beiden andern noch."

Bärbels Mutter war eine schöne Frau; Rose schwärmte insgeheim ein wenig für sie. Groß, mit einer wohlproportionierten Figur, einem Gesicht wie Milch und Blut, und immer freundlich. So ähnlich war auch ihr jüngstes Kind, der kleine Detta. Wenn der hiergeblieben und Tanja mitgegangen wäre! Rose spielte gern mit ihm, er war noch nicht zwei, fing an zu sprechen. Den hätte sie einfach in den Sportwagen gepackt und wäre mit ihm losgerannt, durch den Englischen Garten, wild, im Galopp, so daß er vor Vergnügen kreischte, wenn sie die Kurven schnitt.

Nein, sie bekamen auch die erste Aufgabe nicht heraus. Rose feuerte ihr Heft voller Wut in die Ecke. Bärbel hatte gar nicht richtig mitgemacht. Tanja quälte: „Ihr sollt mit mir spielen!"

„Schön, du Untier, jetzt spielen wir mit dir. Aber was Richtiges. Verstecken im Dunkeln, durch die ganze Wohnung." Bei ihren Eltern durften sie das nicht spielen; die Zimmer sahen hinterher immer fürchterlich aus. Aber hier, wenn niemand da war ... ganz wohl war Rose bei diesem Vorschlag allerdings nicht, aber sie entschuldigte sich vor sich selbst damit, daß Tanja sie ja sowieso nicht in Ruhe ließ, und wenn sie schon nicht zu den Schularbeiten kamen, konnten sie ebensogut spielen. Es wurde schon dämmrig, und sie machten kein Licht an.

Eine Weile war es wirklich hübsch und aufregend. Das Rennen durch die halbdunkle Wohnung, das Kreischen, wenn man den andern sah. Rose vergaß Schularbeiten und alles andere und konzentrierte sich ganz auf das Spiel. Einmal rannte sie mit der Schulter an einen Türrahmen an, so sehr, daß ihr die Tränen in die Augen schossen. Aber sie lachte dabei, rieb sich die Schulter, schnupfte und behauptete, sie heule nicht, es heulte nur aus ihr heraus. Die andern lachten.

Einmal gab es einen Riesenbums. Bärbel und Rose horchten – sie standen gerade nebeneinander –, das konnte nur Tanja gewesen sein. Gleich würde ein Gebrüll einsetzen. Wenn es sofort kam, war es nicht so schlimm, das hatten sie sozusagen im Gefühl. Wenn aber erst die Schrecksekunde verstrichen war und Tanja dann erst losheulte –

Nichts. Das war höchste Alarmstufe. Stumm hasteten sie in den Flur, woher der Bums gekommen war; da lag Tanja auf der Erde, offensichtlich vom Schrank gefallen, den sie über die Nähmaschine, die daneben stand, erklettert zu haben schien, weißgrau im Gesicht und mit verdrehten Augen, in denen man das Weiße sah. Jetzt wurde es beängstigend.

„Liegen lassen!" flüsterte Rose schnell, als Bärbel die kleine Schwester hochheben wollte. Sie wußte einiges von Erster Hilfe. Ganz vorsichtig drehte sie Tanjas Kopf seitlich, damit sie, wenn sie erbrach, nicht erstickte. Die Kleine schien nichts wahrzunehmen. Es waren grauenhafte Sekunden. Gleich darauf schellte es an der Etagentür.

Bärbel schlich hin. Sie hatte die Sicherheitskette vorgelegt, wie es sie gelehrt worden war, wenn sie allein in der Wohnung blieben. Durch den Spalt sah das Gesicht von Roses Vater, der offensichtlich in der Wohnung darunter den Bums vernommen hatte. Gleich darauf hatte Bärbel geöffnet, und er kniete neben der Kleinen. Gottlob rührte sie sich in diesem Augenblick gerade wieder. Sie verzog das Gesicht und fing an zu weinen; es klang ganz normal, weder außer sich vor Schmerz noch demonstrativ kläglich.

„Nana", sagte Klaus tröstend, „da sind wir aber ganz hübsch hoch heruntergeflogen. So was kommt vor. Vom Schrank?"

Die Kleine nickte schnupfend. Klaus sah hinauf – na, es reichte! Die beiden größeren Mädchen standen unruhig und schuldbewußt daneben.

„Wir haben nur Versteck gespielt", stammelte Bärbel sich entschuldigend, und Rose nickte. Klaus hatte sich vergewissert, daß bei der Kleinen nichts gebrochen war, und hob sie jetzt geschickt auf, trug sie ins Wohnzimmer und legte sie dort auf die Couch. „So, wenn du hier runtersegelst, ist es nicht so hoch, du Segelflieger.“ Sie weinte schon nicht mehr.

Das war das Merkwürdige an Klaus: Er war sehr erwachsen in Roses Augen, groß, stark, klug, aber er verstand die Sprache der Kinder. Wenn er mit ihnen redete – er tat es nie auf jene läppische Art, die manche Erwachsene haben, mit eideidei und dududu, sondern irgendwie sachlich, dann hatte er die Kinder sofort gewonnen. Nie hatte er zum Beispiel, wie andere Eltern es mit ihren Kindern tun, zu ihr gesagt, auch als sie noch klein war: „Komm her, gib mal die Hand.“ Sondern: „Meine Tochter Rose.“ Wie bei Erwachsenen. Sie hatte ihm das immer hoch angerechnet.

Jetzt saß er neben Tanja auf der Couchkante und sah sie an.

„Auf Schränke sollte man nicht klettern, die stehen nicht fest genug, meistens wenigstens. Wenn sie mit dem Rücken an der Wand festgemacht wären, dann ja. Aber das machen die meisten Leute nicht. Und dann können die Schränke nach vorn kippen, vor allem, wenn oben drin in den Fächern schweres Zeugs liegt und unten nicht. Verstehst du? Das nächstemal suchst du dir ein anderes Versteck, obwohl das auf dem Schrank gut ist, denn in die Ecken guckt man, aber nicht nach oben. Ja?“ Tanja nickte. Sie war jetzt nicht mehr so weiß wie vorhin, die Farbe kehrte in ihre Backen zurück. Dann aber fing sie an zu würgen. Bärbel stürzte ins Bad und holte einen Eimer.

„Gehirnerschütterung, na ja. Wird nicht die letzte sein“, sagte Klaus und wischte ihr den Mund ab. „Jaja, so geht's, ich hab' auch eine gehabt, als ich so alt war wie du und wie ihr beiden Herzchen. Versteck im Dunkeln, ist das erlaubt?“

„Bei uns ja, jedenfalls nicht verboten“, sagte Bärbel und versuchte ein schüchternes Lächeln. Und Klaus erwiderte das Lächeln.

„Na, dann erschüttert eure Gehirne mal weiter. Möchtest du jetzt so liegen und spucken, bis bloß noch Galle kommt, pfui Geier?“

„Nein danke, lieber nicht.“

Es stellte sich heraus, daß sonst nichts passiert war, und Tanja lachte schon wieder, als ihre Mutter heimkam. Klaus war bei den Kindern geblieben und erzählte alles, erzählte es so, daß die Mutter nicht allzusehr erschrak. Rose ging dann mit ihm hinunter.

„Fein warst du, Vater“, sagte sie und versteckte ihre Nase in seinem Jackenärmel, besondere Zärtlichkeit bei ihr. „Nicht geschimpft und nichts. Danke.“

„Bitte – ihr habt euch wohl ganz schön gelangweilt, daß ihr auf solchen Unfug kamt? Diese Toberei in der Wohnung, ich hab' es schon vorher gehört. Furchtbar.“

„Ich wollte ja auch raus. Als es noch nicht dunkel war! Ich hab' zu Bärbel gesagt ...“ Rose stockte. War das gepetzt? Klaus fuhr ihr mit seiner großen, warmen Hand über das Gesicht.

„Ach Unsinn. Einmal bin ich mit meiner Arbeiterei durch. Dann wird alles besser."

Gerade kam Birgit. Rose half ihr, das Abendbrot zurechtzumachen, und erzählte dabei alles. Bis auf die nicht gemachten Schularbeiten, die vergaß sie lieber. Klaus war in sein Zimmer gegangen.

„Aber ein guter Lehrer wird Vater mal, das weiß ich, oder ist er schon", sagte sie und ließ den Vogel aus dem Bauer. „Komm, Süßer, du warst so lange allein, und du könntest ruhig vom Schrank fliegen. Und du würdest auch mit mir durch den Englischen Garten rennen, nicht wahr, wenn deine Beine ein bißchen länger wären."

‚Armes Stadtkind', dachte Birgit. Sie dachte es nur, sie sagte es nicht. Ihre Rose – ja, Klaus war sicherlich ein guter Lehrer. Und vielleicht – vielleicht bekam er auch einmal eine Stelle auf dem Land.

Das ganze Haus roch säuerlich nach Essig, Saft und Birnen, alle Türen standen offen, man fiel über Steintöpfe und gestapelte Weckgläser, und rings standen Körbe voller Obst: Corona war dabei, den Segen des Herbstes zu bewältigen. Ihr eigener Garten, nicht allzu groß, trug gut, dies aber konnte eine Frau von ihrer Tüchtigkeit und Arbeitslust nicht aus dem Gleichgewicht bringen. Was jedoch Arbeit und Zeit kostete, waren die vielen „Spenden". Viele Frauen aus dem Dorf, um deren Familien sich Corona im Laufe des Jahres gekümmert und denen sie geholfen hatte, brachten an Obst, was sie selbst nicht verkraften konnten oder wollten; die meisten Bauersfrauen gingen ja halbtags arbeiten in die Fabrik. Umkommen durfte nichts, also an die Arbeit! Im Winter ging Corona dann zu Kranken oder Wöchnerinnen oder alten Leuten im Dorf und brachte ihnen Weck- und Marmeladengläser mit, Saftflaschen und Obstkuchen. Auf diese Weise kamen die Familien wieder zu ihren Gartenerzeugnissen, nur die dazwischenliegende Arbeit blieb auf Frau Corona Schönfeld sitzen, die ja sowieso nichts zu tun hätte, weil sie weder in der Landwirtschaft noch in der Fabrik arbeitete.

Terry übersah diesen Kreislauf noch nicht, aber sie versuchte, sich vor dem dauernden Helfenmüssen zu drücken. Es machte Spaß, so viele Pflaumen essen zu dürfen, wie man konnte, aber diese als Essigpflaumen mit einer Stopfnadel dreimal anzustechen und in Steintöpfe zu zählen, wurde sehr schnell langweilig. Corona mußte auf solche alten Methoden zurückgreifen, weil die Weckgläser nicht reichten, obwohl sie laufend neue anschaffte. Terry machte sich möglichst unsichtbar, um nicht immerzu etwas holen, wegbringen, auskernen oder kleinschneiden zu müssen oder auf spritzenden Saft aufpassen oder endlos Mus rühren. Manchmal erwischte Corona sie aber doch, und dann hieß es stundenlang aushalten. Terry dachte an die schönen Radtouren, die sie mit Mami im Herbst gemacht hatte, am Starnberger See entlang, wenn die Luft leicht und der Himmel so unvorstellbar hoch war, an Bauernhäusern vorbei, die fast alle mit großen bunten Figuren aus der heiligen Geschichte bemalt waren, durch den parkartigen Wald, in dem man kleine Brünnlein fand, mit Jahreszahlen in Stein gehauen, und wo man Pilze suchte, aber immer nur so viele mitnahm, wie man zu zweit brauchte. Diese Riesenmengen an Nahrungsmitteln, die Corona für den Winter sterilisierte, erschienen Terry wie eine Lawine, vor der man ausweichen mußte, um nicht niedergewalzt zu werden. Obwohl sie zugeben mußte, daß beispielsweise das Tomatenmus, das Corona einkochte und dann für Soße zu Spaghetti verwertete, hervorragend schmeckte, viel, viel besser als gekauftes. Corona behauptete, das käme daher, daß sie ihre Tomaten mit Eselsmist düngte.

Einmal, als es Terry wieder gelungen war, rechtzeitig zu entweichen, sah sie einen Drachen überm Dorf stehen, orangefarben im blassen Blau des Himmels. Sie nahm sofort Kurs darauf und traf auf dem Stoppelfeld Markus, den Sohn des Pfarrers, mit zwei seiner Apostelbrüder. Sie waren gerade dabei, den Drachen einzuholen. Terry fand das schade, andererseits aber verlangte es sie auch danach, das Wunderwerk von nahem zu sehen.

„Vater hat ihn uns gebaut, er kann alles. Wir haben ihm dabei geholfen", erklärte der kleine Andreas, und Terry staunte alles an, die Holzleisten und das Transparentpapier, den bewimpelten Schwanz und die Rolle, auf die die Perlonschnur gewickelt wurde. „Darf ich ihn noch mal rauflassen? Bitte! Ich möchte so gern!"

"Morgen vielleicht", versprach Markus, „wir müssen heim, Trio üben. Nächstens ist eine goldene Hochzeit im Dorf, da wollen wir musizieren."

„Morgen bestimmt? Wann geht ihr los?" fragte Terry. Am andern Nachmittag gelang es ihr erst eine Stunde später, auszurücken; Hans hatte sie erwischt, als sie sich davonschleichen wollte, und gebeten, beim Autowaschen zu helfen. Der Wagen sah fürchterlich aus, das mußte Terry zugeben. Sie beeilte sich, sosehr sie konnte, und rannte dann den ganzen Weg, kam atemlos am Pfarrhaus an. Gottlob, da stand Markus noch. Terry bremste ab, verpustend. „Gehen wir?"

„Viel Wind ist nicht, aber wir können es ja versuchen. Warum kommst du denn so spät?"

Terry erzählte.

„Ja, Autowaschen müssen wir auch manchmal. Da ist unser Vater ziemlich streng – und deiner?"

„Ist ja nicht meiner", sagte Terry, „nur der Onkel. Und der verlangt eigentlich nicht viel. War Zufall heute. Drachen baut er aber nicht. – Ich hab' noch einen Onkel, in Frankfurt. *Der* würde einen bauen."

Gerade kam Pfarrer Behrends. Markus wollte sich noch hinter den Schuppen verdrücken, war aber schon gesichtet worden.

„Hallo, Sohn, geliebter, gut, daß ich dich treffe. Wohin wolltest du? Drachen steigen lassen? Tut mir leid, heute nicht. Im Garten ist so viel zu tun; Mutter schafft das nicht. Und ich muß fort. Die Bohnenstangen müssen unter Dach. Alles Kraut abstreifen und auf einen Haufen werfen, die Stangen in den Schuppen. Terry hilft dir sicher dabei.“ Er hatte sie erkannt und begrüßt. Markus machte ein saures Gesicht.

„Das dauert den ganzen Nachmittag“, murrte er. Auch Terry war enttäuscht. So also konnten Väter auch sein. „Und wenn wir schnell machen?“

„Auch dann.“ Markus trug den Drachen ins Haus, kam wieder zurück, bemerkenswert langsam.

Terry hatte gewartet. Jetzt kam ihr eine Idee. Sie rannte dem Pfarrer nach und erreichte ihn gerade noch, als er ins Auto stieg.

„Dürfen wir das Bohnenkraut nachher anzünden?“ Sie hatte kürzlich das erste Kartoffelfeuer ihres Lebens in Coronas Garten mitgemacht und herrlich gefunden. Der Pfarrer lächelte.

„Dürft ihr. Aber vorher müßt ihr die Stangen ordentlich stapeln, sag' das Markus ...“

„Ja doch, weiß ich“, brummte er, als sie es ihm ausrichtete, „ich bin ja nicht taub. Viel Vergnügen, Mutter baut so viele Bohnen jedes Jahr an, und ich mag gar keine.“

„Ich auch nicht“, sagte Terry, „aber Feuermachen ist prima. Da braten wir uns Kartoffeln drin. Soll ich welche holen?“ Sie stand auf dem Sprung.

„Nein, du bleibst hier. Sonst kommst du nicht wieder, und ich kann alles allein machen; meine Brüder sind sowieso weg.“ Er hatte sie am Ärmel erwischt.

„Ich wäre schon wiedergekommen. Bin ich so?“ fragte Terry entrüstet.

„Na gut. Wir holen Kartoffeln bei uns und machen das Feuer gleich an. Das übrige Kraut können wir dann immer laufend draufschmeißen, damit es nicht ausgeht. Es ist ganz dürr ...“ Sie liefen. Pastor Behrends fuhr los; er hatte im anderen Ort Konfirmandenstunde zu halten.

Terry und Markus hatten Glück mit ihrem Feuer, das den ganzen Nachmittag brannte und herrlich stank. Es war eigentlich der letzte schöne Herbsttag. Am andern Morgen ging ein richtiger Dauerregen los; das Wetter wurde ekelhaft, die Menschen schlechter Laune, die Tiere ebenso, weil man sie einsperren mußte. Der Floh brachte mehr Dreck ins Haus als alle vier Kinder, wie Corona grollend feststellte, und Terry nähte ihm Schuhe aus buntem Stoff. Aber das nützte auch nicht viel, erstens lief er mit den Schuhen hinaus, wenn er irgend konnte, und dann saß er in irgendeiner Ecke im Haus und biß auf ihnen herum, bis er die Pfoten frei hatte und die Fetzen das Zimmer verzierten. Terry brachte zwei Fünfen nach Hause; sie war selbst überrascht, daß ihr das hier in der Dorfschule passierte, und Herta war die erste, die die Grippe bekam. Nun würden sie sie wohl alle kriegen, meinte Corona, und sie steckte die beiden Kleinen auch gleich ins Bett. Terry konnte ihrem Zugriff gerade noch entgehen. Sie trieb sich den ganzen Nachmittag über im Dorf herum, um nicht helfen zu müssen, fror und langweilte sich. Es war unerfreulich.

Ja, unerfreulich, in der Tat, auch in München. Sybille, von Natur aus schon kein Frühaufsteher, tat sich jetzt morgens sehr schwer, aus den Federn zu kriechen, so sehr sie sich auch bemühte, gegen diese Schwäche anzukämpfen. In ihrer Buchhandlung war gleitende Arbeitszeit eingeführt; man konnte also später kommen, wenn man wollte, dann aber endete die Arbeit natürlich entsprechend später. Heute fiel es ihr besonders schwer, zu sich zu kommen. Woran lag das nur?

Sie blinzelte, schloß aber die Augen schnell wieder. Das Telefon stand auf dem Tischchen neben dem Bett, der Hörer war falsch aufgelegt, es tutete leise, aber unentwegt. Schnell schob sie ihn in die richtige Lage. Wer hatte gestern so spät angerufen?

Richtig, jetzt wußte sie es wieder: Teresa. Teresa hatte sich verabschiedet; sie würde jetzt fahren, nicht mit der Reisegesellschaft, wie sie es erst vorgehabt hatte, sondern später. „Allein?“ ... „Nein, nicht allein.“ Sehr einsilbig. Sybille hatte trotzdem noch gefragt: „Und wohin?“ – „Weiß ich noch nicht, jedenfalls südlich.“

Ach ja, Teresa. Sybille gönnte ihr die Reise. Sie gönnten einander wirklich alles, sie, die fünf Michaelis-Geschwister. Sie beneideten einander nicht, aber ihr Leben, das bei jedem so anders war, miteinander zu vergleichen, das konnte man manchmal nicht ganz abstellen. Wenn man beispielsweise Sybilles mit Teresas verglich ...

Sicher, so ganz wunderbar war auch Teresas bisher nicht verlaufen. Sie hatte den Mann verloren und ein Kind allein aufziehen müssen. Aber es war gleichsam, als wäre das bei Teresa etwas anders als bei anderen Menschen, bei gewöhnlichen Sterblichen, dachte Sybille in dieser Morgenfrühe, nachdem sie die Augen geschlossen hatte. Sie hatte neben dem Telefon ein Fläschchen stehen, und im Zimmer roch es ziemlich stark nach Baldrian. Baldrian, schrecklich!

Teresa war ein Mensch, der überall durchkam; Sybille mußte an eine grüngolden schillernde Eidechse denken. Sie mochte Eidechsen, bewunderte sie, hielt manchmal eine zärtlich liebevoll in der Hand, hatte dabei aber immer das Gefühl, als sei dies kein Tier, sondern etwas anderes, etwas mehr. Eine Art Tiergottheit, rätselhaft, unbegreiflich für den gewöhnlichen Menschen, schön und fremd. Ein bißchen so war auch Teresa.

Natürlich hinkt jeder Vergleich, aber eine Spur von Wahrheit war daran. Sybille kannte eine ganze Anzahl von Frauen, die, verwitwet oder geschieden, für ein Kind oder auch für mehrere aufkommen mußten und dies mehr oder weniger tapfer bewältigten. Keine war wie Teresa. Manche grau und verhuscht, sie entschuldigten sich dauernd und machten sich klein. Andere bitter, so nach dem Motte: „Warum gerade ich?“

Es gab auch fröhliche, die das Leid verschmerzt hatten und sich nun allein an ihren Kindern freuten, sich um sie sorgten, sich über sie ärgerten, die sich selbst auch etwas Gutes gönnten und im ganzen recht zufrieden waren, solange es im Beruf und zu Hause einigermaßen gutging. Das waren erstaunlicherweise meist die, bei denen auch die Ehe gutgegangen war. All diese Frauen aber waren anders als Teresa. Wie gesagt, Eidechse.

Und nun fuhr diese Eidechse also in die Sonne. Und sie, Sybille, lag hier, draußen riffelte der Regen an den Scheiben entlang, und sie mußte aufstehen, schleunigst, und an ihre Arbeit, in ihre Buchhandlung. Und dort herrschte noch kein Weihnachtsgeschäft, über dessen Rummel man die eigenen Sorgen und Kümmernisse zeitweise vergessen konnte, ja, vergessen mußte, so wild ging es da zu, sondern es war lahm, lahm. Der Chef schlechter Laune, die Mitarbeiter verschnupft, und die Vertreter, die noch kamen, brachten Nässe und Kälte herein, und man mußte ihnen sagen, man habe schon bestellt – ph, nein, verlockend war das nicht. Trotzdem war das kein Grund, Baldrian zu nehmen wie alte Tanten. Das Fläschchen stammte von einer solchen, die Sybille einmal besucht hatte; keiner patenten wie Tahe, sondern einer weinerlichen und unzufriedenen, einer, die einem vorlebte, wie man einmal *nicht* werden wollte ... Sybille setzte sich mit einem Ruck auf und sprang aus dem Bett. Sie ergriff das Fläschchen, das ihr wie ein Symbol erschien, ein Symbol des Klageweibertums, und rannte damit in die Küche, warf es in den Abfalleimer. Am liebsten hätte sie es durchs geschlossene Fenster hinausgeworfen, so beschämend fand sie es, daran erinnert zu werden, daß sie nach dem Gespräch mit Teresa nicht hatte einschlafen können. Wild entschlossen fuhr sie in den Bademantel und stürmte in den Duschraum. Kaltes Wasser tut immer gut, hatte Mutter gepredigt. Manche von Mutters Weisheiten waren vielleicht doch welche, wenn man sie auch als Kind gehaßt hatte. Die Weisheiten, nicht die Mutter.

Es tat in der Tat gut. Sybille stand und rubbelte sich ab, nachdem sie ausgiebig geduscht hatte, und dann wandte sie ein zweites Mittel an, das ihr irgend jemand einmal genannt hatte, ein Mittel gegen Kummer und schlechte Verfassung: jemanden anrufen, dem es schlechter geht als einem selbst. Sie kannte eine Kollegin, die seit Wochen im Bett lag, und kein Arzt fand heraus, was ihr fehlte. Sie durfte man auch am Morgen anrufen, sie war sicherlich dankbar für jedes Lebenszeichen von außen.

„Wie geht's heute?" fragte Sybille, und es klang wirklich munterer, als ihr zumute war. Von drüben antwortete ein leises Lachen.

„Bescheiden wäre geprahlt, mein Liebes. Aber sag, hast du heute früh Rundfunk gehört? Da kamen lauter Evergreens, also zum Schie-ßen, sag' ich dir! Das alte Försterhaus, original, ich hab' so gelacht! Und dann."

„Was denn noch? Ich hab' gar nicht gehört", sagte Sybille. ‚Warum ich nicht aufdrehte, das sage ich lieber nicht', dachte sie beschämt. Wie tapfer war doch dieses arme Menschenkind, freute sich an so alten Schmarren wie dem Försterhaus, das noch dazu eine Parodie eines Schmarrens darstellte. Wie rührend genügsam, du lieber Himmel, und sie ...

„Ja, auch so ein uraltes Ding. Aus irgendeinem Film von Anno dazumal. ‚Das bleibt nicht so, das bleibt nicht so', hieß, glaub' ich, der Text." Sie sang es mit einer ganz kleinen, nur angedeuteten Kopfstimme am andern Ende der Leitung. „‚Auch du wirst ’mal wieder froh‘ – denk mal, das hat mich wirklich getröstet. Man wird langsam wieder zum Kind. Aber das ist vielleicht ganz gut. ‚Alles geht vorüber, alles heilt die Zeit.‘ Klingt banal, aber – na ja. Jetzt fällt mir auch wieder ein, aus welchem Film das war. ‚Vater sein dagegen sehr‘ hieß er. Sehr reizend, spielte in einem Städtchen am Main, das ich auch zufällig kenne. Aber erzähl lieber du, wie es dir geht. Was hast du heute vor?“

„Was soll ich vorhaben? Dienst natürlich. Tretmühle.“ ‚Das bleibt nicht so, das bleibt nicht so –‘ natürlich kannte sie dieses Lied. „Du, ich besuch’ dich heute abend. Darf ich, ja? Ich bring’ dir auch etwas zu lesen mit. Was Lustiges. Natürlich tu’ ich es, ich hab’ überhaupt nichts anderes vor, das ist es ja –“ Halt, war das nicht schon wieder unzart diesem bedauernswerten Menschenkind gegenüber, das seit Wochen mit Schmerzen im Bett lag? Schnell weiter: „Also ich komme. Ich freu’ mich schon, wir werden es uns gemütlich machen. Und ich erzähl’ dir lauter Klatsch, lauter Kollegengeschichten. Wunderbar. So long ...“

Sie legte auf. Das Mittel hatte geholfen. Sie schämte sich vor der anderen und vor sich selbst. Hatte sie es nicht gut?

Freilich, wenn sie sich ausmalte, daß sie es voraussichtlich nächstes und übernächstes Jahr und vielleicht in zehn oder zwanzig Jahren noch genauso „gut“ haben würde, wenn kein Wunder geschah, und das voraussichtlich bis zu ihrem sechzigsten Lebensjahr. Nicht dran denken. Das mußte ja nicht sein. In aller Eile machte sie sich fertig, rannte zur U, erwischte den soeben im Abfahren begriffenen Zug doch noch und freute sich darüber wie über eine sportliche Leistung. Und als sie darin stand und sich verpustet hatte, merkte sie, daß sie etwas vor sich hin summte. Einen Evergreen, aber nicht das „alte Försterhaus, dort wo es pafft und kracht“, sondern das andere. Das aus dem reizenden Film von Anno dazumal. ‚Das bleibt nicht so, das bleibt nicht so ...‘

Hans suchte etwas. Das kam selten vor, er fand sich in seinem winzigen Kabäuschen meist hervorragend zurecht, ahnte, in welchem Stoß der Papiere das zur Zeit notwendige steckte, fand es, wenn er abstapelte, oft traumwandlerisch sicher, und stapelte das andere wieder aufeinander. Versagte dieser sechste Sinn aber einmal bei ihm und hatte sein blindes Zugreifen keinen Erfolg, sah er sich also gezwungen, alle Möglichkeiten systematisch auszuprobieren, dann verließ ihn die Ruhe. Dann hörte man in der ganzen näheren und auch weiteren Umgebung, daß er suchte – so heute.

Terry hatte das noch nicht miterlebt. Sie war soeben damit fertig geworden, den kleinen Stall sauberzumachen, hatte allen Mist auf die Schubkarre geladen, die weggefahren werden mußte, und wollte nun frisch einstreuen, eine Arbeit, auf die sie sich immer freute. Es war dann so gemütlich und hübsch und anheimelnd im Stall, daß sie sich am liebsten wiehernd im frischen Stroh gewälzt hätte. Eselchen hatte sie freigelassen; es lief nie davon, sondern inspizierte lieber die Abfalltonne, die am Küchenfenster stand.

Dort hinein – darin war Corona gewissenhaft und zuverlässig – kamen nur Abfälle, die die Tiere haben durften. Man konnte den Esel also hinlaufen lassen.

Die kleine Kuh band man lieber fest. Einmal hatte Terry erlebt, wie sie weggelaufen war, ins Dorf hinein, und eine regelrechte Büffeljagd entstand. Alle Dorfkinder hatten sich beteiligt und das kleine Tier noch wilder und verschüchterter gemacht. Terry hätte dieses Abenteuer sicher sehr genossen, wenn sie nicht selbst schuld gewesen wäre: Corona schalt und war sehr ärgerlich. Als alles wieder im Lot und die Kuh im Stall war, trank Corona mit ein paar Leuten aus dem Dorf, die geholfen hatten, höchst vergnügt und ziemlich ausgiebig Tee in ihrem schönen Zimmer. Terry hatte sich auf den Heuboden verzogen und weinte.

Deshalb war die kleine Kuh heute sicher angebunden, und Terry schob die schwere Mistkarre keuchend über den Hof; da hörte sie Hans den Großen fluchen. Kein Mensch könne in dieser Enge etwas finden, es sei ein Karnickelstall und keine Wohnung, und er habe es satt, jawohl, und sie könnten ihn alle ...

Nein, so etwas hatte Terry noch nicht bei ihm erlebt. Hans war für sie immer eine Art Idealbild gewesen, groß, schön und überlegen. Daß er so aus der Haut fahren konnte! Wegen eines einzigen Papiers, wie man aus seinem Brüllen entnehmen mußte – es war erschütternd. Und Terry fühlte sich mitschuldig an dieser Katastrophe – wäre sie nicht hier, wäre im Haus mehr Platz. Jeder Mensch brauchte Platz, und hier war schon vorher zuwenig gewesen, mit ihr also noch weniger. Schrecklich, das zu fühlen, zu hören, zu begreifen.

Verstört setzte sie die Karre ab.

Heute waren keine behinderten Kinder gekommen, um zu reiten. Terry bedauerte das. Sie hatte sich mit einigen von ihnen richtig angefreundet. Das eine kleine Mongölchen schrie immer nach ihr, kaum daß es aus dem Auto des Pflegers heraus war. „Te-hie!“ schrie es, so ähnlich jedenfalls. Terry ließ es immer zuerst auf den Esel. Ach ja, es war schön, die Freude dieser kleinen armen Kerle zu spüren. Es tat einem wohl. Andererseits, wenn man selbst ein schweres Herz hatte ...

Terry hatte Heimweh. Sehnsucht nach Mami und ihrem hellen Dachraum, von dem aus man so weit sehen konnte und wo Platz war, viel Platz, für Mami und Terry und auch den Floh, bestimmt auch für ihn. Wenn er dort die Treppen hinaufgelaufen war, würde er allen Dreck abgetreten haben, und niemand brauchte sich über ihn zu ärgern. Aber Mami war ja gar nicht zu Hause, und der Dachraum leer und vermutlich kalt, und Terry stand hier, hörte Hans schimpfen und wäre am liebsten ganz, ganz klein geworden, wie eine Maus. Warum hatten alle Menschen ein Zuhause und sie nicht?

Es war nicht so, daß Terry sich nicht in einer ungewohnten Umgebung zurechtgefunden hätte. Mami hatte sie oft mitgelassen, meist bei solchen, die auch Kinder hatten, wenn sie selbst fortmußte, auf irgendeine kleinere Reise. Das war immer gutgegangen. Damals wußte Terry aber auch, daß Mami wiederkam und wann. Jetzt wußte das niemand, vermutlich auch Mami selbst nicht, und wenn sie wiederkam, kam sie nicht allein. Sie hatte das Terry eines Tages gesagt, und Terry fand das anständig, denn sie wußte es längst; sie war ja nicht auf den Kopf gefallen. Aber sie fand es fair von Mami, es ihr noch mal richtig zu sagen, wie unter Erwachsenen, von Frau zu Frau.

„Ich möchte wieder heiraten, Terry, verstehst du“, hatte sie gesagt, „wir wollen ein richtiges Zuhause haben mit einem Vater und vielleicht noch ein paar kleinen Geschwistern oder jedenfalls einem.“

Sie hatten eine ganze Weile darüber gesprochen. Terry war nicht sehr für kleine Geschwister, lieber für gleichaltrige, aber die bekomme man ja nicht so mitgeliefert, sagte Mami. Das müßte ein seltener Zufall sein. Wen sie heiraten würde?

„Das weiß ich noch nicht, Terry, aber damit ich auch ja den Richtigen aussuche, brauche ich Zeit.“

„Wie lange?“

„Eben das weiß ich nicht. Das wird sich erst herausstellen.“

Wenn Mami gesagt hätte: ein halbes Jahr oder auch ein ganzes – oder sogar zwei, das wäre nicht so schlimm gewesen. Da kann man sich drauf einstellen und weiß, nun ist es nur noch soundso lange. Aber „das wird sich herausstellen“ war so eine richtige, scheußliche Erwachsenenantwort, wie man sie haßte.

Nichts Festes, nichts, woran man sich halten konnte. Ekelhaft. Ungewißheit zu ertragen ist beinah das schwerste, wenn man zehn Jahre alt ist.

Gestern hatte Corona Ostzonenpakete gepackt. Terry durfte helfen, das machte sie gern. Man hatte so viel Spaß daran, sich auszumalen, wie die Leute sich freuen würden, wenn sie auspackten: Kaffee und schöne Schokolade – Corona nahm immer die allerbeste, die es gab, während sie für die Familie die billigste kaufte. Kinder, so meinte sie, schmecken da keinerlei Unterschied, wenn sie nur den Mund voller schwarzer Süße hätten – und sonst noch wunderschöne Dinge. „Meine Pakete sind immer die ersten, die rübergehen, damit die drüben sich drauf einstellen können, wissen, was sie haben, und dann backen können.“

„Die da drüben.“ Immer war von mehreren die Rede, immer von Familien oder Ehepaaren mit Enkeln.

Ob es dort auch Kinder gab, deren Mütter sie verborgten, weil sie wieder heiraten wollten? Terry hatte das Gefühl, als sei sie das einzige solche Kind auf der ganzen Welt. Es regnete jetzt stärker. Terry faßte die Griffe der Schubkarre und hob diese an. Sie war schwer, vorhin war sie das auch gewesen, jetzt erschien sie ihr noch schwerer. Kam das vom Regen? Vielleicht, sie hatte gar nicht gemerkt, wie es jetzt herunterkam, ihre Haare waren schon ganz angeklatscht und die Hände blau. Hans' Fluchen hatte aufgehört. Aber Terry hatte es noch deutlich im Ohr.

„Wo steckt eigentlich Terry?“ fragte Corona, als sie sich später mit Hans zum Abendbrot setzte. Den Kranken hatte sie vorher etwas gebracht; jetzt saßen sie zu zweit am Tisch, auf dem drei Gedecke lagen. „Ich hab' sie eine kleine Ewigkeit nicht gesehen. Du?“

„Auch nicht. Das kommt vom Suchen. Prost, meine Gnädigste, worauf wollen wir trinken? Darauf, daß du mir so schön geholfen hast?“

„Ach was. Morgen finden wir es bestimmt“, sagte Corona und wurde tatsächlich ein bißchen rot. Er sah es und fand es reizend. Als wäre sie noch ganz, ganz jung. Es gab ein Gedicht; er wußte nicht, wo und wann er es gelesen hatte, ein süßes, kleines verliebtes Gedicht. Darin kam vor:

Siehst du, Mädel, war's nicht nett,
so an meiner Seite heute?
Das ist was für junge Leute,
alte gehn allein ins Bett ...

Corona. Er war noch genauso verliebt in sie wie damals. Und er würde es bleiben, vermutlich, bis er ein Wackelgreis war und sie ein Muttchen, klein, zierlich trotz aller Rundlichkeit, enzückend. Wie heute.

„Ja, morgen suchen wir wieder“, verhieß er und trank ihr zu. Sie lachte. Und sie hatten Terry alle beide vergessen, so vergessen, als hätte sie nie hier bei ihnen am Tisch gesessen.

Erst viel später erinnerte sich Corona daran, daß sie ja nicht zum Abendbrot gekommen war, und fand sie nach einigem Suchen und Rufen im Stall, in einer Ecke eingeschlafen, aufrecht sitzend, den Floh auf dem Schoß, die beiden Zwergziegen neben sich. Daß Kinder doch in allen Stellungen schlafen können! Hansi schlief als Einjähriger am liebsten im Knien ein. Corona lachte gerührt und versuchte, Terry zu wecken, vorsichtig, damit sie nicht erschrak. Dann aber ließ sie es lieber sein und ging, Hans zu holen.

„Guck dir das an! Du trägst sie hinüber, gelt, ohne daß sie aufwacht? Bitte! Ich nehm' den Floh, damit er sie nicht wachkläfft. Wir ziehen Terry gar nicht aus, sie kann ruhig mal in den Kleidern schlafen. Goldig sieht sie aus, nicht? Und dreckig im Gesicht ...“

Corona lächelte, wie sie so neben ihrem Mann herlief, den Hund auf dem Arm, halblaut schwatzend. Sie öffnete vor Hans die Türen, er duckte sich durch die Maulwurfsgänge des Hauses und ließ Terry sanft aufs Bett gleiten, als sie in Hertas Zimmer angekommen waren. Herta schlief schon, ihr ging es besser.

„Danke schön, Ernst“, murmelte Terry undeutlich, während sie sich im Bett zurechtwühlte, behaglich aufschnaufend. Corona zog die Zugdecke um sie zurecht, nachdem sie den Floh auf den kleinen, abgetretenen Bettvorleger gesetzt hatte.

„Aber nicht ins Bett springen, Töle, verstehst du? Hunde gehören nicht ins Bett.“

Sie gingen auf Zehenspitzen zur Tür; Corona blickte noch einmal zurück, ehe sie das Licht ausdrehte. „Hast du's gehört? ‚Ernst‘ hat sie gesagt. Im Stall einzuschlafen, das bringt auch nur Terry fertig. Süß, nicht? Sie ist ein wirklicher Tiernarr und fleißig im Stall, zuverlässig, wirklich prima. Nicht so wie Herta, das faule Stück, na, die wird es auch noch lernen. Überhaupt ...“

„Komm“, flüsterte Hans. Dann sprachen sie wieder von etwas anderem.

Teresa fuhr hoch, außer sich vor Entsetzen. Sie hatte es wieder geträumt.

Das Zimmer war halbdunkel; sie wußte zunächst nicht, wo sie sich befand. Dann begann sie zu begreifen, legte sich zurück, versuchte, ruhiger zu atmen. Bisher hatte sie ihr eigenes Keuchen gehört, es klang gräßlich. Ihre Stirn war naß von Schweiß, und ihr Gaumen fühlte sich an wie ausgedörrt.

Sie tastete sich aus dem Bett und ins Bad hinüber, drehte den Hahn auf, um zu trinken. Vielleicht aber durfte man das hier nicht. Jedoch sie mußte wenigstens den Mund ausspülen, immer wieder. Sie tat es, machte Licht. Nein, da stand nicht „Aqua non potabile“ wie beispielsweise in den Zügen, die nach Rom fuhren – „kein Trinkwasser“. Sie besann sich jetzt, daß sie gestern abend noch ein paar Früchte mit ins Zimmer heraufgenommen hatte, Orangen, Zitronen – Limonen, wie es hier hieß. Langsam tappte sie ins Schlafzimmer zurück. Ja, dort lagen sie in einer Schale auf dem Fensterbrett. Teresa setzte sich auf einen Stuhl, den sie heranzog, und stützte die Ellbogen auf.

Daß sie es doch wieder träumte. Eine Zeitlang war es seltener geschehen, und sie hoffte, sie wäre darüber hinweg. Aber so schrecklich wie heute nacht war es lange nicht gewesen.

Jeder Mensch trägt etwas in sich, was er keinem anderen sagt, niemandem, nicht der vertrauten Schwester, nicht dem Geliebten, nicht dem Arzt. Das er mit sich herumträgt, das er verdrängt, so gut es geht, gegen das er mit dem Verstand anzugehen versucht. Tagsüber gelingt das manchmal. Nachts ist man ausgeliefert.

Sie war dabeigewesen, als ihr Mann starb. Damals hatte sie gemeint mitzusterben, und es wäre ihr ganz recht gewesen. Nur das nicht ansehen, nicht überleben müssen, nur nicht danach allein zurückbleiben. Später, wenn sie es träumte, wußte sie gleichzeitig, daß sie nicht mit ihm starb. Das vielleicht war das Fürchterliche, und dagegen gab es keine Hilfe.

Am Tage sagte sie sich immer wieder, daß sie ja damals sehr jung war, zwanzig Jahre, und völlig unvorbereitet darauf, daß ihr dies geschah. Da war es kein Wunder, daß es sie so mitnahm. Sie versuchte auch, sich zu sagen, daß andere Menschen ähnlich Furchtbares erlebten und damit fertig werden mußten. Sie hatte ihren Mann sehr geliebt; sie bildete sich das nicht ein wie viele Witwen, die, rückblickend, ihre Ehe für einmalig glücklich hielten. Sie hatte ihn geliebt und bewundert, mit ihm gestritten und sich versöhnt, so, wie es zugeht, wenn man jung verheiratet ist – und ihn dann verloren. Und sie war, wie man sah, bis heute damit nicht fertig geworden. Sonst würde sie es nicht immer wieder träumen. Langsam wurde es draußen heller. Man sah jetzt den See, er breitete sich vor ihr aus, in einem noch stumpfen Hellgrau, ein ganz klein wenig geriffelt. Auch der Himmel war noch grau. Aber es würde wieder schön werden heute, sie hatte es deutlich im Gefühl. Ihr Herz war schwer.

Sie waren zu viert gefahren, Magnus und ein Freund, der jung verheiratet war, und sie. Mit zwei Wagen.

„Zunächst jedenfalls, ich finde es zur Abwechslung einmal nett, zu viert zu sein", hatte er gesagt. „Wenn wir wollen, können wir uns ja jederzeit trennen."

Teresa war es nicht recht gewesen. Der Kollege von Magnus – Friedrich Hansen, sie kannte ihn schon länger – war ein netter und fröhlicher Bursche, jünger als Magnus, und mit seiner Frau verstand sie sich auch. Sie hatte schon viel gelacht auf dieser Fahrt. Dabei war es heute erst der dritte Tag, an dem sie unterwegs waren. Sie wollten nicht hetzen, bummeln wollten sie, das war ausgemacht. Bummeln, dort bleiben, wo es ihnen gefiel, gut essen, den Wein des Landes trinken – all das, was man „Urlaub" nennt.

Es war nicht, daß sie sich von Magnus erhofft hatte, er würde sie – nun, im Märchen würde man sagen: erlösen. In der Psychiatrie hieß es vermutlich auch so, erlösen oder lösen, sie wußte es nicht mehr so genau.

Einiges hatte sie ja in ihrer Ausbildung als Krankengymnastin davon gehört. Aber sie hatte es nicht hören wollen, hatte es weggeschoben, verdrängt, wahrscheinlich aus dem Gedanken heraus: „Ich bin kein ‚Faß'. Mich kann man nicht etikettieren. Ich muß selbst damit fertig werden." Wie man mit zwanzig Jahren eben so denkt. Aber fertig geworden war sie nicht damit, wie man sah. Und nun hatte sie– doch, sie hatte es gehofft. Magnus war eine Persönlichkeit, zweifellos. Wenn jemand es fertigbringen sollte, sie herauszuführen, zu erlösen, um es einmal ganz konkret beim Namen zu nennen, dann wohl er. Dazu aber müßte sie mit ihm sprechen, darüber sprechen. Und das brachte sie nicht über sich.

Wasch mich, aber mach mich nicht naß. Hilf mir, aber erspare mir, zu sagen, daß ich Hilfe brauche und wo. Richtig blöd, das war ihr absolut klar. Saublöd, würde Terry sagen. Ach, Terry!

Teresa lächelte, ohne es zu wissen, als sie an die Tochter dachte, und der harte Ring, der um ihr Herz lag, lockerte sich ein wenig. Terry. Terry war ein lieber Kerl, ein Lichtpunkt – Teresa runzelte die Stirn und strich dieses Wort rasch wieder aus. Es war nicht so, daß sie, seit ihr Mann starb, im Dunkeln gelebt hatte. Erst war sie verzweifelt gewesen, tieftraurig, davon überzeugt, nie mehr lachen, nie mehr fröhlich sein zu können. Dann aber hatte sie das Lachen wieder gelernt. In zehn Jahren lernt man es wieder, früher schon, viel früher. Sie alle, die Geschwister – immer verglich man sich ja mit den Menschen, die einem die nächsten waren – hatten diese gesunde Art, auf die Dauer nicht traurig sein zu können. „Kein Talent zur Kopfhängerei", hatte Ernst einmal gesagt, ein wenig spöttisch, leicht ironisch, im Grunde aber doch ganz zufrieden damit. „Jedenfalls besser als das Gegenteil. Wie viele Leute haben das Talent, unglücklich zu sein. Das ist mindestens unbequem, für sie und für ihre Umgebung." Sie hatten ihm zugestimmt, ein bißchen beschämt – es war nicht lange nach Mutters Tod gewesen, und sie hatten gerade sehr gelacht; im Grunde waren sie wirklich traurig, sie trauerten um ihre Mutter, kein Zweifel, alle fünf – aber sie mußten Ernst recht geben. Sie hatten kein Talent, traurig zu sein – war das nicht eigentlich eine hübsche Mitgift fürs Leben?

Aber mit dieser Sache wurde sie also nicht fertig. Auch jetzt nicht, da sie sich entschossen hatte – oder hatte sie sich noch nicht entschlossen? Teresa versuchte, ehrlich, ganz ehrlich vor sich selbst zu sein, in dieser einsamen Morgenstunde in Riva. Ganz, ganz ehrlich.

Sie kannt Magnus schon länger; es war nicht ihre erste Reise mit ihm. Vom Heiraten hatten sie auch schon gesprochen, er jedenfalls. Sie wußte, daß sie nur ja zu sagen brauchte. Um dieses Ja ging es.

Sie wollte sich jetzt endlich darüber klarwerden, jetzt nachdem sie, Tahes freundlichem Rat folgend, die anderen Möglichkeiten, ihr Leben zu gestalten, ausgeklammert hatte. Das wichtigste dabei war natürlich, daß Magnus sie liebte. Sie liebte ihn auch. Ob genug, wagte sie nicht zu beurteilen. Bei ihrem ersten Mann hatte sie es gewußt oder doch sicher zu wissen geglaubt. Was man so mit zwanzig Jahren meint.

Es war so schrecklich, daß es immer noch da war. Sie hatte so sehr gehofft, daß sie es überwunden hätte, endlich. Und nun dies. Wie einen Makel empfand sie es, wie eine verborgene Schuldstelle. Magnus nahm an – und er mußte es annehmen –, sie sei heil. So heil, wie sie von außen schien. Gesund bis auf die Knochen, rundherum frisch und unverletzt. Sie war es nicht.

Sicher hatte sie auch geschrien, hoffentlich nicht zu laut. Aus dieser nie ganz auszulöschenden Angst heraus bestand sie immer darauf, daß sie zwei Zimmer nahmen. Sie wagte nicht, bei ihm einzuschlafen. Sie wollte sich nicht verraten. Im Grunde wußte sie also, daß es noch da war. Zum Verzweifeln, wirklich. Genügte es nicht, daß *er* damals so litt? Mußte sie immer, immer wieder um ihn leiden, ohne Ende?

Es wurde jetzt heller draußen; der See färbte sich, er sah jetzt aus wie helles Perlmutter. Immer dachte man, alle südlichen Seen seien blau. Am Tage waren sie das wohl auch, jedenfalls, wenn die Sonne schien. Hier aber fing der Süden ja eigentlich erst an.

Sie dachte an Malcesine. Dort war sie einmal mit Magnus gewesen, nur kurz, zwei Tage lang, allein. Alle ihre früheren Reisen hatten sie allein gemacht. Dort blühten im November noch die Rosen. Teresa sah den winzigen Hafen vor sich, spielzeugklein, und dahinter den See. Ihr war, als empfände sie noch rein körperlich den ein wenig süßlichen Duft der späten und sicher schon welkenden Rosen und den des bitteren Kaffees, den sie am Morgen tranken, angesichts dieses kleinen Hafens. Damals war sie sehr glücklich gewesen, sehr – *ganz* glücklich, das traf es. Ganz, ohne Einschränkung, völlig. Und jetzt –

Es lag nicht daran, daß sie diese Reise zu viert unternommen hatten, im Gegenteil, sie empfand dies eher als eine Art der Bestätigung, wie sehr sie zueinander gehörten. Es war das andere. Es war das, was noch immer da war. Nein, es ging nicht.

Man konnte es vielleicht verstiegen nennen oder sentimental oder auch einfach dumm – saublöd, nach Terry. Es war doch keineswegs ein Verbrechen, was sie da mit sich herumtrug, nichts Kriminelles, keine heimliche Schande, auch keine Erbkrankheit beispielsweise, die noch irgendeinen Schaden anrichten könnte. Eine Wunde, die sich nicht schloß – so konnte man es vielleicht nennen. Aber das war doch im Grunde ihre eigene, ihre private Angelegenheit. War sie verpflichtet, Magnus dies zu erzählen? Nein, das war sie nicht. Das glaubte sie sicher zu wissen. Über die Zeit, in der man dem andern „alles gestand", wenn man heiratete, weil man sonst kein gutes Gewissen hatte, war die Welt gottlob hinausgewachsen. Es gibt vieles, das man besser verschweigt, auch in der innigsten Freundschaft, der besten Ehe. Eine sehr kluge Frau, die dreimal glücklich verheiratet gewesen war, hatte ihr einmal gesagt: „Ich habe ja auch nicht alles erzählt, verstehst du. Das Talent, glücklich zu machen und glücklich zu sein, beginnt mit dem Mundhalten. Viele wissen das nur nicht und richten dann überall Schaden an."

Teresa hatte dieses Wort nie vergessen. Trotzdem – nein, sie konnte nicht. Es ging nicht. Sie stand auf. Wenn man weggehen will, dann sofort. Jetzt gleich. Es war nicht leicht, es war sogar sehr schwer, vielleicht ungleich schwerer, als wenn sie am Ende der Reise etwa gesagt hätte: „Du, ich hab' es mir doch anders überlegt." Das wäre für ihn besser, angenehmer den andern gegenüber. Trotzdem.

Sie packte also. Es ging schnell und glatt.

Kostüm angezogen, Schlafanzug ins Köfferchen. Zugeschnappt. Sonst noch etwas, das herumlag? Nichts.

Einen Brief schreiben und hinlegen? Sie hätte es gern getan. Nur weil es ihr pathetisch schien und immer in Büchern vorkam, tat sie es nicht, nein. Sie würde ihn von der nächsten Stadt her anrufen, das war besser. Autoschlüssel hatte sie, sie war gestern gefahren.

Er konnt ja mit den andern weiterfahren. Oder mit der Bahn heim, wenn er keine Lust mehr hatte, oder – ja, wenn sie hier anrief, würde sie ihm sagen, sie ließe den Wagen dort und dort. In irgendeinem Hotel, gebe den Schlüssel ab. Daß sie schnell hier wegkam, war wichtiger. Er würde es verstehen, soweit es überhaupt ein Mensch verstehen konnte. An Kleinigkeiten jedenfalls, an Äußerlichkeiten, stieß er sich nicht, so gut kannte sie ihn.

Als sie aus dem Haus trat, wehte eine kleine Brise vom See herauf, schmeichelte um ihr Gesicht. Einen Augenblick lang hatte sie das Gefühl, als breche ihr Herz mittendurch; sie staunte beinah, es nicht knacksen zu hören. Sie waren einander so nahe gewesen heute nacht, so nahe wie noch nie, meinte sie zu wissen. Ein Leben an seiner Seite, das müßte wunderbar sein.

‚Wenn die Garage zu ist, drehe ich um und bleibe', dachte sie einen winzigen Moment lang. ‚Dann bleibe ich ...' Aber der Wagen stand ja gar nicht in der Garage. Der stand auf der Straße, sie erinnerte sich jetzt wieder. Er hatte ihn hineinfahren wollen, und sie hatte gesagt: „Ach laß doch. Komm. Erst wieder den Portier holen ..." Da stand er. Sie schloß auf, legte das Köfferchen neben sich, startete. Fuhr an, so leise sie konnte – „fier a Zehnerl Gas", sagte Terry manchmal. Erster Gang, zweiter – dann ging es ein wenig bergab. Sie konnte den Hebel in den Leerlauf drücken. Noch war kein Mensch auf der Straße, kein Auto, nichts. Teresa ließ den Wagen ausrollen, fuhr rechts an den Straßenrand. Sie lehnte den Kopf über die über das Steuerrad gekreuzten Arme und weinte.

„Liebe Sybille,

ich habe bei Ernst angerufen, da hieß es, er sei auf dem Gericht. Dann bei Birgit, da kriegte ich Klaus, aber Birgit war in der Buchhandlung. Und bei Dir läutete es durch. So ein Mist.

Deshalb schreibe ich also. Aber ich war auf der Post, habe selbst bezahlt, ich hatte mir Geld dafür gespart. Nicht etwa auf Hans' Kosten telefoniert. Corona sagt, wir müssen fragen, wenn wir jemanden anrufen wollen, die kleinen Jungen haben schon schrecklich viel Unfug mit dem Telefon gemacht. Neulich wollten sie einen Freund anrufen. ‚Was hat er denn gesagt?' fragte Corona. ‚Er hat gesagt: kein Anschluß unter dieser Nummer', sagte Thilo. Er ist süß.

Das Telefon steht auch im Arbeitszimmer von Hans, wo die Siamesen sind. Man muß immer sehr aufpassen, daß sie nicht rauswitschen, wenn man reingeht. Siamesen sind sehr empfindlich gegen Zug, überhaupt mühsam zu halten. Sie schreien, wenn sie zu fressen haben wollen, mögen keine Mäuse, müssen Gehacktes haben, und wenn sie sich erkälten, sterben sie ganz schnell. Corona sagt das, ich hab' es Gott sei Dank noch nicht erlebt. Aber weil sie nie rauskommen, stinkt es sehr im Haus, ich meine in seinem Zimmer. Obwohl sie natürlich ein Katzenklo haben.

Ist das aber nur ein einziges Mal benützt und nicht sehr sauber gemacht und neu gestreut, dann gehen sie nicht mehr rein.

Aber das alles wollte ich Dir ja gar nicht schreiben, sondern dies wollte ich Dir schreiben: Es ist scheußlich hier, und ich möchte weg, wenn ich nur wüßte, wohin. Am liebsten natürlich zu Ernst, aber auch bei Dir wäre es besser, glaub' ich. Wenn Du auch den ganzen Tag nicht da bist. Da störe ich Dich wenigstens nicht. Oder darf der Floh etwa nicht in eine Etagenwohnung? Manche Vermieter sind ja so hundsgemein.

Eigentlich ist es schön hier, und vorher war es auch schön, wirklich. Corona und Hans sind rührend und alles, und Herta ist auch ganz nett und die kleinen Jungen. Aber jetzt ist Hansi wieder da und hat Diane mitgebracht, eine Engländerin, die ist groß und ganz furchtbar komisch, kann kein Wort Deutsch, aber goldig, sag' ich Dir. Sie will natürlich Deutsch lernen, neulich ist sie allein in die Apotheke gegangen, als sie Husten hatte, und hat ‚was für Brusterkaltung' verlangt. Oder sie sagt, wenn man kalt duscht, das sei gut für die ‚Gesündlichkeit'. Wahnsinnig komisch, aber schrecklich nett.

Dagegen Hansi.

Na, daß Hansi gemein ist, wußte ich ja schon vorher, aber in England ist er noch viel frecher geworden. Wo er kann, ärgert er mich, auch den Floh, oder er versteckt ihn und läßt mich suchen und rufen und wartet, bis ich heule. Ich versuche natürlich, nicht zu heulen, aber es könnte ja sein, der Floh wäre wirklich weg, und dann ...

Ja, die beiden kamen an einem Abend, als ich im Stall eingeschlafen war. Hans hatte mich geholt und ins Bett getragen, ist doch lieb, nicht? Ich bin dabei aufgewacht, aber ich hab' mir nichts anmerken lassen. Sie sprachen nämlich über mich. Hans hatte am Nachmittag ganz schlechte Laune gehabt und dann auf einmal ganz furchtbar gute, ja, an diesem Abend kamen Hansi und Diane also aus England, überraschend, das war ein Fest! Ich hörte alles – hier sind die Wände ja dünn, manche selbst gebaut, nur Nut und Feder, weißt Du, was das ist? Da steckt man Bretter ineinander, ich kann es auch, es geht ganz leicht und schnell und sieht sehr hübsch aus und macht Spaß! Da hab' ich alles gehört, wie Corona sich gefreut hat, daß Hansi solches Heimweh hatte, und Diane sollte nur eine Zeitlang hierbleiben, Hansi war ja auch bei ihr in der Familie, und sie würden alle miteinander Englisch lernen, perfekt. Corona hat dann die Gitarre geholt und ein paar englische Lieder gesungen, eins konnte ich auch. Du sicher auch: ‚O my darling, o my darling ...' Und Diane hat mitgesungen, alles hab' ich gehört. – Aber nun ist Hansi da. Davon schreib' ich Dir morgen. So ein langer Brief. Mir tun schon die Finger weh. Also auf morgen.

Deine Terry."

Am nächsten Tag schrieb Terry weiter: „Liebe Sybille, ich schreib' weiter, wo ich gestern aufgehört hab'. Also, nun ist Hansi da, und Diane muß eigentlich auch ein Bett haben, wenn sie auch findet, sie kann gut im Wohnzimmer auf der Couch schlafen, das sei bei ihnen zu Hause auch so, wenn jemand kommt, und sie wohnten in einer alten Schmiede, denk nur, man sieht noch, daß es eine war, und ich soll sie bestimmt besuchen, wenn wir mal nach England kommen. Aber sie schläft früh immer sehr lange, das stört ja nicht weiter, nur müssen wir mit ihrem Bettzeug immer durch den engen Gang, und da reißt man rechts und links alles runter, auch wenn man sich in acht nimmt, und abends, wenn man die Betten bringt, ebenso. Hansi will wieder in sein eigenes Bett, das ich ja bis jetzt hatte. Corona sagt, nein, das sei jetzt das Schwesternzimmer und ich bliebe drin und für ihn würden sie ein neues anbauen, er sei ja nun so groß, daß er nicht mehr mit Herta zusammenzuwohnen braucht, wo sie sich doch dauernd in den Haaren liegen. Da hat er sich sehr gefreut. Aber wo sie nun ein Zimmer für ihn anbauen wollen, das ist mir schleierhaft, das ganze Haus besteht ja eigentlich nur aus einem Anbau nach dem andern, das reinste Wabennest, sagt Hans. Und bevor wir anbauen, muß es aufhören zu regnen, es gießt, sag' ich Dir. Vorläufig schläft er in der Küche auf der Eckbank, ich wünschte, ich dürfte lieber dahin und er zu Herta zurück, da könnte ich dem Floh immer Wasser hinstellen. In Hertas Zimmer mach' ich das auch, aber einer von uns tritt meistens rein, wenn wir nachts 'mal müssen, es ist sehr eng, und wir müssen es aufwischen. In der Küche sind Fliesen, da wär' es nicht so schlimm. Der Floh braucht nachts Wasser, er trinkt immer, ich höre es, wenn er schlabbert. Er ist überhaupt süß und kann schon über den Stock springen. Und der Esel ist süß und die Kinder, die zum Reiten kommen, auch alle, oder doch beinah alle. Einer ist mir unheimlich, er haut sich immer selber, man muß auf ihn aufpassen, dabei ist er schon fünfzehn. Corona sagt, das ist ein Tick von ihm. Als erstes muß man ihm immer die Taschen ausräumen, damit er nichts Spitzes drin hat, das nimmt er dann in die Faust und haut sich damit an die Stirn. Neulich war er ganz blutig, da hatte er ein kleines Blechauto von Thilo erwischt.

Aber wenn er den Esel führen darf, ist er selig und ganz brav und zahm. Nur möchte er immer gern selber reiten. Wir müßten Pferde haben oder doch wenigstens Ponys, sagt Corona immer, nächstens wird sie die Kuh zum Reiten abrichten. Sie ist rührend, und ich habe sie schrecklich gern, und Hans ist auch immer nett, außer wenn er sucht. Aber ich glaube, so bald wird es nicht aufhören mit dem Regnen, also wird Hansis Zimmer nicht so bald fertig, jedenfalls nicht vor Weihnachten. Und wie lange Diane bleibt, weiß ich auch nicht. Aber viel Deutsch kann sie noch nicht, weil wir immer versuchen, englisch mit ihr zu reden.

Du darfst nicht denken, daß ich mich beklagen will, aber viel Platz ist hier wirklich nicht. Ob ich nicht doch zu Ernst könnte? Dort ginge ich am Vormittag in die Schule und am Nachmittag in den Stadtpark, fertig. Platz ist da! Ach, Sybille, kannst Du ihn nicht einmal anrufen? Es wäre sooo schön ...

Ich sitze in Hans' Kabäuschen, Corona hat es mir erlaubt, als ich sagte, ich müßte einen Brief schreiben. Sie hat nicht gefragt, an wen, ganz prima.

Jetzt riecht man, daß es heute Kartoffelpuffer gibt, es stinkt durch die Ritzen, und das ist ganz gut, da merkt man die Siamkatzen nicht so. Ich esse furchtbar gern Puffer, und Corona macht wunderbare. Viele Grüße oder, wie Diane sagt, my love to you

Deine Terry.

Vielleicht kommt Mami früher wieder, oder sie hat sich's überlegt und fährt gar nicht? Wäre herrlich! D. O. (das heißt ‚Die Obige'. Komisch, nicht?)

Auf dem Bild siehst Du, wie ich schreibe, die eine Siamesin auf dem Schoß und die andere auf der Schulter. Sie sind sehr, sehr zahm und brauchen viel Zärtlichkeit. Und selber stinken sie gar nicht, sondern sind pieksauber wie alle Katzen. Nur – aber das schrieb ich ja schon. Der Esel stinkt viel doller, aber nicht scheußlich. Ich rieche Esel gern. Nochmals D. O.

Neulich hat sich eine der Siamesen betrunken, denk nur. Ein Glas Süßwein ausgeleckt, und dann schlief sie wie tot. Wir dachten schon, sie überlebt das nicht.

Mach Dir keine Gedanken. Seit ich Dir geschrieben hab', ist mir schon viel besser. Überhaupt – ja, tatsächlich, ich glaube, man braucht nur mal alles ganz richtig aufzuschreiben, dann hat man es vom Herzen. Oder doch beinah. Jedenfalls ist einem viel, viel leichter.

Und vielleicht kann ich doch zu Ernst.

Deine Terry."

„Danke. Wie nett, daß du an meinen Geburtstag denkst! Die andern haben auch schon gratuliert, Birgit schickte mir durch Eilboten au-ßerdem noch eine Quarktorte, weil ich die so gern esse. Und Corona einen fertig gebratenen Hasenrücken. Ihr seid allesamt rührend! Von Teresa kam ein Strauß durch Fleurop. Danke! Danke!"

Ernst telefonierte. Es war spät, er saß im Büro, allein. Keine seiner Schwestern hatte ihn vergessen, Terry natürlich auch nicht. Die hatte schon früh angerufen, ehe er von zu Hause wegging, und ein Päckchen von ihr war auch da. Mit Sybille telefonierte er jetzt sicher schon eine Viertelstunde lang. Es klopfte.

„Herein!" sagte er zerstreut und sah sich nicht um. Daß jetzt noch jemand kam, war ungewöhnlich; gleich darauf hatte er es wieder vergessen.

Sybille war auf Terry zu sprechen gekommen.

„Sie hat dir geschrieben?" fragte er bestürzt. „Traurig geschrieben? Du, da muß was geschehen. Meine kleine Terry! Nein, das darf um keinen Preis so bleiben. Sybille, bitte, laß dir was einfallen! Mir dreht es das Herz herum, wenn ich an Terry denke. Sie ist nicht robust, sie ist sehr, sehr zart. Man denkt das nur nicht, bei ihrem Mundwerk. Sag, könntest du nicht ..."

„Ernst!“ mahnte es hinter ihm. Er fuhr herum, den Hörer noch am Ohr. „Ach du, Evelyn. Himmel, bist du schon lange da?“

„Erst eine knappe Stunde.“ Er hörte die Ironie nicht.

„Also Sybille, ich ruf' dich heute noch einmal an. Ich kann jetzt leider nicht – ja, bis nachher. Danke. In Ordnung.“ Er legte auf.

„Evelyn! So eine Überraschung!“

„In der Tat? Ich wollte dir zum Geburtstag gratulieren, aber es war laufend besetzt bei dir. So viele Verehrerinnen? Na, da blieb mir nichts übrig als vorbeizukommen. Störe ich sehr?“

„Aber wieso denn!“ Es war Ernst sehr peinlich. Evelyn hier im Büro! „Wie bist du denn überhaupt hereingekommen?“

„Unten ging gerade einer ins Haus. Und die Etagentür war nur angelehnt. Du hast wohl noch jemanden erwartet?“

„Aber ...“

„Mich jedenfalls nicht, sonst wärst du nicht so erschrocken“, sagte Evelyn. „Darf ich mich wenigstens setzen?“ Sie trug einen schwarzen Pelzmantel und ein dazu passendes, reizendes Käppchen, sah überhaupt gut aus, sehr gut. Wenn sie nicht ...

Ja, sie war beleidigt. Das merkte man. Und man sollte es offensichtlich merken, sie legte es darauf an. „Bist du fertig, oder willst du gleich noch mal anrufen? Damit es nicht zu spät wird?“ Das klang ausgesprochen bissig.

”Es war meine Schwester Sybille. Du weißt doch, daß ich vier Schwestern hab'“, sagte Ernst. „Und die Blumen sind von meiner andern Schwester, Teresa, und die Torte von Birgit, Birgit kennst du ja sogar, und ...“

„Und die Rede war von Terry, und das ist keine Schwester von dir, aber ein zartes, zartes Wesen, das dir das Herz bricht, entschuldige, es war nicht zu überhören“, sagte Evelyn. „Übrigens interessiert mich das überhaupt nicht. Ü-ber-haupt nicht. So wenig wie es dich interessiert, mit mir ins Theater zu gehen!“

„Wieso? Wollten wir heute ...“ Ernst war noch ganz durcheinander von dem Gespräch über Terry. „Hatte ich für heute abend ...“

„Nein, für neulich. Neulich wollten wir ins Theater gehen, und da hattest du keine Zeit.“

„Ich glaube, du hattest keine“, sagte Ernst langsam. Er besann sich jetzt. „Deine Mutter war gekommen ...“

„Stimmt. Aber du warst sehr einverstanden, daß ich nicht konnte, und hast ... na, wie lange ist das her? Ein paar Wochen. Seidem habe ich nichts von dir gehört.“

„Stimmt“, sagte nun Ernst seinerseits. Es klang ehrlich zerknirscht. „Ich habe anrufen wollen und kam nicht dazu ...“

„Aber zu Terry kommst du. Die ist dir wichtig genug. Wenn es um Terry geht ...“

Sie sagte noch mehr.

Der weitere Verlauf des Gesprächs folgte den üblichen Bahnen. Du – ich – du – ich – es lohnte sich nicht, fand Ernst.

„Es lohnt sich nicht“, sagte er also, aufstehend, „wenn du hergekommen bist, um mit mir zu streiten ...“

„Ich bin gekommen, um ...“

„Um?“

„Um dir zu gratulieren.“ Es klang nicht nach Glückwunsch, sondern haarscharf nach Backpfeife.

„Danke.“ Ernst rückte den Schlips zurecht und zog den Gürtel ein Loch enger. Das tat er immer, wenn er einen Abschluß irgendeiner Art ausdrükken wollte. Dabei merkte er, daß er Hunger hatte. Es war ja auch spät am Abend. Wie spät, ging ihm eigentlich erst jetzt auf.

„Hast du schon zu Abend gegessen?“ fragte er. Diese Frage war naheliegend, aber unzart. Evelyn jedenfalls faßte sie so auf.

„Ja. Damit du es weißt. Oder vielmehr nein, aber ich mag nichts essen. Ich komme hierher – erst bist du stundenlang nicht zu erreichen, und dann höre ich dich mit Terry kosen ...“ Sie schnupfte. ‚Jetzt geht's los‘, dachte Ernst und zog sich innerlich zusammen. Wenn Frauen erst schnupfen, dann heulen sie im nächsten Moment, und heulende Frauen ...

„Evelyn“, sagte er also und versuchte, ein Kilo Trost und Freundlichkeit in dieses Wort hineinzulegen. Evelyn aber war hellhörig.

Trost und Freundlichkeit, ja. Aber nichts von Liebe. Und gerade Liebe hätte sie so dringend gebraucht. Sie sagte das. Nicht nur das. Es hatte sich in den letzten Wochen allerhand angestaut. Und nun ging „die Katz den Bach nunder“, wie man in Schwaben sagt.

Vorwürfe, in denen das Wort „Liebe“ vorkommt, waren von jeher nutzlos. Warum eigentlich werden sie dennoch immer wieder erhoben? In jeder Generation? Keine lernt von der anderen, nicht nur in dieser Beziehung. Ernst dachte darüber nach, während er zuhörte – er hatte das Nachdenken beim Zuhören gelernt, es gehörte zu seinem Beruf. Hätte er lieber zugehört!

Bums, das war die Tür. Zu. Von außen. Symbolische Handlung übrigens, denn er mußte Evelyn nachgehen und unten für sie aufschließen. Daß sie dabei weinte und er nicht, war wirklich ungerecht vom Leben.

„So endete eine Liebe“, sagte er, als er wieder ins Büro kam; er mußte noch einige Sachen zusammensuchen, die er brauchte. Mechanisch drehte er am Radio. Meist hörte er noch die Spätnachrichten, ehe er heimfuhr.

„Nur nicht aus Liebe weinen!“ erklang es pathetisch, und nun mußte er doch ein wenig grinsen. „Klara Zylinder, Idol vergangener Zeiten. Nein, ich weine nicht aus Liebe. Aber Terry sollte auch nicht weinen, meine kleine, kleine Terry ...“ Und jetzt lächelte er.

Er beeilte sich mehr als sonst, heimzukommen, und ging dort sofort ans Telefon, wählte Sybilles Nummer. Sie meldete sich nach dem ersten Zeichen, ihre Stimme klang frisch.

„Ernst? Ja, danke. Hör mal, ich schick' dir einfach Terrys Brief. Einverstanden? Da kannst du dir selbst einen Vers drauf machen. Aber heb ihn gut auf, bitte, ja, ich möchte ihn wiederhaben. Ich fand ihn rührend, so richtig Terry, alles durcheinander, mal traurig, mal lustig. Und im letzten Grund auch tapfer. Sie möchte weg, aber sie jammert nicht. Hütest du ihn?"

„Mach' ich. Er kommt ins Archiv ... sag mal, bist du meinetwegen so lang aufgeblieben oder ..."

„Nein, nein, jedenfalls nicht nur. Du weißt doch, was für ein Nachthokker ich bin. Ich habe was vor ..." Sie lachte. Es klang glücklich. Er spürte es über die Entfernung hinweg deutlich.

„Sicher was Hübsches. Klingt so. Na, da will ich nicht weiter stören. Mach's gut, Sybille!"

„Du auch, Geburtstagskind!" Sybille hatte aufgelegt und wandte sich wieder der Schreibmaschine zu. Neben ihr lagen gestapelte, schon betippte Blätter, daneben eine Tasse Kaffee, frisch duftend. Die Heizung zischte. ‚Am Abend schätzt man erst das Haus – wieder mal Faust', dachte Sybille. Sie lachte leise. Daß sie doch alle in Zitaten dachten. Was man mit der Muttermilch so einsaugt, bleibt einem fürs Leben. Sie spannte den nächsten Bogen ein. Birgit lehnte den mit Bindfaden umschnürten Christbaum an die Mauer und grub in ihrer Tasche nach dem Schlüsselbund. Dabei entglitt ihr eins der Päckchen, die sie unter den Arm geklemmt trug. Es fiel in den Schnee, der hier, in dem kleinen Vorhof dicht am Haus, schon mindestens zwanzig Zentimeter hoch lag. In München, mitten in Schwabing. Und es schneite noch immer, schneite und schneite.

„Hoppla – danke!" Jemand hatte ihr das Päckchen aufgehoben und hielt es ihr hin. Birgit, die jetzt den Schlüssel gefunden hatte, wollte es nehmen, da erst merkte sie, daß dieser Jemand Terry war. Terry in höchst eigener kleiner Person, den Hund neben sich.

„Terry – nein, so eine Überraschung! Was machst du denn hier?"

„Eben gekommen. Mit der U. klappte wunderbar. Ich soll von Corona grüßen und von Hans – und von allen." Sie trug ein Köfferchen in der einen Hand und eine vollgestopfte Plastiktüte in der anderen; mit der hob sie jetzt noch einen vielfach verschnürten Karton auf, den sie auf die unterste Stufe der kleinen steinernen Treppe am Haupteingang gestellt hatte.

„Fünfzig Eier, ganz frisch, Corona bekommt immer welche aus dem Dorf, und da hat sie mir die mitgegeben, für dich. Vielleicht bäckst du ja noch. Ich hatte Angst, ich schmeiß' sie irgendwo hin, aber es ging gut. Es sind richtige, von solchen Hühnern, die noch rumlaufen dürfen und im Mist kratzen und alles." Sie stemmte mit der Schulter die Haustür für Birgit auf. „Corona hat mich in den Zug gesetzt. In den durchgehenden. Als ob ich nicht umsteigen könnte. Für Rose hab' ich was Wunderbares. Ist Rose da?" Ihr Gesicht war naß vom Schnee und strahlend froh.

„Ja, Rose ist oben, sicherlich. Komm, komm, ich hab' nur noch den Christbaum besorgt und ein paar andere Kleinigkeiten. Es ist noch so viel zu tun ..."

„Ich helf' dir. Laß den Baum stehen, den hol' ich nachher mit Rose. Ich will nur erst die Eier loswerden ..." Sie lief mit Floh zusammen die Treppe hinauf. Birgit folgte, so schnell sie konnte.

Und dann gab es oben im Flur eine so fröhliche und laute Begrüßung, daß man kein Wort verstand. Rose und Klaus hatten beide öffnen wollen und waren zusammengerannt, als Terry Sturm läutete, und nun standen sie alle fünf da; Rose rieb sich den Kopf und Klaus die Schulter, und der Floh kläffte. Rose nahm ihn hoch und drückte die Wange an seinen Kopf. Klaus bewunderte ihn sachkundig, er war ein großer Hundekenner und -freund, hatte als Kind immer mit Hunden gelebt. Erst nach einer Weile erinnerte sich Birgit, daß ja der Christbaum noch unten stand. Terry rannte, und Rose folgte. Jetzt hatte Klaus den Floh auf dem Arm.

„Ein echter, nur schlecht kupiert. Na, die Kupiererei hört ja demnächst auf – aber sieh mal, die wachen Augen! Ich mag die Rasse ja sehr, ein bißchen klein, aber munter. Und mutig! Diese Terrier greifen jeden anderen an, gleichgültig, wie groß der Gegner ist."

„Wo soll denn der Baum hin? In die Küche?"

„Nein, raus auf den Balkon. Er muß doch kalt stehen, bis – ja, es schneit, und der Schnee bleibt liegen! Wenn es doch hielte! So ein Weihnachtswetter!"

„Bei uns hat's nicht geschneit. Einziges Glück, gerade jetzt, im Umzug."

Die beiden Mädchen hatten den Baum auf den winzigen Balkon hinter der Küche verstaut und kamen wieder herein, sich den Schnee von den Schultern streichend. Birgit rückte, noch im Mantel, einen Topf aufs Gas. „Du bist doch sicher ganz verhungert, diese weite Fahrt! Warum habt ihr nicht angerufen? Wir hätten dich bestimmt abgeholt."

„Aber warum denn, ich kenne mich doch in München aus! Ist Mami eigentlich da? Nein? Ach, bei euch ist es auch ganz schön, hast du noch Schule, Rose? Ich eigentlich auch, aber Corona sagte, auf ein paar Tage kommt's nicht an. Wenn ich Halsentzündung hätte, fehlte ich ja auch. Und großartige Arbeiten werden jetzt vor Weihnachten auch nicht mehr geschrieben. Die haben wir hinter uns. Und beim Umzug bin ich bloß im Wege."

„Umzug – du sagtest vorhin schon so was – aber jetzt mußt du erst was essen. Klaus, auch einen Teller Suppe? Ein Glück, daß von Mittag soviel übrig ist, Rose kam später, du hattest Turnen, nicht? Kommt, setzt euch, hier ist ein Platz für Terry. Also Schule schwänzt du, und Rose, die arme, muß noch gehen!"

„Ja, immer die kleinen Dicken!" Rose war mindestens einen Kopf größer als Terry und überhaupt nicht dick. „Aber lange dauert's bei uns auch nicht mehr. Über-über-übermorgen." Sie rechnete. „Eßt nicht soviel, der Floh muß auch Suppe haben. Er ist doch genauso lange gereist wie Terry." Später setzten sie sich dann zum Erzählen ins Wohnzimmer, und nun kam Terrys große Stunde. Sie berichtete. Man merkte, wie gern sie das tat. Es war ja auch großartig, was sie anbrachte. Und sie mußte von Corona gelernt haben im Schnellsprechen, vielleicht war sie doch unter einem Wasserfall geboren, dachte Birgit, außer der Glückshaube natürlich, von der Sybille damals gesprochen hatte. Und die ihr Birgit gönnte, von ganzem Herzen ... „Ja, Hans und Corona ziehen um. Heute, sie wollen Weihnachten schon im neuen Haus feiern. In Holdershausen. Hans hat die alte Forstmeisterei dort gekauft. Ich hatte ihnen davon erzählt, und ..."

„Nach Holdershausen ziehen sie? In die Forstmeisterei?!" Birgit lehnte sich zurück und ließ die Hände mit dem Strickzeug sinken. „Weiß Ernst das schon?" war ihre erste Frage, als sie wieder zu sprechen fähig war vor lauter Überraschung.

„Nein, wieso, viel Zeit zum Telefonieren hatte Corona nicht, sonst hätte sie euch ja auch angerufen und gesagt, daß ich komme. Aber ich hab' gleich gesagt, das ist nicht nötig, ich find' mich doch in München zurecht, ich war doch schon oft hier bei euch."

„Erzähl! Erzähl doch schon, los! Wie kam Hans denn auf die Idee?"

„Na eben, weil ich ihm davon vorgeschwärmt hab'. Wie groß das Haus ist und wie schön, und Putten davor, und Stall und Scheune dabei und Garten und alles. Und Ernst sagte doch damals, man bekäme es für einen Hosenknopf, und da ist Hans sofort hingefahren und kam wieder, ganz begeistert, und auf der Regierung war er auch schon, und die helfen ihm, weil doch vieles kaputt ist und so. Da wird es renoviert, und dann können Tagungen dort abgehalten werden; der eine Raum nach vorn raus ist ja so groß, und im Kloster können die Gäste untergebracht werden, haben sie gesagt – alles wunderbar. Aber zusammenkommen werden sie immer bei Hans und Corona, und ..."

„Klaus! Rose! Nach Holdershausen!"

„Und Corona ist sehr froh, weil sie dort nicht nur Kuh und Esel haben kann, sondern auch Pferde, damit Behinderte richtig reiten können, und einen großen Hühnerhof legt sie an, hat sie gesagt, und Enten, weil dort Teiche sind ..."

„Und das alles noch vor Weihnachten", sagte Klaus überwältigt. Terry fuhr auf, mußte dann aber doch lachen, als sie ihn ansah.

„Gar nicht. Aber einrichten will sie schon vorher und dort feiern. Und Diane hilft ihr. Aber für mich, hat sie gesagt, ist es doch vielleicht besser, ich feiere bei euch, schon wegen Hansi, der kann mich ja nicht leiden. Und darf ich auch die Ferien hierbleiben? Vielleicht kommt Mami ja auch ..." Das letzte sagte sie ganz leise. Birgit sah sie an.

„Natürlich kannst du bei uns bleiben, die ganzen Ferien. In den Ferien arbeitet Klaus ja nicht, und – natürlich bleibst du." Sie sah, wie ihre eigene

Tochter aufstrahlte vor Glück. „Und der Floh auch! Ob Mami kommt, weiß ich selber nicht; von ihr hört man ja immer nur in Abständen. Dann aber manchmal Erstaunliches. Ich weiß nur, daß sie mit Bekannten nach Italien gefahren ist."

„Das weiß ich auch. Und noch nicht zurück?"

„Keine Ahnung."

„Darf ich nachher mal bei ihr anrufen? Ja? Danke. Und Hunde will sie auch kaufen, Corona, meine ich. Große. Eine Rasse, die es hier sehr selten gibt – so groß." Sie maß vom Boden ab ... „Und die sind furchtbar klug. Sie sagt, Klaus kennt die, es sind Hauards oder Howards, oder wie man die schreibt ..."

„Diese Corona. Immer dieselbe! Was die sich alles vornimmt und auch ausführt; man hat das ja gesehen. Versehrtenbetreuung und Orgeln und Flötenstunde – und vier Kinder und noch geborgte." Birgit hatte wieder zu stricken begonnen, die Nadeln flirrten. „Und zieht nach Holdershausen! Ins Forsthaus! Und wir können sie dort besuchen, zu jeder Buchmesse und sicher auch in den Ferien. Oh, Klaus, das ist *die* Idee! Ach, und wie wird Ernst sich freuen! Das Haus wieder bewohnt, belebt, schön gemacht – das kann Corona nun wirklich: aus einer Bude ein Heim schaffen. ‚Bude' ist natürlich hier kein Ausdruck, wenn das Haus auch alt ist. Ein Barockbau. Wenn Hans einen Zuschuß von der Regierung bekommt, kann natürlich alles wunderbar werden." Sie schob im Geist schon die Möbel. Darin waren sie alle gleich, die Michaelis-Schwestern: Sie richteten sich fürs Leben gern ein.

„Und daß sie aus diesem verwinkelten Knusperhaus, um das ich immer Angst hatte, rauskommen, ohne daß es dort einmal gebrannt hat, Gott sei's gedankt! Das war immer meine Entsetzensvorstellung." Klaus war der am vernünftigsten und praktischsten Denkende von ihnen. Er hatte Hans und Corona sofort, nachdem er sie das erstemal besuchte, einen Patentfeuerlöscher geschenkt. Sein Alptraum war ständig, daß dort einmal der rote Hahn mit den Flügeln schlagen konnte, und dann gute Nacht!

„Beschrei es nicht. Noch sind sie drin!"

„Nein, raus! Heute früh, gerade als ich abfuhr, kamen die Möbelwagen. Und der Esel kriegt auch einen Kameraden, eine Frau, und dann gibt's jedes Jahr kleine Eselchen, *die* sind süß, Corona hat's versprochen, sie weiß schon eine Eselin", sprudelte Terry weiter. „Und Meerschweinchen dürfen die Jungen sich halten, Thilo und Hubertus, das wollten sie schon immer, aber Hansi kriegt kein Tier, hoffentlich! Hansi ist ein Stinkstiefel, wirklich; neulich hat er dem Floh einen Kerzenhalter an den Schwanz geklemmt und daran einen Bindfaden mit einer Blechbüchse, die immer hinterherschepperte, und der Floh hat sich geängstigt und ist gerast. Aber da war Hans böse, den großen Hans meine ich, er hat Hansi eine runtergehauen, daß er sich um sich selbst gedreht hat. ‚Bei Tierquälerei hört die moderne Erziehung auf', hat er gesagt, ‚da gibt's Maulschellen, so, nun weißt du, was das ist.‘ Hans ist abgezogen, ganz klein mit Hut, ich hab’ es ihm gegönnt, von Herzen!“

„Also, sie sind schon raus; nun brennen sie nicht mehr ab in ihrem Winkelhaus“, sagte Birgit, als sie endlich schlafen gegangen waren, und schmiegte sich an Klaus. Sie hatte seine Sorge durch all die Jahre geteilt. „Du, Klaus, was für ein Glück! Und keiner von uns ist auf den Gedanken gekommen, den mußte Terry haben. Terry, das Schreckenskind, das Glück bringt! Was wird Ernst sagen! Und Teresa! Ach, die wollten wir ja noch anrufen, vielleicht ist sie da. Ich glaube es zwar nicht ...“

„Sie hätte sich doch zurückgemeldet!“

„Meinst du? Bei Teresa weiß man das nie. Ich denke immer, die muß einmal ganz auf sich gestellt sein, ganz ohne uns ...“

„Ohne uns vielleicht, aber sonst? Allein? Denkst du, die ist allein verreist?“ Klaus lachte. „Da wär’ sie schön dumm, hübsch, wie sie ist.“

„Stimmt. Aber – ach ja. Du, ich hab’ oft Angst um Teresa. Gerade um sie. Sie wirkt so unabhängig und fest im Leben stehend; manchmal denke ich, so ist sie gar nicht.“

„Vielleicht. Aber heute abend laß mal sein, es ist schon so spät.“ Er hatte keine Lust, noch eine weitere Aufregung zu erleben, obwohl die erste ja wirklich eine schöne gewesen war. „Morgen ist auch noch ein Tag. Gute Nachrichten weiterzugeben, darauf kann man sich ein bißchen freuen ...“

Terry stand im Flur, barfuß in einem von Roses Schlafanzügen, der ihr viel zu groß war. Sie hatte vergessen, ihre eigenen einzupacken; es war alles so schnell gegangen. Rose schlief, so lange hatte sie gewartet. Sie hob den Hörer und wählte. Mamis Nummer wußte sie natürlich auswendig.

Sie hatte vorhin gefragt, ob sie dürfe. Die anderen hatten es nur vergessen. Vielleicht war Mami noch da.

Sie hatte gesagt, ein Jahr oder ein halbes. Aber vielleicht war alles anders gekommen. Manchmal geht ein Auto kaputt, oder das Geld reichte nicht, vielleicht war sie doch zu Hause und wartete.

„Tuuut – tuuut, tuuut – tuut ...“

Nicht besetzt. Besetzt macht es tutt tutt tutt ...

Terry zitterte. Im Flur war es kalt, aber sie merkte es nicht. Mami war zu Hause, sie bildete es sich fest ein. Und sie mußte mit Mami sprechen, mit ihr. Letzten Endes hatte Mami zu entscheiden, wo sie blieb, und niemand sonst. Corona würde sie nicht vermissen, Diane war ja da, die half. Und Hansi geschah es ganz recht, daß er den Floh nicht mehr ärgern konnte.

„Tuuut – tuuut ...“

Und in den Ferien konnte sie ja immer einmal hin. Holdershausen hatte ihr sehr gefallen. Mit Ernst, der fuhr bestimmt auch mal über den Sonntag mit ihr hin. Ach, Ernst! Nein, sie mußte es bei Mami durchsetzen, daß sie zu Ernst durfte. „Tuuut ...“

Niemand hob ab. Terry stand noch immer, frierend, ohne es zu fühlen, die Hand auf dem aufgelegten Hörer, nachdem die Minute verstrichen war und das kurze „Tutt tutt tutt“ aus dem Telefon höhnte. Niemand antwortete, niemand war da. Sie hatte so sicher gemeint, Mami wäre zu Hause.

Langsam wandte sie sich um. Der Floh stand vor ihr, das Gesicht mit dem gesträubten weißen Bart zu ihr erhoben. Er war aus Roses Zimmer, wo sie ihm ein Lager zurechtgemacht hatten, durch die halboffene Tür geschlichen gekommen und sah sie an. Plötzlich kamen ihr die Tränen.

„Floh, sie ist nicht da!“

„Wäff?“ kläffte er. Es klang fragend, es klang wie: „Wirklich?“ Terry beugte sich hinab und hob ihn auf, drückte ihn an sich.

„Ach, Floh – Floh – Floh ...“ Sie weinte, daß es sie stieß. „Komm, wir müssen ins Bett, du frierst. Komm, komm. Heute schläfst du bei mir, ausnahmsweise ...“

Teresa rührte sich nicht. Das Telefon surrte. Nein und nein und nein. Wer es auch sei – sicherlich Magnus. Aber sie wollte nicht. Es war so schwer zu wissen: Du könntest seine Stimme hören und mit ihm sprechen. Aber sie konnte ja nicht sprechen darüber. Und wozu dann? Nur zu neuer Quälerei?

Eine Minute ist lang. Teresa begann zu zählen: einundzwanzig, zweiundzwanzig – plötzlich konnte sie es nicht mehr hören. Sie sprang auf und schaltete das Radio ein, drehte den Knopf, damit es laut wurde, laut, laut. Plärren sollte es, niemand hörte es ja hier außer ihr. Damit das Telefon übertönt wurde ...

Eine Frauenstimme, ruhig, angenehm trotz der Lautstärke, zu der Teresa sie zwang. Offensichtlich mitten in einem Vortrag. „Und so können wir beobachten, daß dies eine Art Gesundungsprozeß ist. Die Seele träumt sich gesund. Das verdrängte Ereignis kehrt im Traum zwar wieder, aber in immer größeren Abständen. Jedesmal bröckelt sozusagen durch den Traum ein Stück davon ab, und eines Tages ist der Mensch davon befreit. Er befreit sich nicht selbst, er *wird* befreit. Der Zeitraum, in dem das geschieht, kann verschieden lang sein, je nach Stärke des Erlebten und der Widerstandskraft des Betroffenen. Somit sehen wir ...“

Teresa stand starr. Dann griff sie nach der Rundfunkzeitung, die auf dem Tischchen davor lag, blätterte, suchte. Dabei entgingen ihr die letzten Worte der Sprechenden, aber es waren, wie sie halb unbewußt aufnahm, nur noch zusammenfassende, also Schlußworte. Jetzt hatte sie gefunden, was sie suchte: Dr. Christa Marun, „Das Unheimliche im Menschen“. Vorletzter einer Reihe von psychologischen Vorträgen. Solche Vorträge kamen meist spät am Abend, der nächste in acht Tagen. Der nächste interessierte sie nicht mehr.

„Die Seele träumt sich gesund. Jedesmal bröckelt durch den Traum ein Stück des Erlebnisses ab ...“ So hatte sie gesagt. So ähnlich jedenfalls, dem Sinn nach. Und: „Eines Tages ist der Mensch davon befreit.“

Teresa schloß die Augen und atmete tief. Ihr war, als habe sie eine Botschaft vom Himmel empfangen, und so war es eigentlich auch – aus dem Äther. Eine Botschaft für sie, speziell für sie. Hätte das Telefon nicht so penetrant geläutet, hätte sie das Radio nicht eingestellt. Merkwürdig.

Vielleicht doch nicht so ganz merkwürdig, wie es ihr im Augenblick erschien. Sie besann sich jetzt, daß Ernst ihr einmal geraten hatte: „Wenn du auf andere Gedanken kommen willst und es gar nicht klappt, dann versuch es mit dem Radio. Manchmal erwischt man haarscharf gerade etwas, das einen angeht. Manchmal natürlich auch nicht, aber mitunter erstaunlich passend. Mir ist das oft so gegangen. Wilhelm von Scholz nennt das ‚die Anzüglichkeit des Bezüglichen'. Es ist kein reiner Zufall, auch wenn es so aussieht." Hier war so etwas eingetroffen. Dr. Christa Marun. Sie würde morgen sofort in einer Buchhandlung nachsehen, ob es Bücher von dieser Frau gab. Ganz dunkel glaubte sie sich zu erinnern, daß sie den Namen schon gehört hatte, vielleicht hatte Sybille ihn einmal erwähnt oder Birgit. Oder Klaus. Gleichgültig, auch wenn es keine Bücher von ihr gab. Das, was sie gehört hatte, ging sie an. Und es klang so einfach und glaubhaft und befreiend.

In immer längeren Abständen. Jedesmal bröckelt etwas davon ab. Die Seele träumt sich gesund.

Immer hatte sie geglaubt, ihre Seele sei krank und könne nicht genesen, weil sie immer wieder träumte. Genau umgekehrt war es. Eines Tages ...

Teresa stand auf und sah vor sich hin, minutenlang, ohne sich zu rühren. Sie fühlte sich seltsam erschöpft und kraftlos, wie sie sich sonst gar nicht kannte. Es war, als sei alle Kraft aus ihr geronnen, aber nur, um neue nachfließen zu lassen. Neue, frische, gesunde Kraft.

Auf einmal lachte sie. Und dann sprang sie mit einem Satz auf ihren Schreibtischpodest, stieß das Dachfenster auf und streckte den Kopf hinaus in die Nacht. Es schneite jetzt nicht mehr, hatte aufgeklart. Man sah Sterne. Silbern glitzernde Sterne über einer weißen Welt. ‚Weihnachtssterne', dachte sie einen Augenblick lang und lächelte. Die Luft war so unbeschreiblich weich und dabei frisch, neu, neu, herrlich zu atmen. Das ganze Leben war neu, meinte sie zu fühlen, neu, weiß, klar. Wunderbar. Wunderbares geliebtes Leben ...

„Er kommt uns nach, er kommt uns nach!" schrie Terry. Sie meinte einen halbgroßen grauen Hund, der hinter dem Floh herlief, über die große Fläche des Sees. Der Kleinhesseloher See war zugefroren, verläßlich fest, so daß man aufs Eis konnte, eine wahre Seltenheit. Deshalb hatte man ihn gefegt, denn mit dem vielen Schnee, der dies Jahr gefallen und liegengeblieben war, hätte er sonst keine Eislauffläche abgegeben.

Rose und Terry wünschten sich glühend Schlittschuhe zu Weihnachten, „richtige", was Birgit ein wenig seufzen ließ, aber sie hatte für diesen Wunsch natürlich viel Verständnis. Jetzt benutzten die beiden alte und ziemlich rostige, die Gott sei Dank noch auf dem Dachboden aufgestöbert werden konnten; mit denen stümperten sie also auf dem Eis herum, aber es machte unbändiges Vergnügen, trotz des dauernden Hinpurzelns. Dabei lachten sie und lachten.

Rose konnte schon Schi laufen, dadurch war sie im Vorteil. Sie bewegte sich bereits ziemlich sicher auf dem Eis. Terry raste, so gut es ging, und flog immer wieder hin, über die eigenen Beine, über den Floh, über gar nichts. Sie hatte beide Handballen aufgeschunden und, so erzählte sie, den Allerwertesten blau und grün. Deshalb aber war sie nicht weniger begeistert.

Es liefen nicht viele Kinder hier, noch war ja Schule. Aber Roses Klassenlehrerin war – welch ein Glück! – krank geworden, und so hatte Rose manchmal vormittags frei. Ein paar Erwachsene übten auch; ihnen konnte man einiges abgucken. Sie liefen rückwärts und zogen Bögen nach rechts und links, was ganz toll aussah. Ein alter Herr mit einem Hörrohr am Ohr, einem Haustelefon, wie Klaus es nannte, lief hervorragend; er schrieb rückwärtslaufend Dreier aufs Eis, drehte sich wie ein Kreisel und ließ sich von den Kindern bewundern. „Niemand, der ihn auf der Straße sieht, traut ihm das zu" meinte Rose.

Ach, es war wunderbar, auf dem Eis und zu zweit zu sein! Terry hatte allen Kummer, die Mutter in der ersten Nacht ihres Hierseins und auch dann nicht zu erreichen, völlig vergessen.

„Er kommt uns wirklich nach! Gestern war er auch schon da! Zu wem mag er gehören?"

Sie war stehengeblieben und sah den Hund an.

„Komm doch, Guter, komm. Ich tu' dir nichts. Floh, bei Fuß, du darfst ihn nicht erschrecken."

„Was für eine Rasse ist das denn?" fragte Rose, näher kommend, und grub in der Tasche ihrer Jacke nach etwas Eßbarem. Sie fütterten immer die Enten, ehe sie losliefen, in der einen kleinen Bucht, wo das Wasser noch offen war, so daß diese noch herumrudern konnten. „Komm, mein Hundchen, ich hab' was. Magst du trockenes Brot?"

Sie lockte. Der Graue kam näher, sah sie aufmerksam an, wedelte mit dem Stummel und hob den Kopf. „Sieh mal, er hat goldene Augen."

„Und hungrig muß er sein", meinte sie nachher, als sie ihm das Brot gegeben hatte, das er schnell, aber vorsichtig aus ihrer Hand nahm. „Vielleicht bekommt er zu Hause nicht genug. Oder erst abends. Wenn sein Herrchen heimkommt."

„Morgen bringen wir ihm Knochen", sagte Terry. „Keine Röhrenknochen, aber andere. Wenn man einem Hund Röhrenknochen gibt, das ist so, als ob man ein Kind mit Glassplittern füttert, sagt Ernst. Oder wir holen ihm heute schon was. Er ist so doll hungrig. Wollen wir?"

Rose war einverstanden. Sie setzten sich an den Rand des Sees auf eine Bank und entledigten sich der Schlittschuhe, schnallten die Riemen auf, die über den Spann des Fußes liefen, und leierten die Schrauben auf. „Mein Absatz wackelt!“ sagte Terry und lachte, während sie Rose den Fuß hinstreckte. „Siehst du?“

Der Floh hatte diese Bewegung anders gedeutet und sprang über ihr ausgestrecktes Bein, so, wie sie es ihn gelehrt hatte, über den Stock zu springen. Beide lachten los.

„Der Floh ist süß!“

„Nicht wahr?“

„Na, hoffentlich bekommen wir Schlittschuhe mit Schuhen, also solche, die festsitzen“, sagte Rose und stand auf, „da gibt es auch gebrauchte. Wenn man aus den Schuhen herausgewachsen ist, kann sie noch lange jemand anders tragen.“ Sie wußte, daß es zu Hause nicht übermäßig reichlich zuging. Birgit und Klaus machten zwar möglich, was irgend zu machen war, solche Extrawünsche aber kurz vor dem Fest waren etwas Schwieriges, auch noch in doppelter Ausführung. Aber Birgit würde Terry nie benachteiligen, das wußte Rose.

„Kriegen wir den Napf von Floh? Wir wollen noch mal runter, einen Hund füttern, der Hunger hat“, sagte Rose, als Birgit ihr öffnete. „Du hast doch noch Reis von gestern, oder? Ja, er reicht bestimmt auch noch für den Floh.“

Sie waren geradewegs in die Küche gerannt und wirtschafteten dort mit dem Hundenapf herum, spülten ihn aus, füllten ihn.

„Wir müssen auch Wasser mitnehmen“, sagte Terry, „erst fressen sie, und dann haben sie Durst. Auch wenn das Futter nicht gesalzen ist. Und eine rohe Möhre reibt Corona auch immer hinein, weil Hunde Vitamine brauchen, genau wie Kinder.“

„Hier ist eine. Laß mich ...“ Sie drängelten einander weg, so eifrig waren sie.

„Du, Terry, deine Mutter hat angerufen“, sagte Birgit jetzt behutsam. Es klang ein wenig unsicher; sie hatte Angst, wie Terry das aufnehmen würde. Eigentlich hatte sie es erst heute abend sagen wollen und sich vorher mit Klaus beraten. Aber plötzlich meinte sie, jetzt sei vielleicht ein günstiger Moment. „Sie rief von Hamburg aus an.“

„Ach? Schade, daß ich nicht da war.“

„Ja, schade. Sie hat sich ganz schnell entschlossen, noch eine Reise zu machen, eine lange, nicht zum Vergnügen, nach Südamerika. Als Krankengymnastin, also beruflich, nicht zum Vergnügen. Sie läßt dich sehr grüßen.“ Terry schwieg.

"Wenn sie gewußt hätte, daß du bei uns bist, wäre sie bestimmt noch mal gekommen.“

‚Ach. Als ich sie anrief, war sie also schon weg‘, dachte Terry.

„Und ...“ Birgits Stimme klang jetzt ganz anders, sie hatte absichtlich diese Reihenfolge ihres Berichtes gewählt: „Weißt du, wer Weihnachten kommt? Hierher? Na? Das rätst du nie!“

„Weihnachten?“ fragte Rose und sah auf. Auch Terry hatte das Gesicht gehoben. Sie blickte Birgit mit halboffenen Lippen an, gespannt, aber gleichsam ihrer Sache schon sicher.

„Ich weiß“, sagte sie halblaut. „Ja? Kommt er?“

„Wer? Wieso er?“ fragte Birgit lachend. Sie wußte, daß Terry richtig vermutete. „Na?“

„Ernst! Nicht wahr, er? Siehst du! Wunderbar! Wann denn? Darf ich ihn abholen?“ Ihr Gesicht war ein einziger Glanz.

„Aber Terry, abholen! Ernst kommt doch mit dem Wagen. Ja, am Dreiundzwanzigsten schon! Weil dies Jahr der Heilige Abend an einem Montag ist, kann er das. Und bleibt auch noch beide Feiertage, hat er versprochen. Freust du dich?“

Dumme Frage! Terry hopste und tanzte. Sie stieß dabei Rose an, die den Hundnapf fallen ließ. Aller Reis lag auf dem Küchenfußboden.

„Depp!“ schimpfte sie auf münchnerisch, mußte aber doch lachen.

„Ich schöpf' es wieder ein“, beeilte sich Terry und war auch schon dabei, „ganz vorsichtig, damit nichts verlorengeht! Nachher wisch' ich – warte – nein, laß mich!“ Sie stießen einander beiseite vor lauter Eifer.

„Ihr werdet den Napf noch mal ausleeren“, prophezeite Birgit, sah den beiden noch einen Augenblick lang zu und ging dann hinaus. Keine Sorge, es war gutgegangen. Und es würde weiter gutgehen, zumal wenn Ernst kam. Teresa hatte ihr freigestellt, Terry von dieser Reise zu erzählen oder nicht. Es sei ihr sehr arg, Terry selbst nicht sprechen zu können, nun aber sei es entschieden. Und wenn Corona jetzt mehr Platz habe, würde ja dort auch alles besser werden. Und bis zum Ende der Ferien blieb Terry ja in München.

„Alles geht gut. Wirklich, es geht alles gut“, hatte Birgit sie getröstet. „Fahr ruhig – und komm gesund wieder!“

‚Das war ein guter Wunsch‘, dachte Teresa, nachdem sie aufgelegt hatte. ‚Birgit weiß nicht, *was* für ein guter – passender.‘

„Wir gehen, Mutter, ja? Wir kommen vor Dunkelheit wieder – ja, natürlich, jedesmal muß man das hören.“ Rose war schon die halbe Treppe hinunter. Terry hastete hinterher.

„Mach doch nicht so schnell, ich verschütte sonst wieder alles ...“

Es war der reine Zufall, daß Sybille noch einmal alles aus den Händen legte; sie hätte längst fort sein müssen. Birgit hatte sie heute zu einem warmen Abendessen eingeladen; da erfordert es die Höflichkeit, pünktlich zu sein. Aber die Sachen zum Bleigießen zu vergessen, an Silvester, das wäre doch gar zu dumm gewesen! Rose und Terry wollten natürlich Blei gießen, und vielleicht hatte Birgit in all dem Trubel doch nicht daran gedacht.

Sybille hatte sich das Päckchen zurechtgelegt – wo war es nur? Die Schachtel mit den Herzen, Kleeblättern und Schornsteinfegern aus Blei, dem Löffel und der Anweisung, dazu das Zitatenquartett. Es war das alte, das sie noch von früher her besaß. Sie guckte umher – dabei fiel ihr Blick auf das Zeitungsblatt, das auf der Erde lag, halb unter der Truhe. Mechanisch bückte sie sich und hob es auf. Es war nicht, wie sie geglaubt hatte, das Blatt von gestern oder vorgestern, sondern eine zusammengefaltete Zeitung in Kreuzband.

„Nanu ..." Ahnungsvoll, aber noch ungläubig, gleichsam in der Angst, sie könnte gleich darauf eine Enttäuschung erleben, riß sie das weiße Papier ab, entfaltete das Blatt. Und da sah sie auch schon die angestrichene Überschrift und darunter ihren Namen. Von Sybille Michaelis. Tatsächlich! Sie hatten ihre Kurzgeschichte angenommen; hier war sie gedruckt! Hier stand sie, in Druckerschwärze, schwarz auf weiß. Nur der Titel war geändert. Aber der neue machte sich zweifellos noch besser.

Sybille setzte sich, mit Jacke und Kappe, wie sie war, erst einmal an den Tisch ihrer winzigen Küche und breitete das Zeitungsblatt vor sich aus. Anderthalb Spalten – hatten sie gekürzt? Nein, nicht eine Silbe. Sie las, Wort für Wort, langsam und staunend, was sie da geschrieben hatte.

Merkwürdig, wie Druckerschwärze wirkt, wie sie verändert, verzaubert! Was da stand, von ihr erdacht und entworfen, hatte sich, durch die Rotationsmaschine gedreht, auf eine schwer zu beschreibende Art umgeschichtet. Es war gleichzeitig anonym und allgemeingültig geworden. Eine kleine Liebesgeschichte, natürlich umgemodelt – wer schreibt schon das, was er erlebt hat, genauso hin, wie es war –, umgegossen, neu gestaltet. Eine kleine, bittersüße Begebenheit, nichts Besonderes. Dennoch.

„Sonst hätten sie es ja nicht angenommen! Heute, wo der Raum für das Feuilleton so knapp bemessen ist", hörte sie sich sagen. Wahrhaftig, sie sprach schon mit sich selbst, genau wie Ernst, der ihr das einmal erzählt hatte. Diese Familienähnlichkeit! Sie lachte.

Ach, sie lachte nicht nur darüber. Sie lachte über etwas ganz anderes. Zärtlich faltete sie die Zeitung zusammen und verstaute sie in ihrer Handtasche. So, und nun vorwärts! Was hatte sie eigentlich holen wollen, als sie noch einmal zurücklief?

Richtig, die Sachen für das Bleigießen und das Zitatenquartett. Beides lag offen und für jedes Auge sichtbar auf dem Fensterbrett, und sie hatte es vorhin nirgends gefunden. Ein Blick auf die Uhr – zehn Minuten waren vergangen. Was für zehn Minuten aber!

Während sie im Sturmschritt der U-Bahn zuspurtete, fühlte sie sich wie eine Siebzehnjährige. Schon als sie die kleine Geschichte geschrieben und nach unzähligen Verbesserungen endlich fertig aus der Hand gelegt hatte, war ihr so merkwürdig leicht gewesen, „Jetzt kann mir nichts mehr passieren", so ungefähr.

Dieses Gefühl erfüllte sie jetzt wieder, jetzt noch deutlicher. Sie drückte die Handtasche fest an sich.

Und das am letzten Tag des Jahres! Fertig, abgeschlossen und erledigt. Man braucht nur einmal etwas richtig hinzuschreiben, dann ist es schon leichter – wer hatte das gesagt? Sie besann sich nicht, es war ja auch gleichgültig. Schreiben ist gut, Schreiben tut wohl. Schreiben erleichtert, weil es – ja, warum eigentlich? Weil es, sofern es gelingt, aus etwas Unfertigem, Halbem, Quälendem etwas Neues macht, etwas Ganzes. Befriedigendes, Abgerundetes. So ungefähr. Oder genauso?

„Entschuldige, daß ich so spät komme, ist es sehr schlimm?" fragte sie atemlos, als sie bei Birgit im Flur stand, sich aus der Jacke schälend. „Ich hatte etwas vergessen und wurde aufgehalten, aber jetzt ..."

„Keine Sorge, im Römertopf bleibt alles heiß. Das ist das Gute an dieser Neuerfindung eines alten Tricks. Und Silvester kann es ruhig später werden, du weißt ja. Hundertmal im Jahr sitzt man bis zwei, drei wach, wenn man sich gut unterhält, aber Silvester, wenn es auf dem Programm steht, bis zwölf durchzuhalten, da schleichen die Stunden; jedenfalls vorher bildet man sich ein, man bekäme sie nicht herum."

„Sybille, hurra!"

„Hast du Blei mitgebracht?"

Rose und Terry, die die Flurglocke auch gehört hatten, kamen aus dem Wohnzimmer gestürzt. Sybille lachte glücklich.

„Hab' ich! Deshalb komme ich ja so spät. Ich hatte es besorgt und suchte und suchte, und dann lag es offen da, so, daß man geradezu darüber fiel."

„Wir haben zwei Hunde, sieh nur! Der ist uns zugelaufen."

„Jeden Tag kam er, wenn wir auf dem See waren."

„Erst hat er sich mit dem Floh angefreundet, und wir haben ihn gefüttert, und dann lauerte er schon am Haus auf uns."

„Er hat bestimmt die ganze Nacht auf der Schwelle gelegen."

„Nun laßt Sybille nur erst zu sich kommen. Sie hat eine schwere Woche hinter sich", sagte Birgit und zog die Schwester ins Wohnzimmer.

„Inventur zwischen Weihnachten und Neujahr, da weiß man, was man getan hat. Aber gut siehst du aus, Sybille, großartig!"

„Ja, wie neu angefertigt", sagte Klaus und hielt die Schwägerin ein wenig von sich ab, sie beifällig musternd, bevor er sie mit den Wangenküssen begrüßte, die bei ihnen üblich waren. „Frisch und rotbackig und mindestens zehn Jahre jünger als das letztemal. Was ist dir begegnet?"

„Das rätst du nie. Danke für das Kompliment! So was hört man mit Vergnügen!"

Der Tisch war festlich gedeckt. Birgit trug den schweren Tontopf herein und setzte ihn aufatmend ab.

„Nun kommt, es kann losgehen! Mach die Tür hinter dir zu, Rose, nein, die Hunde bleiben draußen. Sie betteln sonst. Doch, das tun sie, jedenfalls Mischka, der Floh nicht, den hast du gut erzogen, Terry. Der Mischka muß erst lernen, daß er zu warten hat. Ein für allemal, er bleibt draußen, wenn wir essen."

Sie richtete sich nach dem, was Klaus angeordnet hatte. Er verstand viel vom Umgang mit Hunden, er hatte als Junge einen gehabt, mit dem er sich beschäftigte und den er erzog. Und später hatte er alles über Verhaltensforschung bei Tieren gelesen, dessen er habhaft wurde. Auch jetzt begann er zu dozieren.

„Und wir behalten ihn, stell dir vor, Sybille", juchzte Rose halblaut. „Erst dachten wir, das geht nicht, und dann haben wir es in die Zeitung gesetzt, zweimal sogar. Aber keiner hat sich gemeldet. Und da dürfen wir ihn behalten, für uns, für immer, hat Vater gesagt!"

„Vater hat aber auch gesagt, nur, wenn er gut erzogen wird, richtig, konsequent", sagte Klaus und zerteilte geschickt die Ente, die, einen lieblichen Duft ausströmend, im Römertopf prangte, buntes Gemüse als freundlichen Schmuck um sich her. „Er ist ja nicht mehr ganz jung, jedenfalls kein Welpe mehr, aber lernen kann er noch, und manches hat er jetzt schon gelernt, in dieser kurzen Zeit. Ja, wir zeigen ihn dir nachher richtig, jetzt aber wollen wir erst essen, mit Andacht und Vergnügen. Mir läuft schon das Wasser im Mund zusammen."

Klaus wußte eine gute Küche wohl zu schätzen. Nachdem er ausgeteilt und sich dann zurechtgesetzt hatte, nahm er den ersten Bissen, prüfte ihn, wie ein Weinkenner den ersten Schluck einer edlen Flasche, und nahm dann Birgits linke Hand vom Tisch, um sie an die Lippen zu führen.

„Danke dir. Das hast du wieder großartig gemacht." Birgit errötete. Es machte so Spaß, zu kochen, wenn es anerkannt wurde. Sie sagte das, und dann überlegten sie, was man spielen wollte.

Es wurde ein lustiger Silvesterabend. Nicht nur das Bleigießen und das geliebte alte Quartett verschönten ihn, sondern auch Geschichten, die Klaus erzählte, und mehrere Anrufe, wie das am Jahresschluß üblich ist. Einer kam von Ernst, zu dem Terry natürlich ans Telefon drängte; Ernst war Schi laufen und bedauerte das, wie er sagte, denn wenn er sich vorstellte, er wäre jetzt in München und könnte mit ihnen feiern, dann sei ihm der Schnee schnuppe – ein Wortspiel, das Rose entzückte.

„Ernst, unsere Schneeschnuppe!"

„So ein Familiensimpel", brummte Klaus, „statt zu genießen, daß er einmal raus ist aus der Stadt!"

Und dann rief Teresa an. Von hoher See – es war kaum zu fassen. Hier kam ihnen das Geschenk zugute, das Klaus dieses Weihnachten der Familie gespendet hatte: ein kleines, viereckiges Kästchen mit einer Batterie darin, das man ans Telefon anschließen konnte. Wenn man es einschaltete, hörte man die Stimme des Anrufenden nicht nur im Hörer, sondern im ganzen Raum, lauter oder leiser, jedenfalls so, daß jeder mithören konnte. Sie hatten es bei Ernsts Anruf erstmals ausprobiert, und als Teresa nun sprach – man hörte neben ihrer Stimme das Arbeiten des Schiffes mit, manchmal stärker, dann wieder verebbend –, da standen sie staunend und verzückt vor diesem kleinen Wunder der Technik.

Auf jeden Fall: Es war eine Silvesternacht, an die man zurückdenken würde.

„Ruft ihr eigentlich gar nicht an?“ fragte Terry einmal. „Immer werdet ihr nur angerufen.“

„Corona erreichen wir nicht, sie hat bestimmt noch kein Telefon“, sagte Birgit.

Sybille sah Terry an: „Du, Terry ...“

„Ja?“

„Weißt du noch, zur Buchmesse – da war doch ein junger Mann da, der deine Mami kannte, besinnst du dich? Er war mal mit ihr gefahren, vor ein paar Jahren, und wir sprachen davon, und auf einmal sagte er: ‚Das war ich.‘ Ganz komisch. Später sind wir ein Stück mit ihm spazierengefahren.“

„Klar weiß ich. Ingo hieß er“, sagte Terry sofort. „Ich weiß es noch genau. Aus Stuttgart.“

„Willst du den mal anrufen? Ich meine, weil du vorhin etwas gesagt hast ... Klaus erlaubt es dir sicher.“

„Gerne! Der ist nett“, sagte Terry bereitwillig. Sie saßen miteinander auf dem kleinen altmodischen Sofa in der Ecke neben dem Ofen. Es war hier dämmerig. Terry hatte den Floh auf dem Schoß und streichelte ihn; auf dem Boden vor ihnen hockte Rose mit ihrem Mischka. „Weil ... ach, weißt du, er hat in letzter Zeit ein paarmal angerufen, und da war ich – na ja, ich war nicht sehr freundlich, ein bißchen widerborstig, ungeduldig, verstehst du. Hab’ ihn immer vertröstet, ich hätte jetzt keine Zeit. Aber wenn du ihn anrufst, das wäre etwas anderes. Ich komm’ mit ans Telefon. Aber das Kästchen nehmen wir lieber nicht, erst mal sehen, wie er reagiert.“

„Hast du seine Nummer noch?“ fragte Terry, ihre Augen sprühten. Sie hatte dann eine merkwürdige Ähnlichkeit mit ihrer Mutter, der sie sonst wenig glich. „Er hat sie uns ein paarmal gesagt, immer wieder. Ich weiß sie noch. Lauter Siebener.“

„Ja, oder doch beinah. Und du hast sie dir gemerkt?“ staunte Sybille.

„Zahlen merk’ ich mir ganz leicht. Erst eine Drei – und dann drei Siebener – und dann eine Vier, also die erste und letzte Zahl zusammen wieder eine Sieben. Sieben ist eine tolle Zahl, sagt Ernst. Und im Märchen kommt sie immer wieder vor.

Sieben Geißlein, sieben Raben,
sieben köstlich dicke Schwaben,
sieben aus dem Zwergenreich,
sieben gar auf einen Streich ...“

„Weiter!“ sagte Sybille. Terry strahlte.

„Sieben Kräutlein man versenke
In die Liebes-Zaubertränke ...“

„Geht das wirklich so weiter?“ fragte Sybille. Sie war rot geworden.
„Also. Soll ich anrufen?“
„Ja, wenn du magst? Aber du mußt dich auch selbst melden, Terry, bitte, tust du das? Birgit, Terry möchte mal ganz schnell in Stuttgart anrufen, darf sie das?“
„Selbstverständlich. Es ist ja schon eins vorbei, also ganz billige Zeit.“ Nun zögerte Sybille doch.
„Eins vorbei? Das ist aber sehr spät. Kann man denn da noch jemanden anrufen?“
„In der Silvesternacht immer! Immer! Da geht das Geklingel bis frühmorgens“, sagte Klaus behaglich. „Ruft ihn nur an! Silvester und erster April, das sind die Tage des Telefons. Was glaubst du, was Birgit am ersten April immer in die Welt hinausposaunt!“
„Na, hat's geklappt?“ fragte Klaus, als Terry und Sybille nach ein paar Minuten wieder ins Zimmer kamen, beide mit glühenden Backen. „Oder habt ihr eine Abreibung bekommen?“
„Nein, er hat ...“ Das war Terry.
„Bist du still!“ fuhr Sybille dazwischen. Klaus lachte und lachte.
„Was hat er denn?“ fragte er, nun gerade.
„Er hat – aber ich darf es ja nicht sagen“, korrigierte sich Terry. „Ich sag's auch nicht. Ich hab' noch nichts verraten, Sybille, nicht wahr, nein? Bloß beinah. Ich hab' dir's doch versprochen.“
„Und was man verspricht, muß man auch halten“, bestätigte Klaus. „Ich frag' dich ja auch gar nicht. Komm, Sybille, dein Glas war leer, ich hab' es eben nachgefüllt. Was hast du eigentlich heute beim Bleigießen hergestellt?“
„Ach, nichts Besonderes. Lauter Kuddelmuddel. Hier. Kannst du dir darauf vielleicht einen Vers machen?“ Sie holte aus ihrer Handtasche eins von jenen silbrig schimmernden Gebilden, wie man sie gießt, bewundert, zu deuten versucht und dann aufbewahrt, um sie eines Tages doch wegzuwerfen. „Kannst du mir vielleicht sagen, was es darstellt?“ Das konnte auch Klaus nicht.
„Aber verwahr es gut. Wenn es erst eingetroffen ist, wissen wir, was es bedeutet hat.“ Sie lachte und steckte es wieder ein. Dabei sah sie die zusammengefaltete Zeitung in ihrer Tasche.
Sollte sie davon erzählen? Sie herumzeigen? Sie würden staunen, allesamt, und sie bewundern und loben.
Aber – nein, sie erzählte es noch nicht. Später vielleicht. Später, wenn sie ...
Jemandem mußte sie es zuallererst erzählen; bis dahin blieb es ihr Geheimnis. Sieben ist eine tolle Zahl, hatte Ernst gesagt. Sieben, sieben, sieben ...
„Sag den Vers noch mal, Terry“, bat sie. „Den Vers von der Sieben? Wie fing er an?“

Ernst hatte seinen Wagen auf den Abstellplatz hinter dem Haus gebracht und ging, tief in Gedanken, der Haustür zu. In der einen Hand trug er seine Mappe und in der anderen einen schräg nach unten hängenden Kasten Bier. Heute abend wollte ein Kollege kommen, wahrscheinlich nicht allein. Freitags kamen meist Gäste, weil Samstag offiziell nicht gearbeitet wurde. Er selbst ging jeden Samstag ins Büro; trotzdem war dieser Abend eine Art Arbeitsschluß. Um den Schlüssel herauszuholen, stellte er den Bierkasten ab.

„Hoppla“, sagte er und fuhr erschrocken aus seinen Gedanken auf, konnte aber den Kasten, der schräg auf etwas zu stehen gekommen war, noch retten. Das Etwas war Terry. Sie saß auf der zweiten Eingangsstufe.

„Terry!“

„Oh, Ernst, endlich! Ich warte schon so lange!“

„Aber wieso denn?“ Ernst hatte das Außenlicht eingeschaltet und sah auf sie herunter. Der Floh sprang an ihm hoch, hechelte vor Freude. Er streichelte ihn, faßte dann Terrys Hand, um sie von ihrem Sitz hochzuziehen. „Du wirst dich erkälten auf dem Stein. Warum habt ihr denn nicht angerufen? Ich hätte dich doch selbstverständlich abgeholt.“ Terry sah ihn unter ein wenig gesenkten Wimpern hervor von unten her an.

„Ach, es war nur – Birgit meinte ...“

„Was meinte sie denn, dich so loszuschicken?“ fragte Ernst und drehte den Schlüssel im Schloß, stieß die Haustür auf. Während er sie mit dem Fuß offenhielt, bückte er sich nach dem Bierkasten. Den aber hatte Terry bereits in den Händen.

„Laß nur, ich hab' ihn schon. Meine Sachen hol' ich später. Floh, komm hier!“

„Der Kasten ist zu schwer für dich. Stell ihn hinein ins Haus, und dann nimm dein Köfferchen. So, ja. Ich trag' ihn schon.“

„Nein, ich!“ Es gab einen Wettstreit des Edelmutes. Sie einigten sich schließlich darauf, daß jeder an einer Seite anfaßte. An der Etagentür setzten sie ihn ab, und Terry fuhr wie der Blitz die Treppe hinunter, um ihren Koffer zu holen.

„So“, seufzte sie befriedigt, als sie ihn in den Flur gestellt hatte, „komm, Floh.“ Sie löste die Leine von seinem Halsband. „Jetzt sind wir da.“

„Ja, jetzt seid ihr da. Aber wäre es nicht viel vernünftiger gewesen, wenn ihr mich vorher angerufen hättet? Wie bist du überhaupt vom Bahnhof hergekommen?“

„Mit der Taxe, ganz einfach. Ich hatte noch Geld genug, hat gerade gereicht. Und hier brauch' ich ja keins.“

„Nein, hier bist du mein Gast. Grüß dich, Terry. Jetzt wollen wir es uns gemütlich machen. Zieh die Jacke aus, komm. Wie geht's in München?“

„Großartig. Der Mischka kann schon Pfote geben; Rose hat es ihm beigebracht. Aber der Floh auch – gib Pfote, Floh – nein, die rechte! Er kann rechts und links unterscheiden, das kann der Mischka nicht!“

„So, nun gibt's aber erst mal was zu futtern, auch für den Floh. Der hat bestimmt Hunger. Machst du mal die Dose auf? Ich hab' immer Hundefutter auf Vorrat, weil ich ein paar Kollegen hab', die ihre Hunde mitbringen, wenn sie kommen." Sie hatten kaum einen Bissen gegessen, da kamen schon die Gäste. Natürlich in der Mehrzahl. Ernst hatte es geahnt. Er stellte vor.

„Terry, meine Nichte, und ihr Herr Hund. ... Ja, sie sind auf der Durchreise hier. Setzt euch, es gibt gleich was zu trinken. ... Was trinkst du, Terry, Sprudel? Hab' ich auch. Oder hast du dir bei Klaus etwa Bier angewöhnt? ... Sie kommt aus München, da wäre das schon denkbar. Nein?"

„Danke, ich hab' keinen Durst. Ich finde, eine neue Decke könnten wir auflegen, damit es schön aussieht, so wie damals zur Messe ..."

„Meinst du? Dann los. Meine Decken sind ..."

„Ich weiß doch. In der Truhe. Im Schneewittchensarg." Sie sprang. Kam mit einer bunten, schwedisch gemusterten Leinendecke zurück und breitete sie über den Couchtisch.

„Blumen gehörten eigentlich auch noch darauf. Morgen besorg' ich welche, aus der Gärtnerei am Stadtwald. Hast du Salzgebäck? Warte, ich hol' es. Oder soll ich ein paar bunte Brote zurechtmachen?"

„Da hast du ja eine richtige Hausfrau, Ernst, Respekt, Respekt!" sagte einer der Gäste, ein älterer Kollege. Die beiden andern befanden sich etwa in Ernsts Alter. „Da brauchst du gar nicht zu heiraten. Heiraten tut man doch nur, damit es einem jemand zu Hause gemütlich macht."

„Heiraten?" Ernst lachte. „Ich denk' ja nicht dran."

„Hast du nie dran gedacht?" fragte jetzt einer der beiden Jüngeren. „Ich denke immerzu daran. Nur welche, das ist die Frage."

„Früher hab' ich auch mal dran gedacht. Aber das ist lange her." Ernst goß wieder ein. „Oder möchtet ihr vorher was essen?" Als er in die Küche kam, stand da Terry und wirtschaftete voller Eifer. Sie hatte Brot geschnitten und sich dabei mit der Maschine am rechten Handballen verletzt, an der Maschine befand sich ein rundes Sägemesser, und die Wunde blutete ziemlich stark. Terry leckte sie immer wieder ab und behauptete, man brauche sie nicht zu verbinden. „Der Floh macht das immer so; es heilt ganz schnell."

„Wir sind keine Flöhe", sagte Ernst und holte aus seiner Apotheke im Bad Heftpflaster. Sie stand auf und sah zu ihm empor, während er ein Stück abschnitt – einen Moment lang sah er in ihre Augen, die zu ihm aufschauten. Er hatte es immer für eine kitschige und dumme Redensart gehalten, wenn er hörte oder las: „Ihr ganzes Herz lag in ihrem Blick." Jetzt fand er, daß dieser Satz schon stimmen könnte.

Terrys Augen hatten einen merkwürdigen Goldschimmer, das wurde von Teresa übrigens auch behauptet. Er sah schnell wieder weg und auf das Pflaster.

„So, nun sitzt es. Es ist ein elastisches, das liegt gut an. Wenn es etwa durchblutet, sagst du es mir.“

„Ach ja, heiraten und dann solche Töchter haben, so dumm wäre es eigentlich nicht“, sagte er, als er sich zu den anderen setzte, und nahm sein Glas in die Hand, „nur, ob sie dann so werden! Oder statt dessen freche Bengels, mit denen man nichts als Ärger hat, oder Schlimmeres. Ich glaube jedenfalls, mir würde es so gehen.“

„Kinder ohne Sorgen gibt es nicht“, sagte der Ältere, „aber Sorgen hat man auch ohne Kinder. Dann schon lieber mit.“ Er besaß zwei, soviel meinte Ernst zu wissen. Gleich darauf erschien Terry mit einer Platte hübsch angerichteter Brote. Die Herren dankten und lobten sie. Sie lobten vielleicht ein bißchen zu sehr, meinte Ernst, ein wenig verstimmt. Aber das Gespräch kam dann wieder auf andere Dinge. Ernst legte eine Platte auf, die die anderen noch nicht kannten; er besaß eine schöne Sammlung, hörte sehr gern gute Musik. Gegen neun fragte Terry von sich aus, ob sie schlafen gehen dürfe, sie sei müde und der Floh auch. Mit dem müßte sie aber noch mal hinunter. Ob ...

Ernst gab ihr den Schlüssel. Sie verschwand und kam dann wieder, verabschiedete sich und ging in sein Schlafzimmer, wie er es ihr gesagt hatte.

„Es ist frisch bezogen, aber wehe, wenn der Floh mit ins Bett springt! Der schläft unten, verstanden? Ich bleibe dann hier im Wohnraum.“

„Auf dem Schneewittchensarg?“ fragte Terry noch, ehe sie die Tür zuklappte. Die Herren lachten. Ernst erklärte, was es damit auf sich habe.

„Nicht nötig, ich hab' ja die Couch.“ Die Besucher wunderten sich, daß ein Kind von sich aus und freiwillig schlafen ginge. So etwas habe er noch nie erlebt, behauptete der zweifache Vater. Ernst lachte ein wenig geschmeichelt, als liege das an seiner geschickten Erziehung. Nach einer Weile ging er an die Schlafzimmertür, horchte und öffnete sie leise. Er stand einen Augenblick und guckte hinein, wandte sich dann ins Zimmer zurück und winkte.

„Wollt ihr mal sehen?“

Die drei standen auf und kamen heran.

„Wie ein Engel“, flüsterte der eine andächtig.

Sie sah wirklich hübsch aus, wie sie da lag, ach, entzückend. Die Nachttischlampe brannte noch, abgeschirmt; Terry war wohl so müde gewesen, daß sie sofort eingeschlafen war. Sie schlief, den Kopf zur Seite gedreht – wahrscheinlich hatte sie noch nach dem Floh geguckt, ehe ihr die Augen zufielen. Ihre eine Hand hing aus dem Bett.

Am Tag, fand Ernst, ist sie gar nicht so hübsch. Munter, lebendig, dauernd im Ausdruck wechselnd und dadurch zweifellos so ungeheuer reizvoll – das war sie eigentlich immer, aber wie sie jetzt aussah! Bei dieser Beleuchtung fielen auch ihre Sommersprossen nicht auf, und die Haut wirkte rein, engelsrein. Er verstand plötzlich, daß Teresa diejenige seiner

Schwestern war, die die Männer, wenn sie sie einmal gesehen hatten, nicht wieder vergaßen, obwohl sie keineswegs eine Schönheit im eigentlichen Sinne war. Aber sie konnte, manchmal mitten im Gespräch, wenn sie sich ganz vergaß, ganz plötzlich diese Entrücktheit haben, die Terrys Gesicht jetzt im Schlaf zeigte – eine Reinheit, die das Herz anrührte. Etwas Bewegendes – warum eigentlich? Weil man fühlte, daß es etwas Seltenes war, etwas Flüchtiges, vielleicht ein Hauch aus jener Zeit, in der es noch keine Bedrückungen, keine Schuld, keine Ängste gab, kurz, aus einer sündenlosen Zeit? Unwillkürlich dachte man: Halt es fest, gleich wird es vorbei sein – und die stärkste Reaktion der Männer war wohl auch: Beschütze es, halte deine Hand darüber, damit es bleibt. Es blieb nicht – auch Terry rührte sich in diesem Augenblick, als merke sie im Schlaf, daß jemand sie ansah; sie stieß einen Seufzer aus, der ein klein wenig nach Rülpser klang – die Männer mußten lachen, aber sie lachten unwillkürlich alle leise, gleichsam behutsam –, und wechselte die Lage, so daß man nur noch ihr Halbprofil sah. Ernst schloß geräuschlos die Tür.

Was Ernst, halb unbewußt, vorausgesehen hatte, traf am anderen Morgen ein. Er hatte am Abend vorher absichtlich nicht gefragt, jetzt aber mußte er das wohl tun: wann sie weiterführe. Terry erklärte, daß sie das nicht vorhabe.

„Es ist doch bestimmt besser, ich bleibe hier, Corona ist sicher noch nicht fertig mit dem Einziehen. Sie hat so viel vor, weil sie das neue Haus einrichten will, ein paar Räume täfeln – den großen nach vorn hinaus auch, hat sie gesagt – da würde ich gern mitmachen. Aber Diane hilft ihr. Und mit meiner Schule ist es doch egal, wo ich wieder anfange, wenn ich sowieso wechseln muß. Da geht es hier genausogut. Sicherlich ist hier eine Volksschule in der Nähe, hier wohnen doch auch Kinder." Sie sagte dies alles schnell hintereinander, hatte es sich offenbar auf der Bahnfahrt zurechtgelegt. Ernst erwiderte zunächst nichts. Das schien sie unsicher zu machen; sie redete erst weiter und verstummte dann, sah ihn mit weitgeöffneten, erwartungsvollen Augen an, gleichzeitig angstvoll und bittend. Er schwieg noch immer.

„Bis morgen abend kannst du natürlich bleiben", sagte er schließlich, „heute ist Samstag, und ich kann schon mal einen Samstag drangeben. Obwohl – ja, ins Büro muß ich jedenfalls, aber ich mach' es kurz, das verspreche ich dir. Corona kann man nicht anrufen? Das ist sehr dumm. Sie erwartet dich doch, oder?"

„Birgit hat ihr geschrieben, ich käme." Terry schwieg. „Und die Karte ist bis dorthin gelöst", kam nach einer Weile nach. „Ich bin einfach in Frankfurt ausgestiegen und hab' sie weggeschmissen."

„Die Fahrkarte?"

„Ja. – Ernst, bei Corona wollen sie mich doch gar nicht haben, jedenfalls – also brauchen tun sie mich nicht. Corona hat bestimmt gar nicht gemerkt, daß ich nicht gekommen bin. Sie hat soviel um die Ohren, schon dort, wo sie damals wohnte, und jetzt nach dem Umzug erst recht. Und Hans hilft auch!“

„Darum geht es nicht, Terry“, sagte Ernst verzweifelt, „versteh das doch! Corona erwartet dich, und du kannst hier nicht bleiben und auch bei Birgit nicht. Auch nicht bei Sybille.“

‚Herrgott, da ist man zu fünft, fünf Geschwister, die sich gegenseitig gernhaben und einander helfen wollen und es gut miteinander meinen, und trotzdem‘, dachte Ernst.

So war die Welt, heute jedenfalls. Man war sich nahe und konnte sich nicht erreichen. Man liebte sich und vermochte nicht, einander zu helfen. Und Corona wollte es auch, sie hatte es getan, so gut freilich nur, wie es in ihrer Kraft stand – und das war nicht gut genug gewesen. Es lag nicht an ihr oder doch nur soweit, als sie es mit allen gut meinte, mit ihrer ganzen Umgebung, mit ihren Gästen und der jungen Engländerin und den behinderten Kindern und dem ganzen Dorf, das sie zur Musik erziehen wollte, was sie auch getan hatte. Mit Terry hatte sie es zweifellos auch gut und herzlich gemeint, auf ihre Weise.

Das aber war nicht genug. Ernst sah das betrübend deutlich. Terry brauchte mehr als ein Bett und einen gedeckten Tisch. Sie könnte sogar im Stroh schlafen und trockenes Brot essen, insofern war sie nicht verwöhnt, aber sie brauchte jemanden, der sie liebte und den sie liebte. Das war es. Und damit war sie, so sah er traurig genau, in Coronas wildbewegtem Haus nicht am richtigen Platz.

Wie aber sollte man das ändern? Teresa schwamm auf dem Ozean, irgendwo, und man durfte ihr nicht einmal vorwerfen, daß sie dort schwamm.

Lange genug war sie bei Terry geblieben, diese ersten, wichtigen Kinderjahre lang, auf die es so ankommt. Aber nun mußte auch sie ihr Leben leben; jeder Mensch hatte nur eins. Aber Teresa würde ja eines Tages auch wiederkommen. „Es ist doch abzusehen, es ist nicht für immer, Terry“, sagte er und versuchte, seine Stimme so frisch und vernünftig klingen zu lassen wie möglich. „Ein halbes Jahr ist schon bald herum“ – das war übertrieben – „und das zweite halbe überstehst du auch noch. Überhaupt im Sommer, da vergeht die Zeit viel schneller. Und dann kommt deine Mami wieder, und ...“

Terry sah ihn an. Ihr Blick war jetzt anders als zuvor, grübelnd, nahezu erwachsen.

„Oder glaubst du das nicht?“ fragte er, als sie nichts sagte, irritiert von diesem Blick.

„Glaubst du das?“ fragte sie leise, die Betonung auf dem Du.

Ernst fuhr auf.

„Natürlich! Natürlich kommt sie wieder! Denk doch nicht so dumme Sachen! Schiffe sind heutzutage genauso sicher wie – wie – eben Eisenbahn oder Flugzeug oder Auto – Autos sind meiner Meinung nach sogar gefährdeter, jedenfalls ..."

„So meine ich es ja nicht. Nicht daß das Schiff untergehen könnte oder so was. Nein. Aber – ob Mami zu mir zurückkommt?" Sie betonte das Mir, gleichzeitig aggressiv und schuldbewußt, in einer sehr merkwürdigen Art ... „Glaubst du das?"

Ernst schwieg. Terry schwieg auch.

„Und wenn sie wiederkommt – wen sie da mitbringt." Terry sagte das nach einer Weile wie vor sich hin. Ernst hatte soeben dasselbe gedacht.

Einen Mann? Vielleicht. Einen Vater für Terry? Nein. Höchstwahrscheinlich nicht. Und wohin sie dann ziehen werden, wo sie wohnen würden ...

„Was nicht geht, geht nicht, Terry", sagte Ernst leise und stand auf. „Du mußt dich damit abfinden. Ich auch." Das letzte war ihm herausgefahren, ohne daß er es wollte. Er zog seinen Gürtel ein Loch enger. „Ich fahre dich morgen abend zu Corona nach Holdershausen." Terry sprang auf. Sie tat das so heftig, daß der Floh sich erschrocken aufrichtete und zu kläffen begann. Er kläffte das Leben an, das seine kleine Herrin bedrohte, wild und wütend, man merkte es genau.

„Nein! Bitte nicht, Ernst! Bitte nicht! Jeder Mensch kann sich entscheiden. Daß man zu Kindern sagt: So wird es gemacht und fertig, das war früher einmal so. Jetzt aber ..."

„Jetzt?" fragte Ernst. „Wo hast du denn das aufgeschnappt?"

„Na, überall. Überall wird das gesagt und gepredigt und geschrieben, und im Radio hört man es auch. Damit die Kinder nicht frustriert werden. Und ich will nicht. Ich will nicht zu Corona, ich will bei dir bleiben. Bitte, Ernst."

„Terry! So nimm doch Vernunft an! Ich sage dir ja ..."

„Ich will hierbleiben. Wenn du mich zu Corona bringst, spring' ich aus dem Fenster!" Jetzt blitzte es gefährlich in den Augen: Ernst sah es wohl, wollte es aber nicht wahrhaben.

„In Holdershausen aus dem Forsthaus oder ..."

„Hier!" Sie sprang zum Fenster, riß es auf. Ernst glaubte es noch immer nicht.

„Terry! Das ist Erpressung."

„Ich hab' dir's gesagt. Bringst du mich weg?"

„Ich muß, Terry." Es klang gequält. Terry hörte es genau. Es war, als hielte sie etwas zurück bei diesem Ton, als müßte sie zu ihm laufen, sich ihm an den Hals werfen, fest an ihn klammern, ganz, ganz fest. Ihn nicht loslassen, bis er versprochen hatte – aber er wollte sie ja nicht. Und Klaus hatte gesagt ...

Mit einem Sprung stand sie auf dem Fensterbrett, und ehe Ernst die zwei Schritte zu ihr hin tun konnte, um sie zurückzureißen, war sie verschwunden.

„Terry!“ schrie Ernst, zu Tode erschrocken. Sein Herz raste. Er war die Treppe hinunter, ohne zu wissen, wie, der Floh kläffend hinter ihm her, ohne daß Ernst es wahrnahm. Haustür auf und um die Ecke. Da lag Terry. Sie war auf die halbgroße Blautanne gefallen, die hier wuchs; das mußte den Sturz abgebremst haben, trotzdem unglücklich. Ernst sah es sofort. Ihr Gesicht wurde zusehends blasser; alles Blut wich daraus. Aber sie war bei Besinnung.

„Ernst, sei nicht böse ...“ Das war das erste.

Er hatte sie schon im Arm, halb besinnungslos vor Angst und Liebe. „Terry, Terry, du Ungeheuer!“ Er stammelte und schluchzte. „Terry, wie konntest du – Terry ...“ Sie hörte ihn schnupfen und sah seine nassen Augen. Da fing sie an zu weinen, da erst.

„Ich hab' es doch vorher gesagt. Und was man verspricht, muß man auch halten.“ Sie schlang die Arme um seinen Hals. „Es ist überhaupt nicht schlimm. Bloß das Bein. Ich hab' es doch schon ein paarmal gemacht, nur heute bin ich so dumm aufgekommen, weil ich in der Eile nicht richtig geguckt hab'“

„Du hast ...“ Ernst sah nicht sehr geistreich aus, als er sie jetzt anstarrte. „Du bist ...“

„Schon hier runtergesprungen, ein paarmal. Ging immer gut. Damals, zur Buchmesse. Keiner von euch hat's gemerkt, ich war doch manchmal allein in der Wohnung. Und ich dachte, ich versuch' es mal, es kann doch mal brennen oder so was. Bei Mami bin ich auch aus dem Fenster, natürlich nicht gesprungen, sondern geklettert, das ging sehr gut. Überall, wo ich wohne. Nur bei Birgit nicht, dort ist es sehr hoch, und der Hof ist gepflastert.“

„Und hier bist du hinunter – Terry, du Untier! Du Rabenaas! Aber dein Bein – was ist mit deinem Bein?“

„Ach, vielleicht gebrochen. Das ist nicht weiter schlimm. Ernst, darf ich nun bei dir bleiben?“

„Halt den Mund.“ Er küßte sie auf beide Wangen, schnell, gleichsam entschuldigend, stürmisch. „Ich hab' dich lieb, Terry, glaub mir, glaub mir. Komm, ich trag' dich rauf. Tut es sehr weh? Ach Terry, Terry!“

Das Bein war gebrochen, da konnte man sich nichts vormachen. Ernst trug sie mit aller Sorgfalt und Vorsicht hinauf und legte sie auf die Couch, stand jetzt am Telefon, ohne den Blick von ihr zu wenden. Arzt, Krankenwagen – sie hatte schon wieder Farbe auf den Wangen und versuchte zu lachen.

„Da muß ich dableiben, jedenfalls in Frankfurt!“

Dasselbe hatte er soeben gedacht. Er schüttelte den Kopf.

„Als ob du davon was hättest! Du mußt ins Krankenhaus, das ist dir wohl klar. Aber ich besuch' dich, jeden Tag, jeden, jeden Tag. Terry, du hättest dich krumm und dumm fallen können. Dir gehört der Hintern versohlt, und das hol' ich nach, ich versprech' es dir! Terry, nie wieder, hörst du, nie wieder! Versprich mir das, bitte, bitte! Es hätte so entsetzlich ausgehen können, mit Wirbelsäulenbruch oder so was, mit lebenslänglich Rollstuhl – o Terry!“ Ihn schauderte. Terry war völlig ungerührt.

„Vom ersten Stock aus fällt man nicht so schwer. Und wo ich's doch ausprobiert hatte! Aber du besuchst mich? Wunderbar? Corona schreibst du, ich käme nicht? Aber der Floh ...“

„Ja, siehst du, der arme Floh.“

Ernst hatte seine Gespräche beendet und sich zu ihr auf den Couchrand gesetzt. „Was machen wir nun mit ihm? Kein Krankenhaus der Welt nimmt einen Hund mit ins Krankenzimmer. Soll ich ihn zu Corona bringen?“

Sie sahen einander an.

„Ich weiß nicht. Corona ist lieb und gut, aber – und der Floh ist dort auch nicht eingewöhnt, im jetzigen Haus.“

„Eben. Schwierig, schwierig. Na, notfalls bleibt er bei mir und muß eben mit ins Büro, schön ist das nicht für ihn. Aber das hast du ja verpatzt. Sag, hast du denn gar nicht an ihn gedacht, was aus ihm werden soll?“ Terry schüttelte den Kopf. Die Schmerzen setzten ein, bisher hatte sie wohl noch unter dem Schock gestanden und nicht allzuviel verspürt. Jetzt aber ging es los. Ihr Gesicht zog sich zusammen, leidvoll, so tapfer sie es auch zu verbergen suchte.

„Nein, denk mal, an ihn hab' ich nicht gedacht. Nur an dich, Ernst.“

Es stellte sich dann heraus, daß Terry wieder einmal Glück gehabt hatte. Das Bein war günstig gebrochen und nur das Wadenbein, schräg, so daß es aller Voraussicht nach gut heilen würde, und sonst hatte sie auch nichts abgekriegt, keine inneren Verletzungen, nicht einmal eine Gehirnerschütterung. Im Krankenhaus bekam sie sofort ein Bett; auch das mußte man als besonderen Glücksfall bezeichnen.

„Die anderen Unfälle kommen erst heute abend oder morgen, die Motorrad- und Sonntagsraser“, sagte der Arzt grimmig zu Ernst, als dieser sich verabschiedete. „Ihr Töchterchen ist wohl trotz allem ein Glückskind.“

‚Unter der Glückshaube geboren‘, dachte Ernst verweht und vergaß darüber, das „Töchterchen“ zu korrigieren. Terry registrierte es mit Stolz, und „Wiedersehen, Vati“, flötete sie ihm nach, als er dann wirklich ging. Er hatte mit der Hand winken wollen, jetzt ballte er sie drohend zur Faust.

„Teufelsbraten ...“ Er sagte es nicht. Als er dann im Auto saß, legte er, wie Teresa neulich, die Arme kreuzweise über das Steuer und das Gesicht darauf. Er weinte nicht, das verbot er sich, aber es war ihm zum Weinen. Vor Erleichterung, vor Mitleid, vor Glück, vor Sorge. Nun war ja die Entscheidung hinausgeschoben. Aber damit war sie nicht aus der Welt. „Terry, Terry, Terry“, sagte er leise vor sich hin. „Glückskind, Schrekkenskind, geliebtes Kind. Wenn ich dir doch helfen könnte.“

Sie hatte Tabletten bekommen, die Schmerzen würden erträglich sein. Und vielleicht auch ganz heilsam; ein Denkzettel schadete nichts. Dieses Biest, aus dem Fenster zu springen! Er mußte Birgit und Sybille sofort anrufen; schreiben konnte man so was nicht. Und Teresa mußte es ja auch erfahren, oder vielleicht lieber nicht, vorläufig wenigstens? Sie war ja auch zur Zeit nicht erreichbar. „Ja doch, ist ja gut", sagte er und legte den rechten Arm um den Floh, der zitternd und hechelnd auf dem vorderen Sitz neben ihm saß und ihn dauernd mit der Nase anstieß. „Du bleibst bei mir, bis dein Frauchen wiederkommt. Zu dir kann ich es ja sagen; du bleibst bei mir, ja, mein Hund, ja."

Nicht einmal an den Floh hatte sie gedacht, als sie es tat. An den Floh, den sie doch so heiß liebte. Nur an ihn.

„Schwester Uschi?"

„Ja. Gleich, einen Augenblick ..."

Terry blickte gespannt zur Tür. Die war nur angelehnt, gleich würde die Schwester wieder dasein. Terry lauerte. Sie lag im Streckverband; es hatte sich nicht vermeiden lassen. Das Bein halb in die Höhe gestreckt, festgebunden, ein Seil daran, das über eine Rolle lief, unten daran ein Gewicht. Scheußlich lag es sich so, immer auf dem Rücken, und wenn man mal mußte, war das eine schwierige und schmerzhafte Angelegenheit. Aber Schwester Uschi machte es so, daß es eigentlich ein großer Ulk wurde.

Eigentlich hieß sie Ursula, aber zu Hause wurde sie Uschi gerufen, hatte sie erzählt, und Terry blieb sofort bei diesem Namen. Uschi war klein, flink und lachlustig. Das besonders fand Terry so schön. Immer war es wie ein kleines Fest, wenn sie hereinhuschte. *Das* Fest des Tages war natürlich, wenn Ernst kam. Und er kam wirklich jeden einzigen Tag. Immer brachte er etwas mit, aber das wäre gar nicht nötig gewesen. Daß er kam, war Glückes genug. Terry stellte ihren ganzen Tag auf diesen Besuch ein und fand es herrlich im Krankenhaus, so jedenfalls schrieb sie an Rose.

„ ... Hier ist es herrlich, und wir haben viel Spaß. In meinem Zimmer liegt noch ein kleiner Junge, der ist süß. Vier Jahre, spricht aber schon alles. Das heißt, er spricht alles frankforterisch, und das ist das Drollige. In jedem Satz sagt er ‚als', auch wo es gar nicht hingehört. Ihr sagt ‚fei', auch ohne Grund. Aber ‚als' ist auch komisch. Und der Tonfall, und die Aussprache!

Ernst hat mir beigebracht, wie man hier ‚Felix' buchstabiert. F wie färschterlich, E wie ärscherlich, L wie Lektrische, I wie ibbermorsche und X wie Gsoffe. Kannst Du das nachsagen?

Der Floh ist bei Ernst. Er bringt ihn immer mit, aber hier rauf darf er nicht. Er muß im Auto warten, aber Ernst grüßt mich immer von ihm, und ich darf an seiner Hand schnuppern, mit der er vorher den Floh gestreichelt hat. Ans Fenster, damit ich ihm winken kann, kann er mich ja nicht tragen, wegen der Stellage. Aber weißt du, was er einmal gemacht hat? Da kam er zur Besuchszeit nicht mit Blumen oder so was, sondern mit einer großen Einkaufstasche mit Reißverschluß. Und dann mußten wir hoch und heilig versprechen, nie-niemandem etwas zu verraten, der kleine Oliver und ich, und da machte Ernst den Reißverschluß auf, und wer kam herausgesaust? Der Floh. Das war eine Wucht.

Hoffentlich geht's dem Mischka gut. Und Dir auch, und Birgit und Klaus. Aber noch mal bringt Ernst den Floh in der Tasche nicht mit, weil er nachher gar nicht mehr reinwollte, sondern anfing zu quietschen, so daß es Ernst himmelangst wurde. Es kam bloß Schwester Uschi, und die hat natürlich nicht geschimpft, sondern gelacht. Aber wenn es die Oberschwester gewesen wäre: Die ist vielleicht streng!

Schularbeiten brauch' ich nicht zu machen, weil ich in keine Schule geh'. Aus der einen bin ich raus und in der andern noch nicht drin. Jaja, so gut wie ich hat's nicht jeder. Viele Grüße

Deine Terry"

Ernst nahm den Brief entgegen und versprach, ihn heute noch abzuschicken, per Eilboten, damit Rose ganz schnell antworten konnte. „Ich schreib' noch was dran, aber lesen tu' ich ihn nicht, großes Ehrenwort", versprach er. Terry glaubte ihm auch ohne, so versicherte sie. Er ging. Sie sah ihm nach, sich mit einem tiefen, glücklichen Seufzer zurücklehnend. „Streckverband noch weiter nötig", hatte der Arzt gesagt. *Ein* Glück!

Ernst fuhr direkt zur Post. Im Schalterraum sah er sich nach etwas um, worauf man schreiben konnte, nahm ein Telegrammformular. „Liebe Münchner", begann er, und dann wußte er nicht weiter.

Sein Herz war so merkwürdig schwer, er spürte es richtig körperlich. Nicht nur aus Traurigkeit, das auch, aber auch noch aus einem anderen Grunde. Aus dem Gegenteil von Traurigkeit; er wußte es nicht ganz zu benennen. Dies hatte er lange, lange nicht gefühlt, jahrelang nicht mehr. Jetzt, wo er so saß und den Kugelschreiber in der Hand drehte, fühlte er es wieder.

Er hatte nicht wieder lieben wollen, seit damals. Nie wieder, niemals wieder. Es hatte allzu weh getan, das Ganze; manchmal meinte er ernstlich, sein Herz sei damals gestorben, oder doch ein Teil davon. Der Teil, der lieben konnte – man brauchte das Herz ja auch noch für einiges andere. Es war selbstverständlich dumm, so zu denken.

Nein, ganz so war es nicht. Nicht so, daß er nicht mehr lieben konnte, er wollte nicht. Er wollte nicht noch einmal diese verzweifelte Glut und diesen Schmerz, dieses Verbrennen und Zerreißen spüren müssen, an das er sich noch so genau erinnerte, als sei es gestern erst geschehen.

Er erinnerte sich freilich auch daran, wie sein Herz erfüllt gewesen war, zum Bersten erfüllt vom Glück, wenn er jenes Mädchen nur von ferne sah. Aber auch davor fürchtete er sich.

Er hatte sie geliebt, diese Forstmeistertochter, wie ein sehr junger Mann ein Mädchen liebt. Und nun – er war sich darüber klar – liebte er Terry. Diese liebte er, wahrscheinlich wie ein Vater seine Tochter liebt, zärtlich und mit dem übermächtigen Wunsch, sie zu beschützen gegen alles, was es nur Böses gab auf dieser Welt, mit diesem ein wenig traurigen Wunsch, denn er wußte ja, daß dieser unerfüllbar war. Aber auch mit dem Wunsch, sie täglich um sich zu haben, einem ziemlich egoistischen Wunsch – aber so liebten Väter wohl auch. Ihre wachen Augen, ihren schnellen Verstand zu beobachten, ihre blitzende Unternehmungslust. Ihre Unerschrockenheit sowohl Menschen wie Unternehmungen gegenüber – wer hatte wohl den Mut, aus dem Fenster zu springen, „weil man halten muß, was man verspricht", auch wenn man es schon ein paarmal ausprobiert hatte. Wie man sah, nutzte das auch nicht viel. Er liebte Terry, dieses wilde, zärtliche, explosive Kind; kein Vater hätte es mehr lieben können. Und er hatte doch nie wieder lieben wollen. Frustriert, sagte sie. Und verstand vermutlich auch, was damit gemeint war. Die Spatzen pfiffen ja solche Ausdrücke heutzutage von den Dächern. Er lächelte ein wenig trübe – wer frustriert war, war vermutlich er. Kein Mann darf ewig an die erste Liebe denken und sich deshalb jede weitere vom Halse halten. Das ist schwach – zum mindesten. Er war fast vierzig.

Aber Terry liebte er. Er spürte so deutlich, wie er so saß und an sie dachte – es erfüllte sein Herz warm und wunderbar. Terry, liebe kleine Terry! Ich will immer, immer dafür sorgen, daß dir nichts geschieht. Auch wenn du nicht bei mir sein kannst.

Das aber war es ja, zum Teufel, was so weh tat. Den einzigen, großen, wilden Wunsch ihres kleinen Lebens konnte er ihr nicht erfüllen, das war es, was ihn niederschmetterte bei all dem Glück, das ihm diese merkwürdige Liebe gab. Denn er fühlte genau, wie glücklich er war, jeden Tag, wenn er aufwachte und sich sagte: „Heute fährst du wieder ins Krankenhaus", sich auf ihr Gesicht freute, dieses unregelmäßige, sommersprossige kleine Gesicht, das aufstrahlen konnte wie die Sonne, sobald er kam. Warum war alles nur so verkehrt in seinem Leben, so verrückt, warum hatte er nicht längst eine Frau und selbst Kinder, zu denen er Terry dazugenommen hätte, sofort, ohne eine Sekunde zu zögern, am liebsten für immer. Freilich, seine Frau müßte das dann auch wollen, und vielleicht wären seine Kinder ähnlich wie Hansi, duldeten niemanden neben sich, oder ...

Er würde ihnen schon den Marsch blasen! Ach, leicht gesagt. Heute kann man Kindern nicht mehr befehlen: Soundso wird es gemacht. Terry hatte das selbst gesagt. Wenn es doch aber um ein Leben ging!

Er versuchte, sich einzureden, daß dies wohl übertrieben sei. Um ein Leben – große Worte. Im Hintergrund seines Bewußtseins aber dunkelte die Angst, die er nicht vertreiben konnte. Hier war sie aus dem Fenster gesprungen ...

Aber das hatte sie ja vorher geübt. Das – immerhin es gab Kurzschlüsse, gerade bei temperamentvollen Menschen. Er hatte in seinem Beruf zu viel gesehen und erlebt, um dies abzutun. Es gab so etwas immer wieder. Schülerselbstmorde, Versuche von Kindern, sich das Leben zu nehmen, ernsthafte und leider oft solche, die tragisch endeten. Vielleicht, so versuchte er sich zu trösten, waren das kranke Kinder. Terry war gesund ... Aber war er selbst nicht auch gesund? Und hatte jene erste Liebe doch nicht verkraftet? So mußte es doch sein, sonst wäre er vermutlich längst verheiratet wie seine Altersgenossen. Hatte nicht auch Teresa sehr lange gewartet, ehe sie sich entschloß, der Liebe noch einmal eine Chance zu geben? Sie waren vermutlich alle so, sie, die fünf Geschwister. Und auch Mutter hatte nie daran gedacht, ein zweites Mal zu heiraten. Die Treue war wohl erblich in ihrer Familie, wenn man es einmal so benennen wollte. Er schüttelte den Kopf, wurde sich nicht klar darüber. So schrieb er nur „Viele Grüße Euer Ernst" auf das Formular und steckte es zu Terrys Brief in den Umschlag. Frankierte diesen – dazu mußte er am Schalter fragen und den Brief wiegen lassen und wollte ihn soeben in den Schlitz stecken, auf dem „Briefe" stand, da fiel ihm etwas ein. Er riß die rückwärtige Klappe noch einmal auf – es ging glatt, sie war noch nicht ganz angetrocknet –, fischte das Telegrammblatt wieder heraus und schrieb ganz schnell, im Stehen, den Hut schon auf dem Kopf, hinter seine Unterschrift: „Wißt ihr nicht eine Frau für mich? Will möglichst bald heiraten, damit ich Terry behalten kann. Es muß aber schnell gehen." Wieder zugeklebt, rein in den Schlitz. So, jetzt war es nicht mehr rückgängig zu machen.

„Und das hier wird Ernsts Zimmer. Jawohl, wir haben so viele. Ernst bekommt eins, das immer für ihn bereitsteht, und zwar dieses. Ich hab' es ihm schon am Telefon versprochen, und er hat sich gefreut, sage ich euch!" Corona stand, den Zollstock in der Hand, ohne den man sie jetzt nie sah, am Fenster.

„Karierte Vorhänge, ich weiß schon, was für welche. Und ebensolche Bettbezüge. Frankfurt ist nicht weit, er sagte, er will jetzt oft kommen. So oft, daß er uns schon zum Halse heraushängen würde, demnächst. Wenn ihr gehört hättet, *wie* er sich freute, daß wir jetzt hier wohnen!"

Sie sprach und sprach und merkte nicht, daß niemand ihr zuhörte. Herta, die jetzt überall und unentwegt etwas halten, holen, suchen, herbringen oder wegtragen mußte, hatte sich unsichtbar gemacht, und Hansi war sowieso nicht zu sehen. Er stromerte durch die Gegend, erforschte sie nach Jungenart, kam abends erschöpft, schmutzig und erstaunlich friedfertig heim und aß, als habe er acht Tage gehungert. Diane kochte, sie kochte gern und für das Provisorium, in dem man lebte, sehr geschickt, und was sie auf den Tisch brachte, schmeckte. Sie habe in Frankreich ein wenig kochen gelernt, erklärte sie verschämt, wenn man sie lobte, ein echt englisches Understatement, für das man sie noch ein bißchen lieber hatte.

Corona war froh, diese tägliche Pflicht los zu sein, wenn sie nur einrichten konnte. Das große Zimmer war schon fertig, wirklich schön geworden. Es hatte Proportionen, wie man sie nur damals zu erfühlen vermochte; Corona staunte immer wieder. Ihrer Meinung nach war das Ausschlaggebende an einem Raum, wie seine Höhe zu seiner Größe stimmte, und das schien hier auf eine märchenhafte Art harmonisch zu sein. Das Zimmer war außerdem ein Eckzimmer, was ja immer ansprechend wirkt. Man sah von zwei Seiten aus auf die vier bemoosten Putten, über die Straße und die Koppeln zum Wald hin; Holdershausen lag wie in eine Schale gebettet, eine warme, sanftgrüne Schale, umkränzt von Wäldern. Durch das dritte Fenster sah man halb in den Forsthausgarten mit seinen hohen alten Bäumen, halb auf den Weg, der hier durch die Luke der Klostermauer führte. Durch diese Luke, diesen Weg entlang waren sie damals gegangen, Ernst, Birgit und Sybille, mit Terry und ihrem Floh, zur alten Ölmühle hin, und hatten nichts davon gewußt, daß diese alte Heimat ihnen allen eine neue werden sollte. Denn wo eins der Geschwister wohnte, da waren auch die anderen daheim.

Corona stand da und schaute und schaute. Sie hatte aufgehört zu sprechen, was bei ihr beachtlich war.

Sie dachte an den Frühling und daran, was man alles im Garten anpflanzen konnte, und an den Sommer, der hier groß und hoch und gewaltig war, wie, so meinte sie, sonst nirgends. Und an den dunkelgoldenen Herbst. Jede Jahreszeit hier war schön, auch der Winter, den sie sich selbstverständlich nur mit Schnee und herrlicher Schlittschuhbahn auf den Teichen vorstellte, so, wie man es aus der Kindheit her im Gedächtnis trug. Wie es jetzt war, winterlich kalt und ohne Schnee, das war nur ein Übergang, meinte sie. Und an die Mutter dachte sie, das lag natürlich nahe. Mutter müßte auch noch dasein und das miterleben. Mutter konnte sich so unbeschreiblich stark freuen; wahrscheinlich hatte sie das von ihr geerbt.

„Eine gute Erbschaft, besser als alles Gold der Welt", sagte Corona und begann also wieder zu sprechen, mit sich selbst, weil niemand sonst da war. Das hatte sie jetzt wahrgenommen.

„Und Rose muß zu allen Ferien kommen, na, und Terry natürlich auch. Sobald sie aus dem Krankenhaus heraus ist. Hier bekommen die drei Mädchen von vornherein ein Zimmer für sich, Herta, Rose und Terry, das kleine nach dem Garten hinaus, das ist allerdings zu winzig. Aber man kann ja statt eines Doppelbettes ein dreifaches bauen, drei Liegestätten übereinander, dazu sind die Räume gerade hoch genug." Sie hatte das einmal gesehen bei Leuten, die zu zwei Buben Drillinge bekamen, wiederum lauter Jungen; sie wirkten wie ein Wurf junger Hunde, diese fünf. Richtig, Hunde:

„... ich muß den Zwinger anrufen, wann ich die Hündin bekomme, die ich ausgesucht habe – wo ist nur die Nummer?" Corona hatte sie aufgeschrieben, aber in der Eile, in der sie sich ständig befand, nur die Nummer und nicht den Namen dazu, eine Gewohnheit, über die sie sich schon ihr ganzes Leben lang ärgerte, ohne sie ablegen zu können. Dabei fiel ihr ein, daß das Telefon ja immer noch nicht gelegt war.

In diesem Augenblick klopfte es, und die Tür ging auf – ihr alter Gutsherr guckte herein, Küßgen. Sie lief ihm lachend entgegen, und er küßte sie mit derselben Sorgfalt und Ausführlichkeit, mit der er damals Birgit und Sybille begrüßt hatte: Glücklich, jemanden zu haben, der interessiert mit ihr von Zimmer zu Zimmer ging, sprach sie auf ihn ein, und später saßen sie in der halbfertig eingerichteten Küche; sie hatte einen vorzüglichen Kaffee gebraut, der einen schon durch den Duft bezauberte, wie Küßgen versicherte, und sprachen und sprachen.

Corona wollte alles wissen, was sich in den letzten Jahren in Holdershausen ereignet hatte, und der alte Herr berichtete. Es war trotz der offenen Kiste, die mitten im Raum stand, und der überall herumliegenden Holzwolle und Papierknäuel so behaglich, daß Corona die Zeit ebenso vergaß wie ihr Besuch. Er rauchte, und sie goß immer wieder Kaffee ein.

„Wissen Sie noch, wie der kleine Behling ins Eis einbrach? Und der Lehrer ihn herausfischte – unser goldiger Herr Wagner? Der ist nicht mehr hier? Im Nachbarort – ein Haus hat er gebaut? Nein, sowas – den besuche ich aber, sobald es irgend geht! Und ..."

Es klopfte.

„Darf ich Herrn Wahl sprechen?" Ein junger Mann stand draußen, wohl der Gutseleve.

„Kommen Sie doch herein, bitte." Corona lief schon, um neuen Kaffee zu kochen. „Aber selbstverständlich trinken Sie einen Kaffee mit, er ist schon fertig."

Der junge Mann sah sie verlegen an. Dann Herrn Wahl – der stand auf und ging hinaus. Corona stellte die Tasse wieder weg. Schade, aber es war vermutlich etwas Wichtiges.

Sie wandte sich gerade der Kiste zu, um sie endgültig auszupacken, da ging die Tür wieder auf. Der alte Gutsherr kam herein. „Corona"

Sie stand und sah ihn an, wurde weiß im Gesicht.

„Kind, jetzt mußt du tapfer sein", sagte er leise und hob die Arme ein wenig. „Dein Mann, Hans – nein, es ist kein Herzinfarkt. Es ist nur – ja, sie bringen ihn. Natürlich lebt er, was denkst du denn! Nur ein Kreislaufkollaps oder so etwas, ein kleiner Zusammenbruch."

Corona stand, an den alten Freund gelehnt, und hielt sich an ihm fest, ließ ihn sie festhalten. Sie sagte nichts, und er sagte eigentlich auch nichts, obwohl er unentwegt murmelte, das Übliche, das, was man einem Kind sagt, das weint, oder einem Pferd, das scheuen will. Corona weinte nicht und scheute auch nicht, ihrer lebhaften Natur entgegen. Sie schnupfte und richtete sich auf, versuchte, dem alten Herrn dankbar zuzulächeln, und schritt sogleich zur Tat. Das Schlafzimmer war noch nicht fertig; sie hatten bisher auf Matratzen geschlafen, weil sie so eifrig dabei war, zunächst den Wohnraum fertigzustellen.

„Wir bringen sein Bett hier herein“, war das erste, was sie sagte, als sie sich von Küßgen gelöst und erst einmal die Nase geschnaubt hatte. „Hierher – das ist am geschicktesten, und auch für mich bequem, der Küche gegenüber. Trotzdem ruhig, durch den Flur.“

Es war dann schlimmer, als Herr Wahl es dargestellt hatte. Es ging Hans ein paar Tage sehr schlecht, beängstigend schlecht. Der „kleine Zusammenbruch“ war kein kleiner, sondern ein recht heftiges Klingelzeichen, eine ernste Warnung. Hans hatte sehr stark geraucht, vor seiner Ehe schon und auch dann noch, mehr als selbst seine gesunde Natur verkraften konnte. Nun wurde ihm die Quittung präsentiert. Corona dachte mit Sorge daran, wie schwer es sein würde, ihn in dieser Beziehnung einsichtig und vernünftig zu machen. Schon am ersten Tag, an dem es ihm ein klein wenig besserging, verlangte er nach einer Zigarette, bat sie sehr, nur um einen einzigen, winzigen Zug. Da sie selbst rauchte oder geraucht hatte – sie faßte sofort heroische Entschlüsse, ihm selbstlos beizustehen und auch zu verzichten –, konnte sie ihm nachfühlen, wie schwer es ihm fiel, als sie nein sagte. Sie sah schlimme Zeiten kommen.

Dann war plötzlich Ernst da. Ernst und Sybille – diese kam erst später ins Zimmer, hatte draußen gewartet. Sie wollten Corona nicht belasten, sagten sie, die hatte es schwer genug. Corona schalt, als sie das hörte. „Bin ich etwa aus Glas? So leicht zerbreche ich nicht!“ Aber sie freute sich sehr, sehr.

Sybille hatte kurzerhand ihren Urlaub genommen, mochte im Sommer werden, was wollte. Sie war zu Ernst gefahren, und er brachte sie also her. Zum Helfen, zum Beistehen, zum Dasein. Corona war gerührt. Hans ging es auch wirklich besser. Jetzt erst merkte sie, wie sehr sie sich nach den Geschwistern gesehnt hatte. Dieses Wiedersehen in Holdershausen war natürlich nicht so, wie sie es sich ausgemalt hatte; dazu stand es noch zu sehr unter dem Zeichen von Hans' Krankheit. Aber es war trotzdem schön. Sie hielten sich aneinander fest, wie sie es immer getan hatten, wenn das Leben bedrohlich wurde; sie wußten, daß keiner den anderen verließ. Hans wollte unbedingt, daß sie dauernd bei ihm säßen, solange Ernst da war; er war ungeduldig wie ein Kind, ein schwieriger Patient.

„Wir werden ihn schon richtig pflegen“, verhieß Sybille, „zu zweit kann man besser einen Riegel vorschieben, wo es nötig ist. Und auch sonst! Ich glaube, Beschäftigung gibt es hier für mich!“

Corona fand das auch. Und Ernst erzählte von Terry, wie vergnügt sie im Krankenhaus sei. „Nicht zu glauben, im Streckverband! Ich habe noch nie in einem liegen müssen, aber ich denke es mir schaurig. Und das bleibt dir erspart, geliebter Schwager! Freilich, Terry hat eine sehr nette Pflegerin, jung, reizend, munter, an die hat sie sich schon so angeschlossen, daß ich beinah eifersüchtig bin.“

„Du und Terry, ihr zwei!“ sagte Corona und sah ihn zärtlich an. Sie wollte noch etwas hinzusetzen, aber ...

„Ich weiß, ich verwöhne sie zu sehr, angeblich!“ sagte Ernst streitbar. „Aber stell dir doch mal vor, das arme Kind, für Wochen im Bett, und gerade, wenn man so ein Quirlefix ist wie Terry! Aber denkt nur nicht, daß sie jammert – keine Spur! Bloß Schularbeiten will sie keine machen, und ich meine, das braucht sie auch nicht. Sie schreibt dauernd Briefe, das ist doch auch eine Übung, eine Art Stilübung.“ Er brach ab, als die anderen lachten. „Da gibt's gar nichts zu lachen“, sagte er gekränkt, „meint ihr, ich könnte einen richtigen Schriftsatz aufsetzen, wenn ich nicht ...“

„Wenn du früher nicht pausenlos Briefe geschrieben hättest!“ rief Corona, und Sybille lachte so, daß sie sich beinah genierte. „Nicht böse sein, Corona, aber es ist zu komisch, Ernst und Briefe schreiben!“

Mutter hatte das auch manchmal gesagt, resignierend. Einmal war er für einen Tag weggefahren und ließ dann vierzehn Tage nichts von sich hören, und als Mutter schließlich telegrafierte – damals gab es noch die billigen Brieftelegramme –, dorthin, wo sie ihn vermutete – er änderte seine Entschlüsse immer sehr plötzlich –, kam ein Antworttelegramm mit den Worten: „Elastisches Programm, Ernst, Günter, Hadrian, Alexander.“ Mutter hatte es aufgehoben zur Erinnerung daran, wie sie sich damals geärgert und dann doch darüber gelacht hatte. Die drei anderen Namen, mit denen er unterzeichnet hatte, besaß er gar nicht; immer behauptete er, er sei zu kurz gekommen, weil er nur einen einsilbigen und alle Schwestern dreisilbige Namen hätten; Birgit hieß mit dem zweiten Namen noch Ruth, nach Mutter. Man konnte dies also auch als dreisilbig bezeichnen. „Ich weiß noch, wie das Telegramm kam“, sagte Sybille und wischte sich die Augen, „und wie Mutter wütend war und dann plötzlich lachen mußte. Nein, wie oft haben wir gelacht in Holdershausen!“

„Weiß du eigentlich, daß Ernst heiraten will?“ fragte Sybille die Schwester, als sie beide, nachdem sie ihm nachgewinkt hatten und er um die Kurve beim Gasthof verschwunden war, wieder ins Haus gingen. Corona blieb stehen, mit offenem Mund.

„Ernst, heiraten? Wann denn?“ fragte sie, als sie wieder fähig war zu sprechen. „Das ist ja das Allerneueste! Ich bin sprachlos! Und das sagst du jetzt erst? So was muß man doch wissen! Vielleicht können wir die Hochzeit hier ausrichten, wenn es Hans dann bessergeht.“

„Halt! Halt! Soweit ist es ja noch gar nicht“, bremste Sybille und schob ihren Arm in den der Schwester, diese mit sich ziehend. Es blies heute eiskalt, die Wolken hingen tief, vielleicht würde es Schnee geben in der Nacht. Man sehnte sich nach Kachelofen und Wärme. „Komm rein, und posaune es nicht gleich aus. Vor allem braucht Hans es noch nicht zu wissen. Er regt sich sonst nur unnütz auf.“

„Ja, du hast recht, wir wollen ihn nicht gleich damit überfallen. Was glaubst du, wie sehr ich mir das für Ernst gewünscht habe. Wer ist es denn?

Kennst du sie? Wie sieht sie aus? Ist sie groß? Dunkel oder blond? Berufstätig? Seit wann kennt er sie? Aber es ist nicht Evelyn, mit der er eine Zeitlang zusammen war? Von der sprach er ganz in der Vergangenheit. Oder doch? Aufgewärmt? Also, Sybille, nun sag schon was, und spann mich nicht so auf die Folter, ich bin ja ganz außer mir, daß ihr mir das verschwiegen habt!"

„Du läßt mich ja nicht zu Worte kommen!" Sie hatten sich ins Haus gerettet, atmeten auf in seiner Wärme. „Ich weiß doch nichts, gar nichts. Nur ..."

„Nur?" Coronas Gesicht war eine einzige Frage. Sybille lachte.

„Nur, daß er will. Er hat es an Birgit und Klaus telegrafiert. Jedenfalls stand es auf einem Telegrammformular." Sie erzählte. Und dann malten sie sich aus, mutmaßten, wie die Frau aussehen müsse, die Ernst gefiele, stellten sich ihn als Ehemann vor.

Sybille wusch ab, und Corona knetete einen Hefekuchen. Kuchenbakken war das einzige, was Diane nicht fertigbrachte; sie kannte nur den heimatlichen Plumpudding und einen sehr schweren irischen Kuchen mit in Whisky und Tee eingeweichten Rosinen, den Corona leidenschaftlich gern aß, aber seiner Kalorien wegen fürchtete; sonst aber hatte Diane keinen Kuchen zu backen gelernt. Hans jedoch aß sehr gern Hefekuchen, richtig breiten, auf Blechen gebacken, und Corona war sehr einverstanden damit, daß Diane sich darin übte. „Wenn wir dann die Hochzeit ausrichten, das muß eine richtig ländliche werden, bei der jeder, der gratulieren kommt, zu Kaffee und Kuchen gebeten wird."

Ernst ahnte nichts von solchen Plänen. Er fuhr Frankfurt entgegen, zufrieden damit, daß er den Schwager gesehen, um den er sich sehr gesorgt, und daß er Sybille hingebracht hatte; denn daß Corona jetzt der Hilfe bedurfte, war ihm klar.

Es hatte ihn hingezogen, in Sorge und Beklommenheit, was er vorfinden würde, auch in dem recht egoistischen Bedenken, das er sich nicht ganz einzugestehen wagte: Sollte diese ihnen allen neugewonnene Heimat vielleicht wiederum nur eine geborgte sein? Ein Traum, der schnell zerrann? Sollten sie, die Geschwister Michaelis, die sich so sehr nach einer Heimat sehnten, keine finden dürfen, keine Heimat des Herzens, nachdem sie ihre eigentliche verloren?

Nun, Hans ging es verhältnismäßig leidlich, jedenfalls besser, als Ernst zu hoffen gewagt hatte; er war entschlossen, mit dem Rauchen aufzuhören.

Ernst hatte viele Bekannte, die das geschafft hatten, und heldenmütig nahm auch er sich vor, es zu tun. Wenn sie alle nicht mehr rauchten, würde es Hans leichter fallen, zu verzichten. Man konnte ja eine Zigarre in der Woche, am Samstagabend vielleicht, von vornherein als Ausnahme gelten lassen.

Terry sollte mit dem Rauchen gar nicht erst anfangen, wenn sie in die Pubertät kam, überlegte er; er würde ihr vorher eindringlich Bescheid sagen. Viele junge Menschen heute rauchten von vornherein nicht, schon aus Opposition der älteren Generation gegenüber. Eine gute Opposition war das übrigens, das mußte man sagen! Ernst lachte in sich hinein.

Drehte sich die Welt eigentlich immer noch im Kreise, nicht nur im Weltall, sondern auch in dieser Beziehung, so daß alles einmal wiederkam? Wann war das doch gewesen, daß die Jugend gegen die Erwachsenen opponierte und ihr Leben nach eigenem Willen, in eigener Verantwortung zu leben begehrte, unter Verzicht auf Alkohol und Nikotin? Neunzehnhundertdreizehn, auf dem Hohen Meißner, im Anfang der Jugendbewegung. Stand man wiederum an einem neuen Anfang, jetzt?

Auf den Hohen Meißner mußte er einmal mit Terry fahren, ihr zeigen, wie sich das Waldland um ihn schmiegte und wie man von dort aus hinübersehen konnte in das andere Deutschland, das hinter der Grenze. Hinter der lag Ernsts eigentliche Heimat, die er verlassen mußte, als er so alt war wie Terry jetzt. Mit eigenen Augen, an Ort und Stelle mußte man so etwas gesehen haben, dann vergaß man es nicht mehr.

Und nach Berlin würde er sie einmal mitnehmen, wenn er dort zu tun hatte; sie würden dann fliegen, Terry war sicher noch nie im Leben geflogen ...

Er merkte überhaupt nicht, wie alle seine Pläne Terry einbezogen, so, als sei es ausgemacht, daß sie bei ihm bliebe. Eins war jedenfalls klar: daß man sie jetzt nicht zu Corona schicken konnte, jetzt wirklich nicht. Bis es Hans dem Großen wieder richtig gutging und Corona das Haus in Schwung gebracht hatte. Dann vielleicht, erst einmal zu den Ferien. Wie lange brauchte ein Beinbruch eigentlich bis zur Heilung? Aber auch, wenn er geheilt war, mußte Terry das Bein sicherlich noch schonen, eine ganze Zeitlang ...

„Meine liebe Terry!

Pech, das Bein zu brechen! Ich erfuhr es, als ich Birgit anrief. Sie hatte doch Geburtstag, und da wollte ich ihr eine Freude machen und gratulieren. Wenn ich Dich anrufen könnte, täte ich es sofort, aber Du hast ja kein Telefon am Bett, leider! Hoffentlich bekommst Du wenigstens den Brief recht bald!

Birgit sagte, es sei kein komplizierter Bruch und nur die Wade, nicht das Schienbein. ‚Nur‘ ist gut. Schmerzen und Mühseligkeiten hast Du bestimmt damit, aber es ist doch gottlob etwas, was man absehen kann. Becken, Wirbelsäule oder Kopf wären schlimmer. Gute, gute Besserung, meine Terry! Wie ist das nur passiert? Davon sagte Birgit nämlich nichts, wir sprachen nur kurz miteinander, in Stichworten. Aber daß Du im Krankenhaus ganz vergnügt bist, soviel habe ich mitgekriegt. Du warst immer tapfer, das hab' ich stets gefunden.

Wann wird dieser Brief Dich erreichen? Vom nächsten Hafen aus soll er losflattern, vielleicht bist Du dann schon raus aus dem Krankenhaus? Aber wo? Wohin kann ich zu Dir hindenken? Das tu' ich jeden Tag, das weißt Du.

Wie hübsch es bei Corona war, hat mir Birgit erzählt. Daß Du mit dem Esel und mit den Siamkatzen gute Freundschaft gehalten hast und daß der Floh Dir Freude macht. Der ist jetzt bei Ernst? Vielleicht besucht er Dich mal unterm Fenster?

Ich hab' eine Menge zu tun, aber es macht Spaß, den Leuten zu helfen. Da ist eine Arztfrau, selbst Ärztin, der bearbeite ich das Knie, das ist eine Aufgabe, nicht nur für die Hände, sondern auch fürs Herz. Denn da muß man richtig dabeisein, nicht trösten, aber beistehen.

Ich habe nicht zufällig ‚bearbeiten' geschrieben statt ‚behandeln', denn das ist schwer, eine Schwerstarbeit, und ich muß dabei immer dankbar daran denken, daß es bei Dir nicht so schlimm ist.

Die Patientin hat die Reise nur gebucht, damit sie unabgelenkt und intensiv dieses Bein wieder gehfähig macht; zu Hause kommt sie nicht dazu, da wird sie dauernd gebraucht, abgelenkt, wird ihr die Zeit gestohlen. Die ist tapfer! Jeden Tag muß ich ihr weh tun, daß sie schreit, aber jedesmal nickt sie mir wieder zu: Los, vorwärts! Eine wunderbare Frau.

Es dauert noch viele Wochen, bis ich Dich wiedersehe, dann stehst Du bestimmt schon wieder auf beiden Beinen oder springst mit dem Floh um die Wette. Ach, wie sehr freue ich mich darauf!

Ich werde Dir aus jedem Hafen schreiben. Und sobald Du wieder telefonisch erreichbar bist, rufe ich Dich an. Das ist dann fast wie ein Wiedersehen.

Eine hübsche Geschichte muß ich Dir noch erzählen. Unser Kapitän hat einen Papagei, den er sehr liebt. Er fährt schon viele Jahre mit ihm, und der Papagei ist so zahm, daß er ihn oft aus dem Käfig nimmt und frei umherfliegen läßt. Die Leute, die zum Schiff gehören, wissen das, die anderen aber nicht. Neulich sah einer der Touristen, eben einer, der das nicht wußte, den Vogel auf einer Stuhllehne im Eßsaal sitzen. Er wollte ihn fangen und dem Kapitän bringen, schlich also langsam und von hinten heran, die Hände vorgestreckt. Aber ganz kurz, ehe er ihn fassen wollte, drehte der Papagei den Kopf, sah ihn an und fragte schnarrend, wie Papageien reden, aber ganz verständlich: ‚Was wünschen Sie?'

‚Oh, Entschuldigung', stammelte der Mann erschrocken, ‚ich dachte, Sie wären ein Papagei!' Wir haben so gelacht!

Nun laß Dich grüßen, mein liebes Kind, bis zum nächsten Brief
Deine Mami"

Terry las vergnügt den Brief ihrer Mutter. Dann schlüpfte Ernst ins Zimmer. Er hatte nicht geklopft; jetzt war keine Besuchszeit mehr. Aber sie hatte so gelauert, von einer Viertelstunde zur anderen, gespannt und voller Sehnsucht. „War es schön bei Corona? Geht es Hans besser? Mami hat geschrieben. Wunderbar, daß du noch kommst!"

„Ich hab' mich durchgemogelt wie ein Spähtrupp zwischen den Fronten. An der Pforte hab' ich was von einem Telegramm gemurmelt, der Pförtner kennt mich ja schon – und bin dann zum Fahrstuhl gespurtet, und weg war ich. Dann, hier auf der Station, da hat mich zwar die Oberschwester gesehen und wollte mich greifen, aber Schwester Uschi hat sich dazwischengeworfen und mich gerettet, sozusagen unter Einsatz des eigenen Lebens."

Terry lachte begeistert.

„Dazu gehört wahrhaftig Mut! Die O ist eine Beißzange, und sie muß Augen haben wie eine Fliege, Facettenaugen heißen die, weißt du, die nach allen Seiten sehen können. Sie sieht alles, sagt Schwester Uschi, und wehe, wenn ihr jemand in die Fänge gerät!"

„Aber ich hab' es geschafft. Und da bin ich. Und das mit dem Telegramm ist nicht mal erlogen, da liegt doch eins, wie ich sehe." Er deutete auf das Formular, das vor Terry auf der Bettdecke lag. „Hast du es bekommen? Hoffentlich nichts Schlimmes?"

„Ja. Nein, eigentlich nicht. Ich meine, nichts Schlimmes. Es ist ja auch kein richtiges, Rose hat es mir in ihrem Brief mitgeschickt, es stammt von dir. Daß du heiraten willst, damit ich bei dir bleiben kann. Wunderbar, Ernst! Wann denn? So, daß ich gleich aus dem Krankenhaus zu dir kommen kann? Ich muß noch zehn Tage bleiben, mindestens, sagt Schwester Uschi, vielleicht sogar noch etwas länger. Ob du bis dahin eine Frau hast?"

„Terry!" Ernst sank in seinem Besucherstuhl zurück, erschlagen. „Wer hat dir das geschickt?" Er hatte vergessen, daß der Brief, in den er es gesteckt hatte, an Rose und nicht an ihre Eltern adressiert war, von ihm selbst. „Hat Rose dir das geschickt? Also, man sollte doch eine von euch beiden nehmen und die andere damit durchprügeln. Wie kommt denn Rose an dieses Telegramm, und wie kann sie es dir schicken! Das ist doch un-, un ..." Er fand keinen Ausdruck, der ihm genügte, um sein Entsetzen deutlich zu machen, und schwieg. Terry sah ihn nur an. Sie hatte jetzt den Blick, der ihr manchmal eigen war, wenn ihr etwas sehr wichtig war. Ähnlich wie damals, als sie diesen „blödsinnigen Sprung auf die Blautanne" machte. Damals hatte sie ähnlich ausgesehen. Ernst besann sich genau. Unwillkürlich faßte er nach ihrer Hand, die das Telegrammformular hielt, als müsse er sie festhalten und vor einem ähnlichen Unfug bewahren. „Terry!"

Nein, sie sprang nicht; sie konnte ja gar nicht heraus aus ihrem Streckverband. Sie sah ihn nur an, grübelnd, erwachsen, eindringlich.

„Weißt du, ich hab' die ganze Zeit darüber nachgedacht heute, den ganzen Tag, während ich auf dich wartete. Ich hatte so Sehnsucht nach dir, und ich konnte ja nicht wissen, ob du noch kommst. Weil ja eigentlich keine Besuchszeit mehr ist. Aber ich dachte, wenn er kommt, wenn er es möglich macht und doch kommt, dann, dann will ich auch ganz, ganz vernünftig sein. Meinetwegen brauchst du also nicht zu heiraten. Deine schöne Junggesellenwirtschaft aufgeben, so daß man nicht mehr Eisenbahn spielen kann und immer alles stehenlassen, wenn man will, oder fortfahren – alles das. Mal über den Sonntag bei Birgit sein und mal bei Corona, mal einfach so ans Schwarze Meer fliegen oder nach Bornholm. Das können die Verheirateten nicht.

Und dir macht es doch Spaß ... Wenn du heiratest, dann mußt du dableiben oder sonntags mit deiner Frau in den Wald fahren, bis dahin, wo das weißblaue Schild steht: „Steig aus und wandere!", und von dort aus schön angezogen spazierengehen. Wie die anderen Ehemänner, schrecklich. Und ..." Sie schwieg. Ernst sah sie an, genauso nachdenklich wie sie.

„Aber du könntest dabeisein, Terry. Bei mir. Wenn ich kein ‚frauenloser Haushalt' mehr wäre. So nennt man das nämlich im Amtsdeutsch."

„Ja, ich schon. Das ist es ja. Aber ob sie den Floh erlauben würde? Oder sagen, er macht Tapsen auf den Teppich ..."

„Na, etwas zu sagen hätte ich ja auch schon noch. Es sind schließlich meine Teppiche!"

„Ob das was nützte? Frauen wollen immer alles ganz sauber haben. Das ist ihnen die Hauptsache im Leben."

„Nicht allen. Corona zum Beispiel, die hält sich Siamkatzen und will sich jetzt auch noch Hunde anschaffen zum Züchten."

„Ja. Corona hat auch nie Theater gemacht, wenn der Floh mal – also manchmal hat er schon noch vollgemacht, im Anfang. Da hat sie mich sogar getröstet und gesagt, junge Hunde sind halt junge Hunde. Auch, als er mal ein Couchkissen ganz zerbissen hat."

„Siehst du", sagte Ernst. „Solche Frauen gibt es auch. Wir müßten eben vorher Bedingungen stellen, einen Vertrag abschließen, damit wir nicht reinfallen."

„Eben. Das könntest du doch. Gleich von vornherein, damit wir alles schriftlich haben. – Du, Ernst ...

„Ja?" Es war, als ahne er, was kommen würde. In aller Eile versuchte er, sich zurechtzulegen, was er antworten könnte. Richtig antworten, keine Ausflüchte machen, aber doch – Da kam es schon.

„Ich wüßte nämlich eine Frau für dich. Eine ganz prima Frau. Die würde den Floh bestimmt wollen und mit Eisenbahn spielen und Quatsch machen und alles. Ich mag sie furchtbar gern, beinah so gern wie dich. Aber ..."

„Aber? Ist also doch ein Aber dabei?" Ein einziges Glück, daß sie ihm Zeit ließ!

„Na ja. Ich weiß nicht – ich hab' sie noch nicht gefragt, weiß du." ‚Wenigstens das nicht', dachte er und atmete unhörbar auf. „Es kann ja sein, sie ist längst verlobt – oder auch schon verheiratet. Viele Schwestern sind jetzt verheiratet, jedenfalls solche, die aushelfen. Jetzt ist doch überall Personalmangel, und da machen manche mit, die gar keine richtigen Schwestern sind, aushilfsweise. Aber einen Ring trägt sie jedenfalls nicht. Vielleicht dürfen sie als Schwestern keinen Ring tragen, ich weiß das nicht. Weißt du das? Du mußt doch alles wissen, ich meine, was verboten oder erlaubt ist, nach dem Gesetz. Dafür bist du doch Jurist."

„Ja. Aber hier – ich fürchte, du überschätzt mein Wissen. Da müßtest du sie schon selbst fragen."

„Ob sie verheiratet ist oder verlobt? Oder ..." Terry hielt inne.

„Oder?" fragte er und versteckte ein Lächeln. Es schien glatter zu gehen, als er gefürchtet hatte. Es machte ihm schon wieder einen diebischen Spaß.

„Oder auch, ob sie dich will? Soll ich sie fragen?" Terrys Augen hatten wieder diese blitzende Unternehmungslust, die er so hinreißend an ihr fand. Er tat, als denke er nach.

„Das wäre natürlich eine Möglichkeit. Aber vielleicht – vielleicht fände sie es – na, wie soll ich sagen – schwach von mir, daß ich nicht selber frage. Dumm, feige – verstehst du?"

„Hm. Das könnte freilich sein. Dann fragst du sie halt selber. Heute abend noch?" Terrys Gesicht war eine einzige, brennende Frage.

„Und du wärst also einverstanden mit ihr?" fragte Ernst. Diesmal fragte er langsam, überlegt und ohne jegliches Lächeln. „Überleg es dir genau, Terry. Heiraten ist was für immer, und wir haben sie dann für immer. Nicht nur für ein paar Wochen."

„Und ich dürfte dann wirklich bei dir bleiben? Ganz bestimmt? Auch, wenn Mami wieder heiratet?" Der Jubel in Terrys Stimme war noch niedergehalten, sozusagen abgebremst; sie wagte nicht, ihm Luft zu lassen. „Man weiß ja noch gar nicht, wen Mami heiratet. Vielleicht ist sie froh ..."

„Eine Mutter ist wohl nie froh, wenn die Tochter lieber bei jemand anderm bleiben will als bei ihr. Aber es kann ja sein, daß sie wirklich einverstanden ist, wenn du bei mir bleibst. Vielleicht heiratet sie einen Mann, der viel unterwegs sein muß; ich hab' da was gehört von einem Geologen oder so jemandem ..."

„Und ich war doch zehn Jahre bei Mami. Das ist doch auch was", sagte Terry, sofort verstehend, in tröstlichem Ton.

„Da sieht sie sicher ein, daß ich jetzt auch mal zehn Jahre bei dir und Uschi bin. Höchstens zehn. Dann muß ich ja sowieso weg und in einen Beruf, studieren vielleicht nicht, so gut bin ich nicht in der Schule. Aber vielleicht werde ich ja noch besser auf der höheren. Du kannst mir ja helfen, zum Beispiel in Mathe."

„In Mathe war ich immer eine Null", sagte Ernst niedergeschlagen. „Da kannst du nicht mit mir rechnen."

„Ach, weißt du, wir sollten uns darum noch nicht so viele Sorgen machen", sagte Terry. „Vielleicht kann Uschi ja Mathe, oder – aber Latein kannst du? Ich hab' doch schon ein paar Wochen Latein gehabt, da war es auch nicht so weit her mit mir."

„Latein ist nicht so schwer, da helfe ich dir", sagte Ernst, und es klang beruhigend und gut. „Da muß man vor allem Vokabeln büffeln, und das mußt du selbst. Mit den Formen helfe ich dir dann."

„Nun also. Dann klappte es bestimmt. – Du, da kommt doch jemand. Hörst du?" Ernst hatte es auch gehört. Die Tür öffnete sich, und – wahrhaftig! Schwester Uschi guckte herein.

„Sind Sie noch da? Himmel, wenn das jemand merkt!"

„Fragst du sie gleich?" flüsterte Terry noch schnell, aber Ernst war schon aufgestanden und hielt ihr den Mund zu, so, daß es aussah, als streichelte er ihr abschiednehmend über das Gesicht. Terry spürte seine große, so angenehm trockene, warme Hand an ihren Lippen und drückte ganz schnell einen verstohlenen Kuß hinein.

„Nein, heute nicht mehr. Heute mußt du schlafen", sagte er ganz ruhig, so, als hätten sie von etwas anderem gesprochen. „Alles zu seiner Zeit. Schlaf, Terry, meine kleine Terry."

Hatte er das „meine" eine bißchen mehr betont als die anderen Worte? Terry wußte es nicht.

Aber sie wollte, daß es so wäre, sie wollte, wollte ...

„Was man wirklich will, mit der ganzen Seele, mit aller Kraft seines Herzens, das erreicht man auch", hatte Mami ihr einmal gesagt. Terry winkte Ernst nach, solange sie ihn noch sah, der hinter Schwester Uschi aus der Tür schlüpfte. Sie wollte, sie wollte. Und dann würde alles gutgehen, ach, sicherlich! Was Ernst in die Hand nahm, klappte; wenn sie etwas wußte, dann das. Der brachte noch ganz andere Dinge in die Reihe.

Terry seufzte tief auf, lehnte sich zurück, lächelte und war im nächsten Augenblick eingeschlafen.

Lise Gast

Bittersüß wie Schlehenduft

Bettina warf die Schublade ihres Schreibtisches so heftig zu, daß alles darin durcheinanderflog. Die Schublade war sonst ihr Stolz, ihr Stückchen Zuhause, in dem alle geliebten Dinge schön säuberlich nebeneinander lagen: Fotos und Briefe, kleine, hübsch gebundene Bücher, bunte Kästchen. Heute aber hatte sie eine solche Wut ...

Was war „Cäsar“ nur eingefallen, Luther die Verknechten des Willens zuzuschreiben! Ihm, der über die „Freiheit eines Christenmenschen“ geschrieben hatte! Nein, nie und nimmer hatte „Cäsar“ hier recht, in dieser Sache fühlte sie sich völlig unangreifbar. In der Sache – ob auch in der Form?

Es war eigentlich ungeheuerlich, daß „Cäsar“, der Direktor des Holgershofes, eine Pädagogikstunde einfach abgebrochen hatte, weil sie, Bettina Knappe, ihm ihre Meinung so ungeschminkt entgegengeschleudert hatte. „Quatsch“, war ihr auch entfahren, sie entsann sich dessen genau. Das war mehr als ungeschickt gewesen.

Bettina stützte den Kopf auf die Fäuste und starrte vor sich hin. Wenn sie nun von der Schule verwiesen wurde? Wenn man sie einfach hinauswarf aus dem Seminar, wegen unbotmäßigen Benehmens? Man konnte es durchaus so nennen, das wußte sie. Und sie hatte schon einiges auf dem Kerbholz. Dies wäre vielleicht der berühmte Tropfen, der das Faß zum Überlaufen brachte?

Damals, gerade als sie hierhergekommen war, das Reiten – das war ihr auch so verübelt worden. Sie hatte mit einer Mitschülerin zusammen das Reit- und Fahrturnier im Nachbardorf besucht und, als alles vorbei war, mit ihr noch auf dem Abreiteplatz gestanden. Ein Mitglied des Reitvereins hatte sie angesprochen, ein Jungbauer, dem das Hirn wohl schon etwas vernebelt war vom Siegesalkohol.

„Na, Gleene, willste mal ruff?“

Ilse zupfte sie am Ärmel, aber Bettina konnte nicht widerstehen. Im Sattel zu sitzen, zu reiten, nach so langer, langer Zeit! Sie ließ das Pferd zuerst im Schritt gehen und trabte dann an. Es war ein Bauernpferd, doch nicht von ganz schwerem Schlag, und gut zugeritten schien es auch zu sein. Sie war fast schwindlig vor Glück – bis sie nach zwei Runden durchparierte und absaß.

„Danke!“ stammelte sie. Der Jungbauer griff nach dem Zügel und sah sie auffordernd an.

„Danke, mehr nich?“ fragte er und handelte nun seinerseits, patschte ihr einen Kuß ins Gesicht, ehe sie sich's versah, und wollte sie dann noch an sich ziehen.

Da aber war Bettina zu sich gekommen, sie wich aus und rannte davon, Ilse hinter ihr her.

„Rennen Sie doch nicht so ...“, Ilse war ein paar Jahre älter als sie. „Der kommt schon nicht nach.“

„Aber –, wenn das jemand gesehen hat?“

Natürlich hatte es jemand gesehen. Noch dazu jemand, der petzte. Am Abend wußte es das gesamte Kollegium, und was dann folgte ...

Nein, einfach war es nicht hier im Internat. Man machte dauernd etwas verkehrt, ohne es zu wollen und zu wissen, doch künftige Lehrerinnen mußten immer und überall Vorbild sein, es war die erste Bedingung für den pädagogischen Beruf. Das wurde ihnen jeden Tag aufs neue gesagt. Und im Oberseminar würde es sicherlich noch schwieriger werden, nicht anzuecken. Die Seminarleiterin, Margret Marcel, genannt MM, forderte angeblich bedingungslosen Gehorsam. Zur Zeit war sie nicht da. Sie hatte Sonderurlaub zur weiteren Fortbildung. Bettina kannte sie nur aus der Ferne. MM war promovierter Diplomlandwirt und führte das Oberseminar ganz allein, ohne sich von „Cäsar“ hineinreden zu lassen, reichlich selbstherrlich, wurde erzählt. Bettina saß und überdachte dies alles, und dabei ließen ihre Spannung und Aufregung ein wenig nach. Im Grunde wäre es lächerlich, sie wegen dieser Sache aus der Schule zu weisen. Sie liebte nun einmal Luther sehr, seine starke, wenn auch oft etwas starre Art, sein Bauerntum – und sein Bekenntnis zur Freiheit eines Christenmenschen. Gerade hier, wo man so gar nichts von Freiheit spürte, dachte sie sehnsüchtig daran. In diesem Augenblick kam Ilse herein.

„Na, diesmal haben Sie es ‚Cäsar‘ ja gegeben“, sagte sie und lachte durch die Nase, während sie ihren Schreibtisch aufschloß, „er war direkt am Boden. Was machen wir, wenn er nicht überlebt?“ Ilse war blond, kühl, gescheit, eine richtige Norddeutsche. Bettina sah sie erschrocken an.

„Glauben Sie? Dann werde ich bestimmt hinausgeworfen.“

„So schnell nicht“, sagte Ilse, setzte sich und begann in ihrer Schublade zu kramen, „übrigens ist MM zurück, eben ging sie durch den Garten.“

„Tatsächlich? Ich dachte gerade an sie“, sagte Bettina unruhig. Ihr Herz, durch Ilses gleichmütige und etwas wegwerfende Art ein wenig getröstet, sprang sofort wieder an. Doppeltes Pech: nun erfuhr MM sofort, was für ein Greuel vor Gott und den Menschen sie, Bettina Knappe, darstellte; denn daß diese Affäre aus der Pädagogikstunde sofort vom ganzen Kollegium besprochen werden würde, war klar. Ach ja, ein Unglück kommt selten allein.

Der Gong rief zum zweiten Frühstück.

„Bringen Sie mir meine Post mit rauf, Ilse, ja? Ich mag jetzt nicht hinuntergehen und mich anstarren lassen von allen Seiten ...“, sie sagte es kläglich, und dann brach sie in Tränen aus, Ilse sah sie mitleidig an.

„Nun nehmen Sie es doch nicht so schwer. ‚Cäsar‘ hat auch recht, jedenfalls in einer Beziehung“, sagte sie nachdenklich. „Verglichen mit den Humanisten, die so leidenschaftlich für die freie Entfaltung der Persönlichkeit eintraten, ist Luther wohl eher jemand, der keine Freiheit des Willens gestattet.“

„Meinen Sie das wirklich?“ fragte Bettina verstört. Sie war fest überzeugt davon gewesen, wenigstens in der Sache recht zu haben. „Doch, ja.

Man kann natürlich hier wie fast überall verschiedener Meinung sein, aber wenn Sie mich fragen ... Nein, bleiben Sie lieber hier, ich ginge jetzt auch nicht hinunter. Ich bring' Ihnen was zu essen mit."

„Danke, mir ist der Appetit vergangen."

Ilses Art tat Bettina gut. Sie versuchte, die Tränen herunterzuschlucken. Sie durfte nicht aus der Schule fliegen, nachdem die Eltern soviel Geld daran gewendet hatten. Noch war es ja nicht soweit. Aber die Beamtenstellen für landwirtschaftliche Lehrerinnen waren sehr dünn gesät, und es lag nahe, so wenig Anwärterinnen wie möglich auszubilden. Da war es günstig, wenn eine ausschied ...

Bettinas Herz war zentnerschwer. Nach Tisch trat das Kollegium zu einer Stehkonferenz zusammen, und was da besprochen wurde, konnte man sich natürlich denken. Fräulein Fröhlich, die Gruppenmutter des Unterseminars, sah ganz erhitzt und unglücklich aus, als man sich trennte, sie nahm sehr an den Schicksalen ihrer Küken teil. Aber sie war noch jung, erst zwei Jahre im Amt, und hatte nicht viel zu sagen. Die anderen aus dem Unterseminar betrachteten Bettina mit jener Mischung aus Mitleid und Bewunderung, die jedem gezollt wird, der das concilium abeundi erhalten oder zu erwarten hat. Es war ein rabenschwarzer Tag, zweifellos. Nein, sie hielt es nicht im Zimmer aus. Obwohl es nicht gern gesehen wurde, daß jemand in der Mittagszeit draußen war, das heißt, nicht arbeitete, verdrückte sich Bettina in den Park, Richtung Luftbad. Es war noch schön warm, ein sonniger September, ihr liebster Monat. Heute erschien er ihr fahl und blaß.

‚Wenn ich von der Schule fliege, werde ich Stallbursche, Pferdepfleger', dachte sie, halb verzweifelt, halb sehnsüchtig, ‚aber wo? Wer hat heute noch Pferde? Des Generaldirektors Töchterlein oder die Polizei', ja, berittene Polizei gab es noch. Sonst aber – die Bauern, die ihre Pferde selbst versorgten, brauchten keinen Stallburschen. Selbst dieser Beruf war Mangelware, heute, zur Zeit der Einsparungen und Entlassungen, der wachsenden Arbeitslosigkeit in aller Welt, und in dem verarmten Deutschland erst recht ...

Sie fuhr zusammen. Dieses ewige schlechte Gewissen – direkt verboten war es ja nun auch nicht, einmal an die frische Luft zu gehen. MM, die Seminarleiterin, war mit unhörbaren, federnden Schritten herangekommen, stand neben Bettina, die sich auf die oberste Stufe der Treppe zum Luftbad gesetzt hatte und eben aufspringen wollte.

„Bleib doch", sagte MM halblaut. Bettina verschlug es den Atem. Es war natürlich möglich, daß MM sich versprochen hatte, sagte Bettina sich sogleich. Aber es konnte auch sein ... MM duzte einige aus dem Oberseminar, das wußten alle. Es galt als besondere Auszeichnung. Meist waren es Seminaristinnen, die entweder gut musizierten oder großartige Lehrproben hielten oder Theaterspielen konnten wie keine andere – MM gab sehr viel auf Musisches –, aber all so etwas konnte Bettina ja wirklich nicht bieten. Sie war Durchschnitt, nichts als Durchschnitt, in jeder Beziehung.

„Das ist allerdings eine dumme Geschichte, dieser Streit mit ‚Cäsar'", sagte Fräulein Marcel und setzte sich neben Bettina, die stumm zur Seite gerückt war, „dumm – und ungeschickt. So was sollte man nicht tun, auch wenn man recht hat. Es lohnt nicht. Sei sanft und ironisch, das ist viel wirkungsvoller. Na, wenn man jung ist ...", sie lachte. „Darf ich auch eine haben?"

Bettina war jetzt vollkommen verwirrt. Die Schachtel mit den Zigaretten glitt aus ihrer Schürzentasche und entließ die weißen Giftstäbe, die sich über die Erdstufen verteilten. Hastig versuchte sie, die Zigaretten wieder einzusammeln.

„Bitte!" Natürlich war Rauchen in Holgershof verboten. Aber ebenso natürlich rauchten manche Schülerinnen heimlich, sogar Lehrerinnen. Möglichst nur im Freien. Aber daß MM eine Schülerin um eine Zigarette bat, das war einzig dastehend.

Bettina betrachtete sie verstohlen, während sie ihr Feuer reichte. MM sah großartig aus, schlank wie Diana, mit einem fast klassisch wirkenden reinen Profil unter dem tizianroten Haar. Sie trug es kurz, wie es jetzt Mode war, in weichen Wellen, die wundervoll glänzten. Waren es echte Wellen? Bettina konnte es nicht entscheiden. Und die schönen, langen, beweglichen Hände, die die Zigarette hielten ...

Bettina fühlte ihr Herz klopfen. Vielleicht war MM gar nicht so, wie es immer hieß, so hochmütig und herrschsüchtig und nur darauf aus, alle Seminaristinnen nach ihrer Pfeife tanzen zu lassen.

Vielleicht war sie eben eine solche Persönlichkeit, daß man sich ihr freiwillig unterordnete, sie lieben und bewundern konnte ...

„Auf jeden Fall hoffe ich, du wirst dich durch diesen Sturm im Wasserglas Holgershof ...", Fräulein Marcel sprach diese Worte so geringschätzig aus, daß Bettina unwillkürlich lachen mußte, „nicht davon abbringen lassen, eine eigene Meinung zu haben und sie auch zu vertreten."

Sie stand auf, warf die halbgerauchte Zigarette fort und stieg ruhig die Treppe hinunter, ohne sich noch einmal umzudrehen. Bettina blieb sitzen, in stürmischem Entzücken. Ja, in Entzücken und Erleichterung, in einem ganz plötzlichen Glück.

MM hatte sie geduzt, es war kein Irrtum möglich. Es war Absicht, das Zeichen: ich halte zu dir. Ich beschütze dich. Ich lasse nicht zu, daß man dir etwas tut ...

Der Tag hatte sich gewendet. Immer sah Bettina, wenn sie an ihn zurückdachte, einen seidig blauen Herbsthimmel, goldenes Birkenlaub in glasklarer Luft ...

Der Eßsaal mit seinen sechs langen Tischen, an denen die „Maiden" saßen, in einer Art Uniform, grau mit weißer Schürze, weißen Manschetten und weißem Kragen – der ganze Eßsaal verstummte und horchte auf, als Fräulein Schuster, die Bürokraft, hereintrat.

„Telefon. Fräulein Bettina Knappe wird verlangt, von einem Herrn Kluge."

Bettina wurde dunkelrot. Val – daß er es nicht lassen konnte, zu solch unpassender Zeit anzurufen. Sie hatte es ihm doch gesagt – oder nur sagen wollen? Diesmal aber würde sie es ihm deutlich machen!

Natürlich beneidete man sie, wenn er kam – mit dem Motorrad, um sie mitzunehmen. Und wer läßt sich nicht gern beneiden, noch dazu um einen Mann, vor allem in solch einer Schule, in der es nur Frauen gab. „Cäsar" prangte als einziger Mann in diesem Blütenstrauß mehr oder weniger schöner Weiblichkeit. Es war erfreulich, merken zu lassen: ich habe einen Freund, auch wenn es eigentlich keiner in diesem Sinne war ...

Aber es machte böses Blut, vor allem bei den Lehrerinnen. Und gerade jetzt, wo Bettina sich sowieso als schwarzes Schaf der Herde fühlte.

Sie stand auf und versuchte, möglichst gleichmütig und ruhig zur Tür zu gehen. Alle starrten ihr nach. Es war scheußlich. Und dann rutschte ihr noch die Klinke aus der Hand, und die Tür flog, bauz!, hinter ihr ins Schloß.

Es war ohne Absicht geschehen, aber wer würde ihr das glauben? Und verteidigen konnte man sich nicht, nie. Unglücklich und gereizt trat sie ins Büro, nahm den Hörer, antwortete.

„Ja. Nein. Wie du meinst ..." Fräulein Schuster stand hinter ihr und hörte mit. Val kapierte das mal wieder nicht.

Schließlich konnte sie auflegen.

„Danke, Fräulein Schuster", sagte sie patzig und ging hinter der anderen her, in den Eßsaal zurück. Diese Schusterin, neugierig wie ‚des Schneiders Weib', die große Klatschzentrale der Schule – was sie wieder für ein Gesicht machte! Süffisant und verschlagen.

„Na, wieder eine Verabredung?" fragte die Lehrerin, die am Kopfende von Bettinas Tisch thronte, spitz und ziemlich strafend, „zu unserer Zeit wurde an den Wochenenden gearbeitet und nicht Motorrad gefahren ...", es war ein Samstag heute. Bettina ärgerte sich.

„Damals gab es wahrscheinlich noch keine Motorräder, vor so langer Zeit", knirschte sie und gab die Schüssel mit dem Pudding an ihre Nebensitzerin weiter. „Nein danke", sagte sie laut. Dieses süße Geschlabber, man wurde dick davon, und satt machte es nicht. Ihre beiden Nachbarinnen hatten den ersten Satz verstanden und verkniffen sich ein Lachen. Die Lehrerin war wirklich nicht neuesten Datums.

Da die beiden ihr Lachen kaum unterdrücken konnten, fürchtete Bettina, davon angesteckt zu werden – nichts steckt so an wie Grippe oder verbotenes Lachen. Sie versuchte, ernst zu bleiben. Im Grund war ihr eher beklommen zumute. Gerade jetzt, nach dieser Luther-Affäre, mußte Val kommen, es war zu dumm.

Er war Mutters „Mittagsstudent" in Leipzig gewesen, ein Pastorensohn aus Vaters Sängerschaft. Viele Studenten besuchten solche Mittagstische in Familien der Alten Herren, so daß sie wenigstens ein paarmal in der Woche warm essen konnten. Val – Valentin Kluge, stud. chem., fünfundzwanzig Jahre alt – ging seit langem bei Knappes ein und aus und wurde als Freund des Hauses betrachtet, duzte sich mit Bettinas Bruder und wohnte auch mal wochenlang bei ihnen, wenn er gerade keine Bude hatte. Daß er Bettina hier besuchte, war schon häufig vorgekommen, auch während des Praktikums hatte er sie besucht, als sie in der Landwirtschaft arbeitete, manchmal mit ihrem Bruder, öfter allein.

Endlich gab Frau Direktor das Zeichen zum Aufstehen. Bettina lief hinaus. Val stand an der Brücke, jenseits des Hofes, das aufgebockte Motorrad neben sich. Valentin Kluge, groß, hager, mit schmalen Schultern und einem nicht sehr jungen, scharfgeschnittenen Gesicht. Magere Wangen, eine schmale, feste Nase, dunkelblondes, ziemlich kurzgehaltenes Haar. Das schönste an ihm schienen ihr seine Augen. Sie waren von einem gleichzeitig warmen und intensiven Blau – so wie Chagall es gemalt hat, den aber kannte Bettina noch nicht. Alle anderen Vergleiche – himmelblau, friderizianisch oder rittersporrnblau, trafen die Farbe nicht genau. Wenn Bettina ihm richtig in die Augen sah, gab es ihr stets einen merkwürdigen Stich ins Herz, einen Stoß, der weh tat und dennoch nicht unangenehm war – sei sah dann sofort wieder weg. Auch an diesem Tag, als sie ihn begrüßte. Da vielleicht noch schneller als sonst.

„Na? Was passiert? Läuschen über Leberchen gelaufen?" fragte Val denn auch sofort. Er fragte es nett und teilnehmend, nicht spöttisch, auch nicht übertrieben mitleidig. Trotzdem ärgerte sich Bettina, nervös wie sie zur Zeit war.

„Ja. Und daß du es weißt. Riesenlaus. Ich fliege nächstens von der Schule – ach Val, das ist ein Stall hier, ein Weiberstall, keine gönnt der anderen was. Und schon gar nicht einen Mann. Was glaubst du, wie ich Spießruten laufen mußte. Ruf ja nicht noch mal um diese Zeit an, bitte!"

„Entschuldige."

Sie merkte, daß er ziemlich erschrocken war, und hätte gern etwas Tröstliches, Abschwächendes gesagt. Was aber? Sie wußte ja selbst keinen Trost. Und er stand und wartete – worauf eigentlich?

„Wollen wir nicht losfahren?" fragte sie schließlich. Er sah sie abwartend an.

„Ich dachte – ich wollte dich heute nämlich mitnehmen, zu meinen Eltern. Du warst doch noch nicht bei uns zu Hause, nur Mart, den hatte ich einmal mit. Bis morgen."

„Nein, Val, das geht nicht." Bettina versuchte, so gleichmütig wie möglich zu sprechen. „Da müßte ich erst die Erlaubnis meiner Eltern einholen, das heißt, Frau Direktor bitten, daß sie bei uns anruft. Wir dürfen über Nacht nur weg, wenn vorher rückgefragt wird, verstehst du."

„Und eure Chefin würde das nicht tun?“

„Doch, vielleicht — ach, sie würde schon. Aber ich mag sie nicht darum bitten. Ich hab' Ärger gehabt — bitte, Valentin ...“. Bettina weinte fast. Sie verstand sich selbst nicht ganz. Sie hatte zwar eine Vermahnung bekommen, aber keine, die ins Zeugnis kommen würde ... Mit Mühe nahm sie sich zusammen und sagte:

„Können wir nicht einfach so hinfahren? Nur heute? Daß wir am Abend zurück sind? Dann brauche ich keine Erlaubnis. Samstagnachmittag haben wir frei. Oder ist es zu weit?“

„Nicht einmal – in Sachsen ist eigentlich nichts zu weit. Aber es ist schade, ich hatte mich so darauf gefreut.“

„Auf jeden Fall erst mal hier weg“, sagte Bettina nervös, „alles stiert aus den Fenstern zu uns herüber – ja, glaub es nur. Ach, es ist so gräßlich hier ...“, sie merkte jetzt erst, daß sie noch in Tracht war.

„Ich muß mich noch umziehen, fahr rauf zum Strohfein, du weißt ja, hinterm Luftbad. Ich komme durch den Park.“

Sie versuchte, ihm freundlich zuzunicken, und rannte dem Hauptweg zu. Val schob das Motorrad an und schwang das rechte Bein hinüber. Er fuhr durchs Dorf, dann einen kleinen Feldweg entlang. Am Strohfein hielt er und wartete. Endlich kam sie.

„Ich hab' ein Päckchen von deiner Mutter mit, war vorgestern in Leipzig“, sagte er, „hier, willst du es gleich aufmachen?“

„Nein, erst mal hier fort.“ Sie schwang sich, in Windjacke und Trainingshose, auf den Soziussitz, packte den Bügel. Val fuhr an. Sie umrundeten das Dorf und nahmen dann die große Straße. Nach einer Weile deutete er zum Waldrand hinüber und bog ein und hielt am Ende des Feldweges. Sie stiegen ab. Bettina seufzte und sah sich um.

Es war nicht das erste Mal, daß sie hier rasteten. Vor einem halben Jahr etwa, als sein Motorrad ganz neu war, hatte er sie hierher gefahren.

Damals blühte der Waldrand über und über von Schlehen, wie weißer Schaum sahen die Büsche aus, und der feine bittersüße Schlehenduft wehte manchmal her, wenn der Wind von drüben kam.

Val erinnerte sich noch genau an damals. Er hatte sich vorgenommen gehabt, endlich einmal das auszusprechen, wovor er sich immer und immer gescheut hatte, und brachte es wiederum nicht fertig, auch damals nicht, wie heute.

Bettina war da und doch nicht da. Was lag vor, hatte sie Sorgen? Warum sagte sie nichts? Konnte er ihr nicht vielleicht doch helfen? Nichts hätte er lieber getan als das. Wie nahe man sich sein konnte, und man erreichte sich doch nicht. Es hätte so schön sein können, aber es war nicht schön. Es war nicht 'richtig‘. Irgend etwas störte Bettina, sie fand sich selbst unleidlich und konnte es doch nicht ändern.

Er gab ihr das Päckchen, und sie packte aus. Schokolade für sie, Zigaretten für Val. Und ein Brief. Sie vertiefte sich hinein.

Er betrachtete ihr Profil als sie so dasaß, den Brief auf den angezogenen Knien. Immer wieder rührte ihn ihr kindliches Gesicht, er konnte eigentlich nicht erklären, wieso. Bettina war keineswegs auffallend schön, aber ihr Gesicht hatte etwas Eigenes, fand er, etwas, das man nicht vergaß.

Die makellose Haut spannte sich straff über den Backenknochen, ein wenig zu straff vielleicht, das gab dem Gesicht etwas Jungenhaftes. Eine feine Nase und ein sehr herber Mund – eigentlich paßte alles sehr gut zueinander, auch das kurze, nach hinten gebürstete Haar. Es war dunkel und ein klein wenig gewellt, aber nicht lockig – Val fand nicht den richtigen Ausdruck dafür. Neben dem rechten Mundwinkel hatte sie ein winziges Muttermal, dunkel, halbmondförmig, man sah es nur aus der Nähe. Es rührte ihn heute wieder wie immer, er betrachtete es nicht zum ersten Mal, obwohl er nie etwas davon gesagt hatte. Es stand ein wenig schräg.

Nie würde er dieses Gesicht vergessen, dachte er. Wie es wohl in zwanzig oder dreißig Jahren aussehen würde? Wahrscheinlich nicht sehr verändert, meist ändern sich nur die Gesichter, die jung, weich, lieblich sind. Dieses Gesicht war nicht lieblich, nicht weich – er ertappte sich bei dem Gedanken, wie es sein würde, wenn man diesen herben Mund küßte, nicht nur einmal, sondern immer wieder, lange, bis er nachgeben und weich und süß werden würde. Ach nein. Er rief sich innerlich zur Ordnung. Gehörte er zu den Männern, die überall gleich küssen, an sich reißen, genießen müssen? Er wollte jedenfalls nicht zu ihnen gehören.

Vielleicht war das dumm gedacht. Vielleicht war er ein Esel ... Er seufzte. Bettina sah kurz zu ihm hin, da fiel etwas aus dem zusammengefalteten Brief. Ein Zehnmarkschein.

„Da!" Val hob ihn auf, gab ihn ihr. „Hat Mutter dir wieder mal was zugesteckt, was Väterchen nicht wissen darf?"

Sie lachten beide. Bettina freute sich.

„Menschenskind, zehn Mark! Ein ganzes Taschengeld! Ich bekomme nämlich monatlich zehn Mark, und das fällt den Eltern schwer genug. Du, Val, kannst du mir's wechseln?"

„Mal sehen. Warum denn?" fragte er und langte nach seiner Brieftasche.

„Weil ... wir haben eine im Seminar, die ist so schrecklich arm. Na, viel haben wir anderen ja auch nicht, aber die – also wenn der mal ein Knopf fehlt, dann muß sie irgendwo anders einen abschneiden, da, wo man es nicht so sieht - und den näht sie dann an. Und nicht mal eine Briefmarke hat sie, wenn sie mal schreiben will. Neulich hab' ich ihr eine gegeben, da sträubte sie sich erst wer weiß wie. Die kriegt fünf Mark davon. Ich werd' es schon erreichen, daß sie sie nimmt. Was glaubst du, wie die sich dann freut!"

Sie steckte die beiden Scheine vergnügt ein. Val sah sie an.

„Du, Bettina, du hast doch jetzt bald Geburtstag, oder?" fragte er nach einer Weile. Sie knabberte Schokolade, und er rauchte eine von den geschenkten Zigaretten. Er lag, auf den linken Ellbogen gestützt, und sah zu ihr auf.

„Ja. Im November. Am elften November. Weshalb fragst du?“

„Natürlich, mir war so, ich wußte es nur nicht genau. Am elften, das ist der Sankt Martinstag. Sag mal, warum haben sie dich eigentlich nicht Martina genannt, deine Eltern? Wenn du schon an diesem Tag geboren bist?“

„Weiß ich's? Gefragt haben sie mich jedenfalls nicht. Und außerdem heißt mein Bruder schon Martin, ist ein alter Familienname bei uns. Wenn er sich auch Mart nennen läßt seit einem Jahr. Er findet Mart toll.“

„Na, Martin und Martina, das wäre doch gerade hübsch. – Bist ein richtiger kleiner Sankt Martin, der den halben Mantel gibt“, sagte er zärtlich. Bettina krauste die Stirn.

„Ach, wegen der fünf Mark. Halben Mantel, du hast einen Vogel. Und sag ja meiner Mutter nichts davon, sonst krieg' ich nie wieder was extra. Ist sowieso wunderselten. Los, fahren wir weiter. Wenn wir abends zurück sein müssen.“

Val seufzte leicht und stand auf. Bettina klopfte die Tannennadeln von ihrer Hose.

„Kann ich denn so zu euch kommen, in Hosen?“ fragte sie. „Dein Vater ist doch Pastor, und was wird deine Mutter sagen.“

„Das ahnst du nicht.“ Er lachte. Sie fuhren los. Es war ein heiterer, heller Tag, der Himmel sehr hoch, die Luft so leicht zu atmen, wie das nur an solch silbernen Herbsttagen möglich ist. ‚Wie froh könnte man sein‘, dachte Bettina, ‚wie froh, wenn nicht.‘

Gab es immer ein ‚wenn nicht‘ im Leben? Ein ‚nur beinah‘, eine Trübung? Oder würde man eines Tages endlich einmal richtig glücklich sein? Ohne Einschränkung? Den Mann gefunden haben, zu dem man gehörte, den Kreis, den man ausfüllte, Kinder, für die man da war ... sie wünschte sich Kinder, immer schon, einen richtigen, ordentlichen Stall voll Kinder. Und Pferde natürlich. Einen Landwirt heiraten, jeden Tag reiten können ...

„Da sind wir. Das ist unser Dorf“, sagte Val in ihre Gedanken hinein. Bettina schrak ein wenig zusammen, sie hatte überhaupt nichts mehr von der Gegend wahrgenommen. Jetzt sah sie sich um.

Und da sah sie sofort etwas, was ihr so gefiel, daß sie alles andere darüber vergaß.

Eine Kutsche kam ihnen entgegen – Val bremste und hielt am Straßenrand, lachte und winkte – Bettina starrte nur, sagte gar nichts. Es war eine Zweispännerkutsche, und nicht ein Mann lenkte sie, sondern eine Frau. Eine Frau, deren Gesicht Bettina an jemanden erinnerte, sie kam in der Eile nicht darauf, an wen. Es war schmal, braun, mit einer Kappe darüber, unter dem widerspenstige Haare hervorkamen, das Ganze nicht mehr jung, aber seltsam zeitlos, und lachend vor Lebenslust und Vergnügen an den

Pferden. Im Wagen saß behaglich ein alter Herr, dunkel gekleidet, Vollbart, Brille. Schon war das Bild an ihnen vorbei.

„Na? Was sagst du?“ fragte Val über die Schulter zurück. Bettina sah ihn ein wenig verständnislos an.

„Was soll ich denn sagen? Schön muß es sein, so kutschieren zu dürfen.“

„Das sind meine Eltern“, sagte Val schlicht, aber groß. Bettina schwieg. Seine Eltern! Nein, alles hatte sie erwartete von einem Pastorenehepaar, das nicht!

„Val! Und davon hast du mir nie was erzählt!“

„Hab' ich nicht? Man muß ja nicht alles vorwegnehmen. Mutter ist Ostpreußin, verstehst du, und dort gehen ja bekanntlich nur die Hunde zu Fuß. Sie ist auf Pferderücken groß geworden, und das prägt einen wohl fürs ganze Leben. Jetzt reitet sie nicht mehr oder nur noch selten, aber fahren tut sie ebenso gern. Sie fährt Vater jeden Tag aus, und sonntags, wenn er in der Umgebung predigt, bringt sie ihn hin. In Ostpreußen wäre das keine Seltenheit, hier schon. Die Leute mußten sich erst gewöhnen, aber Mutter hat sich durchgesetzt. Mutter widersteht so leicht keiner. Gelt, da staunst du!“

„Wunderbar“, sagte Bettina, es war wie ein tiefer Seufzer, „wunderbar.“

„Komm, wir fahren ihnen nach.“

Sie fuhren eine Auffahrt hinaus, das Pfarrhaus lag auf einem Hügel neben der Kirche, die merkwürdigerweise zwei Türme hatte, einen an der Querseite und einen kleinen, eigentlich unnötigen Dachreiter – und beherrschte das Dorf. Bettina sah dies alles, aber mehr am Rande, immerzu sah sie noch die Kutsche, die beiden blanken Pferde, die Frau, die sie führte. Inzwischen hatten sie das Gefährt erreicht, sahen, wie die Frau durchparierte, hielt, vom Bock sprang und ihnen zuwinkte, ohne die Zügel loszulassen.

„Grüß dich, Val, das ist eine Überraschung, daß du doch noch kommst“, sagte Frau Kluge und nickte gleichzeitig Bettina zu, „kommt, helft ausspannen, damit wir bald Kaffee trinken können ...“

Das ließ sich Bettina nicht zweimal sagen. Im Nu war sie abgesprungen und hingelaufen, begrüßte Vals Eltern und faßte zu, öffnete Schnallen und hakte Zugstränge aus. Und dabei sog sie tief diesen unvergleichlichen Geruch ein, den Dunst warmgelaufener Pferde: Für Minuten war sie, ohne es zu wissen, genau das, was zu sein sie sich vorhin so sehnsüchtig gewünscht hatte: glücklich ohne Einschränkung. Ein Zauberkreis, in den sie getreten war, umgab sie, ein Kontakt war geschlossen.

Neben Val, der das andere Pferd führte, trat sie in den dämmrigen Stall, wo seine Mutter bereits stand.

„Ja, hier gehört er her, der Hans – er findet seinen Platz schon, gut so. Man merkt, daß Sie mit Pferden umgehen können“, sagte Vals Mutter, das Stallhalfter des einen Pferdes schließend. Bettina war bei dem anderen vorn im Stand stehengeblieben, halblaut mit ihm sprechend, seine Nüstern leise streichelnd, als kenne sie es schon lange.

„Wir hatten Pferde – Großvater hatte Pferde", sagte sie wie im Traum, „ja, du bist mein Schönster. Ich bring' dir nachher was; wenn ich das gewußt hätte, hätte ich mir Zucker eingesteckt. Wir waren im Krieg bei meinen Großeltern auf einem Gut in Schlesien. Dort bin ich aufgewachsen, jedenfalls ein paar Jahre lang."

Sie sprach halblaut wie zu dem Pferd, die Worte kamen ihr wie von selbst. Frau Kluge lehnte am Flankierbaum, spielte mit einem Strohhalm und hörte zu. Bettina sah sie an, ohne sie wahrzunehmen.

„Das Gut kam dann an einen Neffen, einen Vetter meiner Mutter, als Großvater starb. Sie konnte es nicht erben, weil sie ein Mädchen war. Großvater hatte nur die eine Tochter, keinen Sohn. Aber damals, im Krieg, als wir dort waren ... ich bin auch da zur Schule gegangen, bis mein Vater zurückkam. Dort war ich zu Hause", sie brach ab.

Heiß ging es über ihr Herz: dort, ja, dort war ihre Heimat. Dorthin hatte sie gehört, aufs Land, zu den Pferden. Und zu den Pferden würde sie hinstreben, sie wußte das ganz deutlich, immer, solange ihr Herz schlug. Sie lehnte die Wange an den Pferdekopf, fühlte das kurze warme Fell an ihrer Haut, hatte die Augen geschlossen – gleich würde Großvaters Schritt zu hören sein, wenn er die Stallgasse entlangkam, sein kurzer, kräftiger Schritt, vom regelmäßigen Aufsetzen der Stockzwinge begleitet, die Hunde neben ihm.

Der Herr, wie man dort sagte, Großvater, den sie so sehr geliebt hatte.

„Komm, wir wollen doch noch Kaffee trinken und uns auch ein bißchen mit Vater unterhalten – und mit Mutter natürlich auch weiter", sagte Val nach einer Weile vorsichtig. Er war zu ihr in den Sand getreten und legte seine Hand unter ihren Ellbogen.

Bettina blinzelte und schüttelte ein wenig den Kopf, als erwache sie.

„Ja natürlich", sagte sie hastig, „ich komm' ja schon ..."

Dann saßen sie am Kaffeetisch in der großen, gemütlichen Wohnstube, deren Fenster von Efeu umwachsen waren, so daß ein Dämmerlicht herrschte, ein grünes, goldgrünes. Blauweiße Kaffeetassen, ein nach Zimt duftender Apfelkuchen, schwarzer Kaffee und gelbe Sahne. Mitten auf dem Tisch ein Glas mit drei Kletterrosen.

Noch nie, so meinte Bettina, habe sie sich so fraglos und ohne Mühe bei ihr bisher fremden Menschen heimisch gefühlt. Sie war sonst immer sehr verlegen und gehemmt. Hier aber fiel es ihr überhaupt nicht schwer, zu antworten, zu berichten, zu erzählen.

„Ja, wir wohnen in Leipzig. Vater ist Chefredakteur am Lexikon ...", sie nannte das Institut, in dem er arbeitete ... „und mein Bruder studiert. Im ersten Semester, Jura. Dann hab' ich noch eine kleine Schwester, die zur Schule geht, wir sind nur drei Geschwister. Aber ich gehöre nicht in die Stadt."

„Wenn Sie so lange in Schlesien waren, auf einem Gut, und gerade während der entscheidenden Jahre, der Jahre, in denen man anfängt, bewußt zu leben“, sagte Vals Mutter, „das kann man verstehen. Ich könnte auch nicht in der Stadt leben. Deshalb sind Sie landwirtschaftliche Lehrerin geworden?“

„Oh, noch nicht! Noch nicht ‚geworden‘. Ich bin erst im Seminar. – Ja, deswegen. Wegen der Pferde.“

Sie hatte das noch nie ausgesprochen. Noch nie. Ihre Eltern hatten ihr von diesem Beruf abgeraten, sehr ernsthaft, fast unglücklich. Fanden ihn nicht passend, nicht angemessen, Mart verachtete ihn geradezu und machte daraus kein Hehl. Er war überhaupt mit seiner Schwester Bettina sehr wenig einverstanden. Mit der kleineren verstand er sich besser, er verwöhnte und bewunderte sie. Bettina setzte ihren Wunsch trotzdem durch, sehr bald allerdings merkte sie, daß die Eltern recht gehabt hatten.

Im Praktikum kamen Pferde normalerweise für sie nicht vor. Sie mußte kochen, Milch kühlen, buttern, Hühner versorgen, die sie haßte, und im Garten helfen. Auf einer Stelle – die Arbeitsplätze mußten mehrfach gewechselt werden – in einer oberschlesischen Försterei allerdings hatte sie Glück. Dort gab es zwei Pferde, kleine halbe Polengäulchen, und der ‚Kutscher‘ war erst sechzehn, ein Junge. Manchmal gelang es ihr, mit ihm durch den Wald zu reiten, heimlich, aber meist kam es heraus, und dann setzte es wütende Schelte vom Herrn des Hauses. Dennoch tat sie es immer wieder. Danach aber war es aus mit den Pferden, auf größeren Gütern wurden sie von Gespannführern versorgt, und die ließen niemanden auch nur in den Stall, geschweige an die ihnen anvertrauten Tiere.

Wegen der Pferde. Jetzt hatte sie es ausgesprochen. Hier konnte man das, hier wurde man verstanden. Sie lächelte Frau Kluge an, strahlend glücklich in der Gewißheit, Verständnis zu finden. Wegen der Pferde konnte man die größten Dummheiten machen, die weitesten Umwege.

„Umwege können ganz schön sein“, hörte sie in diesem Augenblick Vals Mutter vergnügt sagen, als habe sie ihre Gedanken Wort für Wort gelesen, „was glauben Sie, was für Umwege ich manchmal geritten bin! Weite, unnötige – aber herrliche! Umwege können zum Besten gehören, was das Leben bietet ...“

Sie kamen erst sehr spät in Holgershof an, und Bettina saß auf ihrem Soziussitz wie auf Kohlen, aber sie hatte nicht weggefunden. Jetzt war ihr angst und bange, ob sie noch hineinkam.

„Tschüs, Val, und tausend Dank – ich muß sehen, daß ich nicht erwischt werde ...“, weg war sie. Val stand und horchte ihr nach, bis ihre Schritte verklungen waren. Er hatte sich den Abschied anders erhofft – wie eigentlich? Nun, vielleicht ein bißchen zärtlich.

Ilse saß im Park und lauerte, sie hatte ein Kellerfenster offen gelassen, durch das krochen sie und schlossen es wieder von innen.

„Sie Kaninchen – immer auf Liebespfaden! Und ich komm' nicht ins Bett", grollte sie. „Muß es denn immer so spät werden."

Sie hasteten lautlos hintereinander die Treppe hinauf, bogen im Dunkeln um die Ecke, husch, ins Zimmer. Bettina ließ sich aufatmend aufs Bett fallen. Sie war noch in Windjacke und Hosen.

„Es waren gar keine Liebespfade."

„Na, wer das glaubt ..." Ilse kramte in ihrem Schreibtisch. „Ich hatte doch noch welche ..."

„Ich hab' jemanden kennengelernt, Ilse, also so was glauben Sie nicht! Ganz, ganz toll."

„Den Mann Ihres Lebens, ich sag' es ja. Na endlich", brummte Ilse, „den Märchenprinzen! Gleich kommt er in einer gläsernen Kutsche mit vier Pferden davor."

„Zwei. Mit zwei Pferden", sagte Bettina, ohne auf Ilse einzugehen. „Und sie kutschiert selbst und versorgt die Pferde selbst."

„Sie?" fragte Ilse aufhorchend und runzelte die Stirn, „sind Sie so durchgedreht, daß Sie Männlein und Weiblein nicht mehr unterscheiden können?" Sie hatte endlich die Packung Zigaretten gefunden, die sie suchte, und zog eine heraus. Bettina stand mechanisch auf und warf ihren Bademantel vor den Türspalt auf die Erde, stopfte ein Taschentuch ins Schlüsselloch.

„Krieg' ich auch eine? Danke. Heut' ist mir so danach. Streichhölzer hab' ich hier ..."

„Es ist nämlich eine Frau, eine Pfarrfrau noch dazu", erzählte sie dann, „und sie ist – sie ist ...", und nun mußte Ilse Bettinas ganze Pferdebegeisterung über sich ergehen lassen. Sie rauchte und hörte zu, schweigend.

„Sie also auch", sagte sie schließlich, als Bettina sich zu wiederholen begann.

„Wieso auch?" fragte diese, nun ihrerseits konsterniert.

„Auch. Ich war genauso dumm wie Sie. Ich wollte auch zum Reiten kommen, deshalb hab' ich mir diesen Beruf ausgesucht."

Bettina sah sie an, Ilse erwiderte den Blick. Dann lachten sie beide. Es klang eher kläglich als lustig. Nach einer ziemlich langen Zeit setzte Bettina wieder an. „Aber – man kann doch – man kann sicherlich auf viele Arten, auf Wegen, die man vorher nicht sah, dorthin kommen", sagte sie unsicher. „Glauben Sie, daß diese Pfarrfrau, diese Frau Kluge, als sie den alten Mann heiratete, gedacht hat, daß sie jemals ..."

„Erstens war er damals vermutlich noch kein alter Mann, vielleicht ist er es jetzt nicht einmal", sagte Ilse und strich die Asche an einer Blumenvase ab, „daß er einen Bart trägt, bedeutet noch nichts. Und zweitens – Sie sagen ja, sie stammt aus Ostpreußen."

Sie schwieg. Dann fuhr sie fort:

„Ich stamme auch aus einem Pferdeland, Schleswig-Holstein. Viel Pferde gibt's dort auch nicht mehr, aber – ja, und nun sitze ich hier und lerne Kochrezepte auswendig, büffle Bodenchemie, die mich nicht im mindesten interessiert ..."

Es klang bitter. Daß Ilse, ein paar Jahre älter und sehr gescheit, dies so hoffnungslos fand, verstörte Bettina. Sie wollte aber nicht aufgeben. „Wenn wir erst das Examen haben und Lehrerin sind ..."

„Denken Sie, dann wird es anders? Oh, Sie Kindskopf! Dann ist erst recht Feierabend mit allen Plänen. Hier sind wir wenigstens im Grünen", sie wies zum Fenster hin, das auf den Gutshof ging - der Holgershof war früher ein Privatgut gewesen, „aber dann! Ist es Ihnen neu, daß sich alle landwirtschaftlichen Schulen in Kleinstädten befinden? Haben Sie sich nicht umgeguckt, als wir die Seminarreise machten, von einer Schule zur anderen? Und alle in der Stadt?"

„Doch doch", gab Bettina kleinlaut zu, „aber ..."

„Kein Aber. Sind wir erst dort, dann vertrocknen und verschimmeln wir genauso wie die, die vor zwei oder fünf Jahren den Holgershof bevölkerten und sich wunder was von der Zukunft erträumten. Und die jetzt ‚am Ziel' sind. Rehmann und Hinze und wie sie alle heißen. Besinnen Sie sich noch auf den bunten Reigen? In jeder Lehrküche gab es Kohlrouladen, und überall stank es gleich ..."

Es war wirklich so gewesen. Wo sie auf dieser Rundreise auch eine Schule besichtigten, gab es dieses herrliche Gericht. Es war mit Schönschrift an die Tafel geschrieben, es duftete aus den modernen Kochtöpfen der Schule, die die Schülerinnen, die meist aus ärmlichen landwirtschaftlichen Betrieben stammten, sich später nie würden kaufen können. Die Lehrerinnen hatten erhitzte Gesichter und stotterten vor Aufregung und führten Cäsar und den Schwarm der Seminaristinnen herum, als zeigten sie ihnen das Paradies. Eine schöne Aussicht!

„Uff, Ilse", sagte Bettina und grub ihren Zigarettenrest in die Erde einer kümmerlichen Blattpflanze, die auf dem Fensterbrett dahinsiechte, „Sie haben eine bestrickende Art, einem Zukunftsbilder vorzugaukeln. Lieber werde ich Pferdeknecht."

„Ich auch. Leider ist dieser Beruf ausgestorben", sagte Ilse trocken. „Oder wissen Sie eine Stelle? Ich auch nicht. Gute Nacht, und das nächste Mal kommen Sie bitte etwas eher zurück, ich brauche meinen Schlaf. Jaja, ist schon gut, ich meine ja nur. Wenn es nämlich nicht einmal um Liebe geht ..."

In dieser Nacht hatte Bettina einen Traum. Sie sah MM auf einem Wagen sitzen, einem Zweispänner, den sie kutschierte – Bettina sah genau die schmalen, festen Frauenhände mit den Zügeln. Und die Pferde liefen, daß es eine Freude war; manchmal klappten die Hufe genau im Takt und dann wieder durcheinander, immer abwechselnd. Bettina wachte auf, noch voller Entzücken über das Gefühl, mitfahren zu dürfen. Im selben Augenblick wußte sie, an wen Vals Mutter sie erinnert hatte: an MM. Dieselbe

Art, dieselbe Frische – sie sahen einander nicht ähnlich, aber es war, als seien sie vom selben Schlag. Schlank, straff, munter – und so herrlich selbstbewußt. Nicht herrschsüchtig, oh nein, aber heiter in sich ruhend: ich bin nun einmal so, es ist mir gleichgültig, was ihr von mir denkt. Wenn man so wäre, so werden könnte! Bettina atmete tief und schloß dann wieder die Augen. Solange Vals Mutter die Zügel hielt – sie meinte natürlich MM ...

Am anderen Morgen war ihr der Traum noch sehr gegenwärtig, sie fühlte noch die Beschwingtheit, das Mitgerissensein und die klare, herbe Luft, die sie eingeatmet hatte. Wunderbar war das gewesen, wirkliches, richtiges Leben, ganz anders als das gedrückte Dasein hier, wo man sich nicht traute, man selbst zu sein, weil man damit ja dauernd aneckte. Wenn Val so wäre wie seine Mutter ...

Val – es war, als zöge es sie wieder auf die Erde zurück, sobald sie an ihn dachte. Früher war er oft gekommen; seit sie in Holgershof war, kam er fast jedes Wochenende, das sie nicht zu Hause verbrachte, manchmal brachte er sie auch mit dem Motorrad hin. Jetzt kam er seltner, und wenn, war er oft still und merkwürdig. Sie merkte natürlich, daß die gesamte Maidenschaft sich den Hals verdrehte, daß die Lehrerinnen aufmerkten, wenn ein Motorrad in den Hof einfuhr, und sie hätte gern die Rolle gespielt, die man von ihr erwartete: die Liebende, die auf den Mann ihres Herzens wartet. Wer läßt sich nicht gern beneiden! Und sie wartete ja auch, aber ...

Vielleicht liebte sie ihn nicht. Wer kann schon wissen, was Liebe ist, wenn er es noch nie erfahren hat? Manchmal überlief es sie heiß, wenn er ihre Hand mit der seinen streifte, und mitunter drückte es ihr fast das Herz ab, wenn sie allein war und an ihn dachte. War er aber da, so benahm sie sich unfreundlich und stachlig und ärgerte sich über ihn, obwohl er geduldig und rührend war – gerade daß er es war, brachte sie auf. Alle ihre Launen ertrug er, immer blieb er freundlich, höchstens, daß er stiller wurde, sich in sich zurückzog, betrübt, aber nicht verletzt. Nein übel nahm er nicht. Wenn er doch wäre wie seine Mutter! Diese Frau hatte in ihrer Erinnerung einen Strahlenkranz bekommen, der um sie leuchtete und sie schöner und schöner machte – ganz ähnlich wie MM. Nein, Geduld und Rücksichtnahme waren nicht das richtige für einen Mann. Bettina versuchte, sich mit dieser Formel abzufinden. Val war kein Mann in diesem Sinne, jedenfalls keiner, wie sie ihn sich wünschte. Wenn er einmal, nur ein einziges Mal versucht hätte, sie zu küssen, obwohl sie sich wehren würde – sie hätte sich vielleicht nicht ernstlich gewehrt. Aber er tat es nicht. Er sehnte sich nach ihr, er litt – sie merkte das genau. Es machte sie wütend und verzweifelt – litt sie nicht auch? Er war der Mann, er hatte die Initiative zu ergreifen ...

Dann kam die Entscheidung, von außen, von einer Seite, wo sie es nicht erwartet hatte.

Eines Tages erschien ihr Bruder Mart in Holgershof, das war noch nie dagewesen. Bettina ahnte gleich nichts Gutes, und es erwies sich sofort, daß sie recht gehabt hatte. Sie wurde beim Sonntagsfrühstück aufgerufen, sie solle in den Hof kommen, zwei Herren wollten sie sprechen. Sie ging hinaus, Fräulein Fröhlich, ihre Gruppenmutter, neben sich.

„Das ist mein Bruder", sagte sie, ziemlich entgeistert, „was machst du denn hier, Mart?"

„Ein Bekannter nahm mich mit dem Auto mit. Darf ich vorstellen", er nannte den Namen des anderen, der sich aber bald verabschiedete, er würde Mart wieder hier abholen. Fräulein Fröhlich wandte sich wieder dem Hause zu, und Bettina führte Mart in den Park.

„Was ist denn los? Ist was mit den Eltern passiert?"

„Ich muß mit dir reden", sagte Mart, und nun erfuhr Bettina, daß ihre Vorahnung richtig gewesen war. Gutes bedeutete Marts Besuch nicht.

Sie hatte ihren Bruder immer sehr bewundert und auch ein wenig scheu geliebt. Er war älter als sie, er war gescheiter – Mart war über Durchschnitt begabt, das zeigte sich schon in der Schule, und später im Beruf erst recht, er machte eine große Karriere –, und er war ein Junge, während sie ‚nur' ein Mädchen war und blieb. Eine Zeitlang, als sie sehr klein war, hatte sie gehofft, eines Tages auch ein Junge zu werden, vielleicht schon an ihrem sechsten Geburtstag, weil er ‚so lange sechs' gewesen war. Sie besann sich noch genau auf das Lachen ihrer Eltern und ihre bittere Enttäuschung, als sie dies äußerte. Ausgelacht zu werden hatte ihr immer sehr weh getan.

In der Tanzstundenzeit hatte sie sich dann noch mehr an Mart angeschlossen, in jener Zeit, da man von den Eltern innerlich abrückt. Dann aber wurde sein Verhalten ihr gegenüber anders, er kritisierte und verspottete sie, vor allem aber machte er alle jungen Männer herunter, die sich ihr zu nähern versuchten. „In dich verlieben sich nur Flaschen", sagte er – ‚Flasche' war damals das gängige Wort für alles, was man zutiefst verachtete –, und das traf sie tief. Es war ja bisher auch noch keiner dabei gewesen, der ihr wirklich gefiel. Diese Worte aber hatten sie verletzt, so sehr, daß sie es sogar fertigbrachte, bei einer Gelegenheit mit Mutter darüber zu sprechen. So etwas tat sie sonst nie, aber es hatte ihr allzu weh getan. Mutter sah sie ein wenig mitleidig an und lachte. „Das mußt du nicht so ernst nehmen. Er meint halt, für dich muß ein ganz besonderer Mann kommen. Brüder, die ihre Schwestern lieben, denken so."

Die ihre Schwestern lieben? Bettina bezweifelte das. Mutter hatte keinen Bruder gehabt, sie konnte sich da wohl nicht so hineindenken. Bettina selbst fand sich nicht schön, sie wäre lieber so gescheit gewesen wie er, denn sie hatte wenig Geschick, sich hübsch herzurichten, und Marts damaliger Bekanntenkreis legte großen Wert darauf. Dazu kam, daß er den Beruf, den sie sich ausgesucht hatte, blödsinnig fand und sich genierte, bei seinen Freunden zuzugeben, daß sie aufs Land wollte; sie hatte ja nie ausgesprochen, warum. In diesem Punkt stimmte er mit den Eltern völlig überein. Sie schüttelten nach wie vor den Kopf darüber, sogar Mutter, die doch vom Lande stammte. Sie war wohl nie das gewesen, was man unter einem Landmenschen verstand, und nun lebte sie schon lange in der Stadt.

Und jetzt war Mart also gekommen und fragte, ob dieser – schon, daß er ‚dieser' sagte, verhieß nicht Gutes, Bettina fühlte es genau – dieser Valentin Kluge oft hier wäre.

„Manchmal", sagte Bettina mit dem Versuch, trotzig zu erscheinen, und wagte sogar, hinzuzufügen: „Und warum nicht?"

„Weil es uns nicht paßt, den Eltern und mir, daß er herkommt und dir den Kopf voll Flausen setzt", sagte Mart scharf. „Er gefällt uns nicht, verstehst du. Sein ganzes Verhalten."

„Aber er war doch immer – er kam doch immer zu uns. Wir kennen ihn doch durch Vater und seine Sängerschaft."

„Um so schlimmer. – Hast du was mit ihm?" fragte Mart jetzt geradezu. Bettina fühlte, wie sie rot wurde, und ärgerte sich darüber.

„Was geht dich das an! Das wäre ja meine Sache", sagte sie wütend. „Du hast mir überhaupt keine Vorschriften zu machen."

„So, und die Eltern? Auch nicht?" fragte Mart zornig. „Dieser Mann ist nicht integer. Nimm das bitte zur Kenntnis! Er will ins Ausland gehen. Findest du das vielleicht gut? Sich hier in Deutschland ausbilden zu lassen, als Chemiker, jeder Student kostet den Staat Tausende, daß du es nur weißt! Und dann sein Wissen anderen Ländern zur Verfügung stellen? Ist das etwa Vaterlandsliebe? Das ist Verrat!"

„Das will er ja auch gar nicht", sagte Bettina verstört, „mir sagte er ...", sie stockte.

„Was denn? Was hat er denn gesagt?" fragte Mart leise, aber heftig.

„Daß er Lehrer werden will – eventuell. Sobald er seinen Doktor gemacht hat ..."

„Und damit hat er dich eingewickelt!"

„Überhaupt nicht eingewickelt. Wie kannst du so was nur behaupten."

Bettina fing an zu weinen. Damit hatte sie verloren, das wußte sie. Sie war Mart nicht gewachsen. Insgeheim war sie sich nicht sicher, ob er vielleicht doch recht hätte, klüger und gescheiter und weitblickender als sie, wie er war.

„Ich lasse mir von dir keine Vorschriften machen", sagte sie mit dem kläglichen Versuch, sich zu behaupten. Aber Mart ging darüber hinweg.

„Von mir? Von den Eltern vielleicht doch, oder etwa nicht? Die deine Ausbildung bezahlen, die kurztreten und sparen, damit du in diesem nicht billigen Internat sein kannst ...."

‚Dich bilden sie ja auch aus', dachte Bettina verzweifelt, ‚du durftest sogar ein Semester im Ausland studieren.' Aber sie sagte es nicht. Sie kam gar nicht zu Worte. Mart fuhr fort:

„Wenn du also derart uneinsichtig bist, müssen wir uns eben an diesen Mann selbst wenden. Ich spreche mit ihm, verstanden? Ich sage den Eltern, daß mit dir keine Diskussion möglich ist, und nehme ihn mir dann vor. Das ist deine Schuld, ich kann es nicht ändern."

So war diese ‚Diskussion' verlaufen. Mart fuhr bald wieder ab, und Bettina blieb zurück, verstört und ratlos. War Val wirklich so, wie Mart ihn sah? Ein Vaterlandsverräter? Dann war es natürlich klar, daß sie mit ihm nichts mehr zu tun haben konnte.

Es war das erstemal, daß die Politik in Bettinas Leben eingriff. Sie merkte das nicht, ahnte es nicht einmal – obwohl es die Zeit war, da sich die Geister schieden. Val kam auch nicht mehr. Nur einmal noch, aber da war es nicht möglich, über diese Fragen mit ihm zu sprechen. Er war wortkarg und schien sehr bedrückt, und sie konnte auch nur ein paar Minuten für ihn erübrigen, da sie das Aufsichtsamt innehatte. Ob Mart mit ihm gesprochen hatte und worüber, vermochte sie nicht herauszuhören, fragen wollte sie nicht. Jedenfalls hatte er vor, ins Ausland zu gehen, darin behielt Mart recht. Später – sehr viel später – erfuhr sie, daß Mart und Val politisch verschiedener Meinung waren. Über diese Kluft kam keiner hinweg; Kinder und Eltern, beste Freunde und Liebende entzweiten sich, weil ihre politischen Meinungen sie auseinandertrieben. Es war eine schlimme und tödlich gefährliche Zeit, und sie führte ja auch in einen Abgrund, wie er seit dem Drei-ßigjährigen Kriege nicht tiefer gewesen war. Mart hatte es begriffen, Bettina nicht. Bettina meinte, Politik ginge sie nichts an. Damals waren viele Frauen dieser Ansicht, vor allem die jungen. Sie sahen nur, wie die Not im Lande wuchs und wuchs und wie jeder, der eine Möglichkeit hatte, sich und die Seinen durchzubringen, krampfhaft daran festhielt. Für sie, Bettina Knappe, gab es nur die Möglichkeit, landwirtschaftliche Lehrerin zu werden und sich damit durchs Leben zu bringen, sie hatte diesen Beruf ja selbst gewählt. Kleine, verschwindend kleine Aussicht vielleicht, einmal zu heiraten. Aber heiraten wollte und konnte sie nur, wenn sie einen Mann wirklich liebte. Das wußte sie von sich, und sie kannte sich gut genug, sicher zu sein, daß sie hier keine Kompromisse machen würde.

Ja, und mit Val, mit Valentin Kluge, das war nun auch vorbei. Hätte sie ihn geliebt, so wäre sie mit ihm gegangen, wohin auch immer, das fühlte sie. Aber auch er schien sie nicht zu lieben. Hatte er je eine Wort davon gesagt?

Am ersten Oktober trat eine neue Schülerin in Bettinas Seminar ein, obwohl in Holgershof das Schuljahr im Frühjahr begann. Dies allein war schon ungewöhnlich, außerdem brauste ihrem Kommen ein Ruf voraus wie Donnerhall, wie die Maiden es nannten. Erstens war sie adlig, als einzige bisher, zweitens hatte sie, so raunte man, vor ziemlich kurzer Zeit einen schweren Unfall gehabt, Autounfall, das war damals sehr selten. Und drittens und letztens wartete im Büro bereits ein Stoß Post auf sie, der zweifellos von Männerhand stammte, von verschiedenen Männerhänden auch noch. Dies vor allem machte sie bei den Maiden interessant, beim Kollegium verdächtig. Wer viel Liebe im Kopf hat, kann keinesfalls eine strebsame Schülerin sein, folgerte man. Der Ausdruck Maid hatte übrigens mit den späteren Arbeitsmaiden nichts zu tun. Maid wurde jede Schülerin einer Reiffensteinschen Schule – falls sie sich würdig genug benahm. Bettina hatte man damals nach ihrem Ritt angedroht, die Maidenbrosche zu entziehen. Es blieb bei der Drohung, war aber sozusagen die letzte Warnung. Es war einer der Gründe, warum sie sich so bedrückt fühlte. Als sie das erste mal mit dieser Marianne von Geldern sprach, war ihr, als ginge ein frischer Wind durch ihr Herz. Sie saß ihr bei Tisch gegenüber.

„Ihr habt ja alle einen Vogel hier", sagte die Neue, „nichts im Kopf als Stunden und Schularbeiten und das Examen, das doch noch lange nicht kommt. Mir sind andere Dinge wichtiger", und damit nahm sie sich eine wahrhaft horrende Portion rote Grütze auf den Teller. Alle am Tisch aßen sehr bescheiden, weil niemand dick werden wollte, dafür wurde unheimlich viel genascht. Bettina verbiß sich ein Lachen.

„Wie kommst du eigentlich hierher? Du paßt doch gar nicht in diesen Stall", sagte sie mit vollem Mund zu Bettina. Bettina, die genau merkte, daß die Lehrerin am Tischende mithörte, antwortete ehrbar: „Du meinst, weil ich aus der Stadt bin? Ich muß noch viel lernen."

„Sag mal, bist du wirklich so blöd oder stellst du dich nur so?" fragte Marianne, als man aufgestanden war. „Ich denke nicht dran, Lehrerin zu werden, eher nehm' ich mir einen Strick und erschieß mich. Sieh sie doch an, die Vogelscheuchen!" Sie wies zum Kollegium hin, das in einer Stehkonferenz um den ersten Tisch versammelt war.

„Nicht so laut", wehrte Bettina ab, „hier hört alles mit. Wir müssen uns mal ganz allein darüber unterhalten."

„Gut, ich komm' heute abend mal zu dir. Mit wem wohnst du denn zusammen?"

„Mit Ilse Bart. Die ist über das Wochenende nicht da", sagte Bettina vergnügt. „Ja, komm nur." Sie hatte sich vor dem einsamen Abend etwas gegrault.

Es wurde eine sehr lustige Nacht. Marianne erzählte die ganze Zeit über; sie hatte Kuchenreste, eine Flasche Saft und belegte Brote mit, alles aus der „Verwaltung", also illegal erworben. Dazu lud sie Bettina ein, wie sie sagte. Hinterher verstopften sie wieder das Schlüsselloch und rauchten.

Bettina fragte ziemlich bald nach dem Unfall, von dem erzählt worden war, sie war natürlich neugierig.

„Ja, das stimmt, nach einer Tanzerei ist das passiert", erzählte Marianne, „und ich hatte auch noch ein geborgtes Kleid an. Immer passieren mir solche Sachen, wenn ich was Geborgtes trage. Die Reparatur kostete dann schrecklich viel, aber zum Glück wurde der Fahrer verurteilt, und ich bekam Schmerzensgeld; er hatte schon einmal eine Familie kaputtgefahren. Wir kamen von einem Hausball, eine befreundete Familie und ich, und das Auto segelte einen Hang hinunter, weil das Licht ausging, und schlug um.

Es war ein schweres Ding, offen. Mir fiel es gerade auf den Bauch, die andere flog hinaus, sie hatte dann nur eine Fleischwunde. Aber der alte Herr, der mit war, bekam es auf die Schulter, und seine Frau war gleich tot.

Ich wußte es sofort, als ich sie sah, aber er dachte immer noch, sie lebte, als wir ins Krankenhaus fuhren, und sagte dauernd: „Marianne, halt meine Frau fest, damit ihr nichts passiert."

Bettina schauderte. „Na, und weiter?"

„Ich bin ziemlich bald unter dem Wagen rausgekommen und hab' mit der anderen zusammen versucht, ihn anzuheben. Aber er war furchtbar schwer, wir zählten immer: eins – zwei – drei – hopp!, aber wir schafften es nicht. Und da ..."

„Kam denn niemand zur Hilfe?"

„Erst nicht, wir versuchten zwar, Radfahrer anzuhalten, aber ich konnte nicht schnell laufen, und wenn wir die Lichter sahen, waren sie schon wieder halb vorbei. Und nur oben auf der Straße stehen und warten wollten wir auch nicht, weil sie unten so stöhnten und wir ihnen helfen wollten. Einer weigerte sich auch, den ich anhielt, er dachte vielleicht, es wäre eine Falle."

„Und dann?"

„Ja, zuletzt kamen dann noch Leute und halfen uns, aber da konnte ich schon nicht mehr, ich hatte ja einen Beckenbruch, auch wenn die Ärzte später sogar abgestritten haben, daß ich überhaupt noch hätte laufen können. Aber das muß ich wohl besser wissen. Wir kamen ins Leisniger Krankenhaus und standen am nächsten Tag in der Zeitung, ganz vorn, fettgedruckt. Das war doch mal was! Und dann sagten sie mir, es würde nie wieder gut und ich müßte lebenslänglich im Rollstuhl fahren."

„Um Gottes willen", stammelte Bettina, „war das nicht fürchterlich für dich?"

„Ach, da hätte ich mir das Leben genommen, wenn das wahr gewesen wäre", sagte Marianne sachlich, „so ein Leben ist doch keins. Nicht heiraten können und keine Kinder kriegen und so – aber ich dachte, ich warte erst mal ab. Meine Mutter kam am nächsten Morgen und besuchte mich, ich war in Gips, bis über die Hüften, bloß das eine Bein war locker, das fiel mir in der Nacht dauernd raus. Ich mußte immerzu nach der Schwester klingeln, sie dachte bestimmt, es wäre Schikane. Na, und meine Mutter! Die hat mit mir überhaupt dauernd Ärger, meine Schwestern sind ganz anders als ich."

„Du auch? Bei mir ist das ganz ähnlich", seufzte Bettina, „wenn ich auch nicht verunglückt bin. Aber meine Geschwister machen meinen Eltern niemals Ärger."

"Das hier scheint mir ein Verein gestrandeter Existenzen zu sein", sagte Marianne vergnügt, „laß mal, ich fühl' mich ganz wohl bei den Außenseitern. Ist der Ruf erst ruiniert, lebt man gänzlich ungeniert."

„Na, ich weiß nicht. Wie lange mußtest du da liegen?"

„Zehn Wochen. Aber der Arzt war furchtbar nett, noch jung, und nannte mich immer Wurschtel. Auch die Schwestern. Weil ich nicht still liegen konnte und sich alles Bettzeug unter mir immer verwurschtelte. Und meine Mutter schimpfte. Aber das mit dem Kleid hat sie Gott sei Dank nicht erfahren, es war unterdes heilgemacht, und ich konnte es auch bezahlen. Das war wichtig, ich hatte es mir nämlich geborgt, ohne zu fragen."

„Aber der alte Herr hat überlebt?"

„Ja, und wieder geheiratet. Männer trösten sich, das ist nun mal so. Sag mal, du hattest doch einen, der immer mit dem Motorrad kam, haben sie mir erzählt. Stimmt das? Und warum kommt er nicht mehr?"

„Weil – ich ..."

„Hast du einen anderen?"

„Aber wo. Nur ..."

„Ja, manchmal klappt es eben nicht so", sagte Marianne verständnisvoll, „ich hab' auch ein paar zur Auswahl, aber der eine ist noch nichts, und der andere hat eine andere, jedenfalls – na, einen werd' ich mir schon greifen. Und dann kann mir der ganze Holgershof im Mondschein begegnen. Heiraten will ich, auf jeden Fall heiraten. Landwirtschaftliche Lehrerinnen werden gern geheiratet, weil sie so praktisch sind und alles können. Das hat mir den letzten Dreh zu diesem Beruf gegeben. Ich möchte gern aufs Land heiraten, weil ich viele Kinder haben will. Da ziehen sie sich leichter auf. Möchtest du auch Kinder?"

„Ja. Lauter Söhne."

„Natürlich Söhne. Denkst du, ich wünschte mir Töchter, die dann womöglich so wie ihre Mutter werden? Nee, vielen Dank. Lieber Söhne, und alle groß und stark ...", sie lachte und nahm noch eine Zigarette. „Die Namen weiß ich auch schon. Ich weiß viele schöne Jungennamen."

„Ich auch." Bettina schwieg. Marianne schwieg auch eine Weile. Dann sagte sie, vorsichtig, um nicht unzart zu sein: „Val hieß er? Der, der immer kam?"

„Ja, Val. Eigentlich Valentin. Ich finde den Namen übrigens schön, wenn er auch ausgefallen ist." Es klang ein wenig borstig.

Marianne lachte.

„Klar ist er schön. Und er hatte ein Motorrad? Schade. Na, es kann ja noch mancher kommen."

Von da an sprachen sie öfter miteinander, wenn auch nicht allzu oft, denn Bettina wohnte mit Ilse zusammen, und man schließt sich ja meist der Zimmergenossin an. Doch Mariannes Anwesenheit gab ihr ein Gefühl, ein Wissen: alles ist nicht so schlimm. Es gibt noch andere Dinge als die Meinungen der Lehrerinnen in Holgershof.

Weihnachten kam näher, und Bettina freute sich auf das Fest. Dann war es zu Hause immer sehr schön, voller Wärme, voller Liebe, auch voll Musik – Leipzig bot in dieser Hinsicht mehr als andere Städte; das Jahr über gab es die Gewandhauskonzerte, im Winter die herrlichen Motetten in der Thomaskirche. Und anschließend wollte sie wieder ins Winterlager gehen. Sie war früher jugendbewegt gewesen wie eigentlich alle unternehmenden jungen Menschen ihrer Zeit, beim Wandervogel, den Mart belächelte, später dann bei einer Gruppe von Jungen aus Marts Schule, die merkwürdigerweise ein Lehrer gegründet hatte.

Man ging im Sommer auf Fahrt, las gemeinsam Shakespeare oder Spitteler, hörte Musik, fast ausschließlich Bruckner und Bach, und diskutierte. Im Winter wurde Ski gelaufen, früher im Erzgebirge, jetzt wegen der größeren Schneesicherheit im Riesengebirge. Man wohnte bei Waldarbeitern, schlief im Heu, kochte selbst und kaufte die Nahrungsmittel im Böhmischen, weil sie da billiger waren. Auf gemeinschaftlichen Fahrschein fuhr man für wenig Geld von Leipzig nach Krummhübel, und außer Bettina war meist kein Mädchen dabei, sie als Marts Schwester wurde ‚geduldet'. Die jungen Männer waren zwischen achtzehn und fünfundzwanzig Jahre alt, jeder eigen in seiner Art, manche reichlich verschroben. Für Bettina war es so ziemlich der Höhepunkt des Jahres, herrlich in seiner klaren Kameradschaft und dem manchmal sehr anstrengenden Sport; Skilaufen mit solchen Jungen war eine tolle Schinderei. Alles dies, die blaugeschlagenen Hüften, der Muskelkater, die Schrammen – wie sehr wünschte sich Bettina jedes Jahr eine ordentliche Narbe im Gesicht, mit der man angeben könnte! –, das alles gehörte dazu und erschien ihr wunderschön. Bettina hatte dann manchmal das Gefühl, als sei sie gar nicht so unzulänglich, sondern ein ganz tüchtiger Kerl, ja, manchmal dachte sie in Hochstimmung: ‚Was kostet die Welt!', wenn ihr eine Abfahrt gelungen war. Und man konnte von diesem spartanischen Lager so gut auf alle engstirnigen, stubenhockenden oder in teuren Hotels eingemieteten Leute herabsehen. „Gelobt sei, was hart macht!" wurde häufig zitiert.

In diesem Jahr nun wollte Marianne mit. Sie hatte Bettina kurz vor den Ferien darauf angesprochen und ihr einfach die Pistole auf die Brust gesetzt: „Du, sag mal ganz ehrlich ja oder nein. Ich nehme nichts übel, das weißt du. Kann ich dieses Jahr mit euch ins Winterlager? Ich hab' sonst keine so billige Gelegenheit zum Skilaufen."

Bettina, in keiner Weise darauf vorbereitet, schwieg zunächst verblüfft. Sie hatte Marianne gelegentlich von diesem Winterlager erzählt und hinzugefügt, daß sie auch dieses Jahr wieder daran teilnehmen wollte. Am liebsten hätte sie jetzt gesagt: „Ach, diesesmal will ich oben viel arbeiten, da hättest du gar nichts von mir", oder: „Du, da paßt du nicht hin", was bei Marianne möglich gewesen wäre, sie vertrug Ehrlichkeit, weil sie selbst sehr geradezu war. Nun aber hatte sie den kleinen, unwichtigen

Zusatz gemacht: „Ich hab' sonst keine so billige Gelegenheit zum Skilaufen."

Marianne war ein armer Kerl, Bettina wußte das. Ihre Mutter, früh verwitwet, lebte von den Gnaden ihrer Schwäger und Brüder. Bettina war einmal mit Marianne in deren Heim gewesen, einer alten Mühle, etwa zwanzig Kilometer vom Holgershof entfernt an der Mulde liegend. Sie waren hingeradelt. Dort war es auch so, arm, aber nicht ärmlich, nicht armselig. Zwar lösten sich die Tapeten von der Wand, aber man aß von Meißner Porzellan, ein Fenster war eingedrückt, damit man den „gelegten" Schlüssel herausholen konnte, drinnen lagen echte Teppiche, und die Möbel waren alt und wunderschön unter der dicken Staubschicht, die darauf herniedersank, während Frau von Geldern irgendwo bei einer ihrer Töchter aushalf, Enkel hütete und sonst etwas tat. Bettina fand es wunderbar in der alten Bude, viel anheimelnder in der sympathischen Verkommenheit, als wenn alles tadellos in Schuß gewesen wäre, wie es normale Wohnungen in der Abwesenheit ihrer Besitzer sind, nach Mottenkugeln und Bohnerwachs duftend und seelenlos in ihrer Verlassenheit.

Sie hatten es sich damals so richtig gemütlich gemacht, Zigaretten aus dem alten Schreibschrank gekramt und alte Fotos angesehen, sich über die Mode von Anno dunnemals halbtot gelacht und schließlich die Zeit so hanebüchen verpaßt, daß sie, als sie in Holgershof ankamen, einen fürchterlich Anraunzer von Fräulein Strenger erhielten. An all dies dachte Bettina, während sie nach einer Antwort suchte, und auf einmal hörte sie sich stammeln: „Doch, natürlich kannst du mit", und nun war nichts mehr zurückzunehmen. Versprochen ist versprochen, und es war rührend zu sehen, wie sich Marianne freute.

Hinterher versuchte Bettina sich zu trösten. Es mußte ja nicht unbedingt schiefgehen mit Marianne. Sie war doch sehr nett, sicherlich ein guter Kamerad. Mart würde natürlich brummen, er brummte eigentlich immer, wenn sie jemanden mit nach Hause brachte, den er noch nicht kannte,vor allem männliche Bekannte. Die kritisierte er immer. Vielleicht gefiel im Marianne. Bettina stutzte – wie sie Mart kannte, würde ihm Marianne sogar sehr gut gefallen. Das war es ja. Das gehörte nicht ins Winterlager.

Es war nicht mehr zu ändern. Vielleicht konnte sie Marianne noch einen Tip geben, daß da oben – nun, daß sie – na also, daß das Winterlager auf sportlicher Kameradschaft basierte und keine Liebelei dorthin gehörte. Sie war immer sehr stolz darauf gewesen,mit ‚ihren' Jungen zusammenzuhausen, hatte sich der verknacksten Finger, der kaputten Socken und der aufgeschundenen Knie angenommen, nicht betont mütterlich, sondern kameradschaftlich und mit einer geheimen Lust: „Ich sorge schon für euch, Jungen, auch wenn ich mich stachlig gebe."

An all dies dachte sie mit Bangen und einer uneingestandenen bedrükkenden Eifersucht, als sie am ersten Feiertag in der Weihnachtsstube saß, den bunten Teller neben sich und das Weihnachtsbuch auf dem Schoß, ohne umzublättern. Ihr Rucksack war gepackt, die Skier standen bereit, Mart murkste draußen an den seinen herum. Heute nacht sollte es losgehen. Den Eltern paßte es nie so recht, daß sie eigentlich nur zum Heiligen Abend heimkam, um in der Nacht nach dem ersten Feiertag schon wieder loszufahren, aber, du lieber Himmel, das bißchen Urlaub, das man hatte, davon wollte man doch auch etwas haben! Die Eltern waren ja auch einmal jung gewesen.

Freilich, skigelaufen waren sie nie, das aber lag an der damaligen Zeit. Bettina stand auf und schlenderte ins andere Zimmer hinüber, wo Mutter an Vaters Schreibtisch saß und einen Brief schrieb. Sie sah auf, freundlich fragend: „Ja, Bettina?"

„Bist du böse, daß wir fahren?" fragte Bettina leise. „Es tut mir ja leid, wenn wir euch die Feiertage verderben ..", sie wunderte sich selbst, daß sie das sagte. Mutter war erstaunt.

„Aber Kind, ihr fahrt doch jedes Jahr. Das kennen wir doch."

Bettina bereute, das Thema angeschnitten zu haben.

„Ich meine bloß – ihr habt euch doch sicher darauf gefreut, daß ich kam."

„Natürlich. Aber ihr freut euch doch das ganze Jahr aufs Winterlager, nicht wahr?"

Bettina setzte sich auf die Chaise. Auf einmal merkte sie, daß sie nicht die geringste Lust hatte, mitzufahren, jetzt, da Marianne mitkam. Nicht, weil sie etwas gegen sie hatte, sie mochte sie sogar sehr gut leiden. Aber sie hatte Angst vor dem, was nun da oben losgehen würde.

„Was ist denn? Ist dir nicht gut?" fragte Mutter, jetzt aufmerksam werdend. Sie hatte ihren Brief beendet und nahm die Brille ab.

„Oder möchtest du lieber hierbleiben?"

„Aber nein", sagte Bettina rasch. Nicht mitzufahren kam gar nicht in Frage, schon allein, um Marianne das Feld nicht kampflos zu überlassen. Du lieber Gott, war das etwa der Grund: Konkurrenzneid? „Ich meine nur, Mutter, sei bitte nicht traurig. Wenn ich erst Lehrerin bin ..."

„Dann hast du auch nicht mehr Ferien als jetzt", sagte Mutter still, strich den zugeklebten Umschlag glatt und legte ihn weg, „fahr nur ruhig, Bettina. Und mach dir keine Gedanken. Freilich ist es schade für Vater und mich, aber Renate ist ja noch da.Und ihr habt es doch oben immer so schön. Grüß mir Schlesien! Es ist so viel Schnee gemeldet. Wer fährt denn alles mit?"

„Die üblichen – Holle als Führer, und Reini und Wolfgang und – na ja, noch einige. Und eine aus Holgershof, Marianne Geldern, weißt du. Sie wird gleich hier sein, ist sehr hübsch, wenigstens finde ich das, und lustig." Bettina hörte sich selbst von etwas ganz anderem sprechen, als sie hatte sagen wollen. Und dann läutete es, und Marianne kam. Strahlend stand sie vor der Tür, in einem nagelneuen, hellblauen Skianzug, der zu ihrer Blondheit entzückend aussah, und Bettina ärgerte sich über sich selbst.

Sie hatte immer gemeint, nur Skihaserln würden sich herausputzen, Mädchen, die mit Sport nicht das geringste im Sinn hatten, und eine zünftige, abgewetzte Kluft spräche für sich. Vielleicht war das im Grunde einfach dumm. Marianne jedenfalls sah zum Anbeißen aus.

„Geschenkt bekommen!" lachte sie, „durch Zufall. Ist das nicht großartig? Bettina, ich freu' mich so!"

Die Mutter brachte Kaffee und Weihnachtsstollen, und Mart setzte sich zu ihnen, zunächst abwartend, aber von Mariannes entwaffnendem Charme sehr bald magnetisch angezogen. Sogar Vater kam herüber. Und dann fing Marianne an zu erzählen.

Eine ihrer Schwestern hatte kürzlich geheiratet, und zwar in China, einen Deutschen, der dort bei einer I.G.-Farben-Niederlassung angestellt gewesen war und als Abfindung diese Reise von der Firma geschenkt bekommen hatte. So war also ihre Hochzeitsreise sozusagen um die halbe Welt gegangen, und das interessierte sogar Bettinas Vater. Er holte den Atlas, und sein mageres Asketengesicht belebte sich, wie es Bettina noch nie gesehen hatte. Er fragte und fragte, und Marianne, erstaunlich gut orientiert, gab Auskunft. Bettina hörte fast schweigend zu und begriff plötzlich, daß sie ihren Vater bisher nie richtig verstanden hatte. Er war kein dünnblütiger Gelehrter, fern von aller Welt in Bücher vergraben, sondern leidenschaftlich interessiert an seiner Arbeit, die ihn genauso erfüllte und entfachte, wie es bei ihr die Lust am Umgang mit Pferden gewesen wäre. Und Mutter? Mutter saß dabei, strahlend froh, richtig hübsch anzusehen, und warf hin und wieder eine Frage dazwischen, lauschte und lachte.

Manchmal lachten sie alle im Chor. Marianne erzählte beispielsweise, daß ihre Schwester mit einem Frachter gekommen sei, einem Bananendampfer, der teurer war als ein Passagierschiff und schneller fuhr. Sie erzählte es, eben weil es so absurd klang, und Vater, Mutter und Mart zweifelten auch prompt an der Richtigkeit dieser Behauptung.

„Aber Herta sagte es, sie ist ja selbst gefahren", wagte Bettina jetzt einzuwerfen.

„Das weiß Herta eben auch nicht so genau", tat Mart sie ab, und nun lachten alle fünf. Nein, sechs! Renate, das Küken, hatte sich auch dazugesellt und sah mit weitaufgerissenen, gescheiten Augen von einem zum anderen. Sie wurde jetzt hübsch, hatte ein straffes, glattes Gesicht mit einer kurzen geraden Nase und einem schön geschwungenen Mund und war fest entschlossen, eines Tages Medizin zu studieren.

„Ich werde also Schiffsärztin", erklärte sie, als eine Pause im Gespräch entstand, „und dann nehme ich euch mit, damit ihr auch so eine Reise machen könnt. Vater kann dann selbst beurteilen, was in seinem Lexikon stimmt, und Mutter kriegt jeden Tag was Gutes zu essen, was sie nicht selbst zu kochen braucht."

„Fein, daß du an uns denkst", sagte Vater, und Mutter lachte.

„Das ist lieb von dir, aber ich finde es auch schön, wenn ich kochen muß, Hauptsache, es schmeckt euch ...", sie sagte das ganz unbefangen, und Bettina wurde so nachdenklich, daß sie dem Gespräch ein paar Minuten lang nicht mehr folgte. Mutter war also nicht todtraurig, daß ihre Kinder wegfuhren und sie zu Hause blieb. Vielleicht war das so, wenn man alt war und Kinder hatte, da nahm man das Glück der Kinder für das eigene, auch wenn man seit Jahren nichts von verschneiten Hängen und blitzender Wintersonne gesehen hatte. Hauptsache, die Kinder erlebten es. Freilich, Kinder müßte man haben ...

Es war alles so unsicher, so vage – würde sie je heiraten und einen eigenen Kreis haben, in den sie gehörte? Hier gehörte sie nicht mehr her. Und es war etwas wie Neid in ihr, als sie sich verabschiedete und die Mutter umarmte, herzlich, von sich aus. Die Mutter hatte ihren Kreis, den sie ausfüllte, und wenn dieses Ausfüllen Verzicht hieß, dann verzichtete sie eben.

Und sie, Bettina?

Der Kamm lag vor ihr, scharf in den Nachmittagshimmel geschnitten, es war windstill und ganz klar. Bettina hatte einen der Jungen, der eher heim mußte, ein Stück begleitet, über Brunnberg und Wiesenbaude bis zur Hampelbaude. Dort war sie umgekehrt. Jetzt lag noch ein kleiner Anstieg und dann eine schöne Abfahrt vor ihr. Sie gingen sonst nie allein mit Skiern los, heute aber hatte sie es aus Trotz getan; sie wußte ja, daß sie von der Hampelbaude bis zu den Lahrbauden, wo sie wohnten, allein sein würde. Sollten die Jungen sich ruhig ein wenig um sie sorgen, falls sie es merkten. Alles war so anders dies Jahr.

Lag das wirklich daran, daß Marianne mit war, oder an ihr selbst? Immer den Fehler erst bei sich suchen, hatten sie in Pädagogik gelernt. Bettina versuchte, gerecht zu sein. Aber es wollte und wollte ihr nicht gelingen.

Sie dachte an die vergangenen Winterlager. Nie wäre es ihr damals in den Sinn gekommen, sich von den anderen abzusondern, innerlich gegen sie zu rebellieren. Was Holle sagte, war richtig, und einer stand für den anderen ein. Diesmal – es tat gut, allein zu sein. Über dem gleichmäßigen Steigen merkte sie, daß sie in guter Kondition war, und das stärkte ihr Selbstgefühl. Sie konnte mehr als Marianne, ohne Zweifel, obwohl Marianne tapfer und ganz geschickt war. Sie fuhr jede Abfahrt, auch wenn es sie noch so beutelte; feige jedenfalls und wehleidig war sie nicht. Nur nicht sehr ausdauernd, sie war ja auch noch nie mit Jungens skigelaufen. Bettina sagte sich dies alles und kam allmählich in bessere Stimmung. Was war schon dabei, wenn die Jungen sich um Marianne rissen! So einer, den sie gern für sich gehabt hätte, den sie hätte lieben können, so, wie jedes Mädchen in ihrem Alter es sich wünscht, war doch nicht darunter. Sie ging in Gedanken die Reihe durch, angefangen bei Holle, dem blonden, tollköpfigen Anführer, dem jede Abfahrt zu flach war, über den gescheiten Wolfgang, der Nietzsche las, den etwas schrulligen Bär, Forststudent seines Zeichens, der sich der Astrologie verschrieben hatte und allen Horoskope stellte, bis zu Reini, dem unbekümmerten Unterprimaner, der jünger und einen Kopf größer war als sie und so tolpatschig wie ein junger Dackel. Der würde sicherlich einmal ein richtiger Mann werden, so, wie man ihn sich wünscht, aber er war es noch nicht. Nein, für sie war keiner dabei, und doch tat es nicht gut, alle weggeschnappt zu kriegen.

In Gedanken versunken folgte sie den Markierungsstangen, die lange, spitze Eisnadeln trugen, manche bis zu einem Meter lang in Richtung des Windes, der sonst hier sauste. Sie merkte den Aufstieg kaum, bis ihr an der Geiergucke drei Skiläufer entgegenkamen: Holle, Wolfgang und Reini. Sie schalten ein wenig, daß sie losgegangen war, ohne etwas zu sagen, aber nicht sehr ernsthaft, es war ja noch hell, das Wetter war ungefährlich und nichts passiert.

Holle schlug vor, noch einen kleinen Umweg zu machen, und Bettina stimmte zu. Es war ein besonders schöner Spätnachmittag, der Schnee leuchtete lila im Schatten, und die Luft wirkte mild, obwohl es sicherlich zehn Grad unter Null war. Aber der Wind ging nicht, da merkte man die Kälte kaum.

Bettina empfand, wie unsagbar schön das Gebirge war und daß sie es liebte, obwohl es nicht ihre Heimat war. Allein die Luft hier war unvergleichlich, so dünn, daß sie sich fast schwerelos fühlte. Und das Gewaltige des jähen Absturzes im Gegensatz zu der Lieblichkeit der böhmischen Seite – sie liebte, liebte das Riesengebirge. Sie hörte Reini sagen: „Mensch, ist das nicht pfundig!“ und sie merkte, daß es ihm ähnlich erging wie ihr.

Die anderen waren ein Stück vorausgefahren, und sie stand und sah zur Koppe hin, die so seltsam beleuchtet war, wie transparent sah sie aus. Und als Reini dann, gleichsam probierend, den Arm um ihre Schultern legte und sie sachte an sich zog, gab sie nach und ließ sich zu ihrer eigenen Verblüffung von ihm küssen, ganz schnell. Sehr viel Geschick bewies er dabei nicht, das gefiel ihr eigentlich – gleich darauf fuhren sie weiter.

‚Was ist nur heute mit mir los‘, dachte sie, als sie sich bei dem Gedanken ertappte, Reini dürfe das ruhig noch einmal tun. Wozu sparte man sich eigentlich auf! Sie dachte flüchtig an Val – er hatte sie wohl nicht geliebt, sonst hätte er doch sicherlich ein einziges Mal wenigstens den Versuch gemacht, sie zu küssen. Und sonst – auf die große Liebe warten, die doch nicht kommt – war das nicht das Dümmste, was man tun konnte? „Wenn man nicht hat, was man liebt, liebt man, was man hat“, hatte Marianne einmal gesagt. Und Reini war frisch und jung und lustig ...

Sie fuhren den anderen nach und taten, als sei nichts gewesen, auch später, als sie an den Lahrbauden ankamen. Mart und Marianne waren ebenfalls allein weggefahren und noch nicht zurück, wie Bär berichtete.

Es war jetzt fast dunkel, und Marianne würde Schwierigkeiten haben. Aber sie konnten ja jeden Augenblick da sein.

Doch sie kamen nicht. Bettina machte Abendbrot, obwohl sie keinen Dienst hatte; abends tat sie das öfter, sie sorgte gern für die Jungen. Beim Essen sprachen sie über die beiden Ausgebliebenen.

„Wir suchen sie nicht", entschied Holle, „es ist mildes Wetter und wird die Nacht auch so bleiben, keine Rede davon, daß ihnen was zugestoßen sein könnte. Wenn Sturm oder Nebel wäre, oder dichter Schneefall ..."

Die anderen gaben ihm recht. Bettina war nicht ganz geheuer zumute, vor allem, da der Platz im Heu, wo sonst Marianne schlief, nun leer blieb. Reini würde doch nicht auf die Idee kommen, dahinzurücken!

An ihrer anderen Seite lag Holle. Sie hatte das jedes Jahr so gehalten, neben ihm kam sie sich beschützt vor. Nein, Reini war gottlob vernünftig, sie hörte seine Stimme von drüben, von dort, wo er immer schlief.

Ach ja. Einfach war es nicht, seit Marianne dieses Winterlager mitmachte. Wo sie und Mart nur steckten? Das hatte es doch noch nie gegeben, daß zwei wegfuhren und nicht wiederkamen.

Am anderen Morgen war Mart da – ganz unbefangen und vergnügt klopfte er ans Fenster.

Bettina hatte gerade den Frühstückskakao fertig und stellte die Kanne auf den Tisch. Sie bewohnten das große Eckzimmer der Waldarbeiter, das nach Westen und Süden je drei Fenster und einen weiten Blick über den Hang hatte. Mart stand draußen und schnallte ab, gleich darauf kam er herein.

„Na, ihr Bummler, seid ihr auch schon da?" brummte Holle.

„Ja, das heißt, Marianne sitzt noch in der Baude", sagte Mart und warf die gefrorenen Fäustlinge auf den Tisch, „ich hatte doch kein Geld, wir müssen sie auslösen. Sie ist als Geisel zurückgeblieben."

„Jetzt will er auch noch Geld. Für solche Eskapaden kommt die Hordenkasse nicht auf", knurrte Holle. Mart lachte.

„Ich hab' doch noch eigenes ...", er wühlte in dem Brustbeutel, der mit seinen anderen Sachen an einem Nagel an der Wand hing. Bettina war fest davon überzeugt, daß er nur so tat, um sein Ausbleiben als wirklich unvorhergesehen hinzustellen, aber sie sagte nichts. Er aß wie ein Wolf und machte sich dann gleich wieder fertig.

„Fährst du mit, sie auslösen?" fragte er beiläufig. Bettina hatte wenig Lust, sagte aber schließlich ja. Wenn Mart schwatzte und sich friedlich zeigte, war sie jeher dankbar gewesen, schon als Kind. Immer hatte er dominiert, immer hatte er verlangt, daß sie sich unterordnete. Ob das je anders werden würde?

Marianne saß in der großen Baudenstube der Friesbaude und winkte vergnügt, als sie hereinkamen. Mart spielte den Kavalier und spendierte ein Frühstück für alle drei. Das hatte Bettina noch nie erlebt.

„Heute abend ist hier Tanz, da müssen wir unbedingt herkommen", sagte Marianne, mit vollen Backen kauend, „nicht bloß ein Zitherspieler wie gestern abend, sondern eine richtige Kapelle. Ich hab' noch nie in einer Baude getanzt."

„Das mußt du unbedingt nachholen", sagte Mart, der sich sonst wenig aus Tanzen machte, „wir fahren gegen Abend hierher."

„Aber heute ist doch Silvester", sagte Bettina, „wir haben das doch immer zusammen gefeiert."

„Deshalb können wir es ja diesmal anders machen", sagte Mart. „Wenn Marianne so gern möchte ..."

„Aber ..." Silvester war immer der Höhepunkt des Winterlagers gewesen. Es gab dann Eis – sie hatten von der früheren Wandervogelbewegung den völligen Verzicht auf Alkohol und Tabak übernommen. – Eis jedoch war erlaubt. Die ersten Male gab es ein schwer zu beschreibendes Gemenge aus Puddingpulver, Saft, Zucker und Milch, das man gefrieren ließ, doch dann hatte Bettina sich um ein richtiges Eisrezept gekümmert, und diesmal, so hatte sie versprochen, wollte sie Fürst-Pückler-Eis herstellen, aus richtiger Sahne. Und nun warf Mart die ganze Silvesterfeier um ...

„Du mußt auch mitkommen, Bettina", sagte Marianne eifrig, „wir wollen bombig drehen. Können die anderen nicht auch tanzen? Das wäre doch schade!"

„Ob sie können oder nicht, das haben wir noch in keinem Winterlager gemacht, verstehst du. Und ich kann die Jungen nicht einfach sitzenlassen."

„Dann gehen wir eben allein, Marianne und ich", sagte Mart hitzig, „ich seh' das nicht ein. Ich geh' doch nicht ins Winterlager, um mir über alles und jedes Vorschriften machen zu lassen."

Bettina sah ihn an – das war wieder echt Mart. Über alles und jedes! Was würde er ihr jetzt noch vorwerfen? Richtig, da kam es schon.

„Dir zuliebe gehe ich überhaupt nur mit, das weißt du genau, sonst wäre ich in die Silvretta gefahren", sagte er, und damit hatte er natürlich gewonnen. Und Marianne nahm seine Partei.

„Wir können doch ruhig Eis machen und alles wie sonst halten, und dann fahren wir hierher und tanzen, und später geht's zurück. Könnten wir nicht ..."

„Was denn?" fragte Mart zuvorkommend.

„Hinterher mit Fackeln abfahren, das hab' ich mal im Kino gesehen", sagte Marianne mit funkelnden Augen. Mart versprach, Fackeln zu beschaffen, und Bettina dachte, vielleicht findet Holle das auch schön. „Ich werd' Holle fragen", sagte sie.

„Von mir aus frag' ihn um Erlaubnis. Ich jedenfalls tue, was ich möchte."

Sie bezahlten und brachen auf. Als Bettina aus der Baudentür trat, fiel ist ein Handschuh herunter; sie trug beide in der Hand und hatte den Arm um die senkrecht gehaltenen Skier geschlungen. Gerade kam ein Skiläufer mit Schwung und hielt auf dem hartgetretenen Schnee vor der Baudentür. Er bückte sich und hob ihr den Handschuh auf. Er war sehr groß und trug keine Mütze, so daß man sein braunes, jetzt etwas bereiftes Haar sah.

„Danke", sagte Bettina und nahm den Handschuh, da fiel ihr der zweite herunter. Der Skiläufer lachte. Es sah auch, als besäße er die doppelte Anzahl von Zähnen wie ein normaler Mensch, blitzend weiße Zähne. Bettina hätte gern noch etwas anderes gesagt als ein dümmliches Danke, aber ihr fiel nichts ein, und schon rief Mart nach ihr.

„Wo bleibst du denn? Los!"

Sie mußte fort.

Marianne brachte es wirklich fertig, die anderen für ihren Plan zu gewinnen. Dabei spielten die Fackeln die Mart aufgetrieben hatte, eine nicht unbeträchtliche Rolle: die Jungen fanden es großartig, mit Fackeln Ski zu laufen, obwohl es nicht nötig gewesen wäre; es war mondhell.

Vor allem Reini war sehr für den Plan, er gab wohl mit seiner Begeisterung den Ausschlag. So setzte Bettina schon am Nachmittag das Eis an, und sie verzehrten es nach dem Abendbrot. Dann brachen sie auf, alle Mann hoch.

Die Baudenstube war schon ziemlich voll und so verräuchert, daß Holle ein Gesicht zog und Bettina fürchtete, er würde gleich umkehren. Doch er machte gute Miene, als Mart sich die Sache etwas kosten ließ und versprach, alle zu einem Getränk einzuladen. Bettina blickte verstohlen umher – nein, der Mann mit den blitzenden Zähnen war nicht da. Na, er konnte ja immer noch kommen.

Sie saß zwischen Holle und Reini, und Reini tanzte sofort mit ihr.

Er tanzte gut. Bettina wußte, daß ihr lieber Bruder kein hervorragender Tänzer war, und lächelte in sich hinein. Marianne wurde natürlich sofort von ihm mit Beschlag belegt.

„Warum lachst du?" flüsterte Reini, „Woran denkst du?"

„Das sag' ich nicht", flüsterte Bettina zurück, sie war plötzlich sehr vergnügt. Mochte er denken, was er wollte.

Als sie den ersten Walzer tanzten, fühlte sie einen Windzug von der Seite her. Sie wandte sich unauffällig und blickte den Eintretenden entgegen. Ein rascher Blick genügte – die große und schlanke Gestalt, die da auftauchte, konnte kaum ein anderer sein als der, auf den sie wartete. Wartete? Nun ja, warum sollte sie nicht auf ihren netten und gefälligen Handschuhaufheber warten? Hoffentlich sah er sie und tanzte auch einmal mit ihr. Zum Glück war Marianne durch Mart abgelenkt und kam als Konkurrenz nicht in Frage.

Obwohl sie nicht aufgesehen hatte, wußte sie sicher, daß er es sein mußte, als jetzt ein fremder Skiläufer an ihren Tisch trat und sich zu ihr beugte. ‚Hoffentlich werde ich nicht rot', dachte sie, als sie sich zwischen den Tischen und Bänken hindurchwand. Einen bitterbösen Blick von

Reini fing sie noch auf – ‚den darf ich mir nicht verärgern', dachte sie eben, da fühlte sie den Arm des Fremden um sich und seine Hand an ihrer.

„Sie fuhren mir heute früh so schnell davon", sagte er einmal, als sie sich drehten. ‚Mir', sagte er, nicht nur ‚Sie fuhren'.

„Ich mußte fort", sagte sie leise. Gleich darauf ärgerte sie sich; es klang ja, als wäre sie am liebsten geblieben ...

Er sagte nichts mehr. Den nächsten Tanz holte Reini sich, dann kam wieder der Fremde.

Es war nichts Auffälliges für die anderen dabei, einmal forderte er auch Marianne auf, Bettina sah es und fühlte dabei ein erstickendes Brennen in der Brust. Nun würde es also so gehen wie meistens.

Mart machte ein wütendes Gesicht, während Marianne mit dem anderen tanzte. Daß er sich das so merken ließ! Und auch Reini sah aus, als warte er nur auf den letzten Anstoß zu einer hübschen kleinen Eifersuchtsszene.

Es brauchte einen wahrhaftig nicht zu wundern, wenn Holle sagte: ‚Einmal und nicht wieder!' Er hatte recht, so etwas paßte nicht ins Winterlager. Nun war es gleich zwölf.

„Ich fürchtete schon, ich würde Sie zum Jahreswechsel nicht mehr erwischen", sagte der Fremde, als er Bettina wieder auf die Tanzfläche führte, „jetzt sind es nur noch Minuten, die tanzen wir durch!"

Er hatte sich vorhin vorgestellt, aber sie hatte seinen Namen nicht verstanden. Immer war es ihr peinlich, wenn ein Herr sich ihr vorstellte. Wie antwortete man da?!

Sie tanzten wirklich bis Mitternacht miteinander, bis die Fenster aufgestoßen und die Tür geöffnet wurde. Die anderen ließen ihre Weingläser aneinanderklingen und wünschten sich ein gutes neues Jahr.

Bettina und ihr Tänzer waren in die Nähe der Tür geraten, nun stand sie draußen mit ihm und sah zu den Sternen auf.

Immer sieht man zum Jahreswechsel den Himmel an, dachte sie, vielleicht ist das eine ganz primitive Art von Gottesdienst.

„Bettina, wir gehen!" sagte Mart, als sie wieder hereinkam. Sie fiel aus allen Wolken.

„Wollt ihr wirklich schon fort?" fragte sie Marianne. Die sah ihr an, daß sie gern noch geblieben wäre.

„Ach nein, Mart, etwas tanzen wir noch, bitte!"

„Aber Holle will – er sagte vorhin ..."

„Holle! Als ob du ...", Bettina sprach nicht weiter. Sie kam gegen Mart nicht auf, das wußte sie. Es gab nur einen Weg: sie mußte vermeiden, ihn zu verärgern, und Marianne auf ihre Seite bekommen.

„Ein bißchen noch", sagte sie und blinzelte Marianne zu, „dann fahren wir mit den Fackeln ab. Immer feiert man doch noch etwas weiter im neuen Jahr."

„Ach ja, Mart, jetzt kommt gerade so ein schöner Walzer", sekundierte Marianne, und da konnte Mart nicht anders und forderte sie auf. Reini verbeugte sich rasch vor Bettina, und am Schluß klatschte er so, daß der Tanz wiederholt wurde. Bettina war sehr unruhig und tanzte schlecht.

„Was hast du denn? Bin ich dir nicht gut genug?“ grollte Reini. „Überhaupt ...“

„Wir können ja aufhören“, sagte sie wütend und ließ ihn stehen. Er kam ihr nach an den Tisch, mit einem Gesicht, als wolle er sie umbringen.

„Ihr amüsiert euch ja herrlich“, sagte Holle und lachte schadenfroh, „ich dachte, es wäre so schön, ins neue Jahr hinüber zu tanzen?“

„Ist es auch“, sagte Bettina und griff nach ihrem Glas. Wenn der Fremde nicht sehr schnell war, sie zum nächsten Tanz zu holen ... Aber entweder hatte er die Lust verloren, oder es sollte nicht sein. Sie versuchte nach ihm auszuspähen, während sie mit Bär tanzte, fand ihn aber nicht. Bär tanzte miserabel.

„Los, Holle hat recht, Schluß!“ sagte Mart, als sie zum Tisch zurückkam. Er bezahlte, und nun konnte sie sich nicht ausschließen. Sie versuchte, noch einen Blick von ihrem Tänzer zu erhaschen, aber er schien nicht mehr im Raum zu sein. Als sie draußen anschnallten, ging die Tür noch einmal auf. Sie sah eine große, schlanke Gestalt gegen die Helligkeit wie eine Silhouette.

„Wollen Sie schon fort?“ fragte er gedämpft. Sie suchte nach einer Antwort, da schob sich Mart, wenig höflich, zwischen sie und den Fremden.

„Ja, es ist spät genug, wir haben noch eine lange Abfahrt“, sagte er barsch. Bettina fühlte den Zorn in sich aufsteigen – eine lange Abfahrt! Da mußte er natürlich annehmen, sie seien von unten gekommen, von Krummhübel. Es war ja nur eine kleine halbe Stunde bis zu den Lahrbauden. Wenn er wüßte, daß sie so nahe wohnten, träfen sie sich vielleicht ‚zufällig‘ an einem der nächsten Tage hier wieder. Wenn er aber annahm, sie kämen aus dem Tal ... Natürlich hatte Mart das mit Absicht getan.

Sie wollte etwas erwidern, aber da riefen schon die anderen nach ihr. Es fiel ihr nichts mehr ein. Sie fuhren ab. Die Tränen kamen ihr. So war Mart immer.

Sie weinte natürlich nicht um diesen Mann, sie kannte ihn ja gar nicht. Aber immer, immer mußte sie tun, was Mart bestimmte. Wenn es nicht nach seinem Kopf ging, wurde er ungenießbar und brutal.

„Was fällt dir denn ein, dich mit diesem fremden Kerl einzulassen?“ knirschte er, als sie ihn einholte. „Du bist wohl verrückt!“

„Was heißt denn einlassen? Ich hab’ mit ihm getanzt, weil er mich aufforderte“, sagte Bettina wütend. Sie sagte es etwas lauter als gewöhnlich.

„Schrei nicht so!“ flüsterte er schneidend, „ich erlaube das nicht. Mit fremden Männern ...“

„Bei dir rappelt’s wohl“, fragte Bettina erbittert, „erst kommst du mit Marianne nicht wieder, bleibst die ganze Nacht weg, und dann.“

„Aha, daher weht der Wind! Aber mein liebes Kind, das sag' ich dir, mit mir lasse ich nicht so umspringen. Ich kann tun, was ich will, ich bin immer noch dein älterer Bruder, und wenn du glaubst ..."

„Wenn ich ..."

„Hast du denn nicht gesehen, was das für ein Kerl ist? Du besitzt ja nicht die Spur an Menschenkenntnis. Haltlos und schlaff und gewöhnt, daß alle Frauen auf ihn fliegen, aber nichts dahinter. An dem verlierst du nichts."

„Das weißt du wohl genau! Woher bloß ..." aber schon begann sie, nachzudenken. Konnte Mart recht haben? Hübsch war der fremde Mann gewesen, aber ein gutes Aussehen war schließlich kein Unrecht. Ob er ‚haltlos und schlaff' war? Mart hatte bisher jeden, aber auch jeden, der ihr gefiel, heruntergemacht. An jedem etwas ausgesetzt oder lächerlich gefunden. Und heute war er regelrecht wütend, wer weiß, was morgen noch alles nachkommen würde. Bettina sah schwarz, sie kannte ihren Bruder. Zum ersten Mal wünschte sie, das Winterlager nähme schnell ein Ende.

Zum Glück schneite es wieder. Gutem Pulverschnee gegenüber hielt sich selbst Marts grimmige Laune nicht, er war den ganzen Tag draußen und kommandierte die anderen herum – sein Können kam auf diese Weise auch ihnen zugute – und vergaß die beiden Mädchen vollständig. Bettina traf Marianne eines Nachmittags zufällig im Hohlweg nach dem Böhmischen hinunter, der bei Neuschnee ohne Gefahr zu befahren war.

„Wohin willst du denn?" fragte sie erstaunt.

„Meinen Rosenketten entschlüpfen", sagte Marianne und lachte, „dein Bruder ist ja soweit ganz nett, im Augenblick aber hat er mich vergessen. In Hohenelbe soll es wundervolles Gebäck geben, wie wär' es?"

Bettina zögerte. Aber es lockte sie auch. „Los!" sagte sie also, und sie fuhren miteinander ab. „Hast du Geld mit?"

„Klar. Ich hatte schon die Absicht, vorhin, als Mart wieder mit seiner Überei anfing. Ohne mich!" Sie genossen diesen Ausflug ohne Männer wie eine Erholung.

„Ach ja. Mart würde ich sofort heiraten, schon weil er so hübsch aussieht", sagte Marianne verträumt, nachdem sie einen beachtlichen Kuchenberg vertilgt hatte, und seufzte, „aber er ist ja noch lange nicht fertig. Dein Reini erst recht nicht – schade, immer ist was, was nicht klappt. Ich glaube, ich habe Venus-Quadrat-Aspekt." Sie hatte einige Ausdrücke von Bär aufgeschnappt, der dauernd von Horoskopen redete.

„Aszendent!" verbesserte Bettina und mußte lachen. „Und ‚dein Reini', also so ist es wirklich nicht. Reini ist nur eine Randerscheinung, will ich mal sagen."

„Ja. Der andere war besser, aus der Friesbaude der. Zu blöd, daß ihr euch nicht näher kennengelernt habt!"

Bettina schwieg. Sie wunderte sich, wie gut Marianne beobachtete.

„Fandest du ihn gut?" fragte sie nach einer kleinen Weile leise.

Marianne nickte sofort.

„Sehr sogar. Kannst du schon daraus sehen, daß Mart so giftig wurde. Gute Männer werden von anderen sofort schlechtgemacht. Ach ja, wenn wirklich mal ein guter kommt, der sogar im richtigen Alter wäre ...“

„Aber eines Tages geht auch für uns die Tür auf. Ich möchte doch zu gern heiraten ...“

Nie ist die Ernüchterung größer, als wenn man aus blendender Schneehelle in nasses, graues Flachland zurückkommt. Skikater, einer der schlimmsten Kater, die es gibt. Bettina erlebte es jedes Jahr wieder, so schlimm wie diesmal aber war es noch nie gewesen, meinte sie.

In Holgershof war der Teufel los. Im letzten Halbjahr war einiges verschwunden, das Kollegium hatte es für sich behalten, um den Langfinger sicher zu machen. Als sich aber nach Schulschluß herausstellte, daß unter anderem siebzehnhundert Mark aus dem Büro und außerdem der Schlüssel zum Haupthaus fehlten, war es vorbei mit Lauern und Abwarten. So wurde in Abwesenheit der Schülerinnen eine Spind- und Schreibtisch-Durchsuchung gemacht. Man fand zwar nicht das Gesuchte, dafür einiges andere. Cäsar hielt, als die Maidenschaft vollzählig zurück war, eine vernichtende Ansprache und verlas die Liste derer, bei denen Unerlaubtes gefunden worden war. Bettina und Marianne gehörten zu den Sündern.

Bei ihnen war es Zucker in Stücken, was ihre Seele befleckte. Zucker wurde in Holgershof häufig eingesteckt und während der Arbeit gelutscht, erstens, weil man sowieso auf Süßes aus war, und zweitens, weil man in Biologie gelernt hatte, daß Zucker die Denkarbeit fördere. „Jeder Zucker ist ein Geistesblitz“, war zum Sprichwort geworden, Leider konnte man es nicht als Entschuldigung vorbringen.

So war der Anfang in Holgershof wenig erfreulich, und Bettina fühlte sich bedrückt und unruhig. Dazu kam, daß Reini ihr Briefe schrieb, die sie mehr belasteten als belustigten – bei Marianne wäre das umgekehrte gewesen. Aber Bettina hatte nun einmal nicht Mariannes Art. Er bildete sich doch nicht etwa ein, sie zu lieben ...

Ilse Barth hatte ihr neulich eine Anekdote erzählt, als sie gedankenverloren am Schreibtisch hockte: Ein junges Mädchen wird von seiner Tante gefragt, warum es den Kopf hängen lasse. „Ich liebe und werde geliebt“, antwortete die Nichte. „Aber das ist doch wunderschön!“ sagt die Tante. Die Nichte lacht freudlos: „Ja, wenn es derselbe wäre!“

Nein, mit der Liebe war es also nichts, wie man sah. Einen Gutsbesitzer heiraten zu wollen, damit man endlich dorthin kam, wohin man sich sehnte – daran zu glauben grenzte ja an Schwachsinn. Bei Marianne war das etwas anderes, sie kannte unzählige Familien auf Gütern, und das „von“ vor ihrem Namen öffnete ihr viele Türen, die Bettina verschlossen waren. Ganz abgesehen von Mariannes Charme und ihrer wilden Entschlossenheit, sich einen Mann zu erobern, koste es, was es wolle.

Blieb der Beruf. Bettina fegte, sozusagen als symbolische Handlung, Reinis treuherzige Primanerbriefe vom Schreibtisch und knallte den dikken Wälzer „Pädagogische Charakterköpfe“ an ihre Stelle. Ilse, am Schreibtisch nebenan, zuckte zusammen.

„Was machen Sie denn?“

„Bilanz, aber keine schöne“, knurrte Bettina und stemmte die Fäuste in die Backen, die Ellbogen auf den Schreibtisch. „Von jetzt an wird gearbeitet. Etwas anderes bleibt unsereinem ja nicht.“

An einem Sonntag im Mai wachte Bettina zeitig auf, es war noch nicht vier. Am liebsten hätte sie sich umgedreht und weitergeschlafen, so müde war sie. Das ewige nächtliche Büffeln – MM schalt schon. So könne man sich notfalls vor dem Examen benehmen, aber nicht jetzt schon. MM war einzig.

Nein, nicht wieder einschlafen. Trainingsanzug, Turnschuhe, hinaus! Das würde guttun. Als sie an der Tür des Übungsklassen-Zimmers vorbei kam, zögerte sie. War da jemand? Sie klinke auf. Dicker Zigarettenrauch wehte ihr entgegen, an der Tafel hing das lebensgroße Bild des Muskelmenschen, und davor stand, in Tracht, weißer Schürze und weißem Schlips, Erika Hähnel.

„Was machst du denn hier?“ fragte Bettina entgeistert.

„Ich habe meine Lehrprobe ausgearbeitet“, sagte Erika halb leidend, halb stolz. Sie gehörte zu den Menschen, die immer eine Rolle spielen: hier die der sich totarbeitenden Seminaristin. ‚In den Sielen gestorben‘, sah man in einer unsichtbaren Gloriole um ihr Haupt schweben. Bettina lachte. Wenn Erika elegisch wurde, wirkte sie unwiderstehlich komisch.

„Aha. Und dazu muß man rauchen“, sagte sie, „gib mir auch eine, dann hab' ich ein warmes Frühstück. Und nun leg los, ich bin die Übungsklasse.“

Erika sah sie zweifelnd an, begann dann aber, Bettina antwortete so, wie sie meinte, daß Vierzehnjährige antworten würden. Erika beherrschte den Stoff gut, hatte aber, nach Bettinas Meinung, nicht das mindeste Geschick, ihr Wissen anderen zu vermitteln. Sie waren methodisch gut ausgebildet, MM gab ausgezeichneten Unterricht.

„Du stellst dich absichtlich dumm“, sagte Erika nach einer Weile, als Bettina nicht kapieren wollte, wie der Unterarmstrecker funktioniert. Bettina lachte.

„Hör auf. Ich wollte sowieso hinaus. Komm, wir trainieren im Luftbad, nimm dein Turnzeug mit. Diese blöde Tracht ...“

Erika gab nach. Sie liefen miteinander durch das taunasse Gras zum Luftbad hinauf. Bettina harkte die Springgrube auf, sie wollten Weitsprung trainieren. Erika stand dabei.

„Hast du wirklich keinen Freund?“ fragte sie. Es klang bedauernd und fast geringschätzig. Bettina sah einen Augenblick zu ihr hin.

„Nein“, sagte sie dann kurz. Und setzte nach einer Weile hinzu: „Jedenfalls nicht das, was ihr als Freund bezeichnet. Ich bin so blöd, auf den Richtigen zu warten. Gute Freunde hab’ ich eine ganze Menge.“

„Ja, wenn man viele hat, hat man keinen“, sagte Erika weise. „Ich könnte ja ohne nicht leben, ich würde wunderlich.“

‚Bist du doch schon, und wie‘, dachte Bettina und verbiß ein Lächeln. Sie war fest davon überzeugt, daß Erika niemanden hatte. Sie warf die Harke weg und ging zum Startpunkt, nahm Anlauf. Vier Meter mußte sie schaffen, dreifünfzig wurden verlangt, sie wollte diesen Sommer das Sportabzeichen machen.

Später übten sie Hochsprung, und dann schlug Bettina einen Waldlauf vor. Erika streikte, sie war müde. So lief Bettina allein. Hier war es überall flach, man konnte viertelstundenlang rennen. Sie kannte die Wege genau und nahm einen, auf dem man so leicht niemandem begegnete. Als sie ins Dorf einbog, kam ihr ein Auto entgegen. Unwillkürlich hielt sie an und nahm hinter einem Baum Deckung.

Es war ein offener Zweisitzer mit langer Kühlerhaube und protzig hellen Ledersitzen. Bettina starrte den Wagen an und merkte erst im letzten Augenblick, daß MM drin saß, rechts, nicht hinter dem Steuer. Da saß ein Mann mit lederner Automütze.

Bettina wartete, bis der Wagen verschwunden war, und ging dann langsam zum Seminarhaus zurück. MM fuhr also aus. Und in einem so tollen Wagen. Ob das ihr Freund war, der Mann neben ihr?

Niemand wußte etwas über MMs Privatleben, doch alle waren neugierig darauf. Nun, sie würde nichts verraten. Auch Lehrerinnen hatten ein Recht darauf, sonntags ihren Spaß zu haben, fand sie. Nur heute bedauerte sie, daß MM nun wahrscheinlich den ganzen Sonntag nachschlafen würde. Sie hatte gehofft, vielleicht ein wenig mit ihr schwatzen zu können, hatte sich ein Buch geborgt und wollte es zurückbringen, denn ohne Grund wagte sie nicht, bei Göttergleichen einzudringen. Trotz aller Zuneigung hatte sie mächtigen Respekt vor MM.

Leider wollte es das Schicksal, daß sie Fräulein Hensel in die Arme lief. Warum sie nicht beim Frühstück gewesen sei? Wenn das Seminar nicht mit gutem Beispiel vorangehe ... und so weiter.

Bettina war verstört.

„Ich habe im Luftbad trainiert“, stammelte sie, aber Fräulein Hensel nahm es in ihrer Wut nicht zur Kenntnis.

„Nichts als Ausreden! Sie haben sich nach der Hausordnung zu richten! Sie haben es nötig, gerade Sie ...“

Es traf Bettina hart. Seit sie im Seminarhaus wohnte, seit Ostern, glaubte sie, ein neues Leben begonnen zu haben. ‚Wenn ich jetzt fleißig und ordentlich bin, wird MM mich sicherlich verteidigen‘, hatte sie gedacht. Aber wie man sah, konnte auch hier der Frömmste nicht in Frieden leben.

Man konnte sich bemühen, wie man wollte, immer wurden einem die alten Sünden vorgeworfen. Man war den Lehrerinnen ausgeliefert. Bettina erreichte ihr Zimmer, warf sich aufs Bett und ließ die Tränen laufen. Heute war ihr Unglückstag, wahrhaftig. Sie hatte es so heldenhaft von sich gefunden, zeitig aufzustehen, statt weiterzuschlafen. Wie man's macht, ist's falsch ...

Sie weinte so, daß sie das Klopfen an der Tür nicht hörte. So fuhr sie erst auf, als jemand sie ansprach: MM. Bettina strich sich das Haar aus dem Gesicht, tödlich verlegen.

MM trug ein weißes Leinenkostüm, etwas unerhört Schickes. Eine Kopfbedeckung hatte sie nicht; ihr rötliches Haar lag in anmutiger Verwirrung um den schöngeformten Kopf. Wie eine moderne Diana sah sie wieder aus.

„Warum heult denn meine größte diesjährige Hoffnung des Frauenseminars Holgershof wie ein Hund, der den Mond anjault?" fragte sie freundlich. „Tränen sind vergeudete Energie, weiß man das nicht?"

„Manchmal muß man Energie vergeuden. An verschluckter Wut zu sterben ist kein schöner Tod", schnupfte Bettina, sich mit Mühe zusammennehmend. Dann aber brach sie los: „Ist das vielleicht pädagogisch, einer Schülerin, die sich die größte Mühe gibt, immer wieder mit alten Sünden zu kommen?"

„Nein, das ist nicht pädagogisch", sagte MM und mußte lachen. Ihr Lachen hatte etwas jungmädchenhaft Munteres, so, als sei sie zehn Jahre jünger, als sie war. Sie fand es so rührend und so komisch, daß Bettina in all ihrer Wut auf diese Weise fragte. Sie, Margret Marcel, die so leidenschaftlich gern Lehrerin war, kannte das. Wenn ihre Seminaristinnen kamen, waren sie eine zusammengewürfelte Herde, eine jede hatte Sonderinteressen im Kopf. Nach vier oder sechs Wochen kannten sie nichts Schöneres, als zu arbeiten. Sie liefen einander den Rang ab, um ein Referat zu bekommen, sie rissen sich um die Lehrproben. Aus fachfremden Stadt- und begriffsstutzigen Landmädchen wurden Junglehrerinnen mit Idealen, für die alle persönlichen Dinge zurücktraten, die für ihre Schulen brannten – alles durch sie, durch MM, die sie unmerklich, aber mit vollendetem Geschick leitete und führte ... Jahrelang hatte es ihr eine schöpferische Freude gemacht, so zu zaubern – die wenigen Mißerfolge, die vielleicht dazwischen waren, vergaß sie, sie wogen auch gering im Vergleich mit den Erfolgen. Überall war bekannt: Junglehrerinnen aus Holgershof waren sozusagen beste Qualität, sie besaßen eine Berufsauffassung ohnegleichen. Sie konnten alles, taten alles und opferten sich auf. Und ihr war es eine Lust gewesen, fast eine Art Sport, diese jungen Menschen zu prägen.

Nachdenklich betrachtete sie Bettinas rotgeweintes Gesicht, und plötzlich tat ihr die Jüngere leid. Das Mädchen war normal begabt, sehr eifrig, hatte Ideale und war entschlossen, für diese Ideale zu leben. Eigentlich war es doch schade um sie. So nötig es war, solche Lehrerinnen ins Leben hinauszuschicken, heutzutage, da die Landflucht mehr und mehr überhand nahm, es war doch ein enger Kreis, in den sie einmal einmünden würde. Vielleicht reichte es bei ihr zu einer größeren Aufgabe.

„Menschenskind, Bettina, nimm es doch nicht so tragisch! Vielleicht bist du übermorgen verlobt, und da kann dir das ganze Kollegium drüben im Mondschein begegnen", sagte sie und lachte leise. Ihre Stimme hatte einen bezaubernd tiefen Klang, war warm und kameradschaftlich.

„Verlobt?" schnupfte Bettina. „Ich kenn' doch niemand, der dafür in Frage kommt."

„Keinen Freund? Na aber. Da müssen wir unbedingt mal auf die Suche gehen. Kinder, Kinder, überschätzt doch den Beruf nicht so ...", sie lachte leise.

Es war, als habe sie sich selbst überrumpelt. Aber es tat auf einmal wohl, diesmal anders zu spielen als bisher.

„Wollen Sie mich partout los sein im Seminar?" Bettina hatte ein Taschentuch gefunden und schnaubte wild hinein. „Tauge ich nichts?"

„Mein Gott, kannst du denn kein Privatmensch mehr sein?" schalt MM, beinah wirklich ärgerlich. „Immer nur Seminar und Seminar. Du taugst zu viel mehr."

„Ach ..." Bettina starrte sie an. Ihr Herz klopfte so sehr – worauf hinaus wollte MM? Meinte sie wirklich, was sie sagte?

„Komm heute nachmittag ein Stündchen zu mir, da wollen wir etwas Vernünftiges lesen", sagte MM und stand auf, „einen Shakespeare oder so etwas. Ihr lauft ja hier mit Scheuklappen herum. Bring noch jemanden mit."

„Vielleicht Ilse?" stammelte Bettina. „Und ..."

„Na schön, zwei oder drei, von denen man annehmen kann, daß sie am Sonntagnachmittag auch ganz gern mal was Vernünftiges tun und nicht immerzu Pädagogik pauken oder Düngemittel auswendig lernen müssen. Und besorg Kaffee, aber guten – sie lächelte und war hinaus. Bettina stand, das Geldtäschchen in der Hand, das zart nach Juchten duftete, – überwältigt. Immer wurde gemunkelt, daß MM Auserwählte um sich versammelte, um mit ihnen Klassiker zu lesen oder Musik zu hören – sie besaß eine Sammlung sehr guter Schallplatten. Sollte sie, Bettina, zu diesen Auserwählten zählen?

Als sie sich vor dem Spiegel das Haar bürstete, sah sie in ein gänzlich neues, erwartungsvolles Gesicht. Ihr Kummer von vorhin, ihre Angst, ihre Bedrückung, lag das nicht bereits monatelang zurück? MM hatte sie geduzt, es war kein Versehen möglich, es war Absicht. Hoffentlich tat sie es nicht vor den anderen – Bettina empfand, daß es schöner, wertvoller war, wenn MM sie nur duzte, solange sie allein waren.

Drüben ging Fräulein Marcel auf ihrem weichen Teppich auf und ab. Sie hörte Bettina nebenan Schubladen auf- und zuschieben und die Schranktür ins Schloß knallen, ehe sie durch den ‚D-Zug-Gang', an dem die einzelnen Zimmer wie Zugabteile lagen, davonstürmte. MM lächelte, dann wurde sie wieder ernst.

O nein, sie hatte keineswegs vor, Bettina Knappe aus der Bahn zu lenken, auch wenn sie ihr einmal gesagt hatte, es gebe noch anderes, als Lehrerin zu werden. Sie wollte das Beste für die Jüngere. Aber das Beste für Bettina war sicherlich nicht, Lehrerin zu werden und in einer der kleinen Städte Sachsens zu versauern, dazu war sie zu schade. MM hatte ausgezeichnete Lehrerinnen in die Welt geschickt, fast bereute sie es jetzt. Sie hatte sich heute über Axel geärgert, vielleicht war das der Grund. Oder über sich selbst. Daß sie so – so intellektuell geworden war –, so kühl, so reflektierend. Fast beneidete sie die Kleine da drüben, die noch so leidenschaftlich heulen konnte, weil eine Lehrerin sie ungerecht behandelt hatte. Sie selbst stand über allem, ach, und es machte auf die Dauer so wenig Spaß, immer über allem zu stehen.

Auch über Axel. Er war jünger als sie, aber das war nicht das Ausschlaggebende. Wäre er ein richtiger Kerl, dann machten die – wieviel waren es? Er achtundzwanzig und sie dreiunddreißig – diese fünf Jahre nichts aus. Aber er war, wie eigentlich alle Männer, die ihr begegnet waren, ihr gegenüber nachgiebig, ja, weich, obwohl er behauptete, daß er sie liebe. Auch wer liebt, sollte sich doch einmal behaupten können. Sie kannte keinen, der sie je schlecht behandelt hätte, alle bewunderten sie und gaben so viel auf ihre Meinung und behaupteten, sie würden sie lieben. Aber Mut hatte keiner von ihnen.

Vielleicht war es eine Art Torschlußpanik bei ihr, ein Lebensmitte-Komplex. Sie wollte ja nicht älter als höchstens sechzig werden, das hatte sie oft gesagt. Somit war die Mitte ihres Lebens überschritten. Und immer nur auf die Männer herabzusehen und sie nach der eigenen Pfeife tanzen zu lassen – das machte keinen Spaß.

Sie hatte ihn heute geradezu aufgereizt, einmal – nicht frech oder unverschämt – aber einmal *hart* mit ihr zu sein. Er wich sofort zurück, gab ihr recht, unterstellte seine Meinung der ihren. Selbst als er sie küßte, tat er es, weil sie es wollte und nicht, weil er nicht anders konnte. War sie denn schon so alt? Nein, das war es nicht. Sie nahm es mit jeder Jüngeren auf, die nichts anderes war als jünger und vielleicht dazu noch hübsch. Sie wußte, daß sie selbst mehr als hübsch, daß sie schön war, ganz abgesehen von allem anderen.

Vielleicht lag es bei Axel doch daran, daß er jünger war. Eigentlich würde er wundervoll zu Bettina passen, sie hatte sich das noch nie überlegt. Aber man konnte zur Abwechslung ja auch einmal eine Ehe stiften, warum nicht? Sie lachte bei diesem Gedanken. Das wäre hübsch, allein schon deshalb, weil sich dann das Kollegium im Haupthaus, das Holgershof für den Nabel der Welt hielt, grün und gelb ärgern würde, wenn man Bettina Knappe, das schwarze Schaf der Frauenschule, mit so einem hübschen und wohlhabenden Jungen verheiratete. Und Axel war im Grund ein netter

Kerl, sie mochte ihn gern. Natürlich zu weich durch das gute Leben, das er bisher geführt hatte. Aber vielleicht würde er sich bewähren, wenn es einmal dreckig käme, er war doch aus gutem Haus. Sie kannte seine Familie seit ihrer Kindheit. Ausgezeichnete Familie, nirgends ein Versager. Nein, er war wahrhaftig nicht der Trottel, als der er sich heute gezeigt hatte ...

„Was ist denn, Mutter? Was hast du?"

Mart hatte gehen wollen und nur noch einmal in Vaters Stube geguckt. Da saß Mutter am Schreibtisch, das Gesicht in den Händen.

„Ist was passiert?"

Frau Knappe schüttelte den Kopf, ohne die Hände herunterzunehmen. Vor dem großen Sohn, den sie heiß, ja abgöttisch liebte, wollte sie ihre Verzweiflung nicht sehen lassen. Er sollte sie für die beste, tapferste, weitherzigste Mutter der Welt halten, von nun an bis in Ewigkeit. Und nun überraschte er sie so.

Mart wartete.

„Ist was mit Vater?" fragte er leise. Vater gefiel ihm zur Zeit gar nicht, blaß und abgehärmt wie er war, und irgendwie gebeugt, obwohl er dafür noch nicht als genug war. „Ist Vater krank?"

„Nein. Überarbeitet natürlich, aber ... Das Lexikon wird nicht weiter gemacht", sagte sie entschlossen, und nun schluchzte sie doch auf, trotz aller Beherrschung. Das Lexikon, ihres Mannes Lebenswerk, an dem er als Chefredakteur tätig war.

„Und?" fragte Mart, nun doch entsetzt, ebenso leise, als dürfe man dies eigentlich nicht bei Namen nennen.

„Ich weiß nicht." Mutter zuckte die Achseln. „Arbeitslos eben. Wie Tausende. Du weißt ja ..."

„Vater wird doch nicht arbeitslos." Mart legte, ungeduldig seufzend, seine Mappe weg. Er hatte es eilig gehabt, aber jetzt blieb er. Mutter weinte fast nie, es war ein Alarmzeichen. Er setzte sich seitlich auf die Schreibtischecke.

„Vater findet doch überall wieder einen Verdienst mit seinem Dr. phil., Mutter! Überall! Vielleicht an einer Schule."

„Heute? Sogar Staatsbeamte werden jetzt abgebaut", flüsterte Mutter mit starren Lippen. „Dr. Kiesling, du kennst ihn ja, und Hohlfeld, und ..."

„Aber Vater brauchen sie doch. Oder hat er schon die Kündigung?" fragte Mart. Das klang wirklich nicht gut. Wenn Kiesling gehen mußte ...

„Noch nicht. Aber was wird – was wird – dann?"

„Es ist ja noch nicht soweit." Mart bemühte sich, so aufmunternd und ermutigend wie möglich zu sprechen. „Jetzt reg dich nicht vorzeitig auf. Ich bin doch auch bald fertig, ich mach' meinen Doktor gleich mit dem Referendar zusammen. Und wenn ich dann in ein Anwaltsbüro gehe, bin ich euch von der Tasche. Wenn Bettina nicht diesen blödsinnigen Beruf gewollt hätte – ihr hättet sie Schreibmaschine und Steno lernen lassen sollen und in ein Büro schicken, da verdiente sie jetzt schon. Landwirtschaftliche Lehrerin, wo die Landwirtschaft bis an die Nase in Schulden steckt ..."

„Aber vielleicht kann sie sich damit wenigstens selbst erhalten", sagte die Mutter und wischte mit den Daumenballen ihr Gesicht ab, „jetzt können wir es nicht mehr ändern. Und das zweite Internatsjahr ist ja auch bald um. Und dann ist nur noch Renate ..."

„Renate übernehme ich. Als gesuchter Anwalt verdient man klotzig, Mutter, paß mal auf. Und da lasse ich sie auf meine Kosten studieren."

„Du hast dann bestimmt eigene Sorgen", sagte Mutter, aber es klang gerührt und dankbar. Sie bemühte sich, zu glauben, was er sagte. Natürlich würde er dann eigene, auf jeden Fall andere Sorgen haben, als eine kleine Schwester studieren zu lassen, er würde sich verloben und heiraten und Kinder haben.

„Ach was, Mutter, Renate ziehen wir gemeinsam durch", sagte er und fand, daß er großartig klang, „und jemand findet sich vielleicht auch, der Bettina einmal heiratet, es heiraten ja die komischsten Typen, und dann bist du eine große Sorge los."

„Nie", sagte Mutter, halb verzweifelt, halb resigniert, „nie, nie, nie. Immer werde ich mich um sie sorgen müssen, immer, noch im Grabe. Diese ewige Unvernunft bei ihr – wie gut, daß du so vernünftig bist!"

„Ja, ich. Nicht wahr, Mutter, wir verstehen uns. Und jetzt muß ich los, hopp hopp. Und mach dir erst mal keine Gedanken, noch ist Vater nicht gekündigt."

Er rannte die Treppe hinunter. Gräßlich, diese ewige Armut!

Deutschland lag am Boden. Natürlich konnte man nach einem verlorenen Krieg nicht erwarten, daß es einem glänzend ging. Aber so im Dreck zu stecken, wie es das Vaterland zur Zeit tat ...

Es mußte ein neues Regime her.

Die Arbeitslosigkeit mußte weg, neue Wege mußten beschritten werden. Alles mußte neu werden, besser. Mart trat aufatmend aus dem Haus. Wenn einer käme und die Sache in die Hand nähme, aber richtig, energisch, einen Strich unter die Schulden zöge ...

Eigentlich sah es so aus, als wäre der große Umschwung nahe. Der große, auf den sie alle hofften. Wenn er nur nicht wieder scheiterte ...

Fräulein Marcel kam nach kurzem Klopfen – sie klopfte eigentlich immer so, als mache sie sich über diese Sitte lustig, war auch stets sofort danach im Zimmer – zu Bettina herein, zum Ausgehen angezogen. Ihr Gesicht war hell und strahlte voller Unternehmungslust.

„Zieh dich um, runter die Tracht, wir gehen zum Vogelschießen nach Leutewitz", sagte sie. Schnell, worauf wartest du?

Du mußt mal wieder unter Menschen."

Bettina war von ihrem Schreibtisch hochgefahren und stand verwirrt vor der Verehrten.

„Ich hatte ..."

„Gearbeitet? Kind Gottes, es kommen noch viele Abende, an denen du büffeln kannst. Gib mir eine Zigarette und mach rasch. Wir gehen nicht allein."

Bettina riß den Schlips herunter und knöpfte das Maidenkleid auf. Was zog man an? Erste Garnitur? Mit MM war das eigentlich Ehrensache, aber auf den Jahrmarkt ...

„Sportbluse, karierten Rock, Kniestrümpfe", bestimmte Fräulein Marcel und betrachtete mit Zufriedenheit Bettinas lange, blankbraune Beine. „Du könntest viel mehr aus dir machen, gut gewachsen wie du bist."

Nebeneinander verließen sie den Park, gleich dahinter hakte MM sich bei Bettina ein. Sie ging rasch und federnd, drängend, Bettina fand sofort in diesen Schritt hinein. Es war ein heller Sommerabend. Oben am Waldrand wartete ein Auto.

„Los, es wird zwar eng, aber mit gutem Willen geht alles", lachte MM, ohne den Fahrer zu begrüßen, „Bettina kommt zwischen uns. Das ist Axel von Büssow, Bettina, und das Bettina Knappe. Nun fahr los. Sind die anderen schon in Leutewitz?"

„Sicherlich, Göttliche", sagte der Fahrer und verbeugte sich ironisch. Er trug eine weiße Leinenkappe, die unterm Kinn nicht zugeknöpft war. Bettina hatte ihn nur einen Augenblick lang angesehen und wagte dann nicht mehr aufzublicken. Ihre Finger waren eiskalt.

Es war ja unmöglich, solche Zufälle gab es doch nicht! Viele Männer sahen einander ähnlich, gerade mit solchen Mützen, die viel vom Gesicht verbargen, die Stirn, einen Teil der Wangen und das ganze Haar. Vielleicht war dieser Mann schwarzhaarig oder hellblond oder hatte eine Glatze.

Als sie in Leutewitz hielten und die andern jungen Männer begrüßten, wagte sie einen zweiten, richtigen Blick in sein Gesicht. Er war es doch. Er war es, und er hatte sie auch erkannt.

Er parkte den Wagen direkt am Rummelplatz, und es dudelte, schrie, lachte und quietschte rings um sie her, daß man sein eigenes Wort nicht verstand. Die beiden jungen Männer zogen MM mit sich fort, die über die Schulter zurücklachte.

Axel hatte Bettina untergehakt und lief mit ihr im Sturmschritt hinter den anderen her. Sie fühlte, wie ihr Herz sich dehnte – es hatte nichts genützt. Mart hatte nichts verhindern können, wenn er auch damals die Sache abschnitt. Sie dachte an die beiden Hälften in der griechischen Sage, die nicht ruhten, bis sie einander gefunden hatten. Es war Schicksal, *ihr* Schicksal.

„Nein, Schiffschaukel fahr' ich nicht, da flieg' ich raus", wehrte sich MM, als die beiden sie bestürmten, „meine Spezialität ist Russisches Rad. Los, dort ist gerade Wechsel."

Sie kletterten alle in eine Gondel, die eigentlich nur für vier Personen berechnet war. Der Besitzer schalt, aber MM schob ihm zwei Markstücke in die Hand. Er lachte und nickte. Bettina dachte einen Augenblick daran, daß sie kein Geld eingesteckt hatte, vergaß es aber sofort wieder.

Während die Gondel langsam stieg, weil das Rad gedreht wurde, damit die anderen Gondeln bestiegen werden konnten, sah sie Axel von der Seite an. Er drückte ihren Arm. MM sah es und nickte ihnen zu, Bettina wurde rot.

„Wird dir schlecht?" fragte MM lachend. Bettina schüttelte den Kopf. Im Leben nicht! Sie war noch nie im Russischen Rad gefahren, aber sie wußte ganz sicher, daß ihr nicht schlecht werden würde.

Dann ging es los.

Die Musik brüllte, und die Gondeln fingen an, aufzusteigen und hinabzuschweben, erst langsam, dann immer schneller. Beim Heruntersausen hingen sie ganz schief – alles kreischte und klammerte sich fest. Bettina fühlte, wie ihr Magen emporstieg, wenn es abwärts ging, ähnlich wie im Fahrstuhl. Aber es war gleichzeitig ein wunderbares Gefühl. Sie saß ganz still, dicht an Axel gedrängt, und schnappte nach Luft. Auch die andern waren still geworden.

„Genug?" fragte der eine, als die Musik schwieg. MM lachte.

„Noch lange nicht!" Sie bezahlte die nächsten Fahrten. Schließlich drängte sie zum Aussteigen.

„Wir müssen jetzt was essen!"

„Gut, Thüringer Rostbratwurst, dort drüben raucht es. Los, Axel, hinüber. Und dann rote und grüne Limonade und Eis und Fettgebackenes und süße Luft, das gehört alles dazu."

„Du willst wohl auf alle Fälle, daß uns schlecht wird", sagte Axel, „sie ist eine Herrschernatur, Bettina, die reinste Zarin. Alles muß nach ihrem Kopf gehen."

„Muß es auch, dann geht es in Ordnung", rief der eine von MMs Trabanten – sie nannten ihn Heiner. Axel war der älteste der drei. Während sie mit vollen Backen kauten, schilderte der andere junge Mann, was für exquisite Genüsse ihrer noch warteten. „Goldene Girls, ganz angestrichen, das müssen wir unbedingt sehen, das gibt es eigentlich überhaupt nicht, man kann nicht ganz bronziert werden, weil die Haut –", er kam mit seinen Erklärungen nicht zu Ende.

„Und Hunde- und Katzentheater", fiel Heiner ein, „großartige Dressuren, und ein Motorradfahrer ..."

„Den möchte ich sehen!" sagte Bettina und schluckte an ihrem Semmelrest, es war das erste Wort, das sie richtig aussprach in dieser Runde, „ich kann nämlich auch fahren, hab' nur den Führerschein noch nicht."

„Da müssen wir gleich hin! Der dort fährt in einer Kugel aus starkem Draht", erzählte Axel, „erst die Wände hoch und dann sogar an der Decke entlang, ohne Auspuff, es feuert nur so hinten heraus. Und dann fährt ihm auch von ein Radfahrer entgegen, also, wie sie das machen, ist mir rätselhaft. Dolle Kerls!"

„Mit Sturzhelm?" fragte Bettina. Axel nickte. „Hier, noch eine Wurst, Sie müssen ordentlich essen, wir wollen doch die ganze Nacht bleiben!"

„Aber ich muß um zehn ..."

„Gar nichts mußt du", rief MM herüber. Sie stand ein Stück entfernt, hatte Bettinas Worte aber doch gehört. „Nur lustig sein und bummeln und einmal alles vergessen."

Sie hatte sofort eingesehen – oder gefühlt, so etwas fühlt man mehr, als man es sieht –, daß die beiden sich kannten. Woher nur? Axel hatte nie etwas davon erwähnt. Aber um so besser, das kam ihren Plänen großartig entgegen. Die ernsthafte und gründliche Bettina und der lockere und anmutige Axel – das Ganze war nur scheinbar paradox. Wenn Bettina einen Mann ihrer Art bekäme, würden die beiden voraussichtlich vor Langeweile das Leben verschlafen, und Axel mit einer Frau seiner Art – nicht auszudenken! Nein, die Temperamente mischen, das gab Leistung – sie dachte flüchtig an die Regeln der Tierzucht und mußte lachen. Heiner wollte unbedingt wissen, warum sie lachte, und maulte, als sie den Kopf schüttelte.

„Du hast nicht zu schmollen", sagte sie, „sofort machst du ein anderes Gesicht."

Er gehorchte, schluckte seinen Protest hinunter. Es ärgerte sie. Immer gehorchten ihr die Männer – und die jungen Mädchen auch.

„Jetzt gehen wir erst einmal hinüber in den ‚Grünen Baum'", bestimmte sie, „und trinken ein Glas Wein. Oder noch besser Sekt. Ihr seid so langweilig, nichts ist mit euch los ..."

Es war spät in der Nacht, als sie an der Parkecke hielten. Axel hatte sie hergefahren. MM sprang zuerst aus dem Wagen.

„Gebt euch ruhig einen Kuß, ich sehe nicht hin", rief sie halblaut, leichthin. Sie hatte wahrscheinlich gesehen, wie Axel Bettina vorhin geküßt hatte – er hatte es nicht nur einmal getan. Bettina fühlte, daß sie rot wurde. Nein, nun gerade nicht. Axel machte auch keinerlei Anstalten. Sie verabschiedeten sich.

„Na, war's schön heute?" fragte MM, während sie miteinander durch das feuchte Gras dem Seminarhaus zuliefen.

Die Nacht war hell, und es roch so herrlich frisch, wie immer, wenn es stark taut. Bettina nickte. Als sie ins Zimmer trat, fiel sie über das Maidenkleid, das noch auf der Erde lag. Sie hob es nicht auf, setzte sich auf ihr Bett.

Dort saß sie lange, und es war, als drehe sich noch immer alles in ihr um und um. Das kam nicht von dem bißchen Alkohol, den sie, wie die anderen auch, getrunken hatte. War das nun der Anfang des richtigen Lebens, der Neuanfang? Sie konnte es kaum glauben, alles in ihr wollte ja sagen, aber sie hielt diese Gedanken wie am Zügel zurück. Lauft noch nicht, bleibt da, wenn ich euch erst laufen lasse, dann – dann ertrage ich es nicht, wenn es nicht das Richtige ist ...

In diesem Sommer fuhren Bettinas Eltern in eine kleine Sommerfrische im Erzgebirge, zu mehr reichte es nicht. Aber Vater brauchte unbedingt Ausspannung.

Früher waren sie meist in die Alpen gefahren, nach Seefeld, nach Gries, aber daran war nicht zu denken. Mart hatte noch nicht Semesterschluß, und auch die Pensionärin, die, seit Bettina von zu Hause fort war, in ihrem Zimmer wohnte, blieb noch da.

So hatte man nach langem Überlegen beschlossen, Bettina solle die vierzehn Tage, um die es sich handelte, zu Hause wirtschaften. Die Eltern kamen sehr schüchtern und bescheiden mit diesem Vorschlag zu ihr, und sie sagte zu.

Es war ihr nicht unlieb, für die Prüfung konnte sie auch daheim lernen, und außerdem hatte sie vor, heimlich den Führerschein für Motorrad zu machen. Viele Fahrstunden waren nicht nötig. Val hatte sie oft auf seiner Maschine fahren lassen. Vor allem aber hoffte sie, sich vielleicht einmal mit Axel treffen zu können, unbeobachtet von MM.

Er war ein paarmal in Holgershof gewesen, hatte offiziell MM besucht und sich dann ein paar Augenblicke mit ihr getroffen, kurze Augenblicke, die immer vorüber waren, ehe sie eigentlich begriffen hatte, daß er sie im Arm hielt. Mehr war es nicht, ein atemloser Kuß im D-Zug-Gang, wildes Herzklopfen und ein sausendes Schwindelgefühl, und schon war es wieder vorbei. Nein, sie mußten sich einmal sehen, ohne daß jeden Augenblick jemand kommen konnte, sie sehnte, sehnte sich danach, wie sie es vorher nie für möglich gehalten hatte. Ihr ganzes Interesse war wie aufgerissen vor Verlangen, Axel nahe zu sein.

Hier in der Stadt kam allerdings die Angst dazu, er und Mart könnten einander begegnen. Das mußte auf jeden Fall vermieden werden. Mart hatte zum Glück eine Freundin, mit der er sich häufig traf und die manchmal auch abends zu ihnen kam.

Es war in diesem Sommer ungewöhnlich heiß, und Bettina hatte ganz vergessen, wie teuflisch die Glut zwischen den Stadthäusern stehen kann. Da war die Fahrschule auch kein Vergnügen. Mit dem Motorrad Achten und Kurven zu fahren und den wenig intelligenten Ausführungen des Fahrlehrers zu lauschen, war eine Qual, und so bedeutete es eine Erholung, sich abends auf den winzigen Balkon vor der Küche zu retten und die Nachtkühle abzuwarten. Da saßen sie dann manchmal zu dritt, Mart rauchte, und Irmi unterhielt sich mit Bettina. Sie studierte Philologie und behandelte Bettina freundlich und gar nicht von oben herab.

Bettina wunderte sich darüber; sie kam sich in Marts Gegenwart immer vor wie ein Mensch zweiter Klasse. Sie war dankbar für Irmis Kameradschaftlichkeit.

An solch einem Abend läutete es an der Etagentür, und als Bettina ging, um zu öffnen, stand Axel vor ihr. Es verschlug ihr den Atem. „Mart ist da, mein Bruder“, stammelte sie, als er erstaunt fragte, warum sie denn so erschrecke. Er habe bei MM gefragt, wo sie wäre, und erwartet, daß sie sich schrecklich freuen würde. „Ich kann dich nicht hereinlassen“, stammelte sie.

„Nein? Oh du schlechte Seele“, sagte er und nahm sie in die Arme, daß sie kaum Luft bekam. Sie fühlte allen Widerstand in sich zusammensinken. Wie sehr hatte sie sich danach gesehnt ...

Er war der Richtige, sie wußte es schon lange. Sie liebte ihn. Noch nie hatte sie es so überwältigend, so betäubend gefühlt wie jetzt. Ihr Gesicht lag an seinem Hals, und sie atmete den Duft ein, der ihn umgab, Duft nach gepflegter Jugend und Sommer und Wärme, nach Zigaretten und einem herben Parfüm, und ein ganz klein wenig nach Benzin ...

„Du, ich mach’ übermorgen die Prüfung“, sagte sie rasch, aus dieser Gedankenverbindung heraus, „ich bestehe sie bestimmt, ich fahr’ besser als die anderen. Und dann hab’ ich den Führerschein, als erste von Holgershof. Keine dort hat ihn, weder Lehrerin noch Maid ...“, dies erschien ihr geradezu phantastisch.

„Ja?“ Er lachte leise, nahm sie dichter an sich heran. „Wunderbar! Du, Bettina, kann ich heute nacht bei dir bleiben?“

„Das geht nicht“, stammelte sie. Aber der Wunsch flammte in ihr auf, wild und ihr bisher noch fremd – ja, er sollte bleiben, er sollte zu ihr kommen. Trotzdem hörte sie sich sagen: „Nein, Mart ...“.

„Der merkt es nicht. Du gibst mir – hast du keinen zweiten Hausschlüssel? Ich komme, wenn er schläft – wann geht ihr denn gewöhnlich schlafen?“

„Spät“, sagte sie verzweifelt, „Mart bringt Irmi immer nach Hause, und ich weiß nie genau, wann er wiederkommt. Zuschließen kann ich nicht ...“

„Teufel!“ sagte Axel und überlegte. „Was machen wir da? Bettina, du, ich kann nicht gehen.“

Sie hörten Mart drinnen sprechen.

„Er kommt“, sagte sie angstvoll, „geh, bitte, Axel, bitte! Er darf nicht wissen ...“, und als sie Axel so flehend und unglücklich ansah, flüsterte sie schnell: „Ich komm’ noch mal hinunter auf die Straße. Hast du das Auto da?“

Er nickte. Sie schloß die Flurtür und lehnte sich, mit rasend klopfendem Herzen, dagegen. Schritte kamen.

„Was war denn?“ fragte Mart, er kam mit Irmi durch die Küche in den Flur. Zum Glück war die Beleuchtung hier schlecht, Bettina wandte sich unauffällig ab.

„Gar nichts, eine Verwechslung“, sagte sie gleichgültig. „Ich geh’ schlafen. Immer dieses nächtliche Herumhocken, in Holgershof und hier erst recht.“

Mart murmelte etwas, während er die Schuhe wechselte. Dann ging er mit Irmi hinaus. Bettina horchte, bis ihre Schritte im Treppenhaus verklungen waren. Wenn Axel jetzt heraufkam, solange Mart nicht da war ...

Es bedeutete ein Risiko. Schließlich konnte Mart einmal, dieses eine Mal eher zurückkommen. Sich mit Irmi streiten oder etwas Vergessenes holen wollen. Wer wußte, was für Zufälle eintreten konnten, und dann fand er sie hier.

Trotzdem lief sie, mit bebendem Herzen, die Treppe hinunter, als sie die beiden nicht mehr hörte. Sie spähte umher. Axels Auto war nicht mehr zu sehen ...

„Also, mach's gut, Vater. Und gib acht auf dich."

Valentin Kluge hatte das Gefühl, als bräche ihm das Herz, wie er den alten Herrn so stehen sah. Alt, ja – Vater war immer alt gewesen, im Gegensatz zu Mutter. Jetzt aber – oh, es hatte ihn im Tiefsten getroffen.

Er hatte sich übrigens hervorragend gehalten, großartig, diese ganzen Tage über. Sogar bei der Beerdigung – Val hatte vorher gesagt, er solle doch einen Kollegen bitten. Jeder würde das verstehen. Es müsse nicht sein, daß er es selbst täte. Aber Vater war eisern geblieben.

„Meine Frau bringe ich selbst zur Ruhe, das lasse ich mir nicht nehmen", hatte er geantwortet, und ein verstecktes Blitzen war in seinen Augen aufgeflammt, das Val vorher nie an ihm wahrgenommen hatte. Nicht nur Mutter war aus Stahl gewesen, auch Vater war stark, auch er versagte nicht, wenn es um etwas Wichtiges ging.

Er hatte es dann tatsächlich durchgestanden, aufrecht, großartig. Jetzt aber – es war, als habe er die allerletzten Reserven verbraucht. Er stand, die Hand am Pfosten des Gartentürchens. Sein Haar war schlohweiß. War es schon immer weiß gewesen? Val versuchte, sich zu erinnern, aber sobald er sich seinen Vater in vergangener Zeit vorstellte, stand unweigerlich Mutter daneben. Er biß die Zähne in die Unterlippe und ballte beide Fäuste, nur noch darum bemüht, die Fassung nicht zu verlieren.

Es war ein merkwürdiger Zufall gewesen, daß er es noch erfahren hatte. Kurz ehe er seine Reise antrat, ganz plötzlich, hatte es ihn gepackt: ruf noch mal zu Hause an!

Denn verabschiedet hatte er sich schon vor längerer Zeit von den Eltern, er wohnte bereits seit einem halben Jahr in Stade, und so hatte er seine letzte Reise nach Sachsen mit dem Abschied von den Eltern verbunden. Aber jetzt war ihm plötzlich gewesen, als riefe jemand: „Sag den Eltern noch mal Lebewohl!"

Er sah sich noch stehen, in der Zelle des Postamtes, in der es abgestanden und staubig roch. Und dann kam Vaters Stimme: „Du, Val? Ich hab' es doch geahnt. Woher weißt du es denn?"

„Was denn? Was soll ich denn wissen, Vater?" fragte Val nach einer winzigen Pause langsam. Und da antwortete Vater:

„Das von Mutter. Ja, der Arzt macht nicht viel draus, aber ich habe ein ungutes Gefühl ...“, er begann zu schildern, was geschehen war, in der redegewandten Art, die Pastoren haben. Val stand und horchte, merkwürdig geistesabwesend, sagte „Ja?“ und „Nein wirklich?“ und legte sich inzwischen zurecht, was er antworten würde. Daß er morgen reise und nun nicht mehr zurückkönne, und seine vorläufige Adresse drüben sei ...

Er sagte dann etwas ganz anderes.

„Ich komme, Vater“, hörte er sich sagen, und dann legte er auf und stand da, wie vor den Kopf geschlagen. Natürlich kann man ein späteres Schiff nehmen, natürlich telegrafieren, daß sie die Ankunft verschoben habe. Dies alles war möglich, wenn auch nicht ohne Risiko für ihn, der sich sehr glücklich schätzen mußte, drüben eine Stellung in Aussicht zu haben. Aber da war etwas, was stärker war als alle diese Überlegungen.

Als er zu Hause ankam, verstand er sich eigentlich selbst nicht mehr. Es war heller Mittag, er hatte einen Nachtzug benutzt und war dann die letzte Strecke mit der Kleinbahn gezuckelt, so wie früher, wenn er als Schüler zu den Ferien heimkam, entnervend langsam und mit mehrmaligem Umsteigen. Und Mutter empfing ihn so munter und vergnügt, daß er innerlich den Kopf über sich schüttelte. Sie lag nicht einmal im Bett, sondern ruhte angezogen auf dem Sofa im Wohnzimmer und freute sich unbändig, daß er kam.

„Wunderbar, Junge, eine herrliche Idee!“

Er verriet den Grund nicht. Es sei Zufall, er habe in Leipzig noch etwas zu erledigen gehabt, und da habe er es nicht übers Herz gebracht, wieder abzufahren, ohne herzukommen. Wie schön, daß sie sich so freute.

Sie freute sich wirklich sehr, so wie eigentlich nur Mutter sich freuen konnte, mit sprühenden Augen und Grübchen in den bräunlichen Wangen, die kamen und gingen, wenn sie sprach oder lachte. Und sie bestand darauf, ihm ihr neues Pferd zu zeigen.

„Ich bin doch ganz gesund, das bißchen Umfallen gestern – wer fällt denn nicht einmal um! Vater ist halt schrecklich ängstlich.“

„Aber ...“

„Kein Aber. Komm, ich zeig’ ihn dir. Er ist wunderbar, erst vierjährig, und von einem Temperament! Der alte Unkas tat es nicht mehr. Er ist übrigens in gute Hände gekommen, zum Müller, dort bekommt er quasi sein Gnadenbrot. Ein bißchen geht er noch, etwa zweimal die Woche, aber – nun, du kennst ja den Müller. Der überanstrengt in gewiß nicht.“

So waren sie zusammen zum Stall gegangen, Mutter eifrig redend, mit lachendem Gesicht. Und dort war sie zusammengebrochen, in der Box neben dem neuen Pferd, ihrem Stolz und Glück. Ganz schnell, sie hatte bestimmt nichts mehr gespürt.

„Einen schöneren Tod hätte sich Ihre Mutter nicht wünschen können“, sagte der Totengräber später, als Val mit ihm die Grabstelle aufgesucht hatte und sich verabschiedete. „Bei ihren Pferden...“

‚Ja, und so glücklich', dachte Val. ‚So froh, daß ich gekommen ...'

„Sie haben recht. Man sollte es ihr gönnen. Nur zu früh, zu früh ..." solch eine Mutter stirbt immer zu früh, ging ihm durch den Kopf, „was soll aus meinem Vater werden?"

Da hatte der Alte ihn angesehen, Val vergaß nie dessen gute, traurige Augen.

„Mir ist meine auch vorher gestorben. Auch ganz schnell. Wer eher stirbt, hat es besser."

So war das gewesen. Und so hatte Vater es durchgestanden, und nun fuhr er, Val, weg. Vater hatte ihn geradezu gedrängt.

„Fahr, mein Junge. Es war schön, daß du kamst, aber nun fahr. Junge Menschen dürfen ihren Lebensweg nicht ändern, weil alte sterben. Das ist nun mal so. Anne ist ja da."

Anne war seine Schwester. Älter als er, verwitwet war auch sie; sie war sofort erschienen, als sie die Nachricht bekam. In dieser Beziehung war also für Vater gesorgt. Nur – zu Hause würde nun alles, alles anders werden.

Val hatte sich auf den Weg zum Bahnhof gemacht, allein. Man lief eine Stunde; mit den Pferden wäre es natürlich schneller gegangen. Und Mutter hatte es sich nie nehmen lassen, ihn zum Bahnhof zu fahren, wenn es zeitlich irgendwie zu machen war. Sie hatte dann den Aufbruch immer mit der ein wenig verschmitzten Absicht hinausgezögert, um wie ein Donnerwetter fahren zu müssen und die Pferde laufen zu lassen, daß es eine Lust war. In schlankem Trab, lachend vor Vergnügen, daß man die Zeit quasi überholte und doch noch rechtzeitig kam ...

Heute hatte er Zeit genug. Er war eher losgegangen, wollte noch beim Müller vorbei und den alten Unkas, Mutters Unkas, zum Abschied streicheln. Dann aber brachte er es nicht über sich. Seine Fassung, die er bis jetzt bewahrt hatte, fiel in sich zusammen. Als er das Dorf verlassen hatte, setzte er sich auf einen Chauseestein unter einem Apfelbaum und weinte.

Sein Zuhause ohne Mutter, nicht vorstellbar. Die große, behagliche Wohnstube mit der Klavierecke, der Ofen, der soviel Platz wegnahm und trotzdem geliebt wurde wie eine lebende Person, die Holzbank, die um ihn herumlief, so einmalig gemütlich. Darauf saß man mit hochgestellten Beinen, die Schuhe ausgezogen, wenn man naß von draußen kam. Der Garten, ziemlich verwildert, mit über den Zaun hängenden Tränenden Herzen und süß duftendem Phlox.

Die obere Wiese mit den Pflaumenbäumen, das Stück Kartoffelland, wo man die Kartoffeln für den Winter selbst legte, hackte und im Herbst erntete, oft beseufzt und doch heimlich geliebt, weil Mutter das schön fand.

Und der Stall. Nun würde er leer stehen, kein malmendes Kauen mehr, kein süßer Heuduft, kein scharfer Geruch nach Ammoniak, wenn man winters die Tür öffnete. Auch keine Schwalben mehr. In einem leeren Stall nisten keine Schwalben. Er dachte flüchtig an das alte Lied: ‚Was die Schwalbe sang, was die Schwalbe sang, die den Herbst und Frühling bringt.‘

Oh Heimat. Und er ging fort, weit, weit. Nie wieder würde er Mutters munteren Schritt hören, ihr Lachen, ihr lustiges Schelten, in dem noch ostpreußische Vokabeln vorkamen, wie etwa ‚Lorbaß‘ oder ‚Schlorr‘. ‚In Ritz geschlorrt, mit Schlorr bedeckt‘, pflegte sie zu sagen, wenn sie etwas suchte und nicht fand.

‚Schlorr‘ bedeutete Hausschuh, Pantoffel, und nie im Leben hatte sie welche getragen ...

Wie sollte er zurückdenken können, ohne daß ihm das Herz brach? Er wußte schon jetzt, daß er Heimweh haben würde da drüben, immer, ein wildes, schreiendes Heimweh. Er war nicht der Mensch, der dies alles mit zusammengebissenen Zähnen zurückdrängte und sich seiner Zukunft zuwandte, der Wirklichkeit, die ihn forderte. Er würde trauern, immer, ein ganzes Leben lang, er war seinem Land so hoffnungslos verbunden, daß er nirgends sonst heimisch werden konnte.

Eine erstickende Sehnsucht wallte in ihm auf, eine Sehnsucht nach Bettina.

Bettina hatte Mutter begriffen, Mutters einmalige Art, Mutters Zauberkreis. Sie hatte Mutter erkannt und geliebt und bewundert, Bettina war, nächst Vater, ganz sicherlich der Mensch, dem Mutter etwas ganz Großes bedeutet hatte, so kurz ihre Begegnung gewesen war. Oh, Bettina, wenn du wüßtest!

Er stand auf, seltsam matt, nahm sein Köfferchen und ging die Straße entlang, die er so oft mit Mutter gefahren war. Bettina würde verstehen, was er an Mutter verloren hatte, Bettina würde seine Tränen nicht unmännlich finden. Wenn es einen Trost für ihn gab, dann den: Bettina zu sehen und zu sprechen, ehe er abfuhr. Er sah ihr klares Gesicht vor sich, die zarte Haut und den Mund, neben dem die kleine dunkle Mondsichel lag – diesen Mund zu küssen, wäre ein Trost. Nie hatte er es gewagt, jetzt würde er es tun. ‚Süßer rosenfarber munt – kum und küsse mich gesunt‘, hieß es in dem alten Minnelied. Sie hatten es manchmal gesungen ...

Am Bahnhof angekommen, einem winzigen Bahnhof mit Bretterbude und Holzbänken, merkte er, daß er zu zeitig da war. Unwillkürlich stellte er sich vor das Plakat mit den Abfahrtszeiten. Der Zug ging erst in einer halben Stunde, vorher einer in der anderen Richtung.

Wenn er den nahm und in Chemnitz umstieg. Und ...

Plötzlich stand er am Schalter, hörte sich fragen, sah den Beamten im Kursbuch blättern. Sie wechselten ein paar Worte. Ja, er habe Anschluß, nicht sofort, aber in einer dreiviertel Stunde. In Hopfgarten werde er um die und die Zeit sein.

Er löste eine Karte, bedankte sich, wandte sich dem Bahnsteig zu. Gerade wurde der Zug gemeldet.

„Ich muß telegrafieren", sagte er vor sich hin, „vielleicht – aber – nein, nein. Zunächst muß ich hinüber, auch wenn sie ..."

Er würde ihr alles sagen, alles, alles. Was er ihr nie gesagt hatte, aus einer Scheu heraus, aus dem Bewußtsein, daß er ja noch nichts war und nichts darstellte. Daß er sie liebte, immer schon, seit er sie kannte, seit ihr Vater sie ihm vorgestellt hatte: meine Tochter Bettina, und sie einen Knicks vor ihm gemacht hatte, einen schnellen, verschämten Knicks, das Kind vor dem Erwachsenen. Daß er sie immer, immer lieben würde. Und daß noch nie, solange die Erde stand, ein Mann ein Mädchen so geliebt hatte. Sie konnte das nicht wissen, woher sollte sie denn! Er hatte es ihr nie gesagt, er hatte sie nie geküßt, nicht ein einziges Mal.

Er mußte sie sehen, sie sprechen. Was scherte ihn die Unterredung, die er mit ihrem Bruder gehabt hatte! Was ging ihn an, welcher politischen Meinung Martin Knappe war!

Seine Überzeugung war wichtig, seine und Bettinas! Sie würden zusammenkommen und zusammenbleiben, sein kleiner Sankt Martin und er, egal, ob drüben, ob hier – wenn sie nur beieinander waren.

Der Zug kam. Val stieg ein, sah das letzte Stück seines heimatlichen Landes vorübergleiten und verschwinden, ohne sich dessen bewußt zu werden. Immerzu nur hörte er im Gepolter der Wagen die Worte: „Zu Bettina, zu Bettina!" Er malte sich aus, was er sagen würde, wenn er vor ihr stand. Er durfte sie nicht mit der Nachricht von Mutter erschrecken, vielleicht sagte er es ihr gar nicht oder erst später. Nein, das brachte er nicht über sich. Aber er mußte es ihr so sagen, daß sie fühlte, für Mutter war es richtig gewesen, gut und beneidenswert.

Ein reiches Leben und ein schneller Tod, mitten aus dem Lachen heraus, die Hand am warmen Pferdehals – wenn jemand verstand, was dies bedeutete, dann Bettina.

In Chemnitz tappte er durch die Bahnhofshalle wie blind. Er fand den Bahnsteig, von dem der Zug fahren sollte, stieg ein, als dieser hereingeschoben wurde, ein Bummelzug schlimmster Sorte. Und saß am Fenster, wartend, wartend, sich tausend Worte zurechtlegend und eigentlich davon überzeugt, daß wenige oder gar keine nötig waren. Wenn er Bettina in den Armen hielt, endlich, würde sie alles wissen. Oh, Bettina, kleiner Sankt Martin, warum habe ich dir nicht längst, längst gesagt, daß ich dich liebe!

Endlich Hopfgarten, endlich die Straße unter den Füßen, die er kannte. Der Weg kam ihm lang vor, viel länger als er ihn in Erinnerung hatte, das kam natürlich daher, daß er ihn noch nie zu Fuß gegangen war. Endlich die Biegung, endlich, endlich der Blick auf den Park. Alles war still.

An dieser Ecke des Zaunes hatte er einmal gestanden, unangemeldet, weil die Sehnsucht ihn hertrieb – er hatte den Gesang der Schülerinnen bei der Abendandacht gehört, das Scharren der Füße, als sie zu Ende war, und das Schwatzen und Lachen der Mädchen, die untergehakt zu zweit und dritt, mit weißen Schürzen über der grauen Tracht, durch den Park gingen, dem Seminarhaus zu. Eine war stehengeblieben, und er hörte sie sagen: „So ein Vollmond, so eine Nacht, und kein Mann in der Nähe!"

Er hatte Bettina damals nur ganz kurz sprechen können, sie war eilig, abgelenkt – er fuhr wieder ab, nicht gekränkt, aber betrübt. Würde sie heute Zeit für ihn haben?

Jetzt ging er sehr schnell, er lief beinah. Eine Ahnung war in ihm, auf die er nicht hören wollte – der Hof lag leer. Er läutete am Haupthaus. Lange erfolgte nichts. Dann ein Gesicht am Türfenster, zögernd wurde geöffnet. Die Dame aus dem Büro.

„Was möchten Sie?"

„Ich wollte fragen ..."

Es waren Ferien. Nein, niemand wußte, wohin die einzelnen Schülerinnen gefahren waren. Wahrscheinlich mit den Eltern verreist ... Ja, es täte ihr leid, noch acht Tage, dann sei wieder Schulbetrieb.

Es traf ihn wie ein Keulenschlag. Sein Kopf schien hohl, nichts mehr darin, kein Gedanke, kein Bedauern, nichts, nichts.

„Ich danke Ihnen", sagte er geistesabwesend und wandte sich zum Gehen. Er ging erst langsam, dann, weil er merkte, daß man ihm nachsah, schneller. Um die Ecke, so, außer Sicht. Zum Bahnhof zurück.

Acht Tage später verließ Valentin Kluge Deutschland, um sich in den USA eine Existenz aufzubauen.

Es erwies sich als sehr viel schwieriger, als er erwartet hatte. In dieser Zeit nahm die Arbeitslosigkeit noch immer zu, nicht nur in Deutschland. Man bezeichnete es als Weltkrise. Wen es betraf, hautnah und persönlich, dem konnte es gleichgültig sein, wie man es nannte.

Es waren düstere Jahre.

Margret Marcel stand in ihrem Zimmer am Fenster und fand keinen Anfang, obwohl sie viel zu arbeiten hatte. Aber sie war so lustlos. Vielleicht lag es am Wetter. In München, wo sie studiert hatte, würde man sagen: der Föhn. Hier blieb einem diese Ausrede versagt.

Sie sah in den Park hinunter. Nichts rührte sich darin. Sie hatte das gesamte Seminar fortgeschickt, Übungsklassenkinder zu besuchen.

Mitunter konnte sie keine Schülerin mehr sehen, war heißhungrig nach Alleinsein und Sich-besinnen-können. Überhaupt, das Internatsleben fraß einen auf. Von Rechts wegen müßte sie also jetzt aufatmen und sich freuen. Nein, im Gegenteil.

Auf die Dauer war das hier nichts für sie. An einer Hochschule, ja – aber vielleicht war auch das nach ein paar Jahren das gleiche, nur unter anderen Voraussetzungen. Sie gehörte wohl zu den Naturen, die eine Arbeit leidenschaftlich gern anfangen, einrichten, in Schwung bringen, aber, sobald sie läuft, die Lust daran verlieren. Außerdem war es ermüdend, jedes Jahr dasselbe, nur die Schülerinnen wechselten. Sie dachte an Bettina, seltsam gereizt heute. Dabei stand Bettina ihr nahe, näher als jede

Schülerin bisher, wenn sie auch nicht über Durchschnitt begabt war, und sie, Margret Marcel, Begabung sehr hoch wertete. Bettina war feinfühlig, sie konnte sich gut in andere hineinversetzen; es war ein sechster Sinn bei ihr, keine Begabung des Verstandes.

Ihr war sie leidenschaftlich zugetan und Wachs in den Händen. Ein eigenwilliger, selbstbewußter Charakter, mit dem sie hätte kämpfen können, wäre ihr lieber gewesen.

Natürlich konnte man sich die Menschen seiner Umgebung nicht aussuchen. Oder wenn man es doch bis zu einem gewissen Grade konnte – die andern in Bettinas Gruppe interessierten sie überhaupt nicht –, so mußte man die Auserwählten eben nehmen, wie sie waren.

Biegen und formen konnte man sie, in eine bestimmte Richtung führen, aber keine Begabung in sie hineinzaubern. Schade, denn sie hatte Bettina wirklich gern.

Und sie wollte Bettinas Glück. Wäre sie begabter, so hätte sie sie vielleicht für die Hochschul-Laufbahn gedrillt, als erste Schülerin aus Holgershof. Gerade dieses schwarze Schaf, das eigentlich gar keins war, sondern nur vom Kollegium dazu abgestempelt. Aber das schien nicht Bettinas Bestimmung zu sein. Sie paßte am besten in eine weitläufige Wirtschaft, und sie würde voraussichtlich eine gute Mutter werden. Mit nicht gar zu viel Kindern, dazu war sie zu gewissenhaft und zu genau im kleinen. Für drei würde es vielleicht reichen.

Axel mußte dann eben eine Stellung annehmen, vielleicht in Hoppegarten, Gestüte gab es ja eigentlich kaum mehr. Er sollte endlich arbeiten; es zuckte ungeduldig um ihren Mund, wenn sie an ihn dachte.

So lässig und fröhlich und unbekümmert zu leben, in seinem Alter – er hatte Charme, gut, schön, aber es war doch vorläufig nichts dahinter. Er hatte sich noch nie bewährt, bewähren müssen – während sie das dachte, fühlte sie, wie ihr Herz in leidenschaftlicher Anteilnahme zu hämmern begann. Sie hatte Axel eben doch sehr gern; nie würde sie sich einbilden, ihn zu lieben, aber er stand ihr sehr nahe, noch von damals her.

Ob er noch manchmal daran dachte? Sie hatte jedenfalls jahrelang nicht mehr daran gedacht, hatte dies alles weggelegt, in den ersten Jahren hier, als ihr alles noch so neu, so berauschend und wundervoll erneuerungsbedürftig erschien. Als sie arbeitete mit einer Leidenschaft, die sie schön und straff und strahlend machte, ähnlich wie die Liebe andere Frauen zeichnet und verschönt – heute dachte sie das erstemal wieder daran.

Sie wußte, daß Axel mit Bettina in den Herbstferien nach Süddeutschland fahren wollte. Bettina hatte es ihr erzählt. War das der Grund, daß sie nach so langer Zeit wieder so an Axel dachte?

Nein, Unsinn, sie liebte ihn nicht. Aber sie hatte ihn vielleicht einmal geliebt, damals, ohne es zu wissen, ohne es sich einzugestehen. Sie wollte sich unter gar keinen Umständen in die Liebe verlieren, noch dazu in eine zu einem so viel jüngeren Mann; sie war erfüllt von ihrer Arbeit. Und sie verachtete all jenes „ewig weibliche“, das nichts sucht als den Mann, um von ihm ein Leben lang beschützt und ernährt zu werden.

Deshalb, wohl gerade deshalb hatte sie damals nachgegeben, als Axel so sehr in sie drang. Sie wollte zeigen, daß man sich geben und wieder zurücknehmen kann, wenn man nicht nur Weibchen, sondern Mensch ist, ein Charakter, ein selbständiges Wesen. Jetzt aber schien es ihr, als habe sie ihn damals doch geliebt – sie war ja auch wesentlich jünger gewesen als jetzt. Schon, weil es sonst fast ein Verrat gewesen wäre an ihm, denn er hatte sie bestimmt geliebt.

Und nun liebte er Bettina. Sie hatte ein ernstes Gespräch mit ihm geführt: Bettina sei kein Liebchen für eine Wochenendfahrt. Er widersprach empört: so hätte er sie nie eingeschätzt. MM lächelte. An nichts anderem hatte sie so deutlich gemerkt, daß er und Bettina noch diesseits der Schranke standen. Eigentlich wunderte sie sich ein bißchen darüber. Aber die beiden hatten wohl keine Gelegenheit gefunden, und es war vielleicht auch ein Zeichen dafür, daß er Bettina wirklich liebte. Und damit war ja alles in schönster Ordnung.

Sie warf die angerauchte Zigarette weg und setzte sich an ihren Schreibtisch. Das ganze Grübeln nutzte nichts, sie wollte endlich arbeiten. Da ging das Telefon.

Es war Axel, er war doch gekommen. Obwohl er vorhin geschworen hatte ... Er sei im Gasthof des Dorfes, ob er herüberkommen dürfe. Wieder einmal hatte er nicht anders gekonnt ...

„Ja. Nein, ich habe keinen Unterricht. Alles ist ausgeflogen. Dann komm schon.“ Sie legte auf und stützte beide Ellbogen auf den Tisch, legte das Gesicht in die Hände. Daß er also trotzdem kam. Man konnte es auch als eine Fügung betrachten. Noch war nichts Bindendes mit Bettina geschehen, noch war es Zeit – Zeit wozu? Ihn sich zurückzunehmen, ihn zu behalten, in festzuhalten? Aber er gehörte ihr doch gar nicht, immer hatte sie sich dagegen aufgelehnt, Menschen als Besitz anzusehen. Jeder Mensch gehört lediglich sich selbst, ob nun verheiratet oder durch Liebe gebunden. Man war doch kein Sklave, wie auch immer.

Daß er also doch kam. Gerade jetzt, da sie so an ihn gedacht hatte! An ihn und Bettina. Vielleicht hatte er es gespürt? Unsinn, sie glaubte nicht an Gedankenübertragung.

Heftig stand sie auf und ging ihm entgegen, begrüßte ihn gewollt frisch und kameradschaftlich. Er setzte sich auf die niedrige Couch, die Knie gespreizt, während sie hin und her ging, den elektrischen Topf einschaltete und den gemahlenen Kaffee aus dem Glas nahm. Nach einer Weile stand Axel auf, trat zu ihr. Sie beobachtete das Wasser, das zu kochen begann. Er stand hinter ihr, sah auf ihren Nacken, diesen schmalen, schön geformten Nacken, um den sich das rötliche Haar kräuselte. Es hatte einen Goldschimmer, der kam und ging – nicht immer sah man ihn, ähnlich wie bei altem Kirschbaumholz, wenn es indirekt von der Sonne beleuchtet wird. Sie hatten einen Sekretär daheim aus solchem Holz, und er hatte ihn manchmal betrachtet, wenn die Sonne, durch das Laub der Bäume vor dem Fenster gefiltert, darauf kam und ging.

„Margret", sagte er leise, gleichsam zögernd, und doch mit einem Entschluß.

„Ja?" fragte sie, ohne sich umzudrehen.

„Du ... Wann kommt übrigens Bettina wieder?" fragte er in einem anderen Ton. Sie sah sich um, er stand jetzt am Fenster, die Hände in den Hosentaschen. Es war, als habe er sie da hineingestemmt, um ihrer sicher zu sein.

„Hoffentlich recht bald", sagte sie spöttisch und ärgerte sich über ihre Antwort. „Sehnsucht?"

„Ja", sagte er wütend. Sie verstanden sich noch immer genau wie in jener längst vergangenen, wunderbaren Zeit – er wußte, daß sie wußte, wie es in ihm aussah.

Immer hatten sie das voneinander gewußt, ober besser: sie von ihm. Ob er immer so genau gewußt hatte, wie es um sie stand? Und doch glaubte er, daß sie ihn einmal geliebt haben mußte, flüchtig und feurig, leuchtend und verlöschend.

Man müßte sie hernehmen und durchprügeln, dachte er verzweifelt, und sie dachte etwas sehr Ähnliches. Aber sie setzten sich wohlerzogen einander gegenüber, tranken den tintenschwarzen Mokka und sprachen von gleichgültigen Dingen. Er wollte nicht warten, bis Bettina zurückkäme, sagte er und war wütend auf sich selbst, weil er das sagte, als sie ihn prüfend mit halbgeschlossenen Augen ansah. Er war überhaupt voller Wut auf sie an diesem verhexten Nachmittag.

„Ich gehe jetzt", sagte er schließlich, grob und unhöflich, und stand unvermittelt auf. Sie folgte ihm bis zur Tür. Dort drehte er sich noch einmal um.

„Leb wohl, Margret", sagte er leise, es klang erschöpft, gequält, nicht mehr zornig. Sie lächelte, küßte ihn flüchtig. Das hatte sie seit damals nicht mehr getan ...

‚Sie ist eine Hexe,', dachte er, während er seinen Wagen aufheulend davonschießen ließ, eine Hexe, und so schön. Und so gescheit. Viel zu gescheit.' Auf diesem Polster hier hatte sie neben ihm gesessen, ihr Haar war über das Leder des Sitzes geflossen. Er hatte sie nicht zu halten vermocht. Aber er war nur froh darüber.

Solch eine Frau – das wäre ja die Hölle. Immerzu diese Duelle, wer stärker war. Eine Frau soll wärmen und erfreuen, entspannen, sie soll den Mann lieben ohne dauernde Kraftproben, eine Frau soll – er fuhr noch schneller. Als er zu Hause ankam, hatte er beschlossen, sich ein Motorrad zu kaufen. Er mochte den Wagen nicht mehr. Motorrad war sportlicher, und Bettina hatte den Führerschein dazu gemacht. Sie würde sich freuen, wenn sie auch fahren dürfte.

„Na, gnädige Frau, wie ist das mit uns?“

Bettina fuhr auf. Heller Sonnenschein füllte das Zimmer, die Fenster standen beide weit offen, und es roch ganz zart nach einer Morgenzigarette. Axel saß auf ihrem Bettrand und lachte.

„Du hast ja geschlafen, alle Achtung! Wie ein Murmeltier! Ich hab' dich fast beneidet“, sagte er. Er war rasiert und angezogen und lächelte ihr zu, halb bedauernd und halb verschmitzt. Sie starrte ihn an, noch völlig verschlafen.

„Hab' ich wirklich...“

„Ja, du hast. Wunderbar gepennt, fast um die Uhr herum. An mich hast du nicht gedacht“, er zog eine kleine, klägliche Grimasse.

Bettina wurde rot.

Sie erinnerte sich jetzt wieder. Sie hatten etwas durchfroren einen Gasthof gesucht und sich dort Abendessen bestellt, und Bettina hatte gefragt, ob sie nicht einen Punsch bekommen könne, sie sei ganz steif vor Kälte. Da trank er auch einen, und etwas später setzte sich ein Herr zu ihnen, der wohl gehört hatte, daß sie über das Motorrad sprachen, über Kolben und Vergaser und Zündkerzen. Er war recht bedrückt und rückte schließlich damit heraus, daß sein Wagen ihm Sorge mache. War es die Kupplung oder der Verteiler ...

Axel ging mit ihm in den Hof hinaus, um den Motor anzusehen. Es dauerte ein Weilchen, dann kam er zurück und sagte, er habe den Fehler noch nicht, aber er würde ... und Bettina lachte und sagte: „Jaja, geh nur, du wirst ihn schon finden.“

Dann trank sie aus und lief ins Zimmer hinaus, froh, erst einmal allein zu sein. Schnell, schnell ins Bett, er sollte sie nicht beim Auskleiden überraschen. In zwei Minuten stand sie im Schlafanzug da, und nun konnte sie in Ruhe die herumgeworfenen Kleidungsstücke aufheben und in den Schrank hängen. Vorm Spiegel bürstete sie sich das Haar – heute fand sie sich ausnahmsweise einmal ganz hübsch. Durch die Wärme der Gaststube nach der scharfen Luft draußen hatte sie herrliche Farben, ohne daß sie stark gewesen wären, und das kurzgeschnittene Haar saß gut. Sie drehte das Nachttischlämpchen an und das Deckenlicht aus, öffnete das Fenster und schlüpfte ins Bett. Nun konnte er kommen. Aber sie war auch nicht böse, wenn es noch ein Weilchen dauerte.

Sie mußte dann noch einmal aufgewacht sein, jetzt besann sie sich. Axel hatte sich über sie gebeugt, sie blinzelte und sah ihn stehen, lächelte ihm zu.

„Ja, es war, wie ich sagte, aber ...“, sie verstand, daß die Männer den Fehler gefunden hatten. Axel plätscherte am Waschtisch, während er erklärte. Sie lag und lächelte, während ihr die Lider wieder über die Augen sanken. Es war so wunderbar, so zu liegen und ihm zuzuhören.

„Bist du böse?“ fragte sie jetzt schüchtern. Er gab ihr einen federleichten Kuß auf die Nase.

„Aber nein. Wir haben noch sechs wunderbare Tage vor uns – und ebenso viele Nächte. Und ein ganzes Leben ... Ich hab' Frühstück bestellt, kommst du bald nach? Das Wetter ist heute wie gemalt ...“

Als er hinaus war, sprang sie aus dem Bett. Wie lieb, daß er es nicht übelnahm. Er war *gut*, sie fühlte es. Mart mit seinem abschätzigen Urteil damals! Natürlich ist man blind, wenn man sich verliebt, aber wie Axel sich jetzt benommen hatte, das war doch rührend gut.

Sie rollten Bamberg zu, in behaglichem Tempo. Axel war strahlender Laune, und sie fühlte sich durch den langen Schlaf wunderbar erfrischt. In der vorletzten Nacht hatte sie kein Auge zugetan, aus lauter Freude und Aufregung und Angst, es könne noch etwas dazwischenkommen. Kein Wunder, daß sie da so tief geschlafen hatte. Ach, was für ein Tag heute!

Sie erreichten Bamberg schon gegen Mittag und fuhren gleich zum Dom. Das Standbild des Reiters enttäuschte nicht.

Sie hatte sich so sehr gewünscht, es zu sehen.

‚Er reitet ohne Ende durch die Zeit, von sanftem Orgelwind gefüllt die Locken ...‘, sie wußte nicht, wo sie es gelesen hatte. Sie stand und sah zu ihm auf, wie er da ritt, schön, gelassen, stark und gleichzeitig zart.

'Wenn ich einmal einen Sohn erwarte, sehe ich immer das Bild vom Bamberger Reiter an, vielleicht wird er ihm dann ähnlich‘, dachte sie, ihre Wange ganz leicht an Axels Schulter gelehnt.

„Zufrieden?“ fragte er zärtlich. Sie nickte stumm. Als sie hinausgingen, kaufte er ihr an einer der Buden, die um den Domplatz standen, eine ganze Serie von Reiterbildern.

„Eins davon schicken wir an MM“, sagte sie. Er nickte.

„Und nun sehen wir uns Bamberg an.“

Sie ließen das Rad auf dem Parkplatz und bummelten mehr in dem süßen Bewußtsein, Zeit zu haben. Die Stadt funkelte im klaren Herbstlicht unter einem kristallenen Himmel.

„Daß wir auch noch solches Wetter haben!“ sagte Bettina voller Dankbarkeit. Als sie zum Kaffeetrinken einkehrten, breiteten sie die Karte auf dem Tisch aus und genossen das herzweitende Glück des Planens. Rothenburg, Dinkelsbühl, Nördlingen, Würzburg, Veitshöchheim – alles Namen und Begriffe, die nur darauf warteten, sich vor ihnen aufzutun. Heute wollten sie in Bamberg bleiben, in einem Hotel, das MM ihnen empfohlen hatte. So holten sie gegen Abend das Rad und fuhren hin.

Als Axel Zimmer bestellte, sah der Empfangschef auf.

„Herr von Büssow?“

„Ja.“

„Ein Telegramm für Sie.“

„Nanu?“ fragte Axel verwundert. Bettina hob den Kopf. Es würde doch nichts Schlimmes sein?

Sie sah in sein Gesicht und wußte sofort, daß es etwas Schlimmes war, etwas sehr Schlimmes. Er stand und starrte auf das Telegramm, sie wagte nicht zu fragen. Sein Gesicht war fassungslos und so, als verstünde und glaube er nicht, was er las. Lange stand er so, ihre Angst wuchs und wuchs. Endlich konnte sie nicht anders, sie fragte.

„Bettina!“ sagte er, es war leise gesprochen und doch wie ein Schrei um Hilfe. Er reichte ihr das Blatt. Die Buchstaben liefen ihr durcheinander.

‚Vater und Hanjo verunglückt. Heimkomme sofort über Holgershof. Tieferschüttert Margret‘.

„Axel!“

Nein, sie konnte weiter nichts sagen. Sie hätte sich zerreissen, lebendig in Fetzen reißen lassen können, um ihm jetzt zu helfen, um ungeschehen machen zu können, was da stand. War denn so etwas Schreckliches überhaupt möglich ...

Stumm gingen sie ins Gastzimmer. Als sie sich setzten, brach Bettina in Tränen aus. Sie nahm seine Hand, und er streichelte die ihre gedankenlos. Vater und Bruder.

„Vielleicht – vielleicht leben sie noch“, flüsterte sie in dem verzweifelten Wunsch, ihm einen schwachen Schimmer von Hoffnung oder Zuversicht zu geben. Er sah sie an: „Aber dann telegrafiert man doch nur ‚schwer verunglückt‘ oder so ähnlich. Und nicht ‚tieferschüttert‘. Ist das nicht schon gleichbedeutend mit tot?“

Sie hatte sich das auch schon überlegt gehabt. Aber sie wollte, wollte nicht glauben ...

Sie kannte weder seinen Vater noch seinen Bruder. Aber ihr war, als seien sie jetzt schon ein Fleisch und Blut, sie fühlte seinen Schmerz wie einen eigenen, und es zerriß ihr das Herz, ihn so leiden zu sehen.

„Wollen wir heute schon zurück?“ fragte er nach einer Weile. Sie sah ihn an.

„Ob es nicht besser ist, du schläfst erst? Du hast die letzte Nacht wohl nicht viel ...“

„Nein.“ Er lächelte, mit einem Mal war sein Gesicht wieder lebendig, nicht mehr so erstarrt vor Schmerz wie bisher, es bewegte sich wieder, und die Tränen liefen ihr wild über die Wangen, während sie das sah.

„Ich saß die meiste Zeit auf deinem Bettrand. Du schliefst so süß.“

Wie lange war das her? Ihr war, als habe sie das nur geträumt oder gelesen, das und den heutigen Tag.

Sie gingen dann gleich hinauf. Axel hatte zwei Zimmer genommen, nicht nebeneinander, sondern einander gegenüber auf dem schmalen Flur. Sie warf sich an seine Brust, als er vor ihr stehenblieb, und küßte ihn, ohne ein Wort hervorzubringen. Dann stand sie allein in dem fremden Raum.

Sie kam sich schlecht vor, weil sie nun auch an ihre zerstörte Reise dachte.

Erst hatte sie nur mit ihm gefühlt, mit ihm getrauert, um ihn gelitten. Jetzt aber kam auch dieser Schmerz in ihr hoch. Zurückfahren, unter solchen Umständen! Und sie hatten gedacht, eine ganze Woche für sich zu haben! Sie weinte, den Kopf in die Arme vergraben, während sie angezogen auf dem Bett saß.

Dann stand sie auf, zog sich aus. Sie würde nicht schlafen können, nicht eine Minute. Und er? Wie mußte ihm zumute sein! Er war ganz außer sich vor Erschütterung, sie hatte es gefühlt. Konnte sie ihm denn nicht helfen?

Aber konnte, durfte sie zu ihm hinübergehen? War das nicht leicht mißzuverstehen? Alles in ihr schrie danach, ihm nahe zu sein, ihm Trost zu bringen, wenn es auch nur das war: Ich bin da, ich leide mit dir, ich bin bei dir. Oder durfte sie ihm diesen Trost nicht vorenthalten? Wenn sie ihn nicht liebte, würde sie jetzt zu ihm gehen, ohne Zweifel, wenn sie ihn aber liebte? Sie zitterte, während sie sich umsah, im Schlafanzug hinüberzugehen widerstrebte ihr, aber sich jetzt wieder anzuziehen, war lächerlich und dumm ...

Sie öffnete gedankenlos den Schrank. Ein Bademantel hing da, kornblumenblau und flauschig, und jetzt erinnerte sie sich, daß Axel vorhin, vor der Nachricht, etwas von Zimmer mit Bad gesagt hatte. Dazu gab es in einem guten Hotel wohl auch einen Mantel.

Sie fuhr hinein, drehte das Licht aus. Einen Augenblick stand sie noch im Dunkeln, schwer atmend, aber sie war schon entschlossen. Dann klinkte sie leise auf.

Im gleichen Augenblick, in dem sie die Tür hinter sich ins Schloß zog, öffnete sich die seine. Auch sein Zimmer war dunkel, aber sie sah in der matten Beleuchtung des Flures, daß seine Wangen jetzt naß von Tränen waren. Wie die ihren ... Trotzdem ging ein Lächeln darüber auf, als er sie sah, ein dankbares, erlöstes, glückliches Lächeln, und er streckte wortlos die Hände nach ihr aus. Eine Weile standen sie in seinem Zimmer, stumm, aneinandergedrängt im Kuß, dann nahm er ihr, sanft und zärtlich, im Dunkeln den Bademantel von den Schultern.

Die Rückfahrt wurde eine rechte Strapaze. Bettina hatte die Karte in der Hand und gab den Weg an. Sie nahmen die kürzeste Strecke. Er wollte natürlich erst mit MM sprechen und dann weiterfahren. Was jetzt alles auf ihn zukam ... Er war jung und hatte mit Bewußtsein noch keinen Todesfall in der Familie erlebt.

Sie sah nichts von der Landschaft. Immerzu hatte sie sein verquältes, nasses Gesicht vor Augen, wie sie es heute nacht gesehen hatte. Wenn sie doch verunglücken würden, jetzt gleich, endgültig, sie beide, er und sie. Wenn alles zu Ende wäre, solange sie noch beieinander waren, und er das Schreckliche, das ihn erwartete, nicht zu erleben brauchte!

MM stand vor dem Seminarhaus, als sie ankamen, man sah an ihrem Gesicht sofort, daß keine Hoffnung bestand. Sie begrüßten sich stumm. MM hatte in ihrem Zimmer Kaffee bereitgestellt.

Sie berichtete. Sie war vom Gut aus angerufen worden, man hoffte, Axel hier zu erreichen. Es war ein Autounfall, der Chauffeur lebte, war aber auch schwer verletzt. Axel kannte ihn als gewissenhaften und guten Fahrer.

„Du fährst doch gleich weiter, soll ich mitkommen?“ fragte MM. Axel nickte dankbar.

Nur nicht allein dort ankommen müssen! Für wann die Beerdigung angesetzt war, wußte MM nicht.

„Ich lass’ alles hier stehen und liegen, räum du zusammen“, sagte sie zu Bettina. „Und schlaf hier auf der Couch, damit ich dich anrufen kann. Wann ich wiederkomme, kann ich noch nicht sagen.“

Bettina ging mit hinunter, als die beiden starteten. Es war eine dunkle, sternlose Nacht. Sie hatte das Gefühl, als habe sie alles, was zwischen vorgestern und jetzt lag, nur geträumt. Daß sie und Axel hier, an dieser Stelle, zu einer Fahrt ins Glück aufgebrochen waren, an einem hellsilbernen Herbstmorgen, die Herzen randvoll vor Liebe und Zärtlichkeit und Übermut ...

Sie ging die halbe Nacht in MMs Schlafzimmer auf und ab, barfuß, im Schlafanzug. Wahrscheinlich hielt der starke Kaffee, den MM gekocht hatte, sie wach. Eine schwindelerregende Angst war in ihr, die sie nicht beim Namen zu nennen wagte. Immer wieder riß sie die Gedanken davor zurück und versuchte, nur an Axel und sein Geschick zu denken und ihm nahe zu sein.

Gegen zwölf ging das Telefon. Sie hob den Hörer, ehe sie sich klar geworden war, was sie dachte, erhoffte. Es war MM.

„Bettina? Hast du schon geschlafen?“

„Nein ...“

„Ich dachte es mir.“ MMs leises, dunkles, zärtliches Lachen. „Nun geh zu Bett. Ich geh auch schlafen.“

„Ja“, sagte Bettina. Es war wie ein Hauch.

„Axel läßt dir noch gute Nacht sagen“, sagte MM freundlich, „er ist schon hinauf. Jetzt gleich hinlegen und sofort schlafen. Verstanden? Gute Nacht.“

„Gute Nacht“, flüsterte Bettina, legte auf und fing an zu weinen. Eine Spannung löste sich, sie weinte, während sie sich auf der Couch zusammenrollte, halblaut, schluchzend. Gleich darauf war sie eingeschlafen.

Der Winter kam zeitig in diesem Jahr. Es sollte einer der härtesten Winter des Jahrhunderts werden, in dem sogar uralte Nußbäume erfroren, die alle anderen Winter überstanden hatten. In Holgershof durften die Maiden „in Zivil“ gehen, da die Tracht nicht warm genug war. Das war noch nie vorgekommen.

Bettina, die um diese Zeit am ersten Tisch neben dem Direktor saß – die Tischordnung wechselte alle sechs Wochen –, trug als Pullover meist das Oberteil ihres Trainingsanzuges, dazu einen Matrosenkragen, damit es nicht zu sehr nach Sporthalle aussah. Sie hatte ihr Haar ziemlich kurz geschnitten und wäre am liebsten auch in Trainingshosen gekommen, aber das wagte sie natürlich nicht.

„Wie der Zögling neben seinem Hauslehrer", sagte Ilse und lachte. Bettina lachte auch. Aber das Lachen kam ihr nicht aus dem Herzen. Sie war sehr bedrückt.

MM war noch in den Herbstferien zurückgekommen, hatte einiges erzählt, nicht viel. Daß Axel eine Unmenge zu tun habe, die Arbeit schlage ihm über dem Kopf zusammen. Das Gut stünde schlecht, nun, welches Gut stand heute nicht schlecht. Die Landwirtschaft kämpfte und kämpfte. Sie hoffte daher, daß er Siebenbrunn würde halten können.

Bettina fragte nicht weiter. Der Unterricht begann wieder, alles lief wie früher. Sie konnte das manchmal einfach nicht begreifen. Daß sie einmal mit Axel weggefahren war, daß MM sie geduzt hatte ... Natürlich sagte sie im Unterricht Sie. Und privat sahen sie sich fast nie mehr, jedenfalls, wenn Marianne nicht gewesen wäre ... Aber Marianne war da. Sie scheuchte Bettina jeden Morgen aus dem Bett zum ‚Waldlauf', weil sie dünner werden wollte – und weil sie in Hopfgarten Post einstecken mußte, wie sie behauptete. Sie hatte eine Riesenkorrespondenz, mit deren Erledigung sie eigentlich voll ausgelastet war. Kein Wunder, daß sie kaum zum Ausarbeiten von Lehrproben und ähnlichem kam – Bettina half da oft aus. Früh lief sie also mit Marianne bei der bitteren Kälte die drei Kilometer hin und zurück, dann duschten sie heiß und kamen sich heldenhaft vor. Leute, denen sie auf diesem nächtlichen Sportlauf begegneten, schlugen wahrscheinlich ein Kreuz, weil sie sie für Gespenster oder Verrückte hielten. Aber Bettina ließ es sich ganz gern gefallen, daß Marianne sie dazu zwang. Sie schlief so schlecht seit einiger Zeit, vor allem gegen Morgen lag sie oft stundenlang wach. Da war man froh, wenn die Nacht um war.

Eines Tages kam Marianne in der Pause angeschossen, einen Brief in der Hand.

„Du, ich hab' eine Frage: Hast du zum Wochenende frei?" platzte sie heraus, kaum daß sie Bettina in eine geschützte Ecke gezogen hatte, „Menschenskind, du mußt mir einen Gefallen tun."

„Was denn?" fragte Bettina.

„Ich hab' einen neuen Bekannten – erst flüchtig, verstehst du, jedoch – es ist doch so kalt, da kann man sich nicht draußen treffen. Das ist Blödsinn, man erfriert ja. Aber meine Mutter ist verreist, und da könnten wir – wenn du mitmachst. Wir könnten uns bei uns treffen, in der Mühle. Mein Bekannter und ich, und du und – ja, du hattest doch da so einen Scheich, mit dem du mal auf dem Vogelschießen warst, mit MM, oder? Kannst du den nicht dazuholen? Dann wären wir vier, das sähe harmloser aus, verstehst du ..."

„In eurer Mühle?" fragte Bettina aufhorchend. Sie hatte Axel so lange nicht gesehen.

„Ja, bei uns. Wir radeln hin und bestellen die beiden dorthin, und dann feiern wir zu viert. Ich kenne Hermann nämlich bis jetzt nur von einem Mal, von einem Hausball, da waren wir zusammen eingeladen. Und man muß vorsichtig sein mit neuen Bekannten."

„Wenn ich Axel erreiche ..." Bettina hatte seine Telefonnummer, fühlte aber Hemmungen, ihn anzurufen. ‚Nur bei wirklich wichtigen Angelegenheiten', hatte er gesagt, als er sie ihr gab. ‚Verstehst du? Das geht nämlich über das Büro, und da hört alles mit.'

Dies aber war doch wichtig. Es war eine Gelegenheit –, oh, sie sehnte, sehnte sich danach, ihn endlich wiederzusehen, nahe zu fühlen, seine Stimme zu hören, seinen Kuß zu fühlen ...

Axel schrieb nie. Sie schrieb im postlagernd, und er rief manchmal an. Das heißt, er hatte anfangs, nach der schrecklichen Geschichte, ein paarmal angerufen.

Sie überwand ihre Hemmungen, ging ins Dorf – von der Schule aus rief sie nicht an – und erreichte ihn sofort, atmete auf, als sie seine Stimme hörte. Aber ihre aufschießende Freude erlosch sofort wieder. Er schien gar nicht begeistert zu sein.

„Zum Wochenende? Eigentlich ..."

„Es handelt sich um Marianne, Marianne von Geldern, ich hab' dir von ihr erzählt. Ich täte ihr gern den Gefallen." Bettinas Stimme klang angstvoll. „Sie ist sehr arm, und ..."

„Von Geldern? Die Familie kenn' ich", sagte Axel zögernd, „na schön, in Grasseln, bei Grimma? Auf dem Gut?"

„Nein, in der alten Mühle. Du brauchst nur danach zu fragen, im Dorf, jeder kennt sie. Sie liegt einsam, an der Mulde. Mariannes Mutter wohnt dort, sie ist verreist."

Er versprach zu kommen.

„Habt ihr was zu trinken dort? Nein? Dann bring' ich was mit."

Allmählich schien er Lust zu dieser Unternehmung zu bekommen, Bettina wagte, ein klein wenig aufzuatmen. „Ich nehme den Wagen, mit dem Motorrad friert man sich ja die Beine ab."

Sie hatte nicht den Mut, ihm vorzuschlagen, daß er sie und Marianne abholen solle. Daß er nicht nein sagte, war schon genug. Atemlos legte sie auf.

Marianne hatte für sie beide Urlaub beim Direktor herausgehandelt.

„Meine Mutter ist krank, ich möchte nach ihr sehen. Es wäre sicher besser, wir führen zu zweit – die Bahn ist so teuer, und allein mit dem Fahrrad ..." und so weiter. Schließlich siegte sie. Glückstrahlend kam sie mit der Nachricht zu Bettina. Nun stand nichts mehr im Wege. Bettina fing an, sich zu freuen. Oh, Axel, Axel!

Am Samstag gleich nach Tisch starteten sie; dick vermummt, dreifache Handschuhe an den Händen, Schals um die Gesichter, bestiegen sie die Räder.

Es fuhr sich nicht sehr gut. Die Feldwege, die Marianne der Abkürzung wegen bevorzugte, waren entweder dick verweht, so daß man schieben mußte, oder so holprig und eisenhart gefroren, daß es auch kein Vergnügen bedeutete, darüber zu radeln. Dreimal flog Bettina vom Rad, zweimal Marianne. Sie lachten so, daß sie kaum wieder hochkamen.

Überhaupt nahm mit jedem Kilometer, den sie Holgershof hinter sich ließen, alle Bedrückung ab und der Übermut zu.

„Es wird bombig, paß mal auf", prophezeite Marianne, „ich sag' einfach, meine Mutter hätte überraschend weggemußt, so was gibt es ja. Wir müssen den Schein wahren. Was später wird, steht auf einem andern Blatt. Man kann tun, was man will, aber immer unter dem Deckmantel der Moral. Merk dir das fürs Leben."

Bettina lachte so, daß sie beinah das vierte Mal zu Boden ging.

Die Mühle lag etwas oberhalb der Mulde, die hier schon ein ziemlich breiter Fluß war.

„Meine Mutter schwimmt jeden Tag darin, von März bis November. Zu ihrem fünfzigsten Geburtstag haben ihr die Enkel einen wollenen Badeanzug geschenkt", erzählte Marianne. „Mir ist es oft zu kalt, ihr nie."

Sie waren endlich angekommen. Marianne ließ ihr Rad gegen die Hausmauer fallen und kletterte seitlich am Haus hoch, um durch die eingedrückte Scheibe eines Fensterchens – wohl des kleinsten Gemaches im Haus – den ‚gelegten' Schlüssel zutage zu fördern. Gleich darauf öffnete sie die Tür. „Komm rein."

Es war eisig kalt im Haus.

„Erst müssen wir mal feste durchheizen", sagte Marianne, „in einer kalten Kirche gedeiht keine Andacht."

Sie zogen die Jacken aus und machten sich ans Werk. Reisig lag gebündelt unter der Treppe, Marianne stopfte ganze Arme voll in den großen grünen Kachelofen, der im Flur stand und die zwei dahinterliegenden Zimmer mitheizte. Dann hockten sie davor und wärmten sich Hände und Gesichter.

„Hoffentlich haben wir die Nasen nicht erfroren, das entstellt doch ziemlich", sagte Marianne und rieb und rubbelte. Dann kam der Küchenherd dran.

„Und jetzt heizen wir innerlich", bestimmte sie und fingerte am Verschluß einer Flasche herum, „komm, hier, echter Whisky. Der wärmt."

Die klare Flüssigkeit brannte im Hals wie Feuer. Bettina verschluckte sich und hustete. Gut schmeckte es nicht, fand sie, aber es heizte. Längst gefiel ihr diese Unternehmung, sie hatte alle Bedenken hinter sich gelassen. Wenn nur Axel erst da wäre!

Bettina sah sich überall um. Im Wohnzimmer über dem Biedermeier-Sekretär, der so entzückend war, daß sie ihn am liebsten mitgenommen hätte, hing das Pastellbild einer sehr schönen, sehr jungen Frau, sanftblond, mit zartesten Farben gemalt, in einem tief ausgeschnittenen Kleid.

„Meine älteste Schwester, sie starb bei der Geburt ihres ersten Kindes", sagte Marianne im Vorbeilaufen, so, als stellte sie jemanden vor. „Schade, daß sie es war und nicht ich, sie war ganz anders als ich, machte meiner Mutter nur Freude. Immer trifft's die besten."

„Wieviel Geschwister hast du denn noch?" fragte Bettina.

„Noch zwei Schwester, beide verheiratet. Nur ich bin unbeachtet geblieben."

„Wer weiß, wie lange oder vielmehr wie kurz noch", sagte Bettina tröstend. Marianne lachte.

„Klar. Einmal schafft's jeder." Das war der Titel des allerneusten Schlagers mit Hans Albers, den jeder pfiff. „Komm, wir müssen uns eilen, ich koch' einen Topf Makkaroni, bei der Kälte ist jeder froh, wenn er etwas Warmes in den Magen bekommt. Auf Vornehmheit können wir keinen Wert legen. Butter steht in der Speisekammer, falls die Mäuse sie verschont haben."

Später deckte sie den Tisch. Wunderschönes, weißblaues Porzellan war da aus Meißen, es hätte für vierundzwanzig Personen gereicht. Und über die polierte Tischplatte kam ein blendend weißes Damasttuch, das allerdings an einer Seite ein großes, eingebranntes Loch aufwies.

„Das schlagen wir unter", sagte Marianne ungerührt, „siehst du, so. So machen wir das immer. Der Tisch ist zu klein für das Tuch, zum Glück." Dann wickelte sie Aufschnitt und Schinken aus, was offensichtlich vom Holgershof stammte. Bettina wurde es schwach. Wenn das herauskam. Schon beim Zucker hatte es damals so ein Theater gegeben.

Schließlich war alles fertig. Marianne schleppte das Eisbärenfell, das eigentlich ins Damenzimmer gehörte, in den Flur vor den großen Ofen, holte Zigaretten und Aschenbecher und ließ sich nieder. „Komm, bring die Flasche mit. Jetzt werden sie bald hier sein."

Sie kamen, fast gleichzeitig, erst Hermann und sofort danach Axel. Bettina konnte ihn vor Glück fast nicht ansehen. Erst nach ein paar Minuten wagte sie einen Blick in sein Gesicht.

Er sah nicht gut aus, obwohl sein Gesicht jetzt vor Kälte brannte. Aber sie sah sehr wohl die Schattentäler an den Schläfen, die Falten rechts und links vom Mund. Er hatte Sorgen, natürlich. Könnte sie ihm helfen! Ihr ganzes Herz lechzte danach, gut zu ihm zu sein, ihn zu trösten, ihm zu helfen. Wie aber war das möglich? Im übrigen gab er sich vergnügt und unbekümmert, vielleicht war auch er froh, einmal vergessen zu können, was auf ihm lastete. Sie wollte es nur zu gern glauben, redete es sich ein. Als er sie das erste Mal küßte, war ihr, als sei alles nicht gewesen, was sie erlebt hatten. Nur er und sein warmer Mund waren Wirklichkeit.

Oh ja, heute war das Leben wirklich. Es war richtig, es war voll, nicht unzulänglich oder nur ein Versprechen auf später. So wie damals im Gebirge, als er ihren Handschuh aufhob und sie das erste Mal in sein Gesicht sah – damals hatte sie gefühlt, wie es in sie einschlug wie ein Blitz, senkrecht hinein in ihr Herz, daß es aufbrannte, in Flammen stand und nicht mehr zu löschen war. Die ganze Zeit seither hatte es geglüht, aber jetzt loderte es wieder auf, so wie die Flammen hochschießen, wenn Sauerstoff an die Glut dringt ...

Die Flaschen waren leer, sehr viele waren es nicht gewesen. Wie spät mochte es sein? Die Uhr unter dem angeknacksten Glassturz mit der zierlichen Porzellan-Schäferin und ihrem Kavalier stand still, sie stand wohl schon viele Jahre. Bettina hatte das Gefühl, als stünde auch die Zeit still, diese Uhr schien ihr das Symbol. Sie saß in einem tiefen, fast bis zur Erde durchhängenden Lederfauteuil, Axel saß auf der Seitenlehne, er hatte ihren Kopf in seine Armbeuge gebettet, und sein Gesicht war nahe über ihrem. Immer, wenn er seinen Mund von ihrem löste, sah er sie an.

Manchmal kam ein Erinnerungsfetzen, der durch sie hinhuschte – sie dachte an die Welt außerhalb dieses Raumes, an MM, an Holgershof. Aber das verlöschte sogleich wieder.

Wirklichkeit war einzig dieser Arm, der um ihren Nacken lag, und dieser warme Mund, der ihren suchte, immer wieder, ohne daran satt zu werden. Ihr war, als träumte sie, so hellwach sie auch war. Und dennoch war es kein Traum, sie brauchte das Erwachen nicht zu fürchten ...

Bettina erwachte, weil sie fror. Die Zudecke war herabgeglitten. Neben ihr im Bett lag Marianne, unwillig murmelnd, als Bettina versuchte, ein Stück Decke zurückzuerobern. Sie hatte sich hineingewickelt und schien nicht willens, etwas davon herzugeben. Bettina versuchte, dicht an sie heranzukriechen, um etwas Wärme abzubekommen, und Marianne drehte sich ein wenig. Bettina benutzte die Gelegenheit, sich dichter an sie zu kuscheln. Es gelang. Trotzdem konnte sie nicht wieder einschlafen.

Sie schloß die Augen, versuchte sich zu erinnern. Aber es waren nur einzelne Bilder, die sie zusammenbrachte. Axel – oh, er liebte sie. Sie wußte es überwältigend stark. Daß sie ihn liebte, daran hatte sie nie gezweifelt. Aber auch er liebte sie.

Gab es denn so etwas? Konnte etwas in Erfüllung gehen, auf das man jahrelang gewartet hatte, zuletzt eigentlich ohne Hoffnung, daß es wahr werden könnte? Des Glückes ganze Fülle – wer hatte es einmal so formuliert? Und ihr sollte es beschieden sein, der kleinen unwichtigen, durchschnittlichen Bettina Knappe? Es erfüllte ihr ganzes Inneres wie mit dunklem Wein. Sie wagte kaum, tief zu atmen. Axel liebte sie.

Sie mußte doch wieder eingeschlafen sein. Als sie die Augen aufschlug, sah sie in Gold hinein, in merkwürdig geflammtes, gezacktes, wie mit Brokatblumen durchwirktes Gold. Sie kniff die Augen zu und öffnete sie wieder: Es war das Fenster, das, von Eisblumen bedeckt, von der aufgehenden Sonne durchstrahlt wurde. Ein Wunder, überirdisch schön und noch nie dagewesen, eigens ihr zuliebe angezündet an diesem Sonntag. Sie lag ganz still. Es war wie ein goldenes Kirchenfenster, fand sie, nur viel schöner als ein von Menschenhand gemaltes.

„Wunderbar, nicht?“ fragte eine Stimme hinter ihr. Axels Stimme. Er mußte ins Zimmer gekommen sein, ehe sie aufwachte, sonst hätte sie ihn gehört. Er beugte sich über sie, von oben her, so daß sein Gesicht für sie auf dem Kopf stand.

„Bettina?“

„Ja, Axel?“

„Komm.“ Er schon den einen Arm unter ihre Schultern und hob sie mit dem anderen unter den Kniekehlen an. ‚Ein Glück, daß ich den guten Schlafanzug anhabe‘, schoß es Bettina durch den Kopf. Es war ein ganz toller, blau-weiß gemustert. Sie trug ihn das erste Mal.

„Wohin bringst du mich denn?“

„Rat mal.“

Später hockten sie in der Küche, das war der wärmste Raum. Es mußte noch kälter geworden sein, die Wasserleitung war eingefroren. Hermann holte Schnee herein, während Marianne sich um den Herd kümmerte. Das Reisig, herrlich trocken, prasselte und spritzte Funken.

„Die heilige Herdflamme“, sagte er und streckte die Hände vor der offenen Ofentür aus. Sie saßen zu viert auf einem niedrigen Bänkchen vor dem Ofen.

„Ich möchte nie in der Stadt wohnen, mit Zentralheizung und allem Komfort, nie“, sagte Bettina einmal. Sie hatten lange geschwiegen. „Dort, wo die lebendige Herdflamme brennt, schlägt das Herz des Hauses. Deshalb mag ich auch die Wohnküchen bei den Bauern. Geschwärzte Balken, Holzwände, bunte Kissen auf der Eckbank, Holzteller ...“

„Ja, und einen Kupferkessel, und Zinnbecher auf den Borden. Kein Porzellan, sondern geblümtes Tongeschirr. Und eine weißgescheuerte Tischplatte“, ergänzte Hermann, auf ihren Ton eingehend. Bei ihm wußte man immer nicht, meinte er es ernst oder ironisch.

„Nein. Weißgescheuerte Tischplatte ist furchtbar unpraktisch, sehr schwer zu pflegen“, sagte Bettina aus tiefster Überzeugung – sie ging nicht umsonst in eine Frauenschule – und lachte leise. Axel nahm sie ungestüm in die Arme, obwohl die beiden anderen dabei waren.

Der Abschied wurde schlimm. Sie hatte sich davor gefürchtet, seit sie aufgewacht war.

Das Haus war jetzt durchwärmt, und sie hatten sich verweilt, nicht auf die Uhr gesehen, nicht darauf sehen wollen. Und dann war es auf einmal schrecklich spät.

„Ihr schafft das mit den Fahrrädern nicht mehr“, sagte Axel, „ich fahr‘ euch hin. Bei dieser Affenkälte zu radeln, ist sowieso Unfug.“

„Aber wenn uns jemand sieht?“

„Dann steigt ihr eben vorher aus.In Hopfgarten. Und sagt, ihr wärt mit dem Zug gekommen.“

„Und unsere Räder?“

„Die holt ihr ein andermal.“

Es hatte neu geschneit. Sie verschlossen das Haus, ‚legten' den Schlüssel, nachdem sie die Räder im Keller verstaut hatten, und kamen dann, wie Marianne vorhergesehen hatte, die Steigung zur Landstraße nicht hinauf. Die Hinterräder des Wagens drehten durch, der Schnee stiebte nach hinten, der Motor jaulte, Axel bemühte sich, die anderen versuchten zu schieben. Sie stemmten sich gegen den Wagen, ein Stück ging es vorwärts, dann wurde es steiler, und der Wagen rollte zurück. Noch mal! Sie versuchten es erneut, rutschten aus, keuchten, lachten, beschimpften sich gegenseitig – den beiden Holgershöferinnen wurde es allmählich unheimlich.

„Wir kommen auch mit dem Wagen nicht mehr zurecht", murmelte Marianne und stemmte sich wieder gegen die Rückwand, „los, Bettina, es geht ums Ganze!"

Endlich waren sie oben. Hinein in den Wagen, Axel schaltete, sie winkten Hermann, der zu Fuß ins Dorf wollte, und los ging es. Marianne gab an, wo sie am besten herfuhren, Bettina saß eingeklemmt zwischen ihr und Axel, vollkommen stumm. War das der Schluß, das Ende? Axel mußte doch etwas sagen, wann sie sich das nächstemal sehen würden, irgendeinen Ausblick, so konnte es doch nicht enden ...

„Fahren Sie noch ein Stück weiter", sagte Marianne, als sie in Hopfgarten angekommen waren, „zu Fuß schaffen wir es nicht mehr bis zum Abendessen. Und da müssen wir dortsein. Sie halten eben kurz vor dem Haupthaus, damit niemand uns sieht, ich sage Ihnen, wo." Es ging um Minuten.

„So, hier. Halt, laß mich zuerst – danke schön, hat wunderbar geklappt! Wenn wir hintenherum laufen, merkt kein Mensch, daß wir von draußen kommen."

Sie rannten los. Bettina wandte das Gesicht noch einmal zurück – gab er ihr keinen Kuß zum Abschied? Sagte kein Wort von Wiedersehen? Nicht: ‚Ich schreibe dir', oder wenigstens: ‚Ruf mich an.'

Nein. Er winkte nur mit der pelzbesetzten Rechten, wahrscheinlich dachte er, sie würde sich nicht die Zeit nehmen. Sie hatte das Gefühl, als schnitte ihr ein Messer mitten durchs Herz.

„Wisch dir gefälligst das Gesicht ab", knurrte Marianne, während sie, in der Anrichte stehend, nach Luft schnappten. Bettina gehorchte, sie hatte gar nicht gemerkt, daß sie weinte. Man hörte drinnen das Tischgebet, von Frau Direktor gesprochen, dann Füßescharren und Stuhlrücken. Um eine Minute zu spät! Nun, da war nichts mehr zu machen.

Sie schlichen sich, wie man es in solchen Fällen tat, hinter den Servierenden her in den Eßsaal, jede an ihren Tisch. Plötzlich schien alles nicht mehr wahr; wie geträumt, wie erzählt oder gelesen, oder wir lange, lange her und vorbei. Daß es heute nacht gewesen sein sollte, daß Axel sie in seinen Armen hielt, war für Bettina unvorstellbar. Sie saß verstört und stumm da, nahm mechanisch etwas auf den Teller und vergaß es zu essen, aß dann doch, hastig, als sie merkte, daß die Lehrerin am oberen Tischende fragend und auffordernd zu ihr herübersah. Es war nicht Fräulein Hensel, sondern die kleine, zierliche weißhaarige Gartenbau-Lehrerin, die auch die Kranken betreute. Jetzt Fieber haben, jetzt im Krankenzimmer liegen dürfen und die Augen zumachen, und die freundliche Stimme hören: „Nun schlaf, mein Lämmchen, morgen ist alles wieder gut ...“, aber so freundlich war das Leben nicht.

Nach Tisch wurden Marianne von Geldern und Bettina Knappe aufgerufen und vor versammelter Maidenschaft vermahnt. Bettina versuchte, ein bockiges Gesicht zu machen, aber es gelang ihr nicht. Sie hatte nur einen Gedanken: hinüber ins Seminarhaus, zu MM. Die würde trösten, würde leise lachen, würde sagen: ‚Wichtigkeit! Du hast deinen Axel – laß die andern sich aufregen! Komm, deshalb lohnt es nicht, zu weinen ...‘

MMs Tür war verschlossen.

Bettina stand, die Hand auf der Klinke, und hörte ihr Herz schlagen. Gerade kam Ilse den Gang entlang.

„MM ist verreist, wissen Sie das nicht? Nein, kommt heute nicht mehr. Morgen vielleicht, sicherlich – wir müssen ja die Lehrproben bekommen und wissen, wer nächste Woche Ämteraufsicht hat ...“

Lehrproben. Ämteraufsicht. Nächste Woche ...

Bettina starrte Ilse an, als sähe sie sie nicht.

„Durchgedreht, na ja‘, murmelte Ilse, „wenn man auch so talentlos ist und sonntags zu spät kommt ..“, sie ging, nachdem sie noch einmal zurückgesehen hatte, zu ihrer Tür. Hier im Seminar hatten sie Einzelzimmer. Bettina stand da, als wäre alle Kraft aus ihr geronnen.

Schließlich schlich auch sie in ihr Zimmer. Ohne Licht zu machen, kroch sie ins Bett. Aber auch das Bett war fremd und unheimlich. ‚Wenn ich nur einschlafe, ehe ich anfange zu weinen‘, dachte sie.

An einem schneehellen, sonnenlosen Tag im Februar standen Bettina und Erika Hähnel miteinander in der Garderobe der Übungsklasse, während die Schülerinnen sich anzogen, um heimzufahren.

Es war milder geworden, die Seminaristinnen trugen wieder Tracht. Bettina war erschöpft, aber aufgeräumt. Sie hatte an diesem Vormittag eine Lehrprobe gehalten, die gut ausgefallen war, wie sie ganz sicher glaubte. „Die Rechte der Frau“, – sie selbst hatte vieles dabei gelernt, wie sie lachend zu Erika sagte.

„Ja, ich wußte auch nicht viel davon. Aber nun weiß ich alles“, sagte sie; sie hatte hospitiert. „Hast du eigentlich gehört, daß MM heiratet? Im März, soviel ich weiß. Na, zum Glück erst dann, da können wir die Prüfung noch bei ihr machen.“

„MM heiratet?“ fragte Bettina nach einem kurzen Schweigen.

„Woher weißt du denn das?“

„Na, von niemandem – oder von den Spatzen, die es von den Dächern pfeifen“, sagte Erika, die sich gern wichtig machte. „So was geht doch rum wie ein Alarmsignal." Sie war stolz, diese Nachricht anbringen zu können. „Landwirt, Gutsbesitzer, ein wenig jünger als sie ..."

Bettina starrte sie an. Sie sagte nichts. Nach einer Weile räusperte sie sich.

„Bleibst du hier?" bat sie und mühte sich, möglichst beiläufig zu sprechen. „Ich will mal eben – bis gleich!"

Sie drehte sich um und ging, versuchte, langsam und ruhig zu gehen. Erst an der Treppe fing sie an zu laufen.

MM war in ihrem Zimmer.

„Herein?"

Bettina öffnete die Tür, zog sie hinter sich zu und blieb stehen, den Rücken daran gelehnt. MM blickte ihr entgegen.

„Ja?"

„Ich – ich wollte fragen ...", Bettina bekam kaum Luft, so versetzte es ihr den Atem.

„Was denn?" fragte MM gedämpft. Sie wußte, was kommen würde.

„Ob – Erika Hähnel erzählte eben – sie sagte, alle wüßten es – Sie heiraten ..."

Da war es heraus. Margret Marcel stand auf. Sie ging auf Bettina zu, nahm sie um die Schultern und führte sie zur Couch. „Komm, setz dich erst mal", sagte sie leise.

Bettina gehorchte. Ihr Gesicht war blaß, alles Blut daraus gewichen, die Augen darin sahen vollkommen schwarz aus. Es bedrückte MM.

„Hast du es also von den anderen gehört, ich wollte es dir selbst sagen, ursprünglich ...", sagte sie und setzte sich auch, setzte sich an ihren Schreibtisch. Bettina sah, wie sich ihre Hände öffneten und schlossen. Sie blickte schnell wieder weg.

„Also stimmt es. Und wen?"

„Na, wen werde ich wohl heiraten", sagte MM leise, sie versuchte, so sachte und freundlich zu sprechen, wie es ging. „Du weißt ja, daß wir – daß ich früher schon –, wir waren immer sehr befreundet. Von Kindheit an eigentlich. Und später dann eine Zeitlang wieder. Ja, und du weißt ja auch, was geschehen ist, und du kennst ihn gut genug, um zu wissen, daß er allein nicht recht ...", sie verstummte.

„Axel?" fragte Bettina heiser. Es klang rauh, beinah brutal, fand sie selbst, sie hätte den Ton gern zurückgenommen. Aber das war nicht möglich. Sie starrte MM noch immer an.

„Natürlich Axel, wen denn sonst", sagte MM, und es klang ein wenig ärgerlich. Dann aber rief sie sich innerlich zur Ordnung.

„Ich hätte es dir schon zur Zeit gesagt. Dieser widerliche Klatsch in der Frauenschule – nun ja, es ist nun nicht zu ändern. Es ist sicherlich schwer für dich, zu begreifen. Eigentlich müßtest du soviel Einsicht haben. Er schafft es nicht allein. Diese Aufgabe, die das Leben da von heute auf morgen an ihn stellte. Er ist das nicht gewöhnt. Siebenbrunn ist ein großes

Gut, und es steht, das weißt du sicher selbst, nicht rosig damit. Wenn ihm jemand dabei helfen kann, dann bin ich das wohl, meine ich."

Sie hielt inne. Jetzt sah sie Bettina nicht mehr an. Sie hatte beide Hände auf den Schreibtisch gelegt und drückte sie so fest auf die Holzplatte, daß sie ganz weiß aussahen.

„Aber ...", setzte Bettina an.

„Ja?" fragte MM. Es klang, als würde sie nur mit Mühe die Tränen unterdrücken, und das machte Bettina ganz verzweifelt. Trotzdem brachte sie es heraus, was sie hatte sagen wollen, was sie sagen mußte, wenn auch schon leiser, schon ohne Hoffnung.

„Aber – ich liebe ihn doch – und er liebt mich ..."

„Kind, Kind." MM war aufgestanden und trat zu ihr, setzte sich neben sie und zog sie an sich.

„Liebe – es geht hier um das Gut. Um einen alten Familienbesitz. Und mit Liebe allein ist es nicht getan. Ach, mein Kleines, natürlich ist es schwer für dich, das alles einzusehen. Daß du das nicht könntest. Wer weiß, ob ich es können werde. Aber ich stamme wenigstens vom Land, und ich habe einigen Überblick ... das Gut ist groß, jedenfalls für sächsische Verhältnisse, eintausenzweihundert Morgen, und wirklich nicht leicht zu halten. In heutiger Zeit. Ich habe während dieser ganzen vergangenen Wochen mit Axel überlegt ..."

„Nein!" sagte Bettina. Sie hatte beide Hände vor den Mund gepreßt, aber das „Nein" kam doch heraus. Erst leise, dann immer lauter: „Nein – nein – nein!" zuletzt schrie sie es. Und dann, als es ihr bewußt wurde, daß sie schrie, warf sie den Kopf nach vorn, die Stirn auf die aneinandergedrückten Knie. So hockte sie, und das „Nein" wurde zum Stöhnen, zum Röcheln. Dann verstummte es.

Margret Marcel saß daneben, sie hatte noch den Arm um Bettinas Rücken liegen und fühlte das Beben, das durch den jungen Körper lief. Sie sagte nichts. Schließlich löste sich Bettina aus ihrem Arm, kroch heraus, stand auf, taumelnd, tappte zur Tür. Erst langsam, dann schneller, noch immer unsicher, wankend. MM war aufgesprungen und hatte sie halten wollen, aber da war Bettina schon hinaus.

„Ich habe Aufsichtsamt", flüsterte sie, und dann rannte sie, die Tür schloß sich, ohne zuzuschnappen. Man hörte die Schritte am Ende des Ganges verklingen.

MM war stehengeblieben, zog jetzt mechanisch die Tür ins Schloß. Großer Gott, wenn sie ...

Nein, Bettina würde keine Dummheit machen. Dazu hatte sie nicht das Format. Auch dazu nicht.

„Ich werd' sehen, daß sie an eine nette Schule kommt, in ein freundliches Kollegium", sagte MM leise und setzte sich, erschöpft. „Armes Kind – aber ich kann es nicht ändern. Axel ... Sie könnte es nicht. Wie gesagt, wer weiß, ob ich es kann. Aber – natürlich meint sie, die Welt geht unter, weil sie den Mann nicht bekommt, in den sie sich verliebt hat. Aber das Gut – die Familie."

Dabei wußte sie genau, wie es um sie stand. Es war der Wunsch, Axel zu besitzen, zu behalten, ihn nicht hergeben zu müssen. Sie hatte diesen Wunsch in ihrem Herzen nicht umbringen können. Und als sie den Mann fast verloren hatte, riß sie ihn zu sich zurück. Über Bettinas Herz hinweg.

‚Sie wird sich trösten, sie ist ja jung', dachte sie. ‚Bei jungen Menschen heilt so etwas.' Aber sie glaubte es nicht. Bettina gehörte nicht zu den Menschen, bei denen Wunden rasch und leicht vernarben. Bei ihr ging alles tief, bis ins Innerste.

‚Ich kann es nicht ändern", dachte MM, „jetzt nicht mehr. Habe ich es falsch gemacht?'

Der letzte Gedanke war fast der schlimmste für sie. Sie suchte ihn zu verdrängen. Aber sie wußte, daß es so war.

Sie hatte etwas getan, was man nicht tun darf. Was sie nicht tun durfte. Etwas, was das Leben nicht vergibt.

Sie war sich darüber klar. Aber sie vermochte nicht, es ungeschehen zu wünschen.

Bettina stand am Fenster des Lehrerzimmers und sah hinaus. Es regnete. Die Autospuren im Hof glänzten, sie sahen häßlich und hämisch aus. Bettina fror und konnte sich nicht entschließen, an die Arbeit zu gehen.

‚Vielleicht gibt es in jedem Leben solche Tage', dachte sie, ‚graue, mißmutige, widerwärtige Tage.Ich bin keine Ausnahme. Es geht allen so. Man muß damit fertig werden.'

Ach ja. Probelehrerin an einer landwirtschaftlichen Schule zu sein, Pröbchen, wie es hieß, war wahrhaftig kein Vergnügen. Lehrjahre sind keine Herrenjahre. Wie sie diese abgedroschenen Sprichworte haßte!

Ihre vorige Stelle war anders gewesen, freundlicher. Es hatte ihr gefallen. In Annaberg im Erzgebirge war das gewesen, ein relativ junger Direktor war dort, mit dessen Frau sie sich gut verstanden hatte, und außerhalb der Schule eigentlich immer Freizeit. Im Winter hätte man skilaufen können; sie wäre ganz gern dort geblieben. Aber nun war sie hierher gekommen, was zweifellos einer Strafversetzung gleichkam. Ob ihr der alte Ruf aus Holgershof, der des schwarzen Schafes, noch immer anhing? Sie seufzte. Mit Isa, der Kollegin, verstand sie sich gottlob gut. Isa war älter als sie, sie war schon Lehrerin gewesen, als sie, Bettina, noch ins Seminar ging, war aber zart; sie vermochte dem Direktor nicht entgegenzutreten, wenn es nötig war. Es war oft nötig. Dr. Dittmar verfügte in der großzügigsten Weise über Arbeitskraft und Zeit seiner Untergebenen, ließ sie mittags nicht zum Essen gehen, weil „jemand im Hause zu sein hatte", und nie um sieben Feierabend machen. Oft saßen sie bis elf, zwölf nachts in der Schule und erledigten Dinge, die eigentlich zu seiner Arbeit gehörten.

Isa hatte sich dies alles von Anfang an gefallen lassen, und eine Probelehrerin konnte nicht das geringste unternehmen, um es zu ändern.

Der einzige männliche Kollege, den sie hatten, war auch schon jahrelang an der Schule und genauso bedrückt wie sie. Jeder hielt seine Stellung um jeden Preis, um nur nicht arbeitslos zu werden. Sie, als Pröbchen, verdiente ganze hundertundfünfzehn Mark, und allein das Zimmer kostete schon vierzig. Das übrige Geld ging für Verpflegung und allernötigste Anschaffungen drauf, etwas zum Anziehen konnte man sich natürlich nie leisten. Wahrhaftig ein Beruf, um den man jeden beneiden konnte, und den hatte sie sich selbst gewünscht!

Nein, sie mußte sich jetzt entschließen, etwas zu tun – keiner nahm ihr die Arbeit ab.

Der Chef war gerade fortgefahren und sobald nicht wieder zu erwarten, aber es war gleichsam, als könne sie keine Erleichterung mehr empfinden. Es war alles so fürchterlich unabsehbar, so aussichtslos, eine dicke, grau Wand, wohin man auch blickte. Bettina stand und starrte auf einen Fehler im Glas, der alles, was dahinter lag, verzerrte und veränderte. Erst als sie Schritte hörte, wandte sie sich mühsam um.

„Ist er fort? Gratuliere“, sagte sie mechanisch.

Isa Brandt trug einen Stapel loser Blätter auf der linken Hand, unter dem Arm Lineale und in der rechten Füller und Notizblock. Sie setzte sich, ohne dies alles abzulegen, seitlich auf den Stuhl, ihr Gesicht war erhitzt und abgespannt.

„Vielen Dank. Dafür bin ich aber auch erledigt. Nach diesem Vormittag – lieber geb' ich sechs Unterrichtsstunden“, sagte sie. Sie war zum Diktieren beim Chef gewesen. Bettina kannte das.

„Soll ich dir helfen? Meine Kasse wird heute sowieso nicht fertig. Und es tippt sich so schlecht vom Stenogramm ab.“

„Ach ja, danke.“ Isa suchte zwischen ihren Zetteln. Bettina rückte sich die Schreibmaschine zurecht, spannte Bogen und Blaupapier ein und wartete. Zwischen den Sätzen, die Isa mühsam aus dem hastig zusammengehauenen Stenogramm mehr herausriet als -las, saß Bettina und starrte auf die Tasten. Jetzt dachte sie nicht mehr daran, was sie sich einmal vom Leben versprochen hatte und was niemals wahr werden würde, und das war fast noch schlimmer. Solange man sich innerlich auflehnte, war doch wenigstens Groll oder Wut in einem, immerhin eine Art von Leben, ein fühlbares Lebendigsein.

„Ich bring' es nicht zusammen. Ausgeschlossen. Er quatschte dauernd andere Sachen dazwischen“, sagte Isa verzweifelt, „mein Kopf ist vollkommen leer, ausgeleert. Und diese Luft hier ...“

„Ich werd' Kaffee kochen. Ist noch welcher da?“

Während Bettina in der großen, aufgeräumten Lehrküche stand und darauf wartete, daß das Wasser kochte, sah sie gedankenlos die Zeitung an, die dort lag. Wenn der Chef nicht wiederkam, konnten sie vielleicht abends ins Kino gehen, ohne daß er es merkte. Auf diese Weise sparten sie auch das Heizen. Ihr Zimmer war kalt, es lag über dem Flur, und sie heizten nur, wenn sie daheim waren. Wenn sie sich jetzt mit der Arbeit beeilten ...

„Komm, hier, das wird dir guttun“, sagte sie und stellte eine der Tassen vor Isa hin, „wir versuchen es noch mal mit dem Stenogramm. Heute abend gehen wir aus, es gibt einen Film mit Lilian Harvey und Willy Fritsch. Ja, einmal muß man auch liederlich sein, die Gelegenheit ist günstig.“

„Na schön, von mir aus. Die beiden kriegen sich wenigstens“, seufzte Isa. „Schön, wenn wir es also bis dahin schaffen ... Manchmal kommt er aber auch eher wieder.“

„Nicht immer das Schlimmste annehmen. Los, geh ran! Ohne Fleiß kein Preis.“ Bettina schnitt eine Grimasse. Sie vertieften sich in das Diktat.

„Hast du die Post fertig?“ fragte Bettina. Sie kam, schon im Mantel, ins Lehrerzimmer, und hatte Isas Jacke über dem Arm. Isa klappte die Zigarrenkiste mit den Briefmarken auf.

„Gleich. Er hatte es furchtbar wichtig heute. Wenn jetzt keine richtigen Marken da sind ...“

„Die Post hat aber schon zu.“

Bettina deckte die Schreibmaschine zu und schloß ihr Pult ab.

„Los, los, wir verpassen die ganze Wochenschau. Ich will was sehen für mein Geld.“

Isa klebte im Stehen die Marken auf und nahm das Bündel Briefe und Karten in die Hand.

„Wir müssen aber am Postamt vorbei, er hat es mir extra gesagt. Alle Höllenstrafen hat er mir angedroht, wenn ich die Sachen nicht noch heute auf die Reise schicke.“

Es war ein ziemlicher Umweg, und Bettina ärgerte sich. „Steck das Zeug doch hier in den Kasten, es wird dann morgen früh abgeholt“, spielte sie den Versucher. „Kein Mensch kann das kontrollieren.“

Aber Isa blieb standhaft.

„Nein nein. Ich krieg’ es sonst auf den Kopf.“

Bettina brummte etwas, trabte aber dann doch mit. Isa versenkte die Briefsachen in den Kasten am Postamt, sie hatte sie gar nicht erst eingesteckt, um sie ja nicht zu vergessen.

„So wichtig wird es wohl nicht sein“, murrte Bettina, „ob wir wohl *einmal* zur Zeit ins Kino kommen, wenn wir schon gehen!“

„Doch wichtig. Ein Brief zum Beispiel ans Ministerium und eine Karte an den Taxator in der Kreisstadt, der soll herkommen.“

„Ach. Will er seinen Wagen schon wieder verkaufen? Ein halbes Jahr hat er ihn glücklich“, sagte Bettina nachdenklich, „aber das ist doch Privatpost.“

„Na und? Außerdem ist es ja der Dienstwagen, jedenfalls zur Hälfte, um den es sich handelt. Aber ich muß doch sowieso immer seine Privatpost erledigen."

„Hach ja. Bis auf die Liebesbriefe."

Sie lachten beide. Der Chef und Liebe. Schon allein deshalb undenkbar, weil er so merkwürdig roch. Widerlich – man merkte es in allen Räumen, die er betrat.

„Nee, Liebe ist da nicht. Bei uns aber genauso. Liebe ist ein Fremdwort, kommt in unserm Leben nicht vor", sagte Bettina nach einer Weile. Es klang mehr philosophisch-feststellend als anklagend.

Isa hakte die Jüngere unter.

„Quatsch. Bei dir kann es noch kommen. Wenn du lieber – wenn du keine Lust hast auf den Film, dann lassen wir's bleiben", sagte sie nach einem kleinen Schweigen vorsichtig.

„Aber warum denn? Oben bei uns ist es doch kalt – und überhaupt. Laß nur, es ist schon gut so", sagte Bettina ergeben, aber weder bitter noch wütend.

Sie schlitterten die abschüssige Straße mit dem holprigen Kopfsteinpflaster hinunter, einmal glitt Isa aus, da sagte Bettina: „Hoppla!" und hielt sie am Arm. Das Kino war bescheiden erleuchtet, es hatte schon angefangen. Sie nahmen den zweitbilligsten Platz, den billigsten verbot ihnen der ‚Ruf der Schule'.

Nach der Wochenschau kam ein Kulturfilm, der sie beide überraschend fesselte. Er war auf einem Gestüt gedreht und zeigte Pferde in all ihren Lebenssituationen. Auch Isa liebte Pferde sehr. Die beiden Mädchen saßen und sahen mit großen Augen selbstvergessen zur Leinwand empor, beide mit demselben Zug von Sehnsucht und Entzücken um den Mund.

„Deshalb sitze ich in dieser entzückenden Schule", seufzte Isa, als das letzte Bild verschwunden war. Bettina wandte sich ihr zu, blinzelnd.

„Wieso?" fragte sie, noch ganz benommen.

„Na, weil mir so was vorschwebte bei meiner Berufswahl. Pferde – überhaupt Tiere, und viel draußen sein. Und Reiten ..."

„Dir auch?" fragte Bettina und lachte ein wenig.

„Auch? Warst du denn auch ...?"

„Natürlich, genauso dumm. Viele übrigens. Wir sprachen einmal im Seminar darüber, ungefähr achtzig Prozent hatten diesen Beruf aus solchen Gründen gewählt. Nicht alle aus Reitfimmel, aber um draußen zu sein. Und nun sitzen wir dauernd in geschlossenen Räumen und erledigen die Post für den Chef. Und die Kasse. Und oft auch noch seine Unterrichtsstunden. Und bekommen dafür noch dauernd Vorwürfe an den Kopf geworfen ..."

Isa war noch beim vorigen Thema.

„Ich dachte immer, ich stünde allein mit dieser intelligenten Berufswahl. Im übrigen gefiel es mir anfangs ganz gut, besonders die praktische

Ausbildung", sagte sie. „Damals war man ja auch draußen, im Garten, oder bei den Hühnern. Ich bin aus der Stadt ..."

„Ich ja auch. Aber ich dachte immer, dann heiratet man eben einen Landwirt, der Pferde hat – ganz einfach. Oder meinetwegen auch einen Siedler, selbst wenn er arm ist, ganz egal. Schwer schuften, einen ganzen Stall voller Kinder, Viehzeug, Garten, Pferde natürlich. So sah ich meine Zukunft. Und mit unserer Ausbildung würden wir dafür ja auch gut passen. Nur eben der richtige Mann fehlt."

„Ja."

Sie schwiegen und sahen gedankenverloren vor sich hin. Der Film, wegen dem sie gekommen waren, lief an, aber sie beachteten ihn kaum.

„Manchmal denke ich jetzt ..."

„Was denkst du?" fragte Isa leise.

„Wenn man noch umsattelte. Kolonialschule zum Beispiel, und dann ganz weit fort ..."

„Ich hab' auch schon mit dem Gedanken gespielt. Jedenfalls – aber es kostet eine Menge. Und man braucht, glaube ich, auch das Abitur."

„Vielleicht ging es auch ohne. Und in Afrika zum Beispiel, meinte ich", fing Bettina wieder an, „dort hätte man natürlich auch mehr Chancen zu heiraten. Ebenso als Frau eines Pioniers, weiß du, alles mitmachen, gut zu den Schwarzen sein, ihnen vorleben, wie es lohnend ist, und Kinder ..."

"Ich kann mir dich in Reiterhosen großartig vorstellen, lauter Boys um dich herum, denen du Anweisungen gibst und die dich lieben – und ein dickes Negerweib reicht dir den Jüngsten in den Sattel hinauf, damit du ihn stillst. Obwohl es wahrhaftig bequemer wäre, du stiegst ab."

Bettina lachte.

„Ja, in dieser Tonart ungefähr. Und natürlich sind es lauter Söhne, schön und blond und groß und stark wir Herkules."

„Genau!"

„Sieben an der Zahl – unter sieben käme gar nicht in Frage. Du, Isa, ich glaube, wir sind immer noch sechzehn, wenn wir uns in solchen Phantasiebildern ergehen, so was gibt es ja nur noch in Schundromanen, oder im Film."

„Nicht mal. Nicht mal im Film. Nein, Bettina, du hast recht, es ist unglaublich kitschig und kindisch. Und wie ist die Wirklichkeit? Abrakkern für den Chef. Laß uns lieber aufpassen, jetzt hab' ich keine Ahnung, warum der Willy Fritsch – bitte erklär mir ..."

Bettina erklärte.

Sie gaben sich, halb skeptisch und halb willig, dem Narkotikum des Films hin wie tausend andere, denen das Leben anderes brachte, als sie erhofft hatten. Als es hell wurde, wollte Isa aufstehen. Bettina hielt sie zurück.

„Nein, bleib noch. Ich möchte die Pferde noch mal sehen", sagte sie mit einem entschuldigenden Lächeln. Isa setzte sich gehorsam wieder hin, und sie ließen die langweilige, bunte Kleinstadtreklame, die sie Wort für Wort auswendig wußten, und die Wochenschau noch einmal über sich ergehen, nur um sich noch einmal in die lichten Weiten hinauszuträumen, in denen sich die Pferde tummelten, frei und leicht und heiter in der natürlichen Anmut der Kreatur.

Zu Hause in ihrem Zimmer krochen sie gleich ins Bett. Sie sprachen kaum mehr, beide sehnten sich danach, wegzusinken und nichts mehr von der Wirklichkeit zu wissen, sondern weiterzuträumen, von dem, was sie einmal gewünscht und ersehnt hatten und nie erreichen würden.

Am Morgen fand Bettina den Brief. Isa war schon vorausgelaufen, sie waren spät dran, hatten verschlafen.

Der Umschlag lag auf der Erde vor der Tür. Fremde Schrift. Bettina griff danach, gewohnt, daß solche Briefe Ärger brachten oder belanglos waren. Öffnete, las, setzte sich auf den einzigen Stuhl, den sie besaßen, las nochmals. MM.

„Die Geburt ihrer zweiten Tochter Gerda zeigen hiermit an
Margret von Büssow geb. Marcel
Axel von Büssow."

Hm. Wieder eine Tochter. Bettina wußte, wie sehr sich MM einen Sohn oder, noch besser, Söhne wünschte, und sie empfand es wie einen kleinen Ausgleich des Schicksals, daß das zweite Kind nun also wieder eine Tochter war. Trotzdem. Sie saß und konnte eine Weile nichts anderes denken, als daß doch die Lose im Leben recht verschieden fielen. MM hatte das zweite Kind und war zweifellos nicht sehr glücklich darüber. Sie hatten ja nichts von Glück in die Anzeige gesetzt, weder „die glückliche Geburt“ noch „hocherfreut“ oder wenigstens „in Dankbarkeit“. Auch nicht „Unsere Claire bekam ein Schwesterchen“ oder ähnlich. Undankbar war das, fand Bettina, jawohl ...

Sie starrte auf die Karte, drehte sie spielerisch um. Da entdeckte sie auf der Rückseite ein paar Zeilen, MMs Schrift, die sie kannte – die auf dem Umschlag war eine andere gewesen. Bettina wurde schlagartig munter.

MM schrieb so herzlich und ehrlich, Bettina fühlte es warm zu ihrem Herzen strömen. MM war einzigartig. „Unser Sohn ist also wieder eine Tochter, aber noch ein Mädchen setze ich nicht in die Welt. Ich tauge nicht zur Stamm-Mutter“, schrieb sie, und Bettina war es, als höre sie MMs Stimme. Munter und selbstironisch und herrlich, ach, herrlich! Noch immer! MM blieb MM, auch mit zwölf Töchtern.

Bettina lachte. Sie mußte sofort schreiben – nein, telegrafieren! Daß es einem doch immer leichter fällt, jemanden zu bedauern als zu beneiden, sonderbar ist das. Wenn MM jetzt die Anzeige eines zweiten Sohnes geschickt hätte ...

Natürlich war es ein Unrecht, eine Tochter mit Bedauern zu empfangen, man war ja selbst eine Frau. Bettina nahm leidenschaftlich Partei für dieses kleine Lebewesen, zumal sie selbst immer hinter ihrem Bruder hatte zurückstehen müssen. ‚Ich werde mich als Patin anbieten', nahm sie sich vor, ‚und tun, als wäre dieses Kind das erwünschteste von der Welt.'

Sie mußte MM besuchen! Es war nicht allzuweit von hier, sie wußte, wo Siebenbrunn lag. Und es war eine Dummheit, ein so langes Schweigen zwischen sich und MM und Axel zu stellen, sie war den beiden doch nicht böse. Es war eben Schicksal, so, wie es gekommen war.

Auf einmal war alles wieder lebendig in ihr, so ungeheuer nahe – Sie sah MM, und sie sah Axel. Ihn wiederzusehen hatte sie wohl am meisten gefürchtet. Aber darüber mußte man eben hinwegkommen, Marianne könnte das bestimmt. Marianne ...

Sie würde, sobald sie ein freies Wochenende hatte, hinfahren. Herrgott, und sie freute sich – wieviel würde es zu erzählen geben! Auch Axel würde bestimmt nichts dabei finden, dessen war sie sicher. Er hatte wahrscheinlich alles vergessen.

Und MM ... Nun ja. Schon als Kind reißt man grade das Spielzeug am leidenschaftlichsten ans Herz, das man hergeben soll – und das man, in einer großmütigen Anwandlung, auch gewillt war, herzugeben. Einem armen Kind, das gar nichts hat ... MM war auch nur ein Mensch, sie hatte sich eine Zeitlang ein wenig erhaben gefühlt, erhaben über die Liebe, hatte Schicksal spielen wollen, bis zu dem Moment, da Axel ihr zu entgleiten drohte. Das war menschlich. Sie, Bettina, hatte in ihr nur das höhere Wesen gesehen und angebetet, aber das war ihr eigener Fehler. MM war eine junge und schöne Frau, und sie hatte den Mut aufgebracht, der Liebe zu folgen.

Bettina sprang auf und lief hinaus, der Schule zu. Sie mußte gleich mit Isa sprechen. Vielleicht kam sie bereits das nächste Wochenende los, wenn sie es geschickt anstellte. Plötzlich konnte sie es kaum mehr erwarten, nach Siebenbrunn zu kommen ...

Axel war an der Bahn, als sie ankam, es war Samstag, zeitiger Nachmittag, die Zugverbindung großartig; sie lud geradezu zu häufigeren Besuchen ein. Axel lachte ihr entgegen, froh und vertraut – ganz unbefangen. Ihr Herz zuckte ein wenig, sie fühlte es körperlich; so etwas hatte sie nie geglaubt, wenn sie davon hörte oder las. Sein Herz fühlt man nicht, wenn man jung und gesund ist, es ist da und arbeitet, aber daß es zucken und weh tun kann ...

Das Feuer war noch nicht erloschen. Sie merkte es, während sie neben ihm auf dem gummibereiften Dogcart saß und plauderte. Es brannte noch. Versteckt, eingemauert, niemand merkte es, Axel am wenigsten. Sie sah auf seine schlanken, schönen Hände, die die Zügel führten. Und Pferde gab es hier auch, selbstverständlich gab es Pferde auf dem Gut.

Gleich anfangs hatte sie ihm gesagt, wie sehr sie sich über seine zweite Tochter freute. Er lachte – so freute sich doch wenigstens jemand auf der

Welt über sie. Und sie könne gern Patin sein, sie hätten sich das eigentlich schon beim ersten Kind gewünscht, aber MM wollte sie damals nicht bitten, weil – nun, sie hatten doch eine Zeitlang nichts voneinander gehört.

Außerdem hatte Claire schon eine Menge Muß-Paten, „in einer Familie wie unserer ist das so. Da geht alles nach geheiligten Grundsätzen", sagte er und seufzte komisch. Bettina lachte und fragte, wie sie denn um Himmels willen auf den Namen Claire gekommen wären. Gab es nicht nettere Mädchennamen?

„Das hängt auch mit der Familie zusammen", sagte Axel zerknirscht und setzte dann hinzu, MM habe es auch direkt persönlich übelgenommen. Aber wenn man schon in so eine traditionsbeladene Familie hineinheiratet, muß man die Folgen tragen. Gerda wäre auch ein alter Familienname.

Sie fuhren ins Dorf ein, die Straße ging leicht bergab, und dann bog man links in den Wirtschaftshof. Der war jetzt naß und sah nicht einladend aus, zur Rechten stand das Inspektorhaus, gemütlich und breit, Bettina hielt es für das Herrenhaus, aber Axel fuhr weiter.

Links Stallungen und Scheunen, und geradeaus kam eine hübsche Durchfahrt mit Türmchen und einem Torbogen, der eine Hofuhr trug. Der Weg wurde besser, herrschaftlich gepflegt und mit Kies bestreut und führte vor das palaisartige Herrenhaus.

Bettina vergaß, Axel zu antworten, so intensiv sah sie sich um. Hier war nun MM zu Hause, und hier ...

Nein, hier hätte sie nicht hergepaßt. Oder nur als Wirtschafterin – als Gutssekretärin vielleicht.

Niemand kann seine Herkunft verleugnen. Sie empfand es nicht als Werturteil, sondern einfach als Tatsache.

Ein Kutscher nahm Axel die Zügel aus der Hand. Sie traten in einen hellen Flur, dann in eine weitläufige Diele, in der Mitte der lange Eßtisch, eine uralte Anrichte und Ahnenbilder an der Wand. Oder war es doch keine Diele – Bettina übersah das im Augenblick nicht so genau.

Sie sah hohe Bücherregale, die vollstanden mit Büchern, sah einen riesigen Globus, der etwas verstaubt war. Man spürte, daß generationslang eine kultivierte Familie hier gelebt hatte.

Axel und sein Bruder waren Afraner gewesen, sie hatten die Fürstenschule besucht, und es war selbstverständlich, daß sie fähig waren, einem aufsässigen Untergebenen den Herrn zu zeigen oder ein widerspenstiges Pferd zu korrigieren. Es wurde nicht erwähnt, man wußte es.

MM lag noch zu Bett, und Bettina ging sofort zu ihr.

Hier sah es aus, wie Bettina es sich vorgestellt hatte; moderne Möbel, hell, niedrig, sehr wenige ausgezeichnete Bilder, und das Kind im Kinderbettchen im Zimmer nebenan. Nicht in einer musselinverhüllten Familienchaise, sondern im weißen, aseptischen Bett. MM saß, ans Kopfkissen gelehnt, in einem blauseidenen Schlafanzug und war völlig unverändert. In Bettina wallte bei ihrem Anblick stürmische Freude auf.

„Herrlich, daß du kommst!" sagte MM, „und so jung und hübsch wie früher. Du bleibst dir doch immer treu. Ach, Bettina, wie hast du mir doch gefehlt in den letzten Jahren! Es ist wirklich so: Ein Freund, ein guter Freund ...", sie sang den Anfang des damals beliebten Schlagers aus jenem unsterblichen Tonfilm, den sie alle mehrmals gesehen hatten, halblaut zu Bettina hin. Diese Takte waren ihr Begrüßungspfiff gewesen, in jenem Sommer ....

„Und nun wollen wir furchtbar gemütlich Tee trinken", bestimmte MM, „klingle doch bitte, Axel, und du, Bettina, setz dich. Ja, so. Morgen steh' ich übrigens auf, daß ihr es wißt. Wenn es schon kein Sohn ist, für den ich mich schonen soll, so will ich auch tun, was ich will."

„Als ob du jemals etwas anderes tätest", sagte Axel und lachte.

Bettina ging noch einmal hinüber zu der Kleinen. Sie habe sie noch nicht genau genug angesehen, ihr Patenkind, erklärte sie.

Das Kind war wahrhaftig nicht schön, winzig und verdrückt, aber das Geheimnisvoll-Heilige, was Bettina bei fast allen ganz Kleinen empfunden hatte, lag auch über ihm. Sie stand lange und sah es an, nachdenklich und wehmütig. Hatten die Eltern damals dasselbe bei ihr gefühlt, als sie geboren und kein Sohn war, wie MM und Axel bei diesem Kind?

Ja, MM war enttäuscht von ihren Kindern, Bettina merkte das deutlich, als das Kindermädchen die größere Tochter hereinbrachte. Sie war etwas über ein Jahr alt und sehr niedlich, hatte einen fuchsroten Lockenschopf und Axels dunkle Augen. Aber MM schien sich nicht sehr viel aus ihr zu machen, die Kleine war auch gar nicht hübsch angezogen.

„Ich werde ihr lange Hosen schenken, in langen Hosen sehen kleine Mädchen allerliebst aus, und es ist so praktisch", sagte sie sogleich, „und für die Kleine strick' ich was Lustiges, Buntes, das kann ich gut in der Handarbeitsstunde machen, wenn die Schülerinnen steppen", sagte sie, als sie zu MM zurückkam. ‚So wird man zur strickenden Familientante, was anderes bleibt für unsereins nicht', dachte sie.

„Nun komm, wir wollen in Erinnerungen schwelgen, und ich will alles von eurer Schule wissen. Euer Chef ist gräßlich? Unterrichtest du auch bei den Jungen? Gibst du Lebenskunde?"

„Vor allem Kochen und Hausarbeit", sagte Bettina und wischte Claire das Mäulchen ab. „Zum Glück auch Deutsch."

„Hast du dir die Stunden auch so gelegt, daß du mal wegkannst? Man ist als Lehrerin doch sehr angehängt, finde ich."

„Das bist du doch auch, jedenfalls ...", Bettina lachte. Dann wurde sie wieder ernst. Wenn MM ahnte, wie sehr sie angehängt waren, Isa und sie. Aber sie mochte nichts davon sagen.

MM war wie früher, sprühend, lebendig, voller Interesse an allem, was Bettina betraf. Axel kam gar nicht zu Wort, er kannte ja auch die Schule nicht. Aber MM genoß allen Klatsch über ehemalige Holgershöferinnen und fragte und fragte.

„Nein, daß die Henseln doch noch einen erwischt hat! Und Erika soll ein Kind von ihrem Chef erwarten, hab' ich gehört ..."

„Das ist bestimmt gelogen", lachte Bettina, „diesen Chef hat sogar Erika nicht erhört, wie ich sie kenne. Der Geschmack ist zwar verschieden, aber ...", sie lachten beide so sehr, daß Axel den Kopf schüttelte.

„Ich gehe jetzt", sagte er resigniert, „wenn ihr fertig seid, könnt ihr ja läuten. Aber laß mir noch was von Bettina übrig, Margret", bat er lachend.

Gegen Abend gingen sie durch die Ställe, Axel und Bettina, und hinterher noch ein bißchen in den Park. Sie sprachen nicht viel, aber Bettina hatte das Gefühl, als wolle Axel ihr etwas sagen, etwas Bestimmtes. Doch er schien die richtigen Worte nicht zu finden. Schließlich, als sie schon wieder an der Tür angekommen waren, sagte er:

„Es ist nett, daß du gekommen bist, Bettina. Margret freut sich sehr. Sie war so munter heute ..."

„Ist sie das sonst nicht?" fragte Bettina vorsichtig. Er lachte ein bißchen, aber nicht lustig.

„Ach nein, jedenfalls nicht in letzter Zeit."

„Das hing sicherlich mit ihrem Zustand zusammen", sagte Bettina ein wenig hastig, „du mußt bedenken, was es für einen solchen Menschen wie MM bedeutet, so behindert zu sein, und auch entstellt. Schöne Frauen leiden darunter sicherlich mehr als andere, durchschnittliche", ‚solche wie ich', setzte sie in Gedanken hinzu. *Sie* hätte sich über jedes Kind gefreut.

„Jaja, vielleicht ist es nur das", sagte Axel nachgiebig. „Und nun wollen wir es recht genießen, daß sie wieder so ist wie früher. Aber sprich nicht darüber", bat er noch halblaut, die Hand schon auf der Klinke. Bettina schüttelte den Kopf. Es war ihr sowieso peinlich, daß Axel diese Dinge erwähnt hatte, obwohl er eigentlich nichts Konkretes gesagt hatte.

Die Tür flog ins Schloß, daß der Putz aus den Fugen rieselte. Bettina sah zu Isa hinüber, die ganz in sich zusammengekrochen an ihrem Pult saß. Der Kollege stand am Fenster und putzte seine Brille, was er immer tat, wenn er sich aufregte; er wirkte dann noch hilfloser. Nein, von ihm war keine Unterstützung zu erwarten.

„Nimm es doch nicht so schwer", sagte Bettina unsicher nach einer Weile, „du weißt doch, wie ungerecht er ist!"

„Sprich wenigstens leise", bat Isa unterdrückt, sie hatte ihr Taschentuch herausgeholt und tupfte sich damit die Augen ab.

„Manchmal dreht er um und ist auf einmal wieder da."

„Man müßte sich beschweren", sagte Bettina nach einem langen Schweigen, „bloß weil er sich ärgert, daß er seine gottverdammte Karre nicht los wird, hat er diese Laune. Kein anderer Chef würde es wagen, sich so zu benehmen. Und wie er wieder roch! Machen Sie doch mal das Fenster auf, Hense, bitte! Gestern hat er wahrscheinlich wieder gesumpft bis wer weiß wann ..."

„Ich habe Unterricht“, sagte Isa und stand auf, „du bist verrückt: beschweren! Jede Beschwerde geht über den Vorgesetzten, das ist der Instanzenweg. Und ich möchte nicht erleben,wie er mit uns umgeht, wenn er ...“

„Na, kaum schlechter als jetzt, das wäre nicht möglich“, murrte Bettina rebellisch. Isa verließ wortlos das Lehrerzimmer. Bettina blieb allein.

Nein, die andern waren feige und schlapp, man durfte sich wirklich nicht alles gefallen lassen. Außerdem war gar nicht klar, ob er nicht selbst diese Liste verbummelt hatte, um die es ging.

Draußen klangen Schritte – Bettina fuhr zusammen. Aber es war nur der Briefträger. Sie nahm die Post entgegen und blätterte sie durch, in der vagen Hoffnung, etwas für sich selbst dabei zu finden. Da sie mittags nicht nach Hause durften, ließen sie sich die Post in die Schule schicken, obwohl die Gefahr bestand, daß der Chef seine Nase hineinsteckte – der brächte das fertig. Richtig, eine Karte, buntes Bild, eine schöne, ausgeschriebene, leserliche Schrift. ‚Dein Wolfgang‘, ach, Wolfgang aus dem Winterlager, der ältere Bruder von Reini. Der schrieb ihr?

„Wir tippeln zur Zeit durch den Schwarzwald, auf nie vergessene, zünftige Art. Ich bekam durch Zufall Deine Anschrift. Kann man Dich gelegentlich besuchen? Ich komm‘ in Sachsen viel herum, wär‘ doch nett. Muß ich mich vorher anmelden? Viele Grüße.“

Eine warme Welle ging über Bettinas Herz. Wolfgang, ja, er sollte kommen. Sie hatte ihn immer gern gemocht. Flüchtig erinnerte sie sich an sein Gesicht, als er in Hirschberg, auf der Rückfahrt vom Winterlager, aus dem Abteilfenster sah und ihr und Mart nachwinkte, die umsteigen mußten, und mit Skiern und Rucksäcken beladen, den Bahnsteig entlangstampften.

„Viel Glück, wenn es wirklich so weit kommt!“ rief Wolfgang ihnen nach. Er hatte die ganze Fahrt über mit Mart politisiert. Die Politik wurde wichtiger und wichtiger, keiner konnte es mehr übersehen.

„Dann werd‘ ich Reichsmarschall!“ rief Mart zurück.

„Und ich Präsident!“ schrie Wolfgang vergnügt, korrigierte sich aber sofort: „Nein, Kultusminister. Minister für Kulturbelange – ihr werdet mich nötig haben!“

Sie waren es beide nicht geworden bisher, weder der eine das eine noch der andere das andere. Aber nett war Wolfgang, nett und gescheit. Bettina stand und sah auf die Karte herunter, ohne sie wahrzunehmen. Ach ja, es wäre hübsch, wenn Wolfgang einmal herkäme.

Sonst keine Post für sie. Ein paar Drucksachen, eine Zeitung, eine Karte mit rotem Vermerk: zurück. Sie hatte sie schon aus der Hand gelegt, auf das Pult des Chefs, als eine Erinnerung sie durchzuckte. Ohne es zu wollen, griff sie noch einmal hinüber und wurde gleich darauf blaß vor Schreck. Du lieber Himmel! Das hätte nicht passieren dürfen. Sie starrte fassungslos auf den Vermerk, hoffte noch immer, es sei ein Irrtum. Aber der Stempel war deutlich zu erkennen; er zeigte das Datum jenes Tages, an dem sie ins Kino gegangen waren.

Sie erinnerte sich genau, Isa hatte von einem Taxator gesprochen, und sie selbst hatte sich darüber mokiert, daß der Chef seinen Wagen schon wieder verkaufen wollte. Das war die Karte, die den Mann aus der Kreisstadt bat, herzukommen und den alten Wagen zu schätzen. Nun war sie zurückgekommen. Isa hatte eine falsche Anschrift draufgeschrieben. Deshalb also lauerte der Chef vergeblich.

Bettina wurde ganz schwindlig, als sie das begriff. Großer Gott, da konnte sich Isa ja auf was gefaßt machen. Sie hatte eine Berliner Adresse draufgeschrieben, wahrscheinlich die des Ministeriums, denn dahin war gleichzeitig Post abgegangen.

Bettina lief zum Schrank und holte die Ablage heraus, schlug nach. Richtig. Die mochten sich dort gewundert haben, daß da ein Taxator Ludwig Auster wohnen sollte. Das kommt davon, wenn man Privatpost von Angestellten erledigen läßt. Es geschah ihm ganz recht, daß er Unannehmlichkeiten hatte.

Denn die hatte er, das war Bettina klar. Er wollte seinen Wagen taxieren lassen, weil er keine Gelegenheit hatte, ihn günstig loszuwerden, und nun wartete er vergeblich auf den Schätzer. Peinlich, peinlich. Aber nicht im entferntesten so peinlich für ihn wie für Isa, die er jetzt womöglich – das war ihm glatt zuzutrauen – für jeden entstandenen Schaden haftbar machen würde.

Wieder Schritte – das mußte er sein. Schnell und ohne zu überlegen schob sie die Karte in ein Buch, das auf ihrem Pult lag. Gleich darauf trat Dr. Dittmar ein.

„Post gekommen?" fragte er mürrisch.

„Hier." Bettina schob das Bündel hin. Er sah es durch.

„Wieder nichts. Ich werde doch noch ...", murmelnd ging er hinaus.

Bettina war wie versteinert. Sie brachte es nicht fertig, jetzt hinterherzugehen und ihm die Karte zu geben.

Erst mußte sie mit Isa sprechen. Oder doch lieber nicht? Isa verlor bestimmt die Fassung, ihre Nerven waren am Ende. Hense? Ach, der! Und Gerhard? Das war ein Halbkollege, der eigentlich in der Fortbildungsschule unterrichtete und hier nur ein paar Fächer gab, darum nicht abhängig war vom Chef wie sie. Gerhard aber war nicht da ...

Vielleicht war das besser. Was zwei wissen, weiß die Welt ...

Die Karte einfach unterschlagen? Es geht ja ab und zu Post verloren. Wenn aber der Briefträger sich daran erinnerte, daß er etwas mit dem Vermerk „zurück" gebracht hatte? In der Kleinstadt war das möglich.

Oder eine andere Karte schreiben, genauso, hier auf der Maschine, die richtige Adresse drauf, in den Kasten, und morgen, spätestens übermorgen, war der Taxator da. Sie betrachtete die Karte genau. Natürlich, die Unterschrift ...

Dr. Dittmars Schrift war einfach, zwar unsympathisch, aber wohl nicht schwer nachzumachen. Unwillkürlich machte Bettina den Versuch, nein, so leicht war es nicht. Das D bei Dittmar hatte einen eigentümlichen Schwung; vielleicht war das nur Zufall. Kein Mensch würde auf die Idee kommen, daß hier ein Betrug vorläge. Der Chef bekäme die Karte nie zu sehen, es genügte ja, daß der Taxator erschien. Der würde sie bestimmt nicht mitbringen.

Und wenn doch? Wenn der Chef ihn zur Rede stellte, daß er jetzt erst käme! Und die Karte zu sehen verlangte, das Datum kontrollierte? Wenn er ...

War das Urkundenfälschung? Wahrscheinlich. Ihr wurde heiß vor Angst, sie zerriß den Zettel, auf dem sie probiert hatte, in ganz kleine Schnitzel und warf sie in den Ofen. Dadurch wurde ihr etwas leichter. Aber geholfen war damit nicht.

Sie stand und grübelte. Der Chef war fähig, Isa den Schaden, den er durch die Verzögerung hatte, am Gehalt abzuziehen. So hatte er das damals bei dem zerbrochenen Frühbeetfenster gemacht, obwohl nie geklärt worden war, wer schuld daran war. Und hier handelte es sich um viel mehr ...

Die Schulglocke schrillte. Bettina war zu keinem Entschluß gekommen, legte die Karte hastig in ihr Pult und schob es zu. Abschließen konnte sie nicht, ihr Schlüssel hing an Isas Bund, seit sie ihn einmal verlegt hatte. Sie kamen und gingen ja immer zusammen. Aber es war auch gleichgültig, kein Mensch würde ihre Schublade aufziehen, und außerdem hatte sie ein Buch daraufgelegt.

Isa kam, Hense kam, gleich darauf der Chef.

„Haben Sie neulich die Post eingesteckt?“ fuhr er sofort auf Isa los, „am siebzehnten abends. Ich habe es Ihnen ausdrücklich gesagt.“

„Bestimmt, ich weiß es genau.“ Sie hatte ja mit Bettina darüber gesprochen, daher war sie ihrer Sache ganz sicher. „Wir wollten ins Kino und sind extra am Postamt vorbeigegangen, um die Briefe einzustecken.“

„Briefe? War keine Karte dabei?“

„Doch, an den Taxator Auster, ich besinne mich noch“, sagte Isa.

‚Ein Glück, daß sie unbefangen ist‘, seufzte Bettina innerlich, ‚sie brächte es nicht fertig, ihn anzulügen.‘

„Das ist recht verdächtig, daß Sie das – angeblich – so genau wissen“, sagte der Chef in einem Ton, als prüfe er das Gewissen eines Schulkindes.

„Herr Direktor, ich verstehe nicht ....“ Isa war blaß vor Zorn, ihre Augenlider zuckten, und ihr Kinn bebte.

Der Chef sah ein, daß er einen anderen Ton anschlagen mußte, zumal Lehrer Gerhard gerade eintrat.

„Ich meine nur – Sie können doch unmöglich bei jedem Brief, den Sie befördern, wissen, wann Sie ihn einsteckten.“

„Von dieser Karte weiß ich es. Wir sprachen noch davon.“

„Wovon? Pflegen Sie über den Inhalt der Schreiben zu sprechen, die ich Ihnen diktiere?"

‚Jetzt ist es aber genug', dachte Bettina, atemlos vor Empörung, ‚wenn sie's ihm jetzt nicht gibt, aber deutlich ...'

Doch Isa sagte nur, obwohl ihre Stimme ganz abgewürgt war vor Zorn und Demütigung: „Wir sprachen davon, daß wir den Umweg über die Post machen müßten."

„So, das war Ihnen wohl zuviel! Die Karte ist bis heute nicht angekommen. Ich habe vorhin telefoniert. Aber ich werde nicht ruhen, bis die Sache aufgeklärt ist ... ", er stapfte hinaus. Die anderen sahen einander an. Gerhard setzte sich auf die Kante eines Pultes. „Was ist denn hier wieder los?"

„Ja, aber warum laß ihr euch denn so was gefallen?" fragte er, als Isa ihm alles erklärt hatte. „Wenn er euch schon seine Privatpost erledigen läßt! Ihr seid selber schuld mit eurer Duckerei. Ich würde ihm schon meine Meinung sagen!"

Isa zuckte die Achseln. Sie hatte gleich wieder Unterricht und packte schweigend ihre Mappe um.

‚Sobald sie alle hinaus sind, verbrenne ich die Karte', dachte Bettina entschlossen. ‚Sie ist eben verlorengegangen, basta. Nur gut, daß ich nicht versucht hab', sie nachzumachen.' Ihr wurde noch nachträglich eiskalt bei dem Gedanken.

Als es läutete, verließen Isa und Gerhard das Lehrerzimmer, aber ehe Hense hinaus war, kam schon der Chef zurück.

„Fräulein Knappe, Sie nehmen die Jungenklasse. Lassen Sie den Stärkewert von folgenden Futtermitteln ausrechnen ...", er diktierte, sie schrieb auf. Es war nichts Außergewöhnliches, daß er sich für eine Unterrichtsstunde vertreten ließ, wahrscheinlich wollte er fort, zum Außendienst. Bettina hoffte es, denn die Karte in ihrer unverschlossenen Schublade beunruhigte sie. Nun, vielleicht ließ es sich einrichten, daß sie so lange blieb, bis er hinaus war.

Aber er trieb sie förmlich hinaus.

„Es hat bereits geschellt, haben Sie das nicht gehört? Los los los, und Sie, Hense ..."

Bettina blieb, schwach in den Knien, vor der Tür stehen. War das Absicht, war es Zufall? Sie fühlte eine erstickende Angst – wenn er jetzt ihr Schubfach durchwühlte? Es war ihm zuzutrauen. Lieber Gott, was dann? Solange Hense im Lehrerzimmer war, konnte er es ja wohl nicht, aber ...

Es half nichts, sie mußte gehen. Krank vor Angst und Aufregung schleppte sie sich zum Klassenzimmer der Jungen hinüber. Als sie die Tür öffnete, hörte sie gleichzeitig die des Lehrerzimmers gehen. Wenn das der Chef war, der herauskam – aber es war Henses Schritt, unverkennbar. Dr. Dittmar war allein im Lehrerzimmer, kein Zweifel.

Wie sie die Stunde hinter sich brachte, wußte sie später nicht zu sagen. Sobald es klingelte, schloß sie, mitten im Satz, und hastete hinüber. Niemand war da. Sie riß ihr Schubfach auf und hob das Buch hoch – da lag die Karte. Alles Blut strömte ihr zum Herzen – Gott sei gelobt! Im nächsten Augenblick aber stutzte sie. Hatte sie die Karte so hingelegt oder andersherum, mit der Anschrift und dem roten Vermerk „Zurück, Adressat unbekannt", nach unten? Sie versuchte, sich zu besinnen, aber es gelang ihr nicht. Von neuem überfluteten sie Angst und Unsicherheit. Wenn er nun alles wußte und nur zunächst nichts sagte, um sie langsam in die Enge zu treiben, so, wie es seine Art war, wenn er aus Schülern oder Schülerinnen etwas herauspressen wollte? Wenn er sie zum Lügen zwang, von einer Lüge zur anderen? Sie hatte schon Fälle erlebt, wo er Schülern gegenüber wie ein Folterknecht aufgetreten war.

Sie riß die Karte an sich, rollte sie zusammen und stopfte sie in den Ausschnitt ihres Kleides. Sie hier im Ofen zu verbrennen wagte sie nicht, jeden Augenblick konnte jemand hereinkommen. Heute abend, zu Hause, würde sie sie ins Feuer stecken, aber, du großer Gott, was war damit schon gewonnen! Die Angst blieb und würde bleiben, solange sie im unklaren darüber war, ob er sie gesehen hatte oder nicht. Wenn ja, dann würde er es weitermelden, an die Landwirtschaftskammer, und damit war ihre Existenz dahin. Sie dachte an die Eltern, an die teure Ausbildung, daran, daß sie dann arbeitslos werden würde, wie so viele jetzt, aber selbst verschuldet ...

„Liebe Bettina,

heute traf ich einen Landsmann, einen Sachsen. Ich hörte es sofort am Tonfall, sagte ihm auf den Kopf zu, woher ungefähr er stammen mußte. Es stimmte – aus unserer Gegend! Das war ein hübsches Treffen, wir gingen miteinander essen und nannten einen Ort nach dem anderen, den wir beide kannten. Sogar so unwichtige Städtchen wie Gößnitz und so gräßliche wie Crimmitschau oder Borna bekamen einen goldenen Schimmer. Wir schwelgten geradezu und haben so viel gelacht, wie ich es vorher viele Monate lang nicht tat. Wenn die Reise nicht so teuer wäre, wie gern käme ich wieder einmal nach Hause! Wie gern sähe ich Vater wieder! Daß Mutter nicht mehr lebt, weißt du sicherlich. Ich schickte damals eine Anzeige an Deine Eltern.

Von hier ist nicht viel zu erzählen. Ich habe mich soweit gut eingelebt, mein Bekanntenkreis ist klein, ich bin beruflich sehr eingespannt und habe eigentlich kein Privatleben. Die politische Entwicklung bei Euch verfolge ich mit Sorge, darüber aber wirst du besser orientiert sein als ich. Manchmal sehe ich die Weltkarte an und wundere mich, wie klein Deutschland, wie winzig Sachsen ist. Und doch gehört meine ganze Liebe diesem Land.

Ob es Dir gutgeht? Ich denke oft an Dich, schicke diesen Brief über die Adresse Deiner Eltern. Ich nehme an, sie wohnen noch dort, wo Ihr damals wohntet. Von Dir ahne ich ja nicht, wo Du steckst. Möge dieser Gruß Dich dennoch erreichen und Dir viele herzliche Gedanken aus einem sehr fernen Land bringen. Manchmal denke ich, Du weißt gar nicht mehr, wer ich bin. Vielleicht bist Du längst verheiratet und hast schon ein paar Kinder, Du hast Dir doch immer welche gewünscht. Das hat mir so an Dir gefallen.

Alles Gute und Beste und ein frohes Fest

Dein Val."

Dein Val. Valentin Kluge. Seine Mutter lebte also nicht mehr.

Bettina steckte den Brief in ihre Mappe. Sie mußte in die Klasse, Isa war schon fort. Es war allerhöchste Zeit für sie.

Merkwürdig, von Val zu hören, nach so langer Zeit. Nach einer Ewigkeit, so schien es ihr, aus einem anderen Leben. War sie noch dieselbe wie damals? Sie verzog ein wenig den Mund.

Daß seine Mutter nicht mehr lebte! Die Nachricht war damals nicht bis zu ihr gedrungen, ihre Eltern hatten nicht geahnt, welche Rolle diese Frau in ihrem Leben gespielt hatte. Eltern ahnen wohl nie et- was ...

Immer hatte sie das Gefühl gehabt, solch ein Mensch wie Vals Mutter könne nicht sterben. Sie sah sie noch vor sich, schlank, lebendig, die Zügel in den Händen. Und Val ... Er war weit weg, in einem Land, in dem er nie heimisch werden würde. Es lag wohl ein Fluch über ihrer Generation, daß sie so gar nicht vermochte, glücklich zu werden. Val war nicht glücklich, sie las es zwischen den Zeilen, und sie würde es auch nie sein. Ob Mart es war? Er hatte sich vor einiger Zeit verlobt und wollte im Frühjahr heiraten. Sie kannte seine zukünftige Frau noch nicht; sie hatte ja nie Zeit, heimzufahren. Ja, Weihnachten stand vor der Tür ...

Aber sie konnte sich nicht aufraffen, sich auch nur ein klein wenig darauf zu freuen. Weihnachten war bei ihnen zu Hause immer wunderbar gewesen, der Höhepunkt des Jahres, mit herrlichen Vorbereitungen, einer duftenden Adventszeit, hochgestimmt, voller Musik. Die zauberhaft schönen Motetten in der Thomaskirche waren gleichsam der Tenor dieser Wochen. Sie kannte sie alle genau, wußte, wann der Turmchoral kam, „die Welt ruht noch im Werktagsrauche –", und dazwischen, von einer einzigen Knabenstimme gesungen: „Vom Himmel hoch, da komm' ich her ..." Und das einzig schöne: „Übers Gebirg Maria geht ..."

Und die Weihnachtsmotette selbst! Einmal hatte sie Val getroffen, als sie aus der Kirche trat, es war neblig gewesen und alle Lichter der Großstadt verschwommen. Noch klang es in ihr nach, was sie gehört hatte, die reinen Knabenstimmen, die sich, ohne Instrumentalbegleitung, von einem Primaner dirigiert, zur Wölbung der Kirche emporschwangen, silbern und klar, während den kleinen Sängern, die in Mäntel verpackt auf der Empore standen, der Atem wie ein Wölkchen vor dem Munde schwebte. Val lächelte auf sie herunter, eingezwängt zwischen die herausflutenden Menschen, und sie merkte an seinem Gesicht, daß auch ihn diese Stunde in der Kirche tief angerührt hatte.

„Darf ich dich heimbegleiten? Du bist doch allein hier, oder?“ fragte er. Und dann gingen sie miteinander durch die Klostergasse und die Stecknerpassage, die Grimmaische Straße entlang, der Ostvorstadt zu, in der Bettinas Eltern wohnten. Sie sprachen fast nicht, aber es war schön, so zu gehen, von Val begleitet, der schließlich, am Anfang der Eilenburger Straße, die dunkel im Nebel lag, vorsichtig ihren Arm nahm.

Vorbei, vorbei. Dies Jahr hatte sie keine einzige Motette gehört, nie kam sie am Freitag hier los, nicht mal am Samstag. Die Motette wurde samstags um zwei wiederholt. Nicht dran denken ... Sie wußte im Inneren so traurig genau, daß ihr Kinderweihnachten vorbei war und nicht wiederkommen würde. Ihr Herz war ja nicht mehr daheim, selbst um diese Zeit nicht mehr, es war in gleichzeitig hungriger und hoffnungsloser Sehnsucht in Siebenbrunn und sonst nirgends. Da konnte es ihr auch gleichgültig sein, wo sie Weihnachten verbrachte, zu Hause oder hier.

Sie dachte diesen Gedanken zu Ende, zum ersten Mal bewußt, während sie Vals Brief zusammenfaltete und einsteckte. Später merkte sie, daß sie den Umschlag verloren hatte, auf dem der Absender stand. Schade, sie hätte ihm gern geantwortet. Aber es sollte wohl nicht sein.

Sie ging der Schule zu. Dort mußte eine Adventsfeier vorbereitet werden, die Mädchen sollten zweistimmige Lieder lernen, eine Bescherung würde es auch geben. Bettina schlich, als sei sie zwanzig Jahre älter, als sie war, und trüge eine Last auf den Schultern, die sie bei jedem Schritt tiefer drückte. Sie sehnte, sehnte und sehnte sich. Man mußte nicht in Amerika sein, um fremd und unbehaust im Leben zu stehen, ohne Ausblick, ohne Hoffnung. Jetzt war es also schon so weit mit ihr, daß sie sich zurücksehnte. Das bedeutet den Anfang davon, alt zu werden. Und das eigentliche, wirkliche, blutwarme Leben hatte nie stattgefunden. Oder doch nur für kurze Augenblicke.

Es kam dann so, wie sie vorausgesehen hatte: Sie konnte Weihnachten nicht heimfahren.

„Eine von Ihnen hat hierzubleiben und das Viehzeug der Schule zu versorgen, wir sind eine landwirtschaftliche Schule. Ich verreise“, hatte der Chef erklärt. „Einigen Sie sich untereinander. Nächstes Jahr können Sie es ja umgekehrt halten.“

‚Nächstes Jahr bin ich hoffentlich längst tot‘, dachte sie. Im Augenblick erschien ihr das das einzig Wünschenswerte. Jedes Jahr so weiter – dann lieber tot.

Das Viehzeug der Schule, wie er es nannte, waren eigentlich seine eigenen Tiere. Hühner, ein Schwein, ein gräßlicher, verfetteter Köter. Bettina winkte ab, als Isa mit ihr sprach: mit tausend Entschuldigungen und Bitten, nicht böse zu sein. Aber ihre Mutter sei ohne sie ganz allein, und Bettinas Eltern doch nicht, sie hätten einander und den Sohn und die kleine Tochter.

„Jaja. Klar, ich bleibe“, sagte Bettina ergeben, „natürlich fährst du. Was verpasse ich denn schon?“

Sie merkte, wie sehr leid es Isa um sie tat. Darum nahm sie sich zusammen und versuchte, diese glauben zu machen, daß sie sogar ganz gern bliebe.

„Vielleicht besucht mich hier jemand“, sagte sie, eigentlich gänzlich unmotiviert – Isa guckte auch sehr verwundert. Bettina mußte nun dabei bleiben, daß eventuell jemand kommen würde, sie zwinkerte und tat sehr geheimnisvoll. Als Isa dann aber tatsächlich abgefahren war – Bettina hatte sie an die Bahn gebracht –, kam sie sich schon auf dem Heimweg verlorener vor als je im Leben. Natürlich kam niemand, wer denn bitte? Axel schon gar nicht, er war Ehemann und Familienvater und Gutsherr, mußte die Leute bescheren und dann mit der Familie feiern, mit MM und den Kindern – ob er wohl einmal an sie dachte? Unsinn, er wußte ja nicht, daß sie hier allein war, Weihnachten, allein auf der Bude und in der Schule, die sie haßte.

Und dann kam tatsächlich jemand! Am vierundzwanzigsten! Sie dachte, sie habe eine Halluzination. Es läutete an der Schultür, Bettina hatte sie zugesperrt und ging nun öffnen, glaubte, eine Schülerin habe irgend etwas vergessen. Sie schloß auf, und da stand Wolfgang aus dem Winterlager und lachte sie an, ein wenig befangen, aber sehr nett befangen.

„Ich will dich besuchen“, sagte er, „darf ich? Ich war bei euch zu Hause, und da sagten sie, du kämst nicht, und da ...“

„Da?“ fragte sie, halb ungläubig und halb gerührt.

„Da bin ich hergefahren. Ganz allein am Heiligen Abend, das ist nicht bekömmlich. Zu zweit geht's besser.“

Sie lachte und öffnete die Tür.

„Komm rein. Und deine Eltern?“

„Ach weißt du, die haben doch Reini. Die entbehren mich nicht so sehr. Er hat sich nämlich verlobt und bringt seine Dulcinea mit, und da ist Mutter rein aus dem Häuschen. Du, das ist eine ganz Kluge, die von Reini, die hat schon den Doktor, nun wird ihm nichts übrig- bleiben, als ihn auch zu machen.“

„Weißt du, ich war immer ein bißchen neidisch, wenn du so nett mit Reini warst“, plauderte er weiter.

Er hatte sich seitlich auf Isas Pult gesetzt und ließ die Beine baumeln, Bettina saß an dem ihren und sah zu ihm auf. „Manchmal dachte ich direkt, ihr hättet etwas miteinander, und du würdest meine Schwägerin. Aber so, jetzt ...“

„Jetzt?“

„Na ja, jetzt ... also mit dem Winterlager ist es dies Jahr nichts? Deine Eltern sagten es schon. Du kommst hier nicht weg? Bist du gern hier?“

„Ich? Ich bin hier so verkehrt, wie man nur sein kann“, sagte Bettina und versuchte zu lächeln. Dieses Lächeln schnitt ihm ins Herz. Es paßte so gar nicht zu ihr, bitter und resigniert. Er wartete. Vielleicht sagte sie noch mehr, vielleicht ließ sie einmal die Zügel los, die Pferde durchgehen.

Das war das Stichwort: Pferde.

„Ja, weil ich Pferde so liebe und mit Pferden zu tun haben wollte, deshalb bin ich das hier geworden. Und es war das Dümmste und Blödeste, was ich machen konnte. Wenn ich jetzt ein Pferd sehen will, muß ich ins Kino gehen."

Sie schwieg. Er sah sie an. Sie hatte sich verändert. Ihr Gesicht, das er glatt, jungenhaft, und, wenn man sich das Haar wegdachte, ein wenig wie gemeißelt in Erinnerung hatte, war nicht mehr so jung wie sie nach Jahren zählte. Neben den Mundwinkeln hatten sich zwei senkrechte Falten gebildet, noch waren sie fein, nur angedeutet, haardünn. Und die Augen sahen verschattet aus.

Es tat ihm weh. Kein Mensch bleibt jung, das ist nun einmal so, das Leben gräbt Furchen und schlägt Wunden, hinterläßt Narben. Hier aber war es zu früh ...

„Komm, wir laufen ein Stück", sagte er entschlossen, „draußen ist alles besser. Oder mußt du die ganze Zeit hier Wache halten? Dann halte ich mit."

„Nein, ich muß nur von Zeit zu Zeit das Viehzeug versorgen. Leider ist kein Pferd dabei. Ja, *das* würde mich über alles wegtrösten. Für Pferde tu' ich alles. Aber es sind nur blödsinnige Hühner und ein ekelhaft fetter Hund, und ein Schwein. Nein, nachts brauch' ich nicht hierzusein."

Sie gingen miteinander in die Wohnung des Chefs hinauf, wo der fette gelbe Köter ihnen entgegenkeifte. Bettina wehrte ihn ab, ließ ihn noch einmal auf die Straße. Wolfgang ging mit, lachte über das häßliche Tier und witterte zum Himmel hinaus.

„Ein bißchen Schnee wäre ja schön, sozusagen stimmungsvoller als dieses Matsch-Nebel-Wetter. Aber Petrus gönnt ihn uns nicht. Wir gehen trotzdem ein Stück in den Wald, oder möchtest du nicht?"

„Natürlich, klar. Und denken ans Riesengebirge. Zu mir können wir nicht gehen, ich wohne mit einer Kollegin zusammen, aber die Wirtin ist schrecklich, beinah wie der Chef. Männerbesuch, ausgeschlossen. Na ja, dafür ist die Bude relativ billig."

Sie wußte ja nicht, was er vorhatte. Aber er lachte nur und sagte: „Ich hab' mir auf alle Fälle ein Zimmer genommen, in der ‚Krone', falls zu weißt, wo das ist. Hab' mir Haus- und Zimmerschlüssel geben lassen. Und eine Flasche Wein bekommst du auch, aller Abstinenz zum Hohn, die trinken wir in der Schule, oder schmeckt sie dir da nicht? Na also, es hat, wie man sieht, auch Vorteile, daß du allein bist", er lachte vergnügt. Bettina mußte auch lachen.

Sie marschierten dem Wald zu, im zünftigen, straffen Schritt, durch die kalte Luft. Zum Glück regnete es nicht. Und Wolfgang fing sofort an, zu erzählen, was er vorhätte. Das war nicht wenig. Erst ins Ausland.

„Ich muß sehen, wie sie es dort machen, man kann nicht genug Werkspionage treiben. Denn ich will eine Schule bauen, eine Schule ..."

So ähnlich wie Wickersdorf. Sie hatten in ihrer Gruppe viel von Wickersdorf gesprochen, einige von ihnen waren auch dort gewesen, Bettina ebenfalls.

Sie hatte Wynecken kennengelernt, den Jugendführer, der diese Schule gegründet hatte und leitete, dann nicht mehr leiten durfte, sie aber geprägt hatte – so ähnlich wollte es Wolfgang machen, aber nur so ähnlich. Nicht in dieser etwas abstrusen Weltanschauung, die die Schüler unter einer Glasglocke aufwachsen ließ, abseits der Wirklichkeit, sondern vernünftig, auf dem Boden der Tatsachen stehend, trotzdem im Geist der Humanisten – Bettina dachte an die Diskussion in den Pädagogikstunden in Holgershof und fühlte eine gute Wärme in ihrem Herzen. Hier konnte sie nachvollziehen, was er plante, sie verstand. Und Wolfgang sprach und sprach, als er das merkte.

Später entschuldigte er sich dann, ein wenig verlegen. Daß er alles, sogar, daß heute Weihnachten war, vergessen hatte über seinen Plänen. Aber Bettina hatte gerade das gefallen und sagte es ihm auch. Unterwegs zog er eine Handvoll Kerzen aus der Tasche und befestigte sie an einem Bäumchen am Wegrand.

„Damit du auch einen Christbaum hast", und zündete sie an. „In deiner Bude hast du ja wohl keinen, und ich hab' auch keinen, so ist das also unser gemeinsamer", sagte er so beiläufig wie möglich, und Bettina lachte und nickte ihm zu. Er schien ihr so geschickt und taktvoll, so herzlich, ohne sentimental zu sein, daß sie zwar gerührt war, aber die Fassung nicht verlor.

„Fein. Was würde Holle sagen, wenn er uns hier sähe, der alte Heide!" sagte sie und blickte in das Licht der Kerzen. Wolfgang lachte.

„So ein Heide ist er auch wieder nicht. Er gefällt sich nur in dieser Rolle. Im Grunde – ach, Bettina, wie wissen doch alle, woher uns das Heil gekommen ist. Und daß wir ohne Gnade ...", er brach ab. Sie standen lange. Als die Kerzen heruntergebrannt waren und sie sich zum Gehen wendeten, nahm Wolfgang wie gedankenlos ihre Hand.

„Fall nicht", sagte er halblaut. Bettina schüttelte stumm den Kopf. Hand in Hand wanderten sie zurück, der Schule zu. Als sie im Lehrerzimmer saßen, Licht gemacht hatten und die Flasche Wein geöffnet vor ihnen stand, war ihnen ganz festlich zumute. Sogar Zigaretten hatte er ihr mitgebracht, er, der Nichtraucher!

„Du bist wirklich ein guter Kerl", sagte sie, es sollte ein wenig spöttisch klingen, aber es kam ihr mitten aus dem Herzen; sie hatte nicht gewußt, daß sie das je aussprechen könnte. Er lächelte ganz wenig, sehr zärtlich.

„Nicht aus Humanismus, Bettina. Aus – aus einem sehr egoistischen Grund, unter anderem", sagte er, sich selbst korrigierend, obwohl er ja noch nichts erwähnt hatte.

Das Einfachste ist oft das Schwierigste. Könnte er ihr doch die Falten rechts und links von ihrem Mund wegstreichen. Er fuhr mit den Fingerspitzen zart über ihr Gesicht.

Sie schloß die Augen und holte tief Atem. Es war so *gut*, daß er hier war ...

„Ja, Isa hat sich verlobt. Mit Gerhard, unserm halben Kollegen", erzählte Bettina. Es sollte leichthin klingen, aber es gelang nicht recht. Sie hörte es selbst. MM sagte nichts.

„Sie ziehen nach Dresden. Gerhard hat dort eine Stellung." Nach einer Weile setzte sie hinzu: „Isa wird mir sehr fehlen."

„Vielleicht kriegst du ein nettes Pröbchen. Eins, das aufmuckt und sich nicht alles gefallen läßt. Die heutige Jugend ist so, und gottlob, daß sie es ist!" sagte MM resolut. Sie fühlte genau, was Bettina meinte. Und dann setzte sie noch hinzu, und das war so richtig MM, wie sie leibte und lebte: „Schiete." Bettina mußte lachen, dabei kamen ihr die Tränen.

„Nichts ist endgültig, nichts für immer, Bettina", sagte MM später. Daß Bettina nun tatsächlich an der gräßlichen Schule hängenblieb – gab es denn keinen Ausweg?

„Wir wollen nicht mehr davon sprechen", sagte Bettina schließlich, gleichzeitig verzweifelt und gefaßt, „nichts hilft. Mein Leben ist verpatzt. Immerhin seid ihr ja in der Nähe."

Das war der einzige Lichtpunkt. Sie sprachen dann von anderem, und später ging Bettina mit Axel hinaus. Ein Gewitter grummelte am Himmel; das Wetter würde umschlagen. Sie fuhren Weizen ein, arbeiteten des drohenden Gewitters wegen auch am Samstagnachmittag.

„Und von dir erzählst du nichts?" fragte Axel nach einem langen Schweigen. „Immer willst du nur von uns hören ..."

„Von mir gibt's nichts zu erzählen. Schulsachen interessieren dich ja nicht." Es klang schnippisch. Axel sah sie an.

„Nein, aber damals – es war im vorigen Winter – oder im Winter vorm Jahr – da warst du ganz verändert. Völlig anders ..." Es klang strafend und gleichzeitig verdrießlich.

Axel wurde leicht verdrossen, wenn ihm etwas nicht nach Wunsch ging, immer noch erhob er den naiven Anspruch eines Kindes, das verlangt, alles und jedes solle nach seinem Willen gehen. Sie mußte lachen.

„Dem Ton deiner Frage nach ist ‚anders' kein Lob", sagte sie.

„Ach, sei nicht so empfindlich. Sag, Bettina, ist da was? Ein anderer Mann?" Seine Stimme klang seltsam erstickt und doch eindringlich. Bettina machte eine abwehrende Bewegung.

Es ist schon so: ein Mann wittert den anderen. Wolfgang war wiedergekommen, ein paarmal, und hatte dann geschrieben, aus Jugoslawien. Er hatte es nicht ausgesprochen, dann aber geschrieben. Daß er jetzt nicht heiraten könne, sie aber dennoch fragen wolle. Er glaube, daß sie ein gutes

Gespann geben könnten, es fragte sich nur, wann. Wollte sie warten auf ihn? Er zweifle daran, ob er ihr das zumuten dürfe, aber er wolle nicht versäumen, es einmal klargestellt zu haben.

Sie hatte ihm damals geschrieben, daß sie nicht könne. Sie wußte es längst, auch damals schon. Sie hätten sicherlich zueinander gepaßt. Aber sie liebte ihn nicht, sie liebte Axel.

Das letztere hatte sie ihm übrigens nicht geschrieben. Sie fand, das müsse nicht sein, es hätte ihn bestimmt verletzt. Aber es war so, sie konnte keinen anderen heiraten, solange sie den einen liebte. Sie nicht. Und damit war es zu Ende gewesen.

Sie liebte Axel. Er konnte sein, wie er wollte, sagen oder tun, was ihm paßte, sie liebte ihn, er war ihr Schicksal. Wie sich auch ihr Leben gestalten würde – wahrscheinlich würde es sich niemals anders gestalten als bisher: am Rande einer großen Liebe zu versickern. Das war schwer einzusehen, aber sie wollte wenigstens ehrlich mit sich selbst sein. Sie liebte ihn. Wie er da neben dem Strohfeim stand, hell und schlank und so viel jünger aussehend, als er war – sie selbst war nun Ende zwanzig und er acht Jahre älter. Aber noch immer hatte er die biegsame Schlankheit, die eigentlich nur in ganz jungen Jahre paßt, und er gab sich auch oft noch wie ein Junge, unbewußt, aber es paßte zu ihm. Daß er für MM nicht der richtige Mann war, wußte sie längst, er vielleicht nicht, aber MM wußte es. Was half das alles?

Es war so hoffnungslos, so verfahren und verfitzt. Sie hatte versucht, sich zu einem anderen Mann zu retten, um aus der Verstrickung heraus- und in ein eigenes Leben hineinzukommen, aber sie hatte es noch geschafft. Selbst in der kurzen Zeit, da sie sich einredete, Wolfgang zu lieben, war ihr das nur dann gelungen, wenn sie alle Gedanken, alle Erinnerungen an Axel gewaltsam unterdrückte, verdrängte, ausstrich – und das war ein Unrecht an dem anderen. Sie hatte es längst aufgegeben.

Könnte sie fort, weit fort! Nach China, nach Amerika, so weit, daß es ihr nicht möglich wäre, Axel wiederzusehen, wenn es sie überwältigte. Immer wieder nahm sie sich vor, daß es das letzte Mal gewesen sein sollte, wenn sie am Siebenbrunner Bahnhof abfuhr, sie *wollte* nicht mehr zurückkommen. Aber sie kam doch, sie kam wieder, es zog sie hierher, es war trotz allem und allem *das* in ihrem Leben, das dieses verpfuschte Leben lebenswert machte. Sie weinte. Axel sah es und erschrak, und dann nahm er sie einfach in die Arme. Sie war so kraftlos, daß sie sich nicht mehr wehrte. Es war ja doch das, wonach sie sich sehnte, jetzt wie jeden einzigen Tag seit nun fast fünf Jahren. Komme, was wolle – ihr ganzes Sein kannte nur noch den Wunsch, an ihn gelehnt zu stehen und seine Nähe zu atmen, seinen Mund zu fühlen.

„Du mußt mich jetzt lassen“, sagte sie endlich, seltsam gefaßt, und entwand sich ihm. „Es ist doch sinnlos.“

„Sinnlos! Bettina, du weißt doch ...“

„Ja, ich weiß.“ Sie sagte das mit der merkwürdigen Ruhe, die manchmal die Verzweiflung gibt. Er brauchte es nicht auszusprechen, sie fühlte es. Ach, wenn es doch anders gekommen, wenn dieses Unglück nicht geschehen wäre. mußten denn sein Vater und sein Bruder verunglücken, gerade damals! Wie oft hatte sie sich das schon gefragt.

„Margret will fort von hier, weißt du das eigentlich?“ fragte er nach einer Weile. Sie gingen langsam nebeneinander über das Stoppelfeld dahin, mit gesenkten Köpfen – es war glutheiß, noch immer. „Sie bleibt nicht hier.“

„Ach. Jetzt auch noch?“ fragte Bettina. Sie selbst fand es taktlos, lieblos gegen die beiden kleinen Mädchen. Denn im Grunde ist es doch wirklich kein Unterschied, ob man einen Sohn bekommt, das Blut wird auch in den Töchtern weitergegeben, und oft sind sie die wertvolleren.

Sie hatten ja nun ihren Stammhalter, Axel und Margret. Aber es hatte nicht viel geändert an allem – Bettina war über Axels Worte weniger erstaunt, als sie hätte sein müssen. Natürlich wollte MM fort, sie hatte immer fortgewollt. In der allerersten Zeit vielleicht nicht, doch schon bald drängte es sie zu etwas Neuem, zu etwas, was sie aufbauen konnte. So war MM. Und sowohl Axel als sie, Bettina, hatten das immer gefühlt.

Margret hatte weder das erste noch das zweite Kind selbst genährt, und den Jungen entwöhnte sie nach wenigen Wochen. Es war, als habe sie sich selbst zwingen wollen, jetzt, da sie einen Sohn hatte, eine richtige Mutter zu sein. Sie war sich ja immer klar über alles, über alle Menschen ihrer Umgebung, warum sollte sie da bei sich selbst blind sein? Sie war nicht zur Mutter geboren und geschaffen und war keine Mutter geworden, obwohl sie drei Kinder geboren hatte. Bettina fühlte eine erstickende Bitterkeit in sich aufsteigen.

Sie selbst *wäre* eine Mutter. Sie hätte für ihre Kinder alles getan, sie wußte das. Aber nie, nie würde sie sich ein Kind von einem anderen Mann als dem, den sie liebte, wünschen, und so mußte sie eben das Leben ohne eigenes Kind führen. Ein ganzes Leben, o schrecklich, schrecklich. Ein Leben ohne eigenes Kind, mit einer verbotenen Liebe im Herzen.

„Wann will sie denn fort und wohin?“ fragte sie schließlich. Axel antwortete zerstreut und obenhin, sie habe mit einigen Universitäten Fühlung aufgenommen. Ja, durch ihre Doktorarbeit; Margret hatte eine in Fachkreisen ziemlich viel Aufsehen erregende Doktorarbeit veröffentlicht.

Sie bummelten langsam, schweigend, zum Hof hinunter, Axel hatte eine Gerte in der Hand, mit der er an seine Stiefel schlug, während er halblaut vor sich hin pfiff – er schien völlig unbeeindruckt zu sein, ruhig und gleichmütig. Bettina verstand das nicht, aber sie war augenblicklich in der Verfassung, selbst das hinzunehmen – sie liebte ihn, wie er war. Und sie würde ihn lieben, auch wenn er mit ihrem Herzen Schindluder trieb,wenn er es verraten, verwunden, ja, vergessen würde. Die Liebe hatte sie erfaßt wie ein Mahlstrom, sie konnte ihrem Wirbel nicht mehr entgehen, auch wenn er sie hinabzog. Mochte es denn so sein.

Als sie in den Wirtschaftshof kamen, wurde gerade eine Fuhre Weizen eingefahren. Der Hof war leicht abschüssig, und der Hofmeister hatte die Gewohnheit, die Fuder rückwärts in die Scheune bringen zu lassen, da dann der leere Wagen leichter wieder herausgefahren werden konnte. So ließ der Kutscher auch jetzt das Fuder langsam rückwärts bergab rollen, das Tor in der Hängeschiene war noch geschlossen.

Oben auf dem Wagen saß eine Magd, ein frisches, rotwangiges Ding mit buntem Kopftuch, sie ließ sich, als der Wagen anhielt, rückwärts am Heuseil heruntergleiten, um das Tor aufzuschieben. Da scheuten die Pferde plötzlich, sie warfen die Köpfe und traten zurück, weil Axels kleiner schwarzer Hirschmann vor sie hingeschossen kam. Das Mädchen wurde zwischen Rückwand des Wagens und Scheunentor eingeklemmt. Sie kreischte wild auf.

Bettina hatte das Ganze beobachtet wie Axel, sie stand ja neben ihm. Aber sie *sah* die Gefahr nur, starrte hin – Axel jedoch schoß wie der Blitz hinüber, zwängte sich zwischen Wagen und Scheune und erreichte damit wenigstens, daß das junge Menschenkind nicht zerquetscht wurde. Während sie ihn dort arbeiten sah, kam auch in sie Leben und Bewegung zurück, sie schrie und deutete, rannte dann, als sie begriff, daß der Kutscher sie nicht verstand, nach vorn zu den Pferden und riß sie vorwärts. So kamen die beiden hinter dem Wagen frei.

Der Magd war nicht viel geschehen, sie hatte ein paar Quetschungen und blaue Flecke, irgendwie war sie wohl in eine Lücke geraten. Axel aber hatte große Schmerzen, er ging zwar selbst zum Haus hinüber, mußte sich aber sofort niederlegen. Den linken Arm konnte er überhaupt nicht bewegen, sein Gesicht war fahl.

Der Arzt kam, als sich draußen das Gewitter entlud, er stellte einen komplizierten Oberarmbruch fest und ein paar eingedrückte Rippen. Sie saßen zu dritt um sein Bett, Bettina, Margret und der alte Landdoktor, tranken Cognak und rauchten, auch Axel. Bettina empfand trotz der Angst um den geliebten Menschen etwas wie Stolz auf Axel. Da lag er, völlig unbekümmert, verzog keine Miene und lachte mit den anderen, obwohl er bestimmt starke Schmerzen hatte. So mußten seine Vorfahren gewesen sein – Unglück, Unfälle, Lebenspannen sind ja Wertmesser des Charakters. Auch MM benahm sich großartig. Sie war freundlich und gelassen und griff zu, wo es nötig war, ohne eine wilde und zärtliche Geschäftigkeit um ihren Mann zu entfalten.

„Kinder, ist es nicht gemütlich bei uns?“ fragte Axel am Abend, als der Regen niederrauschte und herrliche, erquickende Luft durch das offene Fenster strömte. „Kannst du nicht den Abend zugeben und bleiben, Bettina?“ Er sollte erst am andern Morgen ins Krankenhaus zur Behandlung.

„Ich bleibe, Axel“, sagte Bettina mit einem plötzlichen Entschluß. Sie telefonierte, sie sei durch einen Unfall gezwungen, einen Tag länger zu bleiben. Fräulein Brand möge sie vertreten. Der Chef kam gar nicht dazu, zu widersprechen. Ganz benommen von ihrer eigenen Kühnheit kam sie zurück.

Es war kühl geworden, und sie entzündeten ein Feuer im Kamin, rückten Axels Liege davor, und er besprach mit Margret, welche Weinflaschen heute zu erscheinen hatten. Bettina hatte das gleichzeitig erhebende wie beängstigende Gefühl, Schule zu schwänzen, und das tat sie ja auch.

Die beiden kleinen Mädchen kamen in ihren Schlafanzügen angelaufen, um gute Nacht zu sagen, und Bettina bat und bettelt, daß sie noch ein Weilchen aufbleiben dürften.

Sie waren reizend, vor allem Gerda, die das wunderschöne Gesicht ihrer Mutter zu bekommen schien, aber auch Claire war entzückend, so rund und glatt und wohlriechend nach Seife und Gesundheit. Bettina nahm beide auf den Schoß und fing an, ihnen etwas zu erzählen, und es war bezaubernd, wie sich das Flackern der Flammen in den weit aufgerissenen, runden Kinderaugen spiegelte.

Ein paar Tage darauf bekam Bettina einen Brief von MM, ein paar Seiten lang, handgeschrieben. Sie las ihn im Lehrerzimmer in der großen Pause, vergaß alles um sich her. MM schrieb, sie sollte die Schule fahrenlassen und zu ihnen kommen, als Gutssekretärin sozusagen, jedenfalls als Hilfe. Da Axel noch ein paar Wochen liegen müsse, habe sie selbst sich um die Außenwirtschaft zu kümmern, was zur Zeit sehr nötig sei, und so bliebe alles Schriftliche liegen, was sie sonst erledigt hatte.
"Das einzige, was ich eigentlich noch ganz gern tat“, schrieb sie. Und landwirtschaftliche Schulen hätten ja doch keine Zukunft mehr, so, wie es jetzt aussähe. Da wäre sie hier besser am Platze. Sie könne doch auch so gut mit den Kindern umgehen, überhaupt –, „also komm, und sofort. Axel sagt dasselbe“, schloß der Brief.

Bettina stand stumm. Ihr war, als fiele plötzlich eine große, blendende Helle über ihr dunkles Leben. Ein Ausblick – hatte sie in den letzten Jahren auch nur mit einem Gedanken daran glauben können, jemals noch eine Chance zu haben? Dies war eine, es war eine Möglichkeit, neu anzufangen, und zwar dort, wo es lohnte, dort, wo sie alle ihre Kräfte würde einsetzen können. Diese Aussicht war überwältigend und blendete sie so, daß sie die Augen schließen mußte. Ein neues Leben, ein wirkliches, lohnendes Leben, draußen auf dem Lande, mit Menschen, die sie liebte, mit Kindern ...

Und bei aller Verlockung, die sie wohl als solche sah und begriff, gab der kleine Satz den Ausschlag, den MM klugerweise eingeschoben hatte: daß landwirtschaftliche Schulen wohl nicht mehr sehr viel Zukunft hätten.

MM hatte die wirtschaftliche wie die politische Lage immer sehr gut und klar zu beurteilen vermocht ...

Bettina ging, mitten in der Dienstzeit, aus der Schule fort, in die Stadt, aufs Postamt. Rief in Siebenbrunn an, erreichte MM und sagte zu. Sie tat dies alles wie ferngesteuert, wie in Trance, und dennoch klar bewußt. Als sie zurückkam, war der Chef einem Herzinfarkt nahe.

„Ich melde das der Kammer! Heute noch! Das Maß ist voll! Erst das Wochenende nicht wiederkommen und dann in der Dienstzeit weglaufen, noch dazu, ohne sich Erlaubnis zu erbitten – ja, was fällt Ihnen denn ein! Ich werfe Sie hinaus, Sie sind entlassen ..."

Bettina stand vor ihm, weiß im Gesicht, starr, mit zusammengepreßten Lippen. Er schrie, sie schwieg.

Als ihm nichts mehr einfiel, als er anfing, sich zu wiederholen, wartete sie eine Atempause ab und sagte dann, ihre Stimme klang gepreßt, aber deutlich und laut: „Gut, ich bin entlassen. Sie sind Zeuge, Fräulein Brand."

Sie erinnerte sich später genau an das Entsetzen im Gesicht der kleinen Probelehrerin. Sie tat ihr leid. ‚Später werd' ich sie trösten', dachte Bettina verweht. Und dann ging sie hinaus, um nicht wiederzukommen.

Der Weg hatte eine Biegung gemacht, das Leben sich neu vor ihr geöffnet. Sie hatte es gewittert, erkannt und wahrgenommen.

‚Sogar so kleine Seelen wie ich könne mitunter zugreifen, wenn sie eine Chance sehen', dachte sie verwundert. ‚*Eine* Chance? Die einzige, die mir je geboten wurde ...'

Bettina stand an der Treppe des Herrenhauses und begrüßte eilig einen der Jagdherren, der etwas später gekommen war – im Pferdeschlitten.
Es hatte wahrhaftig so viel Schnee gegeben, daß man den Schlitten nehmen konnte – die meisten der Herren kamen allerdings im Auto, das war bequemer und wärmer. Dieser aber hatte einen wundervoll altmodischen Schlitten herausgeholt, mit aufgebogenen Kufen und einem ausgespannten Netz, das die von den Hufen emporgeschleuderten Schneebrokken auffing. Bettina hatte die Zügel schon in der Hand.

„Nein, bitte, ich fahr' ihn hinüber. Wenn Sie schon hineingehen wollen – die Herren sind eben beim Loseziehen. Ich hab' so lange keinen Pferdeschlitten kutschiert ..." ‚noch nie, nie, in Wirklichkeit. Immer nur in Träumen', dachte sie und lachte versteckt. Sie wollte nichts auf der Welt lieber, als wenigstens das kurze Stück über den Hof kutschieren zu dürfen, kletterte bereits hinauf, nachdem der Hund lautlos in den Schnee gesprungen war.

Daß sie solches Wetter hatten zur Treibjagd! Nicht im Traum hatte sie es vor acht Tagen für möglich gehalten. Axel wunderte sich auch. „Sonst haben wir immer Regen und Sturm, es ist hundert Jahre her, daß wir zur Jagd richtig Schnee bekamen ..."

Vorgestern hatte es angefangen zu schneien. Sachte, vorsichtig, gleichsam noch nichts versprechend – Bettina badete gerade den kleinen Kersten, als Claire hereingeschossen kam.

„Mach die Tür zu – ja, so, danke. Was gibt's denn, Claire?"

„Es schneit, es schneit!"

„Ist das möglich!"

Bettina trat, den Kleinen ins himmelblaue Badetuch gewickelt, auf dem Arm, ans Fenster des Kinderzimmers und schob den Vorhang ein wenig weg. Wahrhaftig, tanzende Flocken! Und das Thermometer stand auf fünf Grad unter Null.

„Wunderbar, Claire, wunderbar! Hast du es Vater schon gesagt? Das wird übermorgen ein Fest, eine Jagd, wie sie noch nie da war!"

Während ihres Praktikums hatte sie natürlich auch Jagden erlebt. Die bestanden für sie damals aus nichts als aus unglaublich viel zusätzlicher Arbeit, aus Vorbereitungen, die bis in die Nacht hinein gingen, aus Anschnauzern vom Chef, wenn etwas nicht sofort klappte, aus Hektik bei der Gutsherrin und schlechter Laune bei der Mamsell. Trotzdem hatte sie es immer genossen, heimlich entzückt und hingerissen von der Atmosphäre, dem bewegten Treiben, dem Hin und Her und der Spannung, ob auch alles nach Wunsch ging. Hier aber, und jetzt ...

Auch hier und jetzt waren die Vorbereitungen bis in die Nächte hinein gegangen, sie hatte in der Küche angestellt und selbst geholfen, da kam ihr natürlich die Ausbildung der Frauenschule zugute, da war sie sattelfest. Sie hatte Gästezimmer kontrolliert, Wäsche und Silber herausgegeben, Gläser nachgesehen, Tischordnung ausgetüftelt und Tischkarten geschrieben und dazwischen versucht, die Kinder einigermaßen in Ordnung zu halten. Die beiden kleinen Mädchen nützten bereits die Situation aus und entwischten ihr immer wieder. Kersten, gottlob, blieb noch in seinem Ställchen, gutmütig-pomadig wie er war, aber auch er mußte ja zur Zeit gefüttert, umgezogen und schlafen gelegt werden. Es war nicht einfach, und MM hätte das Ganze sicherlich besser organisiert, sie verstand ja so ausgezeichnet, andere für sich arbeiten zu lassen. „Ein guter Ansteller ist mehr wert als sieben gute Arbeiter", sagte sie manchmal. Bettina versuchte, danach zu handeln, aber vieles machte sie eben so gerne selbst. Sie genoß es von ganzem Herzen, gebraucht zu werden, und rackerte sich mit Genuß ab. Mochten ihr Schnitzer unterlaufen, Axel war ja auch noch da. In solchen Fällen stand er seinen Mann auf das vortrefflichste, war ein hervorragender Gastgeber und nie ärgerlich oder mißgestimmt. Überhaupt – ach, sie war glücklich, glücklich.

„Du kommst doch mit raus, jedenfalls ...", rief er ihr nach, als sie soeben mit dem Schlitten anfuhr. Er hatte den späten Jagdgast auch begrüßt und sah Bettina lächelnd nach.

„Ja - ja! Ich bring das Mittagessen in die Jagdhütte! Das ist ausgemacht – Ja!" rief sie. Die beiden Pferde vor dem Schlitten trabten an, das Geläute auf ihrem Rücken klang wunderbar, im Dreiklang abgestimmt. Bettina setzte sich seitlich auf den Bock, das linke Bein herunterhängend, um abspringen zu können, falls ...

Aber die beiden Dunkelfüchse hatten ja schon eine ganz schöne Strecke hinter sich gebracht und waren abgetrabt, dachten nicht daran, Theater zu machen. Vor dem Stall sprang Bettina ab, gab die Zügel einem Knecht in die Hand.

„Ausspannen, reinstellen, abreiben – nein, den Schlitten lassen wir gleich hier. Ich fahre nachher damit hinaus." Dies war ihr soeben eingefallen, blitzartig.

Sie mußte den Besitzer natürlich noch fragen, aber er würde nicht nein sagen. Und dann nahm sie Ginster und Helle ...

Sie selbst besaßen natürlich auch einen Pferdeschlitten auf Siebenbrunn, aber er war nicht in Ordnung, Axel hatte das gestern gesagt, als sie danach fragte. Ewig nicht benützt, hinten im Schuppen vergraben. So würde sie diesen nehmen, um den Jagdherren das Essen hinauszufahren. Claire und Gerda durften mit, das erstemal im Leben! Würde das ein Spaß werden!

Bei jedem ankommenden Auto hatte sie gespäht: kam MM? Eigentlich mußte sie ja, die Jagd war *das* Fest des Jahres. Aber vielleicht hatte sie etwas ganz Wichtiges vor, dort an ihrer Universität, und konnte es nicht möglich machen.

Bettina schrieb ihr jede Woche, berichtete über die Kinder, die Wirtschaft, über alles, was passierte. MM schrieb eigentlich nie zurück, rief aber manchmal an. Und heute ...

Bettina fühlte, daß sie sich freuen würde, wenn MM käme, sie liebte sie ja wirklich, und sie hätte ihr nur zu gerne gezeigt, wie gut alles in Ordnung war. Bettina war doch ein bißchen stolz darauf.

Freilich – MM mit ihrer Persönlichkeit spielte jeden anderen an die Wand, und sie, Bettina, gehörte hier auf den zweiten Platz. Aber es würde ihr gefallen, MMs Platz ausfüllen zu können, wenn auch nur vertretungsweise.

Sie lief über den Hof zurück. Die Herren hatten bereits um die Plätze gelost und drängten aus der Diele ins Freie, um sich aus den Waschkörben, die sie dort hatte hinstellen lassen, ihr Vesperpäckchen herauszunehmen. Das waren Butterbrote mit Wurst, Käse oder Schinken, alles aus eigener Wirtschaft, wie sich das gehörte. Auch bei den Salaten, die sie mit den Küchenmädchen am vorhergehenden Tag angerichtet hatte, stammten die Zutaten ausnahmslos vom eigenen Hof, das war Ehrensache. Sie waren ihr gelungen, wie sie mit Genugtuung festgestellt hatte. Nun, und die Rehkeulen würden beim Schüsseltreiben auch Anklang finden, mit Klößen und Preiselbeeren. Preiselbeeren gab es hier in den Wäldern in Massen, sie hatte mit den kleinen Mädchen im Herbst tagelang gepflückt. Es war ein sehr schöner, warmer Herbst gewesen, ach, und das bunte Laub ...

Im Grunde konnte sie nicht verstehen, daß MM von hier weggegangen war, in eine Stadt, an eine Universität. Aber MM hatte eben andere Pläne, sie war besessen von Plänen, immer schon gewesen. Die Menschen sind verschieden ...

Nun waren die Herren hinaus. Bettina schloß die Tür und atmete auf. Der Geruch nach Leder, Hunden und Fleischbrühe hing noch in der Diele, er gehörte zur Jagd wie das Klappern der Treiber und das trockne Bellen der Schüsse. Sie sah noch schnell nach Kersten, ob er schon schlief. Heute mußte Marie auf ihn achtgeben, solange sie selbst draußen war. Ihn allein lassen konnte man jetzt nicht mehr.

MM war also nicht gekommen. Bettina lief in ihr Zimmer, um sich umzuziehen, es war kälter geworden, gut so. Da blieb der Schnee liegen, es gab keinen Matsch, trockener Schnee war besser.

Ach, es war zu schön, den beschneiten Park durchs Fenster zu sehen und zu wissen, nachher fährst du mit zwei Pferden durch diese weiße Pracht hinaus ...

Sie hatte den Nachbarn, der mit dem Schlitten gekommen war, noch rasch gefragt – natürlich nickte er ihr auf ihre Bitte hin zu; selbstverständlich, gern. Nun mußte sie sich um das Zweispännergeschirr kümmern, Axel fuhr meist mit Alex und Lotte, sie aber wollte die beiden anderen Kutschpferde nehmen, weil sie mit diesen schon selbst gefahren war. Ginster war alt und vernünftig, und Helle würde neben ihr sicherlich keine Dummheiten machen.

Wie ein Rausch kam es über sie: Pferdeschlitten fahren! Mit dem Reiten hatte es bisher noch nicht geklappt, immer war etwas dazwischengekommen. Aber kutschiert hatte sie schon mehrmals. Axel ahnte ja nicht, *wie* sehr sie sich das wünschte, und sie mochte es ihm auch nicht sagen. So vieles war bei Landleuten selbstverständlich, was bei ihr etwas ganz Besonderes bedeutete. Und sie wollte doch ‚echt', wollte ‚vom Lande' sein!

Kersten schlief, sie sagte Marie Bescheid, suchte sich dann ein Paar dicke Handschuhe und legte die Sachen, die die beiden kleinen Mädchen nachher anziehen sollten, zurecht. Sie besaßen beide rote Jäckchen mit weißem Innenpelz, der auch die Kapuzen säumte; sie sahen reizend darin aus. Aber auch warme Hosen mußten sie anziehen und ihre Pelzstiefelchen. Als alles bereitlag, ging sie in den Saal, wo die Mädchen den Tisch für den Abend deckten. Da konnte sie schon die Tischkarten an die richtigen Stellen legen – sie tat es mit ernsthaft gerunzelter Stirn. Alles mußte genauso verlaufen wie immer, sie durfte sich keinen Fehler leisten.

Für die Getränke sorgte Axel. Sie war froh darüber, weil sie nicht die mindeste Weinkenntnis besaß. Woher auch? Bei ihnen zu Hause hatte es, soweit sie sich besann, nur ein einziges Mal Wein bei Tisch gegeben, an ihrer Konfirmation. Sie erinnerte sich genau daran, daß er ihr gar nicht geschmeckt hatte. Das war ein Jahr nach Ende der Inflation gewesen.

Später hatten ihre Eltern vielleicht bei Gelegenheit schon etwas getrunken, aber sie war ja so gut wie nie zu Hause gewesen.

Die Sonne brach durch, als Marie die beiden kleinen Mädchen zu ihr in den Schlitten hob. Sie konnte nicht helfen, hielt mit beiden Händen die Zügel. Ginster stand geduldig, aber Helle trat hin und her. Trotzdem sagte Bettina:

„Marie, rennen Sie doch schnell noch um zwei Wärmflaschen. Die Kinder haben so kurze Beine, sie reichen nicht hinunter ...“ im Schlitten lagen, wie das üblich ist, zwei heiße Ziegelsteine, aber bis dahin kamen die Kinderbeine nicht. Sie selbst konnte sich die Füße daran warm halten. Da war Marie schon wieder. „So, einfach auf den Schoß“, sagte sie, „halt die Wärmflasche fest, Claire, da bleiben deine Hände warm.“

Es war beißend kalt, aber ganz windstill. Bettina gab die Zügel vor und schnalzte mit der Zunge, und Ginster ging ins Geschirr, Helle folgte. Und dann trabten sie beide an, ruhig und im gleichen Takt. Bettina fühlte, wie sich ihr Herz in unwahrscheinlicher Seligkeit dehnte.

Was auch kommen sollte – diesen Tag würde sie nie vergessen. Diese Sonne über dem verschneiten Wald, auf den sie zufuhren, die Kinder neben ihr im Schlitten, die Pferde mit dem Geläut am Gurt. Dieser Tag war ein Stück für die Ausstattung des Lebens, das fühlte sie genau und ganz bewußt. Ein Stück Gold, das ihr immer und immer bleiben würde ...

Sie hielten vor der Jagdhütte, einem rotbraunen, nachgedunkelten Blockhaus, das zum Gut gehörte. Die Jagdherren waren noch nicht da, wohl aber zwei der Küchenmädchen, die sie vorausgeschickt hatte. Sie kamen heran, eine hielt die Pferde am Kopf, die andere hob erst Claire, dann Gerda aus dem Schlitten und zuletzt, gemeinsam mit Bettina, den riesigen Topf mit Zusammengekochtem, der in einem Heunest darin gestanden hatte, sorgfältig abgedeckt.

„Ich gebe die Suppe nachher selbst aus, ihr reicht mir nur die Teller zu“, ordnete sie an. „Brennt der Kamin?“

Ja, er brannte. Er zog mit tollem Fauchen, es war eine sehr breite Feuerstelle, die prasselnd und heiß den durchkühlten Raum erhellte. Die Fensterläden waren noch zu. Bettina lief ums Haus und schlug sie zurück. So, nun konnte man in Ruhe die Teller verteilen und das Besteck zurechtlegen.

Die Jagdhütte wurde eigentlich nur bei großen Jagden benutzt. Sie holten den Punsch herein, der auch im Schlitten verstaut gewesen war, und hängten den Kaffeekessel am schwenkbaren Eisenarm übers Feuer. Nun konnten die Herren kommen.

Sie kamen dann auch, sehr bald und mit frostroten Gesichtern. Sie trampelten sich die Füße warm, warfen ihre Handschuhe auf den Tisch, beglückwünschten sich gegenseitig zu guten Schüssen, ließen sich von Axel Cognac einschenken. „Nein, danke, nur einen – na, auf einem Bein steht man nicht gut ...“

Bettina gab den dampfenden Eintopf aus. Einer nach dem anderen setzten sich die Herren, der Raum war jetzt ganz warm, die Stimmung stieg. Löffel klapperten, Teller klirrten, wurden abgegessen und aufeinandergesetzt, und jetzt wurden Zigarren entzündet.

„Nein, ein Wetterchen haben Sie bestellt, Büssow", lobte man Axel, und der strahlte und tat, als sei das Wetter wirklich sein Verdienst. Er hatte Bettina reihum vorgestellt, „eine Freundin meiner Frau, die gottlob hilft, denn Sie wissen ja, Margret ist dabei, höhere Lorbeeren zu sammeln." Es hatte sich natürlich längst herumgesprochen, aber keiner verzog eine Miene.

Die beiden kleinen Schwestern gefielen ungemein, man erkundigte sich nach dem Kronerben, prophezeite ihm ebensolche gute Jagden, wenn er erst zwei Jahrzehnte älter sei, und war überhaupt bestens gelaunt.

Und dann ging es wieder hinaus. Bettina verstaute in den Schlitten, was hineinging, und spannte dann die Pferde selbst ein. Das tat sie heute zum ersten Mal.

Der Tag ging seinem Höhepunkt entgegen: das Schüsseltreiben am Abend war eine reine Freude, die Reden, die gehalten wurden, waren zum Glück kurz, der Tanz hinterher um so länger. Bettina trug ein dunkelblaues Abendkleid mit ein wenig Brokat am Saum und an den Ärmelbündchen; es stand ihr sehr gut, zumal sie die schönsten Farben hatte.

„Gesicht erfroren?" fragte Axel einmal halblaut beim Tanzen und berührte mit seiner Wange die ihre. „Oder glühst du von innen? Wahrhaftig, wie ein Hochofen von Format. Daß ich mich an dir nur nicht verbrenne!"

Er lachte. Bettina lachte nicht.

Sie hatte wirklich das Gefühl, als brenne, als lodere sie, und fühlte beinahe Angst, an sich selbst zu verglühen.

Axel tanzte so wunderbar.

„Weißt du noch, in den Friesbauden? Silvester?" fragte er in diesem Augenblick. Sie hatte gerade auch an damals gedacht.

Natürlich hatte er erst mit allen Damen, die gekommen waren, tanzen müssen, schön der Reihe und Würde nach. Erst jetzt konnte er Bettina auffordern. Von da an aber holte er sie fast zu jedem zweiten Tanz; einmal flüsterte sie, das falle doch auf. Aber er lachte nur zärtlich und sagte: „Dafür sorgt der Wein, daß keiner etwas merkt."

Einige der Herren saßen auch schon im Zimmer nebenan und hatten die Karten vor. Um Mitternacht fingen die ersten Gäste an sich zu verabschieden. Landleute bleiben nicht bis zum Morgen. Die meisten waren auch älter als Axel.

Bettina stand neben ihm an der Tür, als der letzte Wagen aus dem Hof fuhr. Sie sahen ihm nach, Axel hatte den Arm um sie gelegt. Ihr war ein wenig wirr zumute, sie hatte wohl ein Glas Wein zuviel getrunken, vertrug so gut wie gar nichts mehr. Er lachte, als sie das sagte.

„Komm, für uns ist es noch nicht zu Ende“, sagte er halblaut und zog sie ins Haus, „schön war's, aber jetzt wird es noch schöner. Nur du und ich ...“

Sie hatte es gehofft, hatte daran gedacht, immerzu, jede einzige Minute dieses wunderbaren Tages. Schon als sie aufwachte und später, als sie mit dem Schlitten hinausfuhr, draußen in der Jagdhütte und drinnen im Saal, als er mit ihr tanzte und ... Jetzt wurde es wahr. Er löschte überall das Licht und ging dann mit ihr hinauf, in ihr Zimmer. Das hatte er noch nie getan.

„Ich darf doch?“ sagte er und nahm sie in seine Arme.

Bettina blätterte die Post durch und hielt inne. Sie fand sich selbst albern, aber jedesmal gab es ihr einen Schock, wenn sie diese Schrift sah. Dabei waren es fast ausnahmslos Berichte über MMs Arbeit, oft auch Zeitungsausschnitte – MMs Tätigkeit machte in der Öffentlichkeit viel von sich reden –, und natürlich schrieb sie auch über die Politik. Sie war viel im Ausland, übersah dadurch die Lage klarer. Im Augenblick konnte man ja von einer Entspannung reden.

Bettina las keine Zeitungen, hörte aber stets die Nachrichten. Sie fand, daß das neue Regime für die Landwirtschaft die Rettung bedeutete. Nur zu gut wußte sie, wie schlecht es den Bauern vorher gegangen war. Jetzt galt der Bauer als der erste Stand im Staat, aber es wurde auch sonst einiges für ihn getan, das mußte man zugeben.

Dennoch hatte sie immer das Gefühl einer unmittelbaren Bedrohung, wenn ein Brief von MM kam. Zu Unrecht; MM dachte nicht daran, zurückzukommen. Sie hatte ganz andere Pläne; Pläne, für die sie brannte. In die Rolle der Mutter und der ländlichen Hausfrau hatte sie nie gepaßt. Dann aber, so fand Bettina, könnten Axel und sie sich auch offiziell trennen. Denn ihre, Bettinas, Stellung hier war ja doch etwas schwierig, auf die Dauer gesehen, obwohl sie es überspielte, so gut sie konnte.

Diesmal war MMs Brief an sie persönlich adressiert. Sie öffnete ihn mit etwas fahrigen Fingern, überflog ihn, atmete kurz auf. Nein, nichts, was irgendwie auf eine Änderung der Lage hinzielte. MM berichtete von einer Reise nach Holland, einem Vortrag, den sie dort gehalten hatte, in Den Haag. Mit Dolmetscher. Bettina fühlte, wie ihre Achtung vor dieser Frau wieder einmal stieg. Dabei schien MM das alles nicht besonders wichtig zu nehmen.

Dann folgten ein paar Anweisungen, die die Kinder betrafen. Vor allem Kersten – Bettina solle dafür sorgen, daß er als Jüngster nicht verwöhnt werde.

„Auch wenn er klein ist“, – er war wirklich klein für sein Alter, obwohl er große Eltern hatte –, „so muß er doch eines Tages seinen Mann stehen. Verhätschle ihn bitte nicht, Du tust ihm damit keinen Gefallen. Und verlaß Dich keinesfalls auf Axel. Axel versteht von Kindererziehung nicht das geringste. Die Verantwortung trägst Du.“

Dann kam einiges, was die Wirtschaft betraf. Bettina las alles aufmerksam durch, obwohl sie es nur weiterzugeben hatte. Axel wirtschaftete mit dem alten Hofmeister und ließ sie selbst kaum einen Blick in die Außenwirtschaft tun.

Und dabei, so meinte Bettina beklommenen Herzens, müßte er das unbedingt tun, gerade jetzt. Denn gefaßt sein mußte man auf alles, das war ihr nur zu klar. Wenn sie sich auch innerlich gegen den Gedanken sträubte.

Sie legte den Brief beiseite, aufgestört und verunsichert, wie immer, wenn sie von MM hörte. Da sah sie einen anderen Umschlag, der ihr vorher entgangen war. Aus USA, auch an sie persönlich – sie griff danach, riß ihn auf. Val, Valentin Kluge, wahrhaftig!

Ewig hatte sie nichts mehr von ihm gehört. Er schrieb auch jetzt nur kurz, ganz sachlich. Daß er zurückkommen würde, er habe jetzt eine Möglichkeit, in Deutschland zu arbeiten. „Wenn es trotz allem so kommt, wie es aussieht, ist es besser, ich bin daheim", schrieb er.

Wenn es doch so kommt ...

Sie hatte solch fürchterliche Angst vor einem Krieg. Sie sträubte sich, ihn für möglich zu halten. Auf jeder Briefmarke las man doch, daß ‚er' keinen Krieg, sondern den Weltfrieden wolle. Und jetzt, nach dem Treffen in München ...

Nein, keinen Krieg, keinen Krieg! Wenn Axel mit hinaus müßte! Darüber jedenfalls bestand kein Zweifel, er war Reserveoffizier wie alle Männer seiner Familie.

Was würde dann aus Siebenbrunn werden? Was aus den Kindern? Bettina vergaß Val und seinen Brief, das drohende Gespenst überschattete ihr Denken. Sie ließ die Post liegen – wo war Axel? Sie lief, um ihn zu suchen. Sie mußte ihn sprechen, mußte von ihm hören: ‚Es ist ja noch nicht soweit. Vielleicht kommen wir doch darum herum ...'

Er saß mit einem Herrn im Kaminzimmer, sah erstaunt auf, als sie hereinkam. Sogleich nahm sie sich zusammen, ließ sich vorstellen und fragte dann etwas Nebensächliches. Auf dem Tisch vor dem Kamin standen zwei leere und eine halbvolle Flasche. Sie bemühte sich, darüber hinwegzusehen.

Es war nicht das erstemal, sie wußte es längst. Aber daß er jetzt auch am Tage trank, bei jedem sich bietenden Anlaß – natürlich, heute war der Besuch der Grund. Aber ...

Sie erinnerte sich an eine Lehrprobe in Holgershof, bei der sie und Marianne von Geldern hospitiert hatten.

Die Stunde handelte vom Alkohol, und die Unterrichtende hatte versucht, den Vierzehnjährigen die Gefahr klarzumachen, die er bedeutet. Marianne fand, daß sie nicht annähernd das erläutert hatte, was nötig gewesen wäre.

„Da muß man massiv werden, ganz massiv", hatte sie gesagt. „Den Kindern einhämmern: nehmt niemals einen, der säuft. Nicht denken, ich gewöhn' es ihm ab. Wo der Alkohol herrscht, fliegt das Glück zum Fenster hinaus. Wenn einer die Flasche liebt, Hände weg!"

Auch eine ihrer Sorgen. Nicht die einzige ...

Es war ein älterer Herr, der bei Axel saß. Sie hatte den Namen nicht verstanden. Groß, hager, Glatze, Monokel im Auge. Eigentlich die Karikatur eines Offiziers, ein bißchen Simplizissimus – Bettina rief sich selbst zur Ordnung. Man soll sich nicht an Äußerlichkeiten stoßen.

Sie merkte auch sehr bald, daß dieser Herr durchaus keine Witzfigur war. Er bezog sie mit einer solchen Herzenshöflichkeit in sein Gespräch mit Axel ein, daß ihr ganz warm wurde vor Freude. Fragte nach den Kindern, lobte ihr Aussehen, als Bettina sie holen ließ.

Die Mädchen knicksten, Kersten machte einen tiefen Diener mit dem ernsthaftesten Gesicht der Welt. Als der Besuch ihn fragte, ob er schon reite, antwortete er: „Ich habe bis jetzt vielleicht fünfzehn Stunden gehabt", so, als sei er erwachsen. Daß man nie sagte: „Ich kann reiten", hatte er also verstanden. Bettinas Herz wurde heiß vor Stolz und Freude.

Sie trank dann selbst ein Glas Wein mit, was sie sonst nie tat.

Später gingen sie hinaus, zu dritt, Axel wollte dem Besuch seine neue Silage-Anlage zeigen, auf die er sehr stolz war.

Bettina mühte sich, soviel wie möglich mitzubekommen von dem, was die Herren sprachen, obwohl sie sich an den Gedanken klammerte: ‚Noch ist Axel da. Noch führte er das Gut, und dir bleibt die Innenwirtschaft, das Büro, die Kinder.'

Das war etwas Überschaubares, daran mußte sie sich halten. Vielleicht kam MM wieder, wenn jener Fall eintreten sollte, sie verstand genug von der Außenwirtschaft.

Im Grunde glaubte Bettina nicht daran, wenn auch die Vorstellungen, allein und ohne Mann wirtschaften zu müssen, ihr wie ein riesiger, dräuender Fels vorkam, der vor ihr lag und jede Aussicht versperrte. Sie liebte Siebenbrunn.

Man kann sich wohl auch in der Stadt zu Hause fühlen wie Mart oder ihre kleine Schwester. Sie hatten alle drei eine wunderschöne Kindheit in der Stadt verlebt, obwohl ihre Mutter sich immer nach Schlesien zurückgesehnt hatte. Ihre, Bettinas eigentliche Heimat des Herzens aber war Siebenbrunn geworden, wo Axel lebte und seine Kinder heranwuchsen.

Natürlich ging mit den Kindern nicht alles glatt, das wäre bei einer wirklichen Mutter sicher nicht anders gewesen. Bei MM vielleicht schon, die hatte den bacillus paedagogicus, aber wer konnte sich mit ihr vergleichen? Sie selbst hatte eigentlich immer geglaubt, es dürfe keine Schwierigkeiten geben, wenn man die Kinder nur richtig liebe. Und das tat sie.

Sie hatte erwartet, daß Gerda ihr besonders ans Herz wachsen würde, weil sie sich damals, als sie die Anzeige von ihrer Geburt bekam, vorgenommen hatte, dieses Kind wie ihr eigenes zu lieben. Ihr Patenkind ... Aber Kinder sind Persönlichkeiten, sie scheren sich nicht darum, was andere sich vornehmen. Gerda lag ihr zweifellos am wenigsten von den drei Geschwistern.

Sie war sehr hübsch und sie wußte es genau, dazu war sie ausgesprochen gefallsüchtig. Kaum tauchte ein männliches Wesen auf, so setzte sie sich in Szene.

Auch Axel gegenüber war sie ganz Eva, einschmeichelnd, süß – und falsch. Bettina war unwillig über sich selbst, daß sie sich so ärgern konnte über ein erst achtjähriges Kind!

Aber sie tat es. Axel zog Gerda ganz offensichtlich vor, soweit er sich überhaupt mit den Kindern beschäftigte – er war kein sehr zärtlicher Vater. Diese Tochter allerdings erreichte alles bei ihm, schmeichelte, bis sie Sieger blieb, und triumphierte dann Claire gegenüber, von der er verlangte, sie solle als Ältere nachgeben.

Er war kein Pädagoge, da hatte MM recht. Aber das waren wohl die wenigsten Väter.

Claire war anders, langsam, gutmütig, bieder – das traf es wohl am ehesten. An ihr hatte Bettina mitunter eine ganz jähe, entzückte Freude, ohne Mißstimmung oder Angst. Nie kam sie bei Claire auf jenen Gedanken, der sie bei Kersten ständig verfolgte: das Kind könne ihr einmal entrissen werden, so oder so. Claire war so sehr da auf der Welt. Und sie fand das Mädchen hübsch, wenn auch der Schopf fuchsrot blieb und nicht kastanienbraun oder tizianfarben wurde. Dazu hatte Claire, wie viele Rothaarige, eine Menge Sommersprossen, die kleine Nase war ganz damit übersät. Bettina fand das reizend.

Sich selbst hatte sich immer häßlich gefunden, und Mart, in der Überlegenheit des Älteren, hatte ihr stets zu verstehen gegeben, daß sie in diesem Punkt – sonst nannte er sie immer dumm – genau recht habe. Es tat ihr weh, jedes Mädchen möchte hübsch aussehen. Deshalb wurde sie stets unverhältnismäßig zornig, wenn Axel Claire mitunter sein häßliches Entchen nannte.

„Sie ist nicht häßlich, das ist nicht wahr", sagte sie leidenschaftlich, „Claire, Vater hat nur Spaß gemacht!"

Axel war ganz verblüfft; er hatte sich nichts Böses dabei gedacht. Wie oft verwunden Erwachsene mit solchen Gedankenlosigkeiten ihre Kinder! Väter sollten nicht gedankenlos sein.

Später dachte Bettina oft an diesen Tag zurück, an dem sie mit Axel und seinem Gast umhergegangen war, dem Gespräch folgend und trotzdem in ihre eigenen Gedanken verstrickt: Der Herr, der so freundlich mit ihr und den Kindern gewesen war, fiel am zweiten Tag des Polenfeldzuges. Sie erfuhr es zwar erst einige Zeit später, aber es traf sie hart. Er war ihr erster persönlicher Bekannter, der fiel.

Jetzt war der Krieg Wirklichkeit. Man hatte sich mit ihm zu arrangieren. Manchmal dachte sie, das könne sie nie, nie. Den meisten Frauen ging es so. Danach aber fragt das Leben nicht.

An einem Frühlingstag von ganz seltener Milde und Ruhe ging Bettina über den Gutshof, Kersten an der Hand. Die Sonne war schon gesunken, der Himmel ganz unbegreiflich hoch und warm erleuchtet. Bettina blieb noch ein Weilchen vor der Tür stehen, sie war müde, aber auf eine seltsam befriedete Art. Sie war mit Kersten bei einem Arbeiter gewesen, der krank zu Bett lag – Kersten ging sehr gern mit auf solchen Gängen, er trug ihr dann die Tasche mit den Medikamenten und wollte alles ganz genau wissen. Vielleicht würde er einmal Medizin studieren.

Als Arzt würde ihm auch seine geringe Größe nicht weiter schaden, viele große Ärzte waren körperlich klein. Außerdem konnte er ja noch wachsen, alle Fachleute, die sie gefragt hatte, bestätigten es ihr. Manche wuchsen mit neunzehn, zwanzig Jahren noch. Ihm selbst schien es vorderhand nichts auszumachen. Sein Interesse an Kranken und Krankheiten war ganz deutlich. Eigentlich sollte sie ihn ja zu den Gefangenen nicht mitnehmen.

Es wurde viel über das Verhalten gegenüber den Kriegsgefangenen geredet und geschrieben – *sie* meinte, man müsse diese Menschen behandeln wie jeden anderen Arbeiter auch. Wenn sie fleißig waren, gut, sonst eben streng, wie Menschen, die für das Gut und damit für die Allgemeinheit, die Volksgemeinschaft, wie es jetzt hieß, tätig waren.

Und was sonst erzählt wurde, glaubte sie erst recht nicht; daß Gefangene die Gegend unsicher machen würden, das war sicherlich erlogen. Natürlich sah sie jetzt aufmerksamer nach den beiden kleinen Mädchen, daß sie nicht allein zu weit wegliefen. Als Kersten unbefangen an der Hand des russischen Verpflegungsmeisters vom Feld kam, erschrak sie, mußte dann aber über sich selbst den Kopf schütteln. Dieser – ‚Max' nannten sie ihn, weil sein eigentlicher Name nicht auszusprechen war –, dieser Max war ein seelenguter Kerl und konnte schon ein wenig deutsch. Die Russen lernten überhaupt schnell deutsch, und Zeichensprache verstanden sie sofort.

„Ja, wir sind fertig", sagte sie auf Kerstens Frage, „es gibt bald Abendbrot. Sieh doch mal, ob du Gerda und Claire findest, damit es nicht wieder so spät wird. Sonst kann ich euch nicht mehr vorlesen."

Sie nahm die Tasche an sich und sah ihm nach, wie er über den Hof lief. Wie ein Puppenjunge in seinen kleinen Krachledernen – immer fühlte sie eine seltsame Rührung, wenn sie ihn beobachtete. Sie wandte sich um – die Tür war verschlossen. Gut so, sie hatte es angeordnet, obwohl es früher nie Sitte gewesen war. Jetzt aber hatte sie den Schlüssel nicht dabei. Nun, so ging sie durch den Park.

Immer, wenn sie diesem Weg folgte, mußte sie an damals denken, als ihr Sophie, das Stubenmädchen, entgegenlief, laut weinend.

„Die Gnäfrau – die Gnäfrau ..", schluchzte sie. Bettina war bis ins Herz erschrocken, sie wußte sofort, was das bedeutete, obwohl Sophie vor lauter Schluchzen kaum reden konnte. MM war tot. Sie war bei einem Bombenangriff auf Hamburg ums Leben gekommen, und Sophie hatte, weil sie, Bettina, nicht da war, das Telefongespräch angenommen.

Immer mußte sie daran denken, wenn sie hier entlangging, wochenlang hatte sie diesen Weg gemieden, aus dummem, kindischem Aberglauben. Hier erwartete sie Unheil. Denn MMs Tod hatte sie tief getroffen. Sie hatte sie geliebt, immer, selbst zu der Zeit, als sie so an ihr handelte, daß sie glaubte, es nie verwinden zu können. Damals hatte sie versucht, sich einzureden, daß MM recht habe – sie wollte zu allem Schmerz um Axel nicht noch das Bild zerstört sehen, das sie von ihr hatte.

Jetzt dachte sie wieder daran, spähte unwillkürlich zum Schloß hinüber. Kam etwa Sophie wie damals gelaufen, heulend und gleichzeitig wichtigtuerisch, wie einfache Gemüter mitunter tun, wenn sie etwas Furchtbares melden müssen?

So ein Unsinn. Sie mußte sich zwingen, solche Gedanken fernzuhalten, das war kindisch und überflüssig. Heute brauchte jeder seine Nerven, da durfte man sie nicht noch zusätzlich strapazieren. Von heute an würde sie jeden Tag diesen Weg gehen, nahm sie sich vor.

Da kam ihr Sophie tatsächlich entgegen. Bettina hatte das Gefühl, als setze ihr Herzschlag aus. Das Mädchen rief: „Der Herr – der Herr hat angerufen ..."

Gott sei Lob und Dank, dies. Nicht – das andere ...

„Ja? Was hat er denn gesagt?" Bettina hörte sich selbst sprechen, obwohl sie das Gefühl hatte, als seien ihre Lippen noch starr von dem ungeheuren Schreck.

„Sie möchten zurückrufen. Hier ist die Nummer ...", Sophie hielt ihr einen Zettel entgegen, Bettina ergriff ihn. Hoffentlich hatte das Mädchen auch richtig geschrieben.

Berlin – Axel war also in Berlin.

Sie hastete ins Haus, ließ die Türen hinter sich offenstehen, warf die Tasche beiseite. Vielleicht kam er auf Urlaub? Vielleicht ...

Es dauerte ewig, entsetzlich lange, bis sie die Verbindung hatte. Dann endlich seine Stimme. Bettina hielt den Hörer so, daß man drüben nicht mitbekommen konnte, wie sie die Luft ausstieß, laut, beinah röchelnd. Seine Stimme. Er lebte, er sprach.

„Axel! Was gibt's?"

Es wurde kein liebevolles Gespräch. Nur ein sachliches – Axel faßte sich außerordentlich kurz. Erst später sagte sie sich, daß er höchstwahrscheinlich nicht allein im Raum gewesen war.

„Such die Papiere zusammen. Wir lassen uns ferntrauen, verstehst du. Ich bin nur ganz kurz auf Reichsgebiet, zur Zeit in Berlin – sieh in der linken Schublade nach, dort müssen sie liegen. Wenn du nicht weißt, was nötig ist, geh zum Bürgermeister. Deine hast du ja wohl parat."

Sie kam gar nicht dazu, zu antworten. Er gab ihr noch seine neue Feldpostnummer durch, dann schienen sie getrennt zu sein, jedenfalls hörte sie nichts mehr. Sie ließ sich auf einen Stuhl fallen, wie erschlagen. Ferntrauen. Also heiraten. Axel wollte sie heiraten.

Er hatte nicht gesagt: ‚Ich liebe dich' – oder: ‚Willst du meine Frau werden', oder: ‚Wir wollen nun unsern Weg gemeinsam gehen.' Nichts davon. Wie viele hundert Male hatte sie sich ausgemalt, wie es sein würde, wenn er damit an sie heranträte. Jedes Mädchen jeder Zeitepoche träumt wohl von diesem Augenblick. Nun war die Frage an sie gestellt worden – oder nein, er hatte gar nicht gefragt.Er hatte gesagt: „Wir lassen uns ferntrauen", ähnlich, wie er wohl gesagt hätte: „Die große Wiese muß geschnitten werden, das Wetter klart auf. Wir brauchen reichlich Heu dies Jahr ..." Ist die Wirklichkeit immer anders als der Traum, der Wunsch, die heimliche, brennende Sehnsucht? Immer, immer hatte sie davon geträumt, seit sie Axel kannte ...

Aber da stand etwas in ihr auf, unwillkürlich hob sie den Kopf, während sie hier, ganz allein, an Axels Schreibtisch saß. Nein, so nicht. Papiere suchen. Zum Bürgermeister gehen. Sich ferntrauen lassen. Nicht gefragt werden. Nein.

Sie zog ein Stück Briefpapier aus dem Stapel und nahm einen Stift. Fing an zu schreiben, erst langsam, gleichsam vorsichtig, dann schneller und zielbewußter. Schließlich schrieb sie so flüssig, als schriebe sie etwas ab.

„Lieber Axel, Dank für den Anruf. Ich war erst sehr erschrocken, dachte, er bedeute etwas Schlimmes. Der Schock von damals steckt also noch in mir. Verzeih, daß ich so gut wie gar nichts sagte.

Ich möchte es hier nachholen: So, wie Du Dir das denkst, ist es wohl nicht das Richtige. Jedenfalls möchte ich es nicht so haben. Wir wollen richtig heiraten, sobald Du Urlaub hast. Es kann eine kleine Hochzeit werden, die Zeit ist nicht dafür geschaffen, daß man große Feste feiert. Aber ein kleines Fest sollte es werden. Wenn Du keinen Sonderurlaub bekommst – viele bekommen ihn, habe ich gehört –, dann müssen wir eben warten, bis Du das nächstemal kommst. Gern schiebe ich es nicht hinaus, aber ich bin es mir schuldig, es zu tun. Auch der Kinder wegen. Sie sollen genau wissen, was vor sich geht, auch die Leute auf dem Hof, auch die Nachbarn. Du weißt, daß ich mich sonst um Äußerlichkeiten nicht kümmere. Dies aber ist wichtig. Ich bin überzeugt davon, daß Du mir recht gibst, wenn Du es noch einmal richtig überlegst.

In Liebe zu Dir ...

Deine Bettina."

Es war wie ein Wunder: Axel bekam Urlaub. Er rief noch einmal an, etwa vier Tage, nachdem sie den Brief abgeschickt hatte. Zwei Tage später war er da, für vierundzwanzig Stunden. Sie wurden getraut, erst auf dem Bürgermeisteramt und dann in der kleinen Kirche in Siebenbrunn, Axel in Uniform, sie im Kostüm. Ein Gutsnachbar, der u.k. gestellt war, kam mit seiner Frau, eine Kusine von Axel mit ihrem Mann. Seine Mutter lebte nicht mehr. Von ihrer Familie kam niemand, Mutter pflegte Vater, dem es nicht gutging, und Renate war im Einsatz in Thorn. Mart wäre wohl nicht einmal gekommen, wenn er gekonnt hätte; alles ging ja so schnell. Bettina war erleichtert darüber.

Die Kinder trugen ihre Sonntagskleider und sahen das Brautpaar mit großen Augen an, als die Orgel erbrauste. Bettina ging an Axels Arm wie im Traum.

Danach gab es ein kleines Essen, Wein war genug im Keller, sogar eine Rede wurde gehalten. Langsam begann Bettina zu begreifen, was geschah. Nach dem ersten Glas war es, als springe ein gläserner Mantel von ihr ab, der sie bisher umgeben hatte. Ihr wurde warm und froh zumut. Wahrhaftig, sie vermochte sich zu freuen.

Der kleine Saal sah festlich und schön aus, Blumen standen auf dem Tisch, und der Nachbar sprach gut und herzlich. Daß die Liebe auch schwere Zeiten überdauere, daß man nie die Hoffnung aufgeben dürfe, solange die Herzen schlügen. Bettina lächelte ihm zu, als er mit dem Glas zu ihr herüberkam, um anzustoßen.

„Meine liebe Frau von Büssow ...“, er hatte so gute, dunkle Augen. Sie sah von ihm zu Axel auf, der auch sein Glas aufgenommen hatte.

Axels Frau. Sie war Axels Frau. Tief, tief atmete sie – er beugte sich zu ihr herab und küßte sie, hier, im Beisein der anderen, gerührt und zärtlich. Noch nie, so meinte er, habe sie so strahlend, so schön ausgesehen wie in diesem Augenblick.

Das war nun schon wieder Wochen her. Axel war ihr Mann, seine Kinder die ihren – immer wieder sagte sie sich das. Wie aber sah es in ihr aus? Sie hatte Angst, Angst, Angst um ihn – besser: die Angst hatte sie. Früher begann man nach der Hochzeit ein gemeinsames Leben. Jetzt zitterte man um den Mann, sorgte sich um ihn, am Tage und in der Nacht, unablässig, folternd.

Manchmal mußte sie lächeln, wenn sie daran dachte, wovor sie früher Angst empfunden hatte. Vor Prüfungen etwa oder einer Lehrprobe, du lieber Gott ...

Hätte sie da geahnt, was es bedeutet, im Krieg wirtschaften zu müssen – da hätte wohl das Wort Angst nicht ausgereicht. Diese Schwierigkeiten: fehlende Gespanne, fehlendes Benzin, Ablieferungen, zu wenig Arbeitskräfte, Vorschriften über Vorschriften, und die Gefangenen. Aber es war, als zerdrücke die Angst um Axels Leben alle anderen Ängste in ihr. Manchmal fühlte sie sich wie blind und taub, ging wie schlafwandelnd durch den Tag.

Wenn Axel doch endlich etwas länger kommen könnte! Sie hatte das Gefühl, dann würde alles besser gehen. Im Herbst stand ihm ein richtiger, dreiwöchiger Urlaub zu. Dann wollten sie eine kleine Hochzeitsreise nachholen, einmal ganz für sich sein. Vielleicht fand sie dann endlich in ein gewisses Gleichgewicht hinein.

Die Kinder hatten kaum reagiert, als sie ihnen vom Tod ihrer Mutter erzählt hatte. Sie waren ja noch klein und MM schon lange, lange fort. Auch den Vater vergaßen sie fast ganz, wenn er nicht da war, nur Claire schrieb ihm treulich ihre langen, sauberen, noch ganz kindlichen Briefe, in denen sie berichtete, was sie zum Geburtstag bekommen und welche Kuh gekalbt hatte. Claire war viel in den Ställen und im Garten. Gerda interessierte sich so gut wie gar nicht für die Wirtschaft. Nun, jedes Kind ist anders.

Bettina ging ins Haus und setzte sich an Axels Schreibtisch. Es war wie ein Schuldgefühl in ihr, daß sie sich heute so ruhig fühlte; immer, wenn solche Tage kamen – sie waren selten –, hatte sie wiederum Angst, daß nun, gerade *nun*, Axel etwas passieren könnte. Gerade jetzt, weil sie nicht auf ihn ‚achtgab', ihn nicht umsorgte und warnte, wie sie meinte. Es durfte ihm nichts passieren. Ein Mensch, um den man unablässig ringt und betet, kann nicht untergehen. Es durfte ihm nichts geschehen, aber vielleicht lag er bereits jetzt, in diesem Augenblick, auf der Erde, wie sie ihn in, ach, so unendlich vielen qualvollen Nächten hatte liegen sehen. Auf dem Gesicht, die Beine seltsam abgewinkelt vom Körper, in jener stillen, flachen Erdverbundenheit, in der nur ein Toter liegen kann. Sie hatte noch keinen Menschen so liegen sehen und wußte doch, daß es nicht nötig ist, den Körper herumzuwälzen und nachzusehen, ob die Augen gebrochen sind.

Wenn er nicht wiederkam. Es war ja eigentlich undenkbar, daß ein Mensch durchkam, durch so viele Jahre ständiger Gefahr. Er war auch noch nie verwundet worden. Wenn er auf Urlaub kam, war es, als sei er nie fortgewesen, so lebendig und selbstverständlich war er da. Aber kaum war er fort, kaum war der Zug mit ihm um die Biegung verschwunden, die ihn ihren Augen entzog, da setzte die entsetzliche Angst wieder ein.

Heute empfand sie keine. Vielleicht war sie nun endlich abgestumpft, vielleicht ließ die Fähigkeit, Angst zu empfinden, einmal nach, so, wie man schließlich und endlich keinen Schmerz mehr fühlt, wenn man ohnmächtig wird. Aber ihr war, als fehle ihr jetzt etwas. Sie war es so gewöhnt, sich gegen dieses erdrückende Gefühl zu stemmen, daß sie sich jetzt fast taumelig fühlte, so wie man nach vorwärts fällt, wenn einem ein lange getragener, sehr schwerer Rucksack abgenommen wird. Vielleicht aber war es nun soweit, daß sie hysterisch wurde, andere Frauen hatten ihre Männer ja auch draußen und brachten sich nicht um.

Oder sie ließen es sich nicht anmerken. Sie selbst versuchte auch, es zu verbergen, aber es gelang ihr nicht gut. Oft fragten die Kinder sie etwas und fragten wieder und verstummten dann; sie hatte sie angestarrt und angehört und nichts wahrgenommen. So durfte sie sich nicht gehenlassen.

Claire kam herein. Sie erzählte von ihrem Pony, das seit gestern lahmte, es gehe ihm heute besser. Bettina riß sich zusammen und zog das kleine Mädchen an sich. Daß Claire Pferde so liebte! Sie selbst kam höchstens in den Stall, wenn eines der zurückgebliebenen Tiere nicht in Ordnung war. An Reiten war nicht zu denken. Zum erstenmal fiel ihr auf, daß man Claire kaum mehr ein Kind nennen konnte. Sie wurde nun bald vierzehn. Groß und stämmig war sie immer gewesen, jetzt veränderte sich auch ihr Gesicht, das eigentlich bisher immer ein pausbäckiges Kindergesicht gewesen war. Wieviel mochte sie versäumt haben, wieviel war unwiederbringlich vergangen, vorbei – während sie umherging und nach der Wirtschaft sah und sich die Zeit von den Tagespflichten und das Herz von der großen Angst zerreißen ließ. Claire bald vierzehn, Gerda schon zwölf, da war die Kindheit allen Ernstes vorbei. Auch bei Kersten bald, nur weil er so klein war, wollte sie es bei ihm nicht wahrhaben.

„Komm, ich geh' noch mal mit dir zum Pony", sagte sie rasch. Es war, als wollte sie ihren Gedanken entfliehen. „Sicherlich war es nichts Ernstes."

Im Flur hörte sie das Telefon. Es zuckte in ihr, umzukehren und abzuheben, aber dann winkte sie doch der Küchenhilfe, die gerade mit dem Tellerbrett aus der Spülküche kam. Sie wollte jetzt mit Claire gehen und sich nicht wieder abrufen lassen. Gleich darauf kam die Kleine ihr nachgelaufen und richtete ihr aus, der Herr habe angerufen, er sei auf der Station und bäte um den Wagen.

Es war wie ein blendender Blitz. Bettina stammelte und war ihrer selbst kaum mächtig – Axel war schon einmal überraschend gekommen, aber da war sie nicht so erschrocken. Sie stand und hielt Claires Arm fest und dachte, ob das deshalb so sei, weil dies sein letzter Urlaub sein würde ...

Es waren wohl nur die Nerven, und es ging auch sofort vorbei. Sie rannten dann beide zusammen über den Hof, dem Stall zu, Claire und sie, lachend und atemlos. Aber noch während sie durch das Dorf und die Chaussee entlangrollten, fühlte sie dieses seltsame Zittern im Herzen und in den Gliedern. Warum nur? Er war doch da! Wenn er von der Station aus anrief, war er da, wirklich da, da konnte sie sich doch uneingeschränkt freuen.

Sie warf sich ihm in die Arme, als er ihr entgegenkam – wie sie vom Wagen heruntergekommen war, wußte sie nicht. Claire hielt die Zügel und wartete, Bettina hatte sie ganz vergessen. Nachher, als sie umkehrten und aufstiegen, war sie ein bißchen verlegen.

Axel war verändert. Oder kam ihr das nur so vor? Warum er jetzt auf Urlaub kam und nicht erst, wie geplant, im Herbst, erklärte er nicht weiter. Es war natürlich schön so, alles, was man jetzt hatte und in den Händen hielt, war schön, und töricht, sich zu sagen, daß nun die Vorfreude verkürzt wurde. Wer wußte denn, ob nicht im Herbst eine Urlaubssperre dazwischenkam und den ganzen Plan zerstörte! Überhaupt, wer konnte noch weitsichtige Pläne machen!

Er sah älter aus, als sie ihn in Erinnerung hatte, auch ernster. Und er fragte vielerlei, während er sonst eigentlich immer heimgekommen war wie ein Junge in die Ferien. Bettina hielt ihr Herz fest und verbot es sich, darin eine Bestätigung zu sehen, daß er das letzte Mal käme und sich noch vergewissern wollte, ob sie auch allein zurechtkäme.

Sie wagte nicht, auch nur ein Wort von der geplanten Reise zu sagen, vielleicht, weil sie sich vorher allzu viel damit beschäftigt hatte. Schließlich brachte er selbst die Rede darauf. Ob sie nicht eigentlich vorgehabt hatten, ein paar Tage miteinander fortzufahren, oder?

So hatte sie also damals doch mit ihm darüber gesprochen, sie wußte es nicht mehr sicher. Damals war sie wie betäubt gewesen von all dem, was MMs Tod und Axels rascher Urlaub mit sich gebracht hatte. Aber er fragte so selbstverständlich, daß es ihr möglich war, fröhlich zu nicken. Ja, natürlich, wenn er meine.

Sie konnten um diese Jahreszeit auch besser fort. Außerdem handelte es sich nur um wenige Tage. Sie wollten nach Bamberg, wie damals. Axel fand nichts Albernes daran, wie sie insgeheim befürchtet hatte.

So fuhren sie am dritten Urlaubstag los, mit der Bahn, denn das Auto war natürlich gleich zu Anfang des Krieges abgeholt worden. Das Wetter war wunderbar, so richtig geeignet für eine kleine Süddeutschlandreise; denn eigentlich ist dafür der Frühling besser als der Herbst.

Nur – es war damals Herbst gewesen. Bettina schalt sich selbst, während sie versuchte, diese Gedanken zu verscheuchen. Außerdem waren die Tage jetzt länger und das Wetter sicherer als im Herbst. Jetzt ist das Leben, jetzt, jetzt, begreif es, ehe es Vergangenheit wird!

Der Zug war nicht voll, sie hatten Billetts erster Klasse gelöst, „weil wir doch Hochzeitsreisende sind“, sagte er und lachte. Bettina wurde rot, dann aber fühlte sie, wie ihr Herz langsam aus dieser seltsamen Unsicherheit herausfand. Seine Gegenwart befreite sie, machte sie natürlich. Er zog eine Karte aus der Tasche und breitete sie auf dem Tischchen am Fenster aus.

„Komm, wir suchen das Dorf, wo wir das erstemal übernachteten und mich der komische Autofahrer ansprach. Vielleicht können wir wieder dort wohnen, was meinst du?“

Nein, es war kein Spott, wie sie im Augenblick gedacht hatte; er erinnerte sie an damals und erinnerte sich gern und liebevoll daran, genau wie sie. Ortsnamen fielen ihnen wieder ein, und jetzt, da sie nicht mehr darauf achtete, ob sie sich richtig verhielt, füllte ihr Herz sich mit Glück, stark und süß, gegenwärtig. Glück, über eine Autokarte gebückt zu sitzen, zu zweit, und Straßen und Orte zu suchen, die man einmal erlebte, als das Leben noch mit all seiner Fülle auf einen wartete ...

Sie dachte später oft an diese Stunde im Bahnabteil zurück. An diese wirklich glückliche Stunde.

Sie fanden das Dorf wieder, aber das Gasthaus war kein Gasthaus mehr, sondern ein Erholungsheim für Kinder, und sie mußten weiter, um eine Möglichkeit zum Übernachten zu finden. Bettina bemühte sich, ihre

Enttäuschung zu verbergen, bis sie bemerkte, daß auch Axel darüber betrübt war. Er zeigte es ganz unbefangen.

„Ich fand es so hübsch damals, der Kuchen war sozusagen noch nicht angeschnitten, ein richtiger erster Ferientag. Ich hatte dich mit und war deiner sicher, in jeder Beziehung", sagte er, als sie weitermarschierten. Es lief sich herrlich, noch nie waren sie miteinander gewandert.

„Warst du das?" fragte sie leise. Er drückte ihren Arm.

„Das darf man doch sagen. Ich fühlte, daß du mich liebtest, und ich freute mich auf dich. Was meinst du, was mir alles durch den Kopf ging, als ich ins Zimmer hinaufkam und sah, daß du schliefst. Aber es war so schön, noch ein wenig zu warten, ich brachte es nicht fertig, dich zu wecken. Kannst du das verstehen?"

Sie nickte, stumm, aber heftig. Oh, sie verstand, und es war so schön, das ausgesprochen zu hören, was sie bisher nur immer in Gedanken mit sich herumgetragen hatte. Er hatte das gleiche empfunden wie sie.

Er liebte sie, und es war wunderbar zu wissen, daß er sie auch damals schon bewußt geliebt hatte. Seine ganze Verbundenheit mit MM war doch wohl nichts anderes gewesen als ein Umweg, eine Episode, *ihr* war er bestimmt, und zu ihr fand er schließlich, so, wie ein unnennbares Gesetz es befahl. Immer hatte sie das Gefühl gehabt, daß niemand seinem Schicksal entgehe, und ihr Schicksal war Axel. Auch das wußte sie längst, aber daß auch sie das seine war, wurde ihr heute erst klar. Sie ging und antwortete hie und da auf sein Geplauder und trank dieses Bewußtsein in sich hinein, glücklich und dankbar.

Bamberg wurde eine Enttäuschung. Der Reiter war in Sandsäcke verpackt, der Bomben wegen, man verstand und billigte das, aber es tat doch weh. Und an der Stadt suchte Bettina vergeblich die funkelnde Lieblichkeit, die sie damals so entzückt hatte.

Trotzdem kam sie getröstet, entspannt, beruhigt von dieser kleinen Reise in die Vergangenheit zurück. Ihr war, als könne sie jetzt alt werden. Was damals, begonnen und jäh unterbrochen, immer in ihr gezerrt und gequält hatte, war endlich zu Ende gelebt. Sie besaß es nun, wenn auch anders, als sie es damals ersehnt hatte, aber es war in sie eingegangen. Es gehörte ihr nun, und wenn der Krieg ihr Axel nehmen sollte, so hatte sie doch einmal das große Glück voll erlebt. Wie viele Frauen erlebten heute nur ein kurzes, aufstrahlendes und schon im Niederschießen verlöschendes Glück, warum sollte es ihr besser gehen? Sie war zu gerecht, um ein Sonderschicksal, eine Ausnahme für sich zu fordern. Nur: ein Schicksal sollte es sein, mochte es noch so traurig enden. Nur nicht die Leere, die sie so viele Jahre erlebt hatte, ein ewiges Warten auf Erfüllung, die nie kam.

Im Herbst dieses Jahres, am Ende der Ernte, die durch ungünstiges Wetter sowieso sehr erschwert wurde, mußte Bettina sich mit einer Fehlgeburt zu

Bett legen. Es traf sie ungeheuer hart. Sie hatte dieses sich so spät ankündigende Kind erst fast ungläubig, dann in einer unbeschreiblichen Sehnsucht und Seligkeit gewünscht und war, als sie es verlor, so verzweifelt, daß sie am liebsten überhaupt nicht wieder aufgestanden wäre. Der alte Landarzt, der sie betreute, war recht bekümmert. Er tröstete sie und machte ihr Hoffnung auf ein neues Kind, obwohl er wußte, daß dieser Trost recht fadenscheinig war – der Mann dieser Frau befand sich an der Ostfront. Aber er konnte ja wiederkommen, und wenn sie sich nun einmal so heiß ein eigenes Kind wünschte, selbst heutzutage ...

Es war, als hörte sie kein einziges Wort von dem, was er sagte. Schließlich wurde er unwillig. Das Gut und die anderen Kinder brauchten sie, zum Donnerwetter, sie habe genauso durchzuhalten wie ein Landser an der Front. Was sollte denn aus Siebenbrunn werden? Hoch den Kopf und die Ohren steif, Baronin, Sie können noch viele Kinder kriegen ...

Sie fing an zu weinen und weinte von nun an ununterbrochen, eine ganze Nacht lang und einen Tag. Danach verlangte sie, aufstehen zu dürfen. Es ging ihr noch sehr schlecht, aber der Arzt erlaubte es ihr schließlich. Er meinte bei sich, Tätigkeit sei vielleicht die beste Medizin. Körperlich schien sie die Sache einigermaßen durchzustehen, wie er beobachtete. Sie war von jeher ein sehr gesundes Menschenkind gewesen.

Kurz darauf bekam sie die Nachricht, daß ihr Vater gestorben sei.

„Ich muß nach Leipzig fahren, Claire", sagte sie, als die Tochter aus der Schule kam. „Ich würde dich gern mitnehmen, aber es ist wohl besser, du bleibst hier. Du kannst hier nach dem Rechten sehen, ich bleibe bestimmt nicht lange. Aber ich muß hin. Onkel Mart kommt nicht, sagt meine Schwester. Seine Frau erwartet in diesen Tagen ihr erstes Kind." Sie holte verstohlen Atem, es war so schwer, dies auszusprechen. Aber Claire brauchte es ja nicht zu merken. „Vielleicht kommt er doch noch; für Mutter ist das eine schlimme Sache. Auf alle Fälle aber muß ich Renate beistehen. Du gibst hier acht, ja, Claire? Dann sorge ich mich nicht ganz so ..." Sie hätte das Kind so gern in ihre Arme genommen, zärtlich an sich gedrückt, geküßt. Aber sie wagte es nicht.

Renate war am Bahnhof, als Bettina ankam. Sie sah blaß aus in ihrer dunklen Bluse. Bettina fühlte eine heiße Welle von Liebe und Zärtlichkeit in sich aufbranden – wie wenig hatte sie, im eigenen Erleben befangen, der jungen Schwester bisher sein können.

„Ich helfe dir, Renate", sagte sie als erstes, „kann ich dir noch was abnehmen? Habt ihr schon einen Grabplatz? Wie ist es mit dem Pastor und der Predigt?"

„Grabplatz haben wir. Aber zum Pastor muß ich noch hin – willst du wirklich mit?" Renate war ganz rot geworden vor Freude. Sie hängte sich spontan bei der Schwester ein. „Du bist rührend, danke! Wenn du mitgehst, ist alles leichter." Man sah, daß sich etwas in ihr entspannte. Ach, es war sicherlich viel gewesen für sie.

„Natürlich geh ich mit, dazu bin ich ja gekommen. Was ist sonst noch zu erledigen? Wie geht es Mutter? Bist du schon länger hier?“

„Acht Tage. Ich habe Vater noch gesprochen ...“, sie begann zu erzählen. „Aber um Mutter habe ich Angst. Sie sieht entsetzlich schlecht aus. Im Augenblick schläft sie, ich habe ihr eine Tablette gegeben. Die Beerdigung ist morgen um zwei.“

Sie gingen im gleichen Schritt, innig untergehakt. Renate trug Bettinas Köfferchen in der freien Hand. Bettina sah sich um. Hier war sie als Kind gegangen und geradelt, hatte Schaufenster angesehen, sich nach Theaterkarten angestellt, war ins Bildermuseum gegangen, herumgebummelt. Die Tauben schwirrten wie damals über dem Augustusplatz. Hier hatten sie gestanden, Mart und sie, wenn Rektoratswechsel war und die Studenten sich drängten. Hier war sie jung gewesen, hatte den süßen Duft der Felscheschen Konditorei geatmet, wenn sie in die Grimmaische Straße einbog ...

Als sie heimkamen, war Mutter gerade aufgewacht. Sie lag auf der Couch in Vaters Zimmer, war angezogen und wollte sofort aufstehen. Bettina hinderte sie daran und setzte sich auf den Rand der Liege.

„Du bleibst liegen, Mutter. Renate kocht uns einen Kaffee. Ich hab' echten mit, Axel hat ihn mir geschickt, richtigen Bohnenkaffee. Nein, der bleibt nicht für die Gäste, den trinken wir jetzt, du und Renate und ich, Schluß der Debatte. Oh Mutter, du wirst sehen, wie gut er dir tut.“

Mutter sah ihre große Tochter an.

„Du bist so anders als früher, Bettina. Du bist – so – ich weiß nicht. So bestimmerisch“, sie lachte ein wenig verlegen. „Kommt das daher, daß du jetzt ‚von‘ heißt?“

„Bestimmerisch – welch ein schönes Wort! Aber von den drei Buchstaben kommt es bestimmt nicht, eher ...“

„Von?“ fragte Mutter.

„Ach, frag nicht. Ich muß halt manches können, jetzt, was ich früher nicht brauchte.“

Renate kam mit dem Kaffee. Es waren genau abgemessen drei Tassen, da läutete es, und Mart stand in der Tür. Mutter freute sich sehr, sie wollte ihm sofort ihre Tasse aufreden, aber die Töchter widersprachen. Man holte eine vierte und goß von jeder der drei anderen etwas hinein, so daß jeder zu seinem Genuß kam. Mutters Gesicht war durch die Freude, daß der Sohn doch noch gekommen war, rosig überstrahlt. Renate sprach es aus und streichelte ihre Wange, das hätte Bettina nie im Leben gewagt. Sie sah die Schwester gerührt an. Wie gut, daß Mutter sie hatte!

Sie und Renate schliefen in den beiden Nächten, die sie hier war, im selben Zimmer, das heißt, sie schliefen kaum. Sie redeten fast die ganze Zeit, und sie genossen es beide sehr, sich so gut zu verstehen.

Renate war weit über ihre Jahre hinaus vernünftig. Bettina bewunderte das und lobte sie, und sie sprach in dieser nächtlichen Zweisamkeit manches aus, was sie sonst ganz in sich verschloß. Vor allem, daß sie ihrem Vater nie gerecht geworden war, ihm immer fremd geblieben war, ihn tief enttäuscht hatte. Darüber war sie fast trauriger als über seinen Tod. Daß er zu einer Zeit starb, ehe in Leipzig die Bombenangriffe überhand nahmen – man sah sie ja kommen –, empfand sie fast wie einen Segen. Wer wußte, was allen noch bevorstand! Mutter allein würde unter Renates Schutz eher durchkommen.

Von dem verlorenen Kind sagte sie nichts. Es war ihr nicht möglich. Sie wollte die jüngere Schwester nicht auch noch mit diesem Kummer belasten. Renate hatte bereits das Physikum hinter sich und sogar die ersten klinischen Semester. Sie war von ihrem Studium sehr erfüllt. Ihr Freund stand auch im Osten.

Bettina fuhr danach getröstet oder zumindest etwas getroster nach Siebenbrunn zurück. Das Glück, eine Schwester zu haben, war ihr bisher noch nie richtig bewußt geworden, und sie war dankbar dafür. Es schien ihr später, als habe sie zu jener Zeit jedes Körnchen Glück gesammelt und aufbewahrt, als Kraftreserve für eine kommende, nachtschwarze Zeit ...

Valentin Kluge seufzte und blieb stehen. Das Bein machte noch nicht recht mit, er merkte es immer wieder, vor allem, wenn er es längere Zeit ohne Pause belasten mußte. Solch ein Fußweg war für einen Rekonvaleszenten eben doch eine ziemliche Strapaze. Aber er hatte in Nossen keine Fahrgelegenheit auftreiben können.

Es kam auf eine Stunde nicht an, er mußte eben langsam gehen. Man sagte das so hin, aber er fand es nicht richtig. Jede Stunde war wichtig, jede Minute dieser kostbaren, kostbaren Urlaubszeit. Sein Vater durfte gar nicht wissen, daß er sich diesen Tag von der Zeit daheim absparte, deshalb hatte er ihn an den Urlaubsbeginn gestellt, gegen Ende des Urlaubs eher wegzufahren, das konnte er ihm nicht antun. Aber da er hier so in der Nähe war, konnte er nicht anders, als in Siebenbrunn vorbeizusehen. Hoffentlich traf er Bettina an. Er setzte sich seufzend wieder in Bewegung.

Die Landschaft duckte sich, kahl, unter dem harten Wind. Alle Blätter von den Bäumen, der Boden gefroren, aber noch kein Schnee. Scharen von Krähen segelten mit Gekrächz niedrig dahin. Val hatte die Gegend ganz anders in Erinnerung.

Das war begreiflich. Erinnerung vergoldet, und damals war er jung gewesen. Jung – war er jetzt alt? Ach, gleichgültig – ihm war so vieles gleichgültig geworden. Aber Bettina wollte er wiedersehen; zäh und unbeirrbar saß dieser Wunsch in ihm. Er wollte sie wiedersehen, wollte wissen, wie es ihr ging. Ob sie glücklich war, sie, sein kleiner Sankt Martin. Sie hatte, so war ihm zu Ohren gekommen, da einiges auf sich genommen, betreute fremde Kinder. Hoffentlich befriedigte sie das. Wenn er schon nicht glücklich geworden war im Leben, sie sollte es sein.

Hinter ihm klapperten Hufe. Er trat beiseite, obwohl die Straße breit war. Gleich darauf erkannte er Bettina, die in dem leichten Korbwagen saß, die Zügel in der Hand, eine Decke um sich gewickelt. Sie erkannte ihn erst, als er sie anrief.

„Mein Himmel, Val, du!"

Sie sprang aus dem Wagen und kam auf ihn zu. Der Fahrpelz behinderte sie und machte ihre Bewegungen ungeschickt und plump. Auch ihr Gesicht war verändert, nicht mehr so glatt und wie gemeißelt, wie er es immer in Erinnerung hatte, sondern mager, blaß, gealtert. Ja, auch das. Auch an ihr war die Zeit nicht spurlos vorübergegangen. Wie sollte sie auch? Mit einem raschen Seitenblick erkannte er den kleinen schräg stehenden Halbmond neben dem rechten Mundwinkel wieder. Der Mund war noch immer herb, ja, eher herber geworden. Im ganzen doch noch das „Knappen"-Gesicht, wie er es bei sich genannt – und nie ausgesprochen hatte. Er würde dieses Gesicht noch sehen, wenn es siebzigjährig, faltendurchfurcht, verwelkt sein würde. Immer ihr einstiges, knabenhaftes Sankt-Martin-Gesicht ...

Im Augenblick strahlte es, weil sie sich freute, und sah tatsächlich jung aus – er betrachtete es gerührt. Oh, Bettina ...

„Komm, steig ein. Nein, so etwas, wandert der Mann hier zu Fuß die Landstraße entlang – ich hätte dich doch abgeholt. Du hättest anrufen sollen ... Komm, ich mach' Platz."Auf dem Rücksitz des Wagens lag ein zusammengerollter Stoffballen, daneben stand ein Korb mit Äpfeln.

„Tauschst du auch?"

„Nur für andere. Ach nein, Val, es gibt da einen Ehrenkodex – leicht ist es übrigens nicht. Aber manches braucht man eben doch, braucht es dringend – ja, für andere tausche ich auch. Wenn ich was für die Arbeiter brauche, auch für die Gefangenen, das muß eben her. Das sag' ich den Kindern auch immer. Und sie sehen es ein."

„Die Kinder – sie müssen doch nun so um zwölf, vierzehn Jahre alt sein, oder?"

„Ja, ziemlich genau. Woher weißt du das?"

„Ich hatte auf dem Fußmarsch von Nossen her Zeit, nachzurechnen. Wie lange dies her ist und wie lange jenes. Wie lang es her ist, seit du damals bei uns warst ..." er schwieg. Sie schwieg auch. Schließlich fragte sie schüchtern: „Dein Vater? Lebt dein Vater noch?"

„Ja. Ich fahre jetzt zu ihm. Ist es nicht wie ein Wunder, daß er, soviel älter als Mutter, noch immer durchhält? Er predigt noch, ist ungebrochen rüstig, setzt sich ein. Ja, ich bin froh und dankbar, daß ich ihm den Kummer, zu fallen, noch nicht angetan hab'."

Er lachte freudlos. Bettina hielt den Atem an.

„Deine Brüder?" fragte sie dann, als er schwieg.

Er sagte kurz: „Zwei. Einer lebt noch. Und ich."

„Man sollte froh sein, keine eigenen Kinder zu haben", sagte Bettina nach einer Weile mit zuckenden Lippen. Dann fuhr sie fort, leise, aber heftig:

„Vielleicht kommen wir noch irgendwie heraus aus diesem Wahnsinn. Vielleicht kommt noch die große Wende. Wer aber gibt den Vätern die Söhne wieder? Und den Müttern?“

‚Ja, wer?‘ dachte er.

Sie bogen in den Hof ein. Bettina hielt das Wägelchen vor der Stalltür an, stieg ab und ging hinein. Als sie wieder herauskam, hielt ihr ein Mann die Tür auf und trat achtungsvoll zurück, machte sich dann an das Abschirren des Pferdes. Val sah den Blick des Mannes, der sicherlich einen Kopf größer war als Bettina und dreimal so stark. Aber sie war die Herrin, man merkte es deutlich.

Bettina, das kleine Mädchen, das er noch gekannt hatte, als es Zöpfe trug und eine verblichene Windjacke ...

Sie holte heraus, was im Wagen lag, gab Val einiges zu tragen und ging mit ihm über den Hof, dem Herrenhaus zu. Während sie gingen, wagte er die Frage: „Und dein Mann?“

„Im Mittelabschnitt. Ja, vor acht Tagen hatte ich einen Brief. Moment, entschuldige mich.“ Sie trat in das Leutehaus, das seitlich vom Herrenhaus lag, man hörte Stimmen, es wurde hin und her geredet.

„So“, sagte sie, zurückkommend, „wir gehen hinten herum.“

Durch den Rückeingang kam man sofort in die Küche. Der große und hohe Raum war warm. Bettina streifte den hitzesprühenden Herd mit einem Blick, sagte etwas und legte die Sachen auf den Tisch, die sie im linken Arm gehalten hatte, eine Tüte und ein Paket.

„Für euch ...“, sie zeigte auf das eine Mädchen, das herankam, ein Kopftuch über dem Haar, mit gleichzeitig lauerndem und gutmütigem Blick. Dann winkte sie Val und ging ihm voraus durch die zweite Tür in den Flur, die Treppe hinauf.

„Sie wissen nicht, daß ich Polnisch kann.“

„Kannst du das denn?“

„Ein wenig. Das erste Jahr meines Praktikums habe ich in Oberschlesien in einer Försterei gearbeitet, ziemlich nahe an der Grenze. Wenigstens Wasserpolnisch kann ich verstehen. Weißt du, was sie sagte?“

„Nun?“

„‚Die Frau gut, die nur Genickschuß‘“, sagte Bettina und nahm den Fahrpelz ab. „Jaja, ich kann mich schon vorfreuen.“

„Du mußt fort von hier“, sagte Val heftig. „Irgendwohin, wo dich keiner kennt. Untertauchen, dich klein machen ...“

Sie traten hintereinander ein. Das Zimmer war kalt, kein Vergleich mit der heißen Küche.

„Fort? Wer müßte da nicht alles fort? Ich kann das Gut nicht im Stich lassen.“ Sie lachte ein wenig. „Wart, wir holen uns den elektrischen Ofen. Claire ist krank, sonst würde ich sie rufen, so aber mach’ ich den Kaffee selbst, gleich hier. Ich hab’ noch etwas echten. Für besondere Gelegenheiten. So wie heute, wo du hier bist.“

Während sie mit Tauchsieder und Tassen hantierte, saß er und sah ihr zu. Ohne Pelz wirkte sie jünger, kein bißchen schwerfällig mehr, eher jungenhaft eckig. ‚Zu meinem Vater', dachte er, ‚aber er ist Pastor, und gegen die Pastoren haben die Russen etwas.'

Nach einer Weile hörte man Schritte, und Kersten trat ein. Er begrüßte Val, und Bettinas Gesicht wurde warm und froh, es war, als taue es auf.

„Kümmere dich um den Ofen, Kersten, ja? Wir frieren. Du bekommst auch einen Kaffee. Aber erst bring dem Fuchs Hafer, ein Maß. Hier hast du den Schlüssel."

Der Junge nickte gleichmütig, schüttelte den Ofenrost, legte neu auf, ging hinaus. Fast sofort zog eine gute, trockene Wärme durchs Zimmer und verwandelte es augenblicklich. Was vorhin kahl und feindlich ausgesehen hatte, bekam jetzt etwas Anheimelndes, ja, Gemütliches: die verwohnten Sessel und der niedrige Tisch mit den unzähligen Aschenbechern, Brieföffnern, kleinen Vasen und Schachteln.

Mehr sah man nicht von dem Zimmer, die Lampe zeigte nur diesen Ausschnitt.

„Ja", sagte Bettina und goß Val ein, setzte sich dann in den Sessel neben ihm, „ein Festtag, wahrhaftig. Wenn ich das heute früh geahnt hätte! Komm, hier ist Zucker, und Milch bringt Kersten mit. Du nimmst keine, abgewöhnt, weil Mangelware? Ach ja, wie so vieles."

„Du führst das Gut allein? Ist das nicht sehr schwierig?" fragte Val und setzte seine Tasse ab. Der Kaffee war ausgezeichnet und tat ihm wohl. Bettina lachte ein wenig, ein kleines, etwas mitleidiges Lachen, das in der Kehle gluckste.

„Danach fragt keiner. Das heißt, ich habe es gut, wenn man so sagen will. Axel war vor dem Krieg schon immer einmal eine Zeitlang weg, er ist Reserveoffizier, verstehst du. Insofern bin ich vorgebildet. Freilich, viele zusätzliche Schwierigkeiten gibt es erst jetzt, fehlender Brennstoff zum Beispiel für die Maschinen – und Pferde haben wir auch nur noch ganz wenige.

Und die Sache mit der Behandlung der Gefangenen. Man gewöhnt sich daran, erfindet Tricks – gerade solche wie mit den Polenmädchen. Ich komme sehr gut mit ihnen aus, eben weil ich verstehe, was sie sich so erzählen. Anfangs wurde mir manchmal heiß und kalt. Jetzt hab' ich mich dran gewöhnt."

Sie schwieg. Dann fuhr sie fort: „Auch mit den Männern geht es. Man darf sich nur nicht fürchten. Immer die Stirn bieten und auf seinem Willen beharren. Dann geben sie nach. Ich kann es schon ganz gut."

Er sagte nichts. Sie schob ihm eine Schachtel Zigaretten hin.

„Komm, rauch eine. Ich rauche schon lange nicht mehr. Ich brauche die Zigaretten für anderes. Aber ich rieche es gern. Bitte, Val."

Er nahm, sog den Rauch gierig ein. Bettina gab Kersten ein paar Anweisungen.

„Wir essen eine Kleinigkeit hier, wir drei, es ist dir doch recht?“ fragte sie. Der Junge nahm ihre Aufträge entgegen, ging dann hinaus, Val wollte nicht fragen, er tat es dann aber doch.

„Und sonst, Bettina? Wie geht es dir sonst?“

„Danke. Eigene Kinder hab’ ich nicht“, sagte sie, und ihr Mund wurde schmal dabei. „Ich hätte so gern ein Kind, es soll wohl nicht sein. Und wenn man an die Zukunft denkt ... Aber Axels Kinder stehen mir sehr nahe, sehr – ich liebe sie wie eigene. Du hast nicht geheiratet?“ Es kostete sie etwas Überwindung, er merkte es. Er lächelte ein wenig schief.

„Sollte ich eine Amerikanerin heiraten? Ich weiß nicht. Ich wäre dann nicht heimgekommen, wahrscheinlich. Es hat mich immer heimgezogen, all die Jahre. Und nun ... Ja, es ist besser so. Besser, sagt man, wenn es nicht gut ist. Lassen wir das.“

Er schwieg. Allzu gern hätte er etwas gesagt, *das* gesagt, was er immer verschwiegen hatte. Diesmal hatte er sich vorgenommen, es zu sagen. Aber er brachte es nicht über sich.

So also lief ihr Leben, schwer beladen, überladen. Und die Liebe? Kein Wort davon. Liebte sie ihren Mann noch? Liebte er sie noch? Hatte er sie jemals wirklich geliebt? Oder hatte sie erkannt, daß Liebe etwas anderes ist als lodernde Verliebtheit?

Oh, es gab eine Liebe, die, erwidert oder nicht, verborgen, eingemauert, verleugnet, weiter brannte, weiter brennen würde, solange das Herz schlug. Und es war nicht etwa so, daß sie nur brannte und brannte, weil sie nie hatte aufflackern dürfen. Diese seine Liebe hätte auch, wenn er Bettina gewonnen hätte, ein Leben lang gebrannt, gewärmt, erwärmt. Was Wärme bedeutet, ach, es war wohl keiner Generation so bewußt wie der seinen, nach so vielen unmenschlichen Kriegswintern, zumal in Rußland.

Er saß, dachte dies, fühlte es in sich brennen, glaubte, daran zu ersticken. Es ihr einmal, ein einziges Mal sagen zu dürfen! Jahrelang hatte er es sich gewünscht, in tausend imaginären Briefen es ihr geschrieben – ich liebe dich, ich liebe dich, ich habe dich immer geliebt und werde nie aufhören, dich zu lieben. Du und ich, wir wären glücklich geworden, glücklich geblieben. Eine ganze, starke, nie verlöschende, wenn auch verborgene Mannesliebe – warum hast du sie nicht gewollt?

Das Telefon. Bettina sprang auf, ging zum Schreibtisch, wurde blaß. Val sah es. Er wollte aufspringen, sie halten – da flutete der Blutstrom zurück in ihre Wangen. Sie sprach, fragte, horchte, sprach wieder. Legte dann auf und sah ihn an.

„Er ist in Meißen“, sagte sie und atmete tief auf. Val war aufgestanden und zu ihr getreten. Einen Augenblick lang umfing er ihr zu ihm aufgehobenes Gesicht mit seinem Blick, umschloß es dann mit seinen Händen, lehnte es an seine Brust. Dann, es freigebend, sagte er, und es klang, wie er immer gesprochen hatte, wenn es galt, sofort etwas zu unternehmen:

„Habt ihr das Auto noch? Oder abgegeben?“

„Abgegeben. Aber unser Nachbar hat seines noch, Fahrbereitschaft, verstehst du. Wenn ich ihn bitte ...“

„Willst du anrufen? Oder machen wir es besser mündlich?“

„Besser mündlich. Komm.“ Sie verstanden einander ohne Erklärungen. Hastig trank sie die Tasse aus, schob Schubladen auf und zu, steckte Geld und Papiere ein.

„Nimmst du eines der Kinder mit?“ fragte er dann.

„Kersten?“ Sie sah ihn grübelnd an. „Es ist besser, er bleibt hier. Claire ist krank ... Gerda schläft. Kersten kann hier nach dem Rechten sehen. Er ist sehr erwachsen für sein Alter, eigentlich nie ein Kind gewesen. Ich spreche mit ihm.“

Sie lief hinaus, kam mit dem Jungen wieder.

„Du hättest nichts davon. Ich werde Vater nur ganz kurz sehen, wenn überhaupt. Aber ich versuche es. Denk an das Stroh, es muß herein. Lange werde ich nicht fort sein. Wie gut, daß du da bist.“

„Außerdem ist ja noch gar nicht gesagt, daß wir den Wagen bekommen“, sagte sie später, als sie schon über den Hof liefen.

„Aber gesetzt den Fall, wir bekommen ihn. Du fährst mich hin.“

Sie sagte das, wie ein anderer sagt: Zweimal zwei ist vier. Kein Wort hatten sie darüber gewechselt, sie und Val, er registrierte es, und es tat gleichermaßen stark wohl und weh. Daß es ihr selbstverständlich war, daß sie damit rechnete, ohne zu fragen.

„Es sind zwei Kilometer bis zum Nachbargut. Du hast heute schon einen weiten Marsch hinter dir, Val“, sagte sie nach einer kleinen Weile. „Es tut mir leid für dich. Aber wenn wir angespannt hätten, wäre es aufgefallen. Ich kann hier nicht, wie ich will. Und du drehst jetzt um, mein Junge, lauf heim.“

Sie waren stehengeblieben, Kersten auch. Sie standen an der Feldgemarkung des Nachbargrundstückes, Val begriff es sofort.

„Gott behüte dich, mein Kersten, gib acht auf dich. Ich komm' ja bald wieder. Claire soll im Bett bleiben, sag ihr das, bis ich wieder da bin.“ Es klang eindringlich, beschwörend. „Und du gehst nicht in die Schule, hörst du?“

Sie küßte den Jungen flüchtig auf die Wange. Val, der es nicht fertigbrachte, wegzusehen, fühlte, wie sie ihn am liebsten wild an sich gerissen hätte: Kind, Kind, du mein geliebtes Kind ...

Kersten kehrte um und ging. Bettina machte das Zeichen des Kreuzes über ihm, als er sich abgewandt hatte, rasch und verlegen. Val tat, als habe er es nicht bemerkt. Sie hasteten weiter, jetzt schweigend.

Es ging dann schneller und leichter, als sie gefürchtet hatte. Der Nachbar war da. Er hatte vor Jahren bei einem Jagdunfall das rechte Auge eingebüßt und war u.k. gestellt; er versah hier einige Ämter. Sie bekamen den Wagen sofort. Benzinscheine, Genehmigung, alles da. Nach zehn Minuten saßen Val und Bettina im Auto und winkten zurück.

„Danke. Vielen, vielen Dank. Bis bald. Würden Sie auch einmal nach drüben sehen? Claire ist krank, aber nicht schlimm, nur ..."

„Alles. Machen Sie sich keine Sorgen."

Bettina nickte. Val schaltete, der Wagen brummte auf. Sie fuhren fast ohne Licht, man fand sich aber schnell hinein. „Viele werden uns ja nicht begegnen", sagte Val, während sie aus dem Dorf in die Landstraße einbogen.

„Nein, auch am Tag nicht. Es fährt ja kaum jemand mehr."

Erst unterhielten sie sich noch, aufgeregt, munter, ja, hektisch. Dann wurde Bettina still. Val mußte achtgeben, wenn sie durch Ortschaften fuhren. Die lagen dunkel da, man ahnte sie mehr, als daß man sie sah. Val war lange nicht am Steuer gesessen und fuhr erst ein wenig verkrampft, dann aber mit einem gewissen Genuß.

Nach einer Weile merkte er, daß sie eingeschlafen sein mußte. Schlaftrunken fiel ihr Kopf schwer gegen seine Schulter, er fing den Stoß geschickt auf, ohne sie zu wecken, rückte sie zurecht, bis ihr Kopf zwischen ihm und dem Rückpolster leidlich sicher lag, und fuhr dann weiter, so vorsichtig wie möglich, und so schnell es ging. Von ihm aus hätte es endlos lang so weitergehen können, alles war gut, solange er die harte, runde Stirn fühlte, die seine rechte Schulter berührte, ein wenig unbequem und sehr, sehr – ach, überwältigend süß.

Einmal hielt eine Kontrolle sie an. Im Licht der Taschenlampe schimmerte das blecherne Schild des Feldgendarmen. Val reichte die Papiere hinaus, Urlaubsschein, Zulassung, Führerschein.

„Danke, Kamerad. Nein, laß deine Frau nur schlafen."

Er hob zwei Finger an die Mütze, trat zurück. Val fuhr wieder an.

'Laß deine Frau nur schlafen.'

„Nein, Kersten, die andere Schachtel. Das sind die Sterne. Du suchst doch die Lichthalter!" sagte Bettina im Vorbeilaufen. Der Junge wühlte mit brennenden Backen in den verschiedenen Kartons. Dabei war es eisig kalt hier oben auf dem Dachboden.

Die Kinder durften zum ersten Mal den Baum selbst schmücken, sie hatten darum gebettelt. Sie und Mart hatten das früher nie gewollt, sie fanden es schöner, überrascht zu werden. Aber es war so hübsch, mit den jungen Menschen zusammen das Fest vorzubereiten. Obgleich man eigentlich kaum begreifen konnte, daß man sich noch so zu freuen vermochte.

War man schließlich und endlich stumpf geworden von der täglich und nächtlich drückenden Angst, oder schlug es einmal ins Gegenteil um? Letztes Jahr Weihnachten war es ihr nicht gelungen, auch nur einen Hauch von Feststimmung zu schaffen, obwohl sie es der Kinder wegen so sehr gewünscht hatte. Aber damals hatte sie wochenlang nichts von Axel gehört, kein Lebenszeichen ...

Dies Jahr – er lag noch immer im Lazarett, er sollte aber am Heiligen Abend heimkommen. Sie wagte kaum, sich zu freuen, weil er im Augenblick außer Gefahr war. Gerade Knieverletzungen können schlimm ausgehen. Trotzdem ...

Das Radio wurde kaum mehr ausgeschaltet. Man hörte von der Winterschlacht im Westen – woran klammerte man sich nicht, ehe man an den Untergang glaubte, von dem eigentlich alle schon wie von etwas Selbstverständlichem sprachen. Bettina wollte einmal alle Sorgen vergessen. Sie wollte sich freuen, daß es dieses Jahr so warm und verheißend und weihnachtlich zu werden versprach ...

Sie sah auf die drei jungen Gesichter, die, dem Baum zugewandt, in strahlendem Eifer glänzten – was würde nächstes Jahr sein? Nicht dran denken. Jetzt – jetzt ist das Leben ...

Claire und Kersten stritten miteinander, jeder wollte gerade das tun, was der andere sich ausgesucht hatte, erst Nüsse vergolden und dann Lichter aufstecken.

„Laßt mich die Kerzen anmachen", sagte Bettina freundlich, „das ist nämlich ein undankbares Amt. Zu Hause machte das immer der Vater, weil er fand, keine weibliche Person könne die Kerzen senkrecht hinbekommen."

„Deine stehen auch schief", triumphierte Kersten, und die beiden Mädchen lachten schadenfroh. Bettina stieg von der Leiter, trat ein paar Schritte zurück, um einen besseren Überblick zu haben, und landete dabei in einem Waschkorb, der, halb mit Äpfeln gefüllt, hinter ihr gestanden hatte. Die Kinder schrien und wollten sich ausschütten vor Lachen.

Als der Baum fertig geschmückt war, setzte sie sich noch ein bißchen in den Sessel, der eigentlich zu Axels Schreibtisch gehörte, und rauchte ausnahmsweise eine Zigarette. Kersten hockte auf dem Tischrand und knackte Nüsse, die sie nicht aufgehängt hatten, weil der Draht nicht hineingehen wollte, und die Mädchen zankten sich um ein paar übriggebliebene Pfefferkuchen. Claire gab schließlich nach und überließ Gerda den Rest, sie setzte sich zu Bettina.

„Gibst du mir auch eine Zigarette, Mutter?"

„Rauchst du denn?" fragte Bettina erstaunt. Claire entzündete eine.

„Manchmal. Es ist so hübsch, wenn man mit einer Arbeit fertig ist, als Belohnung zu rauchen."

Bettina lächelte. Gerda sah vorwurfsvoll zu ihr herüber.

„Natürlich. Claire darf alles. Immer Claire."

„Sie darf gar nicht alles", sagte Bettina, sich aufraffend, „wer sagt denn, daß ich es Claire erlaube? Heute mal ausnahmsweise, weil Weihnachten ist."

Immer vergaß sie, daß Kinder eben doch Kinder sind. Gerade bei Claire. Sie war so ruhig und vernünftig und unbeirrbar, aber das war natürlich noch kein Grund, ihr das Rauchen zu erlauben.

Gerda sagte übrigens nie ‚Mutter' zu ihr, wie die beiden anderen es schon seit langem taten.

Sie vermied jede direkte Anrede mit viel Geschick, so daß es gar nicht auffiel. Kersten sagte manchmal ‚Muschima', das klang lieb und zärtlich, aber er würde wohl nun auch bald anfangen, sich solcher Ausdrücke zu schämen.

Niemals würde sie die Kinder zwingen, ‚Mutter' zu sagen. Sie selbst hatte die ihre mit Mutz angeredet. Liebe Mutz, wenn sie nur verschont blieb und am Leben! Bettina hatte sie wiederholt aufgefordert, zu ihnen zu kommen, aber sie wollte bei Renate bleiben. In ihrer Gegend war auch vorläufig wenig Bombenschaden.

Genau in dem Augenblick, in dem sie das dachte, klopfte es. Es war spät, halb zehn, für ländliche Begriffe jetzt im Winter geradezu Nacht. Sie glaubte deshalb, es sei eins der Mädchen, und rief nur: „Herein!", ohne sich umzudrehen.

Dann aber fuhr sie hoch, und im Augenblick war die friedliche Weihnachtsstube erfüllt von Trubel und Leben. Marianne war gekommen, Marianne Kayser geb. von Geldern, mit ihren zwei Jüngsten. Sie war ausgebombt und nahm das zum Anlaß, Bettina endlich zu besuchen, was sie schon lange versprochen hatte.

Bettina freute sich ehrlich.

„Da haben die Bomben eben doch etwas Gutes", sagte sie und drückte die Freundin an sich. Marianne war ganz unverändert; auch unverändert hübsch, trotz ihrer Fülle. Niemand traute ihr einen so großen Jungen zu, wie sie ihn hatte.

„Er kam etwas zeitig, sozusagen mit Vorliebe, und das gab Hermann schließlich den Dreh, einzusehen, daß ich die richtige Frau für ihn bin. Vorher hat er noch immer überlegt. Aber eine Baronesse läßt man doch nicht sitzen, und so ging alles nach Wunsch, ein Achteinhalb-Monatskind kommt in den besten Familien vor. Ich jedenfalls bestreite alles und möchte sehen, wer mir einen Gegenbeweis liefern kann. Ja, und dieses Produkt ist nun so unverschämt geworden, daß wir ihn in ein Internat gesteckt haben. Hermann kam im Sommer auf Urlaub und war ganz fassungslos. Ich eigne mich weniger dazu, Jungen zu erziehen, nur mit den kleineren nehme ich es noch auf."

Bettina sah sie ein wenig unsicher an. Marianne konnte so ehrlich über ihre Fehler und Mängel sprechen, die sonst die meisten Leute bei sich selbst überspielten. Sie war noch immer ein großartiger Kerl, jammerte mit keinem Wort über das Verlorene, sondern setzte sich, als Bettina sie dazu aufforderte, höchst vergnügt in einen Sessel und rauchte, die Pelzkappe noch auf dem mit Schnee besternten Haar, unvergleichlich lieblich und reizend, als sei sie nur eben zu Besuch gekommen. Bettina schickte Claire, das Badezimmer anzuheizen, damit Mariannes Kinder erst einmal richtig warm würden. Sie waren zwölf und vier Jahre alt.

„Und dein berühmter Axel kommt auch, na herrlich! Er soll ja so entzückend sein, alle schwärmen von ihm. Hast du MMs Erbe angetreten? Dir gönn' ich das! Denn der Mann, den sie ausgesucht hat, muß ja große Klasse sein."

Bettina lachte. Niemand sonst hätte wohl je gewagt, so etwas zu sagen, aber aus Mariannes Mund wirkte es nicht verletzend, eher wie eine Anerkennung. Sie fingen an zu schwatzen, und kein Ende war abzusehen. Claire badete die beiden kleinen Kayserlinge und brachte sie zu Bett, Marianne und Bettina schwatzten immer noch. In der Nacht ging es weiter. Zwar lag die zwölfjährige Christina auf der sogenannten Besuchsritze, also zwischen ihren Betten. Bettina hatte Marianne kurzerhand in Axels Bett gesteckt –, das aber störte nicht.

„Sie schläft bestimmt gleich ein!" versicherte Marianne und erzählte auf die unbefangenste Weise, was ihr gerade in den Sinn kam.

„Schläfst du, Christina?" fragte Bettina von Zeit zu Zeit. Und dann antwortete es immer, in der äußerst höflichen Form, die Mariannes Kinder auszeichnete – außer dem ältesten, wenn man ihr glauben wollte –, wohlerzogen und artig: „Danke, Tante Bettina, noch nicht ganz, aber gleich!"

„Ach, was versteht sie denn von dem allen", meinte Marianne, die in diesem Alter bestimmt noch sehr viel mehr verstanden hatte. Sie war der späteren aufklärenden Erziehung sicherlich um zwanzig Jahre voraus, wenn man sie selbst betrachtete; aber bei ihren Sprößlingen neigte sie dazu, felsenfest an deren unanzweifelbare Kindlichkeit zu glauben. Schließlich schlief Christina wirklich, und Bettina konnte die Frage stellen, die ihr längst auf dem Herzen lag: Wie Marianne es aushalte, diese entsetzliche Angst um den Mann, dieses fürchterliche Alleinsein, Wochen und Monate, Tage und Nächte ...

„Ja, anfangs war es schlimm, aber man gewöhnt sich daran", sagte Marianne unbefangen. „Und jetzt hab' ich einen so netten Mann kennengelernt, er ist eigentlich Zahnarzt, aber nicht so, wie man sich einen vorstellt. Nett und verständnisvoll, und liebt Lyrik, also staunenswert. Manchmal ist es direkt komisch, wenn er mir den Mund voll Zellstoff stopft und dann anfängt, ein Gedicht zu deklamieren, und ich kann nichts anderes sagen als ‚Mhm!'"

„Seit wann interessierst du dich denn für Gedichte?" fragte Bettina. Sie hatte derartige Neigungen bei Marianne nie beobachtet.

„Ach, eigentlich noch nicht lange, aber er interessiert sich halt", sagte diese, „und es gibt wirklich schöne Gedichte, das hab' ich früher gar nicht gewußt. Man muß sie nur von jemanden hören, der sie einem richtig interpretiert oder wie das heißt ..."

Am andern Morgen brach eine herrliche Geschäftigkeit an, denn nun mußte natürlich vieles für die Kayserkinder gerichtet werden. Kersten versprach, mit der Laubsäge noch zwei Puppenwiegen für Christina und

Mechthild anzufertigen und verschwand mit wichtigem Gesicht in der Werkstatt, und Claire wollte die Puppenkleider nähen. Puppen hatte man noch gefunden, weder Gerda noch Claire hatten viel mit Puppen gespielt. Claire, weil sie viel draußen war und Kuh und Kalb, Pferd und Fohlen ihr wichtiger waren, und Gerda – nun, Gerda war kein mütterlicher Typ, auch kein puppenmütterlicher. Sie schmückte lieber sich selbst als Zelluloidbabys. Zur nachmittäglichen Kaffeestunde war alles fertig, und sie leisteten sich eine Tasse ‚echten', während sie auf Axels Anruf warteten.

„Kinder, genießt den Krieg, der Friede wird fürchterlich", zitierte Marianne den gerade gängigen frivolen Spruch, den Bettina noch nie gehört hatte. Sie mußte später oft daran denken.

Axel kam, er war still und blaß, schien ziemlich Schmerzen zu haben. Das Gehen fiel ihm schwer. Er war zwar nicht mißgelaunt, doch nachdem der alte Doktor dagewesen war, wurde er wesentlich munterer und versuchte, am Stock zu laufen.

„Vielleicht geht Reiten besser", sagte er, und so wurde noch vor der Weihnachtsbescherung Horka, seine alte Stute, gesattelt, und Axel stieg nach einem Proberitt sichtlich belebt wieder ab. Es wurde dann ein hübscher, beinah fideler Abend.

Bettina fragte nicht, wie sonst bei Urlaubsbeginn, nach dem Stand der Dinge draußen im Felde. Zu Anfang des Krieges hatte sie das auch nicht getan, in jener Zeit, da man dachte, es würde so weitergehen, von Sieg zu Sieg. Später fragte sie, weil die Sorge wuchs und man so gern eine Hoffnung, eine Erleichterung für die angstbeladenen Seelen erfahren wollte – und nun tat man es nicht mehr. Man fürchtete die Antwort zu sehr.

Sie schmiegte sich an Axel, als sie endlich schlafen gegangen waren, nach einem tüchtigen Weihnachtspunsch und unzähligen Zigaretten, lachte und weinte.

Noch nie hatte sie so sicher und klar gewußt: es war das letzte Mal. Wir müssen alles bezahlen, die Rechnung ist schon geschrieben. Wir bekommen sie präsentiert, auf Heller und Pfennig, bald, bald.

‚Herrgott, gib mir die Kraft, zu tragen, was du mir auferlegen wirst', betete es in ihr, ehe sie einschlief.

Am dreizehnten Januar kam die Ostfront in Bewegung. Die langerwartete Winteroffensive rollte an, es gab kein Halten mehr. Jeder fühlte: das ist der Anfang vom Ende.

Axel war mitten in den Hexenkessel hineingefahren, noch nicht völlig wieder hergestellt, aber vom Truppenarzt gesund geschrieben. Bettina bekam kein einziges Mal mehr Post von ihm.

Es war eine kleine, aber tatsächliche Hilfe für sie, daß Marianne da war. Sie schliefen in einem Zimmer. So war keine von ihnen beiden allein. In der Nacht weckte Marianne Bettina.

„Du mußt aufstehen, nachsehen. Draußen ist jemand."

Sie zogen etwas über und tasteten sich die Treppe hinunter. Das Treppenhaus war verdunkelt, aber die Vorhänge schon ziemlich schadhaft, deshalb konnten sie kein Licht machen. Als sie in den Hof hinaustraten, taumelten sie zurück, derart blendend hell und eiskalt stürzte das Mondlicht auf sie herunter. Ein vermummter Mann stand am Tor. Ob sie die Nacht hierbleiben könnten.

Es war der erste Treck aus dem Osten. Bettina lief selbst, um Holz zu holen und in der Diele Feuer zu machen.

„Weck Claire, sie soll Kaffee kochen", rief sie Marianne zu. Sie blieben die ganze Nacht wach. Es tat so gut, den armen Menschen zu helfen, selbst mit anzufassen. Bettina suchte warme Sachen für die Kinder heraus, sie gab ihre eigene, noch sehr gute Strickjacke einer alten frierenden Frau, die gar nicht warm werden konnte, auch eine Menge Sachen von Axel gab sie weg. Eine verzweifelte Fassung war in ihr: Sie wollte nicht sparen, nicht knausern. Heute ihr, morgen wir. Gib, solange du noch hast.

Von nun an riß der Strom der Flüchtlinge nicht mehr ab. Sie kamen durchs Dorf und fanden im Gut für Stunden oder halbe Tage oder ganze Nächte Aufnahme. Mit Mariannes Hilfe wurde alles gut organisiert. Das Feuer ging nie aus, und Kaffee und Suppe waren immer vorrätig.

Die Kinder halfen, jedes bekam sein Amt. Kersten kam aus dem Stall nur noch zum Essen und Schlafen heraus, unter seiner Aufsicht wurden die fremden Pferde und Zugochsen versorgt und die Männer beschwichtigt, von denen jeder dachte, seine eigenen Tiere kämen zu kurz vor den anderen. Bettina empfand einen heißen, glücklichen Stolz mitten in all den Sorgen, wie der kleine Kerl sich bewährte. War das MMs Erbteil? Überhaupt mußte sie jetzt oft, fast dauernd, an die ältere Freundin denken.

Wie hätte MM dies gemacht, wie jenes Problem gelöst? Sie sprach auch mit Marianne von ihr. Marianne war ein Mensch, der wie geschaffen war für turbulente Zeiten und Zustände. Sie war immer munter, immer freundlich und nie müde. Alle Leute liebten sie, Bettina stand völlig in ihrem Schatten. Aber es machte ihr nichts aus. Welch ein Segen, zu zweit zu sein! Ein Kind wurde geboren, zwei alte Leute starben. Marianne half, ordnete und tröstete.

Die grausame Kälte jenes Winters ließ immer einmal etwas nach, aber nur, um erneut wieder einzusetzen. Bettina mußte die letzten Reserven an Brennstoff herausgeben, ihr Kartoffelvorrat schmolz zusammen, das Mehl zerging ihr unter den Händen.

Aber sie fand, es sei ein Unrecht, zu sparen, wenn den anderen der nackte Hunger aus den Augen sprang.

Wann würde sie selbst auf der Landstraße liegen? Noch gab es – oder wieder – Fronten. Trotzdem glaubte niemand mehr an ein anderes Schicksal als an das, was man täglich vor Augen hatte.

Mitte Februar entschloß sich Marianne, nach dem Westen zu gehen. Dort lebte eine ihrer Schwestern.

„Ob sie entzückt ist, wenn wir kommen, steht dahin“, sagte sie zu Bettina, „nicht jeder nimmt einen so auf wie du. Mitkommen willst du nicht? Kann ich verstehen. An deiner Stelle bliebe ich auch.“

Bettina half ihr packen und brachte sie zur Bahn, so entsetzlich schwer es ihr fiel, Marianne gehen zu lassen. Es fuhren wieder Züge; sie waren überfüllt, auf Puffern, Dächern, Kohlenwagen und Loks hingen Menschen und Gepäckstücke. Marianne bekam Platz, sie bekam immer und überall das, was sie brauchte. Als der Zug anrollte, winkte sie und schrie: „M-A-I-D-Bettina, vergiß es nicht!“

Bettina mußte lachen, mitten in dem heißen Schluchzen, das aus ihr brach. M-A-I-D das waren die Buchstaben des Wortes Maid. Sie hatten sich in Holgershof oft darüber lustig gemacht, es hieß angeblich „Mut – Ausdauer – Idealismus – Demut“, aber natürlich hatten die Maiden die dümmsten sonstigen Bedeutungen hineingeulkt. Jetzt dachte sie daran.

„Mit Anstand im Dreck ...“, das war Mariannes Auslegung. Sie stand wie eine Zukunftsrune über ihrem jetzigen Leben.

„Doch, Gerda, die Kommode dürfen wir mitnehmen, ich hab’ extra gefragt“, rief Bettina über die Schulter. Sie hatte in der einen Hand den Griff des Wäschekorbes, der immerfort kippte, so hoch waren die Kleidungsstücke darin gestapelt, über dem anderen Arm die Wintermäntel. Claire trug den Korb an der anderen Seite. Es regnete, aber sie räumten trotzdem um. Wer wußte, ob es ihnen nicht morgen schon verboten war, auch Kleidung und Wäsche mitzunehmen.

Das Gut war enteignet, die Äcker aufgeteilt. Das Gutshaus hatte die Gemeinde beschlagnahmt, es sollte voraussichtlich Schule werden. Die meisten Möbel waren schon fort, jedenfalls alle guten, auch fast alle Bücher. Diese Kommode hier, die bisher auf dem Boden gestanden hatte, durften sie mitnehmen auf den alten Hof. Sie war sehr wertvoll, gerade weil sie nach gar nichts aussah, weder gestrichen noch poliert. Es ging bestimmt mehr hinein, als man dachte.

Den Kindern machte das Umräumen offensichtlich Spaß; sogar ihr selbst bis zu einem gewissen Grade, wenn sie ehrlich war. Das war so unbegreiflich und unerklärlich wie vieles jetzt; alle Maßnahmen und Begriffe waren sozusagen über den Haufen geworfen. Seit sie aus der zehntägigen Haft entlassen war, kam ihr das Leben – einfach das nackte Leben – als etwas so Köstliches vor, wert, alle Kräfte einzusetzten, um es zu erhalten, ein Geschenk, eine Gnade. Die Kinder empfanden es ebenso, sie waren noch zu jung, um zu übersehen, was einem selbst noch wie ein wirrer Traum erschien, aus dem man jeden Augenblick aufzuwachen hoffte.

Sie hatten sich eigentlich alle drei in der Haft sehr ordentlich benommen. Freilich, sie waren zusammengewesen, sie und die Kinder, und die fühlten sich bei ihr geborgen. Vorher hatte Gerda entsetzlich geweint, sie dachte, es ging nach Sibirien; das dachte sie, Bettina, übrigens auch, als sie packten. Eine Stunde Packen war ihnen erlaubt. Sie hatte Gerda getröstet und ihr gut zugeredet, auch in Sibirien lebten Menschen. Woher einem die Kraft dazu kam, das ahnte sie nicht. Nie, nie würde sie die Kinder verlassen – sie war ganz gefaßt gewesen und ganz ruhig. An diesem Tag hatte Gerda sie zum ersten Mal ‚Mutter' genannt.

Es war dann haarscharf an ihnen vorbeigegangen. Dreiundfünfzig von dreihundert Menschen waren *nicht* fortgekommen, darunter sie und die Kinder. Als sie alle im Hof standen und die Namen aufgerufen wurden, hatte sie noch einmal gefühlt, was Angst ist, fürchterliche, kreatürliche Angst. Angst um sich selber – natürlich auch Angst um die Kinder, aber auch nackte, schauerliche Angst um sich. Sie schämte sich sehr darüber. Der Schweizer vom Gut, der jetzt bei der Kommission war, hatte mit den anderen verhandelt.

„Das is doch die zweete Frau, eichentlich bloß die Schreibhilfe aus dem Biero", hatte er im schönsten Sächsisch genuschelt, „die de Ginder versorcht hat – de richtche is das nich." Vielleicht war es diesen Worten und seiner Fürsprache zu verdanken, daß sie nicht fortkamen.

Nun lag das alles schon wieder hinter ihnen, nicht vergessen, aber beiseite geschoben, verschlungen von unzähligen Anforderungen, die stündlich auf sie einstürmten. Sie sah sogar schon so etwas wie eine Existenz vor sich.

Erst war ihr unbegreiflich gewesen, wovon sie mit den Kindern würde leben können, jetzt aber kam alles in neue, doch einigermaßen übersichtliche Gleise. Ein Restgut, eine Siedlerstelle von zwanzig Morgen war ihr genehmigt worden, wohl wieder auf Fürsprache des Schweizers hin, um dessen Kind sie sich einmal gekümmert hatte, als es Scharlach hatte. Auch die Erlaubnis, auf den alten Hof zu ziehen, hatte er ihr erwirkt, dieser Hof lag am Ende des Dorfes, dort hatten die Büssows vor Jahrhunderten angefangen.

Sie hatte diesen Hof eigentlich immer geliebt, vielleicht kam es daher, daß sie, ähnlich wie die Kinder, beinah ein Gefühl der Freude fühlte bei diesem Umzug. Der Hof war alt und die Gebäude nicht besonders gut erhalten, aber es war dort echt bäuerlich. Eine Mauer umgab ihn, die Wirtschaftsgebäude lagen im Viereck, und gleich dahinter begann der Busch.

„Wir werden uns schon schön einrichten", verhieß sie eifrig, während sie den Wäschekorb in den Handwagen hob, „paß nur auf, Claire, ich weiß schon, wie. Hoffentlich ist die alte Grude in der Küche noch nicht eingefallen, schlimmstenfalls mauern wir sie neu. Ziegelsteine können wir vom alten Schützenhaus holen, das ist sowieso schon halb abgebaut."

Sie fuhren durch das alte, nach Süden gelegene Tor in den Hof. Links schloß sich das Wohnhaus an die Mauer an. Eine abgetretene, aus Ziegeln gepflasterte Treppe ohne Geländer führte nach der Küche hinauf, auf halber Höhe befand sich die Stubentür. Bettina stieß sie auf und setzte erst einmal den Korb ab. „Die hatte ich ganz vergessen, das wird eure Stube!“ rief sie beglückt. „Deine und Gerdas! Siehst du, immerzu überlegte ich, wo ich euch hübsch unterbringe. Ihr sollt doch ein Schwesternzimmer haben. Daß ich darauf nicht kam!“

Es war ein niedriger, quadratischer Raum mit vier Fenstern, zwei nach Osten und zwei nach Norden.

„Da habt ihr Frühsonne!“

Die Küche, am Ende der Treppe, hatte die Front nach Süden, zum Ausläufer der Dorfstraße hin. Herd und Grude waren noch vorhanden, sonst nichts, aber die Sonne würde den ganzen Tag hereinscheinen ...

„... und hier kommt der runde Tisch hin, der auf dem Boden stand. Ja, den bekommen wir auch, die Sachen vom Dachboden sind gar nicht aufgeschrieben worden“, sagte sie zu Claire, „und ein Regal hat auch noch Platz. Und das da wird die Wohnstube.“

Hinter der Küche, zwei Stufen höher, lag ein winzig kleiner, viereckiger Raum. Kaum Platz für Sofa und Tisch, Bücherschrank und Ofen.

„Aber warm wird es hier sein, niedrig wie es ist.“

„Und rauchig, wenn Vater erst ...“, Claire stieß fast an die Decke, lachte und zog den Kopf ein. Sie sprach fast täglich vom Vater, so selbstverständlich, als käme er morgen von einer Erholungsreise zurück.

Es konnte natürlich sein, daß er noch lebte. Daß sie keine Nachricht hatten, besagte gar nichts. Es konnten hundert, tausend kleine Zufälligkeiten daran schuld sein, daß sie nichts von ihm wußten. Wieviel Millionen Menschen ging es jetzt so, und sie war sogar noch im Vorteil denjenigen gegenüber, die ihre Angehörigen in ganz Deutschland suchen mußten, weil sie die Heimat im Osten verloren hatten. Post gab es noch nicht wieder, und all die Suchaktionen, die eingerichtet worden waren, brachten kaum einmal Erfolg. Aber Axel wußte ja, wo er sie finden konnte, immer wieder sagte sie sich das zum Trost vor. Und so bereute sie keinen Augenblick, hiergeblieben zu sein. Es war eben doch die Heimat, so verändert auch vieles war.

Kersten kam wahrhaftig mit der Kommode an, er hatte einem Dorfjungen aufgetragen, ihm dabei zu helfen. Der hatte es getan, willig und selbstverständlich, als wäre Kersten noch immer der kleine Herr vom Gut.

Bettina lächelte und schenkte dem Jungen fünfzig Pfennig. Die Kinder konnten zwar mit Geld nichts anfangen, und sie selbst besaß auch weiß Gott nicht mehr viel, aber sie konnte nicht anders. Es dauerte sicherlich viele Jahre, ehe man auch innerlich von der Guts-herrin zur Siedlersfrau wurde, wenn man diese Wandlung überhaupt je fertigbrachte.

„Und für die Küchenfenster nehmen wir den Stoff, der eigentlich für die Dirndlkleider gedacht war“, schloß Claire die Reihe von Sätzen, von denen Bettina nichts gehört hatte, vertieft in ihre eigenen Gedanken, in die sie mitunter fiel wie in einen Brunnen. Jetzt tauchte sie wieder auf.

„Und was wollt ihr im Sommer anziehen?"

„Hosen, Mutter", sagte Claire trocken, „denkst du, man geht im Dirndl aufs Feld?"

Sie hatte recht. Wie sie das alles ins Auge faßte – wieder sah und fühlte Bettina MM in diesem Mädchen. Äußerlich war sie ihrer Mutter ziemlich unähnlich, gar nicht hübsch, geschweige denn schön, weder was die Figur betraf noch das Gesicht, aber innerlich. Ebenso ruhig und klar und gelassen wäre MM in solch einer Lage gewesen; sie würde nicht, wie sie, Bettina, nach dem nächsten, dem allernächsten fassen und sich mit der gegenwärtigen Arbeit betäuben, sondern, wie Claire, den Überblick behalten und danach handeln.

In Bettina wallte ein heißer, wilder Dank auf. Dieses Kind würde sich immer und überall im Leben zurechtfinden. Claire war kein Kind mehr im eigentlichen Sinne, sie war ein Mensch, ein noch junger, aber geprägter Mensch, der seinen Weg ging, und sie, Bettina, war nicht allein. Wie unüberschaubar groß ihre Aufgabe jetzt auch war, drei Kinder durch diese ungewisse Zukunft ohne jegliche Mittel am Leben zu erhalten und ins Leben hineinzuführen, – Claire würde ihr zur Seite stehen. Claire würde nie fortwollen von hier, verwurzelt in ihre Heimat wie sie war, und von Tag zu Tag stärker und tüchtiger werden. Oh, Claire! Du müßtest Dorothea heißen, Gottesgeschenk, das du bist!

Auch Kersten würde seinen Mann stehen, der liebe kleine Kerl. Er sprach von nichts anderem als vom Siedeln, übersprudelte sich in Vorschlägen und Reformen, rannte sich ab, purzelte, vergaß früh, die Hose richtig anzuknöpfen und fand oft nicht einmal Zeit zum Essen. Bettina sah ihm gerührt lächelnd nach, wie er jetzt eben wieder davonsauste.

Er sollte vorläufig mit ihr im Zimmer neben der Küche schlafen. Es war ein hübscher, freundlicher Raum, klein, aber zwei Betten und ein Schrank gingen hinein. Der Schrank hatte keine Rückwand, sonst hätten sie ihn nicht bekommen, er war einer der ‚angewachsenen' aus dem Gut. Man lehnte ihn dann eben gegen die Wand, später machte vielleicht jemand eine Rückwand dazu.

Bettina kam in den Tagen des Umzuges nicht aus dem Wundern heraus.

Welch ein Zuhause hatten sie verloren, nicht etwa nur eine Mietwohnung in der Stadt, sondern die traditionsgesättigte Heimat vieler Generationen. Und doch trauerten sie nicht, sondern retteten aus dem Schiffbruch die umherschwimmenden Balken. Und jede kleinste Planke bedeutete Reichtum und Grund zur Freude.

Sie war nicht zum Lebenskünstler geboren wie etwa Marianne. Aber sie erlebte, daß der Mensch unvermutet viel aushält, solange er jung und gesund ist und etwas hat, wofür er sich einsetzt. Und auch das Regenerierende eines solchen Einbruches ging ihr auf: Wie ungeheuer förderlich es für den Charakter des Menschen ist, neu und ganz von unten anzufangen.

Faul war sie nie gewesen. Aber es hatte doch Tage in ihrem Leben gegeben, an denen sie vormittags arbeitete, sich nach Tisch hinlegte und nachmittags Besuch bekam, dem sie sich widmen konnte bis zum späten Abend. Oder sie war manchmal einen oder zwei Tage verreist. Dies alles war so selbstverständlich gewesen, daß man es gar nicht erwähnte. Jetzt hatte sich das von Grund auf verändert, und sie begriff kaum noch, daß sie derselbe Mensch wie damals war.

Ein Pferd hatten sie nicht mitnehmen können, darum würde sie die Herbstbestellung mit einem geborgten Zugochsen machen müssen. Ein Kalb und ein Schwein besaßen sie, auch einige Kaninchen aus Kerstens Zucht, so hatten sie bis zum nächsten Schlachten etwas zusätzliches Fleisch. Ein wenig Schmuck zu retten war ihr gelungen, sie hatte ihn in einer Blechschachtel, die sie mit Stearin zugetropft hatte, gleich hinter der Mauer im Wald vergraben. Schmuck würde vielleicht nicht so schnell an Wert verlieren, wenn man einmal unbedingt Geld brauchte.

Vorläufig war das nicht nötig, denn man lebte ungeahnt billig – einfach, weil es nichts zu kaufen gab. Sogar die große Sorge, wie man eventuelle Arztrechnungen würde bezahlen können, fiel weg, jetzt war jedermann Kassenpatient. Bettina war etwas beschämt, wenn sie sich vorstellte, wie unzählig viele Nächte sie in Sorge und Angst an solche Probleme gedacht hatte, die sich später von selbst lösten. So war es anscheinend öfter im Leben.

Als sie halbwegs eingerichtet waren, wollten sie ein Fest feiern. Es sollte Kartoffelpuffer geben, Kartoffeln hatten sie zum Glück genug. Claire hatte sie geschält und rieb nun mit Feuereifer, und Bettina wollte gerade mit Backen anfangen, da kam die Post. Dreimal in der Woche gab es jetzt wieder Post. Obenauf lag ein Brief, mit der Maschine geschrieben. Bettina riß ihn mit zitternden Fingern auf – von Renate. Endlich, endlich! Sie konnte gar nicht so schnell lesen, wie sie wollte – ja, Mutter lebte! Sie waren in Westfalen gelandet, auf einem Gut. Renates Mann war wiedergekommen, sehr elend zwar, aber lebendig. Bettina liefen die Tränen über die Wangen, sie merkte erst, daß sie weinte, als sie das salzige Naß auf den Lippen schmeckte. Claire sah sie bestürzt an.

„Schlechte Nachrichten, Mutter?“ fragte sie zaghaft.

„Nein, gute“, schluchzte Bettina und gab ihr den Brief hinüber, „der Mann meiner Schwester, Renates Mann, ist wiedergekommen“, es überwältigte sie. Wahrhaftig, wenn sie einem Menschen auf der Welt gönnte, den Mann wiederzubekommen, dann Renate. Und trotzdem tat es so weh, so weh.

Niemand konnte das verstehen, auch Claire nicht. Niemand, dem es nicht genauso ging. Sie weinte und schämte sich und weinte und weinte, ohne Ende, ohne die Kraft, aufzuhören. Schließlich versuchte sie es gar nicht mehr. Sie saß, die Arme auf den Tisch gekrümmt und das Gesicht hineinversteckt, und ließ die Tränen strömen.

Claire war still. Dann räumte sie sacht das Reibeisen weg, wischte den Tisch ab und holte Salz und Mehl.

„Weißt du, Mutter, ich denke manchmal, die nicht wiederkommen, haben es in einer Weise gut. Wenn Vater – wenn er hier ..."

Bettina hob das nasse Gesicht. Daß Claire das sagte, daß sie sich Gedanken machte, nicht nur den einen: uns fehlt der Vater – das rührte sie tief. Claire wurde ein wenig verlegen unter ihrem Blick.

„Du darfst mich nicht falsch verstehen, Mutter", sagte sie leise und scheu, „nur – Vater war doch so sehr – der Herr."

Freilich, man konnte es auch so verstehen. Natürlich war Axel der Herr gewesen, vielleicht waren die Toten zu beneiden? Sie, sie selbst, war zum Leben verurteilt – zu welchem Leben! Würde er sich, wenn er zurückkam, hier zurechtfinden können? Aber vielleicht hätte er es dennoch gekonnt, er war jung ...

Jung? Er war acht Jahre älter als sie. Mitte vierzig – seltsam, daß sie ihn immer als jungen Menschen in Erinnerung behalten würde. Es gab solche Menschen, die nie alterten, auch MM hatte zu ihnen gehört.

Sie sprach viel von MM in diesem Winter, vor allem mit Claire. Bettina merkte, wie stark MMs Einfluß auf sie gewirkt hatte, viel stärker beispielsweise als der von Axel. Axel war ein Geschenk, MM aber der Mensch, der sie geführt und geprägt hatte.

Sie war ein eigenwilliger, aber besonderer Charakter gewesen, und solche Menschen wirkten fort, selbst wenn sie sterben. Sie, Bettina, war nur ein Dutzendmensch, der sich bemühte und strebte und zurückfiel, wieder versuchte, sich selbst zu überwinden, und wieder schwach wurde. MM hatte einen Weg eingeschlagen und ging ihn weiter, und war es ein Irrweg gewesen, so hatte sie sich das klar und ohne Sentimentalität zugegeben und die Richtung geändert. Sie war, bei allen Zickzacklinien ihres Lebens, stets sie selbst geblieben, stark und ehrlich, und hatte alle Konsequenzen getragen, ohne zu jammern. So sah Bettina sie jetzt, und bemühte sich, sie Claire, die doch damals noch sehr jung gewesen war, so zu zeigen.

Bettina war überzeugt davon, daß alles, was man sich als junger Mensch vom Leben erträumt, für sie zu Ende war. Was blieb, hieß Arbeit, Einsatz für die Kinder. Durchhalten um jeden Preis. Eigene Wünsche gab es nicht mehr. Irgendwie tat ihr dieses Wissen sogar wohl, sie konnte wohl nicht mehr enttäuscht werden.

Aber es lauerte eine Sorge dahinter – sie war noch jung, oder fühlte sich jung: konnte man da für sich selbst schon resignieren? Erst war es, nach dem furchtbaren Durcheinander in dem Zusammenbruch aller bisherigen Werte, direkt eine Gnade und ein Glück gewesen, wenigstens einen Weg vor sich zu sehen, einen Weg, auf dem der bisher immer etwas verachtete Beruf sich als hilfreich erweisen konnte. Jetzt aber, da der Winter ruhig und eigentlich leichter als befürchtet vorübergegangen war, jetzt war es, als erwachten die alten Sehnsüchte neu. Ihr Herz rührte sich, es lebte noch, während sie anscheinend still und wunschlos das Tägliche tat.

Nein, sie war noch nicht wunschlos. Sie hatte keine Hoffnung mehr, daß Axel wiederkam, aber sie vermochte nicht aufzuhören, es zu wünschen. In die zerbrechende Ostfront hineingefahren zu sein, nicht gesund, und bis heute kein Lebenszeichen gegeben zu haben – es war natürlich *möglich*, daß er noch lebte, dennoch sehr unwahrscheinlich. Wie sollte sie ihr restliches Leben ertragen, diese Ungewißheit, dieses Bohren und Grübeln, wie er ums Leben gekommen sein mochte. Schwer – aber plötzlich – oder hatte er sich noch irgendwohin geschleppt, bis er schließlich erschöpft liegen blieb und verkam? Hatte eine barmherzige Seele ihn begraben oder lag er, die Beute der Tiere und der Witterung, in Schmutz und Regen?

Ein Soldat stirbt einmal, hatte sie irgendwann vor Zeiten gehört. Aber die Frauen, die Mütter, die Geliebten sterben jede und jede Nacht um ihn. So ging es ihr.

Es war gut, daß die Feldbestellung kam, mit tausend und abertausend Sorgen. Es fehlte ja an allem. Ständig mußte man auf der Jagd nach Werkzeug sein, jeder Spaten, jede Hacke, jeder Eimer mußte erstritten, erbettelt, ertauscht werden. Claire war unermüdlich dabei, Gerda fiel als Arbeitskraft vollkommen aus. Bettina hatte das vorausgesehen, aber doch nicht in diesem Maße.

An einem hellen Frühlingsabend kam sie mit Claire vom Feld, ziemlich erschöpft; die ungewohnte Arbeit machte sie mutlos, mutloser als nötig – jeder Mensch, der den Willen hat, gewöhnt sich. Das aber konnte sie nicht glauben, zerschlagen wie sie war. Und hungrig! Da fanden sie die Küche noch von mittags her unaufgeräumt vor, und Gerda war nicht zu sehen. Nicht einmal die Schweinekartoffeln hatte sie aufgesetzt. Gelüftet war auch nicht; die Küche hatte jenen abgestandenen, muffigen Geruch, den Bettina so haßte – so weit herunterkommen durfte man nicht sein, daß man im Gestank lebte, daß man nicht einmal mehr frische Luft hereinließ. Sie stieß die Fenster auf, wütend, unbeherrscht. Das wenigstens hätte Gerda tun können. Immer hatte sie gedacht, eines Tages würde das Mädchen selbst begreifen, daß jeder zupacken mußte. Aber bei manchen Menschen genügte ein gutes Beispiel nicht, wie man sah.

Sie ging ins Zimmer der beiden Schwestern. Gerda lag im Bett, auf dem Gesicht. Bettina erschrak. Sie war doch nicht etwa ernstlich krank?

Nein, sie war nur verheult. Sie mußte den ganzen Nachmittag geweint haben, denn ihre Augen waren dick verschwollen und rot, das Gesicht entstellt. Bettina setzte sich auf den Bettrand, sie fühlte ihr Herz zentnerschwer werden, so schwer, daß sie kaum Luft bekam. Ihr war, als wüßte sie schon, was hier auf sie zukam.

„Was ist denn, Gerda?“ fragte sie leise. Sie hätte gar nicht zu fragen brauchen, aber der Mensch ist nun einmal so geartet, daß er aus dem anderen herausfragt, auch wenn er die Antwort schon weiß. Einen Augenblick lang war sie versucht, das Gesicht zu verstecken und nichts zu begreifen – manches will man einfach nicht wahrhaben. Gerda war ja noch nicht einmal sechzehn, so ein Kind – nein, es sollte nicht wahr sein! Aber Gerda klammerte gleich darauf ihre Arme um Bettinas Hals und schluchzte laut und erlöst; es war, als sei für sie nun alles gut, nun, da die Mutter es wußte. Sie lachte sogar unter Tränen: „Ich dachte, du würdest schelten. Ach, süße, süße Muschimu, daß du nicht schiltst!"

Bettina fühlte, wie ihr Herz bei allem Mitgefühl mit dem Kind und allen Selbstvorwürfen, um die sie sich wahrhaftig nicht drücken wollte, härter und kleiner wurde, wie eine Faust, die sich zusammenballt. Muschimu, so hatte Gerda sie nie genannt. Der Name gehörte Kersten, das war zwar nebensächlich – nur es war bezeichnend für Gerda. Leichtsinnig und faul, und nachher heulen und schmeicheln ...

Bettina rief sich selbst zur Ordnung. Gerda hatte geweint, den halben Tag lang, so leichtsinnig war sie wiederum nicht. Sie nahm den jungen Kopf an ihre Brust, streichelte das Haar, das so wunderschön und glänzend war, selbst jetzt, da es unordentlich und zerzaust war. Eine seidenglänzende Unordnung – so war es manchmal bei MM gewesen. Ihr und Claire –, und vermutlich allen alltäglichen und durchschnittlichen Geschöpfen dieser Erde, stand nur die Ordnung, das Glatte, Saubere, in Zucht gehaltene zu. Einzig die Auserwählten kleidete auch das Wilde, Zerraufte und Verwühlte – sie waren die, die von allen geliebt wurden. Davon gab es nur wenige auf der Welt ...

Aber das war keine Entschuldigung. Ach, wie schwer haben es doch Menschen und Mütter, die denken! Wieviel leichter hat es eine einfache Frau, die solch ein leichtsinniges Ding ohrfeigt, zur Arbeit jagt und später das Kind aufnimmt an ihr mütterliches Herz.

Wie eine Erleuchtung erschien Bettina plötzlich diese Methode, und sie kannte sich selbst kaum wieder, als sie sich jetzt danach handeln sah. Es war bestimmt die erste Ohrfeige, die dieses hübsche junge Gesicht traf, aber sie traf, und schmerzhaft.

„Steh auf", sagte sie streng, wenn auch mit knappem Atem, „zieh dich an. Hol Kartoffeln rauf. Denkst du, die Schweine brauchen nichts zu Abend, weil du liegst und deinen Kummer hätschelst?"

Gerda war derart verwirrt, daß sie sofort gehorchte. Bettina sah sie zur Tür hinaus verschwinden und lehnte sich selbst an den großen alten Schrank. Sie hatte jetzt das Gefühl, richtig gehandelt zu haben, aber die Schwäche nahm ihr trotzdem den Atem und die Überlegung. Für einen Augenblick war schien es ihr sogar, als schwände ihr die Besinnung – das war ihr noch nie passiert, vor allem nicht in Augenblicken, wo dies eine Erleichterung, eine Erlösung bedeutet hätte.

In dieser Minute hörte sie Kersten unten rufen. Er rief nicht, er schrie, er gellte – sein Schrei verzerrte sich in der Luft und war nicht zu verstehen.

Bettina schnupfte, sie hatte kein Taschentuch dabei, ging zu Gerdas Bett und suchte unter dem Kopfkissen danach. Es hatte wie ‚Vater‘ geklungen, das, was Kersten schrie.

Sie ging langsam aus dem Zimmer, hinauf in die Küche. Claire mühte sich an der Grude, die auch fast erstorben war – man mußte dauernd auf der Wacht sein, daß sie nicht ausging. Die Küche war voller Rauch. Bettina nahm das schmutzige Geschirr von Mittag vom Tisch und stellte es auf die Bank hinüber, gedankenlos, sinnlos.

Im nächsten Augenblick drehte sie sich nach der Tür, die aufgegangen war. Sie erwartete Gerda – es war Axel. Sie wollte rufen, aber kein Ton drang aus ihrer Kehle. Dann war sie bei ihm. Er war es wirklich, kein Trugbild, kein Traum, wie sie unzählige Male geträumt und dann nicht mehr geträumt hatte. Es war Axel, er war gekommen, er war wiedergekommen.

Später machte sie sich Vorwürfe, daß sie Gerda an diesem Abend vollkommen vergessen hatte. Es war begreiflich, aber eine richtige Mutter hätte das nicht vermocht. Und – und das wurmte Bettina fast am meisten: wenn etwas Ähnliches Claire oder Kersten betroffen hätte, die hätte sie nicht vergessen. Also stand Gerda ihr doch wohl weniger nahe als die beiden anderen. Sie schämte sich.

Gerda jedoch schwamm obenauf. Sie war ja immer diejenige gewesen, die mit ihrem Vater machte, was sie wollte ...“, und Mutter hat mich nur geohrfeigt“, erzählte sie vorwurfsvoll. ‚Mutter‘ sagte sie aber trotzdem. Bettina fühlte ihr Herz gleichermaßen in Zorn und Genugtuung zucken.

Axel tröstete und bedauerte Gerda, er hätte sich vielleicht sonst anders verhalten. Vielleicht – Bettina wußte es nicht. Männer sind in solchen Situationen unberechenbar, und Axel hatte in den letzten Jahren viel durchgemacht. Er hatte wohl soviel menschliches Leid und soviel ungewöhnliche Schicksale gesehen, daß ihm ein uneheliches Kind seiner Tochter nicht so ungeheuer wichtig erschien.

Er war vor allem müde, unbeschreiblich müde. Oft schlief er bei Tisch ein oder mitten im Gespräch. Zuerst hatte er viel erzählt, durcheinander, Wichtiges und Unwichtiges, nervös, was er früher nie gewesen war, und erfüllt von einer unerträglichen Rastlosigkeit. Dann aber kam die Erschöpfung nach, wochen-, monatelang. Er schlief, nachts und am Tage, er schlief und schlief, rauchte nicht einmal nach dem Essen, legte sich sofort wieder hin. Vielleicht war dies Verhalten richtig, instinktsicher war er immer gewesen. Vielleicht brauchte sein Körper gerade das. Bettina ließ ihn, soviel es ging, in Ruhe.

Sie selbst ging umher in einer fieberhaften, gleichzeitig beseligten und angstdurchzitterten Arbeitswut. Sie schaffte viel mehr, als man eigentlich hatte erwarten können, aber es war kein gutes Schaffen. Sie fühlte selbst, auch wenn sie ihre Feldstücke mit denen der anderen verglich und eigentlich zufrieden oder gar stolz hätte sein können: *so* brachte man eine Siedlung nicht hoch. So hielt man nicht durch. Vielleicht fand sie doch allmählich in einen vernünftigen Arbeitsrhythmus hinein, mit Claires Hilfe. Jetzt durfte sie nicht zurückschalten, solange Axel noch so schonungsbedürftig war und Gerda als Arbeitskraft völlig ausfiel, mußte sich sogar freuen, so arbeiten zu können, von der zeitigen Frühe bis in die Nacht, von einer Arbeit zur anderen, fieberhaft, ohne Pause, unermüdlich.

Eines Sonntagabends kam Bettina vom Stallrichten, ohne Ahnung, daß jemand im Wohnzimmer war. Sie hörte Axels Stimme, laut und zornig – nicht unbeherrscht, aber drohend. Sie blieb stehen, ging dann die Treppe wieder hinunter. Abends erzählte er ihr, wer dagewesen war.

„Gerdas 'Freund', vom alten Hollmann der zweite", sagte er und bastelte an seiner Pfeife, „der erste ist noch nicht zurück. Ein netter Kerl eigentlich, war Flieger, Jagdflieger, na, du kannst dir's ja vorstellen – ja, erst einundzwanzig."

„Und?" fragte Bettina.

„Und? Gar nicht und. Wir könnten ja nun drauf dringen, daß sie heiraten, aber ich weiß nicht recht. Gerda kann doch noch einen ganz anderen Mann bekommen, ich weiß nicht einmal, ob sie sich aus diesem Fritz Hollmann soviel macht."

„Na, das ist doch wohl anzunehmen", sagte Bettina empört. Axel sah sie an, lächelte dann so weich, daß sie, trotz ihrer Empörung, ganz plötzlich eine starke Rührung fühlte. Axel konnte so *gut* sein, es war stets überraschend, wenn sie das spürte. Sonst war er liebenswürdig, freundlich, voller Charme, fast immer mochten ihn die Menschen auf Anhieb gern, vor allem Frauen, aber auch Männer. Aber daß er warm und gut sein konnte, das wußte sicherlich niemand außer ihr.

„Wenn es sich um dich handelte, meine Bettina, dann wüßte ich das genau. Aber Gerda", sagte er, „sie ist ja anders. Sie schlägt wohl ein bißchen nach mir ..."

„Aber wir können doch nicht – sollen wir wohl einfach so tatenlos zusehen ...", fragte Bettina. Axel lachte.

„Vielleicht ja. Vielleicht ist das gerade das Richtige. Abwarten, zusehen, wait and see. Der Junge übrigens möchte Gerda sehr gern heiraten, aber er ist doch nichts und wird auch vorläufig nichts werden können, deshalb ... Ihm würde es passen, mit einer Frau geb. von Büssow angeben zu können."

Bettina saß stumm. Sie war beinah versucht, Axel zu glauben. Wenn man ihn so sitzen sah, gelassen und schön – es war eine Schönheit, die wohl nie verging. So wie ein Rassepferd im Grunde nie häßlich wird, es behält seinen trockenen Kopf, seinen adligen Gang, auch wenn es vor dem Pflug gegangen ist. Allerdings, Axel ging nicht vor dem Pflug.

Sie rief ihre Gedanken zurück. Sie hatte ihn wiederbekommen, und nie, niemals würde sie die tausend Eide vergessen, die sie sich geschworen hatte, in unendlichen, qualvollen Nächten: Wenn er wiederkommt, wenn ich ihn wiedergeschenkt bekam, dann wollte sie niemals mehr über ihn schelten, auch nicht in Gedanken. Er war, wie er war, und so wollte sie ihn hinnehmen, dankbaren Herzens.

Aber es handelte sich ja hier um Gerda, um Gerdas Schicksal, um Gerdas Leben. Durfte man zusehen, wie sie es sich verbaute, ohne daß man eingriff? Sie war doch so jung, sie konnte unmöglich begreifen – da fuhr Axel fort:

„... und warum soll es nicht einen kleinen Büssow mehr auf der Welt geben – mit Kersten steht der Name auf zwei Augen."

Er sagte das bestimmt ohne verletzende Absicht, Bettina war dessen sicher. Trotzdem tat es weh, geradezu unsinnig weh – niemand konnte wohl nachfühlen, *wie* weh, der nicht in derselben Lage war. Obwohl es der reine Wahnsinn gewesen wäre, sich jetzt und hier ein Kind zu wünschen. Sie sah das alles deutlich, was aber fragte das Herz nach Vernunft. Manchmal, wenn sie nicht einschlafen konnte, mußte sie sich vorstellen, wie Gerda jetzt zumute sein mochte – jetzt, da das Kind anfing, sich zu bewegen. Ein neues Kind, eine neue Welt, etwas ganz, ganz Neues, Wunderbares, das da wurde ...

Sie hatte damals so verzweifelt geweint, sie entsann sich dessen genau. Aber Axel war nicht dagewesen, er ahnte nichts davon. Vielleicht war es falsch, immer tapfer zu sein. Sie hatte sich, als sie heiratete, vorgenommen, das Schwere allein zu tragen und nur das Gute gemeinsam. War das falsch? Manchmal dachte sie das jetzt. Der andere hat auch ein Recht darauf, zu wissen, daß und warum man weinte. Aber welche Ironie des Schicksals: Gerda weinte, weil sie ein Kind bekam, und sie, weil sie keins bekam.

Übrigens weinte Gerda schon lange nicht mehr, und das war das, was Bettina fast am meisten kränkte. Sie hatte die spontane Ohrfeige damals in keiner Weise bereut oder sich gar dafür entschuldigt, aber sie war danach lieb und freundlich zu Gerda gewesen. Sie hatte sie früh länger schlafen lassen als Claire, sie nahm ihr alle schweren Arbeiten ab – mit dem Erfolg, daß Gerda das als ihr gutes Recht beanspruchte und darauf pochte, geschont zu werden. Natürlich fühlte sie sich pudelwohl.

Bettina sah, daß auch Claire sich ärgerte. Das war begreiflich, obwohl Claire ein grundgutes Gemüt hatte und jedem das Beste gönnte. Im Frühjahr war Gerda sogar eines Abends zum Tanzen gegangen, ohne daß sie, Bettina, es wußte; Claire gab das erbittert zu, als sie sie danach fragte. Petzen hatte sie nicht gewollt, aber sie fand es, genau wie Bettina, unglaublich.

Jetzt, in der Zeit des Rübenhackens, war Bettina sehr reizbar, wußte das selbst und gab es auch zu, aber sie vermochte es nicht zu ändern. Sie war todmüde, so verzweifelt und hoffnungslos erschöpft ...

Sie hackten, hackten und hackten von früh um sieben bis abends um sieben, und es war nicht abzusehen, wann sie fertig sein würden. Manchmal half Kersten, aber er hatte ja vormittags Schule; sie schickten ihn in die Kreisstadt auf das Gymnasium. Das wenigstens wollten sie ihm bieten. Er kam oft erst sehr spät nach Hause, und ein Kerl zum Bäumeausreißen war er nie gewesen.

Bettina sagte sich immer wieder, daß der Körper sich anpassen müsse und daß der Mensch sich an alles gewöhne. Aber es war jetzt oft so, daß sie abends nicht mehr essen konnte, so erledigt war sie.

Gerda sollte zu Hause wenigstens das Nötigste tun, fand Bettina, anders ging es nicht auf einer Siedlung. Aber Gerda machte sich nicht gern die Hände schmutzig, sie zog zum Kartoffelschälen Handschuhe an, wenn Bettina es nicht sah, und das Wasser holte ihr Axel. Natürlich war das nett von ihm, aber wenn er schon arbeitete, könnte er Männerarbeit tun, meinte Bettina, ohne es natürlich jemals auszusprechen.

Etwas besser wurde es, als eines Tages eine junge Schlesierin bei ihnen nach Arbeit fragte. Eigentlich konnten sie sich keine Tagelöhnerin leisten, aber Bettina griff zu, komme, was wolle. Von nun an konnte sie doch manchmal zu Hause bleiben und die dringendste Arbeit dort erledigen, während Claire und Frau Mücke auf dem Felde arbeiteten.

Die Getreideernte ging überraschend schnell und glatt vorbei, nun kam das Dreschen. Die Maschine summte Tag für Tag, auch sonntags, Bettina nützte es aus, bei anderen einzuspringen. Dafür bekam man Körner, und Körner brauchte man, nicht nur für das Soll, nicht nur für die Hühner – für das Tauschen, für tausenderlei unbedingt Nötiges. Einmal schwieg das Summen für ein paar Tage, die Maschine war kaputt. Niemand fand den Fehler. Bettina erzählte es am Abend, erschöpft, aber nicht sehr mitleidig. Es war bei einem größeren Bauern passiert, der wenig nett zu den Neusiedlern war.

Am andern Morgen ging Axel zum erstenmal auf den Hofplatz seines ehemaligen Besitzes. Die Dreschmaschine stand dort, und wer von den Bauern oder Siedlern zu dreschen hatte, kam dorthin. Axel stand eine Weile und sah zu, wie die Männer suchten und fluchten; er trug seit einiger Zeit ein Einglas, weil eines seiner Augen schwächer war als das andere und er in der Gefangenschaft seine Brille eingebüßt hatte. Natürlich meinten alle im Dorf, er trüge es, um sich als Baron auszuweisen, aber es focht ihn nicht an. Nun stand er mit seiner Scherbe im Auge da und sah auf die anderen herunter, buchstäblich hinunter, denn sie waren alle kleiner als er. Das allein erbitterte die Leute schon, und wenn der Kerl dann auch noch so mokant guckte und nichts sagte ...

„Hier, soll er's doch mal versuchen", schnauzte endlich einer der sich Abmühenden wütend, „zusehen und nichts tun gibt's nicht auf unserm Hof."

„Nein? Da muß ich wohl mal anfassen, damit ich auf euerm Hof bleiben kann", sagte Axel leichthin. Es war nicht die Spur von Gehässigkeit oder Bitternis in seinem Ton, keinerlei Arroganz. Er steckte die leere Zigarettenspitze in die Hosentasche und kniete neben dem Siedler in die umhergestreute Spreu. Nach einer Viertelstunde brummte die Maschine wieder, und sie brummte bis zum Feierabend.

Von da an holten sie den ‚Baron' eigentlich immer sehr bald, wenn irgendwo etwas aushakte. Bei der Dreschmaschine oder beim Binder, wenn der Wassermotor nicht lief oder das Milchauto wieder mal stand. „Holt doch Büssown", hieß es dann. Axel hatte wieder so viel Zigaretten, wie er brauchte. Er rauchte den Eigenbau wirklich nicht gern, und es machte ihm nichts aus, sie zu nehmen. Bettina war erst ganz fassungslos, als sie hörte, daß er quasi Trinkgelder nahm. Aber vielleicht hatte er sich das im Felde angewöhnt, da gibt man Zigaretten und nimmt welche, und niemand fragt nach dem Rangunterschied.

Das größte Schmerzenskind der Gemeinde war das Milchauto. Kaum einmal in der Woche konnte die Lieferung pünktlich erfolgen, immer wieder saß der Fahrer irgendwo fest, und die Molkerei in der Stadt schalt. Auch die Hiesigen ärgerten sich darüber, denn die Milch, die im Dorf verkauft wurde, kam ja erst mit dem Auto zurück, und man hatte keine Ahnung, wann sie ausgegeben wurde.

Schließlich fragte der Bürgermeister Axel, ob er nicht fahren wolle. Axel fuhr und kam pünktlich wieder. Er bastelte den ganzen folgenden Nachmittag am Wagen, dann fuhr der andere wieder, blieb jedoch prompt sitzen. Axel lachte. Von da an fuhr er ständig, und in der Stadt fragte man im Scherz: „Welches ist unser vornehmstes Dorf? Siebenbrunn. Da trägt der Milchfahrer ein Monokel."

Bettina erfuhr das natürlich; die lieben Nachbarn versäumten nicht, es ihr mitzuteilen. Sie ärgerte sich, ärgerte sich über sich selbst, daß sie sich ärgerte. Daß sie das noch konnte, nachdem sie soviel Wertvolles verloren hatten und heruntergekommen waren. Denn sie waren ‚unten'. ‚Arbeit adelt' – ‚Arbeit schändet nicht' – ‚Ehre der Arbeit' – wie sie diese abgebrauchten Sprichwörter alle haßte! Denn in Wirklichkeit trafen sie ja daneben. Sie wußte, daß Mart sich schämte, wenn er jemandem antworten mußte: „Meine Schwester siedelt", sie wußte von unzähligen Bekannten von früher – nicht von Holgershöferinnen, die dachten anders –, daß sie ‚nicht verstanden, wie Bettina gerade diese Arbeit ergreifen konnte'. Es hätte ihr gleichgültig sein müssen, aber es war es nicht. Hundertmal sagte sie sich, daß es tapferer sei, von seiner Hände Arbeit zu leben, als Geld von der Bank zu holen und zu privatisieren. Dennoch.

Sie waren ‚unten'. Tiefer als die Siedler, die es nie anders erlebt hatten. Die nicht das Bedürfnis spürten, sich einmal wieder gut und ordentlich anzuziehen, nachdem man mit Genuß gebadet hatte, einen zwölf Seiten langen Brief zu schreiben oder über einem Buch zu bleiben, das man mit Verstand und nicht nur mit den Augen las. Solche Wünsche waren Luxus und in einer Siedlung ganz verfehlt, ein richtiger Siedler mußte sie sich, je eher, je besser, abgewöhnen.

Bettina schob dies alles fort. Sie hatte andere Sorgen, Sorgen um Gerda, die ihr Kind nun bald erwartete, Sorgen um ihr Soll – sie mußte genügend ernten, um abliefern zu können, gerade, weil sie kein ‚richtiger' Siedler war. Wenn ein anderer sein Soll nicht erfüllte, so waren eben verschiedene ungünstige Umstände daran schuld. Bei ihr wäre es ihre Unfähigkeit.

Gerdas Entbindung traf genau in die Zeit der Hackfruchternte, und da glaubte Bettina mitunter, sie bliebe am Boden. Wie ein zu sehr gehetztes Pferd kam sie sich vor, und es war einzig Claire zu verdanken, daß sie diese Wochen überstand. Für Gerda war die Geburt leicht, und sie strahlte über ihren Jungen, der bildhübsch, rund und gesund zur Welt kam. Der kleine Kerl gab Bettina eine neue Art von Mut, nicht aufzugeben.

Ihr Leben war Mühsal, Hetze und Qual, und schon so lange, daß sie sich kaum mehr darauf besann, daß es jemals anders gewesen war. Sie hatte ihren Mann wiederbekommen und war dankbar dafür, aber noch immer oder jetzt erst recht lastete alles auf *ihr*. Gewiß fühlte sie, manchmal geradezu körperlich, daß sie stärker geworden war, stärker in bezug auf Sorgentragen, Sorgenwegschieben – auch das mußte man lernen –, aber noch nicht stark genug. Nicht stark genug, nicht klug genug, nicht gut genug. Axel war viel freundlicher, viel gütiger als sie. Sie sagte sich manchmal, daß das auch leichter sei, wenn man sich nicht so völlig ausgab wie sie, wenn sie darüber am Verzweifeln war. Denn ihr Herz gab nicht Ruhe: sie *wollte* erreichen, daß sie sich, auch in der Siedelei, ein erträgliches Leben schafften. Ein Leben, in dem auch für Freundlichkeit und Höflichkeit Platz war, für einen sonntäglich gedeckten Tisch, für eine Viertelstunde wirklichen Feierabends. Nicht nur Hetze und Verausgaben bis aufs letzte und ein fast bewußtloses Zusammenbrechen am Abend. Das lohnte nicht. Sie aber wollte ein lohnendes Leben.

Es gelang ihr nicht. Wenigstens vorläufig nicht. MM wäre es gelungen, sie hätte es geschafft, schon auf Grund ihres großartigen Talentes, andere Leute einzuspannen. ‚Ein guter Ansteller ist mehr wert als sieben gute Arbeiter', so hatte MM doch damals gesagt. Man hatte sich darum gerissen, für sie zu arbeiten – wie hatte sie das nur fertiggebracht?

Bettina war kein Ansteller. Schon wenn Kersten ein Gesicht zog, weil er Kartoffeln aus dem Keller holen sollte, tat sie es lieber selbst. Das war falsch, sie wußte es. MM hätte den Jungen so in der Hand gehabt, daß er von selbst und begeistert jeden Tag Kartoffeln geholt hätte, mehr als nötig wären.

Vielleicht wurde es besser, wenn Gerda erst wieder aufstand. Auch die Kartoffelernte würde zu Ende gehen, und dann kamen nur noch die Rüben, und dann – dann wurde Rübensaft gekocht und geschlachtet, und *eine* große Wäsche mußte auch noch sein, ehe es fror, weil es mit dem Wasser hier so unpraktisch war, und – Bettina wurde schwindlig, während diese Gedanken in ihrem Kopf kreisten. Arbeit – Arbeit – Arbeit – sie war ja willig, aber nur Arbeit? Immer und immer nichts als Arbeit, von nun an bis in Ewigkeit? Einmal würden sich die Zeiten ändern. Die jetzt, ach, so kostbaren Lebensmittel würden an Wert verlieren, amerikanischer Weizen und dänische Butter würden billiger und besser sein. Was aber blieb ihr, Bettina? Die Arbeit blieb. Vielleicht würde Kersten ihr einmal die Zügel aus der Hand nehmen, aber Kersten wollte ja Arzt werden, wenn es zu ermöglichen war.

Dann vielleicht der Kleine, Gerdas Sohn. Ach, lieber Gott im Himmel, noch zählte sein Leben nach Tagen, man konnte ihn wahrhaftig noch nicht in eine solche weitvorausschauende Lebensrechnung einsetzen. Und außerdem – Gerdas Sohn und Siedler? Sie mußte lachen, obwohl es eigentlich zum Weinen war.

Dennoch war es der Gedanke an ihn, der sie mitunter mit Mut und mit einer ganz seltsamen, zärtlichen Lebensliebe erfüllte. Er war ein so unbeschreiblich weiches und rosiges Etwas mitten in der nun schon so lange feindlichen und grausamen Welt; allein, daß es ihn gab, erfüllte ihr Herz mit Wärme. Wenn sie am Kartoffelfeuer standen und die Hände über die Glut hielten – zum Sitzen war es zu kalt, sie standen und trampelten sich Wärme in die Füße, wenn zweites Frühstück oder Vesper war –, dann dachte sie an den Kleinen, und wie mild und süß er roch, wenn sie ihn frisch gewickelt hatte und Gerda aufs Bett legte. Oder wenn sie ihn aus der Wanne hob, so unbegreiflich glatt und vollkommen, so kostbar und entzückend, ein Stück himmlischer Harmonie ...

Sie hatte noch nie so nahe miterlebt, ein Kind vom ersten Tag an zu versorgen, und es erfüllte sie ganz und gar, trotz aller Arbeit und Kümmernisse, die nie abrissen. Sie lauschte darauf, sog es ein, viel mehr als seine eigene Mutter es tat, obschon sie glücklich über das Kind war, wenn auch einfacher, kindlicher. Sie lag da und genoß es, verwöhnt zu werden, sie kämmte und frisierte sich und aß alle Leckerbissen, die Bettina oder Claire ihr brachten.

Ach, mochte sie doch! Bettina fühlte keinen Groll mehr gegen sie, wenigstens im Augenblick nicht. Gerda hatte das Leben noch vor sich, und ihr selbst war es mit sechzehn Jahren herrlich und wunderbar gegangen, wenn sie es jetzt ansah. Damals hatte sie es nicht gewußt, genau wie jetzt Gerda, hatte es als selbstverständlich hingenommen. Wer ahnte denn, was Gerda alles bevorstand, wie das Leben sie zurechtbiegen und -hämmern würde. Allerdings war Bettina im geheimen davon überzeugt, daß das wohl nicht so schlimm werden würde. Es gibt Menschen, die immer und überall glatt durchkommen. So wie Axel – erst war es MM, die ihm das Schwerste abnahm, jetzt war sie es. Aber sie gönnte es ihm. Sie liebte ihn noch immer, und manchmal konnte sie ein fast mütterliches Lächeln nur schwer unterdrücken, wenn er fragte, wie es draußen ginge, und sie antwortete: „Großartig. Viel besser als ich dachte, Gott sei Dank."

Er sollte es gut haben. Was wußte sie denn, was er durchgemacht hatte, im Feld und in der Gefangenschaft. Und das Fahren war auch nicht immer das Leichteste, obwohl es immerhin eine Arbeit war, die ihm lag. Außerdem verdiente er dabei, nur im Winter würde es oft recht schwer werden. Darüber aber machte er sich anscheinend keine Gedanken.

Sie liebte ihn. Und sie bewunderte ihn in gewisser Weise. Er trug das Ganze doch sehr gelassen, in einer großartigen Haltung, durch nichts gebeugt, von nichts herabgezogen. Ungebrochen und fürstlich heiter – wesentlich gelassener als sie selbst. Sie war Äußerlichkeiten, Kleinigkeiten gegenüber immer noch sehr anfällig, vor allem gegen Kälte und Schmutz. Es kostete sie Tränen der Verzweiflung, daß sie sich oft so verkommen und ungepflegt fühlte. Sie liebte ihn, wie eh und je. Ihre Liebe zu ihm war sozusagen der Luxus in ihrem Leben – sie wollte ihn auch behalten, selbst wenn sie sich über ihn ärgerte und kränkte. Etwas muß der Mensch haben, um das ihn die andern beneiden würden, wenn sie darum wüßten; nur so war immer wieder zu ertragen, was eigentlich unerträglich war. Manchmal wurde ihr das klar, meist fühlte sie es nur unbewußt. Aber sie hielt sich daran, um nicht aufzugeben. Wie lange würde das noch so gehen?

Sie spähte das Feld entlang, wartete auf Claire und die junge Frau Mücke. Allein auf dem Feld zu arbeiten war sehr schwer, man war dann den eigenen Gedanken zu sehr ausgeliefert. Es erschien ihr wie eine Erlösung, als sie sie endlich kommen sah, die junge Frau federnd, Claire ruhig, wuchtig, schwer, zu schwer für ein junges Mädchen, das noch lange nicht zwanzig war. Aber vielleicht war das der richtige Gang für eine werdende Siedlersfrau.

Sie trugen die Milchkanne mit dem Essen für sie, Bettina, zwischen sich. Bettina lachte ihnen dankbar entgegen und setzte sich auf einen Sack, während sie nach Gerda und dem Kleinen fragte. Die Bohnensuppe war heiß und roch köstlich, ach, und es tat so wohl, sich zu wärmen und zu sättigen und dabei mit den beiden jungen Frau zu schwatzen, die sich ihr Arbeitszeug zurechtstellten.

Wie gut, nicht mehr allein zu sein! Bettina fühlte, wie die Gedanken aufhörten, sie zu quälen. Man mußte das Heute bestehen, sich am Heute freuen, an den winzigen, winzigen Lichtpunkten, die jeder Tag, mochte er auch noch so kalt und mürrisch aussehen, irgendwann hatte. Eine warme Suppe, ein lustiges Wort der jungen Frau, die Aussicht, heute abend den Kleinen einen süßen, geborgten Augenblick im Arm zu halten – oder Axel anzusehen, der ihr zulächelte. Brauchte man mehr, um Ja zum Leben zu sagen? Manchmal meinte sie, es zu können.

„Du siehst heute so vergnügt aus, Mutter“, sagte Claire in diesem Augenblick. „Gelt, wir haben schöne Rüben, die von Schillings sind lange nicht so gut. Aber wir haben ja auch zweimal gehackt. Und wir hatten sogar Mohn dazwischen ...“

Sie schafften viel an diesem Nachmittag, sogar das Wetter hatte sich aufgeklärt. Ein Rübenhaufen nach dem anderen wuchs an, und Claire deckte jeden mit Liebe und Sorgfalt zu. Man mußte für den Abend mit Frost rechnen, und abfahren konnte man die Rüben erst morgen oder übermorgen.

Zu Hause prasselte ein tüchtiges Feuer im Herd, als sie ankamen, wahrscheinlich hatten die Daheimgebliebenen wieder einmal nicht richtig auf die Grude geachtet, aber es tat gut, dieses geliebte Geräusch zu hören. Und Kersten und Axel hatten es sehr wichtig mit einem Milcheimer voll Eierkuchenteig – heute wollten die Männer Abendessen machen, und die Frauen sollten staunen.

Bettina lachte und setzte sich – da erlosch das Licht. Stromsperre! Nun wurde wieder nach der einzigen überlebenden Kerze gesucht, Stromsperre war ein Grundübel dieser Zeit – neben anderen Grundübeln –, das viel Nerven kostete. Und natürlich fing in diesem Augenblick der Kleine an zu maunzen. Es hantierte sich so schlecht im Dunklen, und gerade das war die Arbeit, auf die man sich den ganzen Tag gefreut hatte.

„Ich könnte nicht in Lappland wohnen, wo es ein halbes Jahr Nacht ist", seufzte Bettina mit dem Versuch, sich nicht zu ärgern. Sie lavierte jetzt oft um ihre gute Stimmung wie Mutter früh um die des Vaters. Kleinigkeiten hatten ihn oft und leicht gereizt, mein Gott, und wie gut war es ihm gegangen, trotz allem, im Vergleich zu ihnen!

„Dann hättest du mich also nicht geheiratet, wenn ich in Lappland gewohnt hätte?" fragte Axel und lachte. Er hatte die Pfanne vom offenen Feuer genommen, und der flackernde Schein der Flammen beleuchtete sein Gesicht.

„Doch, ich hätte", sagte sie leise und sehr ernst. Er hörte es nicht, denn er ließ soeben Teig in das zischende Fett laufen. Bestimmt verbrauchte er bei seiner großartigen Idee und freundlichen Hilfe nun viel zuviel Fett.

Aber sie wollte nichts sagen, sich nicht ärgern. Kersten, der neben ihr stand – er war immer dabei, wenn das Brüderchen, wie er sagte, gewickelt wurde –, schmiegte sich im Schutz der schlechten Beleuchtung ganz leicht mit der Wange an ihren Ärmel. Er hatte ihr ‚doch' gehört.

„Gelt, Mutter, du hättest uns überall geheiratet", sagte er leise, „und weißt du, wenn dort ein halbes Jahr Nacht ist, ist dafür auch ein ganzes halbes Jahr *Tag*!"

„Ja, Kersten, da hast du recht!" ‚So müßte man das Leben ansehen können', ging es ihr durch den Kopf, laut aber sagte sie: „Und das ist ganz märchenhaft, vielleicht kommst du mal hin! Vielleicht, wenn du Schiffsarzt bist. Diese hellen Nächte dort oben, wundervoll soll das sein. Dort gibt es Nordlichter, ich habe mal eines gesehen, aber nur ein ganz kleines. Die richtigen gehen über den halben Himmel –."

Sie versuchte, ihm einen Begriff davon zu geben. Er wußte so vieles nicht, was sie in seinem Alter längst gewußt hatte, durch ihr vieles Leben, durch das geistige Leben, das zu Hause herrschte. Durch ihren Vater – auch durch Mart. Man hatte ja kein einziges Buch hier, in dem so etwas vorkam, ach, es fehlte an allem und jedem. So mußte man halt erzählen, was man von damals her behalten hatte.

Sie erzählte, während sie den Kleinen umlegte und wickelte, was sie von den nordischen Ländern wußte, von Elchen und Trollen und Gnomen und der Edda, alles, was ihr in diesem Zusammenhang einfiel.

Auch die anderen hörten zu.

„Man könnte denken, du wärst dort gewesen", sagte Claire einmal in eine Pause hinein, und Axel lachte.

„Ja, die Mutter hat Flügel."

In diesem Augenblick ging das Licht wieder an, viel eher, als man erwartet hatte. Alle atmeten so hörbar auf, daß ein allgemeines Gelächter entstand.

„Das Nordlicht!" rief Kersten und strahlte, „und ..."

„Ich glaube, eben hat er gelacht!" sagte Bettina, „ein ganz kleines bißchen ...", sie trug den Kleinen zu Gerda, die im anderen Zimmer im Bett lag und ihr entgegensah. „Eigentlich lachen sie ja erst mit sechs Wochen, aber ..."

„Im Schlaf lacht er auch schon manchmal", berichtete Kersten eifrig, „ich hab' es gesehen, bestimmt! Mutter sagt, er spielt dann mit den Engeln."

„Jaja. Nun trink schön, mein Kleiner, damit du gut schläfst und träumst,", sie legte ihn aufs Bett. Von drüben hörte sie das Klappern der Teller, die Claire auf den Tisch stellte. Und Axel rief: „Los, essen kommen! Habt ihr denn keinen Hunger?"

Bettina wußte sofort, was es bedeutete, als Claire ihr sagte, zwei Männer wollten sie sprechen. Sie ging zur Tür, öffnete sie und hielt sich seitlich am Pfosten fest. Den einen der Männer kannte sie, es war der Schmied. Den anderen hatte sie nie gesehen.

Axel war verunglückt, mit dem Milchauto. Erst sagten sie, er wäre nur schwer verletzt, aber Bettina wußte sofort, was das bedeutete. Sie wollten es ihr ‚schonend' beibringen. Der Schmied nickte auch nur stumm, als sie fragte – sie hatte das Wort kaum formen können. Es klang so grausig und endgültig – ‚tot'. Weiter sagte sie nichts.

Die Männer kamen herein, Claire schloß verstört die Tür hinter ihnen. Sie setzten sich, Bettina blieb stehen. Claire fragte einiges, und die Männer antworteten. Ob Bettina annahm, was sie sagten, wußten sie nicht.

Glatteis, nicht seine Schuld. Nein, er war ein guter Fahrer gewesen, das wußten sie alle. Sie wurden ganz eifrig, während sie ihren Herrn verteidigten – auf einmal war er wieder der Herr, der junge Herr, und sie bewunderten und lobten ihn. Ein guter Herr, ein wirklicher ...

Bettina stand dabei und rührte sich nicht. Sie hatte das Gefühl, als sei sie ein hohler Körper – alle Kraft, alles Leben sei aus ihr geronnen. Starr und steif – Claire schob ihr einen Stuhl hin, faßte sie um die Schultern –

Claire weinte. Sie weinte und schnupfte und holte eine Flasche Schnaps, die Axel gehortet hatte, und goß den Männern je einen ein. Die sahen es mit Befriedigung, dankten und tranken. Endlich gingen sie. Claire schloß die Tür hinter ihnen.

„Mutter!"

Bettina stand noch immer am Tisch. Dann, als Claire sie in verzweifeltem Mitleid an sich zog, fing sie an zu weinen. Sie weinte halblaut und wimmernd, Claire würde diesen Ton nie vergessen. Dann lauter und lauter – dann brach sie über dem Tisch zusammen und lag, das Gesicht seitlich auf die Platte gedrückt, die Arme herunterhängend, und der Schmerz stieß sie auf und ab. Claire hockte sich neben sie und hielt sie umfaßt, fühlte das Stoßen und Beben, fühlte, hier ging etwas entzwei, was nie wieder heilen würde.

„Es hat ihr das Kreuz gebrochen", sagte sie später und erschrak über ihre eigenen Worte, als sie mit Kersten sprach. Aber so war es wohl. Sie kamen alle drei eigentlich nicht zum Trauern über den Tod des Vaters, so sehr sorgten sie sich um die Mutter. Als Bettina das begriff – Tage später erst –, riß sie sich zusammen. Das hatte sie ja ein Leben lang geübt, und es gelang ihr auch jetzt, wenigstens äußerlich. Aber daß etwas entzwei war, wußte auch sie.

Sie waren gut zu ihr, die Kinder. Sogar Gerda – Gerda hatte sehr am Vater gehangen, auf ihre ein wenig egoistische Art, aber von ganzem Herzen. Trotzdem sorgte sie sich jetzt wie die andern um die Mutter. Bettina registrierte es gerührt, aber merkwürdig abwesend – überhaupt entzog sie sich den Kindern, wo es nur ging. Es war, als wollte sie allein um Axel trauern, allein an ihn denken, allein sich vergegenwärtigen, wie sie ihn geliebt hatte, damals und später und jetzt. Nie, nie mehr eintauchen können in seine Liebe, nie mehr für kurze Zeit vergessen dürfen, wie das Leben eigentlich ist, sich geborgen fühlen an seinem Herzen – wie sollte sie weiterleben ohne das? Sie konnte nicht, und sie wollte auch nicht. Ihr Wille war gebrochen.

Es war Winter, und sie hatte mehr Zeit, Zeit, um nachzudenken, Zeit zum Grübeln, Zeit auch, um zu klären, mit den Gedanken an ein Ziel zu gelangen, etwas zu erreichen. Sie versuchte es, und es war, als würde sie ihm jetzt, erst jetzt, da er nicht mehr lebte, gerecht. Er war gestorben, wie er gelebt hatte: unbedacht, nicht ohne eigene Schuld, aber nicht etwa absichtlich. Kein Selbstmord, das nicht – aber sehr vorsichtig war er nie gewesen. Leichtsinnig, lässig – viel lag ihm ja am Leben nicht.

Oh ja, sie verstand ihn jetzt, wenn sie sein Leben überdachte. Daß er damals MM geheiratet hatte, als er eine Stütze brauchte für die große Aufgabe, mit der er nie gerechnet hatte – und daß er sie, Bettina, später zur Frau nahm, weil dies besser für die Kinder und für ihn war –, und weil es sich ihm anbot. Er hatte MM geliebt und hatte sie geliebt, wie er eben zu lieben verstand, aber weder der Verlust der einen noch das langsame, aber unerbittliche Von-Kräften-Kommen der anderen hatte ihn sehr betroffen. Er achtete ja auch sein eigenes Leben nicht besonders hoch; blieb es ihm, war es gut, verlor er es, was verlor er schon! So etwa war er eingestellt gewesen, es war seine Natur, und so war dieser Tod wohl auch das richtige und ihm gemäße Ende. Außerdem: sich Axel von Büssow als alternden Mann vorzustellen, war einfach nicht möglich. Hier schien das alte Sprichwort zu passen: Jung stirbt, wen die Götter lieben.

Im Frühjahr gab sie die Siedlung auf. Sie schaffte es nicht mehr. Obwohl Axel doch im Grunde nicht viel getan hatte, fehlte er ihr überall. Und ihre eigene Kraft ließ nach. Wozu sich weiter in diesem Maße quälen! So ging sie als Tagelöhnerin zu einem Siedler, der aus Bessarabien hierher verschlagen worden war und mit dem sie sich ganz gut verstand. Er hatte im Krieg einen Arm verloren und brauchte eine Arbeitskraft. Seine Frau ging nie mit aufs Feld, das war besser so, sie war im Dorf gefürchtet und verschrien wegen ihrer scharfen Zunge. Das aber brauchte einen ja nicht zu kümmern. Bettina war es gleichgültig, und da kein anderer bei ihm arbeiten wollte, nahm er sie gern.

Claire war anfangs mit aufs Feld gegangen, mußte aber später zu Hause bleiben. Gerda wurde mit dem Kleinen nicht fertig, und in der Hauswirtschaft tat sie so gut wie nichts. Jetzt war sie schon ziemlich lange nicht mehr bei ihnen, sondern im Westen, und Helmut war sozusagen Claires Sohn geworden und der ihre. ‚Ich bin der Vater, Claire die Mutter', dachte sie manchmal. Kersten fuhr noch immer nach Nossen ins Gymnasium, die Züge gingen jetzt wieder regelmäßiger. So hatte sich alles irgendwie eingespielt. Doch das Ganze war ein Provisorium. Claire konnte nicht ihr Leben damit verbringen, ihr und dem Jungen zu helfen, keinen Beruf zu erlernen, keinen Mann zu bekommen. Denn hier bekam sie keinen. Wann aber würde sich etwas bei ihnen ändern?

Dazu kam, daß sie aus dem alten Hof hatten wegziehen müssen. Dort wohnte jetzt der Siedler, der ihre Siedlung übernommen hatte, und sie mußten in die Polenkaserne ziehen. In ein einziges Zimmer, die drei Kinder und sie – nicht einmal eine Küche besaßen sie. Die Grude stand im Flur, sie war allerdings gut, größer als ihre vorige, und Claire verstand ausgezeichnet, damit umzugehen – selbstverständlich nur solange man Grudekoks bekam, auch daran mangelte es manchmal.

Der Abschied vom alten Hof war ihr schwergefallen, unsagbar schwer. Es war, als sei Axels Verlust damit endgültig besiegelt, alles Glück der Erde für sie zu Ende. Vielleicht hätte sie darum betteln können, dort zu bleiben, wenn sie alles, alles versucht hätte; der Bürgermeister, ein früherer Arbeiter vom Gut, war ihr wohlgesinnt. Aber es schien, als sei alle Kraft aus ihr gewichen, seit Axel nicht mehr lebte. Und Gerda verließ sie dann auch sehr bald. So waren sie nur noch vier.

‚Immer enger, leise, ziehen sich die Lebenskreise ...' hatte sie einmal bei Fontane gelesen. Immer enger. Kersten blieb manchmal bei einem

Schulkameraden in der Stadt, kam erst abends heim. Für ihn war es hier natürlich viel zu eng. Und abends waren sie alle derart müde und abgeschafft, daß sie kaum mehr miteinander sprachen. Helmut kam früh zu Bett, da mußte man sowieso leise sein. Claire hatte einen Teil des Zimmers abgeschirmt und ihm dahinter ein kleines Reich gebaut.

Bettina erinnerte sich noch genau des Tages, an dem sie, müde von der Arbeit, aber in friedlicher und ein wenig wehmütiger Stimmung auf der Schwelle der Polenkaserne gesessen und in den gepflasterten Hof hinausgesehen hatte, in dem das Schwein der Nachbarin sie manchmal besuchte. Neben der Tür stand ein Holunderstrauch. Holunder wächst ja überall. Bettina liebte diesen Busch, der im Juni so süß duftete. Die Beeren durften sie nicht nehmen, sie gehörten der Nachbarin, der Frau eines früheren Gespannführers vom Gut, der jetzt selbst siedelte.

Helmut schlief, und Claire war noch mal ins Dorf gegangen, Kersten noch nicht aus der Schule zurück. Die Luft war weich und sommerabendlich, und der Hollunder blühte und blühte. Bettina fiel ein Gedicht ein, aber sie brachte es nicht mehr ganz zusammen.

‚Hundert zerbrechliche Schalen hebt der Hollunder ins Licht ...‘ fing es an. Wo sie es gelesen hatte und wann, wußte sie nicht. Sie saß mit geschlossenen Augen, genoß die milde Sonne und hatte nicht gemerkt, daß die Nachbarin in den Hof getreten war.

„Ja, sitzen und nichts tun, das haben wir gerne“, fauchte sie Bettina im Vorübergehen an, „und andere für sich arbeiten lassen ...“

Das traf nicht zu. Bettina war an diesem Tag elf Stunden auf dem Feld gewesen. Trotzdem empfand sie es wie einen Schlag ins Gesicht. Sie antwortete nicht.

„Und dann noch denken, man wäre was Besseres ...“

Bettina stand auf und ging ins Haus. Nicht einmal der Duft des Strauches und die milde Sonne wurden ihr gegönnt. Warum eigentlich? Weil sie einmal glücklich gewesen war? War das ein Unrecht? Beinah schien es ihr jetzt so. Und dabei hatte es nur so kurz gewährt.

In dem einzigen Bett, das sie hatten, schlief sie mit Claire zusammen. Für Kersten holten sie nachts ein eisernes Gestell herein, auf das ein Strohsack gelegt wurde. Im Sommer schlief er im Flur. Aber im Winter zog es dort zu stark.

Unhaltbare Zustände, wahrhaftig. Vielleicht öffnete sich drüben, im Westen, eine winzige Tür, Bettina hatte manchmal so etwas wie eine Hoffnung. Renate hatte geschrieben, sie gehe vielleicht mit ihrem Mann in die Schweiz. Da wäre ihr Platz auf dem Gut frei, und sie könnte sich um Mutter kümmern, die dort bleiben wollte. Bettina glaubte nicht daran, daß dies Wirklichkeit werden könne. Bis eines Tages ein Brief kam, der sie aufrüttelte. Wenn sie Renate vor ihrer Übersiedlung noch wiedersehen wollte, so müsse sie kommen. Renate schrieb herzlich und bittend. Es war Frühjahr, noch gab es keine Feldarbeit.

„Fahr, Mutter“, sagte Claire sofort, „ich komm' hier schon klar.“

Helmut lag zwar seit einiger Zeit in Gips, man hatte bei ihm die Neigung zu einer Hüftluxation festgestellt. Das erschwerte seine Pflege, Claire aber kümmerte sich voller Eifer um ihn, fuhr ihn in einem kleinen Handwagen täglich aus und sorgte in jeder Weise selbständig für ihn. Bettina sah es mit Rührung. Und Claire hatte recht: Wenn sie sich wirklich entschloß, Renate zu besuchen, dann sofort. Sobald die Feldbestellung anfing, konnte sie nicht mehr weg.

Es war das erstemal seit Axels Tod – seit hundert Jahren, so kam es ihr vor –, daß sie so etwas wie Freude empfand, wie Erwartung. Renate wiedersehen, die Mutter – einmal eine Woche frei von Pflichten, zu Besuch sein dürfen – unvorstellbar.

Freilich lag dazwischen der Grenzgang, und der bedeutete immer ein Risiko. Man konnte gefangen und eingesperrt werden, auch Schlimmeres geschah im Niemandsland, durch das sie allein würde gehen müssen, über zwanzig Kilometer weit. Jedoch es war, als könnten solche Gefahren sie nicht mehr schrecken – nur wiederkommen mußte sie. Die Kinder brauchten sie noch. Aber das wollte sie ja auch. Noch war der Eiserne Vorhang nicht heruntergegangen, noch konnte man es wagen.

Dieser Reise war ein Lustspiel vorausgegangen, eine Farce – sie lächelte ein wenig schief, während sie da stand und ihre Skistiefel abwischte. Sie wollte sie morgen anziehen, es waren die einzigen festen Schuhe, die sie besaß. Es lief sich gut darin.

Wenn man hinüberwollte, brauchte man einen Grenzausweis, um eine Fahrkarte bis zur Grenze zu bekommen. Bettina hatte ihn bei der Gemeinde beantragt, und die ‚Funktionäre‘ berieten darüber.

„Nee, Beddina gricht geenen“, knurrte der eine, „die hat mich damals beim Erntefest zur Damwahl nich geholt.“ Er war Futtermeister auf dem Büssowschen Gut gewesen. Sein Amtskollege zeigte ihm den Vogel.

„Mensch, das war doch die andere! Das war die erste, der Feiermelder, der Rotfuchs – weeßte nich mehr?“

„Nee, Beddina war's“, beharrte der andere. Ein dritter mischte sich ein.

„Ob die eene oder die andere – das ist brivat, und mir sin hier eene Beheerde. Beddina kricht ihren Grenzausweis wie jeder andere“, bestimmte er und kam sich großartig vor. Und so stimmte der Bürgermeister zu.

Bettina erfuhr das natürlich, sie erzählte es Claire, und sie lachten beide. Jaja, die Funktionäre!

Morgen ging es also los. Es war wirklich besser, sie fuhr hinüber, als daß Renate hierher kam. Wo hätte sie die Schwester hier unterbringen sollen! Und – Bettina gestand es sich nur halb ein, – sie schämte sich, wenn sie sich vorstellte, Renate würde sie in der Polenkaserne erleben. Immer hatte sie geschrieben: es geht uns besser, es geht uns gut. Macht euch keine Sorgen. Seit sie aber hier wohnten ...

Wenn sie früher, im alten Hof, gedacht hatte, sie wären ‚unten', so fand sie jetzt, daß das recht anmaßend von ihr gewesen war. Dort besaßen sie mehrere Räume und sogar ein paar Möbel. Und Axel war da, wenigstens eine Zeitlang ...

Alles ist relativ. Und die Ärmsten, die im Lager waren, getrennt von den Ihren, von ihren Kindern, die inzwischen verkamen, die hatten es noch schlechter als sie jetzt, wahrhaftig. Obwohl Bettina manchmal dachte, auch die Fähigkeit zu leiden habe eine Grenze. War sie überschritten, so spürte man nichts mehr, genauso, wie keine Freude mehr an einen herankam. Oder doch nur ganz, ganz selten ein Hauch davon, wie etwa vorhin.

Nein, sie mußte sich jetzt aufraffen. Was sollte Claire denken, wenn sie heimkam und die Mutter stand da und starrte Löcher in die Luft. Es war noch soviel zu ordnen. Wenigstens die Fahrkarte sollte sie heute schon besorgen, morgen früh würde bestimmt noch vielerlei zu tun sein, woran man nicht gedacht hatte.

Sie zog die ‚gute' Jacke über, die sie auch morgen tragen wollte, und ging los. Sobald sie zurück war, mußte sie aufs Feld und war dann eingespannt von morgens bis abends. Sogar sonntags, denn an Sonntagen gab es unendlich viel nachzuholen, was Claire allein nicht bewältigte, Sonntage waren in gewisser Weise anstrengender als Werktage.

Zu Bettinas Glück waren die Felder des Siedlers, bei dem sie arbeitete, weit verstreut gelegen, und sie fuhren mit dem Ackerwagen hinaus, oft eine Stunde. Diese Stunde schlief sie meist, ausgestreckt auf dem hölzernen Boden des Wagens, vor allem die nach dem Mittagessen. Unvergeßlich das Stoßen des ungefederten Gefährtes, in dem sie lag, auf dem Bauch, das Gesicht in der Armbeuge.

Sie ruhte sich auch, liegend, in den beiden kleinen Pausen aus, die gemacht wurden, damit die Tagelöhner ihr Brot essen konnten, vormittags und nachmittags eine Viertelstunde. Wenn der Boden nicht naß war, legte sie sich in die Ackerfurche, dort war sie windgeschützt.

Manchmal schlief sie sofort ein, tief, tief, übermüdet wie sie seit Jahren war, träumte wildes Zeug, schrak auf. Manchmal duselte sie nur, die Wange an die Erde geschmiegt. So würde sie einmal liegen. Diese Vorstellung hatte nichts Erschreckendes für sie.

Still liegen, ausruhen dürfen – schade nur, daß die Wände des Sarges dann zwischen ihr und der Erde sein würden. Aber Särge gab es sowieso nur im Tausch gegen viel Getreide oder Butter, und woher sollte man die nehmen? Überhaupt, solche Wunschträume waren nicht erlaubt, wahrhaftig nicht, sie hatte zu leben und für die Kinder zu sorgen, fertig. Sie war zum Leben verurteilt.

Lange hatte sie geglaubt, Siebenbrunn sei nun ihre Heimat geworden, sie, das Großstadtkind aus der Etagenwohnung, das sich nach einer Heimat sehnte, nach einer richtigen Heimat mit Baum und Busch, Wald und Wiese. Seit Axel nicht mehr lebte, hatte Siebenbrunn alle Farbe verloren.

Zu Hause ist man am Herzen des Menschen, den man liebt – sie hatte es begriffen. Also würde sie nie und nirgends mehr zu Hause sein.

Am Bahnhof mußte sie warten. Es war gerade ein Zug aus dem Nachbardorf eingetroffen, der die Schachtarbeiter brachte. Während der Zuckerkampagne hatte sie dort in der Fabrik gearbeitet und war meist auch mit diesem Zug gekommen.

Sie ließ die Schar der Männer an sich vorbeiströmen, während sie auf ihre Fahrkarte wartete. Einer, den sie nur von hinten sah, erinnerte sie an jemanden. Sie überlegte, an wen. Ach, an Val, an Valentin Kluge. Er hatte eine ganz ähnliche Art, zu gehen – ein wenig vorgebeugt und den Kopf leicht zur Seite geneigt. Val, ob er noch lebte? Sie hatte nie mehr etwas von ihm gehört, seit er sie damals nach Meißen gefahren hatte.

Sie nahm ihre Fahrkarte in Empfang und wanderte wieder dem Dorf zu, ließ die Gedanken laufen. Wenn er wirklich noch lebte, wo mochte er geblieben sein? Sie hätte so gern wieder von ihm gehört. Und sein Vater, ob es den noch gab?

Als sie das Dorf erreicht hatte, sah sie den Mann wieder, der ihr vorhin aufgefallen war. Er stand bei einem Kind an der rechten Straßenseite und sprach mit ihm. Dann ging er weiter, nur mehr wenige Schritte vor ihr. Gleich hinter ihm trat sie in den kleinen, steingepflasterten Hof.

Und dann lief sie die letzten Schritte, sie lief schnell und achtete nicht auf ihre Umgebung – der Mann vor ihr hatte sich ein wenig gedreht, ehe er das Haus betrat. Im Flur holte sie ihn ein, atemlos. Es war Val.

Sie hatte das Gefühl, als ströme alles Blut zu ihrem Herzen, das bisher gestockt hatte, monate-, jahrelang. Es strömte wieder, heiß und lebendig.

„Val", stammelte sie, „Val! Bist du das wirklich? Wie kommst du hierher? Val – ach Val ..."

Er stand und hielt sie an sich gedrückt, sagte gar nichts. Sie weinte, ohne es zu wissen, in seine Jacke hinein, an die er sie drückte, schluchzte und lachte.

Schließlich standen sie im Zimmer, Claire war nicht da.

„Val, du! Und ich geh' morgen über die Grenze ...", jetzt erst wurde ihr das wieder bewußt. Wenn *ein*mal, ein einziges Mal, jemand kam, sie zu besuchen, mußte sie fort.

„Jetzt bin ich erst man da", sagte er sachte und schob ihr einen Stuhl hin, während er sich auf den Bettrand setzte, „ach Bettina, ich hab' es kaum glauben können, als sie sagten, du wärst noch hier! Das Gut wäre enteignet und aufgeteilt, und siedeln würdest du auch nicht mehr, aber ... ich hab' mich gleich am Bahnhof nach dir erkundigt. Hier kennt ja jeder jeden. Und dich natürlich kennen alle."

Was sagt man zueinander, wenn man sich nach einem Weltuntergang wiedersieht? Lauter Unwichtigkeiten, weil das Wichtige nicht auszusprechen ist. Bettina putzte sich die Nase und sah ihn an, mit schwimmenden Augen.

Sein kleiner Sankt Martin. Er sagte nichts, blickte sie nur an. Ihr Gesicht – das Knappengesicht. Wenn er meinte, das letztemal, als er sie sah, sei es gealtert gewesen, reduziert auf das Wesentliche, ein wenig ledern, so schien es ihm jetzt irgendwie wieder wie einst. Reingewaschen durch die Tränen, die es überschwemmten, blühte es ihm entgegen, im Augenblick, *für* einen Augenblick, bis er es wieder an seine Brust nahm. ‚Geliebtes Gesicht mit dem winzigen Halbmond, diesem Siegel der Vollkommenheit – für mich bleibst du immer, immer das wunderbarste Geschöpf auf der Welt.'

Sie löste sich von ihm. Claire trat in die Stube, das war gut, so konnten sie sie einbeziehen und dadurch die Fassung wiederfinden, die bei ihnen beiden sehr nahe am Zerbrechen gewesen war. Bettina berichtete von Gerda, von Kersten – auch von Axel. Helmut werde im Augenblick von einem Schulkind ausgefahren, sagte Claire, er würde aber gleich zurückkommen. Man sah ihr an, wie sie darauf brannte, ‚ihren' Sohn dem Freunde der Mutter vorzuführen.

„Er ist sehr klug, er spricht schon vieles", erzählte sie im Hinausgehen – sie wollte Kaffee aufbrühen, klapperte den Grudedeckel zurück, „heute hat er ‚Läre' gesagt, Claire also, ganz deutlich. Er ist so süß."

„Die Tochter deines Mannes, nicht wahr?" fragte Val leise, als sie draußen war. Bettina nickte. Einen Augenblick verdunkelte sich ihr Gesicht – „ja, eigene Kinder hab' ich nicht – leider. Aber sie ist auch meine Tochter. Sie ist so liebevoll – und rührend – und tüchtig für ihr Alter."

Später kam Kersten. Er war, wie meist, ziemlich still, er kam jetzt in das Alter, in dem Jungen von Mutter und Schwester nichts wissen wollen. Val fragte ihn ein bißchen aus, und allmählich wurde Kersten aufgeschlossener. Man merkte, daß er sich gern mit einem Mann unterhielt, er antwortete und lachte sogar. Val hatte eine behutsame, gewinnende Art, mit jungen Menschen umzugehen; Bettina hatte es früher schon beobachtet.

Sie aßen miteinander Abendbrot, und später gingen Bettina und Val noch einmal weg.

„Ich muß ja Quartier für dich machen, hier kannst du nicht bleiben, so eng wie wir es hier haben. Aber ich weiß einen Bauern, der dich sicherlich aufnimmt."

Claire und Kersten blieben zurück. Val schwieg erst eine Weile, dann sagte er vorsichtig: „Du willst morgen über die Grenze, sagtest du? Zu deiner Mutter? Ja, lebt sie noch? Und zu deiner Schwester? Hör mal, Bettina, ich will auch rüber. Dann könnte ich ebensogut morgen mitgehen. Wollen wir zusammen gehen?"

„Du willst ...", Bettina konnte es kaum fassen, sie sprach ganz leise und atemlos. Wenn Val mit ihr ging ...

Sie machten ihren Plan, ehe sie zu dem Bauern hineingingen. Auf diese Weise konnten sie auch besser begründen, daß Val hier übernachten wollte. Der alte Bauer – der junge war gefallen, und die Schwiegertochter hatte wieder geheiratet – war freundlich und sagte sofort, er könne in seinem Hause schlafen. Sie saßen eine Weile bei ihm, weil sie merkten, daß der alte Mann sehr einsam war und sich freute, mit jemandem sprechen zu können. Als sie wieder auf der Straße standen, war es Nacht.

„Ich bring' dich noch nach Hause", sagte Val.

Der Mond stand grellweiß über dem Dorf, es war spät, niemand war mehr auf der Straße. Val hatte Bettina untergefaßt, sie gingen langsam, immer langsamer. Bettina sah zum Himmel auf.

„So ein Mondschein – so war es auch damals, als die ersten Trecks kamen. Immer muß ich dran denken, wenn er Mond so hell ist. Schrecklich, die armen Menschen – eine Frau kam mit ihrem Kind nieder, gleich nachdem sie angekommen waren. Die Hebamme kam nicht mehr zurecht, sie bekam es so – und auch gestorben sind manche von den Flüchtenden bei uns. Eine Frau starb von drei Kindern weg, und keiner wußte etwas vom Vater. Und ...

Damals war Marianne bei mir, eine Freundin aus Holgershof, weißt du. Eine sehr patente Person – als sie wegging, wurde es erst ganz schlimm. Aber später kam Axel ja dann doch noch. Mit ihm – ach weißt du, manchmal denke ich, es ist für ihn das Beste, so, wie es ist. Das hier – das alles ..."

Sie gingen am Friedhof vorbei. Große Linden reckten sich zum Himmel, die die kleine Wehrkirche umstanden. Die Grabsteine schimmerten im Mondlicht.

„Axel ist hier begraben, MM nicht", erzählte Bettina. Von da an sprachen sie nichts mehr. Am Tor der Polenkaserne blieben sie noch eine Weile beieinander stehen, Val konnte sich nicht entschließen, zu gehen. So hatten sie damals gestanden, in Leipzig, wenn sie ihn herunterbrachte und das Haustor aufschloß, nach einem Besuch bei ihren Eltern. Oder wenn er sie heimbegleitet hatte. Ebenso schweigend, ebenso unfähig, sich zu trennen. Schließlich wagte Bettina eine Frage. Sie konnte nicht anders, es ließ ihr keine Ruhe.

„Wolltest du wirklich – ich meine ...", sie machte eine winzige Kopfbewegung nach der Seite, wo Westen war. „Hinüber? Morgen?"

„Ich wollte – das heißt, ich will", sagte Val langsam. „Nicht gerade morgen, erst wollte ich mich nach dir umsehen. Aber wenn du sowieso hinüber mußt. Oder möchtest du nicht, daß ich mitgehe?" fragte er geradezu.

„Doch. Doch. Nur ...", sie war so verwirrt, daß sie immerzu das Falsche sagte, wie ihr schien. „Ich – es ist – also Val ...", jetzt nicht losheulen, dann ist alles kaputt, knirschte sie sich zu und brachte es fertig, die Tränen hinunterzupressen.

„Gute Nacht", flüsterte sie ganz schnell und drückte sich durch die Tür. Das war wieder verkehrt, es war häßlich und unhöflich und undankbar, dachte sie. Dann aber, als sie im Flur innehielt, brach es in ihr durch. Sie stützte sich auf den gemauerten Rand der Grude und stand so, zusammengekrümmt, die Faust vor den Mund gepreßt. Val war da, Val war gekommen. Val ging mit ihr, morgen, sie würde einen ganzen, ganzen langen Tag mit ihm zusammensein.

Sie weinte. Aber auch das ging nicht richtig, und so hörte sie wieder auf, schluckte und stöhnte, aber nur leise. Die Tür schloß so schlecht, sie durfte die anderen nicht wecken. Wenn Helmut nachts aufwachte, schrie er meist sehr lange, dann konnte keiner mehr schlafen. So unterdrückte sie jeden Laut und schlich sich erst in die Stube hinein, als sie ihrer ganz sicher war.

Lautlos drückte sie sich neben Claire, die längst schlief, und es gelang ihr, eine Lage zu finden, in der sie liegen konnte, ohne Claire zu stören. ‚Ich muß schlafen, sonst halte ich morgen nicht durch', dachte sie, überzeugt, nicht eine Sekunde lang Schlaf finden zu können. Und dann war sie plötzlich weggesackt, wie in ein tiefes Loch gefallen.

Es war gegen Abend, als sie auf dem Bahnsteig der letzten Station standen und warteten, bis die anderen Reisenden davongegangen waren. Sie wollten sich ihnen nicht anschließen – es waren durchweg Grenzläufer –, sondern allein gehen. Val hatte eine Karte der Gegend mit, und sie hatten sie sich genau angesehen und fest eingeprägt.

„Damit du auch allein hinüberkommst, wenn ich etwa ausfalle", hatte Val gesagt. Bettina weigerte sich, das Gelingen in Frage zu stellen, sagte aber nichts. Sie gingen los.

Die klare Luft tat wohl nach dem Dunst von Menschen und Tabaksqualm im Zug, und es lief sich gut auf dem trockenen Feldweg, der nach Westen führte. Morgen um diese Zeit war sie vielleicht schon bei Renate – und bei Mutter. Eine unterdrückte, niedergestampfte Angst war in ihr – sie mußte ja auch wieder zurück. Das mußte sie fürs erste verdrängen. Jetzt ging es vorwärts, mit Val an ihrer Seite. Er hatte ihr klarzumachen versucht, daß ein Mann in dieser Situation keinen wirklichen Schutz bedeute. Auch das zu glauben, weigerte sie sich. Sie *wollte* sich sicher fühlen, mit ihm, bei ihm.

Sie versuchte, sich auszumalen, was Mutter sagen würde, wenn sie kam. Und was Renate sagen würde. Wie sie sich freuen würde – und staunen, daß sie Val mitbrachte! Und ...

Gleich darauf hörten sie Schritte, die ihnen entgegenkamen. Sofort hielten sie an und nahmen Deckung hinter einem Baum, der am Weg stand – doch es waren nur zwei Frauen und ein Kind, im Dämmern gerade noch erkennbar.

„Wie ist es?" fragte Val halblaut, ohne zu grüßen. Die Frauen zeigten kein Verwundern über die Frage. Hier war alles eine große Schicksalsgemeinschaft.

„Nichts zu machen. Überall hockt einer. Es ist einfach hoffnungslos", sagte die eine und wischte sich die Stirn. Das Kind, übermüdet, fing an zu weinen. Bettina nahm es gedankenlos hoch, während sie mit der Frau sprach.

„Wirklich nicht?"

„Nein. Wie kennen hier alle Möglichkeiten, sind schon ein paarmal drüben gewesen. Man muß abwarten. Mal vergeht es ihnen auch wieder, jedes Loch zu verstopfen."

„Gehen Sie zurück?" fragte Val.

„Ja, wir wollen erst mal schlafen. Morgen früh sind sie vielleicht abgelöst, und man kommt durch." Bettina sah Val an. Sie wandten sich um, schlossen sich den Frauen an, Bettina mit dem Kind auf dem Arm. Die Frauen waren viel älter als sie und sahen müde und verhärmt aus.

Die Stadt lag still, aber man merkte ihr unterdrücktes Atmen, ihr Wachsein auf eine seltsame, unvergeßliche Art. Verhängte Fenster, gedämpfte Stimmen, wenn man sie überhaupt hörte. Die Frauen schienen hier Bescheid zu wissen.

Aber das nützte nicht viel. Sie fragten nach Quartier für eine Nacht, erst in der ‚Tanne', von da wies man sie ins Gewerkschaftshaus. Auch dort war alles belegt. Man nannte ihnen ein paar Privatquartiere. Es war zwar verboten, Grenzläufer auszunehmen, aber jeder tat es. Es war die beste Einnahmequelle hier am Ort.

Die Frauen blieben endlich in einer Gastwirtschaft, wo sie immerhin für jede einen Stuhl und für das Kind ein Sofa fanden. Bettina und Val gingen weiter. Ein Junge hatte sie angesprochen. „Ich führe Sie zu Tante Meta", sagte er. Sie folgten ihm.

In einer Nebengasse klopfte er an einen Fensterrahmen. Als niemand öffnete, fragte Val, wie Tante Meta denn mit dem Familiennamen heiße, um nach ihr rufen zu können. Der Junge zuckte die Achseln. Die Verwandtschaft schien nicht sehr eng zu sein.

Schließlich wurde doch geöffnet. Der kleine Lotse bekam seinen Obulus und entschwand, wahrscheinlich, um neues Strandgut aufzuklauben. Sie traten ein, die Tür wurde sofort hinter ihnen wieder zugezogen. Es war alles unwirklich und ziemlich unheimlich. Bettina wagte nicht, sich vorzustellen, wie ihr ohne Val zumute gewesen wäre.

Das Zimmer war voller Menschen. Die meisten von ihnen hatten nur Lumpen am Leibe oder sahen zumindest abgerissen aus, wahrscheinlich absichtlich, um als Wald- oder Landarbeiter angesehen zu werden, wenn man sie erwischte. Manche hatten Gepäck dabei, speckige Rucksäcke oder Koffer aus Pappe, mit Bindfäden zusammengehalten. Andere hatten gar nichts dabei, nicht einmal Jacken oder Mäntel, nur einen Schal um den Hals geknotet oder eine Mütze auf dem Kopf. Ein paar gute Gesichter waren darunter, denen man die Verkleidung wohl ansah, aber die Galgenvisagen waren ohne Zweifel in der Mehrzahl. ‚Unter die Räuber gefallen', dachte Bettina, und hockte sich neben Val in eine Ecke, zog die Knie an und begann wie er, ein Stück Brot zu kauen. Hunger hatte sie nicht, aber sie wollte bei Kräften bleiben. Aus den verhaltenen Gesprächen ringsum konnte man schließen, daß die meisten gegen zwei aufbrechen wollten.

Richtig zum Schlafen kamen sie nicht. Aber etwas ausgeruht war sie doch, als sie merkte, daß die anderen aufbrachen. Sie rappelte sich auf, schulterte den Rucksack. Alle Glieder taten ihr weh, das aber würde beim Laufen nachlassen. Dann schlüpfte sie hinter Val aus der Tür, nachdem sie ihr Quartier unverhältnismäßig hoch bezahlt hatten.

Es war eine dunkle Nacht, der Himmel verhangen. Die Männer gingen schnell und schweigend vorwärts, sie hatten Mühe, mitzukommen. Keiner hatte etwas von einem Ziel gesagt, Ziel war eben der Westen, egal, wo man ankam. Alles ging geisterhaft leise vor sich.

Bettina lief. Die Skistiefel waren schwer, sie hatte trockene und warme Füße darin, aber in Turnschuhen hätte es sich vielleicht besser gelaufen. Es ging über einen Sturzacker, ihr Atem keuchte. Sie versuchte, es zu unterdrücken, denn mitunter wurde ein wütendes „Pscht!" nach hinten gezischt. Etwas später gelangten sie in einen Wald, und hier lief es sich noch schlechter. Die Bodenbeschaffenheit war günstiger, weniger holprig, aber sie mußten sich in acht nehmen, daß sie nicht an Bäume anrannten oder sich im Strauchwerk verfingen. Die Augen hatten sich an die Dunkelheit gewöhnt, so daß sie allmählich wenigstens etwas sahen. Von Zeit zu Zeit stand der ganze Trupp still, minutenlang – die Männer schienen zu horchen. Dann mußten sie aufpassen, daß sie nicht versehentlich zu nahe an sie herankamen; Bettina hatte das sichere Gefühl, daß die Männer ungehalten über sie waren, weil sie sich einfach angehängt hatten.

Wenn die Gruppe sich dann wieder in Bewegung setzte, galt es, ihnen unmittelbar zu folgen. Bettinas Mund war ganz trocken, auf ihrer Stirn stand der Schweiß, und das Herz arbeitete merkwürdig stoßweise. Sie versuchte, es nicht zu beachten, und sagte sich, daß sie ja noch nie im Leben schlapp- gemacht habe. Jetzt hatte sie das Gefühl, nahe davor zu stehen.

Vielleicht waren sie schon weiter als erhofft. Vielleicht schon drüben – man hatte das Gefühl für Entfernung und Zeit völlig verloren in diesem stummen Dahinhasten. Sie versuchte, sich das einzureden, sich damit zu trösten. Man hatte ja auch von der Grenze aus noch ein tüchtiges Stück bis zum nächsten Ort zu laufen.

Ein Anruf. Bettina fühlte, wie ihr Herz stillstand, um dann wild anzuspringen – noch ein Ruf, und dann zwei seltsam trockene, peitschende Detonationen – Schüsse, ohne Zweifel. Nun war es also soweit.

Taschenlampen blinkten, rauhe Stimmen in fremder Sprache hallten merkwürdig laut durch die Nacht, obwohl sie nur sprachen, nicht schrien. Bettina tastete unwillkürlich nach ihrem Ausweis, den sie in der hinteren Hosentasche trug. In diesem Augenblick faßte Val sie hart am Oberarm.

„Ruhig!" zischte er, kaum hörbar. Er hatte so fest zugepackt, daß es weh tat, aber der Schmerz war gut, er verhinderte, daß sie schwach wurde und aufgab.

Erst nach einer Weile begriff sie, daß es vielleicht ihr Glück war, gerade jetzt etwas weiter hinter den Männern zurück zu sein. Bei dieser Dunkelheit bestand die Möglichkeit, daß sie nicht entdeckt wurden.

Die Kolonne vor ihnen setzte sich in Marsch, doch nicht direkt auf sie zu, sondern schräg rechts an ihnen vorbei. Man schien sie tatsächlich nicht bemerkt zu haben. Die neue Hoffnung ließ sie erzittern.

„Ruhig!" hauchte es neben ihr. Sie verhielt sich lautlos. Wieder Minuten, Ewigkeiten. Das Knacken der Zweige und das Murmeln der Menschen war längst verklungen.

„So. Jetzt los. Aber leise – hinter mir her!" raunte Val. Er hatte ihren Arm losgelassen – sie fühlte seinen Griff noch – und ihre Hand gefaßt. Blind und ohne Willen folgte sie. Kein Zweig knackte, an keinem Baum taumelte sie – schon hatte sie das Gefühl, sie seien weit, weit weg von aller Gefahr, da rief es wieder, schräg hinter ihnen. Val neben ihr sprang los, ohne ihre Hand freizugeben.

„Schnell. Hier herunter. Fall nicht ...", wieder ein Schuß, noch einer, zwei, drei – sie fühlte, wie es bergab ging, wohl die Steilwand einer Sandgrube hinab, ließ sich gleiten und mitreißen. Unten blieben sie nebeneinander liegen, horchend, ohne Atem. Über ihnen rumorte es noch eine Weile, dann entfernten sich Schritte und Stimmen.

„Na? Da haben wir aber Glück gehabt. Noch mal werden sie wohl nicht – hallo, Bettina", Val rüttelte sie an der Schulter.

„Ja", flüsterte sie, tief ausatmend. Es war wie ein Hauch. Er horchte, sowohl auf die fremden Soldaten hoch über ihnen wie auf sie.

„Weinst du?" fragte er leise.

Bettina schüttelte den Kopf. Sie weinte nicht, nur ihre Zähne klapperten unwillkürlich aufeinander. Dabei hatte sie gar keine Angst mehr, das war vorbei. Angst hatte man nur vorher, mittendrin nicht.

„Nein. Ich friere nur", sagte sie leise, es war mehr, um ihre Stimme auszuprobieren, als um ihm zu antworten. Er lachte leise und rückte näher an sie heran, nahm ihren Kopf an seine Schulter.

Sie schluchzte auf. Da schob er seinen Arm richtig unter ihren Nacken und nahm sie dicht an sich heran. Sie entspannte sich, seufzte – gleich darauf fühlte sie seinen Mund an ihrer Schläfe.

Noch nie, nie im Leben hatte sie sich so geborgen, so heimgekehrt gefühlt wie in dieser Stunde. Val hatte seinen Mantel über sie beide gelegt, und darunter wurde es gleich ein wenig warm. Sie flüsterten – Vals Atem roch vertraut und frisch.

Sie war wieder siebzehn, und alles Böse und Gefährliche und Schreckliche in der Welt war nicht wahr, war nie gewesen. Ein sanfter Mund legte sich auf ihren; sie schloß im Dunklen die Augen und hatte das Gefühl, als sänke sie, aber aufwärts – merkwürdig leicht und schwebend, in einen schwarzen, kreisenden Himmel hinein.

„Sie scheinen ja nun wirklich Ruhe zu geben", sagte Val nach einer langen Zeit. „Außerdem sind wir hier wahrscheinlich schon auf englischem Hoheitsgebiet – jedenfalls ... nein, nach der Karte noch nicht. Wir müssen ja noch durch den Grenzgraben, den hätten wir auch im Finstern gemerkt ...", er lachte leise. „Aber das schaffen wir noch."

„Klar schaffen wir das", murmelte Bettina. Keine Sorge, keine Angst vermochte, ihr nahe zu kommen, solange sie so lag, dicht an ihn geschmiegt. Über ihnen rauschten die Bäume. War das schon der Morgenwind, der hineingriff und sie bewegte, groß und schwingend? Bettina fühlte, wie ihr schwindlig wurde, wenn sie auf dieses Rauschen horchte, schwindlig auf eine wunderbare Art, wie man es mitunter wird, wenn man mit jemandem tanzt, der sehr gut führt. Man verliert den Kontakt mit dem Boden, es nimmt einen mit – was bleibt, ist der andere Mensch und der Rhythmus seiner Brust, der nun der eigene ist.

Sie sprachen nicht mehr. Bettina hatte manchmal das Gefühl, als schlafe sie – dann hob sie die Hand und berührte sein Gesicht. Es war noch da. Er war noch da. Sie hatte die Vorstellung, als träume sie das Ganze nur, und wollte sich vergewissern, daß es Wirklichkeit war. Im tiefsten Grunde glaubte sie daran, war immer wieder aufs neue entzückt, *daß* es so war. Ihr ganzes Leben, jedes einzelne Jahr hatte sie hierhergeführt – dies war der Punkt, auf den alles hingezielt hatte. Schließlich lagen sie ganz still, ohne sich zu berühren und zu liebkosen. Was blieb, war das Rauschen der Bäume über ihnen ...

„Drüben muß der Grenzgraben sein", sagte Val. Sie standen am Waldrand und sahen hinunter. Es war Bodennebel, aber nicht sehr stark. Das Wasser konnte man nicht erkennen, aber die halbhohen Weiden, die darin standen. Jedenfalls sah es so aus, als liefe dort der Graben.

„Wenn wir drüben sind, sind wir sicher", sagte Val. „Hier herunter. Am besten gehst du allein."

„Bitte nicht. Bitte ...", sie stand dicht bei ihm. „Wenn wir ganz nahe nebeneinander gehen, hält man uns für nur eine Person", ‚unsre beiden Schatten sahn wie einer aus –', ging es ihr durch den Sinn.

‚Daß wir so lieb uns hatten ...'

„Los, dann komm." Er schien es sich überlegt zu haben. Langsam, einen Fuß vor den andern gesetzt, tasteten sie sich bergab, Bettina dicht neben Val, immer wieder stehenbleibend, von Busch zu Busch. Bettina meinte, sie nähme wahr, daß es von Atemzug zu Atemzug heller würde; jetzt hieß es, sich zu beeilen. Sie sprach es nicht aus – waren sie denn immer noch nicht unten? Das Gelände wurde flacher, die Wiese hörte auf, der Untergrund wurde hart – sie waren wohl auf dem Weg angekommen, der am Graben lang führte. Dann blieb also bloß noch ...

„Stoy!"

Ein Ruf, rauh, ganz nahe. Bettina glaubte, eine Gestalt zu sehen, runde Mütze, Uniform, Maschinenpistole. Ehe das Entsetzen sie ergreifen konnte, hatte Val sie von sich geschleudert, dem Wasser zu, mit einem so gewaltigen Stoß, daß sie hineintaumelte.

„Schwimm! Schwimm los ...", hörte sie noch, blickte zurück, sah, wie er sich auf den andern geworfen hatte, stumm, mit dem ganzen Gewicht seines Körpers.

Das eiskalte Wasser nahm ihr Atem und Besinnung, mechanisch machte sie Schwimmbewegungen, sie war ja angezogen und trug den Rucksack, es war merkwürdig und unerklärlich, daß es ging. Gleich darauf fühlte sie Grund unter den Füßen, schlammig weich, aber er trug. Sie kämpfte sich vorwärts, fühlte Zweige an ihrem Gesicht, zog sich daran hoch. Jetzt war sie heraus, stand im schneidenden Wind –.

Drüben war es still. Kein Schuß gefallen, nichts. Kein Geräusch – doch, da war eins. Vals Stimme.

„Bettina! Lauf – lauf – lauf – dreh dich nicht um ...", er klang befehlend, wurde abgewürgt, endete in einem Gurgeln. Sie gehorchte und lief, naß und eiskalt wie sie war, wie sie noch nie in ihrem Leben gelaufen war, ohne sich umzudrehen dem Westen zu.

Das Zimmer lag im oberen Stock des Gutshauses, war nicht sehr groß, aber reizend möbliert, mit einer Couch und einem alten Eichentisch davor, in der Ecke der Behelfsherd, der gleichzeitig wärmte und zum Kochen diente. Sogar backen konnte man darin. Und da das Herrenzimmer der Gutsleute darunter lag, das immer gut geheizt wurde, war es auch nicht fußkalt.

„Wir sollen sogar noch einen Teppich hereinkriegen", erzählte Renate vergnügt, „mit dem Teppich fängt die Gemütlichkeit an, sag' ich immer. Und sie haben natürlich manches von Leuten aus der Stadt bekommen, die Kartoffeln oder Äpfel brauchten, unsere Gutsleute. Sie sind sehr, sehr nett, alle beiden, stammten aus dem Rheinland. Als sie hörten, daß ich Ärztin bin, nahmen sie uns sofort auf. Wir haben auch eine Opernsängerin hier und einen Studienrat, der wunderbar Klavier spielt." Bettina konnte nur staunen. Sie hatten die ganze Nacht erzählt, Renate, die Mutter und sie, und noch immer fanden sie Stoff. Ein wenig beklemmend für sie war die Aussicht auf die Rückreise.

„Da mach' dir mal keine Sorgen, nichts leichter als das", sagte Renate und lachte. „Du bekommst meinen Ausweis, so sind schon viele rüber. Es sind Ausweise ohne Fotos, blaue, ich zeig' dir meinen gleich. Du sagst, du kommst aus dem Westen und holst deine Kinder nach, oder die Oma. Das ist noch besser, alte Leute werden sie gern los. Das nennt man Familienzusammenführung. Damit kommst du durch jede Kontrolle. Und unterschreiben tust du mit meinem Namen."

„Mir glaubt doch niemand einen Dr. med.", sagte Bettina und lachte. Sie lachten so viel, Renate und sie. Jetzt saßen sie auf dem kleinen Podest unter dem Mansardenfenster, es roch nach Kaffee – nach richtigem Kaffee, und nach Hefe, süß und heimatlich. Mutter backte.

Renate sah hübsch und gepflegt aus, obwohl sie aufs Feld ging – oder gegangen war.

„Gottlob war, jetzt komm' ich wieder in meinen Beruf hinein, in der Schweiz", sagte sie befriedigt, „es wird ja allmählich Zeit. Hannes ist schon dort ...", ihr Mann war auch Arzt. Bettina kam sich vor wie in einer anderen Welt.

Natürlich hatte es auch hier Hunger gegeben und Unsicherheit und Beschwernisse, vor allem für die, die aus dem Osten kamen und nichts mehr ihr eigen nannten. Aber es war gleichsam, als wären das nur Unannehmlichkeiten gewesen, manchmal häßliche, dennoch tragbare. Wenn sie dagegen an ihr aussichtsloses Leben dachte ...

Sie sagte nichts davon, es dachte nur in ihr, unklar, beinah, als wäre es nicht wahr, und sie schob es auch fort. Sie war hier, bei Mutter, bei Renate, und der Rückweg würde leichter sein. Sie trug eine Bluse ihrer Schwester und ein Paar hübsche, modische Hosen, die ihr die Frau des Gutsherrn geschenkt hatte. Wirklich, wie im Märchen. Alle waren gut zu ihr.

Sie hatte nichts von Val erzählt. Erst ergab es sich nicht, das Wiedersehen war überwältigend gewesen und ließ für nichts anderes Platz. Und dann, als die Gutsleute zu ihnen heraufkamen – hier lebte man in einer großen, lustigen Gemeinschaft –, rühmte Renate ihre Schwester so laut und begeistert, erzählte immer wieder, sie wäre ganz allein über die Grenze gekommen, ganz allein – immer wieder betonte sie das, so daß Bettina nicht widersprach. Es wäre ihr irgendwie peinlich gewesen, jetzt zu erklären, wie es eigentlich gewesen war. War es denn überhaupt so gewesen? Es kam ihr vor, als habe sie es nur geträumt. Die Furcht, was aus Val geworden sein mochte, bedrückte sie im Innersten so stark, daß sie nicht daran rühren konnte. Sie verdrängte es, hielt es unter der Bewußtseinsschwelle.

An die ganze Reise von der Grenze bis hierher ins Herz Westfalens erinnerte sie sich so gut wie gar nicht. Sie mußte gehandelt haben wie ein Schlafwandler. Der ‚Film war gerissen', wie man es nannte. Auf diese Weise lag ‚das andere' noch weiter zurück und wurde noch unwirklicher.

Es gab so vieles zu erzählen, Gutes und Schlimmes, ja auch eine ganze Menge Gutes. Eine Anzahl von Leuten, die sie kannten und die ihnen wichtig waren, lebte noch, der eine dort, der andere da. Manchen ging es schon wieder ganz ordentlich.

Renate und die Mutter hatten sogar noch ein zweites Zimmerchen, in dem sie schliefen, aber Bettinas Hoffnung, herüberkommen zu können, welkte sehr schnell dahin.

„Für dich wäre natürlich Platz, wenn wir es auch sehr eng haben, aber nur für dich", sagte Mutter klipp und klar, „nur für eine Person. Für Renate und mich war es schon sehr mühsam hier, das kannst du vielleicht nicht so übersehen. Mit drei Kindern, ausgeschlossen. Dafür sehe ich keine Möglichkeit."

„Claire ist kein Kind mehr in diesem Sinne, und sehr anspruchslos und auch sehr tüchtig. Sie ist mir eine große Hilfe", sagte Bettina schüchtern. Von Helmuts Gips hatte sie überhaupt noch nichts erzählt und schwieg auch jetzt lieber davon. Es war ihr selbst eigentlich gar nicht klar, daß sie schönfärbte – oder doch wenigstens wegließ, was allzu bedrückend geklungen hätte.

Mutter fuhr fort, sehr freundlich:

„Es sind doch nicht deine Kinder, Bettina. Diese Claire müßte eigentlich längst auf eigenen Beinen stehen, meine ich, sie kann dir doch nicht ewig am Schürzenzipfel hängen. Und um den kleinen Jungen muß sich eben seine Mutter kümmern, Gerda heißt sie wohl, oder? Na, siehst du, ich weiß genau Bescheid. Die ist im Westen, sagst du? Hast du ihre Anschrift? Also da wird es ja höchste Zeit, sie kann wahrhaftig froh sein, daß du ihn ihr so lange abgenommen hast. Und der größere Jungen könnte vielleicht in ein Internat. Es gibt hier Aufbauschulen, in denen sie auch wohnen können. Die kosten nicht allzu viel, je nachdem, was die Eltern verdienen. Manche Kinder sind sogar umsonst dort. Überleg dir das mal.

Du mußt endlich einmal vernünftig werden, Bettina, du bist doch kein Kind mehr. Wenn du es auch gut gemeint hast – es sind die Kinder deines Mannes – nun ja. Im Grunde sind sie Vollwaisen, und für die sorgt der Staat."

Bettina sagte nichts. Nach einer Weile fuhr Mutter fort: „Vielleicht ergibt sich eine Möglichkeit für dich, hierher zu kommen, wenn ich zu Renate ziehe. Das möchte ich gern, jedenfalls in ihre Nähe. Da könnte ich ihr doch etwas helfen. Erst aber muß sie in der Schweiz eine entsprechende Wohnung finden. So einfach ist es nämlich im Westen auch nicht."

Das letztere hörte Bettina immer wieder. Und es traf sicherlich auch zu. Ihr erschien der Westen vielleicht goldener, als er war. Es kam auf den Blickpunkt an.

In gewisser Weise war es selbstverständlich gut, daß Mutter nicht wußte, *wie* sie lebte.

„Immerhin hast du eine Existenz, und aufs Feld gegangen ist Renate hier auch. Für dich ist das sogar leichter, weil du doch in diesem Fach ausgebildet bist. Für Renate war es schon recht schwer", hatte sie einmal gesagt. Bettina versuchte, einzusehen, daß Mutter so denken mußte.

Es war ihr gelungen, mit Gerda Kontakt aufzunehmen. Es ging leichter und schneller, als sie erwartet hatte.

Gerda arbeitete in Hamburg bei einer amerikanischen Dienststelle, sie hatte Stenografie und Schreibmaschine gelernt und sich einen guten Posten erobert. Bettina staunte, das hatte sie bei Gerda nicht erwartet. Das Leben schien selbst die zurechtzubiegen, die in ihrer Kindheit und Jugend Arbeit lieber von fern sahen.

„Vielleicht gehe ich in die USA“, hatte Gerda zuletzt noch gesagt, „ich kann es nur noch nicht sicher sagen. Wenn es soweit ist, gebe ich euch Nachricht.“

Nach Helmut hatte sie natürlich gefragt, auch nach Claire und Kersten.

Daß Helmut ihr Kind war und nicht das Bettinas, schien ihrem Bewußtsein entfallen zu sein. ‚Sie hat es verdrängt‘, dachte Bettina, gleichermaßen bekümmert und erleichtert. Insgeheim hatte sie, um ehrlich zu sein, gefürchtet, daß Gerda eines Tages kommen und Helmut zu sich holen würde.

Denn dieses Kind war trotz allem für sie der, wenn auch winzige, einzige Lichtpunkt in ihrem weiß Gott nicht sonnigen Leben. Natürlich liebte sie auch Kersten, der sich ihr zwar seit einiger Zeit immer mehr entzog, und auch Claire, aber der Kleine ...

Kleine Kinder kann man so uneingeschränkt und ohne Vorbehalt lieben. Sie sind das Vollkommene im Leben, das Kostbarste. Sie kannte einen alten Spruch:

'Nur eine Mutter weiß allein,
was Lieben heißt und glücklich sein.‘

Sie hatte es damals erfahren, in jener kurzen Zeit, als sie sich auf ein eigenes Kind freute. So etwas von Seligkeit im düsteren Krieg hatte sie vorher nie und nachher erst recht nicht erlebt. Sie hatte damals das Gefühl gehabt, als sei aller Segen des Himmels auf sie herabgetaut. Und dann mußte sie auch dies begraben ...

Freilich, wenn kleine Kinder größer wurden, entwuchsen sie einem, machten Ärger, Sorgen, Kummer. Sie erlebte es schon jetzt bei Helmut, wenn er zum Beispiel Claire entgegenhampelte und nicht ihr. Aber sie konnte darüber lachen und dachte: ‚Hauptsache, er ist glücklich. Er hat seine Bezugsperson, seine Nestwärme, auch in der ekelhaften Polenkaserne.‘ O kleiner, geliebter Helmut ...

Sie erzählte Renate von ihm, und Renate hörte beinah neidvoll zu.

„Wenn wir aus dem Gröbsten heraus sind, schaffen wir uns auch ein Kind an“, sagte sie einmal. „Wann das allerdings sein wird ...“

„Du bist noch jung“, tröstete Bettina, „viel jünger als ich ...“

„So jung auch nicht mehr. Und bei späten Schwangerschaften bestehen halt Gefahren ..“, Renate kam ins Fachsimpeln. Bettina hörte zu. Alles Medizinische interessierte sie, und sie fragte immer weiter. Schließlich hatte sie ihrer Schwester doch davon erzählt, daß der Kleine in Gips lag, und Renate hatte alles nachgelesen, was es über Hüftluxationen gab, und es mit ihr durchgesprochen.

„Wenn es so ist, wie du es schilderst, wird es sicherlich ganz behoben werden können, trotz der verspäteten Behandlung. Es dauert eben länger. Aber du kannst unbesorgt sein, er behält nichts zurück“, sagte sie zuversichtlich. „Eins nur wollte ich immer schon fragen: wie konntet ihr den

Jungen Helmut nennen! Ich fand den Namen immer furchtbar, wie Milchsuppe."

„Ich auch", gestand Bettina kleinlaut, „obwohl Milchsuppe ist doch was Gutes", sie lachte. Dann fuhr sie fort: „Ich hätte ihn auch ...", sie schwieg.

„Axel, natürlich. Axel hättest du ihn genannt", sagte Renate leise und legte den Arm um die Schulter der Schwester, „aber das war wohl Gerda, die da ihren hübschen Kopf durchsetzte."

„Ja, sie bestand auf Helmut. Man gewöhnt sich daran. Wir sagen meistens Wuppi zu ihm, ein idiotischer Spitzname, aber mach was dagegen. Spitznamen sitzen einfach, und du gebrauchst sie, ob du willst oder nicht."

Sie lachten beide. Bettina war sehr gerührt. Sie hatte noch mit niemandem darüber gesprochen, daß sie ‚Helmut' nicht schön fand, nicht einmal mit Claire.

Wieder einmal merkte sie, auf welch tief verwurzelte, eigentlich unerklärliche Weise sie mit Renate verbunden war. Vielleicht war das ein Ausgleich dafür, daß sie sich mit Mart nicht so verstand.

Mart ging es gut, er hatte eine erfolgreiche Praxis und zwei gesunde Kinder und war nett zu Mutter, wenn er einmal kam; er hatte ungeheuer viel zu tun und arbeitete wie ein Wilder. Ja, auch zu Renate war er freundlich gewesen, hatte sich um eine Anstellung für sie umgesehen, wenn auch ohne Erfolg. Inzwischen war es Renates Mann gelungen, an einem Krankenhaus anzukommen. Stellungslose Mediziner gab es jetzt sehr viele. Mart machte sogar schon wieder Reisen, beruflich natürlich, aber immerhin.

„Ich ja auch", sagte Bettina und lachte, „daß ich dich noch sehen konnte, ehe du weggehst – du glaubst nicht, wie mich das freut."

„Doch. Wenn es jemand glaubt, dann ich", sagte Renate, ein wenig geniert über diese Liebeserklärung, „und später besuchst du uns in der Schweiz."

„Was ist denn, Mutter? Was hast du denn?" fragte Claire endlich einmal. Sie hatte lange nicht fragen wollen, sondern getan, als merke sie nichts. Jetzt aber wurde ihr doch Angst.

Bettina saß am Tisch, den Kopf in die Armbeuge gedrückt, und rührte sich nicht. Claire berührte sie zaghaft an der Schulter.

„Mutter ..."

„Laß. Es ist nur ..."

Das Heimkommen war über Erwarten glattgegangen. Natürlich hatte es ihr insgeheim davor gebangt, aber es ging gut, und auch hier hatte sich inzwischen nichts Schreckliches ereignet. Sie war ja noch nie so lange von den Kindern weggewesen. Ein bißchen viel von den kostbaren Kartoffeln hatten sie verbraucht – nun ja, die mußte man eben wieder einsparen. Sie waren jung und hungrig, Claire und Kersten.

Auch Helmut war gesund und munter, erkannte sie natürlich, er war ja jetzt über zwei Jahre alt. Aber ...

Sie hatte Claire von ihrer Reise erzählt, von Mutter und Renate, davon, daß sie mit Gerda telefoniert hatte. Und da fragte Claire – es war das natürlichste von der Welt, das zu fragen, und sie tat es ganz harmlos: „Und Val? Wohin ist Val? Bleibt der drüben?"

Bettina hatte nicht geantwortet. Sie hätte eigentlich auf diese Frage gefaßt sein müssen. Val war von hier mit ihr zusammen losgefahren, es war ein Bekannter von früher her, so hatte sie den Kindern erzählt; auch, daß er sie damals, als Vater verwundet in Meißen lag, dorthin gefahren hatte. Kersten besann sich noch darauf. Jetzt aber, da sie hätte antworten müssen, schlug es wie ein Preßlufthammer auf sie nieder.

Jetzt erst war es Wahrheit, war es Wirklichkeit. Sie hatte es sich vom Leibe gehalten, krampfhaft bemüht, es wegzuschieben, damit es sie nicht zermalmte, und es war ihr erstaunlicherweise sogar gelungen. Vielleicht weil sie überhaupt nichts davon erzählt hatte, weil die beiden drüben nichts von Val ahnten. Jetzt aber ...

Sie saß, zusammengekrümmt, die Augen im Dunklen zugepreßt, und gab keinen Laut von sich. Claire wurde es angst.

„Ist er – Mutter, sag doch! Ist ihm – was passiert?"

„Gefangen. An der Grenze", würgte Bettina heraus, ohne den Kopf zu heben. „Weg. Mich hat er ...", sie verstummte wieder.

Claire setzte sich neben sie, legte den Arm um ihre Schultern.

„Und?"

„Geschossen hat er nicht – der andere, meine ich", sagte Bettina. Sie hatte den Kopf ein wenig angehoben und sprach ins Leere hinein, mit merkwürdig dürren Lippen. „Er hat sich auf ihn geworfen – der andere hatte eine Maschinenpistole, aber die muß Val wohl heruntergedrückt haben – ich habe noch gesehen, wie sie miteinander rangen – er rief: ‚Lauf – lauf – und dreh dich nicht um ...'"

„Vielleicht – vielleicht lebt er noch?" sagte Claire unsicher, schüchtern. „Vielleicht – kommt er irgendwann wieder frei."

„Vielleicht." Bettina sagte es tonlos, wie vertrocknet.

Sie begann, Claire die Situation zu schildern, sachlich, mit gedrückter Stimme. Den Weg vom Waldrand hinunter bis zur Straße, die am Grenzgraben entlangführte, das Morgengrauen, den Nebel, der vom Wasser heranwehte. Die ganze Landschaft. Sie schilderte das halb flüsternd, sehr genau, in einer verzweifelten Gefaßtheit. Claire hörte zu, ohne die Mutter anzusehen.

„Da kann es doch noch – da kann es doch gut möglich sein, daß er noch lebt", sagte sie endlich, als Bettina schwieg.

„Ich hab' ihm Unglück gebracht. Wenn er nicht mit mir gegangen wäre, ausgerechnet an diesem Tag – ich bringe allen Unglück. Axel ist tot – und Helmut krank – und du verpaßt hier dein Leben – was ist nur an mir dran, daß ich allen, allen Unglück bringen muß, allen, die ich liebe –", sie brach in wildes Weinen aus.

„Aber Mutter, das ist doch Unsinn", sagte Claire und umfaßte sie noch fester, sie sagte es laut und ein wenig zornig und sehr, sehr herzlich. „Du erhältst uns, du bist für uns da, und dann redest du solchen Unsinn! Val wäre an einer anderen Stelle vermutlich auch erwischt worden, vielleicht erschossen – vielleicht warst du sein guter Engel. Mutter, bitte, red dir so was nicht ein."

Es war vernünftig, was sie sagte – und herzlich gut gemeint. Bettina preßte hinab, was immer wieder in ihr hochstieg, und versuchte, Claire zuzulächeln. Ganz wenig nur – es war, als sei ihr Gesicht erstarrt und jede Bewegung könne es zerbrechen.

„Du guter Kerl, ja. Ja, vielleicht. Aber stell dir vor – noch mal gefangen, nachdem er so lange."

Helmut fing an zu rufen. Bettina löste sich von Claire und ging zu ihm, seltsam tappend, als sei sie blind. Claire sah ihr nach, bange, in Mitleid und Sorge. Mutter hatte es getroffen, wahrhaftig. Und allzu viel Reserven an Kraft besaß sie wohl nicht mehr ...

„Laß, ich heb' ihn heraus. Er ist so schwer mit seinem Gips", sagte sie und schob Bettina sanft zur Seite, die den Kleinen hatte herausheben wollen. „Komm, Wuppi, ich setz' dich auf Mutters Schoß."

Sie hatte gehofft, daß Mutter sich nun ausweinen würde. Weinen, einmal richtig aus Herzensgrund, würde ihr guttun. Aber es kam nur noch ein einziger, schlürfender Schluchzer in Bettina hoch, dann war auch dies zu Ende. Sie saß und hielt den Kleinen an sich gedrückt, stumm. Später sagte sie:

„Willst du nicht noch mal mit ihm hinaus? Er könnte sicherlich noch Luft gebrauchen."

Sie setzten ihn miteinander in das Holzwägelchen, in dem er auch mit seinem Gips Platz fand, denn seine Beinchen waren ja gespreizt.

Oft fragten die Schulmädchen, die ihn im Dorf herumfuhren, ob sie ihn nicht ‚behalten' dürften. Claire war darauf sehr stolz, er sah aber auch hübsch aus, ihr Kleiner. Natürlich ein wenig blaß, aber mit einem feinen Gesicht, das durch die schönen Haare noch süßer aussah. Helmut war blond, nicht rothaarig wie sie, blond auf eine sanfte, zurückhaltende Art.

„Fahr du mit ihm, ich möchte lieber hierbleiben", sagte Bettina und hielt Claire das Tor zur Straße auf, „es ist noch eine ganze Menge zu tun.", das war es nicht. Aber sie wollte jetzt niemandem begegnen.

Claire verstand das – natürlich kam genau in diesem Augenblick der Siedler vorbei, bei dem sie voriges Jahr gearbeitet hatte, und sprach sie an.

„Na, wieder da? Ich habe schon nach Ihnen gefragt. Sie waren verreist, hörte ist. Wir haben draußen schon angefangen. Also wenn Sie nicht wollen – er sah sie an. Bettina erwiderte seinen Blick, obwohl ihr bewußt war, wie sie im Augenblick aussah: verheert, schrecklich. Sie empfand es als eine entsetzliche Indiskretion, daß er sie so unverholen musterte.

„Wer sagt denn, daß ich nicht will. Ich hatte meine Mutter besucht", sagte sie. Es klang kalt, schneidend. Er wich ein wenig zurück.

„Das hätten Sie doch auch eher tun können. Daß im Frühjahr die Arbeit losgeht, ist ja bekannt", murmelte er, etwas eingeschüchtert, aber trotzdem gewillt, ihr eins auszuwischen. Sie war lange genug Herrin gewesen ...

„Ja, mir auch", sagte sie knapp. Gernegroß, Wichtigmacher – sie wandte sich ohne Gruß ab und ging in den Hof zurück. Was geht der mich an ... Natürlich ging er sie an. Wenn er – aber Arbeit fand sie immer und bei jedem Bauern, das wenigstens stand fest. Die Tagelöhner waren die billigsten Arbeitskräfte, die es je gegeben hatte. Den ganzen Sommer für ein paar Zentner Kartoffeln schuften, das hatte es noch nie gegeben.

„Bis bald, Mutter!" rief Claire ihr noch nach, ehe das Tor zufiel. Bettina nahm die junge Stimme sozusagen mit sich, sie lächelte jetzt richtig, weich, zärtlich. Danke, Claire, du guter Kerl ...

Der Blitz, der einschlägt, kommt immer aus einer andern Richtung, als man erwartet hat. Deshalb sollte man sich abgewöhnen, sich zu sorgen ...

Oft hatte Bettina das gedacht, obwohl die Sorgen ihre ständigen Begleiter waren, die Sorge um das Holz für den Winter, um die Kartoffeln, um Helmuts Krankheit, um ihren Platz in der Zuckerfabrik. Um Kersten hatte sie eigentlich nie welche gehabt, außer, daß er für sein Alter noch recht klein war. Und gerade bei ihm schlug es ein.

Er kam eines Tages, Anfang Mai, verstört nach Hause. Sagte nichts, wich ihr aus, war offensichtlich völlig aus dem Gleichgewicht. Als sie einmal mit ihm allein war, fragte sie ihn, und da kam es heraus, langsam, brockenweise.

Mitschüler hatten es ihm gesagt, er dürfe nicht mehr auf der Schule bleiben; offiziell war es ihm noch nicht mitgeteilt worden, aber das komme noch. Sein Vater sei ein Junker gewesen und seine Mutter Akademikerin. Kersten war ein sehr guter Schüler.

„Aber ich bin doch Landarbeiterin. Ich bin doch wahrhaftig ...", ‚wir sind doch wahrhaftig Proletarier ...', sie sagte es nicht. Sie hatte sein Zeugnis immer mit ‚Bettina Büssow, Landarbeiterin' unterschrieben. Denn das war sie.

„Vielleicht ist das alles nur ein Gerücht. Vielleicht haben sie dich nur ängstigen wollen", versuchte sie, ihn zu trösten und ihm Mut zu machen. „Vielleicht sind das welche, die dich nicht leiden können." Kersten wurde in der Schule oft schlecht behandelt, weil er so klein war. Ach, und sie konnte ihm so gar nicht helfen!

„Mach dir nichts draus! Tu, als wüßtest du es nicht. Vielleicht stimmt es ja nicht", sagte sie noch einmal. „Und wenn es wirklich auf dieser Schule so ist, dann schicken wir dich auf eine andere. Mit deinen Leistungen kommst du überall mit."

„Woanders wird es auch nicht anders sein", sagte Kersten tonlos, „also wenn ich kein Abi machen darf – und nicht studieren ..."

„Soweit ist es ja noch nicht", fiel ihm Bettina ins Wort, angstvoll, bemüht, ihn nicht aussprechen zu lassen, was er dachte, „davon spricht doch niemand. Das Ganze ist sicherlich nur ein Gerücht, so, wie eine Frau auf dem Feld jetzt sagte, wir würden nun bald Rubel haben statt Mark."

Ihr war ganz übel von dem Schreck. Claire war dabei, die Suppe auszuteilen, einen Eintopf aus Gemüse und roh geriebenen Kartoffeln. Durch diese „Schlippersuppe" sparte man; man brauchte nur eine Kartoffel pro Person. Eine Bekannte, eine Flüchtlingsfrau, kochte ebenfalls auf diese Art; sie hatte vier Söhne im Alter zwischen dreizehn und siebzehn, das heißt im allerschlimmsten Freßalter.

Diese Familie nannte Pellkartoffeln „aktive", so wie man die richtigen Zigaretten nannte, im Gegensatz zu selbstgezogenen und selbstgedrehten. Die Suppe roch verlockend, Claire hatte im Herbst das Suppengemüse roh durch eine geborgte Mühle gedreht und mit Salz gemischt, davon nahm sie einen Eßlöffel voll in jede Suppe.

„Danke, mit bitte nicht soviel", sagte Bettina, sie fühlte mit einem Mal, daß ihr Magen sich umdrehen wollte. „Mir ist nicht gut", sie schob den Teller weg.

„Du siehst auch ganz blaß aus, Mutter", sagte Claire erschrocken.

Bettina versuchte zu lächeln.

„Das muß eine Alterserscheinung sein. Früher bekam ich von jedem Schrecken, so wie heut' bei dem mit Kerstens Schule, nur noch größeren Hunger. Und jetzt kann ich nicht essen. Eigentlich ganz praktisch, da bleibt mehr für euch." Sie schnitt eine Grimasse.

Claire lachte nicht.

„Richtig schlecht ist dir? Und ich hatte mich so gefreut ...", sie hielt die Suppenkelle noch in der Hand.

„Ich eß' schon. Natürlich eß' ich", sagte Bettina herzhaft, der Tochter zuliebe, die immer mit so viel Liebe kochte, „vielleicht wird mir dadurch besser ...", sie nahm mit Überwindung einen Löffel voll, es schmeckte wirklich gut.

„Na also. Besser?" fragte Claire befriedigt und setzte sich, um ebenfalls anzufangen. „Wahrscheinlich warst du überhungert. Hast du denn früh was gegessen?"

Aber am nächsten Tag war es Bettina wieder schlecht, und diesmal erreichte sie nur mit Mühe den Eimer.

„Ich muß mir den Magen verdorben haben", sagte sie ärgerlich, „das ist doch zu blöd. Weißt du was, ich geh' mal zum Doktor, wozu sind wir denn Kassenpatienten. Wenn erst einmal die Feldrennerei in Gang ist, jeden und jeden Tag, komm' ich sowieso nicht mehr dazu."

Sie ging bisher halbtags, soviel war zur Zeit noch nicht zu tun. Claire nickte.

„Jaja. Vielleicht verschreibt er dir was. Es soll ja jetzt wieder Medikamente geben."

‚Aber wenn das stimmen sollte, wenn er wirklich aufhören müßte mit der Schule, obwohl ich, seine Mutter, Landarbeiterin bin, dann – dann gehen wir hinüber. Dann mach' ich es möglich. Wozu schinde ich mich bis zum Niederbrechen, von früh bis abends', dachte Bettina und biß die Zähne zusammen. Sie wollte nicht dran denken, auf welche Weise sie es wahrmachen könnte, es türmte sich vor ihr wie ein riesenhafter, schwarzer Berg. Es allein bewältigen zu müssen, mit den Kindern – aber es würde nötig sein. Man durfte sich nicht alles gefallen lassen vom Leben. Die Zähne zeigen, sich durchschlagen – das Leben war wie ein böser Hund, ging man mutig darauf los, so wich es zurück. Sie würde sich nicht kleinkriegen lassen, noch war Kraft in ihr ...

Bettina lag ganz still, die Augen geschlossen. Ein Dröhnen war in ihrem Kopf wie vom Hall einer Glocke, die dicht neben ihrem Ohr angeschlagen worden war. ‚Schwangerschaft', hatte der Doktor gesagt. Sie wartete, daß es aufhören würde, vorher konnte sie nichts sagen. Vom Waschbecken her hörte sie ein Plätschern, erst leise, dann deutlicher. Das Dröhnen verebbte.

„Sie haben schon einmal ein Kind verloren?" fragte der Arzt. Seine Stimme klang freundlich, behutsam, sanft. Bettina bewegte die Lippen. Ihr war, als seien sie trocken, ausgedörrt – aber es gelang ihr dann doch zu antworten.

„Ja. Eine Fehlgeburt. Im dritten Monat", flüsterte sie.

„Hm. Es kann natürlich wieder so gehen, außer ..."

„Außer?" fragte Bettina ohne Atem.

„Nun, man könnte – ich könnte Ihnen Spritzen geben, um es zu halten, und wenn Sie sich in der kritischen Zeit ein wenig schonen ..."

„Dann hielte es?" stieß Bettina hervor. „Dann ..."

„Vermutlich. Doch, wir können es schon halten. Vielleicht hält es sogar auch ohne. Nur ..."

„Herr Doktor!" Bettina hatte sich aufgesetzt, sie sah ihn mit aufgerissenen, jetzt kohlschwarzen Augen an. „Bitte – bitte ..."

„Ja, möchten Sie es denn, gnädige Frau?" Unwillkürlich war er wieder in die Anrede von früher gefallen. Er kannte sie ja, seit sie in Siebenbrunn war. Und als Herrin des Gutes hatte er sie immer so angeredet.

„Oh -", es klang wie ein Röcheln. Bettina war vom Untersuchungssofa herabgeglitten und taumelte auf ihn zu, warf die Arme um seinen Hals. „Herr Doktor!" Es brach aus ihr heraus. „Bitte! Bitte halten Sie es! Tun Sie alles, was möglich ist, um es zu halten! Lieber Gott, laß es mir! Laß es mich kriegen! Lieber, lieber Gott im Himmel ...", sie weinte, daß es sie schüttelte, dazwischen lachte sie wieder, außer sich vor Glück. „Bitte, bitte!"

Er stand ganz still und hielt sie fest.

„Ein Kind! Ein eigenes Kind! Endlich, endlich! Ich hab' es mir so gewünscht, ich hab' ... Ein ganzes Leben für andere. Immer für andere, immer nur für andere. Ich möchte ein eigenes, ich möchte – oh, Herr Doktor, sagen Sie, es wird leben! Ich werde es bekommen! Ein eigenes Kind ... bitte, bitte sagen Sie, daß es möglich ist! Ich tu' alles, was Sie verlangen."

„Doch doch. Es ist schon möglich." Er klopfte ihr den Rücken, schnupfte ein wenig, dann sagte er sachte: „Ich meine halt – ich dachte – man hat mir erzählt, – so sehr komfortabel ohnen Sie nicht, oder? Im alten Hof ..."

„Schon lange nicht mehr. Den mußten wir ja auch aufgeben. Wir wohnen in der Polenkaserne. Ja, komfortabel nicht ...", sie lachte, es war jetzt ein richtiges Lachen, obwohl ihr Gesicht noch überschwemmt von Tränen war.

„Aber das ist alles nicht wichtig. Das geht schon. Alles geht, wenn ich ein Kind bekomme. O lieber Gott, laß es mich bekommen, laß es gesund sein – nicht wahr, es kann doch? Es kann halten, es kann zur Welt kommen, es kann gesund sein – obwohl ich doch schon so alt bin ...", jetzt bebten ihre Lippen wieder so, daß sie nicht weitersprechen konnte.

Sie versteckte das Gesicht an seiner Brust, während sie sich an ihn klammerte. „Nicht wahr? Sagen Sie mir, daß es gesund sein wird."

„Natürlich. Und dann tat der alte Arzt etwas, was er eigentlich nicht verantworten konnte – aber es gibt Fälle, da muß man das können, da gilt keine Vernunft mehr. Er nahm sie dicht an sich heran, ganz dicht und warm, und sagte:

„Sie werden es bekommen. Ich tue alles, damit Sie es bekommen. Und es wird gesund und lebendig sein, ich verspreche es Ihnen."

Bettina blieb dann noch ein wenig im Wohnzimmer des Arzthauses, der alte Doktor hatte sie dorthin dirigiert.

„Ein bißchen Ruhe ist gut, ein bißchen Zu-sich-kommen. Heute gehen wir noch nicht wieder aufs Feld", sagte er, während er ihr die Tür aufhielt. „Magdalene, hier ist Frau von Büssow. Mach ihr einen Kaffee, aber nicht zu stark ...", er blinzelte Bettina zu. Dabei sah er, wie ihre Augen aufstrahlten ...

„Na, vernünftig ist das ja nicht. Hat so viel auf dem Halse und möchte – aber von mir aus. Und vielleicht ist es wirklich ihr Glück, wer kann das wissen", brummte er, ins Sprechzimmer zurückgehend. Dort nahm er die Brille ab und wischte sich die Augen, putzte dann ein wenig umständlich die Gläser und setzte sie wieder auf.

„Für manche Frauen ist es eben notwendig und die beste Medizin. Und wie sie es machen wird – na, sie hat sich ja bis jetzt durchgebissen. Eigentlich prima, so eine blödsinnige Unvernunft ..."

Die Sache mit Kerstens Schule erwies sich dann zunächst doch als Schreckschuß, jedenfalls hörte Bettina nichts mehr davon. Sie hatte immer

Herzklopfen, wenn der Junge heimkam, ein paarmal fragte sie ihn danach, möglichst beiläufig, und er sagte, er habe nichts gehört. Seitdem schwieg sie lieber, sie merkte, daß er nicht gern gefragt wurde. Er war überhaupt verschlossen und wortkarg. Allmählich ließ ihre Sorge etwas nach.

Manches erweist sich als harmlos, was einem fürchterliche Angst gemacht hat. Bettina hatte das häufig erfahren, und sie versuchte, sich an diesem Gedanken zu trösten, sie durfte sich jetzt nicht aufregen, bei allem und jedem sagte sie sich das. Es schadet dem Kind – nein, dem Kind durfte es nicht schaden.

Und wirklich, wenn man wollte, gelang es einem, Angst und Sorge und Bedrückung einigermaßen in Schach zu halten. Nicht, daß sie sich blind stellte – sie *wußte* das alles, was sie ständig bedrohte, aber sie brachte es fertig, es von sich weg zu zwingen. Sie sorgte sich nur mit dem Verstand, nicht mit dem Herzen. So etwas konnte man lernen, wenn man wirklich wollte.

Sie wollte. Sie wollte alles tun, um das Kind zu schonen, um ihm einen guten Start ins Leben zu geben. Hatte sie jemals geglaubt, nun sei sie über den Scheitelpunkt des Lebens hinaus, nun würde sie alt, nun könnte sie nur noch dulden, aushalten, weitermachen, aber nicht mehr erhoffen? Wie eine blendende Helligkeit war es über ihrem Leben aufgegangen, und sie fühlte, wie ihre Kraft auf eine ungeahnte Art wuchs, statt abzunehmen. Sie würde alles schaffen, alles, für das Kind.

Mit Claire zu sprechen – sie mußte es ihr sagen, ehe sie es selbst merkte oder andere Leute sie darauf aufmerksam machten, das war sie ihr schuldig, war nicht so schwer, wie sie es sich vorgestellt hatte. Claire zeigte eine hervorragende Haltung.

Sie sagte nichts und fragte nicht, hatte sich wohl längst Gedanken gemacht über die Veränderung in Bettinas Wesen. Sie nahm die Mutter stumm um den Hals, nickte zu allem, lächelte ihr zu.

„Natürlich geh' ich für dich aufs Feld, ist doch klar. Ein einziges Glück, daß Helmut jetzt aus dem Gips heraus ist. Du darfst nicht schwer heben, Mutter, hörst du?" war das erste, was sie sagte.

„Wasser hol' ich dir früh, eh' ich aufs Feld gehe, und Kartoffeln und Grudekoks trägt dir Kersten herauf. Und Waschen kann ich ja sonntags, das geht schon." Waschen war hier mit großen Schwierigkeiten verbunden, da sie weder eine Wasserleitung noch einen Ausguß hatten. Alles Wasser mußte geholt und weggetragen werden.

„Ich besorge noch zwei Eimer, irgendwo treib' ich schon welche auf, und wenn ich sie stehlen sollte. Nein nein, das mach' ich schon nicht. Du kannst dich auf mich verlassen. Bitte, Mutter, jetzt mußt du Rücksicht auf dich nehmen. Und mit Kersten sprech' ich, laß mich das nur machen. Im Augenblick versteh' ich mich sehr gut mit ihm. Ist es dir recht, Mutter?" Sie ahnte wohl, wie schwer es Bettina fallen würde. Mit einem Sohn zu sprechen ist etwas anderes als mit einer Tochter, von Frau zu Frau.

Bettina konnte es kaum fassen, wie wunderbar sich Claire verhielt.

„Danke, Claire, ja“, sagte sie nur, „ich danke dir.“ Dann sprachen sie nicht mehr davon.

Was das Dorf sagen würde, war ihr gleichgültig, wenn sie auch ahnte, daß es nicht leicht sein würde, sich durchzusetzen.

Aber sie hatte einmal gelesen, vor langer, langer Zeit, es war wohl zwischen den Kriegen gewesen und sie noch sehr jung – großer Gott, wie lang ist ein Menschenleben, das manche Leute kurz nennen, und was kann alles hineingepackt sein! –, und es war ihr unvergeßlich geblieben: „Wenn man ein uneheliches Kind bekommt, schämt man sich entweder oder man ist stolz darauf. Ich ...“. Es war eine Studentin gewesen, ein ganz allein stehendes Ding, Chemiestudentin in der allerärmsten Zeit – „ich habe mich entschlossen, stolz darauf zu sein.“ Der Vater des Kindes hatte sich das Leben genommen, wollte es mit ihr zusammen tun, und sie war in letzter Minute zurückgeschreckt, in panischer Angst, im verzweifelten Willen zu leben. Bettina hatte dieses Buch, das damals viel Aufsehen erregte, nie vergessen. Wie dieses Mädchen sich durchgebissen hatte mit ihrem Kind und zum Leben mit diesem Kind ...

Sie selbst hatte es, verglichen mit dieser Studentin, doch leichter, fand sie, jedenfalls in praktischer Beziehung. Das sagte sie sich immer wieder.

Sie hatte ein Dach über dem Kopf, das sie nichts kostete, eine Existenz, sie hatte Claire neben sich, einen nahezu erwachsenen, verläßlichen Partner für die mühsamste Zeit. Sie hatte dann eben vier Kinder statt dreien, warum nicht. Sie würde auch mit vieren zurechtkommen.

Das alles sagte sie sich, wenn sie nicht schlafen konnte, immer wieder, immer von neuem, und sie glaubte auch daran, weil sie daran glauben wollte. Wenn sie an Val dachte ...

Auch das war ein Grund, weshalb sie mehr und mehr wünschte, im Westen zu sein. Von dort aus hätte man Erkundigungen einziehen können, durch das Rote Kreuz, durch Suchaktionen – von hier aus war das unmöglich.

Er hatte einen Vopo angegriffen, ihn zum mindesten am Schießen gehindert, unverzeihlich. Nein, von hier aus war nicht daran zu denken, daß sie etwas erfuhr, niemals.

An Val konnte sie nicht denken, ohne daß es ihr das Herz zerriß. Es zerrte an ihr, schmerzte sie, sie fühlte es körperlich, so entsetzlich weh tat es. Val, wie hätte er sich gefreut! Val, wie wäre es mit ihm geworden, wie unbeschreiblich, unausdenkbar schön.

Es war ihr nicht vergönnt. Das ganz große Glück, sich mit dem geliebten Mann zusammen auf das Kind zu freuen – das Leben wollte es nicht. Das Leben gönnte ihr nicht, was Millionen Frauen geschenkt bekommen und es vielleicht gar nicht als Geschenk empfanden. Nicht so, wie sie es empfunden hätte, ohne Zweifel, so ganz und gar und ohne Einschränkung.

Nein, an Val durfte sie nicht denken. Später vielleicht, wenn das Kind geboren war – es sollte ihm ähnlich werden, *das* wenigstens durfte man sich doch wünschen. Und daß es ein Junge würde. Aber auch eine Tochter würde sie liebenden Herzens hinnehmen. Nur lebendig sollte es sein und gesund, bitte bitte, lieber Gott, ich habe dich noch nie so stürmisch um etwas gebeten. Bitte, bitte, erfüll mir diesen Wunsch, diesen einzigen, einzigen ...

Bettina stand in der Schlange der Dorfleute vor dem Gemischtwarenladen, ziemlich weit hinten, sie war spät vom Feld heimgekommen. Dort gab es jetzt leichte Arbeit, darum ging sie wieder selbst. Mohrrüben wurden gebündelt, immer fünfzig Stück, dabei konnte man knien, und natürlich auch essen. Mohrrüben haben Vitamine ... Jetzt aber stand sie schon eine Stunde hier und wartete; es sollte Fisch geben, eine Sonderzuteilung. Da sah sie Claire über die Dorfstraße kommen, Helmut an der Hand. Der Kleine lief jetzt schon ganz gut, noch wacklig zwar, aber jeden Tag besser.

„Ja, wer besucht mich denn da?“ fragte Bettina zärtlich und lachte ihm zu. Claire strahlte.

„Läuft er nicht wunderbar? Heimzu trage ich ihn dann, damit er nicht zu müde wird. Du, Mutter, ein Wolfgang ist gekommen, er wartet auf dich. Sagt, du kennst ihn schon, Nachname ist nicht nötig.“

„Wolfgang? Groß und mager? Claire ...“, Bettina rief es laut und glücklich. „O Claire, sei ein Engel und lös mich ab! Hier ...“, sie wollte ihr Geldtasche, Lebensmittelkarten und Schüssel aushändigen – bei Fisch mußte man Verpackung mitbringen, und woher sollte man die hernehmen? Also ging man mit der einzigen Schüssel hin, die man besaß – „und gib mir Helmut.“

Claire zögerte.

„Aber Mutter – tragen sollst du ihn nicht, und ...“

„Ich halte Ihnen Ihren Platz frei, Frau von Büssow“, mischte sich jetzt eine kleine Schachtarbeitersfrau ein, die hinter ihr in der Reihe stand, „gehen Sie schnell und lassen Sie Ihre Tochter das Jüngel tragen. Sie können dann wieder hier herein ...“, sie nahm ihr die Sachen aus der Hand.

„Oh, danke, Frau Hense.“ Bettina lachte die kleine Frau an. „Danke, das ist goldig von Ihnen! Ja, Claire kommt gleich wieder, sie trägt mir nur den Jungen zurück ...“, ‚man sieht es mir also schon an‘, dachte sie, ‚und was wird Wolfgang denken. Ach, gleichgültig ...‘, sie liefen, Claire mit Helmut auf dem Arm, Bettina neben ihr. Sie freute sich unbändig. Da war der Hof.

„Wolfgang! Nein, so was!“ Er war ganz der alte. Wolfgang aus dem Winterlager! Daß es so eine Freude gab!

„Du hast dich überhaupt nicht verändert, dabei ist es so viele, viele Jahre her.“ Sie sah strahlend in sein mageres, lachendes Jungengesicht. Es war immer noch das Jungengesicht, wenn auch durchfurcht, faltig, aber sonst das alte, vertraute. Die Haare, von Grau durchsetzt, noch immer voll und wie früher ziemlich unordentlich und durcheinander.

„Und du – schön bist du geworden – das heißt, das warst du immer, jedenfalls hübsch ...“, er verhaspelte sich, und sie lachten beide.

„Danke für das Kompliment, ich bekomme sonst keine, seit hundert Jahren, und damals auch nicht. Sie sind also Mangelware und ganz etwas Besonderes.“

„Aber ich meinte es wirklich so.“

„Komm. Hast du Kersten schon begrüßt?“, sie zog ihn ins Zimmer. Kersten stand am Tisch. Wolfgang nickte ihm zu.

„Ja, wir haben uns gut unterhalten. Du, darüber müssen wir noch sprechen, das ist ganz wichtig. Ich habe ihm schon gesagt, ich könnte ihn doch mit hinübernehmen. In den Westen, ja. Ich bin dabei, meine Schule zu bauen, vorläufig unterrichten wir in einer Mühle, die nicht mehr gebraucht wird, und im Hinterzimmer einer Kneipe! Ausgerechnet wir, die wir doch Kneipen so lieben! Aber die richtige Schule baue ich, erinnerst du dich, daß ich das immer vorhatte? Sie wird ...“ und schon war er im eifrigsten Erzählen. Wahrhaftig, er hatte sich nicht verändert. Der begeisterte Pädagoge, der Schulmann des Herzens, voller Pläne und Aussichten.

„Den Bauplatz habe ich schon, in der Nähe von Hannover. Menschenskind, Bettina, daß ich gerade den bekam! Drüben wird wie toll gebaut, und ...“

Sie saßen einander gegenüber, Bettina mit Helmut auf dem Schoß, Kersten dabei. Kersten, der sich sonst immer absonderte und wegging, er saß bei ihnen und ließ kein Auge von Wolfgang, der erzählte und erzählte.

„Wir machen vieles selber, von dem wir vorher nie ahnten, daß wir es können. Meine Jungen helfen auch, ich hab' zwei – und deiner könnte auch mit anfassen. An Arbeit ist er ja wohl gewöhnt, wie ich merke.“

„Du hast zwei Söhne?“

„*Und* eine Tochter, Britta. Das Beste, was mir bisher gelungen ist! Ja, der liebe Gott hat es gut mit mir gemeint. Ich war nicht verwundet, und meine Leute lebten alle, als ich zurückkam.“

„Und wen hast du geheiratet?“

„Du kennst sie – Kuni König!“

„Nein!“ rief Bettina fröhlich, „Kuni König? Wunderbar! Ich gratuliere dir noch nachträglich! Oh, Wolfgang“, sie war ihm um den Hals gefallen und küßte ihn auf beide Wangen. „Kuni König, die einzige, der ich dich gönne! Immer wollte ich aussehen und sein wie Kuni König, so toll fand ich sie.“

„Tust du das? Danke! Ja, sie ist große Klasse.“

Welche Freude sie empfand! Ein Gesicht von früher, gute Nachrichten, herrliche Aussichten. Für ihn – sie gönnte es ihm so! – und für Kersten vielleicht auch ...

„Du könntest ihn mitnehmen? Wirklich? Auf deine Schule? Oh, Wolfgang, du kannst dir nicht vorstellen ...", sie brach ab. Jetzt nicht heulen, nicht heulen – sie brachte es fertig. „Wunderbar", sagte sie dann noch, leise, ermattet, lächelte ihn mit schwimmenden Augen an. Auch Freude strengt an, Freude kann überwältigen ...

Dann sprachen sie über die technischen Fragen.

„Natürlich kann ich ihn mitnehmen. Ich gebe ihn an der Grenze einfach als einen meiner Söhne aus. Ich selbst habe einen Paß, darin sind meine Familienmitglieder angegeben. Allerdings – das hast du wohl schon begriffen – vorläufig ist unsere Schule noch im Werden, keineswegs fertig. Aber Theater gespielt wird trotzdem schon, und Musik gemacht, und ein paar Autoren zu Lesungen bekomme ich auch von Zeit zu Zeit. Das Musische ist so wichtig an einer Schule! Was glaubst du, wie sehr es den Zusammenhalt von Schülern und Lehrern stärkt, wenn man gemeinsam probt. Wir bereiten gerade einen Shakespeare vor, eine Komödie – nicht etwa so etwas wie Richard den Dritten. Wir wollen lachen. Lachen ist so wichtig, es ist das Vitamin der Seele. Du vertraust mir Kersten also an? Kuni wird sich freuen, sie wollte am liebsten sechs Kinder, aber drei sind ja auch schon ganz schön. Du hast ja auch drei – er brach ab.

Bettina lachte.

„Ja. Eine Tochter von mir ist übrigens schon im Westen, etwas jünger als Claire. Helmut ist eigentlich ihr Kind."

„Und uneigentlich deins. Bettina, du bist wunderbar! Wohnst wie der letzte Bettler und bist so reich, so reich ..."

‚*Wie* reich, weißt du gar nicht', dachte sie und fühlte einen Klumpen im Hals. Hinunter damit.

„Ach Wolfgang, daß du gekommen bist! Du guter treuer Kerl!"

„Ich hörte in Leipzig von dir. Durch einen von unserer Bande, vielleicht besinnst du dich noch auf ihn. Frime nannten wir ihn, Fritz Merkel. Er läßt dich grüßen."

„Frime, klar weiß ich das noch! Und was macht Jumbo? Und ..."

Immerzu fragte und fragte sie, immer wieder fielen ihr Leute ein, von denen er erzählen mußte. Claire kam mit dem Fisch, der stank, und sie opferte den letzten Tropfen Essig, goß ihn darüber.

„Gegessen wird er, Ehrensache", sagte Wolfgang. „Ich habe übrigens auch was mit, ein Stück Wurst, also wenn du davon nichts nimmst, eß' ich keinen Bissen von euerm wundervollen Karpfen oder was das ist ..."

Es war wie früher, vergnügt und so herrlich jung. So, als wäre man noch die Bettina von damals. Nein, die wollte sie nicht mehr sein. Jetzt war es viel, viel schöner ...

„Ich darf doch bei euch übernachten", sagte Wolfgang, als sie den Fisch gegessen hatten, „ich brauch' kein Bett. Ich kann gut auf der Erde schlafen."

„Nein, ich!" Kersten sagte es so heftig, daß es fast unmöglich klang.

„Ich meine, du bist doch unser Besuch. Du kriegst mein Bett“, setzte er dann, abschwächend, hinzu. Wolfgang sah ihn an.

„Gern, Kersten, danke. Und jetzt wollen wir was spielen, ja? Für das junge Volk ist das zu langweilig, ständig zu hören: was macht der, was macht jener? Bettina, weißt du noch, wie wir immer im Winterlager spielten?“

O ja, Bettina wußte es noch! Natürlich nie Kartenspiele, die waren in der Jugendbewegung verpönt.

„Zu Unrecht übrigens, ich spiele sehr gern Skat“, sagte Wolfgang.

„Aber wie wäre es mit einem Fragespiel?“

„Mit ‚Literatur‘?“ schlug Bettina vor. „Wir nannten es damals ‚Bildung‘, aus Jux natürlich. Weißt du noch, Wolfgang?“

„Natürlich weiß ich! Einer mußt sich einen Dichter denken, und die anderen fragen. Nicht: ‚War es Goethe?‘, sondern so: ‚Hat er den ‚Götz‘ geschrieben?‘, und der andere antwortet: ‚Goethe war es nicht.‘ Weiß er nicht, von wem das Gefragte ist, so haben die Fragenden eine einschränkende Frage frei. Etwa: ‚Ist es ein Mann?‘ oder: ‚Lebt er noch?‘ oder: ‚Ist er Lyriker?‘ Wollen wir es spielen?“

Er war etwas unsicher, ob Kersten und Claire würden mithalten können. Aber Bettina lachte ihn aus.

„Wir konnten uns die Klassiker vom Gut zurückholen, nach langem Gebettel beim Bürgermeister. Er hat uns schließlich erlaubt, den Bücherschrank auszuräumen, als ich ihm sagte, es wären alles Bücher von Leuten, die lange, lange tot sind. Kersten und Claire haben im Winter gelesen wie verrückt, und Shakespeare haben wir sogar mit verteilten Rollen gelesen. Mit einem einzigen Buch, das herumgereicht wurde. Wir haben oft so gelacht.“

Sie spielten, Helmut war eingeschlafen, und sie saßen um den wackligen Tisch, auf dessen Platte eingebrannte Ringe und tiefe Furchen Muster bildeten.

Später suchte Claire Papier und Stifte, und nun spielten sie Schreibspiele und lachten und lachten. Es war ein unvergeßlicher Abend.

Am andern Morgen brachte Bettina Wolfgang zur Bahn. Sie gingen zeitig los, Helmut schlief noch. Claire hatte sich erboten, heute aufs Feld zu gehen. Kersten schickten sie mit den Rucksäcken voran.

Bettina hatte vor, allein mit Wolfgang zu sprechen. Dann aber brachte sie es doch nicht fertig. Es war ihr einfach nicht möglich.

„Ich hab’ eine Bitte“, sagte sie jedoch endlich, „könntest du bei meiner Mutter vorbeifahren?“ Sie beschrieb ihm das Gut in Westfalen. „Und fragen, ob sie uns nicht doch nimmt? Wenigstens als Sprungbrett? Jetzt, wenn Kersten bei dir ist, wären wir ja – nicht so viele ...“, das letzte kam etwas hastig, schüchtern, nun doch geniert. „Sie weiß nichts – Näheres, verstehst du. Ich war im Frühjahr bei ihr ...“, sie sah ihn flehend an.

Er sagte sofort zu, obwohl es einen Umweg für ihn bedeutete.

„Und bitte, kannst du mir Nachricht geben, ob ihr gut hinübergekommen seid?“ bat sie flehentlich, als der Zug schon einfuhr. Der Grenzgang mit Val stand ihr wieder vor der Seele, so deutlich, als sei er gestern gewesen. Und es war Kersten, ihr Junge, *ihr* Junge, der jetzt von ihr ging. Zu seinem Besten, so hoffte sie inbrünstig, aber doch von ihr.

„Du bekommst Nachricht, natürlich bekommst du welche“, sagte Wolfgang und küßte sie. „So, den hab’ ich verdient, diesen Kuß. Es war übrigens der allererste, den ich von deiner Mutter bekam, Kersten, damit du nichts Falsches denkst.“, er lachte noch, als er aus dem schon fahrenden Zug herauswinkte. Bettina lachte auch, sie lachte, solange sie sein und Kerstens Gesicht noch sah, obwohl sie wieder einmal das Gefühl hatte, als bräche ihr das Herz. Wie oft kann ein Menschenherz eigentlich brechen?

Zwei Tage später bekam sie ein Telegramm.

„Rubikon überschritten, alles bestens. Jede Hilfe zugesichert. Brief folgt. Sprach mit Kersten. Lieben und bewundern dich. Kersten, Kuni, Wolfgang.“ Da mußte sie wieder weinen. Aber das sah ja niemand.

Im Spätsommer, Ende August, bekam Bettina plötzlich Blutungen. Zu Tode erschrocken schickte sie Claire zum Doktor, der auch sogleich kam. Glücklicherweise hatte es nachts angefangen, nicht auf dem Feld. Der Arzt gab ihr eine Spritze, saß an ihrem Bett.

„Es hält, es wird halten“, sagte er immer wieder. „Es sind nur Randblutungen. So was kommt vor. Nun bloß keine Panik, meine liebe gnädige Frau.“

Helmut stand im Hemd vor Bettinas Bett, Claire war gar nicht dazu gekommen, ihn anzuziehen. Er hatte die unterste Kommodenschub-lade aufgezogen und alles herausgeholt, was darinlag. Es sah aus wie ‚bei Lehmanns unterm Sofa‘, wie Claire es nannte. Bettina schämte sich entsetzlich.

„Lassen Sie ihn doch. Er muß eine Beschäftigung haben“, sagte der Doktor und lachte gutmütig, „in diesem Ihrem schönen Heim ...“, er sah sich um. „Übrigens, meine liebste Baronin, hier bekommen Sie Ihren Prinzen nicht. Das sag’ ich Ihnen. Auch nicht im Krankenhaus. Den helfe ich zur Welt bringen, das laß ich mir nicht nehmen, verstanden? Und zwar in meinem eigenen Bett.

Meine Frau hat mir das schon zugeteilt, und gegen eine vorgesetzte Behörde kommt ein so schüchternes Kerlchen wie ich nicht an. Ich werde ausquartiert und darf solange auf dem Untersuchungsbett im Sprechzimmer kampieren.“

„Herr Doktor!“ rief Bettina flehend. Er fuhr ihr mit der Hand über das Gesicht.

„Da gibt’s nichts zu herrdoktorn“, sagte er gewollt barsch, „da wird gehorcht. Verstanden? Und ‚Danke‘ gesagt für das großzügige Angebot.“

„Danke", schluckte Bettina. „Und liegen bleiben soll ich jetzt? Wie lange?"

„Solange es nötig ist. Wenn es nicht anders geht, bis zur Geburt des Sohnes. Wollen Sie ihn gefährden? Na also. Alles andere ist Nebensache."

„Ist auch, Mutter. Ich nehme Helmut mit aufs Feld", rief Claire rasch. „Bei schönem Wetter ist das sehr gesund für ihn."

„Vor allem in der Rübenernte", sagte Bettina und versuchte zu lachen. „Wenn es friert, und man steht acht Stunden lang bis zu den Knien naß im Feld ..."

„Quatsch. Bis dahin ist es noch lange", schnitt der Doktor ihr den Satz ab, „notfalls kommt der Kleine eben zu uns. Magdalene jammert immer nach Enkeln, machen wir ihr doch die Freude. Nein, hier wird gehorcht, meine liebe Kommandeuse im Ruhestand, ja, das sind Sie jetzt, im Ruhestand. Wenigstens auf Zeit. Sie haben überhaupt nichts mehr zu melden, nur zu gehorchen ..." Claire begleitete ihn hinaus, Helmut auf dem Arm. Bettina lag da uns sah ihr mit nassen Augen entgegen, als sie zurückkam.

„Claire. Nun können wir nicht rüber."

„Macht nichts. Gehen wir eben nächstes Jahr." Claire hob Helmut auf die Kommode, um ihn anzuziehen.

„Außerdem soll die Blutung ja wieder aufhören, jetzt, nach der Spritze. Wenn du brav liegst ..."

„Ich liege. Ich verspreche es ...", Bettina flüstere es, streckte sich vorsichtig aus. Sie war so übermüdet, daß die Verordnung, liegen zu müssen, etwas unbeschreiblich Beglückendes hatte. Irgendwann einmal würde sie Claire vergelten können, was sie an ihr tat, immer aufs neue – sie schlief ein, von einer Sekunde zur anderen.

Claire bemerkte es und trug Helmut hinaus. Jetzt, da noch schönes Wetter war, konnte er wirklich mit aufs Feld gehen. Zur Zeit putzten sie Zwiebeln, draußen, es war eine wunderschöne Arbeit, man konnte dabei sitzen.

Manchmal sangen sie auch dabei. Zwiebelputzen und Mohn aufschneiden liebte sie am meisten. Und später – der Doktor hatte ja gesagt, er würde helfen ...

Viele halfen. Es war merkwürdig: Bis zu dieser Zeit hatte Bettina anscheinend isoliert gelebt, ohne Verbindung zu den anderen Leuten im Dorf, allein mit ihren Kindern. Jetzt kam immer einmal jemand, um nach ihr zu sehen, es hatte sich herumgesprochen, daß sie bettlägerig war. Vielleicht tat es manch eine Frau aus Neugier, aber die meisten sicherlich aus Gutherzigkeit.

Als erste kam Frau Hense, die kleine Schachtarbeiterfrau. Sie brachte einen Korb Äpfel und versprach, daß ihr Mann am Abend einen Sack Briketts bringen würde.

„Wir haben genug, er arbeitet doch im Schacht. Da können Sie es sich schön warm machen.“ Sie ließ noch ein Päckchen da, das Claire neugierig aufmachte, als sie heimkam. Ein Huhn, gerupft und ausgenommen. Sie tanzte vor Freude.

„Siehst du, Mutter, er bringt uns schon Glück ins Haus ...“, ‚er‘, sagte sie. „Alle lieben ihn!“

Natürlich gab es auch Leute mit einer anderen Ansicht. Eine Tagelöhnersfrau, die beim selben Siedler arbeitete wie Bettina, spuckte eines Tages vor Claire aus.

„Ihr mit eurer reizenden Stiefmutter – pfui! Wollt feine Leute sein und macht es so, erst die Schwester und dann die Mutter. Wann bist du denn soweit? Eine Schande für das Dorf seid ihr.“

Gerade sie hatte es nötig, so zu sprechen, jeder in Siebenbrunn wußte, daß sie ihre ‚Freunde‘ wechselte wie das Hemd. Alle hörten auf zu arbeiten und sahen Claire an. Die sagte nichts, ging auf die andere zu und versetzte ihr eine Ohrfeige, daß sie sich fast um sich selbst drehte. Dann hängte Claire in aller Ruhe ihre Gabel an den Wagen, wischte sich die Hände ab und wandte sich zum Gehen.

„Halt, halt, wohin willst du denn?“ rief der Siedler ihr nach. Claire drehte sich nicht um.

„Zur Konkurrenz. Mich nehmen sie überall, weil sie wissen, daß ich nicht nur schwätze, sondern zugreife.“ Sie sagte es ganz ruhig. Im Grunde war sie nicht so sicher, wie sie tat. Würde sie nun das Deputat verlieren, für das sie und Mutter einen ganzen Sommer lang gearbeitet hatten?

Siehe da, der Siedler kam ihr nach.

„Dumme Ziege, natürlich bleibst du. Und die ...“, er wies auf ihre Gegnerin, die mit roter Backe laut kreischend auf dem Fleck verharrt hatte, wo sie stand ... „die macht, daß sie fortkommt. Hat sowieso nie richtig zugefaßt.“

Claire erzählte zu Hause nichts davon. Bettina wurde es natürlich wenig später doch zugetragen. Es tat ihr leid für Claire, entsetzlich leid, aber sie konnte es nicht ändern. Gut, daß Kersten drüben war ...

Die Blutungen hatten mit der Spritze bald aufgehört, und der Doktor äußerte seine Zufriedenheit. Bettina fühlte das Leben in sich, das Kind bewegte sich. Manchmal glaubte sie, noch nie so glücklich gewesen zu sein wie jetzt, so randvoll glücklich. Das Kind, ihr Kind!

Natürlich hatte sie Sorgen; die Bedrückungen wichen nicht. Daß Claire überfordert wurde, daß Mutter nun umsonst wartete, daß Kersten weit und die Möglichkeit, ihn wiederzusehen, gering war. Wo aber gab es ein Leben ohne Sorgen? Sie lag, ein aufgeschlagenes Buch neben sich, ohne zu lesen, die Hände auf dem sich langsam wölbenden Bauch, um nicht eine einzige Bewegung des Kindes zu verpassen.

Erst war es gewesen, als ob ein Fisch mit dem Schwanz schlüge, ganz zart, kaum zu erahnen. Jetzt randalierte es schon ganz tüchtig, vor allem morgens, wenn sie ihre Milch trank. Milch brachte ihr jeden Tag der Mann, der früher Schweizer auf dem Gut gewesen war; es war der, der sie damals verteidigt hatte, als sie mit den Kindern abtransportiert werden sollte. Er kam selbst, jeden Tag, immer zu der Zeit, in der er niemanden auf der Straße traf, wenn alles auf dem Feld war und die Daheimgebliebenen am Herd standen.

Er brachte ihr die volle Kanne und suchte selbst nach der anderen, wenn Claire vergessen hatte, sie bereitzustellen. Claire konnte ja nicht an alles denken. Durch Zufall hatten sie das Glück, zwei Milchkannen zu besitzen. Auf diese Weise klappte es immer, und die Milch schmeckte gut, nach Nuß, fand Bettina, und war noch halb warm. Sie kam frisch aus dem Stall, hatte den Umweg über die Genossenschaftsmolkerei nicht erst zu machen brauchen. Es war verboten, Milch direkt an die Verbraucher zu liefern. Der Schweizer lachte, als Bettina ihn einmal, halb im Scherz, daran erinnerte.

„Is ja nur, damit wir wieder einen Milchfahrer kriegen“, brummte er. Es war gut gemeint, wenn auch nicht sehr taktvoll. Alle im Dorf wußten, daß dieses Kind nicht von Axel sein konnte. Aber daß sie es unbedingt haben wollte, hatte sich wohl herumgesprochen.

Es tat ihr gut, daß die Leute nett zu ihr waren. Die Nachbarin sah jeden Vormittag zu ihr herein, versorgte die Grude, achtete darauf, daß heißes Wasser da war, wenn Claire heimkam. Sie mußte ja noch kochen. Manchmal brachte die Nachbarin auch ein fertiges Essen für alle drei; Kartoffelbrei, einmal sogar mit einem Ei für jeden, oder Kraut, sonntags sogar mitunter ein Stück Kuchen. Bettina war immer noch sehr gerührt darüber.

Eines Morgens war es merkwürdig hell im Zimmer – sie glaubte, sie habe verschlafen. Dann aber merkte sie, daß es geschneit hatte. So zeitig im Jahr! Die Rüben waren noch nicht drin, es war ja erst Oktober. Natürlich blieb der Schnee nicht liegen, aber es war doch ein Schreck. Würde es wieder solch ein strenger Winter werden, wie die letzten gewesen waren. Konnte es nicht einmal gnädig vorübergehen!

Man mußte sich damit abfinden. Was nicht geändert werden kann, muß ertragen werden – dachte sie, ob es einmal anders würde?

An diesem Tag bekam Bettina einen Brief von Marianne, den ersten seit damals, als sie sich getrennt hatten. Marianne war ein Mensch, der viele Jahre nicht schrieb und dann zwanzig Seiten – oder doch zwölf, wie diesmal. Bettina empfang den Brief wie ein unerwartetes Geschenk.

Sie hatte Zeit, zu lesen. Mariannes Schrift war schauderhaft, sie hatte etwas von einem durchgehenden Pferd. Bettina lag und entzifferte, freute sich über jedes Wort, das sie zunächst nicht lesen konnte, weil dann der Genuß länger währte, und lachte manchmal laut, hier, ganz allein in ihrem scheußlichen Zimmer.

Marianne ging es gut, wie sollte es anders sein, Sonntagskind, das sie war! Ihr Mann war wiedergekommen, die Kinder nun schon größer – ‚bald mannbar‘, drückte sie es aus. Viel Ärger mit ‚Beinah-und-dann-doch-nicht-Schwiegersöhnen‘ ...

„Die Mädchen sollen sich, verdammt noch mal, rechtzeitig kümmern, daß sie einen Mann bekommen. Wir haben uns ja auch gekümmert ...“, schrieb sie ganz unverhohlen. Bettina lachte, ja, Marianne hatte sich gekümmert, und ob! Bei Wotan und den sieben Zwergen ...

Er war wirklich eine frohmachende Medizin, dieser Brief. Bettina las ihn immer wieder von vorn; am Schluß schrieb Marianne:

„Wenn Du etwa nachziehen willst, ich helfe Dir. Kann Dir gern ein paar Kinder abnehmen, auch für etwas länger. Meine sind bald flügge und nicht mehr soviel zu Hause, so daß ich einen täglichen Ärger gut brauchen kann. Du weißt ja, Ärger erhält jung. Aber landwirtschaftliche Lehrerin wird keine von meinen Töchtern, Gott sei’s getrommelt und gepfiffen.“

Bettina lehnte sich zurück. Alle wollten ihr helfen, auch Mutter hatte geschrieben, daß Platz geschafften werden könnte, wenn sie käme. Sie selbst ging zu Renate. Es wäre also möglich, jetzt hinüberzugehen. Und nun konnte sie nicht.

Sie lag ganz still und dachte nach. Warum eigentlich war alles in ihrem Leben so schwierig und ging mit so fürchterlichen Komplikationen vor sich? Bei anderen kam der Mann zurück, und sie waren schon im Westen, die Kinder ergriffen einen Beruf, die Mütter wurden entlastet. Bei ihr ...

Natürlich besaß sie noch Kraftreserven. Sie hatte es deutlich, körperlich gespürt, damals, an ihrem Tag X, wie sie ihn bei sich selber nannte, als der Arzt ihr sagte, daß sie in anderen Umständen sei. Sie hatte diese Kraft gefühlt, als sei sie noch jung, als sei sie wieder jung, regenerationsfähig wie eh und je. Im Grunde war sie überzeugt davon, daß sie weiter durchhalten würde. Wahrscheinlich war es nur das Liegen, das sie so matt machte. Sie war das nicht gewöhnt, war nie krank gewesen in ihrem Leben. Sie kannte nichts anderes, als sich zusammenzunehmen, sich zu zwingen, bis es wieder ging ...

Manchmal freilich hatte sie das Gefühl gehabt, als könne sie nicht mehr, könne nicht mehr *wollen*. Auf das Wollen kam es an, allein darauf.

Sie streckte die Hand aus, angelte nach ihrer Feldhose, die neben dem Bett auf einem Stuhl lag. Aufrichten durfte sie sich nicht, jedenfalls so wenig wie möglich. Sie zog den Stuhl herüber, erwischte die Hose, grub in der Tasche. Kersten hatte einmal ein kleines, etwa handflächengroßes, biegsames Gesangbuch aus der Schule mitgebracht und ihr auf ihre Bitte hin geschenkt. Ein richtiges Buch konnte sie nicht mit aufs Feld nehmen, man hätte sie zu sehr verhöhnt als ‚Studierte‘, die etwas Besseres sein wollte als die anderen.

Das Gesangbuch aber – nun ja.

In diesem Buch hatte sie in der Frühstücks- und Vesperpause immer gelesen. Die Karte vier, die ihr zustand, die Hungerkarte, erlaubte ihr nicht, mehr mit aufs Feld zu nehmen als eine Scheibe trockenes Brot, nicht sehr dick. Sie pflegte es sich in der Grude anzurösten, das schmeckte gut. Aber es war schnell gegessen. Und dann hatte sie eben in diesem Gesangbuch gelesen, bis sie wieder zur Arbeit gerufen wurden. Es gab so schöne Lieder darin, die schönsten, gottinnigsten, zuversichtlichsten und gläubigsten stammten meist aus schlimmen Zeiten, aus dem Dreißigjährigen Krieg und der sicherlich auch nicht erfreulichen Zeit danach, einer Zeit, ähnlich der jetzigen. ‚Kinder, genießt den Krieg, der Friede wird fürchterlich ...‘

Richtig, da steckte es. Verbogen und nicht mehr ganz sauber, abgegriffen – sie lächelte ein wenig mühsam. ‚Jetzt mach' ich mir ein Orakel‘, dachte sie, ‚früher machte ich mir auch immer welche. Was ich jetzt aufschlage, geht mich an. Los!‘

Sie schlug es auf, hielt die Augen eine Weile geschlossen, ehe sie las. Im letzten Jahrzehnt hatte sie keine Zeit mehr für so etwas gehabt.

Vier Zeilen waren unterstrichen, sie sprangen sofort ins Auge.

Ernst Moritz Arndt.

„Drum mutig drein und nimmer bleich,
denn Gott ist allenthalben.
Die Freiheit und das Himmelreich
gewinnen keine Halben!“

Wahrhaftig, da stand es. Bettina lächelte. Nicht einmal das heute ungebräuchliche Wort ‚bleich‘ konnte hier stören.

„Die Freiheit und das Himmelreich –“, nein, sie wollte nicht zu den Halben gehören. Sie wollte ganz sein, ganz handeln, ganz glauben, ganze Arbeit leisten, überall. Sie wollte. Sie ballte beide Fäuste und verbot ihren Augen, überzulaufen. ‚Von heute an wird nicht mehr geweint, bis der Junge da ist‘, redete sie sich zu. Und dann mußte sie lachen: ‚oder das Mädchen‘. Kind ist Kind und das köstlichste Geschenk, das Gott einem geben kann. Geweint wird nicht mehr.

Es war dann doch noch nicht der Winter, sondern nur ein Schreckschuß gewesen.

Am letzten Tag der Kartoffelernte bekamen sie sogar noch einmal ein richtiges, warmes Herbstwetter, das jeden Augenblick im Freien zu einem Genuß machte. Claire zog Helmut hübsch an und nahm ihn mit aufs Feld, erzählte am Abend, wie lieb er gewesen war und daß alle sehr freundlich zu ihm gewesen seien und ihm sogar allerhand zugesteckt hatten. Er war jetzt im niedlichsten Alter. Sie räumte im Zimmer auf und erzählte und erzählte; Helmut war, von der vielen Luft erschöpft, auf dem Fußende von Bettinas Bett eingeschlafen. Am anderen Morgen klopfte es zeitig an die Tür, Claire war schon fertig angezogen und rief vergnügt: „Herein!“ Bettina war etwas erschrocken – wer kam denn so früh? Ein Glück, daß es so ordentlich aussah ringsum ...

Es war die Frau des Doktors. Sie wolle Helmut holen, sagte sie, jetzt fange doch die Rübenernte an, und da könne er nicht mehr mit hinaus. Claire lachte über das ganze sommersprossige Gesicht, während sie ihr zublinzelte. Bettina ging ein Licht auf. Deshalb hatte Claire gestern abend noch so lange zusammengeräumt und alles schöngemacht im Zimmer, diese Heimtückerin!

„Magst du mit mir gehen, mein Schöner?“ fragte die Frau Doktor und nahm Helmut auf den Arm. „Ich hab’ Bilderbücher herausgesucht von meinen Kindern – und Buntstifte sind auch noch da, und unser altes Schaukelpferd – aber für die Mama hab’ ich auch was mit. Einen Gedichtband. Ich dachte, wenn man liegen muß, liest man gern Gedichte. Hier, Frau von Büssow, und abends kriegen Sie Ihren Jungen wieder, gebadet und sauber!“ Bettina sah sie an.

„Danke“, sagte sie leise, aber es klang trotzdem so, daß es bis ins innerste Herz drang. ‚Wie ein Glockenton‘, dachte die alte Dame, als sie mit Helmut an der Hand über die Dorfstraße ging. Merkwürdig, so ein abgegriffenes Wort, das man hundertmal am Tag gedankenlos dahinsagt – wie ein Glockenton.

Bettina lag still, das Buch in der Hand. Sie hatte ein Gedicht, das „Silvester“ hieß, aufgeschlagen, aber noch nicht gelesen, nur die Überschrift, sie kannte es nicht. Ehe sie es las, dachte sie an ihren letzten Silvestertag.

Zum Jahresschluß machte man Bilanz. Sie hatte sich damals überlegt, was sie sich wünschen solle für das kommende Jahr. So etwas, wie es ihr jetzt beschieden war, hatte sie nicht einmal gewagt, zu wünschen. Sie besann sich jetzt wieder darauf: „Nie mehr betteln müssen. Nicht mehr um jedes bitten – lieber Gott, wäre das schon!“ Und nun hatte sie so ungeheuer viel zu danken.

„Danken möchte ich das ganze Leben lang dürfen“, ging es ihr durch den Kopf, „danken ist so viel schöner als bitten. Lieber Gott, ich danke dir, daß es solche Menschen gibt wie die Doktorsfrau – und wie Claire natürlich – oder Frau Hense – und – und – und ...“

Hatte sie jemals geglaubt, die Menschen seien ohne Ausnahme hart und häßlich? Jetzt hatte sie erfahren, daß es überall und immer gute gab ...

Dann kam eines Tages ein Paket. Absender Dr. Merkel. ‚Kenn’ ich nicht‘, dachte Bettina und grub in ihrem Gedächtnis. Merkel. Hatte sie den Namen nicht vor kurzem gehört?

Erst aber machte sie sich daran, auszupacken, sobald der Postmann wieder gegangen war.

Sie benutzte zum Aufknoten des Bindfadens einen Nagel, den der gutmütige Postbote ihr zu diesem Zweck aus der Wand gezogen und herübergereicht hatte. Viele viele Knoten ... „Bitte Verpackung wiederschicken“, stand neben dem Absender. Ja, natürlich würde sie das tun, Verpackung war heutzutage unersetzlich.

... und dann sah sie sich einem schimmernd weißen Segen von Windeln, Babyjäckchen und Hemdchen gegenüber. Plötzlich fiel bei ihr der Groschen – Frime mußte das sein, Fritz Merkel, der sicherlich einen Schubs von Wolfgang bekommen hatte. Sie nahm eins nach dem anderen die kleinen, guterhaltenen Sachen in die Hand – nun besaß sie wahrhaftig sogar eine Babyausstattung! ‚Woher hätte ich sie nehmen sollen?' dachte sie, seufzend.

Ein Brief war nicht dabei. Mitten zwischen den Windeln aber – da war doch etwas Hartes! Zwei Bücher, auch das noch!

Sie griff danach, las die Titel. „Schuld und Sühne" – und „Die Brüder Karamasow". Weltliteratur, wahrhaftig, nur – sie lächelte ein ganz klein wenig, traurig und zärtlich zugleich – nach ‚Schuld und Sühne' war ihr im Augenblick tatsächlich nicht zumute.

Aber die Überraschung kam noch. Als sie das erste Buch öffnete – sieh' an, da trug der Einband den Titel der leicht beseufzten Weltliteratur, der Inhalt war ein anderer: Die Balladen und Lieder des Freiherrn von Münchhausen, auch die Idyllen.

Ein Grund, laut hinauszujubeln. Wie sehr hatte sie sich nach diesen Gedichten gesehnt!

Schon allein, weil so viele Reiterlieder dabei waren. Ahnungsvoll begierig schlug sie nun auch den Deckel des zweiten Buches zurück – und was war das? „Meines Vaters Pferde", dieser Schinken, geliebt und immer wieder gelesen, das große Trostbuch so vieler Pechvögel. Oh, Frime! Oh, Wolfgang! Denn daß Wolfgang dahinter steckte, wußte sie genau!

Es war wie eine Weihnachtsbescherung. Die Gedichte las sie immer und immer wieder, bis sie sie auswendig konnte. Und den Roman – halt, da lag ja ein Lesezeichen drin. Sie fingerte es heraus – ein Foto vom Bamberger Reiter.

„Du hast mal gesagt, daß er dir so gefällt", stand mit Frimes charakteristischer Studienratsschrift auf der Rückseite. Nun konnte sie sogar dieses Bild ansehen und sich dabei wünschen, daß ihr Kind so aussehen würde. Das hatte sie sich immer erträumt.

Ja, es gab Freuden auf der Welt!

Als Claire, sehnsüchtig erwartet an diesem Tag, abends heimkam, schüttete Bettina ihre ganze Seligkeit über sie aus, und Claire ließ alles stehen und liegen und fing selbst an zu lesen; von den alten Landsknechten im Himmel, vom fluchenden Bischof und vom grünen Posern. Und das Lagerfeuerlied, das sie längst kannte und nur nicht gewußt hatte, von wem es war: „Jenseits des Tales standen ihre Zelte ..."

„Und ‚Meines Vaters Pferde' lesen wir vor, im Winter, wenn die langen Abende kommen", sagte Bettina.

"Man genießt ein Buch doppelt, wenn man es jemandem vorliest, der die gleiche Antenne hat. Wollen wir?"

„Oh, Mutter!" lachte Claire, „die Geschichte von dem Kaspar Godeysen, dem immer alles schiefging, wenn es gerade geklappt hatte? Ich weiß, du hast mir oft davon erzählt und so bedauert, daß du das Buch nicht mehr hattest!"

„‚Aus dem reichen Leben eines armen Mannes'“, sagte Bettina und lächelte. „Begriffen, daß es so was gibt, hab' ich damals nicht, als ich es las. Aber später. Später hab' ich es erlebt ...“

Bettina lag ganz still, die Augen geschlossen, die eine Hand um das Köpfchen des Neugeborenen gelegt. Das war so rund und warm, ihre Hand konnte nicht genug bekommen von diesem Gefühl. Rund, warm, mit einem dunklen Flaum darauf. Lieber Herrgott im Himmel, gab es denn solch ein Glück, solch eine Seligkeit!

„Wirklich, schön und kräftig, und so groß! Vierundfünfzig Zentimeter lang“, sagte die Hebamme und lächelte ihr zu. „Heuzutage sind sie selten so groß ...“, das sagte sie vermutlich jeder jungen Mutter. Bettina lächelte, ohne die Augen zu öffnen.

Vorhin war Claire dagewesen. Ihre Begeisterung war rührend. Und der alte Doktor war so stolz, daß alles glattgegangen war, daß man eigentlich ihm hätte gratulieren müssen.

Auch Frau Schmidt strahlte, sie war jung und frisch und Bettina sehr sympathisch, aber sie hatte sie vorher nicht gekannt. Sicherlich gab es noch viele nette Leute im Dorf, man sollte sich nicht so abkapseln. Nun ja, von jetzt an ...

„Wie wird er denn heißen?“ fragte Frau Schmidt und hob das Neugeborene noch einmal auf, glättete das Bettzeug unter ihm und legte es wieder zurecht. Bettina öffnete die Augen.

„Nun – Sie haben den Namen vermutlich noch nie gehört“, flüsterte sie, ein wenig geniert, „vielleicht nimmt er ihn mir eines Tages übel, wenn er erwachsen ist, so wie ich meinen Eltern meinen Vornamen übelgenommen habe ... Valentin“, sagte sie entschlossen und sah den Kleinen an, „wir könnten ihn ja Tintin rufen, oder ...“

Val? Nein, Val nicht. Val hieß sein Vater, Val war einmalig und sollte es bleiben. Es gab ihr einen Stich, sie biß die Zähne aufeinander und schloß den Mund. Niemand durfte es merken ...

„Valentin? Das ist ein schöner Name. Doch, ich kenne ihn schon. Und ‚Tintin‘ finde ich ganz herzig ...“

Es blieb dann wirklich bei Tintin, vor allem, weil Helmut diesen Namen aussprechen konnte und sofort benützte. „Tintin sehen, Tintin haben“, verlangte er immerzu, und Bettina mußte das kleine Brüderchen oft vor seiner Liebe retten. Wiederum ein Brüderchen, das im Grunde keins war – sondern – nun, was war Tintin von Helmut? Eigentlich der Onkel, der Stiefonkel, wenn man genau sein wollte.

Er gehörte in die Generation von Claire, Gerda und Kersten. Verrückte Verhältnisse, ein verrücktes Leben — aber daran war Bettina nun nachgerade gewöhnt.

Es gehe ihr ausgezeichnet, fand sie, und sie brannte wie jede junge Mutter darauf, endlich aufstehen und ihr Kind selbst versorgen zu können.

Dem aber schoben der alte Doktor und ‚Tante Magdalene‘, seine Frau, ohne Gnade einen Riegel vor.

„Sie liegen zehn Tage, bei ‚älteren Erstgebärenden‘ ist das Vorschrift!“ schnaubte er – und Bettina lachte und gehorchte. Der medizinische Fachausdruck wäre eigentlich ‚alte Erstgebärende‘; sie wußte es und fand es reizend, wie er es abmilderte. Überhaupt schien es Bettina, noch nie in ihrem Leben habe sie es so gut gehabt wie jetzt, inmitten all der Freundlichkeit und Güte.

Auch Claire berichtete nur Gutes. Die Feldarbeit war ja längst vorbei, auch die Kampagne in der Zuckerfabrik. Jetzt kam die stillste Zeit für die Landarbeiter, in der sie höchstens Säcke flicken mußten, und diese Arbeit konnte man sich nach Hause holen. Claire tat es in ihrem Zimmer in der Polenkaserne, manchmal auch bei der kleinen Schichtarbeiterfrau, weil es da so schön warm war. In ihrer freien Zeit versuchte Claire, ihren eigenen Wohnraum so hübsch wie möglich zu machen, ehe die Mutter heimkam. Sie hatte einen neuen, das heißt natürlich einen alten Tisch erobert. Er war quadratisch, und sie rückte ihn in die Ecke am Ofen. Aus der alten Schule hatte sie sich zwei Schulbänke erbettelt – die neue wurde im Gutshaus eingerichtet –, und die Pulte abgesägt, so daß richtige Bänke entstanden waren, sogar mit Lehne. Die stellte sie im Winkel aneinander in die Ecke hinter den Tisch und entzückte sich immer wieder an dieser neuentstandenen Wohnecke. Frau Hense, die öfter einmal kam, zeigte sich ebenfalls begeistert und stiftete ihr einen alten, karierten Bettbezug, aus dem sie gemeinsam eine Tischdecke und Gardinen für das einzige Fenster nähten. Frau Hense besaß eine Nähmaschine.

„Was wird meine Mutter nur sagen, wenn sie kommt!“ sagte Claire immer wieder. „Hier hab’ ich alles zusammengesucht, was wir noch für Tintin brauchen. Ein Frottiertuch – na, schön ist es ja nicht mehr, aber es muß halt gehen.“

„Man müßte es neu säumen“, meinte Frau Hense.

„O ja, darf ich?“ Claire war wie besessen davon, auf der Maschine nähen zu dürfen. Bettina besaß keine. „Ist es nicht wunderbar gemütlich bei uns? Jedenfalls, wenn wir heizen können ...“, das war noch immer ein Problem. Die Bauern fuhren jedes Jahr einmal in den Wald, der ziemlich weit entfernt war, und holten Holz. Für manche Tagelöhner taten sie es bei entsprechender Bezahlung auch. Das aber hatte Claire in diesem Jahr nicht noch durchsetzen können. Es hatte nicht gereicht. So hatten sie kein Holz, nur etwas Braunkohle, die zum größten Teil aus losen Krümeln bestand, mit nur wenigen dicken Brocken darin. Mit solcher ‚Kohle‘ konnte man nur heizen, wenn man viel Holz dazwischensteckte.

„Es wird schon gehen, mein Mann hilft auch“, tröstete Frau Hense. Und dann entdeckte Claire eines Tages beim Stöbern – sie war dauernd auf der Jagd, etwas Nützliches zu finden – eine alte Wäschemangel auf dem Dachboden des Gutshauses. Die durfte sie nach langen Verhandlungen mit dem Bürgermeister für sich nehmen, und nun war sie dabei, sie zu zerkleinern und Stück für Stück nach Hause zu schaffen. Helmut konnte sie zu dieser Arbeit mitnehmen, wenn er nicht bei Frau Hense war, und das Holz war ganz trocken und brannte gut.

Solche Überraschungen hatte sie für die Mutter parat, als diese heimkam, und Bettina würdigte sie entsprechend und war dankbar und gerührt.

Zwei Tage vor Weihnachten stand plötzlich Kersten im Zimmer. Er trug eine gefütterte Windjacke, schöne, dicksohlige Schuhe und eine kleine, runde, gestrickte Mütze aus Wolle. Er sei wahrhaftig ein Stück gewachsen, fand Bettina. Das war das erste, was ihr auffiel. Sie freute sich sehr, auch Claire. „So eine kleine Wollmütze ist doch sehr komisch", meinte sie.

„Die tragen wir alle in der Schule. Einer hat damit angefangen, eigentlich aus Blödsinn. Und jetzt sind sie sozusagen unsere Schülermützen geworden. Irgendwelche Reste kann jeder auftreiben, und je bunter sie werden, desto schöner", erklärte Kersten, und seine Stimme hatte den rauhen Ton der beginnenden Pubertät. Auch das war neu an ihm. Bettina hätte ihn zu gern in den Arm genommen und herzlich abgeküßt, so froh war sie, daß er da war, aber sie hielt sich zurück. „Und da bist du ganz allein über die Grenze gegangen? Du bist doch ein Mordskerl!" lobte sie.

Erst später – Kersten war nicht so geartet, daß er immer alles gleich erzählte, so wie Bettina oder auch Claire, die diese Art wohl von der Mutter übernommen hatte –, später also erwies es sich, daß Kersten sich unterwegs äußerst geschickt benommen hatte. Drei russische Kontrollen hatte er passieren müssen – Russen sind Kindern gegenüber meist sehr freundlich, und obwohl er gewachsen war, wirkte er immer noch viel jünger, als er war – da fragten sie ihn bei der vierten, wohin er denn wolle.

„Zur Mama ...", sagte er. Und woher er komme. Aus der Schule. Ja, wäre denn die Schule im Westen besser als die bei Mama?

Da vollbrachte Kersten ein diplomatisches Meisterstück, indem er sagte: „Schule überall Scheiße!" – gerade er, der die Schule so liebte. Die Männer in Uniform lachten und ließen ihn durch.

Auch Bettina lachte und lobte ihn und war stolz auf ihn, obwohl es sich gleichzeitig wieder drückend auf ihre Seele legte. Die Grenze mitten durchs Herz – wer wußte denn, ob nicht eines Tages der Eiserne Vorhang heruntergehen und man getrennt sein würde, für immer getrennt? Von Gerda war man es längst, sie hatte keinen Versuch gemacht, den Kontakt zu halten. Aber für immer oder für unabsehbar lange Zeit von Kersten getrennt zu sein ...

Sie ließ sich nichts anmerken. Nun hatten sie drei Söhne, Claire und sie – es war ein gleichzeitig beseligendes und beklemmendes Gefühl. Würde sie es tatsächlich fertigbringen, diesen drei Männern ins Leben zu helfen, in ein Leben hinein, das lohnte? Daß ihr eigenes Leben trotz aller Beschwernisse reich und beglückend geworden war, hatte sie längst verstanden. Vielleicht war es ihr damals bewußt geworden, als Wolfgang, der kluge Menschenkenner, halb im Scherz zu ihr gesagt hatte: „Wohnst wie der letzte Bettler und bist so reich!“ Auf sie aber kam es nicht mehr an, nur auf die Kinder. Sie dachte an einen Vers von Goethe:

‚Ich habe geglaubt, nun glaub’ ich erst recht,
und ging es oft wunderlich, ging es oft schlecht,
ich bleibe beim gläubigen Orden.
So dunkel es oft und so trübe es war,
in drängenden Sorgen, in naher Gefahr –
auf einmal ist lichter geworden.‘

Ja, es war lichter geworden, in diesen Weihnachtstagen, wahrhaftig. Wenn sie an das vorige Weihnachtsfest dachte und sich vorstellte, sie hätte damals gewußt, wie das diesjährige werden würde, mit drei Söhnen, darunter einem, der ihr wirklich gehörte, den sie geboren hatte, einem Sohn von Val ...

Oh, Val, wenn du wüßtest! Wenn du es noch erlebt hättest, du, der mich immer geliebt hat! Manchmal, wenn sie den Kleinen wickelte und die süße Wärme einatmete, die ihn umgab, oder wenn er im Bad vor ihr lag, so vollkommen und rosig und kostbar, dann war ihr, als wolle ihr das Herz auseinanderbrechen vor Glück, dann dachte sie an Val.

Wenn er doch an diesem Glück teilhaben dürfte! Es war wohl ein allzu vermessener Wunsch. Sie verdrängte ihn, empfand sich als undankbar. Nichts in der Welt wird härter bestraft als Undankbarkeit dem Leben gegenüber.

„Mein Herz blüht wie eine Blume, und meine Seele trieft vor Seligkeit,“, so war ihr jetzt manchmal zumute. Wo hatte sie das einmal gelesen? Sie erinnerte sich nicht. Aber so fühlte sie, genau so.

Im großen und ganzen war Kersten jetzt aufgeschlossener als früher. Dann erzählte er, und der Kehrreim seiner Geschichten hieß „Wolfgang“, Wolfgang sagt, Wolfgang meint, Wolfgang will – Bettina konnte sich insgeheim nicht genug daran entzücken, daß Kersten, „ihr“ Kersten, durch sie an diesen begnadeten Pädagogen gekommen war, diesen fröhlichen und gescheiten Mann, der nichts anderes im Sinn hatte, als Menschen, die mit ihm in Berührung kamen, vorwärts zu weisen, ihnen Mut zu sich selbst zu machen und sie zu leiten, unmerklich, aber unausweichlich. Wieviel Hinweise allein hatte er ihr in der kurzen Zeit gegeben, als er hiergewesen war! Auch von Kuni erzählte Kersten lauter Lustiges und Herzliches, ach, und erst die Schule, die Schule! Musik und Theater und Wanderungen und Leseabende, und dabei stand das Schulhaus immer noch nicht.

„Aber der Keller ist fertig, und nächstes Jahr – Wolfgang sagt ...“, wieder Wolfgang. Es war ihr eine tiefe Beruhigung, daß Kersten solch einen Vaterersatz gefunden hatte!

Während der Zeit, die ihr vor Weihnachten blieb, hatte Bettina Mariannes Brief beantworten wollen. Nicht nur mit „Danke, uns geht’s gut“, sondern richtig, ausführlich. Aber sie kam über den Anfang nicht hinaus. Es war allzu viel zu tun, und wenn sie schnell schrieb – und was tat man in diesem überforderten Leben nicht schnell! –, war ihre Schrift wirklich kaum leserlich. Einmal sprach sie mit Claire darüber.

„Du müßtest eine Schreibmaschine haben", sagte Claire. „Wir hatten drüben doch eine. Ob die nicht noch da ist?"

„Die hat sich sicherlich längst jemand geholt", sagte Bettina, „allein für das Büro ..."

„Im Büro", das war das Arbeitszimmer des Bürgermeisters, „haben sie eine andere. Ich sehe gelegentlich einmal nach", versprach Claire. Tatsächlich brachte sie eines Tages Axels kleine Reiseschreibmaschine angeschleppt, komplett mit Köfferchen. Sie hatte sie auf dem Boden gefunden, wo die Wäschemangel gestanden hatte, sogar ein Farbband war noch drin.

„Hast du gefragt?" fragte Bettina sofort. Claire lachte.

„Natürlich nicht. Es ist doch die von Vater."

„Deshalb gehört sie uns noch nicht." Bettina war etwas besorgt. Sie wollte immer ganz korrekt sein. Man stolperte so oft über Kleinigkeiten. „Hat dich auch niemand gesehen?"

„Doch. Der Bürgermeister selber. Und er hat auch gefragt, was da drin wäre."

„Und?"

„Ich hab' gesagt, die Autoapotheke. Mit allem für die Erste Hilfe. Und da hat er gewinkt und gesagt, ich kann sie haben."

Claire lachte vergnügt, und Bettina mußte auch lachen. Claire hatte sich angewöhnt, überall im Dorf, wo kleine Unfälle passierten, zu helfen. Die Leute vertrauten ihr und holten sie. Es gab zur Zeit keine Gemeindeschwester im Dorf, seit die alte in den Ruhestand getreten war.

Nun hatten sie also eine Schreibmaschine. Bettina freute sich sehr; sie hatte im Seminar viel für MM getippt und dadurch etwas Übung bekommen. Nach Weihnachten setzte sie sich hin und begann, Mariannes Brief ausführlich zu beantworten. Claire lachte manchmal in sich hinein, wenn sie merkte, wie die Mutter Zeit und Arbeit vergaß über diesem langen, langen Bericht an Marianne. Für Bettina war es gleichzeitig ein Rechenschaftsbericht vor sich selbst –, auf alle Fälle aber tat es ihr ungeheuer wohl. Was hatte sich alles angestaut in ihr im Laufe der letzten langen, schweren Jahre!

„Ich glaube, das wird ein Doppelbrief – oder ein Päckchen", sagte Claire einmal, als Bettina die beschriebenen Blätter zusammenschob, „du machst uns arm mit dem Porto, das du verschwendest. Ob deine Marianne überhaupt Zeit haben wird, das alles zu lesen?"

„Dann eben nicht. Dann liest sie es, wenn sie einmal ein Bein gebrochen hat", sagte Bettina gut gelaunt. Ihr war frei und erlöst zumute, nachdem sie sich alles vom Herzen geschrieben hatte. Nicht einmal Tintin hatte sie ausgespart – sie konnte selbst nicht erklären, warum. Denn im Grunde ihres Herzens wollte sie, daß er noch ganz, ganz ihr Eigen bleiben solle, sie mochte ihn mit niemandem teilen, auch nicht mit Marianne. „Verschwendetes Porto, meinst du? Wir können ja draufschreiben: vom Empfänger zu frankieren. Dann geht es wenigstens nicht verloren. Auf solche Sendungen achten die Postleute. Glaub mir, Claire, wenn du einmal nicht weißt, wohin mit dem Packen auf deiner Seele, dann schreib alles auf. Schreib und zerreiß es meinetwegen und steck es in den Ofen. Du kannst es aber auch, wie ich, einer Freundin schicken, wenn du eine hast ..."

Wenn. Das war wieder der Schatten. Claire hatte keine Freundin. Sie hatte nur sie, die Mutter, und die Brüder, und die unaufhörliche Plage mit dem Haushalt.

„Zum Beispiel Frau Hense", sagte Claire in diesem Augenblick in ihrer etwas pomadigen Art, dabei lachte sie still vor sich hin. „Du glaubst nicht, wie gut ich mich mit ihr verstehe ..."

Bettina schwieg. Das hatte sie nicht erwartet. Diese Sorge war also unnötig gewesen.

Sie hatten es geschafft. Sie waren im Westen, mit Sack und Pack – wenn man mit ‚Pack' Gepäckstücke meinte, dann mit nicht sehr vielen. Ihre Gepäckstücke waren die Kinder, die kleinen Jungen. Aber sie waren drüben, fast konnten sie es nicht glauben.

Der Gutsherr selbst war an der Bahn, Bettina fand es beinah übertrieben und war bedrückt von seiner Hilfsbereitschaft. Es war ihr in Siebenbrunn noch gelungen, eine Kinderkarre für Tintin aufzutreiben, deshalb hätten sie ruhig laufen können, meinte sie. Sie erinnerte sich nicht mehr daran, daß es von der Bahnstation bis zum Gut ein Weg von fünf Kilometern war. Damals, als sie das erstemal hier gewesen war, um die Mutter und Renate zu besuchen, war sie diese Strecke wie in Narkose gewandert, ohne sie wahrzunehmen. Damals, als sie Val verloren hatte ...

Nicht dran denken. Sie hatte sich geschworen: Wenn es dir gelingt, hinüberzukommen, dann wird nur noch vorwärts gelebt. Die Suchaktion ans Rote Kreuz gegeben, die Bitte um Nachricht, falls wirklich eine käme – sie wußte, wie unwahrscheinlich, ja eigentlich jenseits jeder Möglichkeit es war, auch im Westen Nachricht zu bekommen, aber diese Tür mußte offenbleiben.

Davon abgesehen wollte sie nur mehr an die Zukunft denken. Nicht mehr zurücksehen, nicht mehr trauern. Ein neuer Anfang muß fröhlich gemacht werden, sonst wird nichts Gutes daraus. Claire gegenüber hatte sie das sogar ausgesprochen. Und Claire verstand, wie immer, obwohl sie noch so jung war.

Sie bedankte sich also beim Gutsherrn sehr und stieg ins Auto, Tintin auf dem Arm. Helmut und Claire legten die Rucksäcke auf die hinteren Sitze und krochen dazu – der Gutsherr lachte. Er besaß den Wagen erst seit zwei Tagen und war ungeheuer stolz darauf. Er war Rheinländer, um die Fünfzig und liebte Kinder, obwohl seine Ehe kinderlos war.

Er fand sofort Kontakt zu Helmut und bewunderte Tintin, von dem er, wie er gestand, keine Ahnung gehabt hatte.

„Das können Sie auch nicht“, sagte Bettina verlegen und setzte zu einer Erklärung an, aber er fuhr fort:

„Eine Überraschung wartet auch auf Sie, zu Hause ...“

„Noch ein Auto?“ fragte Helmut begierig, der zum erstenmal in seinem Leben in einem Auto saß. Alle lachten.

Die Überraschung stellte sich als die Tatsache heraus, daß Bettinas Mutter noch da war. Für zwei Tage – sie wollte Bettina wiedersehen, ehe sie abfuhr, und erwartete sie in dem Stübchen unter dem Dach, das Bettina und ihre Kinder nun übernehmen sollten.

Bettina hatte für sie eine noch größere Überraschung präsent.

Bisher war es ihr einfach nicht möglich gewesen, ihrer Mutter von Tintins Existenz zu schreiben.

Nur Renate hatte sie es mitgeteilt und insgeheim gehofft, die Schwester würde es verraten und ihr ein Geständnis ersparen. Renate konnte seit jeher schöne Geheimnisse nur schwer bei sich behalten, diesmal aber schien es ihr gelungen zu sein.

Die Mutter war jedenfalls ahnungslos und schien, wie das bei Müttern meist so ist, zunächst in keiner Weise hocherfreut. Bettina stand wieder einmal schuldbeladen, kleinlaut und mit schlechtem Gewissen vor ihr, das schwarze Schaf der Familie, die durch ein uneheliches Kind von ihr nicht gerade ins beste Licht gerückt wurde.

Später, als die Mutter merkte, wie glücklich die Tochter über das eigene Kind war, wurde sie zugänglicher. Sie hatte Val ja gekannt und immer gern gehabt, er war ihr in bester Erinnerung.

Natürlich versprach sie, auch von der Schweiz aus alles in Bewegung zu setzen, um Nachricht von ihm zu erhalten. Bettina war sehr dankbar – von dort aus hatte man sicherlich mehr Chancen. Trotzdem ...

„Ein Kind ohne Vater. Oh Bettina, Bettina – was wird Mart sagen! Und der Hausherr hier ...“

„Der findet ihn süß“, rief Claire sogleich, „er meinte, er wäre so hübsch, daß er geradezu sein eigener Sohn sein könnte.“

„Hat er das gesagt?“

„Ein Glück, daß du Claire hast“, sagte die Mutter später, „allein hättest du das nie geschafft. Aber Claire ist ja wirklich tüchtig ...“, sie sah hinüber, dorthin, wo Claire den Abwasch in ihrer unauffällig-geschickten Art erledigte, dabei auf das Feuer achtete und Helmut im Auge behielt, der das neue Zimmer erforschte, „ja, da kannst du von Glück sagen. So gut hatte es Renate nie.“

Bettina verschluckte ein Lächeln. *Wie* sie es gehabt hatten – nie würde ihre Mutter auch nur den Bruchteil einer Vorstellung davon gewinnen.

Der Gutsherr war mit heraufgekommen und trank mit ihnen Kaffee. Er hatte schon mit der Mutter gesprochen und fing nun gleich von dem an, was er, wie er sagte, mit Bettina vorhatte.

Seine Frau suchte dringend jemanden für die Küche, da sie selbst gar kein Talent und auch keine Lust habe, ewig am Herd zu stehen. Und Bettina sei doch landwirtschaftliche Lehrerin, Lehrerin für ländliche Haushaltführung, wie es genau heiße, und das träfe sich doch hervorragend.

„Meine Frau hat gerade jetzt den Führerschein gemacht und freut sich darauf, fahren zu dürfen. Sie hat es wahrhaftig nicht leicht gehabt bis jetzt, nein, leicht hatten wir es nicht ...", immer wieder wurde das betont. Bettina lächelte ihm zu.

„Drüben war ich Tagelöhnerin und ging aufs Feld", als solche hatte die Mutter für sie die Zuzugsgenehmigung erwirkt, „und dachte eigentlich, das würde ich hier auch können. Vielleicht als Gespannführer ..." Der alte Traum, mit Pferden wenigstens umgehen zu dürfen, wenn man nun doch nicht mehr zum Reiten kam, war noch immer nicht in ihr erstorben. Freilich war es Jahrzehnte her, daß sie ihn überhaupt ausgesprochen hatte.

„O nein, wir sind voll automatisiert", sagte der Gutsherr stolz, ohne zu ahnen, was er ihr damit antat, „nichts mehr mit Pferden! Sie sind unrentabel. Traktor und Ladewagen und Auto ...", er strahlte, und Bettina brachte es nicht über sich, zu zeigen, wie enttäuscht sie war. Und sie durfte es auch nicht sein. Welche Art von Arbeit auch immer, sie waren im Westen und sie konnte die Kinder um sich haben, sie würden ...

Ach, was sie alles würden! Kersten würde sie in den Ferien besuchen, ohne daß man eine Todesangst um ihn haben mußte, vielleicht kam Gerda auch einmal, mit Marianne gab es bestimmt ein Wiedersehen. Na, und mit Renate auch! Claire würde eines Tages einen Beruf finden, wenn die Jungen größer waren, und zu Wolfgang mußte sie unbedingt hin und Kuni wiedersehen und seine Schule bewundern ...

Welche Aussichten! Sie saß und labte sich an dem herrlichen Bohnenkaffee, den ihre Mutter für sie gekocht hatte, hielt Tintin auf dem Schoß und sagte „Ja!" und „Nein, so was!" und immer wieder „Danke", und plötzlich sah Mutter, wie ihre älteste Tochter den Kopf auf eine merkwürdige Art über ihren kleinen Sohn herabsinken ließ. Sie rief sie an.

Bettina antwortete nicht. Sie war weggesackt, mitten im Gespräch eingeschlafen, vielleicht war es sogar eine Art Ohnmacht. Mutter sagte das, sie fand es ein wenig unpassend, versuchte, den Gutsherrn zu beschwichtigen, der sich ziemlich besorgt zeigte. Es war ihr jedenfalls sehr peinlich. Bettina war immer ihr Sorgenkind gewesen, bei dem man nie wußte, was jetzt kam.

Sie nahm Tintin vorsichtig aus Bettinas Arm und stand einen Augenblick verlegen da, dann war Claire zur Stelle, nahm ihr das Kind ab und gab es dem Gutsherrn zum Halten, während sie selbst Bettina unter den

Achseln faßte und Mutter mit den Augen aufforderte, deren Füße zu nehmen. Sie trugen Bettina auf das altmodische Sofa, das viel zu kurz für sie war, aber Bettina merkte nichts. Sie schlief weiter, sobald sie sie hingelegt hatten, sie schlief vierundzwanzig Stunden und war, als sie aufwachte, so müde, daß sie sich von Claire sofort ins Bett bringen ließ, um dort weiter zu schlafen. Die Mutter war nun doch sehr besorgt, aber Claire tröstete sie.

„Sie kommt schon wieder zu Kräften, es war ein bißchen viel in letzter Zeit, Großmutter", sagte sie und zog die Tür hinter sich zu, „wir lassen sie einfach schlafen, bis sie genug hat. Und inzwischen räumen wir ein, hast du noch etwas Zeit oder mußt du gleich fort?"

„Renate braucht mich", sagte die Mutter unsicher. Aber sie hängte noch einen Tag an.

Und als Bettina das zweitemal aufwachte, war sie frisch und ausgeruht und vor allem unbeschreiblich hungrig. Claire brachte ihr einen ordentlichen Teller voll Kartoffelsuppe, keine Schlippersuppe, sondern richtige, dicke, mit viel Gemüse darin, mit Möhren und Erbsen und Sellerie und Petersilie und sogar mit einem tüchtigen Stück Fleisch, das der Hausherr Claire zugesteckt hatte.

Sie aß und lachte dazwischen und sah Tintin an, den Claire auf dem Arm tanzen ließ, und gab Helmut das Stück Fleisch, das in der Suppe gewesen war.

„Da! Schmeckt wunderbar, gelt?"

„Nein, Mutter, das war für dich! Er hat schon!" rief Claire, aber Helmut rannte mit seiner Beute davon und schluckte und lachte – es war herrlich auf der Welt. Und nun könne die Mutter mit gutem Gewissen ihre Sachen packen und zu Renate fahren, Bettina sagte es sofort. Der Mutter brannte es bereits in ihren Reiseschuhen, man sah es ihr an.

Bettina war aus ihrem langen Schlaf wie aus einem anderen Leben aufgetaucht. Erster und völlig dominierender Gedanke: Wir sind im Westen, die Kinder und ich, nicht auf Besuch, sondern für immer, für ganz. Immer wieder sagte sie sich das, betrank sich an diesem Wissen, fühlte heiße Dankbarkeit. Die Polenkaserne war Vergangenheit, vorbei, ausgelitten. Ein neuer Anfang war ihr gewährt.

Es war ganz glattgegangen, mit Renates Ausweis und den Kindern als Schutzengel bei ihr.

"Arme Mutti", hatten sie zu ihr gesagt, als sie, Tintin auf dem Arm und Helmut an der Hand, einen schweren Rucksack auf dem Rücken, durch die Kontrollen geschoben wurde. Claire folgte, sie schleppte einen bindfadenumwundenen Koffer und hatte ein scheußliches Kopftuch um, das ihr junges Gesicht verdeckte. Als sich in Jerxheim der Zug nach Westen in Bewegung setzte, Richtung Wolfenbüttel, riß sie es herunter und warf es zum Fenster hinaus.

„Wir sind drüben, Mutter, wir sind drüben ..."

Die Bänke im Zug waren sauber, die Fenster geputzt, die Leute gut angezogen.

„Wir haben es geschafft, Mutter, jetzt wird alles besser ...", sie war wie aus dem Häuschen vor Freude. Bettina trug Axels Reitstiefel unter den langen Hosen, sie hatte sie angezogen, um sie nicht zu verlieren, und sie drückten entsetzlich. Ihre ganze rechte Ferse mußte eine einzige blutige Blase sein, so kam es ihr vor. Trotzdem meinte sie, sie könne tanzen vor Glück. Und dann das Wiedersehen mit der Mutter!

Es war wie eine Heimkehr, das Gut war ihr von ihrem ersten Besuch her vertraut. Früher war der ganze Komplex ein Kloster gewesen, die Gebäude gehörten immer noch dem Kloster. Dort lebten und wirkten Nonnen, Vinzentinerinnen. Zum Kloster gehörte ein Jugendhaus, in dem laufend Kurse veranstaltet wurden. Dann war viel junges Volk da, Singkreise, Jungbauernvereine, Blockflötengruppen und Bastler. Einer der Lehrer stammte aus Schlesien und er sprach den Dialekt, den ihre Mutter nie ganz abgelegt hatte und dessen Klang Bettina so sehr ans Riesengebirge erinnerte. Bei ihm würde Helmut eingeschult werden ...

Dieser Lehrer kam öfter herüber und entdeckte bald Claires Musikalität. Er besorgte eine Geige und borgte sie ihr. Claire war selig – er hatte sich erboten, ihr jede Woche eine Stunde zu geben. Das fand Bettina sehr hübsch, da konnten sie nachher mit ihm Kaffee trinken und schwatzen. Sie merkte bald, wie gern er kam. Sie sprachen natürlich hauptsächlich von Schlesien.

Überhaupt gab es hier viel Geselligkeit. Immer, wenn die Gutsleute Besuch hatten, sei es der Landrat oder auch der Arzt aus der Kreisstadt, luden sie Bettina ein, und mit der Zeit lernte sie eine Menge Leute kennen. Sie lebte auf, nach der Zeit der Ausgeschlossenheit, der Einsamkeit drüben genoß sie den Kontakt mit neuen Menschen. Vor allem aber fand sie das Gut so liebenswert. Es lag in einer flachen Mulde in den Ausläufern des Eggegebirges, von Wäldern umkränzt, ein paar Teiche dabei, bei denen sie natürlich immer mit Sorge an Helmut dachte, der jetzt anfing, sich selbständig zu machen und alles zu ergründen, Stall und Weide, Scheune, Kornhaus und Hof. Claire war sehr hinter ihm her, konnte es aber nicht verhindern, daß er ihr oft entwischte. Bettina versuchte, sich nicht zu sehr zu sorgen. Meist hatte er ja auch Gefährten bei sich, Kinder der Gutsarbeiter, mit denen er herumstrolchte und die ihm eine Menge erstaunlicher Ausdrücke beibrachten. Auch darüber war Claire entsetzter als sie selbst.

Es war schön hier, gerade jetzt im Frühsommer. Wenn der Mond über dem steilen Giebel des Kornhauses stand – aus ihrem Fensterchen blickte sie dort hinaus – oder wenn sie am Abend mit den beiden kleinen Jungen ein bißchen hinunterging, um Luft zu schöpfen, weil es zum Schlafengehen noch zu hell war – Claire kümmerte sich um den Abwasch in der Küche –, am Kuhteich entlang, an der alten Ölmühle vorbei, zum Wald hinüber, da hatte sie jetzt manchmal das Gefühl, als wünsche sie sich nichts mehr. Hierbleiben dürfen, ja, das wohl – sie hatte ein richtiges Heimatgefühl, seit sie damals nach dem langen Schlaf aufgewacht war – nie hätte sie das für möglich gehalten. Immer hatte sie geglaubt, Siebenbrunn sei ihre Heimat geworden. Hier nun merkte sie mit leisem Verwundern, daß man sogar eine neue Heimat finden kann.

Die Gutsleute blieben freundlich und ihr zugewandt, sie hatten Helmut ein für allemal zum Frühstück zu sich eingeladen und stopften ihn voll Butter und Honig, hatten ihren Spaß an dem munteren Kerlchen. Der Tisch war bei ihnen stets lang ausgezogen, da saßen außer ihnen die Gutseleven, der Schwager des Hausherrn, Besucher, hübsche junge Nichten, und wer sonst noch da war, eine Hausschneiderin, die ein ‚von' vor dem Namen trug und einen General zum Mann hatte, und derlei wechselnde Gesichter. Alle wußten von Bettina und ihrem Schicksal, und es wurde viel geklatscht.

Einmal kam einer der Gutseleven zu Bettina auf den Dachboden gestürzt und erzählte, vor Lachen kaum der Rede mächtig, was Helmut sich geleistet hatte.

„Gestern abend hat Mutter einen Mann geküßt", hatte er voller Ernsthaftigkeit erzählt, „immerzu, immerfort. Sie küßt ihn so gern, sagt Claire."

„Welchen Mann denn, Helmut?" fragte der Gutsherr sofort, neugierig wie ein Kind. Helmut blickte schlau drein, wollte aber nicht mit der Sprache heraus. Endlich nach langem Betteln und Drohen verriet er es.

„Tintin. Mein kleiner, kleiner, kleiner Mann", hatte sie gesagt und ihn immer wieder geküßt, „beinah totgedrückt", berichtete er, jetzt richtig empört. Alles lachte und applaudierte.

Der Dachboden, anfangs voll besetzt mit versprengten Existenzen, leerte sich langsam, einer nach dem anderen fand in ein bürgerliches Leben zurück. Sie bekamen zwei kleine Kämmerchen zu ihrer Stube dazu, und Claire, die leidenschaftlich gern einrichtete, nahm das sofort in Angriff. Eins wurde Kinderzimmer, dort konnte man die beiden kleinen Jungen bei schlechtem Wetter jetzt schon manchmal allein lassen. Tintin im Bettchen und Helmut als „Schutz" dabei. Er war immer sehr stolz, wenn er das Brüderchen beschützen durfte.

Durch die Geselligkeit der Gutsleute hatte Bettina in der Küche tüchtig zu tun, aber Claire stand ihr wacker zur Seite. Jetzt war Bettina froh, daß sie in Holgershof auch die feine Küche gelernt hatte. Es machte ihr Spaß, zu kochen, wenn alle Zutaten vorhanden waren. Üppig ging es auch hier noch nicht zu, aber es war doch kein Vergleich mit dem Hungerleiden drüben. Vor allem aber: die Kinder wurden satt, man konnte sie richtig ernähren, sie wuchsen auf dem Land auf und hatten genug Luft und Sonne. Ein kleines Paradies, ja, das war das Gut.

Manchmal hatte Bettina das Gefühl, als wage ihr Herz allmählich, zu glauben, daß es heimgekehrt sei – immer hatte es ja so sehr nach einer Heimat verlangt, dieses unvernünftige Herz. Und trotz allem war immer noch eine kleine Angst dabei, ob dies währen könnte. Bisher hatte nichts bei ihr gewährt, immer wieder hatte sie fortgemußt, immer wieder waren die Wurzeln, die sie geschlagen hatten, schmerzhaft herausgerissen worden. War das heute das Schicksal aller Menschen?

Gab es das noch irgendwo, daß die Kinder dort aufwuchsen, wo die Großeltern daheim gewesen waren, unter Bäumen spielten, die die Ahnen gepflanzt hatten und in deren Schatten sie jetzt ruhten? In Siebenbrunn, ja, dort hatte es das gegeben. Und sie war freiwillig weggegangen.

Ein Vers fiel ihr ein:

„Es muß das Herz bei jedem Lebensrufe
bereit zum Abschied sein und Neubeginne ...“

War das wirklich ihr Schicksal? Durfte sie irgendwo bleiben? Dieses Stück Erde, das sie freundlich und gnädig aufgenommen hatte, liebte sie inbrünstig, dankbar, immer mit einer kleinen Wehmut dabei. Wie lange – wie kurz vielleicht ...

Eines Tages stand Marianne vor der Tür. Bettina erkannte sie erst gar nicht, fiel ihr dann aber lachend um den Hals. Marianne war ein wenig rundlich geworden ... „es gibt ja jetzt wieder alles zu essen, wonach man sich jahrelang sehnte ...“ und gut gekleidet.

Das Gesicht war das alte, geliebte geblieben. Bettina zog sie ins Zimmer und drückte sie in den einzigen bequemen Stuhl.

„Wunderbar, daß du da bist. Ganz wunderbar! Weißt du noch, unseren Abschied? M-A-I-D!“

„Natürlich weiß ich noch, wann werde ich das je vergessen. Maid bleibt Maid.“ Marianne lachte, daß tausend Funken in ihren Augen tanzten. „Die Maidenbrosche hab' ich übrigens noch. Man soll Kulturgüter bewahren. Manchmal dachte ich, ich tausche sie gegen Speck oder Butter, aber merkwürdigerweise wollte sie keiner.“

„Und was möchtest du jetzt? Was essen, was trinken?“

„Was rauchen“, sagte Marianne vergnügt, es kam wie aus der Pistole geschossen. „Das hat wenigstens keine Kalorien. Hast du welche? Aktive? Na herrlich, nachdem man so lange gedreht hat, den schauderhaften Eigenbau.“

Es gab unendlich viel zu erzählen. Sie fingen beim Unwichtigsten an und kamen vom Hundertsten ins Tausendste, es war ein Genuß.

Bis Bettina aufhorchte: „Wart, ich muß den Kleinen holen.“

Ach ja, der Kleine, ihr Prachtstück. Sie hatte Marianne damals natürlich von ihm geschrieben, von dem großen, großen Glück, mit dem er ihr Herz erfüllte.

Jetzt brachte sie ihn angeschleppt. Er sah verschlafen aus, mit roten Backen, blinzelte träge – kein Kind der Welt konnte sich mit ihm messen, so schön erschien er Bettina. Deshalb sagte sie gar nichts; etwas ganz Außerordentliches, so meinte sie, brauche keine Reklame.

„O ja, niedlich ist er“, sagte Marianne denn auch, es klang ein wenig lahm. Bettina sah sie erstaunt an. Marianne war verlegen, was bei ihr äußerst selten vorkam.

„Nun ja, ich schrieb dir damals nicht – so was schreibt sich ja auch nicht gut. In einer Art kann ich ja verstehen, daß du dich freust, aber. Nein, weißt du, Dummheiten kann man machen, soviel man will, nur rauskommen darf es nicht. Ein uneheliches Kind, bei aller Liebe – ich bitte dich! Aber du hattest wohl keine andere Möglichkeit, als es zu kriegen.“

„Was denn für eine Möglichkeit?“ fragte Bettina langsam. Marianne schien geniert. Dann sagte sie schnell:

„Lassen wir das. So sehr viele Leute haben ja keine Ahnung, wann dein Mann gestorben ist – insofern ist es sehr gut, daß du über die Grenze gekommen bist. Ich habe es auch übergangen ...“, was das bedeutete, ging Bettina erst später auf. Jetzt verstand sie nur, daß Marianne nicht verstand. Es traf sie hart. Gerade Marianne, ausgerechnet sie.

Später versuchte sie, der Freundin gerecht zu werden. Die hatte eigene Kinder, die schon größer waren, wahrscheinlich Ärger und Aufregungen verursachten und gegen die Eltern rebellierten – Kinder, die längst über das kreatürlich-süße Alter hinausgewachsen waren, in dem man alles, von der Wimper bis zur Zehe, bewundert und vollkommen findet. Marianne vermochte es nicht, ihr nachzufühlen, wie man sich sehnen kann nach einem eigenen Kind.

Man ist mit seinem Schicksal eben doch allein. Nur wer etwas Ähnliches erlebt hat, kann es nachvollziehen. Keine Ehefrau versteht die Witwe, kein Kind unter Geschwistern das Einzelkind. Wieder war es ein Spruch, der ihr einfiel, wieder wußte sie nicht, woher. ‚Aber ganz erfassen werden es nur die Liebenden mit seligen, überströmenden Herzen.‘ Dies war auf die Liebe zwischen Mann und Frau bezogen gewesen, dessen erinnerte sie sich noch. Die Liebe aber zu einem ersehnten, geliebten, endlich geschenkten Kind, dem Kind eines Verlorenen – war sie nicht noch größer, noch tiefer, noch inniger? Sie meinte das zu wissen. Aber sie sprach es nicht aus.

Marianne ging auch darüber hinweg:

„Nur gut, daß es hier niemand weiß. Immerhin heißt du ja von Büssow, und in unseren Kreisen ist so was nicht üblich.“ Sie sagte es liebevoll und kameradschaftlich tröstend. Dennoch wunderte sich Bettina. Vielleicht dachten alle „Geborenen“ so, in diesem Sinne, nur hatte Marianne bisher nie so gesprochen. Vielleicht kam diese Einstellung auch erst mit zunehmendem Alter. Sie jedenfalls wollte weder übelnehmen noch sich die Freude an ihrem Kind schmälern lassen – was ohnehin unmöglich war. Ehelich oder unehelich – das Kind des Geliebten im Arm zu halten, das Pfand einer großen, starken Liebe – da hörte die Konvention auf.

Sie ließ Marianne weiterreden und wurde eigentlich erst wieder aufmerksam, als diese mitten im Satz abbrach und sagte:

„Du, ich hab' was mit, jetzt fällt's mir ein. Liest du eigentlich Illustrierte?"

„So gut wie nie", sagte Bettina, ziemlich verblüfft über diesen Gedankensprung, „ich komm' nur sehr selten in die Stadt. Und halten tu' ich mir keine, da gibt es Wichtigeres."

„Hättest du doch! Du wärst hintenüber gefallen vor Staunen. Und wichtig – ist Geld etwa nicht wichtig? So viel hat unsereiner, Gott sei's geklagt, nie gehabt, daß es zum Unwichtigen zählte", eiferte Marianne. Sie ließ ihr Köfferchen aufschnappen und wühlte darin herum. Da sah es nicht viel anders aus als weiland in Holgershof in ihrem Spind und Schreibtischfach: chaotisch.

Zwischen Nachthemd und Mitbringseln für die Kinder – auch für Tintin etwas, Ehrensache! – zog sie schließlich eine bunte Zeitschrift hervor.

„Hier, lies sie. Sie haben es genommen, dein Talent ist entdeckt. Nächstes Jahr bekommst du voraussichtlich den Literaturpreis, falls es einen gibt. Hermann hat es ein bißchen zurechtgemacht, nicht der Rede wert ..."

Hermann war ihr Mann, jetzt an einem Verlag tätig als Lektor. Er hatte, wie Marianne erzählte, Bettinas langen Brief damals mitgelesen und gemeint, er sei ein Kulturdokument. Und ...

„Und voilà, du bist gedruckt. Und bezahlen tun sie nicht schlecht."

„Nein so was, ihr seid ja verrückt!" Bettina war ganz überwältigt und wußte nicht, sollte sie sich freuen oder entsetzt sein.

Was hatte sie Marianne damals alles geschildert? Die Enteignung des Gutes, das Siedeln, erst ohne, dann mit ihrem Mann. Axels Tod und die Tagelöhnerei, das Wiedersehen mit Val und wie er ihr genommen wurde. *Und*, daß Tintin ihr geschenkt wurde ...?

Das letzte hatte Marianne weggelassen.

„Das mußt du verstehen, es ist zu privat, und die Leute müssen nicht alles wissen. Das andere reicht auch, finde ich. Hermann ist ebenfalls der Meinung. Also ..."

Bettina schwieg. Das Ganze kam ihr gedruckt etwas merkwürdig vor, fremd, seltsam anonym.

Und Geld dafür anzunehmen erschien ihr unmöglich. Sie sprach es aus.

„Du bist verrückt!" rief Marianne aufgebracht, „du, nicht wir! Statt daß du froh bist – jede Arbeit ist ihres Lohnes wert! War das etwa keine Arbeit, das alles aufzuschreiben, und leicht ist es dir gewiß nicht gefallen ..."

Darüber kam Claire. Marianne begrüßte sie und erklärte ihr sofort, was los sei – sie sprachen beide nicht leise, Bettina und sie, und Claire hatte, ehe sie die Tür öffnete, beider Stimmen schon gehört und gemeint, sie seien einander in die Haare geraten.

„Wunderbar, daß du kommst, Claire! Jetzt bekommst du das Geld und kein anderer! Du hast damals die Maschine besorgt. Wenn ich alles mit der Hand geschrieben hätte, hätte es niemand lesen können, und ..."

Es war wie immer, wenn Marianne dabei war, lustig und lautstark und herrlich. Claire war außer sich vor Glück.

„Was hast du uns immer gesagt, Mutter? ‚Wenn dir einer was gibt, dann nimm, wenn dir einer was nimmt, dann schrei!' Ich nehme! Da bekommt Helmut einen Teddymantel, die sind süß, und Tintin ein Schaukelpferd. Ich hab' mir immer eins für Helmut gewünscht, da nehmen wir ein größeres, auf dem er auch noch reiten kann wenn."

Die beiden anderen lachten und lachten.

„Für *dich* sollte das Geld sein, nicht für die Jungen!" schloß Bettina atemlos, und Marianne meinte, es ließe sich vielleicht ein Kompromiß finden. Für jeden etwas.

„Sie wollen übrigens noch mehr von dir, haben sie geschrieben", erzählte sie, „ja, ich muß den Begleitbrief noch irgendwo haben. Hoffentlich hab' ich ihn nicht weggeschmissen. Aber die Anschrift der Redaktion steht ja auf der Zeitschrift drauf. Na, was sagst du! Der Weg zum Ruhm steht dir offen!"

„Wege stehen nicht offen, so ein Deutsch würde MM nie dulden", sagte Bettina erschöpft, „sie öffnen sich dir höchstens –."

„Na meinetwegen. MM, deine Mutter, Claire, war eine Pfundspersönlichkeit, alle Achtung! Und dein Vater war auch first class, aber den hast du ja noch gekannt. Was wird aus dir werden? Was möchtest du?"

„Heiraten", gestand Claire ein wenig geniert, „und Kinder haben, so wie Mutter und du. Oder ich gehe in einen sozialen Beruf, Kinderschwester oder so was."

„Sehr vernünftig. Nur – zufliegen tun einem die Männer nicht", sagte Marianne weise, „man muß sich bemühen. Wir sprechen noch drüber. Also meine Tochter ...", und da war sie wieder im Erzählen.

Mariannes Charme hatte mit zunehmendem Alter keineswegs nachgelassen. Als der Gutsherr nach einer Weile ‚zufällig' heraufkam, verfiel er ihr sofort, setzte sich und blieb sitzen, und als Bettina später sagte, sie müsse hinunter, das Abendbrot richten, blieb er erst recht.

„Ich kümmere mich inzwischen um Ihren Besuch, Herzchen", sagte er und leuchtete Marianne mit Blicken an, daß man hätte meinen können, seine Brille zerspränge.

Bettina bedankte sich und lief. Sie wußte, das „Herzchen" galt nicht ihr, sondern Marianne, der kein Männerherz widerstand. Sie lachte in sich hinein.

Natürlich blieb Marianne über Nacht. Sie gehörte in Bettinas Leben, auch wenn die beiden Frauen manchmal über Jahre nichts voneinander gehörte hatten. Nächst den Kindern und Renate war Marianne für Bettina sicherlich die wichtigste Person. Beide hingen an dieser Freundschaft.

Sie erzählten und erzählten, und am nächsten Vormittag gingen sie ein bißchen spazieren, ‚weil man sich da so gut unterhalten kann', aber natürlich auch, um Marianne etwas von der Umgebung zu zeigen.

„Ein Paradies, wirklich", sagte sie, „schöner hättest du es nicht treffen können. Oder fehlt was?" Sie hatte noch immer eine feine Witterung für die Stimmung anderer. „Ein Mann?"

„Mir nicht", sagte Bettina, „ich bin anders als du. Axel hab' ich geliebt – und Val. Aber sonst, was du unter ‚Männern' verstehst, danke, nein. Ich komm' da ohne aus."

„Aber?" fragte Marianne weiter. „Etwas fehlt doch?"

„Pferde, damit du es weißt", sagte Bettina nun geradeheraus und lachte. „Ich hatte gedacht, hier wird's endlich welche geben. Großes Gut, Landwirtschaft, denkt man doch. Aber was nicht sein soll, soll nicht sein. Und damit ..."

„Ist das Thema abgeschlossen", sagte Marianne kategorisch, der Pferde sehr nebensächlich waren im Vergleich zu Männern, „und was macht Mart?"

„Ihm geht's gut. Ihm ging es vor dem Krieg gut, im Krieg und danach. Es gibt solche Menschen, lebenstalentierte. Er hat Frau, Kinder und ein Haus. Wir sehen uns so gut wie nie."

„Was hat er denn für eine Frau?" fragte Marianne sehr interessiert.

Bettina gab Auskunft.

Sie mochte ihre Schwägerin gern.

„Gescheit ist sie, vernünftig, auch herzlich. Von ihr weiß ich übrigens, daß Mart sich seinerzeit sehr für Gerda eingesetzt hat. Gerda ging ja schon bald nach dem Westen, und da wandte sie sich an Mart. Ich hatte keine Ahnung davon. Nicht einmal, woher sie seine Anschrift hatte. Und er kümmerte sich auf die rührendste Weise um sie, sie wohnte ein paar Wochen bei ihnen, und die Stellung, die sie bekam, hat er ihr auch vermittelt. Was sagt du dazu? Hättest du das von Mart gedacht?"

„Warum nicht? Zu mir war er doch auch immer ganz reizend."

„Ja, zu dir ... Aber sich um Gerda zu kümmern, um die Tochter des Mannes, den er so gar nicht leiden konnte – weißt du nicht mehr, wie er mir Axel im Riesengebirge madig machte, nichts Gutes an ihm ließ, nur weil er ein paarmal mit mir getanzt hatte?"

„Und weil er merkte, daß du dich in ihn verliebt hattest bis zum Gehtnichtmehr. Das mögen Brüder eben nicht, hab' ich mir sagen lassen. Ich selbst hab' ja keinen, leider, ich hätte gern ein paar Brüder gehabt."

„Du denkst dir Brüder anders, als sie in Wirklichkeit sind. Daß Mart sich jedoch so für Gerda einsetzte ..."

„Hm. Gerda. Wenn es Claire gewesen wäre, hätte er sich vielleicht nicht so bemüht", sagte Marianne nachdenklich, „Gerda war doch immer – ja, ich habe sie als sehr, sehr reizvoll in Erinnerung. Mit ihrem wunderschönen Haar ..."

„Na ja, da war sie noch ein Kind. Aber hübsch war sie immer. Und Mart flog auf rotes Haar, ich weiß noch, wie er mir einmal von einem Mädchen vorschwärmte, das rothaarig war – damals war ich ganz verzweifelt, daß ich ‚nur' blond war. Aber Gerda hat doch auch sonst viel von MM, ich meine, sie ist Männergeschmack. Und dein Bruder war von jeher etwas anfällig Frauenschönheit gegenüber."

„Du mußt es ja wissen", sagte Bettina trocken. Dann aber fuhr sie fort: „Um Mutter kümmert er sich auch, er besucht sie hin und wieder, unterstützt sie finanziell sehr nobel, erledigt ihr allen Schreibkram mit den Ämtern.

Renate verdient noch nicht viel, und Mutters Rente ist winzig. Renate aber ist selig, wieder im Beruf zu sein, sie war ja immer vernarrt in die Medizin, genau wie damals, als sie noch studierte und nichts Schöneres kannte, als uns bei Tisch mit Darmoperationen und ähnlichen Köstlichkeiten zu unterhalten, so daß Mutter manchmal einer Ohnmacht nahe war. Das Wort ‚schwanger' war zu jener Zeit ja noch nicht gesellschaftsfähig. Mutter hat sich übrigens mit meinem Fehltritt", sie lachte, „überraschend gut abgefunden. Bei wirklich Wichtigem ist sie eigentlich immer in Ordnung.

Was wohl Vater gesagt hätte ... Aber Vater bin ich nie gerecht geworden. Er hat solch eine Tochter wie mich nicht verdient. Mart und Renate, ja gut. Aber mich ... Sag, möchtest du solch eine Tochter haben? Na also. Mart versteht sich auch mit Renates Mann recht gut. Und so akzeptiert er die kleine Schwester. Mutter ist darüber sehr glücklich. Ich hab' zu viel verkehrt gemacht in meinem Leben ..", sie lachte ein wenig verlegen.

„Ihr seid auch sehr verschieden", sagte Marianne tiefsinnig. „Wie schön, daß du dich so gut mit Renate verstehst. Aber ich hab' Mart halt mal sehr gern gehabt. Ich hatte viele mal sehr gern", setzte sie träumerisch hinzu und merkte nicht, wie Bettina sich amüsierte. Ach ja, Marianne kannte sich selbst.

„Weißt du, auf deinem Grabstein sollte mal stehen: Deine Sünden sind dir vergeben, denn du hast viel geliebt."

„Stimmt. Hoffentlich nicht so bald", sagte Marianne.

Manche von Mariannes Ratschlägen waren bei Bettina auf fruchtbaren Boden gefallen, zumindest der Tip mit dem Schreiben. Jetzt, an den langen, hellen Abenden, an denen man nicht ins Bett fand, weil es so unerhört schön und sanft und lieblich draußen war, saß sie oft am offenen Fenster, die Schreibmaschine vor sich, sog die zärtliche Sommerabendluft ein und tippte.

„Was schreibst du eigentlich, Mutter?" fragte Claire einmal. Bettina hatte geantwortet:

„Nichts Besonderes. Nur so zur Übung. Es macht Spaß, und es wird so hübsch sauber, mit der Maschine zu schreiben. So übersichtlich ...", ihre eigene Schrift konnte sie manchmal selbst nicht entziffern. „Wie gut, daß wir das Maschinchen mitgenommen haben. Und vielleicht schick' ich auch wieder mal was an die Zeitung."

Es war nicht ‚zur Übung', daß sie schrieb. Im Robinson, ihrem Lieblingsbuch aus der Kindheit, hatte sie einmal gelesen: „Der Unglückliche füllt viele Bände, dem Glücklichen wird eine Zeile zuviel."

Das hatte sie schon damals geärgert. Warum schreiben die Leute immerzu über traurige, niederdrückende, ekelhafte Dinge? Warum schrieb man nicht darüber, wie glücklich man war, noch zu leben, wieder zu leben, gern zu leben, zu lachen? Warum nicht darüber, wie schön es war, daß es wieder Kinder gab mit roten Backen und heruntergerutschten Söckchen, die Pferd spielten und sich dabei heiß rannten, die im Schlamm Dämme bauten, wie Helmut mit den Kindern der Dorfleute, oder alles erforschen wollten wie Tintin, der jetzt besessen war von dem Wunsch, die Welt zu erobern. Daß es junge Mädchen gab wie Claire, die die Kleineren liebten und beschützten und beobachteten, sich an ihnen entzückten und über ihre zerrissenen Schuhe seufzten? Claire tat es, mit schlecht verhehltem mütterlichem Stolz.

Hier am Ort gab es keinen Flickschuster, und sie mußte sich vom Eleven des Gutes ein Fahrrad borgen, um über Land zu fahren. Natürlich war das mühsam und zeitraubend, andererseits doch aber auch solch ein Genuß – das Land hier war entzückend, lieblich und voller Charme. Bettina zitierte einmal, um sie zu trösten:

‚Das Haus soll man preisen,
gesegnet soll's sein,
wo Schuhe zerreißen
und Kinder gedeihn.'

Claire lachte, und nach einigerZeit seufzte sie nicht mehr. Aber das Fahrrad borgte sie sich immer wieder einmal, weniger, um damit zum Schuster zu fahren, als um einen Grund zu haben, mit dem schwarzäugigen Gutseleven zu sprechen, der es ihr gern lieh. Freilich meinte er, ganz umsonst gäbe er es nicht her und wenn, nur in besonders liebe Hände ...

Es wurde nichts Ernsthaftes daraus. Aber es war doch hübsch, lieblich, erwärmend, einen Sommer lang, diesen gesegneten Sommer lang. Noch nie hatte der Holunder so geduftet und der Jasmin nach dem Regen, betäubend süß. Nie hatten die Rosen so geblüht, dachte Bettina manchmal, und Claire schien ihrer Meinung zu sein. Es war, als blühe sie auch, wurde hübsch, sogar die Sommersprossen sahen entzückend aus in ihrem klaren Gesicht.

Und als der Eleve im Herbst wegmußte, um auf einer anderen Stelle zu arbeiten, war Claire nicht untröstlich. Obwohl diese Tochter dem Vater äußerlich wenig ähnlich war, hatte sie doch manches von ihm geerbt, auf alle Fälle aber das erfreuliche Talent, sich in alles zu schicken, was kam. Kam eine Liebe, so war es schön, und ging sie wieder, so brachte einen das auch nicht um.

Bettina dachte manchmal, ob Axel auch so leicht getröstet gewesen wäre, wenn er sie verloren hätte.

Sie war ihm ja auch nicht nachgestorben, so sehr sie um ihn getrauert hatte. Und dann kam Val ...

Nein, so war das nicht. Das waren zwei ganz verschiedene Dinge. Die Liebe zu Val hatte immer in ihr gewohnt, immer, sie hatte es nur nicht gewußt. In Axel dagegen war sie verliebt gewesen, jahrelang, verliebt bis zur Unvernunft, so sehr, daß man es wirklich für Liebe halten konnte. Val aber hatte sie richtig geliebt. Sie liebte ihn heute noch und würde ihn immer lieben, solange ihr Herz schlug. Nie würde ein anderer sein Bild in ihrem Herzen verdrängen können.

Sie wußte es jetzt und fand sich damit ab. Manchmal träumte sie von ihm, immer dasselbe. Daß er von fern winkte und rief: „Lauf – lauf – und dreh dich nicht um!" Dann wachte sie schweißgebadet auf und konnte nicht mehr einschlafen. War es richtig gewesen von ihr, damals, ihm zu gehorchen?

Doch, das war es gewesen, sosehr es sie schmerzte. Dadurch hatte sie Tintin gerettet. Dennoch quälte es sie entsetzlich, wenn sie es wieder und wieder träumte. Von Axel träumte sie nie.

Es gab dann eine stille, wunderbare Vorweihnachtszeit auf dem Gut. Den Christbaum durften sie selbst aus dem Walde holen – wie früher auch Renate –, eine Tanne sogar, dunkel und duftend. Claire und Helmut bastelten Strohsterne, das war ein ganz neuer Schmuck für den Baum. Eine Zeit mit Liedern und Blockflötenmusik – sogar Schnee fiel zur richtigen Zeit und blieb liegen. Wie verwunschen kam Bettina sich vor, wenn sie in der Adventszeit, den kleineren Jungen auf dem Arm und den größeren an der Hand, durch den weitern Gutshof ging, um Milch beim Schweizer zu holen, und die Sterne über dem Dach des Schafstalles sah, blinkend im samtenen Dunkel des Nachthimmels, und halb abwesend auf Helmuts Fragen antwortete:

„Ja, das ist der Abendstern. Ein Engel trägt ihn, der Engel mit dem Abendstern. Nein, der Stern über Bethlehem war größer, und noch strahlender, das kannst du dir doch denken. Hätten ihn die drei Könige sonst von so weit her sehen können?"

Schön war auch die Weihnachtsmesse um Mitternacht im Kloster nebenan, mit brausender Orgel und den alten Liedern. War es zu fassen? Gräber, wohin man sah, zerrissene Familien und ein zerrissenes Land, aber das Weihnachtswunder hielt stand. Der Schnee deckte die Grabhügel hüben wie drüben mit gleicher Sanftheit, und der Weihnachtsstern stand über dem elenden Stall und leuchtete.

Kersten war natürlich zum Fest gekommen. Als er wieder abfuhr und Bettina, wie immer, ein wenig wehmütig von der schönsten Zeit des Jahres Abschied nahm, verriet er ihr etwas, was er eigentlich als Überraschung hätte verschweigen wollen, nun aber sagte er es doch.

„Ostern will Wolfgang mit herkommen, wenn ich in die Ferien fahre. Er bringt mich, hat er gesagt, möchte so gern sehen, wie es dir geht."

Nun hatte sie also wieder etwas, worauf sie sich freuen konnte.

So verging der Winter hier auf dem Gut, friedlich, still, in sich ruhend. Bettina meinte, noch nie so eins mit den Jahreszeiten gewesen zu sein wie jetzt. Kam es daher, daß man alt wurde? Daß man wieder hineinfand in den Rhythmus, der eigentlich gegeben war und den man im Eifer wilder Arbeit, in der Besessenheit, am Leben zu bleiben, jahrelang überhört hatte?

Vielleicht. Dann aber, als Wolfgangs Besuch in greifbare Nähe rückte, als es draußen anfing zu tauen und ein warmer, feuchter Wind aufsprang, da wurde sie doch wieder munter.

„Es läuft der Frühlingswind
durch kahle Alleen
seltsame Dinge sind
in seinem Wehen ..."

Wolfgang, ganz der alte, war frisch und bis oben erfüllt von seiner Arbeit, seinen Plänen. Seine Schule stand! Am Wald! Eine einmalige, eine großartige, eine Traumschule. Bereits unten im Gutshof erzählte und schilderte er und zeigte Fotos. Kersten wich nicht von seiner Seite und erklärte ihm. Entfacht vom Eifer für eine Idee.

„Ich komme übrigens nicht nur, um Kersten herzubringen. Sondern, um etwas zu holen", sagte er, als sie endlich am Kaffeetisch saßen, „du rätst es nicht – dich, Bettina! Dich wollen wir mitnehmen! Ich sag' dir das gleich unumwunden und brutal. Es ist übrigens Kunis Idee. Aber eine grandiose, an die ich mich sofort anschloß. Wir brauchen eine Sekretärin für unsere Schule, und dazu wollen wir dich haben."

„Mich?" Bettina starrte ihn mit offnem Mund an. „Aber ..."

„Du kannst es bestimmt, Bettina, du kannst es! Nun sag nur nichts Dummes und Falsches, sondern lieber gar nichts, und laß mich reden. Du wirst es können, wirst es lernen. Und wir hätten dich so gern bei uns, schon wegen Kersten, den du dann die letzten Schuljahre wieder bei dir hättest. Bitte sag nicht nein, bitte!"

Sie sagte nichts, aber auch nicht nein. Sein treuherziges Bitten, seine Begeisterung, ach, und die ganze Luft, die um ihn war!

Lebendig, gutgelaunt, mit dem wunderbaren Ziel vor Augen: viele junge Menschen ebenso zu erziehen, wie er war, lebensgläubig, vorwärtsdrängend, jung, voller Ideale. Bettina wunderte sich, daß es solche Menschen noch gab, heutzutage, da die meisten an der Welt verzweifelten. Und sie sollte dort mitarbeiten dürfen!

„Natürlich ist der Entschluß nicht leicht für dich, ich kann mir das gut vorstellen", sagte er eifrig, als er ihr Zögern sah, „hier hast du alles, was du brauchst. Drei Zimmer – und ja, bei uns mußt du noch mal ganz von vorn anfangen.

Aber etwas Platz haben wir, Kersten wohnt weiter im Internat, und Claire könnte vielleicht auch – wir haben Koedukation, ich halte das für sehr, sehr wichtig – und für dich und die kleinen Jungen hätten wir ein Zimmerchen. Und ...", er stockte.

„Ja?" fragte Bettina. Sie merkte genau, jetzt kam etwas ganz Wichtiges.

„Wir haben – Kuni hat – also du bist doch geprüfte landwirtschaftliche Lehrerin. Kersten sagte mir das. Und warst lange auf einem Gut, da du sogar geleitet hast. Das verstehst du bestimmt. Wir haben nämlich ..."

„Was habt ihr denn?" fragte Bettina ganz leise, ahnungsvoll. Nun mußte Wolfgang damit herausrücken. Er tat es sehr verlegen.

„Zwei Pferde. Kuni hat sie gekauft, ganz schnell, es war ein Blitzkauf, ohne Überlegung, weißt du, aber wir hatten es seit langem vor. Das Halten und Versorgen von Tieren ist meines Erachtens ein sehr wichtiger Faktor in der Erziehung. Ich selbst bin in einer Vorstadtstraße großgeworden – in der Kohlgartenstraße in Leipzig, wenn man genau sein will –, der Name sagt alles. Darum will ich, daß die jungen Menschen, die in meine Schule gehen, es anders haben. Und Kuni liebt Pferde so, wo sie nur einen Pferdeschwanz sieht ..."

„Schweif", sagte Bettina schwach. „Schweif heißt es bei Pferden. Pferdeschwänze tragen junge Mädchen ..."

„Gut, Schweif. Wir können soviel von dir lernen ..."

„Und ihr habt sie schon?"

„Ja, zwei. Jemand sagte mir, man müßte mindestens zwei haben, Pferde wären Herdentiere. Stimmt das? Und man kann dann auch miteinander reiten. Sehr jung sind sie nicht mehr, aber in Ordnung, ein Tierarzt hat sie untersucht. Platz ist auch da. Nur – wir verstehen eben noch nichts von Pferden, wir lieben sie nur. Da sagten wir uns, wir müßten uns eine Sekretärin suchen, die was davon versteht."

„Und die dürfte ich dann mit übernehmen?" rief Bettina. Ihre Stimme überschlug sich fast, es klang wie ein Kickser, so jung und völlig außer sich vor Glück. Wolfgang mußte über den danebengegangenen Ton furchtbar lachen und legte spontan den Arm um sie.

„Bettina! Du bist noch genau wie früher. Jetzt brauchst du nichts mehr zu sagen. Jetzt weiß ich Bescheid. Oh, Bettina, bin ich froh!"

So war es gekommen. Sie ging mit ihm, sie fing noch einmal – zum wievielten Mal? – von vorn an. Bei Wolfgang und Kuni zu sein, hätte sie sowieso verlockt, und diese Aussicht gab den Ausschlag. Freilich betonte sie immer wieder, reiten könne sie nicht, aber über die Haltung hatte sie in Siebenbrunn genug erfahren und auch praktiziert; Axel war ja oft lange nicht da, vor dem Krieg bei Übungen und während des Krieges im Felde. Mit allem waren die Leute zu ihr gekommen, und wenn der Tierarzt kam, war sie immer dabei.

Kersten freute sich mächtig, als sie zusagte. Und auch Claire brannte vor Begierde, an diese Schule zu kommen. Sicherlich konnte sie einiges nachholen, was sie versäumt hatte. Traurig allerdings waren die Gutsleute.

„Wenn schon mal nette Flüchtlinge da sind, gehen sie bald wieder weg", sagten sie.

„Ich komme wieder! Ich komme, ehe ich in den Beruf gehe, und mache mein Praktikum hier", versprach Claire und schlang die Arme um den Hals der Gutsherrin, drückte ihr Gesicht an ihre Schulter, damit man nicht sah, daß sie weinte. „Ich komme, ich vergesse Sie nicht ...", auch ihr war das Gut eine Heimat gewesen.

„Da kann ich dich also abholen, am Ende der Ferien", sagte Wolfgang. „Bis dahin hast du hier alles abgewickelt, ja? Ich hol' dich mit dem Silberpfeil. Das da unten", er wies mit dem Kinn zum Fenster, „ist nicht mein Wagen. Ich hab' ihn mir nur geborgt, um einen guten Eindruck bei deinen Hausleuten zu machen ...", er blinzelte dem Gutsherrn zu. „Sie haben sicherlich einen Wagen, der den Ehrennamen Auto verdient. Aber ich brauche – wir haben doch an der Schule so vieles selbst gemacht, mußten es oft, da hab' ich Zement gefahren und Hölzer und Dachpappe und was weiß ich noch, was eben gerade nötig war. Deshalb – aber die Schule ist großartig geworden ...", er war schon wieder beim Thema. Bettina sah ihm verstohlen lächelnd zu, wie er den Grundriß des Gebäudes auf einen Zettel zeichnete und dem Gutsherrn erklärte ...

Als Ostern vorüber war, rückte er mit dem Silberpfeil an, um Bettinas Hab und Gut einzuladen.

Es war eine Art Kleinbus, angestrichen mit Silberbronze wie ein Ofenrohr, ein halber Lieferwagen, und was immer daran kaputt oder halb kaputt sein konnte, das war es. Die Türen hingen in den Gelenken und gingen nicht zu, wenn man sie nicht von innen auf eine raffinierte Art zuzurrte; die Wände hatten Risse und waren mit Klebstreifen oder Leukoplast verklebt, Sitze gab es nur behelfsmäßig. Tadellos waren freilich Motor, Bremsen, Licht und Bereifung.

„Und damit wollen Sie bis Hannover kommen?" fragte der Hausherr und kratzte sich unter seinem Jagdhütchen.

Er war Kreisjägermeister und sehr stolz auf diesen Titel. Wolfgang lachte.

„Damit komme ich bis zum Nordpol, wenn ich will. Los, rein mit dem Bett, das Fahrrad bleibt hier. Das holt Kersten gelegentlich, wenn er hierher in die Ferien kommt und Ihnen berichtet, wie weit wir sind."

Es war das Fahrrad des dunkeläugigen Eleven, das dieser Claire im Herbst ‚zum Andenken' geschenkt hatte. Es ging wirklich nicht mehr in den vollgestopften Silberpfeil hinein, mit Mühe und Not faßte er Bettina und die beiden kleinen Jungen. Kersten und Claire sollten mit der Bahn nachkommen; sie kamen dann aber per Anhalter, der bei jungen Leuten damals sehr beliebten Art von Reisen, um das Fahrgeld zu sparen.

Bettina konnte es nicht ändern, als sie vergnügt von ihren Erlebnissen berichteten.

Bettina bekam also den Ehrenplatz neben dem Fahrer, Tintin auf dem Schoß, und Helmut mußte halb liegend hinter ihnen auf dem zusammengelegten Kinderbett Platz nehmen.

„Woher kommen nur die vielen Klamotten!" jammerte Bettina und sah dabei so jung und glücklich aus, daß der Gutsherr grinste und ihr nachrief: „Immer dasselbe! Diese verdammten Flüchtlinge! Mit nichts sind sie gekommen, und jetzt reicht der Möbelwagen nicht! Wahrscheinlich auf dem Pfade der Sünde erworben!"

Bettina lachte und winkte zurück. Wieder ein Abschied ...

Aber Wehmut kam bei ihr nicht auf. Sie saß ausnehmend unbequem, hielt mit einem Arm Tintin an sich gedrückt, der natürlich nicht stillsitzen wollte, und klammerte sich mit der anderen an ein Stück Rundholz, das in der Ecke klemmte.

„Warum hältst du eigentlich dauernd unsern Besen fest?" fragte Wolfgang nach etwa hundert Kilometern Fahrt. „Den verlieren wir nicht, außer, die Tür geht auf, und dann fliegst du mit hinaus."

Bettina ließ das Rundholz beschämt los. Und, zu Ehren des Silberpfeils sei es gesagt, die Türen gingen nicht auf. Der Umzugswagen kam wohlbehalten in Hannover an ...

Bettina klappte den Aktenordner zu, schob ihn neben die anderen ins Regal und stand auf. Wenn sie sich sehr beeilte, konnte sie noch eine Stunde reiten. Kersten hatte sie heute früh gefragt, ob sie mitkomme. Das war ein seltenes Glück, sie wollte die Gelegenheit wahrnehmen. Mit etwas beklommenem Gewissen sah sie über den Schreibtisch hin – war wirklich nichts Dringendes mehr zu tun? Ach was, im Notfall kam sie abends noch einmal her. Wenn Kersten sie extra gefragt hatte ...

Sicher war er schon im Stall. Sie rannte den kleinen Fußpfad entlang, der hinter der Schule vorbei und dann zur Siedlung führte. Sie mußte sich ja erst noch umziehen.

Als sie, atemlos, in Hose und Gummireitstiefeln im Stall ankam, sah sie, daß Kersten schon gesattelt hatte. Sie tat es gern selbst, heute aber war sie froh darum.

„Nimmst du die Lilie? Danke, ja, ich glaube, ich komme mit dem Satan besser zurecht. Oder ist er zu übermütig?"

„Sind sie beide, nehme ich an. Sie haben ja gestern gestanden."

Kersten hatte seinen Falben herausgeführt, zog den Gurt noch einmal nach, sah zur Mutter hin. „Augenblick, ich halt' dir den Bügel gegen."

Satan stand nicht beim Aufsitzen, das lernte er wohl nicht mehr. Deshalb fühlte Bettina immer eine kleine Beklemmung, wenn sie ihn reiten wollte. War man erst im Sattel, dann verflog sie. Obwohl – ja, mit Satan allein ins Gelände zu gehen, das war ihr vorderhand noch zu riskant. Es konnte ja sein, daß sie aus irgendeinem Grund absitzen mußte und dann nicht wieder hinaufkam, allein.

Kersten hielt ihr den Bügel und Satan gleichzeitig am Backenstück. So, sie war oben. Aufatmend streckte sie sich und suchte mit dem rechten Fuß den Bügel. Kersten saß inzwischen auf, leicht und mit jenem Schwung, um den sie ihn heimlich beneidete. Er berührte den Sattel kaum, glitt hinein, als streiche er darüber. Nie, nie würde sie das lernen! Claire übrigens auch nicht. Und Wolfgang ...

Wolfgang war, ehrlich gesagt, kein talentierter Reiter. Er mühte sich und traute sich auch allerhand zu, aber eine sehr gute Figur machte er nicht im Sattel. Dazu war er wohl auch zu lang. Lange Menschen sehen nur sehr selten gut aus zu Pferde. Ihm war das übrigens egal, wenn er nur immer wieder einmal aufs Pferd kam. Kuni ritt viel besser als er, sie nahm auch Stunden in Hannover. Dazu fehlte Wolfgang die Zeit und wohl auch die wirkliche Passion, er sagte das ganz offen.

„Hauptsache, wir galoppieren mal", sagte er immer. Daß Galopp die angenehmste Gangart war, hatte er, klug wie er war, sehr bald begriffen. Auch Bettina galoppierte gern.

Natürlich ritten sie im Schritt an, trabten dann an, als Kersten halblaut: „Ter – – rab!" rief. Bettina genoß es insgeheim, sich ihm anvertrauen zu können. Wie lange Zeit hatte immer sie es sein müssen, die bei allem voranging, angab und dirigierte. Jetzt war es Wolfgang, der ihr im Büro Anordnungen gab, und Kersten, der es zu Pferde tat. Es entzückte sie stets von neuem.

Ebenso wie der Galopp, zu dem sie Satan nicht aufzufordern brauchte, als sie den weichen Waldweg erreichten. Satan galoppierte gern, weit ausgreifend und weich, machte sich auch nichts daraus, wenn etwa ein Rebhuhn oder ein Fasan aufpurrte.

Lilie war schreckhafter. Kersten behauptete zwar, sie spiele nur die Erschrockene, um als feinnervig und sensitiv zu gelten. Es sei die reine Hysterie.

„Frauen sind nun mal so", sagte er und grinste, als Bettina zu einer raschen Antwort ansetzte, sie dann aber doch verschluckte. „Paß auf, am Weiher, da fliegen wieder die beiden Wildenten auf. Das weiß sie ganz genau, aber immer tut sie, als erschräke sie zu Tode."

„Seit trotzdem vorsichtig! rief Bettina doch noch halblaut, als sie um die Ecke bogen – Kersten lachte.

„Mutter! Die Wildenten sind doch nur früh da, ganz frühmorgens, weißt du das immer noch nicht?"

Da mußte auch Bettina lachen.

Sie gönnten sich dann noch einen längeren Galopp, der etwas schneller ausfiel, als Bettina es bisher erlebt hatte, schneller und länger. Kersten schien mit seiner Lilie heute recht gut auszukommen, er lenkte sie nicht so bald zurück zum Stall, sondern schlug noch einen ziemlich weiten Bogen. Satan beeilte sich, hinter ihm zu bleiben – Bettina kam einige Male in Schwierigkeiten, fing sich aber doch wieder. Als sie endlich durchparierten und erst in Trab, dann in Schritt fielen, atmete sie so hörbar auf, daß Kersten sich nach ihm umblickte und lachte.

„Bist wohl froh, Mutter, was?“ fragte er vergnügt. Bettina nickte, fuhr sich über das Gesicht – ihre Augen tränten leicht bei schneller Gangart – und schluckte.

„Sehr froh, das kannst du glauben.“ Sie wußte genau, was er meinte. Froh, daß sie oben geblieben war – aber auch sonst war sie froh. Das heißt, ‚froh‘ sagte zu wenig, dieser Ausdruck reichte nicht aus. Wenn man endlich, endlich dahin gekommen ist, wohin man sich jahrelang gesehnt hat, oh, es gab wohl keine Vokabel, die dies voll und ganz ausdrückte.

Es gibt im Leben Wünsche, die überholt sind, wenn sie sich endlich erfüllen. Insgeheim hatte sie ein wenig gefürchtet, daß dies fürs Reiten so sein würde. Zu ihrem großen Entzücken aber traf das nicht zu. Freilich, in den Schoß fiel einem dieses Glück nicht. Da gab es Verzweiflungstäler und mühsames Zähnezusammenbeißen, dann aber kamen doch wieder Momente so wie heute. Momente, in denen man sich eins mit dem Pferd fühlte, in denen man ‚vier Beine hatte‘, wie sie es bei sich nannte, vier Beine, die einen vom Boden hoben und ihm immer wieder verschwisterten, in einer Art, die nur, nur, nur beim Reiten möglich ist. Er stimmte schon ein wenig, der alte Spruch vom höchsten Glück der Erde ...

Herrlich war auch das Absatteln. Wie gut das Pferd roch, wenn es, warm gelaufen, im Stall abdampfte – Bettina entzückte sich daran. Und auch an den weichen, vorsichtig suchenden Lippen, die den Zucker von ihrer Hand nahmen.

„Satan, eigentlich müßtest du Engel heißen, weil es heute wieder so wunder-wunderschön mit dir war“, sagte sie und lachte, während sie stand, an seinen Hals gelehnt, und ein zweites Stück Zucker aus der Hosentasche grub. „Jetzt gibt es bald Möhren, die sind besser für dich als Zucker. Ja, auf eure Zähne muß man auch achthaben, genau wie auf die von kleinen Kindern. So, nun ist’s genug ...“

„Telefon? Für mich? Ich kann jetzt nicht. Wirklich, das siehst du doch! Soll später nochmals versuchen.“

Bettina kniete hinter dem kleinen Mädchen, das die Bohnenblüte darstellen sollte, eine der Elfen aus dem Sommernachtstraum. Das Kleid ging nur schwer zu, es war ein geborgtes Batistkleidchen; wer hatte wohl heute Geld, für eine Schulaufführung neuen Stoff zu kaufen. Aber es war weiß und dünn, nur Bohnenblütchen war nicht dünn genug.

Bettina bemühte sich und sagte schließlich: „Nein, du, selbst wenn ich es zukriege, du kannst dich ja überhaupt nicht rühren. Ich weiß was ...“

Sie zog Kunis Nähkasten näher zu sich heran und warf alles, was darin lag, durcheinander.

„Hier! Ich näh’ dir statt der Knöpfe zwei Gummibänder an, weiße, die sieht man nicht. Und die geben nach, wenn du dich bewegst.“

Tintin sollte auch mitspielen, ebenfalls eine Elfe, freilich nur eine stumme Rolle. Er brauchte lediglich an der Hand der Bohnenblüte über die Bäume trippeln – alle kleineren und größeren Schüler und Schülerinnen verwöhnten und liebten ihn und wollten ihn ‚behalten', wenn sie ihn mit ins Sekretariat nahm. Oft war er regelrecht vorbestellt.

Der Ton hier an der Schule war so, daß man am liebsten selbst ein Schüler gewesen wäre. Bettina hatte es sich oft gewünscht, noch mal in die Schule gehen zu dürfen. Noch mal Kind zu sein, noch mal alles angeboten zu bekommen, was eine Schule heute bot, jedenfalls eine solche wie dieses Gymnasium. Nicht nur die Annehmlichkeiten, etwa den Unterricht im Freien – hinter dem Schulgebäude begann der Wald, und sie hatten dort Stücke ausholzen dürfen, wo dann bei schönem Wetter manche Unterrichtsstunde stattfinden konnte – nein, auch das Lernen. Wie wenig war ihr geboten worden, als sie in die ‚höhere Töchterschule' ging, und wie sehr hatte sie bereut, daß sie damals mit der mittleren Reife abging. Ein ganzes Leben lang. Wie genau besann sie sich noch darauf, mit welchen Worten Mutter ihr damals zugeredet hatte, noch weiter an der Schule zu bleiben und das Abitur zu machen, wie es Mart natürlich tat und Renate tun würde. Ja, wenn es eine Schule wie diese gewesen wäre ...

Hier gab es eine Fülle von Anregungen, Lesekreise, Musikabende, Bastelnachmittage – auch Kochstunden wollte Wolfgang später einrichten, für Jungen genau wie für Mädchen. Er meinte manchmal halb im Spaß, Jungen hätten es noch nötiger, kochen zu lernen, und ob Bettina hier nicht zuständig sei. Eine Lehrküche hatte er einbauen lassen, natürlich nicht so groß wie in Holgershof, nur so groß wie ein Physikzimmer.

Und das Theaterspielen! Alle Schauspiele, die besprochen wurden, las man natürlich mit verteilten Rollen, und jetzt wurde eines richtig aufgeführt. Bettina dachte manchmal wehmütig, daß sie auch darin ein wenig zu kurz gekommen sei in ihrem Leben – nie hatte sie Theater spielen dürfen. In der Schule gab es das nicht, und im Seminar – doch, einmal hatte sie dort Theater gespielt, aus eigener Initiative heraus, ein einziges Mal. Sie hatten für MM zum Geburtstag ein Stück von Curt Goetz aufgeführt, bei dem sie schon auf den Proben so gelacht hatten, daß sie kaum weiterkamen. ‚Die tote Tante' – wunderbar war das gewesen. Und jetzt sollte hier also der ‚Sommernachtstraum' über die Bühne gehen.

Mit Wolfgang und Kuni hatte sie viele Abende lang beraten, welchen Shakespeare sie wählen sollten. In der geheimen Hoffnung, da selbst mitspielen zu dürfen – sie konnte ja einen Narren geben, beispielsweise, gänzlich verkleidet, so daß niemand sie erkannte – hatte sie immer wieder für ‚Wie es euch gefällt' oder ‚Was ihr wollt' gestimmt. Im ‚Sommernachtstraum' gab es keinen Narren.

Schließlich hatten sie sich für den ‚Sommernachtstraum' entschieden. Wolfgang wollte seinen Jungen die Rüpelszenen nicht vorenthalten, sagte er. Bettina hatte natürlich jede einzelne Probe miterlebt, sie konnte fast das ganze Stück auswendig. Heute war Kostümprobe, nicht die Hauptprobe. Was da erst alles los sein würde ...

Sie lachte vor sich hin. Soviel hatte sie verpaßt, in ihrer Jugend, kaum jeweils Urlaub gehabt, außer den zehn Tagen Winterlager ein paar Jahre hintereinander – sie hatte viel zu wenig mitgemacht bei solchen Dingen wie Theater, Tanzstunde oder dergleichen. Und nun wurde ihr alles nachgeliefert. Sie mußte manchmal an Bär denken, den versponnenen Forststudenten aus ihrer Gruppe, der sich viel mit Astrologie beschäftigt und ihnen allen die Horoskope gestellt hatte. Er betrieb die Astrologie als Erfahrungswissenschaft und verglich viele Horoskope miteinander. Ein großes und sehr schweres Buch hatte er einmal sogar mit ins Winterlager geschleppt, das bedeutete schon etwas, da sie allesamt zuviel in den Rucksäcken hatten.

An den Abenden hatte er manches daraus vorgelesen und zu erklären versucht. Der hatte ihr damals gesagt, nach dem Wurzelhoroskop, das sozusagen der Schlüssel zu ihrem Wesen sei, würden die bedeutenderen Ereignisse für sie in der zweiten Hälfte ihres Lebens stattfinden.

„Fragt sich, wann die anfängt, aber das kannst du mir wohl nicht verraten", hatte Bettina damals lachend gesagt – vergessen aber hatte sie die Worte nicht. Jetzt dachte sie oft daran. Manchmal war ihr, als habe sie erst richtig zu leben begonnen in dieser munteren, frischen, herzlichen Schulatmosphäre, die um Wolfgang und Kuni wehte.

Nein. Auch ihre Ehe, die erste zeit mit Axel war wirkliches Leben Nein. Auch ihre Ehe, die erste Zeit mit Axel war wirkliches Leben gewesen. Wenn sie sich damals auch immerzu nach einem eigenen Kind gesehnt hatte, so hatte sie alles andere doch sehr intensiv genossen. Und jetzt ...

Sie wohnte noch sehr primitiv. Aber eines Tages würden Wolfgang und Kuni ein Haus bauen, und da war für sie eine kleine Wohnung im Obergeschoß eingeplant, mit Küche und Duschnische und allem.

„Die können wir ja dann als Be-my-guest-room nehmen, wenn du uns einmal davonläufst", sagte Kuni und blinzelte ihr zu.

„Oder wenn ihr mich rauswerft", konterte Bettina. Sie lachten alle drei. Keiner von ihnen sagte 'nie!', aber alle drei dachten es.

„Nie – nie – nie", summte Bettina und biß den Faden ab. Sie knüpfte die beiden Gummibänder aneinander und entließ Bohnenblüte, nicht ohne ihr noch einen ganz schnellen, verschämten Kuß auf die vor Aufregung knallrote Backe zu drücken.

„So, toi toi toi, ich muß dir noch auf den Rücken spucken, das macht man so unter Schauspielern ...", die Kleine rannte davon.

Tintin war schon wieder verschwunden, wahrscheinlich steckte er zwischen den größeren Schülern und störte, und noch wahrscheinlicher war, daß er sein Elfengewand schon wieder zerrissen und schmutzig gemacht hatte. Jetzt konnte sie ihn nicht suchen, sie mußte sich um Claire kümmern, die auch mitspielte, als herbe und trotzige Hermia. Claire brauchte seelischen Beistand; sie starb fast vor Lampenfieber, sogar jetzt schon, vor dieser doch noch nicht sehr wichtigen Probe. Kersten war einer der Rüpel, Squenz, der Zimmermann, und machte seine Sache ausgezeichnet. Einen sehr hübschen und guten Droll hatten sie auch, Michael, einen etwas klein geratenen Untertertianer, dessen Mutter Schauspielerin war und mitunter im Rundfunk sprach. Bettina fand sie ein wenig affektiert, aber der Junge hatte echtes Theaterblut. Man sah es daran, daß er sich nicht sträubte, den Droll oder Puck, wie Bettina im stillen immer sagte – sie kannte die andere Übersetzung der Komödie –, also eine Elfe zu spielen, eigentlich ein weibliches Wesen. Dadurch hatte sie auch Tintin dazu bekommen, seine Rolle anzunehmen. Tintin war ein richtiger Junge, rebellisch und sehr wenig lenksam, und hätte andersfalls unter gar keinen Umständen mitgemacht.

Sie hatte das Telefongespräch schon wieder vergessen. Zettel, der Rüpel mit dem Eselskopf, schrie nach ihr – er schrie: „Iah, iah!" damit sie auch wisse, wer sie so dringend benötigte. Bettina richtete sich auf, putzte die Knie ab – sie trug ihre älteste Trainingshose, weil man hier, auch ohne sich zu rühren, staubig wurde, der Himmel mochte wissen, wieso – und lief dem Eselsgeschrei nach.

Es war nicht der Esel allein. Auch die „Wand" brauchte sie, und Thisbe stritt wütend mit Theseus, der überlegen lächelnd in seinem herrlichen Herzogsgewand an der Tür lehnte, die Arme übereinandergeschlagen, und behauptete, Thisbe dürfe nicht lispeln. Dabei hatte der Darsteller dieser Rolle das Lispeln so mühsam gelernt und geübt ...

„Halt den Schnabel, Theseus, du machst mir die Leute ganz kopfscheu", schalt Bettina, während sie versuchte, den Eselskopf besser zu befestigen, „du hast überhaupt nicht mitzureden!"

„So? Ich als Herzog von Athen und nicht mitreden dürfen! Das wäre ja das Letzte!"

Nein, es wäre nicht gutgegangen, wenn sie selbst mitgespielt hätte! Einer mußte dasein, der all die Pannen abfing oder milderte. Wolfgang konnte sich nicht um alles kümmern. Und Kuni war damit beschäftigt, den Kulissen den letzten Pfiff zu geben – sie hatte sie mit der Oberprima gemalt, und alle hatten bisher gemeint, sie seien ihr wirklich gelungen – jetzt im Scheinwerferlicht wirkten sie jedoch völlig anders.

„Nein, nicht so – du mußt mehr hierher leuchten", hörte man Kunis Stimme, beinah verzweifelt. Kuni bewahrte zwar stets ihren Gleichmut, aber wenn es sich um künstlerische Belange handelte, geriet sie in Eifer. Sie war sehr begabt, und gerade was Farben betraf, konnte man sich auf ihr Urteil verlassen.

„Nein, mehr von oben. Versuch's noch mal ..."

„Leuchte, guter Mond, leuchte", zitierte jemand hinter ihr. Sie meinte, es sei ein Schüler, der den Mond darstellte, und rief: „Ruhe jetzt!" nach hinten. Statt dessen war es Wolfgang.

„Da sieht man's wieder. In der eigenen Schule darf man kein Wort sagen. Das Bühnenbild ist bezaubernd, Kuni, wunderschön."

„Findest du?" fragte Kuni, sofort versöhnt, und trat einen Schritt zurück. „Komm mal hierher, Bettina, und sieh es dir von hier aus an."

Bettina war mit ihrer ‚Wand' fertig. Sie folgte dem Ruf, trat zurück und stolperte dabei über einen Eimer Wasser – den einzigen, der hier stand –, warf ihn um und setzte sich prompt in die Pfütze, die das Wasser bildete. „Hoppla, pfui Teufel ...", die Schüler schrien vor Lachen, Kuni wollte ärgerlich werden, mußte aber selbst lachen. „Kinder, Kinder! Man sagt, der Krach bei der Hauptprobe garantiert den Erfolg der Vorstellung. Was muß das erst für Glück bringen, wenn man bei der Kostümprobe ins Wasser fällt."

„Hast recht. So was war noch nie da. Komm ...", Wolfgang half ihr auf. Er hatte das Talent, alles, jeden Tag des Lebens, als etwas Neues, Unbekanntes, Spannendes, höchst Ersehntes zu erleben. So eine Aufführung natürlich erst recht. Sein Talent steckte an.

„Danke. Ich zieh' mich schnell um, jetzt geht's gleich los. Wo ist Theseus? Rauf auf die Bühne! Und Hyppolita ..."

Bettina hatte sich in den Zuschauerraum geschoben, in dem die Kinder saßen, die auf ihren Auftritt warteten. Sie konnte nur ganz kurz bleiben, weil sie füttern mußte – sie sah auf die Uhr – die stand. Nein, die allererste Szene sah sie sich noch an, sie hatte eine Schwäche für den arroganten Theseus, der eine schöne, volltönende Stimme besaß, obwohl sie sich oft über ihn ärgerte. Auch jetzt verzieh sie ihm alle Frechheiten, als er einsetzte, wie eine Orgel, fand sie: „Nun rückt, Hyppolita, die Hochzeitsstunde mit Macht heran ..."

Dann folgte Claires Auftritt, glücklicherweise gleichzeitig mit drei Männern. Das war leichter für sie. Wie bei manchen Anfängern bewirkte das Kostüm auch bei ihr, daß sie sicherer auftrat, als ihr zumute war. Das Kostüm ‚trug' sie. Bettina seufzte erleichtert. Claires erste Worte, die nach dem Stichwort: „Demetrius ist gar ein wackrer Mann!" zu kommen hatten: „Lysander auch!" klangen herzerfrischend aufmüpfig und voller Trotz. Bettina merkte, wie alle Zuschauer augenblicklich zu diesem rebellischen Mädchen hinschauten und wie es ringsum ruhiger wurde; ein Zeichen dafür, daß ein Schauspieler den Kontakt geschlossen hat. Ihr ging es ebenso, und von da an erlebte sie das Stück mit, ohne an Stichworte und Steckenbleiben zu denken, bis die Rüpelszene kam.

Nein, sie mußte gehen. Die Pferde durften nicht warten. Lautlos schob sie sich aus ihrer Bank, drückte sich durch die Tür, ließ sie leise hinter sich ins Schloß fallen und rannte dann, so schnell sie konnte, die Gänge entlang zur Treppe und hinunter.

Draußen atmete sie auf. Die beiden Pferdeköpfe, der schwarze und der gelbliche, blickten ihr aus der halbierten Tür entgegen. Der Falbe wieherte halblaut.

„Jaja, ich komm' schon. Ihr kriegt euer Kraftfutter."

Bald würden sie wieder hinausdürfen in die Koppel. Es mußte erst geregnet haben, draußen war Kunstdünger gestreut. Solange der Boden ihn nicht richtig eingesogen hatte, mußten die Pferde im Stall bleiben, außer, sie wurden geritten.

Meist ritten sie zu zweit, sie mit Kuni, Claire oder Wolfgang – sie waren ja alle Anfänger. Kersten ritt schon manchmal allein, er nahm Stunden im Hannoverschen Reitverein und verstand von ihnen allen am meisten davon. Eines Tages würde er soweit sein, daß er in aller Bescheidenheit von sich sagen konnte: „Ich gehöre zu den Reitern." Seine geringe Größe erwies sich hier als ein Vorteil.

Dies alles ging Bettina durch den Kopf. Sie lächelte im Gedanken daran, daß es eine Zeit gegeben hatte, in der sie dachte:

‚Immer enger, leise, leise,
ziehen sich die Lebenskreise.'

Damals hatte sie gemeint, nur die Erinnerung an ein klein wenig Glück sei ihr geblieben, eine Zukunft gäbe es nicht mehr. Ein Kinderlied fiel ihr ein, das sie neulich im Rundfunk gehört hatte.

‚Was denken in der Neujahresnacht ...' die Knaben an eine Reise zum Mond, die Mädchen an das, was man im Frühjahr trägt, die Katzen an eine reichhaltige Mäusejagd und die Hündchen an große, leckere Bilderbuchknochen. Und die alten, alten Leute?

Sie denken unterm weißen Haar,
wie sonderbar das Leben war,
und wie das Glück sie wunderbar
geleitet hat bis heute ..."

Weißes Haar, nun, so weit war es bei ihr noch nicht, ihr Schopf sträubte sich hartnäckig zu ergrauen, nur eine helle Strähne, wie gefärbt, stand über ihrer Stirn und machte sich da nicht einmal schlecht.

Sie lachte und drückte den Kopf an den Hals des Rappen. Geliebte Kreatur du, ich hab' mich mein Leben lang nach dir gesehnt, endlich bin ich dir nahe. Sie war dem Leben zutiefst dankbar, das ihr das beschert hatte.

Sie lief ins Haus, ins Lehrerzimmer hinauf. Neben dem Telefon lag ein Zettel.

„Bitte zurückrufen." Eine Nummer stand daneben. Vorwahl Hannover. Bettina überlegte.

Nein, sie kannte die Nummer nicht. Sie fragte die Schreibhilfe, ein junges Mädchen, das ihr im Büro manches abnahm. „Hast du das hier aufgeschrieben?"

„Ja. Er rief zweimal an, und jedesmal bekam ich Sie nicht. Sie möchten zurückrufen. Ein Herr Krug oder so ähnlich."

„Krug? Kenn' ich nicht. Weiter hat er nichts gesagt? Der Vater eines Schülers?"

„Weiß ich nicht. Glaub' nicht. Es sei persönlich. Valentin Krug, oder so ähnlich –."

Bettina fühlte eine plötzliche Schwäche. Sie setzte sich. „Valentin – hast du richtig gehört?"

„Ja. Ich glaub' schon. Doch, ja. Komisch nicht? Nächstens heißen die Männer auch noch Wendelin." Die Kleine lachte.

Bettina nahm es nicht wahr. Sie wollte nach dem Telefon greifen und vermochte die Hand nicht zu heben. Es wirbelte in ihrem Kopf, sie sah organgefarbene Lichter durcheinanderkreisen und versuchte mit aller Kraft, nicht ohnmächtig zu werden. Sie mußte ganz nahe daran sein.

‚Nimm dich zusammen – halt dich fest – und beiß die Zähne zusammen,', ganz vorsichtig holte sie Atem.

Nein, von hier aus konnte sie nicht anrufen. Hier, im Beisein dieses jungen Mädchen, das keine Ahnung hatte, was Leben war, was Leben sein konnte.

Aber wo? Drüben in der Wohnung. Da war jetzt niemand. Sie nahm mit zitternden Fingern den Zettel vom Schreibtisch und sagte so gleichmütig sie konnte, sie sei bald wieder zurück. Dann ging sie behutsam zur Tür hinaus.

Die Schule lag still. Nur aus der Aula hörte man etwas, manchmal einzelne Stimmen, dann ein gemeinsam aufrauschendes Gelächter, dann wieder Stille. Bettina schlich auf Zehen, ohne es zu wissen. Aufatmend trat sie ins Freie. Sie versuchte, sich zurechtzulegen, was sie sagen würde, wenn – und was, wenn nicht ...

Auf einmal fing sie an zu rennen. Sie rannte und merkte, daß sie schluchzte. Hoffentlich traf sie niemanden. Instinktiv hatte sie den Weg hinter der Schule am Waldrand gewählt. Die Haustür war verschlossen, aber sie wußte, wo der Schlüssel lag. Sie fingerte danach, holte ihn aus dem Versteck, einem Blumentopf unter der Hecke, sperrte auf, lief in Wolfgangs Zimmer. Ein Glück, das Haus war leer.

Er war es. Es war Val, es war seine Stimme, sie wußte es beim ersten Wort. Er war in Hannover, berichtete, wie er sich in Westfalen nach ihr erkundigt hatte. Val – er lebte – er sprach mit ihr ...

In ihrem Kopf war ein Rauschen, so daß sie nicht begriff, wie sie gleichzeitig Vals Stimme hören, seine Worte verstehen und ihm antworten konnte. Sie stammelte – er lachte ein wenig.

Dieses Lachen, das eigentlich kein richtiges Lachen war, sondern mehr ein Ton tief unten in der Kehle, dieser ihr so tief vertraute und mit dem Valentin von früher untrennbare Laut brach ihre Fassung entzwei.

„Ich komme – ich komme – ich komme", jedesmal rief sie es lauter, durch ein wildes Schluchzen hindurch. kaum konnte er ihr noch Straße und Hausnummer nennen. Sie versuchte es aufzuschreiben, nachdem sie aufgelegt hatte, aber ihre Finger gehorchten ihr nicht, so daß nur ein unleserliches Gekritzel daraus wurde. „Geibelstraße fünfzig", hörte sie sich flüstern, immer von neuem, „Geibelstraße fünfzig.“. Nein, sie brauchte nichts aufzuschreiben, diese Anschrift würde sie Zeit ihres Lebens nicht vergessen, und wenn sie hundert Jahre alt würde.

„Wolfgang fährt mich ...“, irgendwie hörte sie diese Worte noch in sich. Hatte sie sie gesprochen oder nur gedacht? Sie wußte es nicht. Damals hatte Val sie gefahren, als Axel aus dem Lazarett in Meißen anrief.

Jetzt ...

Wolfgang stand auf der Bühne, um ihn herum ein halbes Dutzend Schüler und Schülerinnen. Er trug einen abgewetzten, verschossenen blauen Overall, den er zu Kunis Ärger sehr liebte, und sprach gerade mit dem Beleuchter, erklärte ihm etwas.

Mitten im Wort hielt er inne.

„Bettina?“ fragte er halblaut, erschrocken. Die jungen Menschen, die ihn umringten, traten zögernd zurück. Alles schwieg, es war auf einmal ganz still. Bettina machte noch einen Schritt vorwärts. Sie öffnete die Lippen, aber kein Ton kam heraus.

„Bettina ...“, er trat auf sie zu und legte seinen Arm um ihre Schultern. Die Schüler tauchten weg aus ihrem Gesichtsfeld, sie sah nur noch Wolfgangs Augen.

„Val ist da, Val ist zurück“, sagte sie wie im Schlaf. „In Hannover. Fährst du mich?“

Ihr Kopf fiel auf seine Brust. Wolfgang sagte nur ein drittes Mal: „Bettina.“

„So. Und nun gehst du hinein und bist ganz ruhig. Denk dran, was er alles durchgemacht hat, bis er hierherkam. Ja, ich weiß, du denkst an ihn – Nein, ich gehe nicht mit. Das mußt du allein tun. Du kannst es auch. Stark sein, verstanden? Das bist du ja.“

Bettina nickte, hörte seine eindringlichen Worte nur wie von weitem. In ihren Ohren sauste es. Er hatte sie am Arm gepackt und bis an die Tür geführt; jetzt ließ er sie los.

„Du kannst es.“ Er nahm ihr Gesicht in beide Hände und küßte sie auf die Wangen, immer wieder, zärtlich und zugleich herzhaft. „Ich weiß, es ist nicht leicht. Ich warte hier auf dich, ich geh’ nicht weg.“

Er läutete für sie, schob sie durch die Tür, blieb dann stehen. Vielleicht half es ihr, die Fassung zu bewahren, wenn sie fühlte: er stand hier und hielt sie in Gedanken fest. ‚Oh Bettina‘, dachte er, ‚wie sehr bin ich bei dir‘.

Wie lange er so stand, wußte er nicht. Dann hörte er Schritte, zweierlei Schritte, atmete durch und zwang sich zu lächeln. Er hatte sich vorgenommen, sie nicht anzusehen.

Es gibt Augenblicke, da ist auch der nächste Freund eine Nebenperson. Aber er konnte nicht anders: mit einem ganz kurzen Blick streifte er ihr Gesicht.

Nie, niemals im Leben würde er vergessen, wie es jetzt aussah. Das Wort ‚Sternstunde' fiel ihm ein, das so oft angewendet wird, allzu oft; er, der Philologe, wußte das. Dieses hier war eine Sternstunde, er empfand es blitzartig. ‚Liebende, sich wiederfindend', wie es irgendwo im west-östlichen Diwan heißt.

Sie gingen zum Wagen.

„Und nun kommt ihr zu uns. Die Schule kann mir den Buckel runterrutschen", sagte Wolfgang und rückte sich hinter dem Steuer zurecht, „heute ist schulfrei. Wenn ein Heimkehrer kommt, wird gefeiert. Heute ist ganz großer Festtag. Da wollen wir niemanden sehen und hören als euch."

So kam es aber nicht.

Als sie an der Schule hielten – Wolfgang war aus Gewohnheit hierher und nicht gleich nach Hause gefahren, stand dort die gesamte Schülerschaft und wartete, Kuni dabei, und der Kantor. Er hob den Stab, und vollstimmig ertönte es:

„Lobe den Herren, den mächtigen König der Ehren."

Da mußte auch Wolfgang fest auf die Lippen beißen, um seine Fassung zu bewahren.

Er hielt eine kurze Ansprache an die Schüler, sprach in Vals Vertretung. Daß diese, Frau von Büssows Mann, aus der Gefangenschaft heimgekehrt sei und ihnen allen danke. Sie sollten heimgehen, der heutige Tag sei frei. Er sei sehr froh, daß sie sich alle mit ihm freuten.

Val begann zu erzählen, als sie endlich zusammensaßen. Daß er, nach dem Westen abgeschoben, sich sofort bemüht hatte, Bettina zu finden.

„Ich war zuerst bei meinem Bruder, dem letzten, der überlebt hat von uns vieren außer mir. Den Namen des Gutes in Westfalen, wohin du damals wolltest, wußte ich nicht, jedenfalls kam ich nicht drauf. Nur, daß es in der Nähe von Paderborn liegt.

Meinem Bruder fiel ein, daß er vor einiger Zeit in einer Illustrierten einen Bericht gelesen hatte, einen Brief; aber er erinnerte sich nicht mehr an den Verfasser, besser: die Verfasserin. Was er davon erzählte, hätte auf dich passen können. Wir haben überlegt und geknobelt, geschrieben und telefoniert, und schließlich fand ich deine Spur."

„Mein Brief an Marianne", sagte Bettina schwach.

Viel mehr erzählte er nicht, und die anderen fragten ihn auch nicht. Wolfgang meinte, Val würde sicherlich erst einmal in irgendein Sanatorium geschickt werden, um sich zu erholen. Er wolle sich um alles kümmern.

Kuni kam und ging, brachte etwas zu essen und zu trinken und hatte in Wolfgangs Arbeitszimmer die Couch für Val hergerichtet. In ihrer Gegenwart war es, als sei Val eben für eine kleine Weile verreist gewesen und jetzt wieder da, ein alter Freund der Familie.

Bettina empfand es mit Erleichterung.

„Ja, und vergiß nicht: Du mußt den Schülern noch sagen, daß er Bettina zweiter Mann ist, sonst reden sie ihn womöglich mit ‚Herr von Büssow' an, erinnerte sie, als sie einmal mit Wolfgang allein war. Er lachte und gab ihr einen Kuß.

„Du denkst an alles, Kuni. Wenn ich dich nicht hätte! Danke."

Ein paar Tage später begleitete Bettina Val nach Bad Orb. Vals Herz war nicht in Ordnung. Die Zeit der Haft hatte ihn überhaupt sehr mitgenommen, mehr als man auf den ersten Blick sah. Doch der Arzt schien recht zuversichtlich, er munterte Bettina in der etwas geschäftsmäßig-freundlichen Art auf, die Sanatoriumsärzte manchmal haben, als er noch einmal mit ihr allein sprach. Ganz glaubte sie es ihm nicht.

Durch diese kurze Reise verpaßte sie die Aufführung des ‚Sommernachtstraums' in der Schule – sie nahm es kaum wahr, so wichtig es ihr vorher erschienen war. ,

Ach ja, das Theater – das gab es ja auch einmal.', dachte sie, als Wolfgang sie anrief und ihr berichtete. Es war alles über die Maßen schön und festlich verlaufen, nicht ohne Pannen, aber hinterher lachte man ja darüber am allermeisten. Bettina lächelte am Telefon vor sich hin – Wolfgang, ihr bester Kamerad!

„Ich komme morgen, Val erholt sich bestimmt besser, wenn er allein ist. Der Arzt meint das auch. Nein, heute abend bleib' ich noch ..."

Daß jetzt die Osterferien begannen, war für alle gut. Bettina hatte viel aufzuarbeiten im Sekretariat, und Kuni grub im Garten. Sie fühlte wie jedes Jahr um diese Zeit wieder einen unwiderstehlichen Drang in sich, zu pflanzen und zu säen, Stauden zu setzen und Sträucher zu beschneiden, am Haus und im Schulgarten, manchmal mit Hilfe einiger junger Leute, oft allein. Wolfgang nannte sie um diese Zeit immer seine Wühlmaus.

Eigentlich erst jetzt, da Val wieder fort war, begann Bettina, Freude zu empfinden.

Sie hatte das Gefühl, als müsse sie ihr Innerstes erst mühsam umgraben, ähnlich, wie es Kuni im Schulgarten tat, müsse unterste Schichten nach oben bringen und das Ganze auflockern und durcharbeiten, damit etwas herauswachsen und blühen könne. Dann aber schossen plötzlich Fontänen von Freudefunken in ihr hoch, kurze, blitzartige Bilder – Vals Augen, als sie ihm von Tintin erzählte, und der Ausdruck seines Gesichtes, als er seinen Sohn zum erstenmal sah.

Er war bewegt gewesen, seltsam hilflos, dabei von einer staunenden, stillen Dankbarkeit. Ein anderer hätte das vielleicht zu überspielen versucht – Val bekannte sich dazu. In diesem Augenblick war ihr sehr deutlich, daß er nicht nur älter, sondern auch erwachsener, reifer war als sie. Einmal sprach sie mit Kuni darüber, andeutungsweise, behutsam. Kuni nickte.

Er war im Zuchthaus in Bautzen gewesen, verurteilt zu fünfundzwanzig Jahren, und wurde unerwartet mit einigen anderen zusammen begnadigt.

„Wohl auf Grund seiner körperlichen Verfassung. Einen Gesunden hätten sie dir nicht wiedergeschickt", sagte er, als er davon erzählte, „ich bin eine Ruine, bestenfalls ein Pflegefall."

„Erstens stimmt das nicht, und zweitens wirst du das nicht bleiben", sagte Kuni, die eben dazugekommen war und seine Worte gehört hatte, in ihrer herzhaften Art. „Nun werde erst mal gesund in Bad Orb. Wolfgang kümmert sich inzwischen um einen Arbeitsplatz für dich. Spätheimkehrer dürfen sich ein Vierteljahr lang erholen, was ja nur recht ist. Aber was sollen wir bloß machen ohne unsere Hauptkraft im Sekretariat und Stall?" Sie lachte.

„Ich bleib' ja noch", schluckte Bettina, „wenn ihr mich nicht sofort los sein wollt." Sie sah dabei abwechselnd von Kuni zu Val. Ihr Kopf ging hin und her. Es sah so komisch aus, daß beide lachen mußten.

Aber die Wirklichkeit sah anders aus, wenn sie sich selbst gegenüber ehrlich war. Sie war nicht hin und her gerissen zwischen Wolfgang und Kuni und ihrer geliebten Schule einerseits und Val andererseits. So gern sie die beiden hatte, so dankbar sie ihnen war – sie gehörte zu Val, ganz und gar. Sie würde mit ihm neu anfangen, sie würde, wenn es nötig sein sollte, die Sterne vom Himmel pflücken; sie wußte das. Jung und stark und neu fühlte sie sich, an einem Anfang, an *dem* Anfang – war sie je der Meinung gewesen, nun hätte sie nichts mehr zu erwarten im Leben? War sie das selbst gewesen, die so gedacht hatte? Wieviel Phasen umschließt ein einziges Menschenleben, wieviel Auf und Ab, wieviel Verzweiflungstäler und Seligkeiten, wieviel Forderungen, immer aufs neue ...

Zum ersten Mal begriff sie, daß das Leben sie immer wieder fordern würde, ihr immer neue Aufgaben aufzeigen würde. „Des Lebens Ruf an uns wird niemals enden ...", woraus war das? Sie kam nicht drauf, überlegte auch nicht. Ihre neue Aufgabe hieß Val, Val und Vals Sohn. Natürlich würde sie Claire nicht vergessen und für Helmut sorgen – Kersten stand schon ziemlich auf eigenen Füßen, das fühlte sie. Er hatte in Wolfgang einen Mentor gefunden, der ihm bei den letzten Schritten zu sich selbst zur Seite stehen und Hilfestellung geben würde, um ihn war ihr gar nicht bange. Kersten würde nun auch die Pferde übernehmen – ihre Pferde ...

Insofern war er wirklich ihr Sohn geworden, auch ihm war ein Leben ohne die Kreatur nur die Hälfte wert. Und am Anfang aller Kreatur standen für sie gleich hinter den Menschen die Pferde. Woran das lag, konnte sie nicht erklären, aber es war eben so.

Sie lächelte und klebte den Brief zu, den sie soeben an Val geschrieben hatte. Sie schrieb ihm jeden Tag, heute war es spät geworden, und wenn er den Brief zur gewohnten Zeit bekommen sollte, mußte sie noch zum Nachtbriefkasten gehen.

Die Straße lag still und menschenleer im Laternenschein, es hatte vorhin ein wenig geregnet, so daß an den Sträuchern rechts und links noch die

Tropfen hingen. Mitunter war ihr, als wehte ein leiser Duft herüber, Schlehenblüte, süß und bitter. Eine Erinnerung ging durch sie hin – lang, lang mußte das her sein, daß sie diesen Duft verspürt hatte. Dennoch wußte sie, er hing mit Val zusammen. Frühling nun würden die Pferde bald wieder hinauskönnen. Die Wolken schienen sich zu verziehen, dahinter mußte der Mond stehen, darum war es so hell. Ostern lag schon fast vier Wochen zurück.

Unwillkürlich ging sie leise, als wolle sie die Schlafenden nicht wecken, hielt den Brief, ohne sich dessen bewußt zu sein, zärtlich an sich gedrückt. Es war kühl, sie hatte vergessen, eine Jacke überzuziehen. ‚Du wirst dich erkälten', würde Mutter sagen.

Bettina mußte lachen. Mit einem so glücklichen Herzen ist man gegen alles gefeit. Man gleicht dem Sterntalerkind im Märchen, eingehüllt in Gottes Hut. Auch solche Augenblicke schenkt das Leben.

Gerade trat der Mond aus den Wolken. Er ließ die Tropfen an den dicken, dunklen Knospen aufblitzen, hell und silbern. Vom Kirchturm her schlug es eins.